선주문화연구총서 Ⅶ

여헌학의 전개와 수용

금오공과대학교 선주문화연구소 편

보고사

간
행
사

‘선주문화연구소’는 구미지역의 전통문화를 창조적으로 계승·발전시킴으로써 민족문화 발전에 이바지할 목적으로 1993년 9월 금오공과대학교 부설연구소로 설립되었다. 본 연구소는 지역문화에 대한 관심을 환기시켜 나감과 아울러 급격한 산업화로 잊혀져가는 우리의 정신문화에 대한 새로운 이해를 증진시켜 나가기 위해 노력해 왔다.

지금까지 본 연구소는 총 6권의 ‘선주문화연구총서’를 발간하였다. 1994년 2월『야은 길재(冶隱 吉再)의 학문과 사상』을 시작으로 같은 해 11월『여헌 장현광(旅軒 張顯光)의 학문과 사상』, 1995년 6월『왕산 허위(旺山 許蔿)의 사상과 구국의병항쟁』, 1996년 9월『점필재 김종직(佔畢齋 金宗直)의 학문과 사상』, 1999년 10월『박정희(朴正熙) 대통령과 한국의 근대화』, 그리고 2010년 4월『구암(久庵) 김취문(金就文)과 선산김씨의 종족활동』등이 그것이다.

금년에 다시 일곱 번째의 연구총서『여헌학의 전개와 수용』을 발간하게 된 것을 매우 기쁘게 생각한다. 이 책은 2005년부터 2009년까지 매년 여헌학연구회와 공동으로 개최한 ‘여헌학 학술대회’에서 발표한 논문들을 묶어 단행본으로 출간한 것이다.

여헌 장현광(旅軒 張顯光)이 살았던 시대는 암울한 시대였다. 왜란과 호란이 연이어 일어나고, 인조반정과 이괄의 난이 발생하면서 정권을 둘러싼 권력투쟁으로 사림이 분열하는 등 위기와 분열의 시기였다. 이러한 위기적 상황에서 성리학의 존재기반에 대한 반성과 더불어 도덕적·정치적 행위의 논리적 기반을 확고하게 정립해야 할 학문적 필요성이 제기되고 있었다.

이러한 시대에 여헌 장현광은 자신이 살았던 시대의 문제를 고민한 대표적 유학자였다. 따라서 선주문화연구소는 여헌학 학술대회를 통해 인동(仁同)출신의 조선중기 유학자 여헌 장현광의 학문을 새롭게 규명할 필요성에서 여헌의 현실인식을 바탕으로 여헌학의 독자적 위상에 대해 검토하였으며, 여헌의 철학과 윤리정신을 조명하였다. 그리고 여헌의 학문과 사상의 계승발전과정을 통해 사상의 깊이와 영향력을 고찰하였다.

이제 지난 5년간의 연구성과를 통해 여헌학을 종합적으로 이해하는 데 도움이 되었으면 하는 마음으로 본서를 출간하였다. 논문 게재를 허락하신 여러분들과 간행을 위해 애쓴 금오공과대학교 박인호 교수 그리고 끝으로 어려운 여건에서도 흔쾌히 출판을 맡아 준 보고사 김흥국 사장께도 진심으로 감사드린다.

2010년 11월
선주문화연구소장 조현걸

지역에서의 여헌학 연구의 경과와 성과

최근 학계에서는 지역 사상계의 수용과 전파, 그리고 계승관계에 많은 관심을 보이고 있으며 젊은 학자들의 참여도 늘고 있다. 그런데 영남지역의 경우 광해군의 대북정권 패퇴 이후 퇴계학 일색의 학문적 전승관계와 전파양상을 가지게 되는데, 다른 영남지역의 성향과는 달리 유독 여헌 장현광의 제자들은 학문적 독자성과 개별성을 끊임없이 주장하고 있었다. 이는 학문적 독립성에 대한 뚜렷한 개념을 가지고 있지 않으면 나오기 어려운 현상이었다.

이러한 특징에서 본다면 여헌 장현광의 학문적 성취와 후학들의 수용과 계승양상을 조명하는 작업이 시급하였으나 지역의 학계에서는 구미에 있는 금오공과대학교에서 한 차례 학술대회가 있었을 뿐 이렇다 할 관심을 지속시키지 못하였다. 2003년 창립 이후 여헌 장현광의 학문을 전승하는데 노력을 기울이고 있던 여헌학연구회에서는 지역에서의 여헌 장현광에 대한 학술연구를 고취시키기 위해 학술대회를 기획하고 있었는데, 구미에 소재한 금오공과대학교 선주문화연구소와 같이하게 되었다.

첫 학술대회가 시작된 것은 2005년이었다. 이후 금오공과대학교 선주문화연구소와 여헌학연구회는 공동으로 매년 여헌학과 관련된 학술대회를 개최하고 있다.

　2005년 10월 7일 제1회 여헌학 학술대회 겸 제6회 선주문화연구소 학술대회에서는 〈여헌 장현광의 철학과 문학정신〉이라는 제목으로 학술대회를 개최하였다.

　고 설석규(전 경북대)는 「여헌학의 역사적 위상」에서 학술대회 첫 발표에 걸맞게 이황, 이이, 조식, 서경덕 등 조선시기 사상가들에 대한 큰 지형도를 펼치고서 그 속에서 장현광의 사상이 가지는 역사적 위상을 살펴봄으로써 거시적 측면에서 여헌학을 살펴보았다. 철학적으로 보면 조식은 이기분대론, 이황은 이기수승론, 이이는 이기묘합론이라고 규정하고, 붕당정치면에서 남명학파는 분대론에 입각한 군자소인론, 퇴계학파는 수승론에 입각한 조제탕평론, 율곡학파는 묘합론에 입각한 보합론을 주장하였다고 갈래를 규정하였다. 한편 여헌은 이에 속하지 않는 이기분합론의 세계관에 중도보합을 지향하는 중도탕평론을 견지하였다고 정리하였다. 이기심성론이 형이상학적 성격만 갖는 것이 아니라 붕당론과 같은 맥락 속에 있음을 지적하여 이기론의 사상적인 맥락을 정치론으로까지 확대시킨 독특한 연구였다. 이 논문은 향후 조선후기 사상사의 지형도를 살피거나 여헌학의 학문적 위상을 파악하는 데에 있어서 좋은 길잡이가 될 논문이었다.

　토론은 박인호(금오공대)가 담당하였다. 사상을 너무 단순화하여 설명한다고 지적하고 개개인의 사상 속에는 그러한 갈래로 규정하지 못하는 다양성이 있음을 지적하였다.

　장승구(세명대)는 「여헌 장현광의 여행의 철학과 수분의 윤리학」에서 여헌의 사상 가운데 시간적 통제를 부정하고 규제없이 여행하는 유목민적인 사유를 여행의 철학으로, 세상과 함께 어울리는 동진의 사유를 수분의 윤리학으로 각기 규정하였다. 장승구는 이를 통해 여헌의 철학은 공생공영의 새로운 사회가 요구하는 큰 이상을 보여주고 있다고 규정함으로써 이제까지 주로 장현광의 성리나 이기설 해석에 머물러 있던 학계의 연구수준을 뛰어 넘어 현실적인 철학논리를 구명하는 새로운 연구 관점을 제시하였다.

토론은 김백희(한국학중앙연구원)가 담당하였다. 철학적 측면에서 인물을 연구함에 있어서 이러한 방법론의 유용성에 대한 질의가 있었다.

김석배(금오공대)는「여헌 장현광과 노계시가」에서 시가문학상 노계 박인로에게 미친 장현광의 영향을 정리하였다. 시가 작품을 구절마다 비교하는 고증적인 연구방법을 통해 시가상의 영향관계를 세밀하게 정리하였다.

토론은 권삼문(구미시청)이 담당하였다. 노계 시가의 학문사적 의의에 대한 질의가 있었다.

2006년 10월 27일 제2회 어헌학 학술대회 겸 제7회 선주문화연구소 학술대회에서는 〈여헌학의 전개와 수용(1)〉이라는 제목으로 학술대회를 개최하였다.

이영호(성균관대)는「여헌 경학의 특징과 그 위상」에서 장현광의 경학주석서인『녹의사질』에 보이는『대학』과『중용』에 대한 해석에서 주자주보다 경문의 문리에 주의하는 특성을 밝히면서 이것은 퇴계학과 구별되는 것으로 결국 근기 남인의 해석과 맥을 같이 한다고 평가하였다. 이 논문은 경전에 대한 해석의 특징을 통해 퇴계학과의 차별성과 근기 남인과의 연결점을 찾아내었다는 점에 큰 의의가 있다.

토론은 이기훈(계명대)이 담당하였다. 이기훈은 경전 해석이나 비은론 등을 근거로 여헌학을 주자학과 너무 분리시키려는 문제점이 있음을 지적하였다.

이희평(성균관대)은 「둔암 선우협의 철학사상 일고」에서 '심'의 강조, 『대학』과 『소학』의 중시, 상소문 등에 보이는 선우협의 사상 등을 장현광의 사상과 비교하여 그 연관성을 고찰하였다. 그리고 선우협의 저술에 보이는 『역학도설』과 『태극설』을 장현광의 것과 비교하여 장현광의 학문이 선우협에 전승되는 양상을 조심스럽게 정리하였다.

토론은 최정준(성균관대)이 담당하였다. 최정준은 전체 논지에 동의하면서도 구체적인 사례를 해석함에 있어서 나타나는 문제점을 지적하였다.

박인호(금오공대)는 「해동문헌총록에 나타난 김휴의 학문세계」에서 김휴의 『해동문헌총록』이 실학적인 학문의 소산이라고 이해해 온 것을 비판하고 여헌학의 학문적 영향 속에 나타났으며, 백과적인 학문 경향의 선구적 의의를 지닌 것으로 평가하였다.

토론은 송희준(계명대)이 담당하였다. 송희준은 일부 부분은 실학적 산물로 보아도 좋을 것이라고 지적하였으며 또한 조선후기 백과전서학의 학문적 조류속에서 시작점으로서의 김휴가 가지는 위상에 대한 질의가 있었다.

2007년 10월 12일 제3회 여헌학 학술대회 겸 제8회 선주문화연구소 학술대회에서는 〈여헌학의 전개와 수용(2)〉이라는 제목으로 학술대회를 개최하였다.

김학수(한국학중앙연구원)는 「1635년 퇴계변무소의 추진과 여헌학맥의 대응」에서 인조 13년(1635) 경연 석상에서 발설된 이황이 상을 당하였으면서도 아이를 가지게 했다는 말에 대해 변명하는 변무소의 상진 과정을 둘러싼 범 영남계 내의 갈등 관계를 통해 당시 영남내 다양한 문파의 입지와 현실 대응의 자세를 논하였다. 특히 변무소를 추진한 안동 예안권의 월천계와 이를 비판적으로 보았던 우복·여헌계의 갈등 관계를 정리하였다. 왜 여헌계가 학문적 독립성을 주장하였는가를 변무소에 대한 분열 양상과 같은 현실적인 이유에서 찾아보려고 했다는 점에서 매우 재미있는 논문이라고 할 수 있다.

토론은 조준호(국민대)가 담당하였다. 조준호는 갈등이 전개된 원인에 대해 안동권이 변무소를 강행한 것은 중앙의 서인정권에 대응하려는 과정에서 안동·예안권을 중심으로 학맥을 재결집하려는 의도에서 나온 것이라고 보충 설명하였다.

김종석(한국국학진흥원)은 「난재 신열도의 사상과 여헌학의 계승」에서 신열도의 학문을 가문의 퇴계학적 전통을 이은 호계 신적도의 영향을 받아 퇴계학도로서의 소양을 갖춘 후에 여헌으로부터 수학함으로써 퇴계학적 특징이 강함을 지적하면서도 퇴계학을 여헌의 가르침에 따라 재해석함으로써 현실적이고 실용적인 측면으로 계승되었다고 주장하였다. 퇴계학적 전통이 강한 지역의 여헌 제자들이 여헌학을 어떤 방식으로 이해하고 수용하고 있는 지를 구체적으로 보여주는 논문이라고 할 수 있다.

토론은 백도근(영남대)이 담당하였다. 백도근은 그러한 계승관계와 여헌 적통으로서의 위상을 입증할 수 있는 근거 자료가 더 보충되어야 한다고 지적하였다.

오용원(경북대)은 「간송 조임도의 현실인식과 그 시적 형상화」에서 간송 조임도의 현실에서의 행동 양식과 이를 시문으로 처리한 양상을 소개하면서 조임도의 탈속적인 성향은 여헌으로부터 영향받았다고 주장하였다.

토론은 최종호(계명대)가 담당하였다. 최종호는 여문십현의 1인이라는 점에서 보이듯이 여헌 고제로서의 간송의 위상이 있음에도 불구하고 양자간 관계에 대한 설명에서 부족한 부분이 있으며, 좀 더 다양한 방면에서 영향관계를 검토할 필요가 있음을 지적하였다.

2008년 10월 17일 제4회 여헌학 학술대회 겸 제9회 선주문화연구소 학술대회에서는 〈여헌학의 전개와 수용(3)〉이라는 제목으로 학술대회를 개최하였다.

김영주(성균관대)는 「학가재 이주의 삶과 문학 – 시에 나타난 특징을 중심으로–」에서 16세기 영남의 유생들은 시를 지어도 수양과 성리에 관심을 가지고 내면적인 세계관을 보여주는 것이 일반적인 것이며 자연물조차 철학적 가치를 구현하는 수단으로 여긴 반면에 학가재의 경우 오히려 산천과 화초와 같은 일상 생활에서 접하는 자연물을 소재로한 것에 주목하였다. 특히 시의 표면에 나타나는 감각적이고 낭만적이며 희작적인 창작 경향은 17세기 이후 풍미하는 당풍과 연관되어 있음을 거론하였다.

토론은 강정화(경상대)가 담당하였다. 강정화는 17세기 이후 시작에서의 변화가 학가재 무렵에서 시작되었다고 하는 것은 추가 보완 자료가 필요하다고 지적하였다. 또한 시문에 보이는 도학적 자취가 가지는 의미가 무엇이며, 여헌 제자로서의 문학적 특질을 어떻게 규정할 수 있는 지를 질의하였다.

전재동(경북대)은 「영천 지역의 여헌 학맥에 대한 일고찰 – 영일 정씨의 의병 활동과 문학세계를 중심으로 –」에서 영일 정씨를 중심으로 영천지역에서의 여헌 학맥의 수용 양상을 다루었다. 논문에서는 영천 지역 영일 정씨 집안의 여헌학 수용에 대한 다양한 정보를 제공하고 있을 뿐만 아니라 앞으로 영일 정씨 집안 인물들에 대한 개별 연구의 당위성을 환기시켰다는 점에서 의미있는 연구였다.

　토론은 박준호(계명대)가 담당하였다. 박준호는 영일 정씨의 의병활동에 대한 내용을 보충할 필요가 있음과 문학세계에 대한 분석이 시문 분석의 일부 부면에 그치고 있으므로 다양한 방면에서의 접근이 필요함을 지적하였다.

　박인호(금오공대)는 「임진왜란기 지방 지식인의 피난살이 – 장현광의 용사일기를 중심으로 –」에서 장현광의『용사일기』를 다루었다. 장현광의『용사일기』는 임진왜란기 사족의 피난기로서는 매우 희귀한 기록임에도 불구하고 당시까지 전문 논문이 나오지 않았다. 일기의 내용 분석을 통해 임진왜란기에 경험하였던 참상과 이에 대한 비판의식이 후일 장현광의 사상적 특징으로 거론되는 중도적·실용적인 논리, 우리 백성이라는 공동체 인식 등으로 나타나게 되었음을 주장하였다.

　토론은 정해은(한국학중앙연구원)이 담당하였다. 정해은은 현실에 대한 인식의 추이에 대한 설명이 부족함을 지적하였다. 또한 일반적인 사족이라면 누구나 다 경험하였던 전쟁 체험이 독특한 여헌 사상의 기초가 되었다는 설명을 위해서는 별도의 철학적 논의가 필요함을 지적하였다.

　2009년 10월 16일 제5회 여헌학 학술대회 겸 제11회 선주문화연구소 학술대회에서는 〈여헌학의 전개와 수용(4)〉이라는 제목으로 학술대회를 개최하였다.

　최병덕(금오공대)은 「여헌 장현광의 정치인식」에서 여헌의 정치사상에 대해 군주는 정치의 표준을 세우고 수신을 통해 성군화를 이루는 존재로, 신하는 이를 보필하는 존재로 인식하였으며, 또한 백성에 대해서는 민심을 안정시키고 삶에 여력이 생기도록 배려해 주어야 하는 교화 대상으로 인식하였다고 정리하였다.

토론은 문재윤(경북대)이 담당하였다. 문재윤은 만약 정치사상이 이러하다면 여타의 정치사상가와 구별되는 면모를 갖추지 못한 것이며 여헌의 정치사상은 군주를 정점으로 하는 단순한 정치이론에서 크게 벗어나지 못한 것으로 간주된다는 의견을 피력하였다. 또한 향후 연구에서는 정파적 입장과 향촌관 등을 보다 명료하게 살펴 줄 것을 요청하였다.

강정화(경상대)는 「한사 강대수의 교유와 시세계」에서 『동도회첩』을 통해 처세를 위해 줄타기식의 교유관계를 유지하고 있는 양상을 정리하고서 이러한 교유가 참여와 퇴처 사이에서 고민하고 무용지용(無用之用)의 처세 속에서 동병상련(同病相憐)의 교감을 나누는 식으로 문학작품에 용해되었음을 밝혔다.

토론은 이성혜(부산대)가 담당하였다. 이성혜는 이러한 교유양상이 어떠한 의미를 지니는 지가 명쾌하게 구명되지 않았다고 지적하고 또한 이러한 교유는 오히려 비주체적으로 비칠 수 있음을 지적하였다. 한사의 시문 분석에서도 용해된 양상이나 문예미도 추가로 다루어야 함을 지적하였다.

전병철(경상대)은 「동계 권도의 수기와 교인」에서 동계 권도의 사상적 기반으로서의 사승 관계와 교유 인물을 정리한 다음 스스로를 닦는 수기(修己)를 위해 마음을 보존하는 존심(存心)과 주일무적(主一無適)의 경(敬)한 상태인 지경(持敬), 출사 이후의 흥학과 강규 제정 등을 소개하고서, 이러한 점이 기반이 되어 정치적 경륜으로 나타났다고 주장하였다.

토론은 강동욱(경상대)이 담당하였다. 강동욱은 동계를 남인으로 규정짓는 의견에 대해 노론과의 연관성을 보여주는 자료도 있음을 지적하였다. 그리고 동계의 학문적 특징으로 거론한 존심, 지경, 흥학 등은 동시기 유학자들의 일반적인 경향이므로 여헌 철학으로부터의 영향은 구체적으로 검증되어야 함을 지적하였다.

　이상의 연구성과를 보면 지역에서의 여헌학은 주로 문학, 역사학, 철학 등의 측면에서 연구가 진행되었다. 그 가운데서도 상대적으로 문학과 역사학 방면의 연구가 주를 이루고 있다. 또한 연구대상에 있어서도 '여헌학'이라고 할 수 있는 여헌 학맥의 전개와 수용 양상에 주목하고 있다. 그 결과 이제까지 학문사에서 그다지 주목받지 못하고 있었던 제자 그룹이 주목을 받게 되었다.

　중앙 학계에서의 여헌사상 연구는 주로 고려대 민족문화연구원을 중심으로 진행되었다. 그런데 고려대에서의 연구는 대체로 철학자들에 의해 연구가 주도되었다. 또한 연구 주제도 여헌 장현광을 대상으로 삼고 있다. 그 대표적인 연구 성과가 고려대 한국사상연구소에서 간행한 『여헌 장현광의 학문세계』1, 2, 3(예문서원)이다.

　지역에서의 연구는 주로 문학과 역사학 방면의 접근을 통해 실용적인 사고의 출발점과 그 전개양상, 그리고 문학적 다양성과 현실의식과의 연계성, 제자그룹의 학문적 계승양상을 구명하는데 특장을 보여주고 있다. 이 점은 향후 지역의 연구과제로 여전히 유효하고 또 반드시 나아가야 할 방향이라고 여겨진다. 앞으로 이 분야에 대해 더욱 적극적으로 연구 과제를 개발하고 또한 연구를 진행해 나갈 것임을 약속한다.

연구책임자 박인호

목차

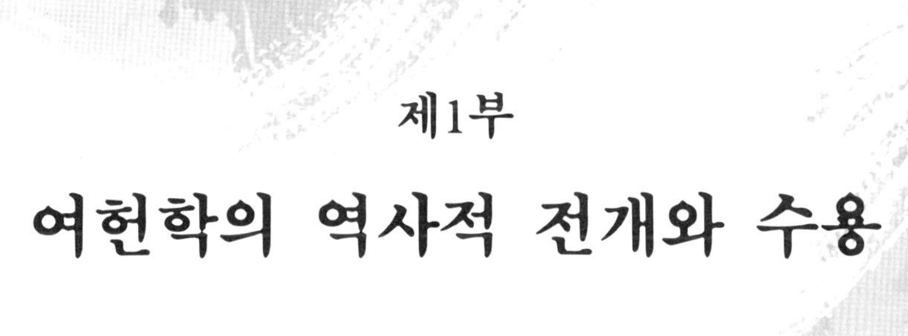

제1부
여헌학의 역사적 전개와 수용

제1부 여헌학의 역사적 전개와 수용

여헌학의 역사적 위상

설석규

1. 머리말

우리나라에서 성리학은 한당유학과 불교의 한계를 동시에 극복하기 위한 방안의 일환으로 고려 말 수용되었으나, 왕조교체의 명분으로만 주로 활용되었을 뿐 그에 입각한 세계관 형성은 답보상태를 면하지 못하고 있었다. 조선시대 성리학에 근거한 세계관은 사림세력이 중종대 후반부터 대두하는 훈척정치에 대응하는 과정에서 본격적으로 형성되기 시작했다.

외척을 주축으로 한 훈척정권은 소수의 권신이 권력을 독점한 가운데 정치·사회·경제적인 파탄을 초래하고 있었다. 사림들은 그 같은 모순에 대처하기 위한 출처(出處)와 함께 개혁의 방향을 성리학의 세계관에서 모색했다. 성리학적 이기심성론에 대한 논의가 활성화되는 것은 그러한 상황에 따른 것이었다. 그들은 비록 주자성리학에 학문적 근거를 두고 있기는 했지만, 그것을 조선의 현실에 그대로 적용하는데 대하여는 전반적으로 부정적이었다. 대신 그들은 자신의 현실인식에

---

* 이 논문은 「여헌학의 역사적 위상」이라는 제목으로 『선주논총』 8(금오공대 선주문화연구소, 2005)에 게재되었던 글을 수정한 것이다.

근거한 독자적인 이기심성론의 체계를 정립하게 되었고, 그에 입각하여 차별화된 현실대응 자세를 확립하게 되었던 것이다.

따라서 16세기 사림들의 이기심성론과 관련한 논의는 단순한 사변적 관심에서 비롯한 것이 아니었다. 거기에는 그들의 독자적 세계관을 정립하는 과정에서 야기되는 시각차가 개재해 있었다. 서경덕(徐敬德)의 이기심성론을 이황(李滉)이 비판한데 이어, 기대승(奇大升)이 이황의 이기심성론에 이의를 제기하고, 그들의 논변에 대해 조식(曺植)이 부정적 입장을 피력했을 뿐만 아니라, 이이(李珥)가 독자적인 이기심성론을 제기하면서 성혼(成渾)과 논변을 전개한 것 등은 그러한 맥락에서 이해가 된다. 이를 통해 그들은 각각의 차별화된 도학적 세계관을 구축했던 것이다.

사림의 도학적 세계관은 그들을 주축으로 한 학파 형성의 철학적 기반이 되었다. 사림들이 화담학파를 비롯해 남명학파·퇴계학파·율곡학파·우계학파로 분화되는 배경도 바로 여기에 있었다. 나아가 그것은 선조대 정국을 주도하게 된 사림세력의 정치적 분열을 촉진하는 자극제가 되어, 그들이 학파를 매개로 한 붕당(朋黨) 정치세력을 형성하는 토대가 되기도 했다. 그들이 동인·서인에 이어 남인·북인, 노론·소론 등으로 분화를 거듭하는 저변에는 그러한 도학적 세계관의 차별성이 자리 잡고 있었던 것이다.

그러나 붕당의 거듭된 분화는 정치적 난맥상에 의해 파생된 것으로, 그것을 타개할 수 있는 새로운 세계관에 근거한 정치철학의 정립은 불가피한 일이었다. 붕당의 대립이 치열하게 전개되는 와중에서 성리학적 이기심성론에 근거한 독자적인 정치철학의 논리가 부단하게 제시되는 것은 그러한 현상과 무관한 것이 아니었다. 여헌(旅軒) 장현광(張顯光, 1554~1637)이 다양한 학문체계를 섭렵한 가운데 경위설(經緯說)에 입각한 독자적인 이기심성론을 체계화한 것도 그러한 관점에서 파악되는 것이다. 다시 말해 그의 이기심성론은 단순한 도학적 세계관에 대한 현학적 관심에서 비롯된 산물이 아니라, 당시 대두하고 있던 정치적 과제를 해결하기 위한 방안으로서 모색된 것이었다. 여헌학(旅軒學)을 정립할 수 있는 단서는 여기에서 찾을 수 있는 것으로, 그것의 차별화된 독자성은 여타 사림의 세계관과의 비교를 통해서만 확보될 수 있다고 하겠다.

본고는 장현광의 도학적(道學的) 세계관이 갖는 독자성의 검증을 통한 역사적 위상을 정립하기 위한 목적으로 시도한 것이다.[1] 먼저 사림의 이기심성론의 분화양상의 검토를 통해 그의 세계관의 독자적 성격을 규명한다. 그런 다음 사림의 정치적 분열상황에서 제시된 붕당론의 비교를 통해 그의 정치철학의 독자성을 찾아본다. 이를 토대로 그에 의해 정립된 여헌학이 지닌 역사적 의미를 추적해 보고자 하는 것이다.

2. 여헌의 세계관 형성

1) 사림의 세계관 분화

고려 말 중국으로부터 수용된 성리학은 신흥 사대부세력에 의해 조선왕조 건국의 명분으로 활용되기는 했지만, 주로 향촌에서 학문 및

---

1) 旅軒 張顯光의 학문과 사상에 관한 연구는 劉明鍾, 「張旅軒思想의 硏究」, 『경북대논문집』 5, 1962.를 시작으로 金吉煥, 「張顯光의 太極思想」, 『韓國學報』 15, 1979; 張會翼, 「朝鮮後期 初 知識階層의 自然觀 − 張顯光의 「宇宙論」을 중심으로−」, 『韓國文化』 11, 1990; 李樹健, 「旅軒 張顯光의 政治社會思想」, 『嶠南史學』 6, 1994. 등이 있으며, 이후에 발표된 주요 논고들은 金烏工大 善州文化硏究所, 『旅軒 張顯光의 學問과 思想』, 선주문화연구총서 2, 1994.와 고려대 한국사상연구소, 『여헌 장현광의 학문세계 −우주와 인간−』, 예문서원, 2004.에 수록되었다.

재지적 기반을 갖춘 사림들에 의해 도덕적 규범을 정립하기 위한 학문으로서의 위상을 확보해 나갔다. 그들이 성리학을 내면적 수양을 위한 위기지학(爲己之學)으로 간주한 가운데 도학(道學)이라 지칭하기를 선호한 배경도 바로 여기에 있었다.[2] 김굉필(金宏弼)에 의해 본격적으로 정립되기 시작한 도학은 기묘사화의 정치적 굴곡에도 불구하고 훈구파에 대응한 사림파의 차별적 학문영역으로 자리를 잡게 되었다.

그러나 16세기 훈척세력에 의한 모순된 시대적 상황이 대두하면서 향촌에서 도학 연구에 몰두하고 있던 사림들의 출처관과 정치철학의 분화양상이 나타나기 시작했다. 물론 그들은 국가경영 이념과 철학이 결여된 훈척정권에 대해 근원적인 불신을 갖고 있었지만, 모순된 현실에 대한 구체적 대응방안에 대해서는 각자 견해를 달리하고 있었다. 그러한 견해차는 그들의 성리학 이해에 근거한 현실인식의 차이를 반영하는 것이었다. 다시 말해 거기에는 그들이 비록 성리학의 공통된 이념을 견지했다고 하더라도, 그것을 실제 현실에 투영하는 방법에 있어서는 각자가 입장을 달리하는 사정이 개재해 있었다.[3] 조선왕조에서 성리학적 이기심성론에 대한 논의가 본격적으로 전개되기 시작하는 사정은 여기에 있었다.

리·기의 원리적 관계를 토대로 현실인식과 대응자세를 규정하는 이해체계는 조선 초기 이래 간헐적으로 시도되기는 했으나, 그것을 본격적으로 구조화한 선구적 인물은 서경덕(徐敬德)이었다. 그의 이기심성론은 우주의 근원에서 현상에 이르는 원리를 기를 도구로 하여 파악하는 일기장존론(一氣長存論)에 토대를 두고 있었다. 물론 그는 리의 존재

---

2) 金鎔坤, 「朝鮮前期 道學政治思想 硏究」, 서울대 박사학위논문, 1994.

3) 薛錫圭, 「16세기 嶺南學派의 政治哲學 形成과 朋黨論」, 『韓國의 哲學』 27, 경북대 퇴계연구소, 1999.

를 완전히 무시하지는 않았다. 그에 의하면 리는 기의 재[주(主)](宰)로서 리·기가 기본적으로는 불상잡(不相離)의 관계에 있는 것으로, 리만으로는 무위(無爲)이고 기만으로는 조잡(粗雜)하기 때문에 이것이 묘합(妙合)을 이룰 때 기의 완전성이 보장된다[4]는 것이다.

서경덕은 우주의 근원인 선천(先天)과 현상인 후천(後天)에는 궁극에 경계가 없는 것으로 보았다. 기는 하나이기는 하지만 '일기(一氣)'라고 하면 일(一)은 이미 이(二)를 품고 있기 때문에 스스로 이(二)를 생성하지 않을 수 없기 때문이라[5]는 것이다. 그러한 근원과 현상을 왕래하며 취(聚)·산(散)을 거듭하는 것이 바로 기였다. 따라서 만물이 태어나고 죽는 것이나, 인간과 귀신의 구분은 기의 취·산을 말하는 것이지만, 기의 산은 사라져 소멸되는 것은 아니었다. 다시 말해 만물은 죽으면 사라지지만 기는 사라지지 않고 태허(太虛)로 되돌아간다는 것이다. 결국 기는 만물의 생·사에 따르지 않고 취·산을 거듭함으로써 영원히 존재하는 셈이 된다.[6] 그의 이기심성론이 일기항존론(一氣恒存論) 내지는 일기장존론(一氣長存論)으로 규정되는 배경이 바로 여기에 있었다.

이러한 그의 관점은 일견 불교의 윤회설에 근접하는 것이기는 하지만, 그의 기(氣)=허(虛)의 개념이 불교적 '공(空)'과는 차별화되는 것이라는 점에서 본질적으로 시각을 달리하고 있었다. 나아가 그는 기의 현상인 음(陰)·양(陽)에 존(尊)·비(卑)가 전제되어 있는 것으로 보아, 남편이 아내를 거느리고 군자가 소인을 지배하는 것은 당위에 의한 순리라고 강조했다. 그의 처사로 일관한 삶은 염세적 시각에 입각한 현

---

4) 『花潭集』 권2, 雜著 原理氣 "理之一其虛 氣之一其粗 合之則妙乎妙"
5) 『花潭集』 권2, 雜著 理氣說 "易者陰陽之變 陰陽二氣也 一陰一陽者 太一也 二故化 一故 妙 非化之外別有所謂妙者 二氣之所以能生生化化而不已者 即其太極之妙 若外化而語妙 非知易者也"
6) 『花潭集』 권2, 雜著 鬼神死生論 "死生人鬼 只是氣之聚散而已 有聚散而無有無"

실 도피적 자세에 토대를 둔 것이 아니라, 자신에게 주어진 당위적 현상에 불과한 것일 뿐이라는 것이다. 기의 본질은 순수한 것이며 작용의 과정에서 리와 묘합(妙合)할 때 완전성이 보장된다는 그의 관점은, 현실적으로 근원적 모순은 존재하지 않으며 현상의 모순도 일시적 현상에 불과할 뿐 자연적으로 치유될 수 있다는 현실에 대한 낙관적 운명론을 정당화하는 근거가 될 수 있는 것이었다. 그가 자신의 가난한 삶을 당연한 것으로 받아들이며 안빈낙도의 삶을 추구하게 되는 배경도 여기에 있었다.[7]

그러나 서경덕의 자세는 리를 순선(純善), 기를 겸선악(兼善惡)으로 보아 현실을 가치론적으로 구분하며 현실적 모순을 인위적으로 극복하려는 사림의 보편적 태도와는 거리가 있었다. 사림의 그러한 인식의 저변에는 현실적으로 시(是)와 비(非), 군자(君子)와 소인(小人)의 분별이 엄존할 뿐만 아니라 현실의 모순도 구조적인 것이기 때문에, 모순 척결을 통한 군자지배의 도덕적 사회를 실현할 필요가 있다는 의지가 반영되어 있었다. 따라서 서경덕이 중종 14년(1519) 소인의 척결을 통한 군자지배의 이상사회 건설을 표방하며 적극적 개혁을 지향하던 기묘사림의 천거에 수천(首薦)되었음에도[8] 불응한 것도, 자신의 철학에 비추어 사림의 그러한 경향에 동조할 수 없었던 사정이 개재해 있었다고 보아야 할 것이다.

그의 전반적 성품이 청평(清平)·순수(純粹)한데다[9] 남들과 구분되기를 싫어하여 향촌의 사람들과도 쉽게 어울려 담소(談笑)하고,[10] 항상

---

7) 薛錫圭, 「16세기 사림의 現實對應과 徐敬德의 出處義理」, 『慶尙史學』 15·16, 경상사학회, 2000.

8) 『花潭集』 권3, 附錄1 年譜.

9) 『光海君日記』 권34, 2년 10월 辛丑.

10) 『花潭集』 권3, 附錄1 遺事 "平生惡崖異之行 與鄕人處 終日言笑 不見其有異也"

자신의 생활에 만족하며 세간의 득·실, 시·비, 영·욕에는 관심을 갖지 않았으며,11) 평온하면서도 소탈하여 소강절(邵康節)의 기풍이 있었다12)고 평가된 것도 그와 맥을 같이하는 것이었다.

서경덕의 소극적 현실대응 자세는 훈척정권에 대응한 사림의 결집을 위한 논리적 토대구축을 위해 리·기를 대립적 관계로 해석하는 주자성리학을 적극 수용한 조식과 이황에 의해 극복의 대상이 되었다. 리와 기를 가치론적으로 분리하여 대립적 관계에서 파악하는 관점은 주자의 "四端 理之發 七情 氣之發"13)이라 한 언급에 토대를 두고 있는 것으로, 기에 대한 리의 절대적 가치를 보장하는 특징이 있었다. 그것은 리를 선으로 간주하는 대신 기는 악에 치우칠 가능성이 많은 것으로 파악한 때문이었다. 따라서 그에 입각한 사고는 현실을 선·악의 이분법적 관점에서 해석해 악의 소인을 척결하고 선의 군자가 지배하는 사회건설을 지향하는 측면이 강했다.

리·기를 군자·소인, 천리·인욕에 대비해 분대(分對)하는 태도는 특히 조식에게서 두드러지는 측면이 있었다. 조식은 주돈이(周敦頤)와 정호(程顥)·정이(程頤) 이후 저술과 해석을 통한 학맥이 일성(日星)과 같이 밝아졌다14)고 규정하는 한편, 정(程)·주(朱)이후 저서가 필요 없다15)는 태도를 견지하며 성명의리(性命義理)의 궁구에는 사실상 소극적 자세를 보였다. 이는 성리학적 이기심성론의 관념성에 따른 비판적 태도를 반영하는 것이 아니라, 그것의 이론화 작업은 주자에 의해 이미 완성된 것이기 때문에 후학들은 그에 입각한 실천철학의 확립이 중

---

11) 『宣祖實錄』 권9, 8년 5월 己未.
12) 『中宗實錄』 권103, 39년 5월 戊戌.
13) 『朱子四書語類』 권40, 孟子3 公孫丑中 人皆有不忍人之心章.
14) 『南冥集』 권5 附錄, 言行總錄 行狀(金宇顒) "濂洛以後 著述輯解 階梯路脉 昭如日星"
15) 『南冥集』 권4, 學記類編下 學記跋 "程朱以後 不必著書"

요하다는 인식에 따른 것이었다. 그가 당시의 학자들이 현실의 절실한 문제해결은 제쳐둔 채 고원(高遠)한 것을 추종하는 학문에 매달려 있다[16]거나, 고담성리(高談性理)로 인해 그 마음에 유용한 것을 얻지 못하고 있다[17]고 비판한 이유도 거기에 있었다.

조식이 이해하고 있는 이기심성론은 선현의 학문을 전습(傳習)하면서 그 요지를 적은 것을 제자 정인홍(鄭仁弘)이 『근사록(近思錄)』의 체제에 맞추어 정리한 『학기유편(學記類編)』에서 단편적으로 나타나고 있다. 그 대부분의 내용이 선현의 어록 내지 논설로 구성되어 있으나, 특히 여기에 함께 수록되어 있는 「학기도(學記圖)」 가운데 「심통성정도(心統性情圖)」는 자신이 독자적으로 작성한 것으로 알려져 있다.[18] 이에 의하면 그의 이기심성론이 "理發爲四端 氣發爲七情"이라 하여 사단(四端)을 '리발(理發)', 칠정(七情)을 '기발(氣發)'로 대립적으로 파악한 주자의 논리를 준용하고 있음을 볼 수 있다. 이러한 그의 이해는 리의 절대적 가치와 작용성을 전제로 한 도덕적 규범의 절대성을 확인하는 의미를 갖는 것으로, 리와 기가 선·악의 가치론적 대립관계에 있다는 점을 전제로 하여 나온 것이었다. 리·기가 이물(二物)로 선후가 있으며 리는 기 속에 존재하는 것이 아니라 스스로 발현한다[19]는 주자의 논리를 수용한 것도 그 같은 이해를 반영한다. 그의 이기분대론에 입각한 사고체계와 행동규범의 논리적 근거는 여기에서 마련되었다.

조식의 경(敬)을 통한 엄격한 자기수양과 의(義)를 토대로 한 확고한

---

16) 『南冥集』 권5 附錄, 言行總錄 墓碣銘(成運) "嘗語學者曰 今之學者 捨切近 趨高遠爲學"
17) 『南冥集』 권5 附錄, 言行總錄 神道碑銘(許穆) "敎人必隨人資稟而激勵之 不開卷講論曰 今之學者 高談性理 無實得於其心"
18) 이애희, 「조식의 「학기도」」, 『圖說로 보는 한국유학』, 예문서원, 2000.
19) 『南冥集』 권3, 學記類編上 論道之統體 "問理在先氣在後 曰理氣本無先後 但推上去時 却如理在先氣在後相似 又問理在氣中 發見處如何 曰陰陽五行錯綜 不失便是理"

성품은 바로 리의 절대적 가치를 보장한 가운데 리·기를 분대하는 이분법적 사고체계에서 나온 것이었다. 그는 "안으로 밝혀야 할 것이 경(敬)이고, 밖으로 단호해야 하는 것이 의(義)"[20]라며 항상 창벽에 '경의(敬義)' 두 자를 써놓는 한편, 그것을 각각 상징하는 방울과 칼을 두고 내외를 관통하는 강의(剛毅)·직방(直方)의 자세를 견지하고 있었다. 그의 전반적인 성품이 단엄직방(端嚴直方)·강의정민(剛毅精敏),[21] 방엄청준(方嚴淸峻)[22]으로 엄정함이 두드러진 평가를 받은 것도 이에 근거한 것이었다. 그리하여 그는 사람을 대할 때도 선인은 반기는 기색을 보였지만 악인일 경우 원수를 보듯이 피했다[23]고 할 정도로 호(好)·오(惡)의 태도를 고수하는 면모를 보여주었다.

조식의 분대론에 근거한 이분법적 자세는 이황이 기대승과의 이기심성론에 관한 논변과정에서 "四端 理發而氣隨之 七情 氣發而理乘之"라 하여 이기수승론(理氣隨乘論)으로 정리하면서 완화되는 조짐을 보였다. 두 사람의 논쟁은 물론 이기심성의 철학적 해석을 통한 이론적 심화가 전제되어 있는 것이지만, 그 배경에는 이황의 출처의리에 대한 시각차가 작용하고 있었던 것이다.[24] 곧 이 논쟁은 정지운(鄭之雲)이 작성한 「천명도(天命圖)」를 이황이 검토하는 과정에서 "四端 發於理 七情 發於氣"라 한 것을 "四端 理之發 七情 氣之發"이라 수정하면서 비롯된 것으로, 이 같은 리·기와 사단·칠정을 확연하게 분대하여 파악하는 이황의 철학적 사유체계가 그의 외형상 드러나는 성품 및 출처와

---

20) 『南冥集』 권5, 銘 佩劍銘.
21) 『大谷集』(成運)下, 碣銘 南冥先生墓碣 "公天資英達 器宇高嶷 端嚴直方 剛毅精敏 操履果確 動循繩墨 目無淫視 耳無側聽 莊敬之心 恒存乎中 惰慢之容 不形于外"
22) 『松溪實紀』(申季誠)下, 疏章 請并享新山書院疏 "至於南冥 方嚴淸峻 擧一世許人盖寡"
23) 『南冥集』別集 권2, 言行總錄.
24) 그에 입각한 두 사람의 논변과정과 의미에 대하여는 薛錫圭, 「16세기 嶺南學派의 政治哲學 形成과 朋黨論」, 『韓國의 哲學』 27, 경북대 퇴계연구소, 1999 참조.

괴리된 현상을 기대승이 지적한데서 출발한 것임을 반영하는 것이었다.

기대승의 편지를 받은 이황은 그의 이기심성론이 근원적으로 분대(分對)나 혼륜(渾淪)에 있는 것이 아니라 수승(隨乘)에 있다는 점을 강조하는 답장과 함께 자신의 출처관을 피력하는 내용의 편지를 별도로 보냈다. 여기에서 그는 선비가 세상에 태어나 출(出)과 처(處), 우(遇)와 불우(不遇)는 몸가짐을 바르게 하고 의(義)를 행하는 것에 있음에도 불구하고 배움이 지극하지 않으면서 너무 높은 곳에서 자처(自處)하거나 시세(時勢)를 살피지 않고 경세(經世)에 뛰어드는 경향이 적지 않음을 지적하며[25] 학문적 성취가 없는 현실개혁의 자세는 화만 자초할 뿐으로 깊은 철학적 사유에서만 바른 출처의 길을 찾을 수 있음을 강조했다.

이황의 그 같은 논리에는 기묘사림의 군자소인론(君子小人論)에 입각한 지치주의(至治主義) 운동의 실패에 대한 반성을 의식하는 측면이 강하였다. 그는 기묘사림의 개혁이 실패한 원인은 궁극적으로 조광조(趙光祖)에게 있었던 것으로 파악했다. 조광조는 비록 타고난 자질이 있었으나 학문에 충실하지 못하여 하는 일에 지나침이 있었는데, 만약 학문에 충실하고 덕기(德器)가 이루어진 뒤에 세상에 나아가 일을 담당하였더라면 성공여부는 쉽게 헤아릴 수 없었으리라[26]고 평가한 것이 그것을 말해준다. 거기에는 시비분별에 투철하고 원칙을 고수하는 조광조의 극단적 자세가 현실적 상황에 탄력적으로 적용될 수 없는 한계를 안고 있었음을 지적하는 의미가 함축되어 있었다.

---

25) 『退溪書集成』2冊, 59歲(1559)篇 答奇明彦 및 『退溪集』 권16, 書 答奇明彦.

26) 『退溪全書』言行錄 권5, 類編 論人物 "嘗曰 趙靜庵天資信美 而學力未充 其所施爲未免有過當處 故終至於敗事 若學力旣充 德器成就 然後出而擔當世務 則其成就 未易量也" 이황의 이러한 판단과는 달리 曺植은 己卯士禍의 원인이 趙光祖나 그의 스승 金宏弼의 학문·처신에 문제가 있었던 것이 아니라 형세를 살피지 않고 급진적인 이상정치를 실현하려 했기 때문이라며 현실에 대한 판단력이 부족했던 것으로 보고 있었다.(『東岡集』 권17, 行狀 南冥先生言行錄)

그러한 평가의 저변에는 그의 탄력적인 삶의 철학이나 출처의리가 깊은 성리학적 사유에서 나온 것으로 리기를 분대하면서도 제한적으로 혼륜을 수용하는 사신의 철학적 논리와 결코 상충되지 않으며, 그것이 삶의 정당한 방법을 모색하는 첩경이라는 확신이 자리 잡고 있었다. 학문이 지극하면 도덕적 규범을 훼손하지 않으면서 진퇴의 탄력적이고 합리적인 방안이 저절로 찾아지는 법이라는 것이다. 이것이 강직한 성품으로 악을 미워하는 자는 자기 자신에 힘쓰지 않는 자가 많고, 유순하고 두려움이 많은 자는 아첨하는 태도만 보일 뿐이라[27]고 그가 개탄하듯이 강(剛)과 유(柔) 일변도가 갖는 한계를 동시에 타개하는 합리적 방책이 될 수 있기 때문이었다.

이황의 관점은 리의 절대성을 내세운 도덕의 지나친 중시가 초래하는 비현실성과, 기의 작용성만을 앞세운 인욕의 중시로 야기되는 도덕과 원칙의 경시풍조를 동시에 경계하려는 데서 나온 것이었다. 그리하여 그는 리[태극(太極)] 자체의 운동성과 리·기의 선후 및 본말의 관계를 전제로 리와 기는 독자적인 상태에서 서로 기다리기는 하나 겸하지는 않으며, 떨어지지 않는 성질과 섞이지 않는 성질을 동시에 띠고 있다고 주장하며 양자를 혼합된 하나로 보거나 판이한 둘로 보는 관점 모두를 부정했다. 이것이 바로 그의 수승론(隨乘論)의 논리적 기초가 되는 것으로 그의 출처의리도 여기에 토대를 두고 확립했던 것이다. 이는 순선(純善)인 리가 절대성을 보장받는 가운데 겸선악(兼善惡)의 기를 지배·통제해야 한다는 것으로, 현실적으로는 군자·소인의 구분과 군자의 지배를 보장해야 한다는 논리와 맥락을 같이하는 것이었다.

이러한 이황의 분대를 전제로 한 수승론은 그의 강(剛)과 유(柔)를 겸비하면서도 외유내강한 성품과 무관한 것이 아니었다. 정유일(鄭惟一)

---

27) 『退溪書集成』3冊, 60歲(1560)篇 答奇明彦.

은 그의 성품에 대해 남과의 사이에 간격을 두지 않았으며 별달리 모나지도 않았다고 전제한 뒤, 너그럽되 절제가 있었고 조화가 있되 휩쓸리지 않았으며 엄하면서도 사납지 않아 순수하기가 양금미옥(良金美玉)과 같았고 광명정대하기는 청천백일(靑天白日)과 같았다[28]고 회고했다. 또한 조호익(曺好益)은 그의 인품이 순수하고 온화하여 화기(和氣)가 정호(程顥)를 연상하게 한다면서도, 초년에 요순시대를 구현할 의지가 있었으나 시세(時世)가 불가능함을 알고 학문에 매진하게 되었던 것이지 뜻이 나약하여 일을 기피한 때문은 아니라[29]고 옹호하기도 했다. 나아가 이국필(李國弼)은 그가 남들과 다투지는 않았지만 대부들과는 반드시 정색을 하여 끝까지 따져 시비를 가려내고야 말아 권력과 타협하기를 거부했음을 강조하는 한편, 불인(不仁)을 보면 미워하되 성내지 않는 처신의 방법을 가르쳤다[30]고 회상했다. 이로써 보건대 이황은 내면적으로는 지경(持敬)을 통해 확고하고도 엄격한 삶의 철학을 확립하면서도 외면적으로는 온유하고 포용적인 인상을 보여주는 외유내강의 양면을 겸비하고 있었던 것이다.

물론 이황의 수승적(隨乘的) 강유겸전(剛柔兼全)의 자세는 주자의 관점을 충실하게 수용한 조식의 분대적(分對的) 강의직방(剛毅直方)의 자세가 갖는 극단성을 완화하려는 데서 나온 것일 뿐 본질적인 차이가 있는 것은 아니었다. 그러나 그들의 리의 가치우위를 보장하는 동질적 관점은 도덕적 가치를 앞세워 군자의 지배를 정당화하는 것이라는 점

---

28) 『文峯集』(鄭惟一) 권4, 雜著 退溪先生言行通述.

29) 『芝山集』 권5, 雜著 退溪先生行錄 "退溪資稟 純粹溫潤 如精金美玉 嘗侍坐和氣襲人 想明道也是如此"

30) 『退溪全書』言行錄 권2, 類編 起居語黙之節 "先生與衆人言 和說無諍 與大夫言 未嘗不正色極言辨之…問見人之不善 輒加矜憐而不怒如何 先生曰 是或一道 惡不仁 亦公天下之心 要當并行爲可耳"

에서 보편성에 일정한 한계가 있었을 뿐만 아니라 정치·사회적 대립 구조를 조장하는 측면이 없지 않은 것이었다. 그들의 이기심성론이 기의 작용성과 보편적 원리를 중시하며 리기의 묘합(妙合)을 강소한 이이에 의해 비판을 받게 되는 사정도 바로 여기에 있었다.

이이의 이기심성론은 인간의 도덕적 본성이 현실적 상황과 충돌하면서 발생하는 긴장과 괴리를 보편적인 인간의 삶에 주목하여 극복하고자 하는데 궁극적 목표가 있었다. 그는 리는 기의 주재(主宰)이자 기를 타고 있는 것이기 때문에 리가 아니면 기가 근저(根底)할 수 없고 기가 아니면 리가 의착(依着)할 수 없다고 하여 리기의 스스로의 작용을 부정했다. 그리하여 발(發)하는 것은 기이며 발하는 소이(所以)는 리로서 리를 매개로 하지 않고 발할 수 있는 것은 없지만 궁극적으로 발하는 작용은 기라[31]는 것이다. 이는 기발 만을 인정하고 리발을 인정하지 않는 것으로 가치론적 입장에서 리의 능동적 작용을 용인한 주자 및 조식·이황의 견해를 비판하는 이론적 근거가 되는 것이기도 했다.[32] 그는 이황의 이기수승론이 리와 기가 각각 독립적으로 작용하는 것으로 보아 사람의 마음에 두 근본이 있는 것처럼 오해한 혐의가 있다며, 기가 발하여 리가 탄다는 것은 옳으나 칠정만 그러한 것이 아니라 사단도 마찬가지라는 논리로 비판했던 것이다.

이같이 그의 이기심성론은 기발리승에 토대를 두고 있기는 하나 기의 작용만을 강조하는 주기론적 입장과는 차이가 있는 것이었다. 그에게 있어 리는 독립적이고 가치 우위적인 것이 아니라 기를 보완적으로 필요로 하는 관계를 전제로 하는 것이었다. 다시 말해 기의 작용은 리

---

31) 『栗谷全書』 권10, 書2 答成浩原 "發之者 氣也 所以發者 理也 非氣則不能發 非理則無所發… 聖人復起 不亦斯言."
32) 『栗谷全書』 권10, 書2 答成浩原 "若朱子眞以爲理氣互有發用 相對各出 則是朱子亦誤也 何以爲朱子乎…" "退溪之精詳近密 近代所無 而理發氣隨之說 亦微有理氣先後之病…"

의 주재를 통해 가능하나 물이 그릇의 모양에 따르고 공기가 병의 크기에 따르듯이[33] 리의 원리적 성격은 기를 통해서만 드러냄이 가능하다는 것이다. 곧 기의 개별적 현상에 따라 그 속에 내재한 리도 변화하기 마련으로 원칙과 명분도 현실적 요구에 따라 변화할 수 있다는 것이다. 그러므로 리기는 그 가치의 우열에 따라 분대 또는 수승의 관계에 있는 것이 아니라 묘합의 관계에 있게 되는 셈이다.[34]

이 같은 그의 이기묘합론은 이황이 리의 작용성을 지나치게 강조하여 기의 속성을 제한하고 있다는 판단에 따라 제기된 것이었다. 그는 이황이 본연지성(本然之性)을 리, 기질지성(氣質之性)을 기라며 성(性)을 이분법적으로 분대해 각기 작용이 가능한 것으로 파악한데 대해, 본연지성은 무위(無爲)의 리이고, 기질지성은 리기의 합(合)으로 보아[35] 본연지성은 관념적인 것으로 기질지성에 포함되어야만 발현할 수 있는 것으로 해석했던 것이다. 이는 결과적으로 인간은 선악지정(善惡之情)을 보편적으로 겸비하고 있으나 어버이가 있어야 효(孝)를 발할 수 있고 임금이 있어야 충(忠)을 발하는 것처럼 외적인 요소에 의해 선·악으로 발현하는 것일 뿐 순선무악(純善無惡)의 성인(聖人)의 실체를 상정한다는 것은 근본적으로 용인될 수 없다는 것으로 해석된다.

그것은 인간의 심성이 미발(未發)인 상태에서는 성인(聖人)이든 상인(常人)이든 순선(純善)으로 이발(已發)일 때 리기의 작용에 의해 순선·겸선악으로 나누어짐으로써 현실적으로도 성인·상인의 대비가 가능하다는 입장과 상충하는 것이었다. 그 같은 차이는 이황이나 조식이

---

33) 『栗谷全書』 권10, 書2 答成浩原 理氣詠呈牛溪道兄 "水逐方圓器 空隨小大瓶."

34) 『栗谷全書』 권10, 書2 答成浩原 "理氣之妙 難見亦難說 夫理之源 一而已矣 氣之源 亦一而已矣 氣流行而參差不齊 理亦流行而參差不齊 氣不離理 理不離氣 夫如是則理氣一也."

35) 『栗谷全書』 권10, 書2 答成浩原 "特就氣質上 單指其理曰本然之性 合理氣而命之曰氣質之性耳."

선악의 이분법적 구조에서 우주 및 인간의 심성을 파악하고 있는 것과
는 달리, 그는 인간의 심성이 가변적이고 현실적인 것이기 때문에 그
러한 가치론적 구분은 관념에 불과하다고 판단한데서 비롯된 것이었
다. 이황이 『성학십도(聖學十圖)』에서 군주의 자발적인 수기(修己)를 통
해 성인(聖人)의 경지를 지향한 것과는 달리, 그가 『성학집요(聖學輯要)』
에서 현신이 성학(聖學)의 이름으로 군주를 가르쳐 기질의 변화를 유도
하는 방안을 제시했던[36) 것도 그 같은 맥락에서 이해된다고 하겠다.

인간심성의 도덕적 가치보다는 보편적 원리에 주목한 이이의 이기
심성론은 그의 현실참여를 통한 개혁을 추구하는 출처관과 모순의 점
진적 극복을 통한 사회적 갈등을 해결해야 한다는 현실인식에서 나온
것이었다. 천지(天地)의 조화에 이본(二本)이 있을 수 없고 인심(人心)의
발동에 이원(二原)이 있을 수 없듯이 리기도 호발(互發)할 수 없다[37)는
그의 관점은 사회적 갈등해결을 대립의 방법보다는 통합·융합의 방
법에서 찾으려는 그의 삶의 철학의 소산이었던 것이다. 그가 사람을
대함에 친소를 구분하지 않고 어느 쪽에도 기울지 않으려는 포용력을
발휘했던[38) 것도 그와 무관한 것이 아니었다.

2) 여헌의 분합적 세계관

장현광의 이기심성론은 우주의 명칭이 사람에게서 나왔고 사람은
우주 사이에 있는 존재로 규정함으로써,[39) 인간의 심성을 우주적 원

---

36) 金駿錫, 「朝鮮後期 國家再造論의 擡頭와 그 展開」, 연세대 박사학위논문, 1990.
37) 『牛溪集』年譜 권1, 萬曆12(선조 17:1584)年 正月 "哭栗谷先生 先生慟日 栗谷於道體 洞
   見大原 所謂天地之化無二本 人心之發無二原 理氣不可互發 此等說話 眞是吾師"
38) 『栗谷全書』 권38, 附錄6 諸家記述雜錄 "栗谷與人言 不間親疎 必豁然無所礙阻 傾倒無
   餘而止 可見其德量之宏大 而其見陷於小人者 亦以此也"
39) 『性理說』 권2, 易卦總說.

리에 적용하여 설명하는 성리학의 보편적 이해방식을 충실하게 계승하여 구조화되고 있었다. 비록 그가 우주·태극·리를 형상도 없는 선후·피차의 시·공을 초월한 지고의 가치로 설정하기는 했지만,[40] 이는 우주 및 심성의 원리를 가치론적 기준에서 파악하기 위한 것은 아니었다. 오히려 그의 이기심성론은 만물의 존재가치를 보장하는 토대에서 그것들의 상호 작용을 인정하면서 전개되는 특징이 있었다. 여기에는 우주의 원리를 가치론적으로 구분하여 파악하는 종래의 관점에서 벗어나 동등한 조건에서의 균형을 전제로 상호 인과관계를 설명하려는 자세가 전제되어 있었다. 그 이유는 계간(溪澗)에 천원(泉源)이 있고 식물(植物)에 근본(根本)이 있고 동물(動物)에 두심(頭心)이 있는 것과 같이, 근원을 통해 만물의 상관관계를 파악하는데 효율성과 합리성을 부여받을 수 있다고 판단한 때문이었다.[41]

또한 그는 태극(太極)은 리고 양과 음을 생성하는 동정(動靜)은 기이기 때문에 리의 동정은 기를 기다린 뒤에서야 가능한 법으로, 리 스스로는 동정할 수 없다는 이이의 주장에 대해서도 다음과 같은 논리로 비판했다. 곧 리라는 것은 기의 리고 기는 리의 기이기 때문에, 리 밖에 기가 있거나 기 밖에 리가 있는 것은 아니다. 따라서 리는 기에서 나오고 기는 리로 말미암아 나오므로, 기의 동(動)이 바로 리의 동이고 기의 정(靜)이 곧 리의 정이 되는 셈이다. 그렇기 때문에 기가 동정할 수 있다는 것도 사실상 스스로 동정한다는 의미는 아닌 것이다. 곧 기의 동정이 리의 동정으로 상호 긴밀한 관계에 있는 만큼 기가 스스로 작용하는 것이라고 보고자 한다면 리 역시 스스로 작용하는 것으로 간주되어야 한다는 것이다. 그가 기를 주재하는 것이 리고 리가 발한 것

---

40) 『性理說』 권3, 太極說 無極太極說.
41) 『性理說』 권3, 太極說 諸說會通.

이 기라[42]고 규정한 것도 그 같은 맥락에서 이해되는 것이다.

그러나 그에게서 리의 작용성도 독자적으로 보장되는 것은 아니며 반드시 기와의 관계에서만 인정되는 것이었다. 외형석 손새와 현상에서 볼 때 리 스스로의 동정은 사실상 말할 수 없는 것으로, 동정이라 하면 기만이 상정된다는 것이다. 그렇지만 기가 나오기 전이나 나온 뒤에 리는 항상 본원으로 있기 때문에 근원적으로는 동정이라 할 수 있는 것이다. 다시 말해 리의 동정은 근원에 실재할 뿐 외형상으로는 존재하지 않는다는 것이다. 이러한 그의 해석은 리와 기는 다같이 작용성을 갖고 있기는 하지만 그것들이 대등한 관계에 있는 것이 아니라 선후·피차·체용의 관계에서 기의 근원으로 리가 존재하고 있음을 강조함으로써, 리·기의 균형이 가치의 균등으로 오인될 가능성을 사전에 예방하는 의미를 갖는 것으로 파악된다. 그가 리를 문자나 말로써 설명한다는 것은 근본적으로 불가능한 것으로, 설명할 수 있다고 한다면 그것은 리를 모르는 자의 어리석고 망령된 짓에 불과하다[43]고 단언한 것도 그러한 배경에 따른 것이었다.

기와 마찬가지로 리의 작용성을 인정하는 그의 이러한 우주적 이기론은 일견 리의 작용성을 보장한 가운데 리기를 가치론적 기준에 입각해 이물(二物)로 분개(分開)하여 대립적 관계로 파악하는 남명학파의 이기분대론이나, 분개하되 서로 따르고 올라탄 관계로 이해하는 퇴계학파의 이기수승론에 동조하는 것으로 비쳐질 수 있는 것이기도 했다. 그러나 그에게 있어 리와 기는 가치론적이고 이분법적으로 파악되는 것이 아니라 각기 존재가치를 가지면서 상호 보완적 관계에 있는 것으

---

42) 『性理說』 권5, 經緯說總論 "主氣者理也 理發者氣也 以氣之所主者 而名之曰理 以理之 所發者 而名之曰氣"
43) 『性理說』 권3, 太極說 太極說附錄.

로 이해되는 것이기 때문에 그러한 논리를 전적으로 수용하는 것은 아
니었다. 또한 리는 기가 없으면 행하지 못하고 리 바깥에 기는 존재하
지 않는다는 그의 해석은, 리기가 이물(二物)로 개별적인 것임을 인정
하면서도 궁극에 하나로 간주하는 이이의 이기묘합론적 관점에 일견
동의하는 것으로 여겨질 수 있는 것이었다. 그러나 그는

> 理는 氣를 用으로 삼고 氣는 理를 主로 삼는다. 理가 存하면 氣가 따라
> 存하고 氣가 行하면 理가 따라 行하여 서로 간격이 없기 때문에 合이라 하
> 는 것으로 理가 氣에 합쳐지거나 氣가 理에 합쳐진다는 것은 아니다. 理가
> 氣中에 있고 氣가 理中에 있으니 合이라 하는 것이다. 대개 理 또는 氣라
> 일컬을 때 體用之分과 經緯之別이 없을 수 없는 것이니, 合이라고 말하더
> 라도 體用의 分이 없을 수 없고 經緯의 別이 없을 수 없다. 또 妙라고 말하
> 면 體用이 一原이고 經緯는 無間으로 眞은 精의 가운데 있고 精은 스스로
> 眞에서 나오니 역시 '一而二' '二而一'인 것이다.44)

며 리·기의 묘합에는 체와 용의 역할의 구분과 경과 위의 존재의 분별
이 반드시 전제되어야 한다는 점을 강조하며 비판적 입장을 분명히 했
다. 곧 리는 스스로의 작용성을 갖고 있기 때문에 기에 의해 제약받지
않을 뿐만 아니라, 리·기는 각기 독자적인 존재가치를 가지면서 체용
적 관계에서 상호 작용한다는 것이다.

　이러한 점에서 볼 때 그의 리기에 대한 전반적 해석은 분대론이나
수승론 및 묘합론의 관점이 갖는 근원적 한계를 극복하여 독자적 우주
관을 확립하는데 궁극적 목표가 있었다고 하겠다. 그가 「경위설총론
(經緯說總論)」에서 리를 가리켜 기가 되고 기를 가리켜 리가 된다며 리

---

44) 『性理說』권3, 太極說.

기를 일물(一物)로 간주하는 주장뿐만 아니라 지나치게 리기를 구분하
여 이본(二本)·이물(二物)이 된다는 주장 등으로 명성을 얻어 사림의
종장이 된 자들은, 시류에 편승하여 논리적 검증 없는 이설을 세워 입
신을 도모한 자들이거나 중국적 주자성리학을 비판 없이 그대로 답습
하려는 고식적 자세를 가진 자들[45]로 규정한 것도 그 같은 맥락에서
이해된다. 이는 역설적으로 그의 이기심성론이 어디에도 경도되지 않
은 독자적 산물임을 천명하는 것이자, 자신의 철학이 구태에서 벗어나
새로운 정치·사회철학을 요구하는 시대적 산물임을 표방하는 것이기
도 했다.

  그의 이기심성론은 우선 리기이물(理氣二物)의 입장을 거부하고 리기
는 분리하여 생각할 수 없는 일물(一物) 내지 일도(一道)라는 논리에서
출발하고 있다. 그는 퇴계학파가 수승론의 논리적 근거로서 리·기의
관계를 인(人)·마(馬)에 비유한 것에 대해 인·마는 이물(二物)로 구분
할 수 있으나 리·기는 양물(兩物)로 규정할 수 없다[46]며 수용하기를
거부했다. 그것은 리기의 관계란 사람이 말을 타듯이 리가 기를 타는
주종의 관계로 해석할 수 없다는 점에 근거하고 있었다. 그는 옛날의
성현들이 리기를 분개한 것은 명목상 그렇게 한 것일 뿐으로, 리기를
확연히 분개할 경우 각각 근본이 있게 되어 양자가 병존·대립하는 결
과를 가져오게 된다고 주장했다. 리는 기의 리고 기는 리의 기로서 리
기는 불가분의 관계에 있으며,[47] 이 양자를 포괄하는 통일된 개념이

---

45) 『性理說』 권5, 經緯說總論 "或指理爲氣 或指氣爲理 或過分理氣爲是二本二物者... 至於
  高世立幟之儒號 爲吾黨之宗者 病於守常 則或泥於前言 好爲立異 則或詭於妄執 其能有眞
  見者幾人哉"
46) 『性理說』 권5, 經緯說總論.
47) 『性理說』 권7, 晩學要會 分合篇 理氣分合 "理卽氣之本也主也 而統總條貫無象無窮者是
  也 氣卽出乎理行乎理也 而充滿運行無隙無間者是也"

도(道)로서 도는 리기를 합하고 체용을 겸한다[48]는 것이다.

그러나 여기에는 리의 추상성과 관념성을 전제로 그것을 포섭하는 기의 작용성만을 인정하는 리기일물(理氣一物)의 시각이 포함된 것은 아니었다. 그가 리기를 통섭하는 것을 도(道)로 규정한 것도 그 같은 오해를 불식하고 기와 마찬가지로 리의 근원적 실체와 작용성을 인정하겠다는 점을 천명하는 것이었다. 그렇지만 여기에는 그가 리를 형체가 없는 것으로 규정했던 점을 감안할 때 논리상 설득력을 얻기 어려운 측면이 있었다. 즉 형상이 없는 상태로 추상성과 관념성을 지닌 리가 구체성과 작용성을 갖는다는 것은 쉽게 납득이 되지 않는 부분이다. 그도 이 점을 의식하여 리는 태극(太極)의 실명(實名)이고 태극은 리의 별칭(別稱)이라 하여 명(名)과 칭(稱)을 설정하는 것으로 돌파구를 마련하고 있었다. 리와 태극에 각각 명과 칭을 부여한 것은 사람들로 하여금 리의 깊고 미묘함을 실제로 인식할 수 있도록 하고 태극의 높고 큼을 헤아릴 수 있도록 하려는 일종의 방편이라[49]는 것이다.

이러한 리기에 대한 개념규정은 그의 우주적 원리에 대한 설명이 리기의 균형과 상호 작용성을 보장한 토대에서 전개될 것임을 예고하는 것으로, 그것은 리기를 경위에 비유해 체계화함으로써 논리적 정합성을 확보하게 되었다. 그가 리기의 원리적 해석에 경위론을 투영한 것은 리가 근원적인 것이기는 하나 그 자체 형상이 드러나지 않아 현상적 설명이 어려워 물적(物的) 개념을 적용해 이해의 편의를 도모하기 위한 것이었다.[50] 경위의 원리가 리기의 현상적 원리를 용이하면서도 체계적으로 파악할 수 있는 또 하나의 방편이 될 수 있다는 것이다.

---

48) 『性理說』 권8, 宇宙說 論理氣體用無窮之妙 "道固是合理氣兼體用 而爲道故萬物未造而 必也先造天地 天地旣造而必也遂造萬物矣 無間可容息也 無隙可容缺也"
49) 『性理說』 권3, 太極說.
50) 『性理說』 권4, 經緯說 論經緯可以喻理氣.

그의 경위설(經緯說)은 다음과 같은 내용을 골격으로 하고 있었다. 곧 실을 세로로 짜는 유(柚)의 바디에 해당하는 경(經)은 시종(始終)을 관통하면서 변역(變易)이 없는 것이고, 실을 가로로 짜는 저(杼)의 북에 해당하는 위(緯)는 좌우로 왕래하며 곡절(曲折)을 갖추는 것이다. 그러나 경과 위가 각기 종(縱)하고 횡(橫)하기는 하지만 경이 아니면 위가 나오지 않고 위가 아니면 경을 잇지 못하기 때문에 반드시 경·위가 모두 갖추어져야만 비로소 포백(布帛)이 만들어지게 되는 것이다. 그러므로 경이 있어야 위가 있는 것으로 무경(無經)의 위가 없듯이 무위(無緯)의 경도 존재하지 않는 셈이다. 이처럼 경위가 기본적으로는 '불상리(不相離)'의 관계에 있기는 하지만 각기 종횡할 때 이미 체용의 분별이 있기 마련으로 '불상잡(不相雜)'의 관계도 상정하지 않을 수 없다. 결국 경(經)의 종(縱)이 확고하게 상일(常一)한데 위(緯)가 경(經)의 가운데에서 왕래하다 보면 뒤섞이고 헝클어질 경우가 간헐적으로 있겠지만, 이는 '주경치위(主經治緯)'·'치위준경(治緯準經)'의 도(道)를 통해 제어할 수 있게 된다는 것이다.

이러한 원리를 토대로 그는 경위의 관계를 리기에 적용하여 리는 도의 경이 되고 기는 도의 위가 된다는 점을 전제로 다음과 같이 설명했다. 곧 경이나 위가 별개라고는 하지만 똑같이 실이기 때문에 그 근본이 하나이듯이, 리나 기도 서로 나누어진다 하더라도 똑같이 도(道)이니 그 근원이 둘일 수는 없다. 따라서 도의 상일(常一)을 가리켜 말한 것이 리고 도의 변화(變化)를 가리켜 말한 것이 기이기 때문에, 리가 기에서 경이 되고 기가 리에서 위가 되니 자연 리는 기를 관장하고 기는 리에 근원하게 되는 것이다. 그렇기 때문에 리기는 '불상잡(不相雜)'의 관계에서 '리자리(理自理)' '기자기(氣自氣)'로 독자성과 작용성을 확보하면서도, '불상리(不相離)'로서 '일이이(一而二)'이자 '이이일(二而一)'

의 유기적 관련성을 갖는 것이다. 그럼에도 리기의 관계가 체계적으로 유지되는 것은 그 속에 기가 리의 가운데서 작용하면서 혼란이 빚어지는 것을 제어하기 위한 '주리치기(主理治氣)'·'치기준리(治氣準理)'의 도(道)가 항존하고 있기 때문인 것이다. 이를 토대로 그는 리기·경위의 원리를 다음과 같이 정리했다.

경은 스스로 經이 되어 할 바가 없는 것에 그치는 것이 아니니 반드시 緯가 있어야 이루어지는 법이다. 經은 緯를 얻어야 經이 되고 緯는 經을 얻어야 緯가 되니, 經에 無緯가 不可한 것처럼 緯도 無經이 不可하다. 단 經은 先이고 緯는 後이며 經은 體이고 緯는 用이니, 그 先後·體用의 분별을 위해 無辨이 용납되어서는 안 된다. 理·氣라 칭하며 體·用으로 구별한다 하더라도 실은 본래 二種이 아니다. 氣의 大本을 일컬어 理라 하고 理의 大用을 일컬어 氣라 하니, 氣는 理가 없이 어디를 따라 氣가 되겠으며 理는 氣가 없이 무엇에 근거하여 理가 되겠는가. 氣가 理를 근본으로 삼고 理가 氣를 用으로 삼는 것이 바로 經緯의 뜻이다. 생각건대 理가 常이고 氣가 變이기 때문에 氣는 오직 그 속에서 始終 往來하며, 그 속에서 對待 流行하며, 그 속에서 大小 貴賤하며, 그 속에서 屈伸 消息하니, 理는 미상불 經이 되는 것이다. 그러므로 是非 善惡의 구별이나 吉凶 禍福의 道는 비록 末世에 있더라도 끝내 명백함을 얻지 못한다.[51]

이 같이 장현광이 리기를 경위에 비유하여 설명한 것은 근원적 리의 관념성을 배제하고 작용성을 부각함과 동시에, 경·위 가운데 어느 하나가 결여되어도 베가 짜지지 않듯이 리·기 가운데 어느 하나라도 제외해서는 우주의 원리를 밝힐 수 없다는 점을 강조함으로써 그것들의 존재가치를 보장하는데 궁극적 목표가 있었다. 그리하여 리기는 상호

---

51) 『性理說』 권4, 經緯說 論理氣爲經緯.

‘불상리’ ‘불상잡’의 관계에서 각기 체·용의 역할을 분담하며 작용할 뿐만 아니라 ‘주리치기’를 통해 우주의 순리적 운용을 보장하게 된다는 것이다. 그러나 그에게 있어 리기는 비록 체용과 선후관계에 있다고는 하나, 가치론적인 주종의 관계에 있는 것은 결코 아니었다. 그의 논리가 리의 작용성과 절대적 가치를 전제로 하는 분대론 및 수승론이나, 기의 작용성과 가치만을 부각하며 리의 실재적 존재가치를 인정하지 않는 묘합론의 구조와는 다른 차별적 성격을 갖는 이유가 여기에 있었다. 따라서 그가 지향하는 이기심성론의 골격은 리기의 상호 독자적 가치와 작용성을 인정함과 동시에 그것들의 불가분의 관계를 토대로 한 체용적(體用的) 균형을 보장하는 분합(分合)의 묘(妙)에 있는 것으로, 이것이 그의 이기분합론의 이론적 구조를 형성하는 토대가 되는 것이었다.

그에 의하면 리가 기의 리고 기가 리의 기라는 것은 기가 되는 소이(所以)를 궁구하는 것이 리이고, 리를 행함이 있는[유이(有以)] 것을 가리켜 기라는 사실을 적시한 것으로 해석했다. 그러므로 소이(所以)는 본(本)이고 유이(有以)는 용(用)이기 때문에 여기서 명목상 리기가 나누어지는 것을 볼 수 있으며, 소이가 없는데 유이가 있으니 이는 합하지 않아도 저절로 합해진다는 것을 알 수 있다는 것이다. 그래야만 리가 존재하는 바에 따라 기가 존재하고 기가 행하는 바에 따라 리가 스스로 행하니, 리를 말하면 기는 그 안에 있고 기를 말하면 리가 그 속에 있게 되는 것이다. 따라서 리기에 있어 분(分)이라는 것은 명목의 설정일 뿐이며 합(合)하여 일체가 되는 것은 상도(常道)에 해당하기 때문에, 상대지물(相對之物)로 나누어져 우주의 사이에서 양립(兩立)하는 경우는 이치상 존재할 수 없게 되는 셈이다.[52]

---

52) 『性理說』 권7, 晩學要會 分合篇 理氣分合.

이러한 장현광의 분합적 원리는 리·기를 사단·칠정에 접목하여 파악할 경우 보다 구체적으로 이해된다. 그는 주자가 사단을 리발, 칠정을 기발이라 규정한 것도 이미 발(發)하여 정(情)이 된 것을 가리켜 분속(分屬)한 것일 뿐으로 리기가 일원(一原)이라는 점에다 초점을 맞추어 언급한 것이 아니라[53]고 해석했다. 다시 말해 사단은 리가 발한 기로서 성(性)의 리가 부각된 것일 뿐 기는 그 속에 엄연히 존재하며, 칠정 역시 기발이라고는 하지만 리발의 이름을 빌린 것으로 리기가 체용의 관계로 작용하고 있다는 것이다. 따라서 성(性) 바깥의 성이 없듯이 정(情) 바깥의 정도 없는 법으로 사단과 칠정은 이정(二情)이 아닌 일정(一情)이 된다. 단지 칠정은 선악이 없을 수 없기 때문에 그 가운데 본성이 시종 순선(純善)의 상태로 있는 것을 가리켜 사단이라 할 뿐이다.[54] 그렇기 때문에 리기가 도에 통섭되듯이 리의 오성(五性)과 기의 사단·칠정은 심(心)에 통섭되는 것이다. 그는 이를 다음과 같이 설명했다.

> 무릇 四端은 情으로 仁義禮智 四德의 단서를 일컫는 것이기 때문에 朱子는 理發이라 한 것이다. 마찬가지로 七情은 氣發이라 했는데 後學들이 그 사이에서 의혹을 갖지 않을 수 없었다. 性發이라는 것은 情이 된다는 것이니 四德의 바깥에 다른 性은 없는 것이다. 七情이 四德이 발한 것이 아니라면 어느 性을 따라 발하여 情이 되었겠는가. 또 四端은 이미 四德에 근본을 두고 있으니 已發이라 칭할 때도 情이 되지 않겠는가. 그러므로 七情은 진정 四德의 用이며 四端 역시 七情의 밖에서 별도로 단서가 되는 것은 아니다. 四端이라 말하는 惻隱은 七情의 愛이고 羞惡는 七情의 惡이며, 辭讓은

---

53) 『性理說』 권4, 經緯說 太極兩儀四象八卦六十四卦 "朱子以爲四端理發七情氣發云者 盖就其理發爲情之後 而分屬理氣者耳 豈是究極其一原 而乃有所分屬者乎"

54) 『性理說』 권6, 經緯排說帖 性情爲經緯排說之帖 "四者亦不出七情之區域矣 蓋七情不能無善惡 而四端則就七情中指其從四德 各因所觸始發純善處而擧之者也 亦不過日 性之情而已矣"

> 愛惡를 兼하고 是非는 七情의 조목을 항목별로 나눈 것일 뿐이다… 따라서
> 四端은 정녕 七情의 바깥에 있는 것이 아니고 七情은 과연 모두 四德의 用
> 이 되는 것이다.55)

곧 사단·칠정은 성(性)이 발하여 양자로 나누어져 존재하기는 하지만 성에 근원하며 유기적으로 긴밀한 관계를 유지하고 있기 때문에 사실상 나누어져 있는 것은 아니라는 것이다. 다시 말해 성은 미발일 때 리와 함께 기가 포함되어 있으나, 리는 기의 체이자 스스로의 작용성을 갖고 있기 때문에 성발(性發)은 곧 리발이 되는 셈이다. 그러나 이발(已發)에서는 사단·칠정이 모두 기로 간주되는 만큼 그것은 결국 리가 발하여 나온 기에 불과하다는 것이다. 이러한 그의 논리는 종래의 관점이 모두 이발(已發)의 현상적 상태에만 의거했을 뿐 미발에서 이발로 이행하는 단계를 간과한데서 빚어진 오류라는 인식에서 나온 것으로 풀이된다. 그 결과 희노애락의 미발인 중(中)이 심(心)의 체(體)로 천하의 대본(大本)이며 희노애락의 이발인 화(和)가 심(心)의 용(用)으로 천하의 달도(達道)라는 사실을 알게 되어 중화(中和)가 심(心)의 체용인 성정(性情)이라56) 점을 간과하게 되었다는 것이다.

인간의 성정(性情)에 있어 오성(五性)이 리고 사단(四端)·칠정(七情)이 기라면 성은 경이고 정은 위가 된다. 그러므로 위가 당연히 경에 준거하듯이 정은 마땅히 성에 순응해야 한다. 곧 리에 기가 있는 것은 그 리의 용이 발한 소이(所以)이듯이, 성에 정이 있는 것은 그 성의 용이 발한 소이이니 마땅히 준거하고 순응하는 것이 상도(常道)라는 것이다.

---

55) 『性理說』 권7, 晩學會要 分合篇 四端七情分合.
56) 『旅軒集』 권3, 疏 進言疏 "中庸 以致中和爲位育之道焉 夫中也者 喜怒哀樂之未發也 此
    心之體有立 而虛靜光明 無所偏倚之謂 卽天下之大本也 和也者 喜怒哀樂之已發也 此心之
    用流行 而各中其節 無所差謬之謂 卽天下之達道也 然則中和 不過爲吾人此心之性情也"

그러나 성에서 나온 기질은 사람에게 있어 한결같을 수는 없다. 그렇기 때문에 시비의 분별력과 중정(中正)의 도를 제대로 갖추기 위해서는 우선 위(緯)를 다스려야 할 필요가 있는 것으로, 그것은 전적으로 학문과 교화에 의해 좌우되는 것이었다. 학문이 치위(治緯)의 도(道)를 강(講)하고 교화가 치위(治緯)의 법(法)을 행할 때 인륜이 제자리를 찾게 되고 풍속이 돈독해져 궁극에 '중화위육(中和位育)'의 극치가 이루어지게 된다[57]는 것이다. 따라서 리를 밝혀 '이위지강(治緯之綱)'에 경(經)을 주로 하는 것이 이학(理學)이고, 도를 근간으로 하여 '종경위위(從經爲緯)'를 준칙으로 삼는 것이 도학(道學)이며, 심(心)을 바르게 하여 '존경출위(存經出緯)'의 경지에 이르고자 하는 것이 심학(心學)이다. 그러나 이들 학문은 성격상 구분되는 듯하지만 '주경치위(主經治緯)'를 통해 '중화위육(中和位育)'을 달성하는 방향으로 수렴되는 것이라는 점에서 동질성을 갖는 것이었다.

한편 장현광은 사단·칠정이 모두 기라고 하더라도 그들 사이에 원천적으로 선·악의 가치론적 구분은 존재하지 않는 것으로 보았다. 그에게 있어 리·기가 경·위에 비유된다는 것은 경위가 일물이며 리기가 일도로서 그 가운데에서 체용·본말의 관계만 있을 뿐이었다. 따라서 사단·칠정이 리발·기발이라 하거나 모두 기발이라 하는 주장들은 명목에만 의거한 것으로 리기가 일도(一道)가 된다는 사실을 간과한데서 빚어진 오류라는 것이다. 그는 리기를 선·악, 사·정의 분대적 관점에서 파악하는 것은 기가 리 밖의 물(物)이 되는 것을 전제로 하여 리는 순선무악(純善無惡)이고 기는 유선유악(有善有惡)이라는 이분법적 인식에 토대를 둔 것으로 해석하면서, 리가 순선무악이고 기가 유선유악임은 사실이지만 기는 리 밖의 기가 아닌 일도(一道)라는 논리로 비

---

57) 『性理說』 권4, 經緯說 論在人經緯.

판했다. 리가 순선무악인 것은 도가 리처에 속하여 용을 건너지 못함으로써 대선지악(對善之惡)과 반정지사(反正之邪)가 있음을 보지 못한 때문이며, 기가 유선유악인 것은 노가 기처에 속하여 용을 긴넘으로써 중절(中節)할 수 없어 혹 과(過)와 불급(不及)에 편중됨을 면하지 못한 때문이라는 것이다. 그러나 기의 과·불급이 곧 리의 밖에서 스스로 일도가 된다는 것은 아니었다.[58]

그러한 리기의 일도에서의 체용적 관계는 오성과 사단·칠정에 국한되는 것은 아니었고 인심·도심의 경우도 마찬가지였다. 곧 인심(人心)은 도의 위로서 칠정이 심(心)에 있으면서 오상(五常)의 용(用)이 된다는 것과 같은 것이며, 도심(道心)은 도의 경으로 오성이 심(心)에 있으면서 칠정(七情)의 주(主)가 되는 것과 같다는 것이다. 요컨대 도심은 리이자 성이며 인심은 기이자 정이라는 것이다. 그리하여 그는 주자가 "인심(人心)은 형기지사(形氣之私)에서 생기고 도심(道心)은 성명지정(性命之正)에 근원한다"고 말한 것에 대해, 후학들이 형기(形氣)가 인심의 근본이 되고 성명(性命)이 도심의 근본이 된다는 것으로 해석하여 일심(一心)의 가운데 두 개의 근본이 있다고 보는 것은 오해라고 지적했다. 사람은 천지에서 생겨날 때 형기·성명을 각기 일물(一物)로 부여받은 것이 아니라 성명으로 인해 형기가 있게 되고 형기로 인해 성명이 있게 된 것이기 때문에 그것들을 피차로 구분하는 것은 근본적으로 불가능하다는 것이다. 따라서 성명은 형기의 리고 형기는 성명의 기로서 형기상(形氣上)의 성명과 성명중(性命中)의 형기만 상정이 가능한 것으로 인심·도심은 별개가 아닌 체용의 유기적 관계에 있게 되는 셈이다.

그는 요(堯)가 순(舜)에게 명(命)한 "윤집궐중(允執厥中)"의 중(中)은 천지(天地)의 태극지리(太極之理)와 사람의 본연지성(本然之性)과 사물(事

---

58) 『性理說』 권4, 經緯說 中論理氣經緯.

物)의 당연지칙(當然之則)인 인도(人道)의 경(經)을 가리킨 것으로 천리의 보존을 당부한 것이며, 순(舜)이 우(禹)에게 "人心惟危 道心惟微 惟精惟一 允執厥中"이라며 삼구(三句)를 더한 것은 '주경치위(主經治緯)'의 법을 가르치기 위한 것으로 해석하며 다음과 같이 설명했다. 곧 심(心)의 리가 경(經)이 된 것이 도심(道心)이고 심(心)의 기가 위(緯)가 된 것이 인심(人心)으로 그것들은 원래 이본(二本)이 아니었지만, 경이 되고 위가 되니 상(常)·변(變)의 구별은 있기 마련이다. 그렇기 때문에 리(理)·성(性)·도심(道心)은 유상(有常)이나 형적(形跡)이 없으니 미(微)이고, 기(氣)·정(情)·인심(人心)은 다변(多變)으로 막칙(莫測)이니 위(危)이다. 미(微)는 밝히기 어렵다는 것이고 위(危)는 격렬해지기 쉽다는 것으로 미(微)에 임해서는 더욱 밝혀야 막히고 어두운 것에서 벗어날 수 있고 위(危)에 임해서는 제어해야 방탕하고 안일함을 막아 궁극에 '궐중지도(厥中之道)'가 이루어지는 것으로 이것이 바로 '주경치위(主經治緯)'의 법이라는 것이다.[59]

요컨대 장현광의 이기심성론은 우주 및 인성의 원리가 경위적 관계에 입각하여 분속(分屬) 가운데 중도적 묘합을 지향하고 있음을 규명하는데 집중되고 있었다고 하겠다. 따라서 그것은 한마디로 이기분합론으로 규정될 수 있는 것이었다. 이러한 그의 이기분합론은 기본적으로는 성리학적 이기심성론의 본질적 해석을 통해 그것의 합법칙성을 밝힌 의미를 갖는 것이었다. 그러나 여기에는 사림정치의 구조적 모순이 이기심성론에 대한 자의적 해석에 기인하고 있다는 비판적 시각이 전제되어 있기도 했다. 따라서 그것은 그의 독자적 시각에서 조선왕조가 학문적으로나 정치적으로 성리학적 정체성을 확립하는 방향을 제시한 것으로 평가될 수 있는 것이었다.

---

59) 『性理說』 권4, 經緯說 太極兩儀四象八卦六十四卦.

3. 여헌의 정치철학 정립

1) 사림의 정치운영론 분화

이기심성론이 16세기 후반 본격적으로 확립되기 시작하여 17세기 심화·발전되는 것은 그것이 사림세력의 현실인식과 대응자세를 규정하는 주된 논리적 토대가 되기 때문이었다. 사림들은 주자의 성리학적 세계관을 훼손하지 않는 범주 속에서 다양한 해석방법을 동원하여 자신의 도학적 세계관을 정립함과 동시에 그에 입각한 독자적인 정치철학 체계를 구축했던 것이다. 선조대 사림세력의 정국주도 이후 구양수(歐陽脩)의 「붕당론(朋黨論)」과 주자(朱子)의 「인군위당설(引君爲黨說)」에 근거한 성리학적 붕당론을 토대로 붕당정치가 확립되는 것은 그러한 상황을 반영하는 것이었다. 이에 따라 학파를 매개로 한 붕당의 역학관계가 조성되었고 붕당 정치세력은 그들의 세계관을 반영하는 각각의 붕당론의 제시를 통해 정국주도권을 확보하기 위한 경쟁에 돌입하게 되었다.

성리학적 붕당론은 선조 5년(1572) 7월 이준경(李浚慶)이 사망하기 전 올린 유소(遺疏)에서 붕당의 사당화(私黨化) 경향을 지적한데 대해 사림세력이 반발하면서 적극적으로 대두하기 시작했다. 정철(鄭澈) 등이 그를 삭탈관작해야 한다며 극단적으로 비난하는 가운데, 언관들이 일제히 붕당의 설(說)로 사화가 여러 차례 발생했음을 환기시키며 그의 유소가 또 다른 사화를 획책하기 위한 것이 아닌가[60] 의혹을 제기하고 나섰다. 이이도 이준경의 붕당설이 사기(士氣)를 꺾고 공론(公論)을 위축시키려는 저의에서 나온 것이라 반박하는 한편, 붕당 자체는 하등 죄악시될 수 없는 것으로 군자·소인 여부를 변별하여 군자의 당이라

---

60) 『西厓集』別集, 권4 雜著 記壬申三司會議故相李公遺疏.

면 참여한 사람의 수가 많을수록 좋은 것이라[61] 주장했다. 나아가 그는 붕당을 간당(奸黨) 내지는 사당(私黨)과 동일시할 수 없는 도(道)를 같이하는 군자의 집단으로 규정하여[62] 붕당중심의 정국운영을 왕에게 촉구하기도 했다. 이이의 그 같은 붕당유용론은 구양수와 주자의 붕당론을 근거로 하여 신진사류의 정치집단화 경향을 정당화한 것으로 당시 대부분 사림의 지지를 받았다.

이에 따라 사림의 정치집단화를 보장하는 붕당정치가 확립되기는 했지만, 훈척정치의 잔재청산을 통한 사림정치의 확립이라는 시대적 과제를 해결하는데 있어 사림들이 시각을 달리함에 따라 그들의 분화 역시 불가피한 현상으로 대두하게 되었다. 여기에는 소인으로 간주되는 훈척정권에 가담한 사림에 대한 인적 청산 여부가 가장 큰 현안이 되었다. 사림들이 각각의 세계관을 기준으로 한 붕당론을 통해 그에 대한 상이한 입장을 제시하며 대립하게 되는 사정이 바로 여기에 있었다.

먼저 조식의 제자인 정인홍은 이기분대론의 관점에 입각해 군자소인론의 붕당론을 제기하고 나섰다. 그는 지란과 가시가 같은 풀이고 영봉과 독수리가 같은 새라 할지라도 지란과 영봉만이 군자로 인정되는 것이라[63]는 점을 비유해 사림을 모두 군자의 집단으로 간주하는데 반대했다. 그는 선조대 정치현실에 대해 사림이 분열하여 시·비, 사·정을 다투는 형상이 송(宋) 희령(熙寧) 이후의 상황을 방불케 하는 것으로 진단하며, 이 같은 현실에서 시비의 확정만 있을 뿐이며 화평을 내세우는

---

61) 『栗谷全書』 권4, 疏箚2 論朋黨疏 "朋黨之說 何代無之 惟在審其君子小人而已 苟君子也 千百爲群 多多益善 苟小人也 一人亦不可容也 況於成黨乎"

62) 『栗谷全書』 권24, 聖學輯要6 爲政4上 用賢章2 通論君子小人.

63) 『來庵集』 권2, 封事·疏 守愚堂崔永慶伸寃封事 "盖芝蘭與荊棘 同是草也 而荊棘侵害芝蘭 則莫不傷歎者 以芝蘭草中之君子也 鸞鳳與鴟鴞 均是鳥也 而鴟鴞呑噬鸞鳳 則莫不歎惜者 以鸞鳳鳥中之君子也"

인물들과는 타협하지 않겠다[64]는 점을 분명히 했다. 이러한 그의 태도는 사림이라 할지라도 시비가 존재한다면 그것의 변별을 통해 군자·소인의 분간이 불가피하다는 인식을 바탕에 깔고 있는 것이었다. 따라서 그가 피력한 시비분간을 전제로 한 군자소인론은 사림의 분별에 초점이 맞추어지고 있었던 것이다.[65]

그러나 그의 붕당론은 군자당과 소인당의 공존이나 상호 견제를 상정했거나, 군자·소인의 분별 후 군자당의 붕당으로서의 무제한 용인을 전제로 하여 제시된 것은 아니었다. 그의 궁극적 목표는 군자일붕(君子一朋)에 초점이 맞추어져 있었다. 이를 위해 그는 군주의 강력한 용사권(用捨權) 행사가 뒤따라야 할 것임을 강조했다. 그에 의하면 군주가 용사권의 행사로 군자당을 변별하고 소인당을 철저하게 배척한다면 국가나 백성의 안위도 전혀 문제될 것이 없다[66]는 것이었다. 그는 군주가 군자·소인의 대립을 정확하게 살펴 용사권을 올바로 행사하게 되면 소인당은 자연 척결되는 것이고 군자당만 남는 것이기 때문에 우려가 되는 붕당은 남아 있을 수 없다고 보았던 것이다. 더욱이 그는 군자당을 나아가게 하는데 필요하다면 토역의 법을 적용할 수도 있음을 피력함으로써[67] 소인당의 척결에 추호라도 타협의 여지가 있어서는 안 될 것임을 천명했다.

이러한 정인홍의 이기분대론에 입각한 군자소인론은 시·비, 선·악, 정·사의 확연한 분별을 통해 심사(心事)가 바르고 도덕적 가치관

---

64) 『來庵集』 권2, 封事·疏 辭益山郡守封事 "又被一二主和平之人 極力沮止 悶嘿下鄕…第以近日之事觀之 士類渙散 人各有心 是非相奪 邪正相軋 有似宋朝熙寧以後之風色"

65) 薛錫圭, 「宣祖·光海君代 南冥學派의 政治運營論」, 『南冥學硏究論叢』 5, 남명학연구원, 1997.

66) 『來庵集』 下, 登對草.

67) 『來庵集』 下, 來庵先生實記 "主曰 朝廷機軸 何以則可變 對曰 機軸之變 非他日與儒臣講明治道 進君子之黨 嚴討逆之法 有善則賞 有罪則刑 如斯而已"

을 형성하고 있는 군자의 지배를 구현하고자 하는데 궁극적 목표를 두고 있는 것이지만, 그것이 배타적인 이분법적 가치구조를 지향한다는 점, 소인의 척결에 격탁양청(激濁揚淸)의 극단적 방법을 불사하고 있다는 점, 나아가 그것이 특정 정치세력의 독점적 경향을 이념적으로 보장해 주는 측면이 있다는 점에서 취약점을 드러내었다. 그러한 취약성은 이이첨(李爾瞻)을 정점으로 한 대북(大北)세력이 토역론(討逆論)과 폐모론(廢母論)을 배경으로 배타적인 독점적 지배체제를 구축하려다 인조반정으로 결정적인 타격을 입게 된 것에서 극명하게 나타나고 있었다.

이에 반해 이이는 자신의 이기묘합론(理氣妙合論)을 토대로 사림의 통합을 지향하는 보합론을 제시했다. 사림을 모두 군자로 간주해 분열을 원하지 않았던 그는 사림의 대립이 서로 용납하지 않는 시비의 확정에 치중되어야 할 것이 아니라 경중만을 따지는 우열에 비중을 두어야 한다는 것으로 그 해법을 제시했다. 그는 사림의 대립이 사의(私意)나 사원(私怨)에서 나온 것이 아님에도 불구하고 동인이 화평으로 일을 처리하지 않고 흑백·사정을 전제로 한 군자소인론을 적용하여 서인을 사당으로 규정해 배척함으로써 대립을 격화시키고 있다며 불만을 토로했다. 그리하여 그는

> 일을 논할 때에는 是非가 있기 마련이지만 사람을 논할 경우에는 모두 士類인데 하필 西人의 잘못만을 배척하여 소인으로 지목하는가. 사람들 가운데 군자와 소인은 있는 법으로 논의가 비록 같다고 할지라도 반드시 군자는 등용하고 소인은 버려야 하는 것이다. 일에 是非가 있다고 하더라도 그 사람들이 똑같이 사류라고 한다면 논의가 비록 다르더라도 그 일을 바로잡을 수 있을 뿐 그 사람은 용납해야 하는 것이다. 지금 극력으로 다투어 시비를 벌이는 자들은 어떤 일을 하려는 것인가.[68]

며 동·서인이 함께 사류로 인정한다면 비록 논의가 달라 시비가 생긴다고 할지라도 서로 용납이 되어 화평을 이룰 수 있는 것으로 보았다.

그의 논리는 사류의 조화(調和)와 합일(合一)이 이루어진 다음 시비를 확정해야 한다[69]는 것으로, 그것은 시비를 앞세울 경우 사류의 분열과 대립이 가속화될 것이라 우려한 때문이었다. 곧 시비를 앞세울 경우 사림의 갈등과 대립을 증폭시킬 뿐 보합을 위한 적절한 해법을 찾을 수 없다는 것이다. 이러한 그의 주장에는 누구의 일방적인 시와 비를 인정하지 않는 양시양비론적 시각이 전제되어 있었다. 그리하여 그는 천하에 양시양비(兩是兩非)란 없는 법이라는 사림 일각의 주장에 대해 주(周) 무왕(武王)이 주(紂)를 벌(伐)한 것과 백이(伯夷)가 이를 말리고자 구마(扣馬)한 것은 양시(兩是)의 예이고, 전국시대 제후가 상전(相戰)한 것은 양비(兩非)의 예라며 양시양비가 사림의 대립을 막는 적절한 방책이라[70] 항변하기도 했던 것이다. 이는 그가 당시 대립하고 있는 부류들이 모두 사류라는 동질적 존재라는 인식을 전제로 '선보합 후시비(先保合 後是非)'의 자세로 임한다면 사류의 분열 없이 보합을 추구할 수 있다는 입장을 제시한 것임을 반영하는 것이다. 그 같은 입장은 그가 인간의 심사(心事)를 기준으로 도덕적 가치에 비중을 두기보다 행사(行事)에 평가의 기준을 설정한데서 나온 것이었다.

이이의 사림의 대립에 대한 해법으로 제시한 그같은 보합론은 기발리승(氣發理乘)에서 출발하여 리기의 묘합에 이르는 그의 철학체계의 산물이라고 하겠다. 리기의 독자성과 고유성을 인정하는 토대에서 조화성을 추구하는[71] 한편, 리기가 서로 떨어지지 않고 대대적(待對的)

---

68) 『栗谷全書』 권11, 書3 答成浩原(戊寅).

69) 『栗谷全書』 권7, 疏箚5 辭大司諫疏 "竊思政治得失 係於士論 士類調和 合而爲一 而就其 中激濁揚清 是是非非 然後朝廷可靖 而事業可興矣"

70) 『栗谷全書』 권7, 疏箚5 辭大司憲兼陳洗滌東西疏.

관계에서 묘합을 이루게 된다[72]는 그의 이기묘합론적 논리구조는 우주의 구성·운행 및 인간심성의 형성·발전 등의 철학적 사유뿐만 아니라 정치·사회적 원리를 설명하는 토대가 되는 것이기도 했다. 그러나 그의 이기묘합론에 근거한 보합론은 리기를 대립적 관계로 파악하며 인간의 행사(行事) 보다는 심사(心事)를 기준으로 도덕적 가치를 우선하는 분대론자(分對論者)의 입장과는 상반된 것이었다.

한편 이황의 제자인 유성룡(柳成龍)은 이기수승론에 근거한 조제탕평론(調劑蕩平論)을 제기하며 군자소인론의 가치론적 입장과 보합론의 현실론적 입장의 절충을 시도했다. 그의 붕당론은 「운암잡록(雲巖雜錄)」의 붕당조(朋黨條)에 집중적으로 피력되어 있다. 여기에서 우선 그는 권신에 의한 권력집중을 폐단으로 간주함과 동시에 붕당에 의한 권력의 지나친 분산도 한군데로 귀착되는 곳이 없기 때문에 폐해라[73] 규정함으로써 권력의 적정배분을 위한 방안모색이 정치적 안정을 보장하는 것이라는 점을 강조했다. 이러한 그의 붕당에 대한 규정에는 그것이 소인으로 규정된 권간의 권력독점을 막는 대안이 될 수 있기는 하지만, 사림의 자체 정화 없는 무분별한 정치참여 보장이 군자·소인의 혼재를 초래하여 정치적 혼란을 야기하게 되었다는 반성의 의미가 내포되어 있었다. 따라서 천하에 사리(事理)의 시비를 가리는 것보다 더 큰 것이 없으며 호오(好惡)가 분명해야 취사가 바르게 되는 법이라[74] 한 그의 언급은 사림 내부의 군자·소인의 분별을 염두에 둔 것이라 하겠다. 그러나 그의 시비분변의 입장은 군자·소인의 구분을 위한 것이지만

---

71) 李永慶, 「栗谷의 道學思想 硏究」, 경북대 박사학위논문, 1994.
72) 『栗谷全書』 권10, 書2 答成浩原 "理氣之妙 難見亦難說 夫理之源 一而已矣 氣之源 亦一而已矣 氣流行而參差不齊 理亦流行而參差不齊 氣不離理 理不離氣 夫如是則理氣一也"
73) 『大東野乘』 권55, 雲巖雜錄 朋黨.
74) 위와 같음 "夫天下之理 莫大於辨是非 然後可以明好惡 明好惡 然後可以正取捨"

분대론의 그것이 붕당간의 구분을 목표로 한 것과는 달리 붕당 내부의
구분을 지향하는 것이라는 점에서 차이가 있는 것이었다. 그에 의하면
붕당의 대립이 혼탁하게 되어 시비를 가릴 수 없게 된 것은 서로 견해
가 다른 사람들이 모여 대립하는 가운데 시세를 살펴 사리(私利)를 얻으
려는 무리들이 개입하기 때문으로, 붕당 내부의 군자·소인을 분별하
지 않는 한 붕당은 음붕(淫朋)을 면할 길이 없게 된다는 것이다.

그러나 그의 붕당의 군자당화(君子黨化)는 사림의 통합을 목표로 하
는 것은 아니었다. 그가 소식(蘇軾)의 말을 인용해 신하의 도리는 국의
맛을 조화(調和)하는 화(和)에 있는 것으로 물에 물을 타는 동(同)을 숭
상하면 천하가 위태로워지는 법이라[75]는 견해를 제시한 것은 조제(調
劑)를 통한 조정의 화평을 지향하는 입장을 우회적으로 표시한 것이라
하겠다. 나아가 그는 조제할 마음이 있다면 승부나 이해를 버리고 성
심으로 공도(公道)를 펴야만 하는 것으로 그래야만 협화(協和)가 이루어
질 수 있는 것이라[76] 주장하기도 했다. 그러한 방안으로 군주의 무편
무당(無偏無黨)을 통한 황극탕평(皇極蕩平)을 제시했다.[77] 이러한 그의
탕평론 제기는 궁극적으로는 화평(和平)을 통해 붕당의 화를 사전에 예
방하고 군자집단의 상호견제 구조를 보장하기 위한 것으로, 군자의 우
위를 보장한 가운데 군자·소인이 서로 올라타고 따르는 관계를 지향
하는 이황의 이기수승론이 이념적 토대가 되고 있었다.

이러한 정치세력의 차별화된 정치적 입장은 물론 훈척정권이 무너
지고 사림정권이 대두한 상황에서 제기된 과거청산을 포함한 사림정

---

75) 위와 같음 "昔東坡嘗論和同二字云 同如濟水 和如和羹 故人臣之習 和則可 同則不可 人
人苟皆尙同 天下亦日殆哉."

76) 『西厓集』別集 권3, 書 答權彦晦(春蘭) "若有調劑之心 則惟當先去勝負利害之念 積厚誠
意 開布公道 擧措之間 無一分有我之私 然後自然人情感動 而協和可望矣"

77) 『大東野乘』 권55, 雲巖雜錄 朋黨.

치의 방향을 모색하는 과정에서 나타난 현상이기는 하지만, 거기에는 그들 학문의 연원이 되는 학파의 독자적인 도학적 세계관과 출처관이 반영되어 있었다. 이에 따라 선조대에는 군자·소인의 분별의 관점에서 소인의 척결을 지향하며 분대론적 군자소인론을 제시한 남명학파와 정치집단 내부의 군자의 선택적 수용을 모색하며 수승론적 조제탕평론을 확립한 퇴계학파가 동인을 형성해 훈척정치의 잔재청산에 적극성을 보인 가운데, 훈척세력과 일정한 교류관계를 유지했던 사림들이 묘합론적 보합론을 주장하는 이이를 주축으로 서인으로 결속해 대립하게 되었던 것이다. 이러한 그들의 대립은 동인이 다시 남인·북인으로 분화되는 등 심화되는 양상을 보이게 됨에 따라 새로운 방안의 모색이 절실한 상황에까지 이르게 되었다. 장현광이 이기분합론의 세계관을 토대로 중도보합을 지향하는 중도탕평론(中道蕩平論)을 제시한 것은 그러한 난국을 타개하기 위한 방책의 일환이었던 것이다.

2) 여헌의 중도보합론

장현광의 이기심성론은 우주만물의 상대적 존재가치는 인정하되 절대적 가치는 용인하지 않는 것을 핵심으로 하고 있었다. 그가 순선무악(純善無惡)의 리가 있는 곳에 기도 있으며 유선유악(有善有惡)의 기가 있는 곳에 리도 있기 마련이라[78]거나, 사단·칠정은 리가 발한 것이지만 모두 기라고 규정한 것도 그 같은 맥락에서 이해되는 것이라고 하겠다. 따라서 그에게 있어 우주와 심성의 근원이 되는 태극·무극의 리를 제외하고는 어느 것도 배타적 존재를 보장받는 것도 없으며 척결

---

78) 『旅軒集』 續集 권6, 雜著 平說 "知理氣最難 理所在 氣亦在焉 氣所在 理亦在焉 無處非氣 亦無非理也"

의 대상이 되는 것도 없는 것이었다. 우주의 제현상과 심성의 제부면은 모두가 독자적 존재가치를 보장받는 가운데 체용적 관계를 가지며 상호 작용한다는 것이다. 그것은 경·위 어느 것 가운데 하나라도 없을 경우 베가 짜지지 않는 원리와 같은 것이다.

그러나 경(經)과 성(性)이 리고 위(緯)와 정(情)이 기이듯이 그것들은 대등한 관계에 있는 것은 결코 아니었고 서로간에 일정한 차별성을 함유하면서 긴밀하게 작용하고 있었다. 그러한 존재성과 차별성을 전제로 한 상호 관련성에 대해 그는

> 理가 經이 된다는 것은 스스로 포함하지 않는 바가 없는 것이기 때문에 緯에서 행한다는 것은 精·粗가 반드시 갖추어졌다는 것이다. 무릇 德性이 되는 것이 精이며 形質이 되는 것이 粗이다… 精粗는 物의 大小·貴賤에 따라 같을 수는 없다. 物이 크고 귀한 것은 精을 취한 바로 그 用이 따라서 귀하고 큰 것이며, 物이 작고 천한 것은 粗를 취한 바로 그 用이 따라서 작고 천한 것이다. 그러나 體道之事와 行道之具로 삼는 바가 아님이 없어 本末과 輕重의 순서가 相回하는 것이니 모두가 廢할 수는 없다. 이를 현실에 적용해 말하자면 사람은 萬物의 우두머리이기 때문에 사람에게 귀한 바의 것은 德性이다. 그러나 四民 가운데 士는 斯道를 修明하는 자로 天地·人物·經緯의 道가 모두 그들의 책임으로 그 用이 되는 것이니 과연 至大하고 至貴한 것이 아니겠는가. 農·工·賈 三者는 그 取用한 바가 筋力의 노동이니 이 삼자가 아니고는 역시 天下·國家가 되지 못하므로 그 用이 되니 역시 어찌 가볍고 천하겠는가.[79]

며 사민(四民)의 경우도 신분상 귀천은 불가피한 것이지만 각자의 독자적 역할에 의해 존재가치를 부여받기 마련이라고 주장했다.

---

79) 『性理說』 권4, 經緯說 論天地經緯.

그리하여 그는 성현의 사업 가운데 리의 경을 위주로 하고 기의 위로 다스려 나오지 않은 것이 없다고 전제하면서, 리는 기에서 행해지고 기는 리에 순응한 뒤에라야 체용·본말이 상응하게 되는 것으로 '주경치위(主經治緯)'의 기술은 제왕의 도이고 성현의 가르침이 된다[80]고 규정하기도 했다. 그러나 그는 리기의 선후를 구태여 따진다면 '리선기후(理先氣後)'라 할 수 있겠지만 리기는 서로 떠나 독립적으로 존재할 수 없는 것이기 때문에 기가 리에서 나올 때를 제외하고는 나누어 앞선다거나 뒤따른다고는 할 수 없는 것이라[81]며 차별성이 부각되는데 대하여는 경계하는 자세를 보여주었다. 이러한 점에서 그의 이기분합론은 가치론적 구분을 전제로 하는 분대론이나 수승론과도 시각을 달리하는 것일 뿐만 아니라 통합의 원리만을 지향하는 묘합론과도 관점을 달리하는 것이었다. 이는 그의 분합론에 근거한 붕당론이 기존의 여타 정치운영론 어디에도 동조하지 않는 독자적 논리로 전개될 것임을 예고하는 것이었다.

그것은 이미 그의 이기심성론의 귀결점이 되는 분합론의 원리적 설명에서도 나타나고 있었다. 그에게 있어 분(分)이라는 것은 명목상 설정된 방편이자 모든 원리가 합(合)하여 일체가 되는 것이 상도(常道)라는 점을 입증하는 도구가 되는 것이었다. 여기에는 물론 우주의 사이에서 대립적으로 나누어져 양립(兩立)하는 경우란 이치상 결코 존재할 수 없는 법이라[82]는 기본적 시각이 전제되어 있었다. 따라서 리기가

---

80) 『性理說』 권5, 經緯說總論 "故從古以來 聖賢事業 都不出乎主此理之經 治此氣之緯者也 理行乎氣 氣順乎理 然後無體用本末之相戾 而所以爲經緯者得矣… 然則人之善惡世之治亂 皆決於經緯之得失矣 故其主經治緯之術 則帝王之道聖賢之訓 凡載在經傳中者無不備也"
81) 『性理說』 권8, 宇宙說 論理氣體用無窮之妙 "若就此理氣二者之中 而求其先後 則當曰 理先而氣後也 然而氣不離理 必準於理焉 則未嘗有獨理未氣之時矣 但以氣出於理故曰 理先而氣後也 非曰理氣判別 而時先時後者也"
82) 『性理說』 권7, 晩學要會 分合篇 理氣分合.

도에 통합되고 성정이 심에 통합되는 것처럼 상대적으로 나누어지는 모든 요소는 체용적 관계를 통해 궁극에는 하나로 수렴되기에 이른다는 것이다. 이는 그가

> 『周易』에 하늘의 道를 세운다고 한 것은 陰과 陽을 말하는 것이고, 땅의 道를 세운다고 한 것은 柔와 剛을 말하는 것이고, 사람의 道를 세운다고 한 것은 仁과 義를 말하는 것이다. 陰陽은 氣이고 剛柔는 質이며 仁義는 德이다. 음양의 氣가 없이는 造化의 기틀을 세우지 못하고 剛柔의 質이 없이는 造化의 功을 세우지 못하며 仁義의 德이 없이는 지극한 보좌의 일도 없는 것이다. 陰陽·剛柔의 道를 다하는 것이 우리 인간의 道理다.[83]

며 양극(兩極)의 조화에서 천지의 도를 수립해야 한다고 주장한 것에서도 극명하게 나타나고 있었다. 그러나 성정이 통합에 이르는 과정에 있어 매개가 되는 체용은 반드시 중화(中和)의 도를 내포하고 있어야 하는 것이었다. 그에 의하면 중·화란 일심(一心)의 체·용을 말하는 것으로 용이 화합(和合)하지 않고는 체가 중정(中正)을 얻을 수 없고 체가 중정하지 않고는 용이 화합할 수 없는 것으로 심(心)이 화(和)를 잃으면 이치가 정밀하지 못하고 사업에 정당성을 확보하지 못하게 된다[84]는 것이다. 이는 결국 그의 통합의 논리가 막연히 상도(常道)에 의존하고 있는 것이 아니라 중도적(中道的) 보합에 토대를 두고 있음을 반영하는 것이라고 하겠다.

이러한 장현광의 논리구조로 보면 궁극에 그가 지향하는 붕당론은 중도적 보합을 매개로 한 사림세력의 통합에 목표를 두고 있다는 사실

---

83) 위와 같음.

84)『旅軒集』권3, 疏 請停祔廟疏 "子思曰 喜怒哀樂之未發 謂之中 發而皆中節 謂之和 此乃 分一心體用而言也… 未有用不和而體得中 體不中而用能和者也"

을 확인해 볼 수 있다. 물론 거기에는 대립하는 정치세력들 각각의 존재가치와 함께 차별적 경향을 인정하는 것이 감안되어 있었다. 따라서 정치세력의 시시비비도 현실적으로 불가피한 것으로 보합만을 의식한 양시양비는 부정의 대상이 될 수밖에 없는 것이었다.[85] 상대적이고 대립적인 정치세력이 함께 용인되고 공존하기 위해서는 이념적으로는 중화(中和)에 입각한 분합(分合)의 묘(妙)가 찾아지는 것이지만 방법상으로는 황극탕평(皇極蕩平)의 원리가 적용될 수 있는 것이었다. 그가 홍범구주(洪範九疇) 제오조(第五條) 황극설(皇極說)을 정직(正直)·강극(剛克)·유극(柔克)을 근간으로 하는 황극(皇極)의 경(經)과 백성을 다스림에 일을 꾀하고 만들고 지키는 위(緯)에 적용하는 것이라 해석하며 탕탕(蕩蕩)·평평(平平)·정직(正直)이 왕도(王道) 중정(中正)의 표준이라[86]고 규정한 것도 황극탕평이 사림세력의 대립을 해소하고 중도적 공존을 보장하는 이상적인 방안으로 확신하고 있었음을 보여주는 것이라고 하겠다.

장현광의 분합론에 토대를 둔 정치운영론은 인조반정 이후 신달도(申達道)에게 구체적인 현실적용의 형태로 계승되고 있었다. 그는 붕당의 화가 폐단이기는 하지만 군주가 붕당을 혐오한다는 이유로 무조건 척결하는 자세는 오히려 편사(偏私)의 혐의가 있는 것이라[87] 지적했다. 죄가 있을 경우 죄명을 분명하게 밝혀 경중을 따져 처리해야 하는

---

85) 『旅軒集』 권3, 疏 謝賜藥物疏 "臣見有此道理以來 於人則善惡各爲一類 於物則邪正各爲一類 於事則是非各爲一類 未聞兩善並立 兩正並作 兩是並行 而此道此理 得其本然者矣"
86) 『性理說』 권4, 經緯說 中論理氣經緯 "三德之正直剛克柔克 卽所以立皇極之經 而治庶民有猷有爲有守之緯者也 蕩蕩也平平也正直也 卽王道中正之表準也"
87) 『晚悟集』 권4, 啓 請收羅萬甲遠竄之命再啓 "自古朋比之禍 未有不亡人之國滅人之社 不惟殿下惡之 臣等亦惡之 然殿下之於羅萬甲 旣無罪名之可據 又無形迹之可著 而徒以色目疑之 遽施以遠竄之律 臣等恐國人有以窺殿下喜怒之偏 而乘時傾軋之風 將自此漸矣 大有乖於聖人明照平施之道"

것이지 당론을 싫어한다는 점을 앞세워 처리하는 것은 바람직하지 않다[88]는 것이다. 그에 의하면 당론과 물의가 시비를 어둡게 하여 현부(賢否)를 판단하기 어렵게 함으로써 적절한 용인(用人)을 불가능하게 하는 가장 큰 병폐이기는[89] 하지만, 근본적으로 군주가 시비에 분명하면 크게 걱정할 것이 아니기 때문에 격화된 붕당의 대립을 막기 위해서는 군주가 시비를 밝혀 무편무당(無偏無黨)의 자세로 용사권(用捨權)을 행사해야 한다는 것이다. 그리하여 그는 훈신(勳臣) 이귀(李貴)와 김류(金瑬)가 대립했을 때 양시양비란 없는 법이라[90]며 군주의 분명한 자세를 촉구하고 나서기도 했던 것이다.

이러한 그의 자세는 서·남인 붕당의 역학관계를 인정하는 것으로 그 속에서 대두하는 시시비비를 분명히 밝혀야 한다는 것으로 귀결되는 것이라 하겠다. 그러나 그의 시비분변론(是非分辨論)은. 분대론이 지향하는 격탁양청(激濁揚淸) 내지 양시억비(揚是抑非)의 그것과는 차이가 있는 것이었다. 그가 시(是)라고 해서 모두 시(是)란 법은 없으며 비(非)라 해서 모두 비(非)가 아니듯이 등용된 자가 모두 현자(賢者)는 아니고 버려진 자가 모두 불초자(不肖者)는 아니라[91]며 정치집단간 시비가 군자소인의 분별에 접목되는 것에 반대한 것이 그것을 반영한다. 따라서 붕당간의 시·비, 현·사는 존재하기 마련으로 군주가 명확한 분별의

---

88) 『晩悟集』 권4, 啓 請收羅萬甲遠竄之命啓.

89) 『晩悟集』 권2, 疏 陳時弊十條疏 "方今用人之失 有二焉 曰黨論也 曰物議也… 況分朋立黨 互相傾軋 不問事之可否 言之得失 而同於己 則引進之如不及焉 異於己 則排斥之無餘力焉 九疑阻於咫尺 瞿塘起於平地 在上之人 眩於是非 雖欲擇人 而賢否莫辨 當事之士 疑於見敗 雖欲報國 而才智莫展 此則黨論之弊也"

90) 『晩悟集』 권4, 啓 論兵曹判書李貴訴辱大臣啓 "殿下其以李貴爲是耶 其以金瑬爲是耶 貴是則瑬非 瑬是則貴非 天下豈有兩是之理哉"

91) 『晩悟集』 권2, 疏 陳時弊十條疏 "然是之者未必皆是 非之者未必皆非 用之者未必皆賢 舍之者未必皆不肖 亦有無甚高下 而別之太苛 無甚利害 而爭之太銳 此則物議之弊也"

자세를 갖는다면 당화는 사전에 예방할 수 있다는 것이다. 이 같이 붕당의 실체를 인정하여 군주의 용사권을 토대로 현자의 광범한 등용을 지향하는 방안은 그의 정치운영론 역시 붕당의 존재가치를 인정하고 균형을 유지하는 탕평에 있음을 보여주는 것이었다. 그가 도(道)란 깊은 곳에 숨어 일용간(日用間)에 쉽게 나오는 것은 아니지만 평평탕탕(平平蕩蕩)을 지향하면 지극한 이치가 분명 그 속에 있을 것이라[92]는 심정을 토로한 것이 그것을 여실히 보여준다고 하겠다.

결국 이기분합론에 근거한 중도보합론은 장현광·신달도의 경우에서 볼 수 있듯이 정치세력의 중도적 공존을 보장하는 탕평을 핵심내용으로 하고 있었다. 이러한 정치논리는 붕당의 대립체제를 용인하는 것이라는 점에서 군자소인론에 접근하는 것 같기도 하지만 군자일붕을 목표로 하는 것이 아니라는 점에서 확연한 차이가 있는 것이었다. 또한 그것은 정치세력의 공존과 견제를 보장하는 탕평론에 입각한 조제론에 근접하는 듯도 하지만 군자의 선택적 발탁을 조건으로 하는 것이 아니라는 점에서 역시 동질성을 갖는 것은 아니었다. 따라서 그것들을 18세기의 탕평책에 대비한다면 수승론적 탕평론이 정조에 의해 적용된 준론탕평(峻論蕩平)에 비유될 수 있다면 분합론적 탕평론은 영조(英祖)에 의해 추진된 완론탕평(緩論蕩平)에서 유사성을 찾을 수 있는 것이라고 하겠다. 나아가 그것은 정치세력의 통합을 지향하는 것이라는 점에서 보합론과 공통점을 찾을 수 있을 것도 같지만 체용적 분별이 전제되어 있다는 점과 시비분별을 배제하지 않는다는 점에서 사실상 접점을 찾기는 어려운 것이었다.

그럼에도 불구하고 장현광의 이기심성론과 정치운영론은 정치세력

---

92) 『晩悟集』 권1, 詩 覺後又吟一絶 示兒輩 絶筆 "道非虛寄窅冥間 不出吾人日用間 却向平
　　平蕩蕩去 分明至理在那間"

들의 각기 다른 반응을 불러일으키고 있었다. 서인세력은 그의 이기분합론이 이황의 논리적 구조에서 벗어난 것이자 이이의 그것에 접근하는 것이라[93] 주장하며 집권명분을 강화하는 이론적 근거로 활용하고자 하는 경향을 보여주고 있었다. 이러한 그들의 호의적 반응은 사단·칠정을 기로 간주한 것이 이이가 기발이라 한 것과 맥을 같이하는 것이란 점에 주목하여 그의 분합론이 보합론에 경도된 것으로 해석한 데서 나온 것으로 추측된다. 그가 인조반정으로 서인세력이 집권한 것을 계기로 김장생·박지계와 함께 산림(山林)으로 징소되어 군주의 남다른 기대를 받게 되는 것도 그 같은 상황과 무관한 것이 아니었다.

이에 반해 그것은 영남학파 내부의 수승론자 및 분대론자들에게는 비판의 대상이 되었다. 그러나 그들의 비판의 강도에는 일정한 차이가 있기도 했다. 유성룡의 손자이자 수승론자로 송시열의 예론을 변파(辨破)한 적이 있는 유원지(柳元之)는 그의 이기분합론이 리기의 상순불리(相循不離)에 근거한 것으로 추론하면서도 리기를 논함이 지나치게 분별이 없다[94]고 평가함으로써 우주와 심성의 원리적 해석에 과연 가치론적 구분을 무시할 수 있는지 다소 완곡한 표현으로 의혹을 제기했다. 나아가 효종 원년 우율(牛栗) 문묘종사 반대소를 제소(製疏)한 바가 있는 이구(李榘)는 그의 저술인『성리설(性理說)』을 47개 조목으로 나누어 집중적으로 분석·비판하는[95] 한편, 이이가 주자를 비판한 육상산(陸象山)의 영향을 받았듯이 그의 분합론도 리기를 일물(一物)로 파악

---

93)『孝宗實錄』권4, 원년 5월 癸丑 "慶尙道進士申碩亨等四十餘人上疏曰… 本道故判書張顯光 近世大儒也… 其著經緯之說 極論理氣 橫說竪說 無慮累千萬言 無非立異於李滉 同符於李珥"

94)『拙齋集』권9, 雜著 讀旅軒集 "竊嘗因是推之 先生有見於理氣之相循不離 而有此說 然其論理氣太無分別"

95)『活齋集』권3, 雜著 性理說疑錄 "竊觀旅軒性理說 乃先輩成書 非么麽所可窺測 而或不無可疑 故隨手箚記 爲講明之資 非敢求異也"

하고 있는 나흠순(羅欽順)의 영향에서 나온 것으로 사설(邪說)의 혐의가 있음을 주장하며[96] 배척의 태도를 보여주기도 했다.

장현광의 세계관에 대한 그 같은 엇갈린 반응은 그들의 철학적 해석의 견해차를 반영하는 것이자 그의 정치철학이 그들의 정치적 이해관계에 끼치는 영향의 정도차이를 반영하는 것이었다. 이는 결과적으로 그의 세계관과 그것에 토대한 붕당론이 시대적 과제를 해결하는 또 하나의 방안으로서 나름대로의 독자성을 확보하고 있었음을 역설적으로 보여주는 것이었다.

4. 맺음말

이상 조선중기 사림의 학문 및 정치적 동향과 연관한 장현광의 도학적 세계관과 정치철학이 갖는 역사적 의미를 조명해 보았다. 여기에서 논의된 내용을 요약하여 정리하면 다음과 같다.

조선시대 사림의 성리학에 입각한 세계관은 중종대 후반부터 대두하는 훈척정치에 대응하는 과정에서 본격적으로 형성되기 시작했다. 외척을 주축으로 한 훈척정권은 소수의 권신이 권력을 독점한 가운데 정치·사회·경제적인 파탄을 초래하고 있었다. 사림들은 그 같은 모순에 대처하기 위한 출처와 함께 개혁의 방향을 성리학의 세계관에서 모색했다. 성리학적 이기심성론에 대한 논의가 활성화되는 것은 그러한 상황과 무관한 것이 아니었다. 그러나 그들이 비록 주자성리학에 학문적 근거를 두고 있기는 했지만, 그것을 조선의 현실에 그대로 적용하는데 대하여는 전반적으로 부정적이었다. 대신 그들은 자신의 현

---

96) 『活齋集』 권2, 雜著 理氣說同異源流.

실인식에 근거한 독자적인 이기심성론의 체계를 정립함과 동시에, 그에 근거하여 차별화된 현실대응 자세를 확립하게 되었던 것이다.

화담 서경덕은 우주가 겸선악(兼善惡)의 기로만 충반하여 있나는 일기장존론(一氣長存論)을 근거로, 현실의 모순은 불가피한 것으로 간주해 현실개혁 보다는 안빈낙도의 처사적 삶을 선택하는 모습을 보였다. 이에 반해 남명 조식은 순선(純善)의 리와 가선가악(可善可惡)의 기는 대립적 관계에 있으며 리의 부각을 위해 악에 흐를 가능성이 있는 기는 궁극적으로 소멸되어야 한다는 이기분대론(理氣分對論)을 토대로, 적극적인 개혁의지를 표명하며 모순된 현실과의 타협을 거부하는 면모를 나타냈다. 또한 퇴계 이황은 리가 절대성과 작용성을 갖고 있기는 하지만 리·기는 서로 올라타고 따르는 관계에 있다는 이기수승론(理氣隨乘論)에 입각해, 모순된 현실에 대한 비판적 자세를 견지하면서도 탄력적인 현실대응 자세를 확립하고 있었다. 한편 율곡 이이는 리의 보편성은 인정하되 기의 작용성만 보장한 가운데 리·기의 유기적 관계를 강조한 이기묘합론(理氣妙合論)을 앞세워, 적극적인 현실참여를 통한 개혁의 방안을 모색했다.

이것이 바로 화담학·남명학·퇴계학·율곡학의 학문적 성격을 규정하는 근거가 되었지만, 그들의 학풍을 계승하는 학파의 분화를 초래하는 주된 요인이 되었다. 선조대 사림정치의 확립과정에서 대두한 훈척정치의 잔재청산에 대한 입장차는 여기에 근거하고 있었다. 이에 따라 남명학파는 분대론의 세계관에 근거한 군자소인론(君子小人論)을, 퇴계학파는 수승론에 입각한 조제탕평론(調劑蕩平論)을, 율곡학파는 묘합론에 입각한 보합론(保合論)을 제시하며 붕당의 역학관계를 조성했던 것이다. 그러나 그들의 역학관계는 접점을 찾지 못한 채 대립이 심화되는 양상을 보이게 됨에 따라 새로운 방안의 모색이 절실한 상황에까지 이르게 되었다. 장현광이 이기분합론(理氣分合論)의 세계관을 토대로 중도보합(中道保合)을 지향하는 중도탕평론(中道蕩平論)을 제시한 것은 그러한 난국을 타개하기 위한 방책의 일환이었다.

장현광의 도학적 세계관은 사림의 세계관이 가치론적 구분에 입각한 대립적 구도를 지향하거나 독자적 가치를 무시한 채 혼합된 하나로 파악하는 등 성리학적 질서수립을 위한 합일된 관점을 정립하지 못하여 혼돈을 초래하고 있는데 대한 반작용의 산물이었다. 따라서 그의 이기심성론은 사림이 공감하는 성리학 철학체계를 확립함과 동시에 심화된 사림세력의 대립을 해소하기 위한 합리적 방안을 모색하려는 복합적 의도가 내포되어 있었다.

그는 리·기, 성·정을 비롯한 개념상 상대적으로 구분되는 현상들의 관계를 경위·체용·분합의 원리로 파악하고자 했다. 경위론은 베를 짜기 위해서는 날줄[경(經)]과 씨줄[위(緯)]이 반드시 그 역할을 분담해야 하는 것으로 그 중 하나라도 없으면 베가 완성되지 못하듯이 어느 것도 존재가치를 보장받지 않는 것이 없다는 논리를 토대로 하고 있다. 그렇기 때문에 순선(純善)의 리 바깥에 겸선악(兼善惡)의 기는 없고 기 바깥에 리가 없는 것으로, 여기에는 선·악, 정·사의 대립적인 구분은 상정될 여지가 없는 것이었다. 그렇다고 그것이 리기의 가치의 균등성을 용인하는 것도 아니었다. 그의 체용론은 리기가 대립적 혹은 대등한 관계에 있는 것이 아니라 가치적 우열관계를 가지며 상호 작용한다는 점을 논리적 근간으로 하고 있었다.

그는 기가 보편적 현상으로서의 작용성을 갖는다면 리는 근원적 작용성을 갖는 것으로 파악하여 리기의 능동적 작용성을 인정하고 있었다. 그렇기 때문에 성(性)은 리고 사단·칠정의 정(情)은 기로 구분되지만 사단·칠정은 모두 리가 발한 기라는 것이다. 이는 사단·칠정을 리발·기발로 보는 분대론이나 수승론의 시각뿐만 아니라 기발로만 간주하는 묘합론의 관점을 모두 부정하는 의미를 갖는다.

이렇게 리기는 체용의 관계에 있지만 그 속에서 독자적으로 존재하는 것이 아니라 불가분의 관계를 가지며 상호 작용하기 때문에 분합(分合)이 없을 수 없는 것이다. 그의 분합론의 이론적 근거가 여기에 있는 것으로 리기가 도에서 나누어지고 다시 도로 통섭되는 원리적 설명이 여기에서 찾아지는 것이다. 그것은 날줄과 씨줄이 상하, 좌우로 각기 나누어져 작용하기는 하지만 그것들이 다른 방향에서 부단하게 서로 합하고 나누어져야만 베가 짜지는 것과 같은 원리이다. 그것은 국가가 완전한 면모를 갖출 수 있기 위해서는 사(士)에 의해서만 얻어질 수 없는 것으로 농공상과 부단하게 분합하며 왕에 통섭되어야만 가능하다는 것과 논리상 맥을 같이하는 것이다.

이러한 장현광의 경위·체용·분합론에 토대를 둔 이기심성론은 우주 및 인간심성의 원리를 설명하는 형이상학적 성격만을 갖는 것은 아니었고 정치·사회적 현상에 접목하여 투영되는 것이기도 했다. 리·기, 성·정이 각기 존재가치를 보장받는 가운데 체용의 관계에서 상호 작용하며 분합을 통해 그 근원이 되는 도·심에 다시 수렴되는 그의 철학적 논리는, 사림세력이 동인·서인, 남인·북인 등으로 분열했다고는 하나 각기 존재가치를 부여받은 가운데 명분상 우열관계에서 상호 견제하며 지속적인 분합을 통해 동질적 기반인 사림으로 통합되는 것과 맥을 같이하는 것이다.

그러나 그가 제시하는 사림의 정치적 통합은 상도(常道)를 내세운 무조건적인 것이 아니라 반드시 중화(中和)의 과정을 거쳐야 하는 것이었다. 그가 체·용을 중·화에 적용하며 용(用)이 화합(和合)하지 않고는 체(體)가 중정(中正)을 얻을 수 없으며 체가 중정을 얻지 않고는 용이 화합할 수 없다고 한 것은, 정치세력의 역학관계는 중도적 공존을 토대로 할 때 진정한 통합을 실현할 수 있다는 논리를 반영한 것이었다. 그것을 구현하는 방안으로서 구체적 적용형태가 바로 황극탕평이 되는 것으로, 그가 정직(正直)이 황극(皇極)의 경(經)이며 탕탕평평(蕩蕩平平)이 중정(中正)의 표준이라 규정한 것도 그의 붕당론의 목표가 거기에 있음을 보여주는 것이다.

요컨대 장현광의 붕당론은 황극탕평을 통해 사림의 보합을 지향하는데 있는 것으로 거기에는 정치세력의 존재가치의 보장과 중화를 지향하는 체용적 역학관계가 전제되어 있었다. 이러한 그의 중도보합론(中道保合論)은 그의 분합론적 이기심성론에 철학적 근거를 두고 있었다. 그것은 정치세력의 극단적 대립을 조장하며 군자일붕(君子一朋)을 지향하는 북인의 분대론적 군자소인론을 배격하는 것이면서도, 체용적 가치구분과 시비의 분별을 배제하지 않는다는 점에서 동질성만을 앞세워 사림의 통합을 내세우는 서인의 묘합론적 보합론에 동조하기를 거부하는 것이었다. 또한 그것은 정치세력의 역학관계를 보장하는 것이라는 점에서 정치세력 내부에서 군자의 선택적 발탁을 제시하는 남인의 수승론적 조제탕평론과도 일정한 차이가 있는 것이었다. 그의 분합론적 중도보합론의 독자성과 함께 역사적 위상은 여기에서 찾아질 수 있는 것이다.

여헌 장현광의 정치인식

최병덕

1. 서론

사회적 존재인 인간은 다른 사람들과 함께 공동체를 이루어 살고 있기 때문에 자신을 비롯한 인간의 삶과 자신이 속한 공동체의 운명에 대해 끊임없는 관심을 가지게 되는데, 이러한 관심은 주로 정치적 사유로 표출된다. 모든 사람들이 자신이 속한 공동체에 대해 나름의 생각을 가지고 있지만, 위대한 사상가들은 보다 일반적이고 체계적인 사유를 전개하여 우리에게 공동체 생활의 정당화 근거를 제시하고 나아가 미래의 방향과 비전을 제시해 주기도 한다. 이러한 정치적 사유는 언제나 표출되지만 공동체가 안정적으로 지속될 때보다는 무언가 문제에 당면하여 위기에 봉착하게 되었을 때 보다 더 격렬하게 표출되는 경향이 있다. 그래서 공동체 전체에 관련된 문제에 관심을 가지고 그것을 체계적으로 해명하고자 하는 위대한 정치적 사유는 주로 무질서와 혼란의 시대에 더 활발하게 표출되어 당대의 인식된 고통과 모순을 해결하기 위한 다양한 방안들을 제시하고, 나아가 바람직한 사회에 대

* 이 논문은 「여헌 장현광의 정치인식」이라는 제목으로 『선주논총』 12(금오공대 선주문화연구소, 2009)에 게재되었던 글을 수정한 것이다.

한 비전도 제공해 준다. 이러한 의미에서 위대한 정치적 사유를 "혼돈의 자식이자 질서의 아버지"라고 한다.[1] 고단하고 어두운 현실이 정치적 통찰력을 자극할 뿐만 아니라 새로운 이상 사회를 꿈꾸게 하기 때문이다.

본고에서는 조선조 정치사에서 최대의 격변기라 할 있는 선조대에서 인조대까지의 시기에 삶을 살아간 여헌 장현광의 정치적 사유를 정치인식이라는 관점을 중심으로 분석하고자 한다. 주지하다시피 여헌 장현광은 명종 9년(1554)에 태어나 인조 15년(1637)까지 활동하다가 84세를 일기로 세상을 떠났다. 여헌이 살던 당대는 조선조 사회가 대외적으로 임진왜란(1594)과 정묘호란(1627년), 그리고 병자호란(1636)의 외란(外亂)을 겪으면서 정치사회적 상황이 전반적으로 변화되는 과도기였다. 또한 국내적으로도 광해군대의 가치 혼란과 인조반정(1623년), 그리고 이괄의 난(1624년) 등 혼란한 상황이 지속되면서 기존의 질서체계가 근본적으로 동요하게 되어 새로운 질서체계를 모색하던 시기였다. 이러한 시대를 살아간다는 것은 누구에게나 고통스러운 일이었듯이 여헌에게도 삶 자체가 끊임없는 시련의 과정이었기에, 당대의 지식인이었던 그는 자기 시대의 모순을 인식하고 그것을 해결하기 위한 방법을 모색하는 정치적 사유를 치열하게 전개하지 않을 수 없었다.

여헌은 "학문을 구하고 도에 뜻을 두고 덕성을 순수하게 성숙시켰으니 훗날 우리의 스승이 될 사람"[2]이라고 한강(寒岡) 정구(鄭逑)가 평가했듯이 재능과 행실이 뛰어나 23세(1576)에 조정에 천거되어 일찍부터 정치와 관련성을 가지게 되었지만, 정계에서 나아가 활동하기보다는

---

1) Alan T. Wood, *Limits to Autocracy: From Sung Neo-Confucianism to a Doctrine of Political Rights*(Honolulu: University of Hawaii Press, 1995), p. 1.

2) 『記言別集』卷16, 旅軒張先生神道碑銘: "有張顯光者 求學志道 它日爲我師者 此人也."

평생 학문연구와 강학 그리고 저술에 열중하였다. 그러므로 여헌은 정치에 적극적으로 참여하여 당대의 과제를 직접적으로 해결하고자 한 경세가가 아니라 학문연구를 통해 유가적인 도덕 가치의 정당성을 밝히고 정치의 나아갈 방향을 제시함으로써 시대적 문제를 근본적으로 해결하려한 당대의 대표적 산림이자 위대한 스승이었다. 그래서 여헌은 일생 수차례에 걸쳐 조정(朝廷)의 부름을 받았지만, 실제로 나아간 것은 몇 번 되지 않을 만큼 관직생활에 마음을 두지 않았고 관직에 나아가서도 쉽게 물러났다.

여헌이 본격적으로 정치와 관련성을 가지고 활동한 것은 인정반정 이후의 일이다. 여헌은 인조반정 이후 학문과 덕망에서 높은 평가를 받아 산림(山林)으로 지목되어 수차에 걸쳐 비중있는 관직을 제수받으면서 상당한 정치적 견해를 표출하였을 뿐만 아니라 적지 않은 문인을 배출하고 사림의 중망을 받으면서 상당한 정치적 영향력을 발휘하였다. 비록 여헌이 중앙정계에 적극적으로 출사하여 많은 활동을 펼치지는 않았지만, 수십 차례의 소차(疏箚)와 국왕과의 면담을 통해 당시 국가적 위기를 진단하고 그것을 극복하기 위한 자신의 입장을 피력하면서 성리학적 가치질서와 지배체제의 재건 및 안정화에 기여하였다. 인조반정 직후 중앙정계에 징소된 여헌의 정치적 관심과 역할은 정책가로서 당면한 과제를 해결하기 위한 구체적 방안을 제시하고 실천해 나가는 것이 아니라 국가원로로서 국왕이 올바른 정치를 해 나갈 수 있도록 국가경영의 철학을 제시하는 것이었다. 그래서 여헌은 인조와의 첫 대면에서 "적용할 방책"이 무엇인지 묻는 국왕의 질문에 대해 "공경이나 여러 집사들 중에 반드시 말할 사람이 있을 것"이라고 대답하면서 구체적 정치현안에 대해 논하는 것은 자신의 역할이 아니고, 대신 "조심하고 힘쓰고 분발하여 늘 새로운 마음을 일으켜야 한다."는 원론

적인 말을 함으로써 산림의 종장이자 성리학의 교사로서의 정치의 바람직한 방향을 제시하고자 하였다.[3]

여헌의 정치적 식견은 그가 인조반정 후에 중용되었기 때문에 그의 생애에서 말년이라 할 수 있는 인조대에 집중되어 있다. 이 논문에서는 여헌의 상소문과 국왕과의 인견(引見)시에 한 발언 등을 분석하여 그의 정치에 대한 인식을 확인해 보고자 한다.

여헌 장현광의 학문과 사상 및 정치적 역할에 대한 연구 성과는 1960년대부터 본격적인 검토가 이루어진 이래[4] 태극사상, 우주설, 역학 등 다양한 분야에서의 연구성과가 축적되어 왔다. 특히 1994년에 금오공과대학교 선주문화연구소에서 여헌의 학문과 사상을 다각도로 검토하여 종합적으로 정리한 결과를 단행본으로 출판함으로써 그의 학문과 철학의 독자성, 산림으로서의 그의 정치적 위상 등에 대한 포괄적 이해가 가능하게 하였다.[5] 또한 고려대학교 민족문화연구원 한국사상연구소에서는 여헌 사상에 대한 최근의 연구성과를 체계적으로 정리하여 『여헌 장현광의 학문세계』라는 책을 계속적으로 발간하고 있어 여헌의 사상을 종합적이고 체계적으로 이해하는 데 도움을 주고 있다.[6]

이러한 연구 성과에도 불구하고 그의 학문과 사상이 차지하는 의미를 역사적 관점, 특히 정치사상적 시각에서 접근한 논고는 매우 드문 편이라 할 수 있다.[7] 비록 그가 본격적인 정치 활동을 전개한 적이

---

3) 『仁祖實錄』 2年 3月 己未: "公卿百執事 必有能言者 臣何敢言 …… 惕厲奮發 常作新心可也."
4) 유명종, 「장여헌사상의 연구: 성리학을 중심으로」, 『논문집』 5, 경북대, 1962.
5) 선주문화연구소, 『여헌 장현광의 학문과 사상』, 금오공과대학교 선주문화연구소, 1994.
6) 고려대학교 민족문화연구원 한국사상연구소 편, 『여헌 장현광의 학문세계, 우주와 인간』, 예문서원, 2004; 고려대학교 민족문화연구원 한국사상연구소 편, 『여헌 장현광의 학문세계 2, 자연과 인간』, 예문서원, 2006; 고려대학교 민족문화연구원 한국사상연구소 편, 『여헌 장현광의 학문세계 3, 태극론의 전개』, 예문서원, 2008.

거의 없고 인조반정을 계기로 산림으로 발탁되어 노년기에 정계에 나아가 몇 차례의 상소를 통해 자신의 정치적 의견을 피력했을 뿐이지만, 이미 그는 당대의 산림의 종장으로서 정치적 상징성을 가지고 있었기에 그의 견해가 당대의 정치에 상당한 영향을 미치고 있었다. 이러한 점을 감안할 때 그의 정치인식을 분석하는 것은 여헌의 사상체계에 대한 이해의 폭을 확장시킬 뿐만 아니라 당대의 정치 상황을 이해하는 데에도 상당한 도움을 줄 것이라 생각된다.

본고에서는 이상에서 제기된 문제의식에 따라 여헌 장현광의 정치인식을 분석할 것이다. 먼저 2장에서는 여헌으로 하여금 정치적 사유를 전개하게 한 시대적 상황과 그것에 대한 그의 인식을 살펴봄으로서 여헌의 정치인식이 형성된 토대를 규명할 것이다. 그리고 3장에서는 여헌의 정치인식을 자연과 인간에 대한 인식, 정치 그 자체에 대한 인식, 그리고 군주, 신하 그리고 백성에 대한 인식으로 나누어서 살펴본다. 왜냐하면 자연과 인간에 대한 인식은 정치적 사유의 전개방향을 결정짓는 기본적 요소이기에 우선 그것을 살펴보고, 그 다음으로 그가 정치를 어떻게 인식하고 어떠한 정치를 구상하고 있었는지를 살펴본다. 그리고 성리학이 구상하는 바람직한 정치가 '성군현상에 의한 애민정치'라 할 수 있으므로 여헌의 정치적 관심도 이 세 가지의 주제에 집중되었을 것이라 판단하고 그가 군주, 신하 그리고 백성에 대해 어떠한 태도와 입장을 가지고 있었는가를 살펴보고자 한다.

---

7) 이와 관련된 논고로는 다음과 같은 것이 있다. 이수건, 「여헌 장현광의 정치사회사상」, 『교남사학』 제6집, 영남대학교 국사학회, 1994; 우인수, 「17세기 초반 정국하 여헌 장현광의 위상」, 『여헌 장현광의 학문과 사상』, 금오공과대학교 선주문화연구소, 1994; 설석규, 「여헌의 이기심성론과 정치철학」, 『여헌 장현광의 학문세계, 우주와 인간』, 예문서원, 2004; 박학래, 「여헌 장현광의 시대인식과 경세론」, 『여헌 장현광의 학문세계 2, 자연과 인간』, 예문서원, 2006.

2. 시대적 상황과 그것에 대한 인식

대부분의 정치사상가들은 자기 시대의 현실을 안정되고 질서정연한 상태라고 인식하기보다는 위기와 무질서의 상태로 인식하는 경향이 있고, 그들의 정치적 사유는 주로 현실의 위기와 무질서의 원인을 진단하고, 바람직한 질서의 방향을 제시하고, 그것을 위한 처방을 제시하는 것과 관련되어 있다. 즉 대부분의 정치사상은 그것을 제시한 사상가가 자기 시대의 모순을 인식하고 그것에 대한 대안을 모색한 사유의 결과물이며, 그것은 또한 그러한 사유를 배태시킨 시대적 상황의 반영이기 때문에 하나의 정치적 사유를 이해하기 위해서는 그 사상을 싹트게 하고 자라나게 한 시대적 상황을 우선적으로 살펴볼 필요가 있다.

그러므로 여헌의 정치인식을 체계적으로 이해하기 위해서는 우선적으로 여헌이 정치적 사유를 전개한 16세기 후반에서 17세기 초반의 조선조 사회의 상황이 어떠했으며, 여헌은 자기 시대를 어떻게 인식하고 있었는가를 살펴볼 필요가 있다. 이 과정에서 우리는 당대의 조선조 사회가 안고 있었던 시대적 과제가 무엇이었으며, 여헌은 자기 시대의 문제를 어떻게 인식하고 대응하고자 했는지를 파악하게 될 것이다. 이는 우리가 여헌의 정치인식을 보다 체계적이고 심층적으로 이해할 수 있는 토대가 될 것이다.

앞에서도 잠깐 언급했듯이 여헌 장현광이 활동했던 16세기 후반부터 17세기 초반의 조선조 사회는 대내외적으로 위기상황을 맞아 국가적 난국을 타개하고 사회질서체제를 안정시키기 위한 정치적·사상적 모색이 집중되었던 시기라 할 수 있다. 임진왜란(1592)과 정유재란(1597)으로 인한 국토 유린, 광해군대의 붕당격화 및 영창대군 피살과 인목대비의 폐비 사건, 그리고 인조반정과 이괄의 난 등 계속된 정변,

명(明)의 쇠퇴와 청(淸)의 흥성 그리고 정묘호란(1627)과 병자호란(1636) 등 대내외적으로 급박하고도 혼란한 정치적 상황이 계속되었고, 이러한 전란과 정치적 격변은 급격한 사회경제적 변동과 지배질서체제의 이완을 초래했다.8) 또한 이 시기에는 선조대 이후 중앙정계를 장악한 사림이 자신들의 정치이상을 구체화시키는 과정에서 다양한 정치분파로 나뉘어져 서로 대립·갈등하는 현상이 뚜렷해지기 시작했고, 퇴계와 율곡을 정점으로 전성기에 도달한 조선성리학이 상황의 변화에 대응하면서 새로운 활로를 모색하고 있었다. 이 모든 현상의 근저에는 외부로부터의 충격이라는 전란이 자리 잡고 있었고, 그것이 초래한 총체적 국가체제의 위기는 사대부를 위시한 집권세력으로 하여금 국가체제의 재정비와 사회의 안정을 역사적 급선무로 인식하게 하였다.

여헌의 정치활동은 선조대에 시작되어 다양한 벼슬에 여러 차례 제수되었지만, 보은현감과 의성현령을 맡아 부임한 것을 제외하고는 실제로 벼슬을 맡아 나아간 깃은 아니었다. 특히 대북세력이 정국을 주도하고 있던 광해군대에는 여헌은 남인에 속했기 때문에 정계 진출을 포기한 채 향촌에 칩거하면서 학문과 저술 활동 및 제자 양성에만 전념하였다. 이 시기에 여헌은 이미 높은 학문과 덕망이 있었기에 문하에 많은 문도들이 모여들어 사우관계가 성립되고 영남 사림의 종장으로 우뚝 서게 되었다. 그래서 여헌은 인조반정으로 대북세력이 독주하던 정국이 일거에 무너지고 남인들도 정국에 참여할 수 있는 상황이 되자 영남 유림의 중망을 받는 산림(山林)으로 조정에 징소되었다.9)

---

8) 박학래, 「여헌 장현광의 시대인식과 경세론」, 『여헌 장현광의 학문세계 2, 자연과 인간』, 예문서원, 2006, 143쪽.

9) 당시 산림은 정치적으로 커다란 비중을 차지하고 있었다. 16세기 이래 빈번한 사화로 인한 관로에의 매력 상실, 과거(科擧)의 빈번한 시행으로 인한 대소과 급제자의 대량배출, 그리고 사대부들의 지주적 성격의 강화 등으로 인해 벼슬을 단념하고 처사(處士)로서 일생

인조반정 직후 산림의 징소는 정권의 기반 확보와 왕위 계승의 정당성 확보를 위한 조치였다. 인조반정의 명분은 광해군대에 일어난 살형제, 폐모 등 인륜에 저촉되는 행위와 명나라에 대해 무조건적인 사대를 취하지 않은 외교정책 등 두 가지가 근본적인 것이었는데,[10] 그것은 당시 일반 사류의 지지를 받기에는 너무 취약한 명분이었기에 인조정권은 처음부터 그 기반이 확고하지 못하였다. 그래서 정국주도세력들은 당시 사류의 추앙을 받고 있던 산림들을 등용하고 후한 대접을 함으로서 그들의 지지를 확보하고자 하였다. 즉 많은 사류들과 사우문생 관계를 가짐으로써 그들에게 영향력을 행사할 수 있던 산림을 등용하거나 후하게 대접함으로써, 그들의 영향력 아래에 있던 많은 일반 사류들을 자파에 우호적인 동조세력으로 확보하려 하였다. 인조대 초년에 산림으로 사류의 중망을 모으고 있던 인물은 장현광을 위시하여 김장생, 박지계 등이었다.[11]

여헌은 누차에 걸친 징소에 고사(固辭)하였지만, 결국에는 조정에 출사하여 인조대의 대표적 산림으로 극진한 대우를 받았다. 그러나 그가 실제 관직생활을 한 기간은 그리 길지 않았고, 대개 새로운 관직에 임명되면 가끔 사은(謝恩)차 다녀갔을 뿐이었다. 이는 이미 그의 나이가

을 보내려는 유생들이 많아져 갔다. 이에 따라 16세기 후반부터 미사(未仕), 또는 불사(不仕)의 생원, 진사, 유학 등이 도처에 산재하게 되었으며, 이들은 향촌사회를 영도하는 유림의 중심체가 되어갔다. 바로 이러한 시대적 분위기속에서 학덕이 뛰어나고 많은 문도를 거느린 학자가 산림으로 불리우면서 정계에서나 향촌사회에서 강한 영향력을 발휘하기 시작하였다. 우인수, 「17세기 초반 정국하 여헌 장현광의 위상」, 『여헌 장현광의 학문과 사상』, 금오공과대학교 선주문화연구소, 1994, 168~169쪽 참조.

10) 『仁祖實錄』1年 3月 甲辰: "光海聽信讒賊 自生猜隙 刑戮我父母 魚肉我宗族 懷中孺子 奪而殺之 幽廢困辱 無復人理 …… 光海忘恩背德 罔畏天命 陰懷二心 輪款奴夷 己未征虜之役 密教帥臣 觀變向背 卒致全師投虜 流醜四海 王人之來本國 羈繫拘囚 不啻牢狴 皇勅屢降 無意濟師 使我三韓禮義之邦 不免夷狄禽獸之歸."

11) 우인수, 「17세기 초반 정국하 여헌 장현광의 위상」, 『여헌 장현광의 학문과 사상』, 금오공과대학교 선주문화연구소, 1994, 183쪽.

일흔의 고령이라는 사실에 원인이 있었지만, 정계에서 적극적으로 활동하기 보다는 향촌에서 은거하여 학문과 강학활동에 치중하는 산림으로서의 기본적 속성에 기인하는 것이기도 하였다. 그러나 그가 조정에 출사하기를 좋아하지 않았다고 해서 그의 정치적 관심이나 정치·사회적 영향력이 퇴색되었다는 것을 의미하지는 않는다. 그는 인조반정을 인정·지지함으로써 인조정권에 폭넓은 지지기반을 제공해 주었으며, 이를 통해 반정 이후의 난국 수습에 도움을 주었다. 또한 당시의 정국변화에 상당한 관심을 가지고 상소문을 통하거나 또는 인조를 직접 인견한 자리에서 치국의 도리에 대해 수차 진달하면서 당시 정치를 올바른 방향으로 이끌고자 하였다.

여헌이 정계와 직접적인 관련을 맺고 활동한 시기가 대체로 인조대이기에 우리가 확인할 수 있는 그의 정치적 견해는 주로 이시기에 집중되어 있다. 그가 왕성한 활동을 펼칠 수 있는 중장년기에는 대북정권 일색이라는 정치 운영의 측면과 인목대비에 대한 폐모론 등 비도덕적인 일련의 정치적 상황으로 인해 주로 학문연구에 침잠하면서 산림처사로서 일관하였다. 그래서 그는 광해군대의 상황을 "백주에도 깜깜하여 요기가 가득하였으며, 시랑과 호랑이가 길에서 사람을 잡아먹고 여우와 이리가 큰 도시에서 난무하여 윤리가 무너지고 강상이 모두 실추되었으며 도탄의 화가 혹독하고 인심이 이미 이반하여 음과 양의 순서가 뒤바뀌고 천명이 이미 떠나가서 수백년의 사직이 장차 며칠 못가서 망할 것 같았습니다."[12]라고 하면서 도덕적 측면에서 매우 부정적으로 평가하였다.

---

12) 『旅軒先生文集』 卷2, 告歸進言疏: "當是時也 白晝陰昏 妖氣遍滿 豺狼吞噬於當道 狐狸亂舞於大市 彝倫斁絕 綱常墜盡 塗炭方酷 人心已離 陰陽易序 天命已去 數百年之社稷 將不日而屋矣."

인조반정 이후에도 여헌이 적극적으로 정계에 진출하고자 한 것은 아니었지만, 당시의 정권에 대해서는 비교적 긍정적인 입장으로 일관하면서 지지를 보냈다. 그는 인조반정을 "나라를 바로잡고 난을 바로잡아 반정하여 천지를 되돌리는 큰 공을 세우시니, 윤리강상을 붙들어서 전인들을 빛내고 후인들을 열어주는 큰 공업"[13]이라고 매우 적극적으로 평가하였고, 그 다음해 이괄의 난(1624)이 일어나자 공주로 피신한 인조를 직접 찾아가고자 했을 정도로 인조 정권에 대해 호의적이었다. 또 정묘호란 때에는 영남호소사에 임명되어 의병을 규합하고 군량을 모으는 데에 일익을 담당하기도 하였고, 병자호란 때에는 인조가 남한산성으로 피신했다는 소식을 듣고 의병을 도모하기도 하였다.

그렇다고 해서 여헌이 인조 정권에 대해 전폭적으로 지지를 한 것은 아니었다. 인조대 초반은 전란으로 인한 사회경제적 혼란과 계속된 지배세력 간의 갈등으로 인해 정치적 난국이 이어졌던 만큼, 여헌은 당시 정국을 위기상황으로 인식했고 또 당시 집권세력의 정치운영에 대해 상당히 비판적이었다. 여헌은 당시 정국의 혼란에 대해 "도적이 도적이 된 것은 비록 그들이 흉악해서라기도 하지만 이를 초래하게 한 것은 위에서 반드시 실정이 있었기 때문"이고, "사람들의 원성을 살만한 잘못된 정사와 나쁜 명령이 있었기 때문"[14]라고 하면서 집권세력의 정치 운영 형태를 비판하고 그 여파가 인심의 불안으로 이어짐을 우려하였다.[15] 이와 같이 여헌이 당시의 혼란의 원인으로 잘못된 정사와

---

13) 『旅軒先生文集』 卷1, 辭掌令疏: "而今聖上撥亂反正 立旋乾轉坤之功 扶彝植紀 有光前啓後之業 方且勵志純誠 大圖將來之亨泰 必欲拯民庶於塗炭 鞏國家於磐石."

14) 『旅軒先生文集』 卷2, 告歸進言疏: "無乃有疵政玷令之取咎於輿情者 未或不無也耶."

15) 『旅軒先生文集』 卷1, 辭執義疏: "寇賊之爲寇賊 雖其惡也 而所以招之致之者 上必有失政也 政失則人心不服 人心不服 則天心不孚 人心不服而愁怨起 天心不孚而災異作 然後悖逆之徒 始敢輕朝廷侮國家 遂生窺覬之心 而逞其凶愿焉 此非失政之招乎."

나쁜 명령을 거론하면서 지배세력의 실정을 지적한 것은 당시 현실의 혼란과 실정의 원인이 집권세력 내부에 있음을 비판하는 것이라 할 수 있다.[16] 그는 성리학적 경세론에 입각한 도덕적인 치화를 정치질서를 회복할 수 있는 방법으로 역설하였다. 그래서 그는 "역적을 제거하는 근본은 덕을 닦음에 있고 도둑을 금지하는 요점은 백성을 편안케 하는 데 있으니, 덕이 닦여지면 역적이 저절로 나오지 않고 백성이 편안하면 도둑이 저절로 일어나지 않는다."[17]고 하였다.

3. 여헌의 정치인식

1) 자연과 인간에 대한 인식

이성적 존재로서 인간은 '이미 주어져 있는' 현실을 그대로 받아들이는 것이기 보다는 '지금까지와는 다르게' 이해하려는 경향이 있다. 그래서 인간은 자신에게 주어진 현실을 그대로 받아들이는 것이 아니라 항상 무언가 의미를 부여하고 해석하면서 그것을 새롭게 변화시켜 보다 발전된 방향으로 개선시키고자 한다. 이 때 인간이 세계를 이해하는 방식을 '세계관'이라 하며, 그것은 인간에게 있어 "복잡한 세상을 헤쳐 나가도록 안내해 주는 지도와 같은 것"이다.[18] 즉 세계관은 인간이 복잡하고 다양한 세계를 비교적 일관된 시각에서 인식할 수 있게 해주고, 그의 사고나 행위도 일관성을 가질 수 있게 해주는 것이다.

---

16) 박학래, 「여헌 장현광의 시대인식과 경세론」, 『여헌 장현광의 학문세계 2, 자연과 인간』, 예문서원, 2006, 145쪽.

17) 『旅軒先生文集』 卷1, 辭執義疏: "去賊之本 在於修德 止寇之要 在於安民 德修而賊自不出 民安而寇自不起."

18) T. Sowell 저·이구재 역, 『세계관의 갈등』, 인간사랑, 1990, 11쪽.

모든 정치적 사유도 이러한 세계관의 틀 속에서 형성되고 전개되었으며, 정치적 사유의 다양성은 바로 이 세계관의 차이에서 기인하는 것이다.[19] 그러므로 하나의 정치적 사유를 체계적으로 이해하기 위해서는 우선 그것이 기반하고 있는 세계관에 대한 이해가 전제되어야 할 것이다.

세계는 인식의 주체인 인간과 인식의 대상인 자연으로 구성되어 있기 때문에 세계관을 구성하는 핵심적 요소는 인간과 자연에 대한 관점일 것이다.[20] 물론 인간에 대한 인식과 자연에 대한 인식은 별개의 문제가 아니라 상호 밀접하게 연관되어 있다. 자연에 대한 인식은 단순히 자연을 바라보는 것이 아니라 인간이 자신의 본질과 운명에 대한 신념을 통해 자연에 의미를 부여하는 과정이다. 그러므로 인간을 이해하는 관점에 따라 자연에 대한 인식이 규정되고, 자연에 대한 인식에 따라 인간의 삶을 바라보는 관점이 결정되어 진다.[21]

근대적 사유체계에서는 필연적 법칙의 지배를 받는 자연세계와 의식적 존재가 자율적으로 행동하는 인간사회를 존재론적으로 구분하고, 자연법칙과 인간의 도덕규범 내지 사회질서는 분리되어 있는 것으로 인식한다. 그러나 성리학적 사유체계에서는 자연과 인간이 별개의 실체로 구분되어 인식되는 것이 아니라, 유기적으로 연결된 상관적 존재 계통을 구성하는 일원적 존재로 인식된다. 그러므로 천(天) 또는 천지(天地)로 표현되는 자연은 인간과 만물을 포함하고 있으며, 또한 그

---

19) 자연과 인간에 대해 이해는 정치적 사고의 뿌리와 같은 것으로, 자연과 인간을 어떻게 이해하는가에 따라 정치적으로 가능한 것에 대한 인식의 범위와 그 실천의 방향이 결정된다.

20) 물론 이것은 정치사상을 구성하는 핵심적 요소이기도 하다. 김한식은 정치사상의 내용이 인간관, 자연관, 신관에 따라 결정되며, 그것의 정치적인 상관관계에 의해 정치사상의 골격이 형성되는 것으로 보았다. 김한식, 「정치학과 정치사상의 관계」, 『한국정치학회보』 24집 3호, 1990 참조.

21) 이영찬, 『유교사회학』, 예문서원, 2001, 67쪽.

아래 또는 그 사이에 존재하는 만물을 생성·변화시키는 근원적인 것으로 인식된다. 나아가 자연과 인간은 내적으로 연결되어 있고, 상호 연관성을 가지는 존재로 파악되기 때문에 자연은 단순한 인간의 기술적 지배나 착취 대상이 아니라 인간 발전을 위한 규범이나 모범을 제시해주는 본받음의 은유적 대상으로 인식된다.[22] 다시 말해서 성리학적 관점에서 자연과 인간은 연속된 유기적 일체로 인식되기 때문에 자연을 인간의 존재조건일 뿐만 아니라 인간이 순응하고 본받아야 할 모범으로 간주하고 자연의 존재법칙과 인간의 도덕법칙이 일치되는 것으로 파악한다.

우리가 관심을 가지는 여헌 장현광 역시 성리학적 관점에서 우주와 자연 그리고 인간에 대한 정밀한 해석을 시도했고, 그것을 통해 인간의 삶에 규범을 확립하고 정치·사회가 지향해 나가야 할 방향을 제시하고자 하였다. 즉 그 역시 조선조의 성리학자였기에 성리학의 기본적 사유에 따라 우주를 서로 감응하는 물(物)들이 서로 유기적으로 협동하는 세계로 이해하면서, 인간과 사물의 감응관계를 통해 세계를 이해하고 그 틀 속에서 인간의 삶의 방향도 제시하고자 하였다. 그러면서도 그는 특히 역학(易學)에 관심을 집중하면서 우주와 자연, 그리고 인간을 원리적으로 탐색하였고, 이를 통해 우주의 원리를 이해하고 그 속의 존재로서 인간을 인식하면서 그에 걸맞는 인간 삶의 방향을 제시하고자 하였다.

여헌은 우주를 전통적 사고에 따라 '고금왕래'와 '상하사방'의 시공간 전체를 의미하는 것으로 이해하였고,[23] 그 우주는 사(事)와 물(物)

---

22) 정병석, 「천생인성의 구조로 본 순자의 자연관」, 계명대학교 철학연구소 편, 『인간과 자연』, 서광사, 1995, 17쪽.
23) 『性理說』 卷8, 宇宙說: "上下四方曰宇 …… 古往今來曰宙."

로 가득 차 있는 것으로 보았다.24) 즉 우주는 사와 물이 존재하고 운동하는 시간과 공간의 틀이며, 사와 물은 우주의 틀 안에 존재하는 구체적인 존재와 그것들의 운동이다. 우주를 채우고 있는 물(物)은 다른 것과 구별되는 형(形)을 가진 물체로 우주 내의 구체적 존재를 의미하며 사(事)는 우주 내에서 일어나는 유위(有爲) 즉 변화·행위·운동으로 대변되는 우주의 운동 혹은 운행을 의미하며, 우주의 구성물로서 사와 물은 "반드시 있어야 해서 있지 않아서는 안 되는 것"과 "하여야 해서 하지 않아서는 안 되는 것"으로 있어야 할 이유가 있기 때문에 스스로 존재하는 것이 아니라 필연적으로 존재하는 것으로 보았다.25) 또한 이렇게 우주를 구성하는 사와 물은 확연히 구분되는 것이 아니라 서로 연관되어, 사가 있기 때문에 물이 있을 수 있고 물이 있기 때문에 사가 있을 수 있는 것으로 보았다.26) 그러므로 구체적 존재인 물은 우주적 운동인 사에 의하여 생겨나서 사를 행하다가 우주의 흐름 속으로 돌아가고, 다시 이 흐름[즉 事]에서 물이 생겨난다. 우주 속에서 존재하는 모든 사물은 그것이 아무리 하찮은 것일지라도 우주의 생성과 소멸에 걸친 운동의 일환이기에 그 존재와 운동에는 우주적 의미가 내함되어 있다. 즉 여헌의 관점에서 우주 내에 존재하는 모든 사물은 그것이 어떤 모습을 가지고 있든 간에 우주의 운행에 연관되기 때문에 이미 그 자체로 존재할 가치가 있는 것이었다.

여헌은 우주에 존재하는 모든 만물에는 각자의 분(分)이 있는 것으로

---

24) 『性理說』 卷2, 易卦總說. "宇宙之名出於人 人之在宇宙之間者 指其上下四方而稱之曰宇 又指其古往今來而稱之曰宙 …… 事者有爲之名也 物者有形之名也."

25) 『旅軒先生文集』 卷6, 事物論: "凡爲物於上下四方之宇者 無巨無細無貴無賤 皆所當必有而不容不有也 凡爲事於古往今來之宙者 無大無小無精無粗 皆所當必爲 而不容不爲也."

26) 『性理說』 卷2, 易卦總說. "有事故有物 有物故有事 事與物常相因而不已者 便是爲宇宙之道也 若都無事無物 其安有宇宙乎."

보았다. 여헌은 "천지의 사이에서 태어나는 만물은 정해진 바의 분을 소유"하는데, "분이란 품수한 바의 기질에 따라 도리에 한계가 있음"을 의미하는 것이라고 하면서 만물은 정해진 바의 분이 있기 때문에 선전적으로 타고난 차별적인 성질과 역할·기능상의 차이가 있음을 지적하였다. 나아가 모든 존재에게 분담된 역할로서의 분은 천명으로 부여된 것이기 때문에 어떠한 존재도 그것으로부터 벗어날 수 없는 것으로 보았다.[27] 그런데 물 자체가 본성과 형체의 구분이 있듯이 모든 물에 부여된 분은 성분과 직분이라는 두 측면으로 구분된다. "성분으로 말하면 도덕이라고 하고, 직분으로부터 말하면 사업"[28]이기에 성분과 직분은 도덕과 사업의 원천이 된다. 그렇다고 성분과 직분이 서로 다른 것으로 구별되는 것은 아니다. 본성(理)은 형체(氣)의 원리이며 형체는 이치의 그릇이듯이 성분과 직분은 서로 다른 것이 아니라 동일한 것의 다른 이름일 뿐이다. 도덕과 사업 역시 마찬가지이다. 여헌에게 있어 사업이란 바로 도덕적 사업이며, 인간을 비롯해 우주에 존재하는 모든 만물에게 부여되어 있는 것이다.[29] 그러므로 여헌에게 있어 우주에 존재하는 모든 물은 그것이 아무리 보잘것없는 것일지라도 모두 존재가치가 있는 것이었고,[30] 우주의 조화는 각각의 물들이 자신에 부여된 역할을 충실히 수행할 때 이루어지는 것이었다.

---

27) 『旅軒先生文集』卷6, 明分: "萬物生於天地之間 莫不有所定之分焉 分者 隨其所稟之形氣 而道理有界限也. ……分旣定矣 而其爲生也 則麗于天者 不可麗于土 麗于土者 不可麗于天 …… 莫非其分之一定矣 此萬物之大分也."

28) 『性理說』卷7, 道德事業分合: "自其性分而言之曰道德 自其職分而言之曰事業."

29) 김낙진, 「여헌의 역학과 세계 이해」, 고려대학교 민족문화연구원 한국사상연구소 편, 『여헌 장현광의 학문세계, 우주와 인간』, 예문서원, 2004, 40~42쪽 참조.

30) 『旅軒先生文集』卷6, 明分: "草則爲蔬菜爲藥用爲百獸之食者 其分也 木則爲林藪爲薪柴爲百果爲宮室器械之材者 其分也 禽獸之爲馴畜爲犧牲爲皮毛骨角之用者 其分也 昆蟲魚鼈之皆得爲凡需者 其分也 至於金鐵玉石 莫不爲當用之資者 其分也 其餘萬類中 爲無用之物者 亦無數焉."

여헌의 우주에 대한 이해는 우주를 구성하는 존재하는 모든 것은 나름의 가치를 가지고 있다는 관점에 서있다. 이는 정치사회의 질서를 형성함에 있어 하나의 가치기준에 따라 부적절한 존재를 배제시키기보다는 다양성의 관점에서 그 나름의 가치를 인정하면서 상호간에 조화를 추구하는 사고방식과 연결되어 있다. 또한 다양한 존재들이 각자에게 주어진 역할에 최선을 다할 때 조화가 이루어진다는 포용적 관점과도 연결되어 있다. 여헌은 우주를 하나의 유기체로 보면서 각각 사물에 부여된 쓰임새를 우주 전체의 조화 가운데에서 각 사물이 담당하는 역할로 이해하였다. 그에게 있어 세계는 갈등과 투쟁의 장으로 보기보다는 조화로운 협동의 장이었다.

한편 여헌은 역(易)의 논리에 따라 세계를 변화 운동하는 것으로 보았다. 그렇다고 해서 모든 것을 변화하는 유동적 과정에 있는 것으로 본 것은 아니다. 그는 변화 현상 가운데에서도 불변하는 것이 있다고 믿고 그것을 변화하는 세계를 이해하는 기점으로 삼고자 하였다. 즉 그는 세상에는 변화하는 것과 변화하지 않는 것이 있다고고 하면서 그것을 '경위설(經緯說)'로 설명하였다. "경은 베 짜는 실의 세로로서 바디에 있는 것이며, 위는 베 짜는 실의 가로로서 북에 있는 것이다. 경은 처음부터 끝까지 관통하여 있으며, 변역됨이 없다. 위는 한번 왼쪽으로 가고 한번 오른쪽으로 가면서 반복하여 왕래하니, 모름지기 곡절을 갖춘다."31) 여헌은 성리학에서 인간과 만물을 포함한 모든 존재를 설명하는 기본적 개념인 리기(理氣)를 경위(經緯)의 관계로 파악하였다. 즉 리를 세계의 변화하지 않는 질서를 부여하는 궁극적 존재이기 때문에 움직이지 않는 날줄(經)이며, 기를 세계의 물질적 재료를 제공하는

---

31) 『性理說』卷4, 經緯說: "經卽織縷之縱而在柚者也 緯卽織絲之橫而在杼者也 經則自始至終 通貫在達而無有變易 緯則一左一右 反覆往來而須備曲折."

질료적 존재이기 때문에 움직이면서 베를 짜는 씨줄(緯)이라고 파악하고, 리와 기가 날줄과 씨줄의 관계로 결합되어 도(道)를 이루고, 그 도에 의해 천지만물이 이루어지는 것으로 보았다.[32) 리기의 경위적 합(合)인 도는 개개의 물이 생성됨에 있어 그 물의 특성과 역할 즉 그 본성, 직분 그리고 사업을 이루게 하는 존재이다. 즉 도는 "그 천지와 만물이 됨에 이르러서는 그 크고 작은 것들이 비록 차이가 있더라도 그 본성을 본성으로 하고 그 직분을 직분으로 하고 각각 그 사업을 두지 않음이 없어서 자체적으로 그칠 수 없는 것"이다.[33) 또한 도는 리에 근거하면서 리를 실현하는 구체적 유행자이다. "도는 리가 항상 존재하고 항상 행하는 것을 이르니 이 리의 밖에 별도의 도가 있는 것이 아니다."[34) 그러므로 여헌에게 있어서 리기의 합으로서의 도(道)는 세계를 이루는 근원적 존재, 세계 전체의 조화와 질서를 이루어 나가는 리(理)의 유행자'이다. 이와 같이 여헌은 천지의 생성, 인간과 만물의 생성, 인간의 실천의 모든 과정에서 리와 기가 같이하기 때문에 리기가 하나의 도가 된다고 하면서 리와 기 모두를 세계구성에 있어서 필수불가결한 요소로 보았다. 즉 여헌은 인식론적으로 리와 기 중 어느 하나가 제외되거나 어느 일방의 존재만으로는 천지를 비롯한 개별적 물과 세계의 운행이 있을 수 없다고 보면서 리와 기의 차별이나 대립

---

32) 여헌이 리기를 경위로 파악한 것에 대해 이희평은 적극적인 의미를 부여한다. 그는 여헌이 '패러다임의 전환'과 같은 사유의 전환을 의도했다고 보기는 어렵지만, "리기를 대신하여 경위로 세계를 설명하는 것은 궁극적 존재를 정의하고 설명한다는 면에서 동일할지 몰라도 세계를 그 근거와 질료적 요소로 이해하려는 리기 철학과는 다른 양상의 철학이 전개될 개연성"이 있다고 하면서, "세계 전체를 경위의 관점에서 보고자고 이를 통해시 세계를 재해석하는 '논의의 틀'을 제시하고자 한 것은 분명하다"고 평가하였다. 이희평, 『여헌 장현광의 철학사상』, 월인, 2006, 94쪽.

33) 『性理說』 卷7, 道理分合: "企爲天地萬物 其大小雖殊 莫不各性其性 各職其職 各有其事業이 不得自己者 便是道也."

34) 『性理說』 卷7, 道理分合: "道是此理 常存常行之名 則不是此理之外 別自爲道也."

이 아니라 조화와 공존을 강조하였다.

여헌은 인간을 우주의 만물 가운데 하나로 보았고, 만물이 리와 기의 결합으로 이루어진 것처럼 인간 역시 리와 기의 결합으로 이루어진 것으로 파악하였다. 그러므로 인간 역시 우주의 생성과 변화의 법칙 속에 존재하면서 그 필연의 법칙에 따라 삶을 살아가야 하는 존재인 것이다. 그렇지만 인간은 "하늘과 땅 사이에 위치하고 만물 가운데 우두머리가 되어 이 몸을 소유하였으며 하늘이 되고 땅이 된 이치와 기운이 또 그 사이에 모여 가장 빼어난 것을 얻은 자"[35]로 "하늘이 덮어 주는 아래와 땅이 실어 주는 위에 중(中)을 받아서 위와 아래로 하늘과 땅과 더불어 참여하여 삼재(三才)가 되고 여러 종류 중에 으뜸이 되어 물 중에 크고 귀한"[36] 존재로서 우주 내 다른 물들과는 차별되는 특별한 지위와 역할을 가진 존재이다. 즉 인간은 "천지·고금·만사·만물의 이치가 모두 갖추어져 있으므로 이를 체득·이해하고 성찰·실행하면 통하지 않음이 없"기에 가장 신령스럽고 귀한 존재이고[37] 천지와 더불어 삼재가 되어 "천지를 대신하여 우주 내 사업을 책임지고 있는 존재"[38]인 것이다.

이와 같이 천지를 대신하여 우주 내 사업을 책임지는 특별한 존재인 인간에게는 "한번 동하고 한번 정함에 동하고 정하는 도리를 다하고, 한 번 사물을 응하고 접함에 응하고 접하는 도리를 다하며, 마음에 있어서는 마음의 이치를 다하고 몸에 있어서는 몸의 도를 다하고 집안과

---

35) 『旅軒先生續集』卷3, 平說: "吾人也 位天地之間首萬物之中而有是身 卽理氣之爲天爲地者 又聚於其間而得其秀者也."

36) 『旅軒先生文集』卷6, 事物論: "吾人受中于覆幬之下 持載之上 俯仰與天地 參爲三才 而首乎庶類 則其爲物之巨且貴."

37) 『性理說』卷8, 宇宙說: "吾一身一心之中 而天地古今萬物萬事之理 畢具焉 體而會之 察而由之 無不通焉."

38) 『性理說』卷7, 晚學要會, 易簡篇: "吾人 代天地總萬物 而策宇宙內事業者."

마을과 나라에 있어서는 집안과 마을과 나라의 도를 다하지 않음이 없으며, 천지와 우주에 있어서도 모름지기 삼재(三才)에 참여하여 천지의 중간에 서 있는 도리를 다하여야 하는"[39] 사업이 부여되어 있다. 그래서 인간은 "모두 태어난 땅이 있고, 처한 바의 지위가 있고 맡은 바의 직책이 있으니, 그 처한 땅에 따라 땅을 편안하게 여기고 처한 지위에 따라 지위를 편안하게 여기고 재주와 덕이 미치는 바에 따라 자신의 직책을 다하여"[40] 주어진 분수를 지켜야 한다. 이렇게 인간이 주어진 분수를 다하게 될 때 "마음이 반드시 바르고 몸이 편안하고 집안이 반드시 보존되어 온갖 복이 그 가운데에 있"[41]게 된다고 하면서 인간에게는 "주어진 몫으로 마땅히 해야"할 분수가 있으며, 그것을 지키며 살아가야하는 필연성이 있음을 강조하였다.

그런데 인간은 "자신의 분수를 알지 못하고 스스로 분수를 지키지 못함으로 말미암아 욕심을 부리고 함부로 침범하여" 크게 작게 악행을 저질로 화패(禍敗)를 취하게 되고 결국에는 그것이 심하게 되어 "자신의 몸만 화를 입을 뿐만 아니라 재앙이 족류들에게 미치고 앙화가 후손들에게 끼침에 이르게"[42] 되기도 한다. 인간은 사물들 전부를 이해하고 사용할 수 있는 능력을 가진 만물의 영장이 되어,[43] 물들의 자연 성질을 올바로 활용하여 "물을 마땅히 머물 곳에 머물게 하는"[44] 능력

---

39) 『旅軒先生文集』卷6, 明分: "以分內當爲者言之 一動靜而盡動靜之理 一應接而盡應接之理 在心盡心之理 在身盡身之道 在家鄉在邦國 無不盡家鄉邦國之道 而至於在天地宇宙 亦須能盡其參三中立之道者 非吾人事業乎."

40) 『旅軒先生文集』卷6, 明分: "吾人莫不有所生之地矣 莫不有所在之位矣 莫不有所職之業矣 隨其所地而安其地 隨其所位而安其位 隨其才德之所及者而盡其職 則此非能守其分乎."

41) 『旅軒先生文集』卷6, 明分: "能守其分 則其心必貞 其身必安 其家必保 而萬福在其中矣."

42) 『旅軒先生文集』卷6, 明分: "若或不能俟命 僥倖於所素之外 則便是不守其分矣 豈有行險得全之理哉."

43) 『性理說』卷8, 宇宙說: "唯人也 稟其淸粹精厚而生 爲萬物之首 故萬物莫不爲人之用焉."

44) 『旅軒先生文集』卷6, 明分: "使之各得其所焉 隨其材之所宜而收用之 使之各不爲棄物焉

과 직분을 타고 났음에도 불구하고 기질의 잡됨과 물욕의 유혹이 있기 때문에 현실적으로 차등이 생기고 스스로 그 도리를 다하지 못하게 되기도 한다.[45] 즉 "만물이 똑같지 않은 것이 자연의 이치"이기에 "사람 가운데에도 어둡고 밝고 순수하고 잡박함에 차이가 있어서 그에 따라 어리석고 지혜롭고 어질고 불초함에 똑같지 않음이 있어"[46] 인간은 처음부터 행위능력의 차이를 가지게 되고, 현실적 조건에 제약을 받으면서 타고난 성품을 그대로 실현하지 못하게 된다.

또한 인간은 "칠정의 욕망" 때문에 "당연한 법칙과 평상의 이치"를 제대로 실천하지 못하게 된다. 여헌은 "정에 욕망이 있는 것이 처음에야 어찌 이치가 아니겠는가, 욕망이 없으면 사람 또한 나무나 돌과 다름이 없다. 사람은 천지가 물건을 낳는 마음을 얻어 마음으로 삼았기 때문에 태어난 이치가 발동하여 마침내 성의 욕망이 되니, 한 몸의 식색과 의복으로부터 천하의 일과 천하의 물건에 이르기까지 모두 이 도에 포괄되어 있는 것이다."[47]고 하면서 인간에게 있어 욕망의 작용이 있음을 지적하고 그것이 행위의 근원적 동기임을 지적하였다. 그렇다고 해서 여헌이 인간의 욕망을 근대적 의미로 해석하여 인간이 자기의 욕망대로 하면서 주체적으로 살아가는 측면으로 이해하여 인간을 욕망을 추구하는 존재로 이해한 것은 아니었다.[48] 그에게 있어 욕망은

者 卽吾人也."

45) 『旅軒先生文集』 卷7, 道統說: "惟吾人者 不能無氣質之雜 物欲之誘 而或不能自順其爲人之理 以盡其參三之道."

46) 『旅軒先生續集』 卷6, 平說: "萬物之不齊者 莫非自然之理 …… 於人之中 亦有昏明粹駁之不齊 因而爲愚智賢不肖之不同."

47) 『旅軒先生續集』 卷5, 晚學要會: "情之有欲 初豈非理也哉 無欲則人亦無異於木石也 人得天地生物之心以爲心 故生之理動 而遂爲性之欲焉 自一身之食色衣服 至於天下之事天下之物."

48) 인간의 욕망을 긍정한 것은 근대적 주체로서의 인간을 인식하기 위한 중요한 단서가 된다. 비록 여헌이 인간에게 욕망이 있고 그것이 인간의 행위의 근원적 힘이라고 말했지

"법칙을 이루고 이치를 다할 것을 생각하는 것"이며, "욕망이 절도에 맞으면 도의 큰 단서가 되니 어찌 도의 병통이 되겠는가."[49]라고 했듯이 인간이 우주 자연의 법칙 속에서 자기에게 부여된 도리를 다하면서 도덕적으로 살고자 하는 의지의 측면으로 이해되고 있다.

그런데 인간에게 도덕적으로 살고자하는 욕망이 선천적으로 부여되어 있다고 하더라도 그것이 인간의 현실적 삶을 도덕적으로 이끌지는 않는다. 왜냐하면 앞에서 언급했듯이 인간은 처음부터 실천 능력에 차이가 존재하기 때문이다. 모든 인간이 "천지의 리를 받고 똑같이 천지의 기를 얻어서 형체를 소유하고 성을 소유하였으나 …… 천지에 유행하는 기가 모두 순수하고 바를 수가 없어서 잡되고 편벽된 것이 많기"[50] 때문에 인간들은 성인과 일반 사람(衆人)으로 구분되고 그 기질의 차이로 인해 현실적인 실천능력에서 차이가 나게 되는 것이다. 성인은 "빼어난 가운데에 빼어나고 바른 가운데에 바른 것을 얻은 자로 천지와 그 덕을 합하고 일월과 그 밝음을 합하고 사시와 그 순서를 합하고 귀신과 그 길흉을 합하고,"[51] "성이 발하여 칠정이 되는 것이 저절로 절도에 맞지 않음이 없고"[52] "능히 다 알아 그 완전함을 행할 수

만, 여헌의 사고가 욕망을 추구하는 존재로서의 인간 이해라는 근대적 사고로 나아간 것은 아니다. 그렇지만 이는 욕망을 부정적으로만 파악하던 당시까지의 사상적 흐름에서 욕망을 긍정적으로 파악하고자 한 것은 사상적 큰 전환이라 할 수 있다. 하지만 욕망을 인간적 성취의 동기로까지 파악하고 인간의 주체성을 제기하는 방향으로 나아간 것이 아니라 성리학의 도덕적 관점의 범주에서 욕망으로 인해 발생할 수 있는 현실적 문제에 대한 우려를 제기하면서 그것의 극복을 주장했을 뿐이다. 욕망에 대한 긍정과 근대적 인간 인식으로 인식 전환은 좀 더 시간을 필요로 했다.

49) 『旅軒先生續集』 卷5, 晩學要會: "無非是道之所包所該也 其思有以遂其則盡其理者 非此欲之爲乎 欲焉而中其節 則乃爲是道之大端 豈爲道之病哉."

50) 『旅軒先生續集』 卷6, 平說: "同受天地之理 同得天地之氣 以有其形 以有其性 …… 氣之流行於天地者 不能皆純且正 而雜且偏者居多焉."

51) 『旅軒先生續集』 卷6, 平說: "聖人者 又得夫秀之秀 正之正者也 天地合其德 日月合其明 四時合其序 鬼神合其吉凶矣."

있는”[53] 사람이다. 그러나 중인은 성인과 달리 순수하고 바른 기가 아니라 잡되고 편벽된 기의 영향을 받았기 때문에 “혹은 어리석을 자가 되기도 하고 혹은 불초한 자가 되기도”[54] 하여 다양한 성향을 가지게 된다. 그래서 “하우들은 욕망을 내지 말아야 할 때에 욕망을 내고, 또 함부로 행하고 망령되이 쓰기 때문에 천리를 상실함에 이르도록 그치지 않으며, 혹 게으르고 후퇴하여 자포자기하는 것을 달게 여겨 부끄러워하지 않”게 되고, “이단이 된 자들은 욕망하는 것이 성현의 위로 높이 솟아 이륜의 직분을 천하게 버려”“욕망을 잘못 내고 정을 거슬려”“스스로 인간의 이치를 끊고 성현의 가르침을 하여 천지의 도를 해치게”[55] 된다. 이러한 이유로 현실의 인간들은 우주 사업에 동참하는 존재로서 주어진 직분으로서의 도덕 사업의 책임을 다하지 못하게 되고, 그로 인해 인간사회의 다양한 모순들도 발생하게 되는 것이다.

이와 같이 여헌은 인간들의 타고난 기질의 차이에서 현실에 존재하는 사회적 모순의 원인을 찾고 있다. 그렇지만 그는 이러한 상태는 변화될 수 있는 것으로 보았다. 그는 인간들의 본성이 동일하기 때문에 “선을 익히면 성인이 될 수 있고 악을 익히면 광인이 될 수 있다”고 하면서 인간의 도덕적 변화 가능성을 제시하였고, “사람이 만일 스스로 훌륭한 일을 하려는 뜻을 간직하고 있다면 마땅히 할 수 없는 일이 없는 법”[56]이라고 하면서 인간의 실천의지를 강조하였다. 다시 말해

---

52) 『旅軒先生續集』 卷5, 晩學要會: “聖人生得中和之氣 故性之發爲七情者 自無不節.”
53) 『性理說』 卷8, 附答童問: “聖人 爲能知 得其盡 行得其全.”
54) 『旅軒先生續集』 卷6, 平說: “衆人 …… 或爲愚爲不肖者 …… 其下則偏雜中多少分數 雖有不齊 而其不歸衆人者鮮耳.”
55) 『旅軒先生續集』 卷5, 晩學要會: “彼下愚者 不當欲而欲之 又肆行妄用 故至於汨喪天理而不之止焉 …… 爲異端者 其所欲者是高出聖賢之上 賤棄彛倫之職 …… 則只自以絶生人之理 …… 戕天地之道者也 …… 此亦失於欲逆於情而至於此也.”
56) 『旅軒先生續集』 卷6, 平說: “苟能自有有爲之志者 當無不可爲之事焉.”

그는 "조금이라도 마음을 돌려 교화를 향하는 기틀이 있다면 그 어두움을 열고 그 혼탁함을 제거하며 잡된 것을 정리하고 엷은 것을 두터이 할 수 있다"고 하면서 인간의 노력을 통해 "망령된 습속"을 제거하고 주어진 직분으로서의 도덕사업을 완수할 수 있다고 하면서 인간의 의지와 실천적 노력을 강조하였다.[57) 또한 인간의 실천적 노력과 변화의 가능성이 있기 때문에 "성인이 학문하는 방법과 교회(敎誨)하는 방법을 만들어 어둡고 어리석은 자들을 변화시켜 밝고 지혜롭게 만들고 박잡한 자들을 변화시켜 순수하게 할 수 있다"[58)고 하면서 학문과 교회를 통해 인간을 변화시킴으로써 도덕적 질서를 수립할 수 있음을 역설하였다.

2) 정치에 대한 인식

인간은 본성적으로 정치적 동물이기 때문에 정치적 공동체를 형성하고 그 속에서 살아갈 때 인간다운 삶을 보장받을 수 있다. 그런데 공동체에서의 생활이 반드시 인간다운 삶을 보장하는 것은 아니다. 왜냐하면 인간의 욕망은 무한한데 그것을 채워줄 수 있는 자원은 항상 희소하기 때문에, 공동체에는 언제나 제한된 자원의 배분을 둘러싼 대립과 갈등이 존재하게 되고, 그것이 결국에 인간다운 삶을 파괴하기도 하고, 공동체 자체를 무의미하게 할 수도 있기 때문이다. 그러므로 공동체 생활에서는 상호이해관계를 조정하고 갈등을 해소하여 공동체를 유지하면서 공동체적 생활을 지속시켜 나가도록 하는 것이 무엇보다 중요한 과제로 제기되는데, 이러한 역할을 담당하는 분야가 바로 정치

---

57) 『性理說』卷4, 經緯說: "小有回心向化之機 則其昏可開 其濁可去 雜可礪薄可敦."
58) 『旅軒先生續集』卷6, 平說: "此聖人設爲學問之術 敎誨之方 使昏愚者變爲明智 駁雜者 化爲純粹."

이다.[59] 그러므로 정치현상은 인간이 공동체를 형성하고 인간다운 삶을 유지해 나가고자 하는 과정에서 필연적으로 발생하게 된다. 그런데 정치의 실제 모습은 그 공동체가 당면한 문제를 무엇으로 인식하고 그것을 어떻게 해결해 나가는가에 따라 사뭇 달라진다. 바로 이러한 이유로 정치현상의 다양성이 발생하게 된다.

유학(성리학)은 자신의 사회적 본질을 규명하고 실천하며, 그 사회를 그들이 설정한 이념적 지향성에 따라 개조하고 완성해 나가는 데 있어서 항상 인간관계를 중심적으로 고려한다. 성리학적 사고에서 인간은 항상 사회적 존재로 파악되고, 인간의 문제도 항상 사회적 문제로 인식되기 때문에 그것이 상정하는 사회관계는 결코 개인과 절대자의 직접적인 대면을 통해 이루어지는 초사회적 관계도 아니며, 권력·법률·경제 등과 같이 그 자체로 인간 외적인 제도적 관계도 아닌 사회적 인간관계 또는 인간적 사회관계로 인식된다. 그렇기 때문에 성리학적 관점에서는 항상 윤리·도덕이 정치사회의 질서를 형성하고 유지해 나가는 데 중심과제로 등장하게 되고, 그러한 규범적 질서를 확립하는 것이 정치의 주된 목표가 된다.[60] 그렇기 때문에 유학적 사고에서 정치란 권력관계나 가치배분과 같은 단일 의미만을 가지는 것이 아니라 복합적인 의미를 가진다.[61] 정치(政治)란 '바르게(正)' 하고 '고르게(平)' 하는 것을 의미한다. 『설문해자』의 풀이에 의하면 '정(政)'에는 바르게 한다(政者正也)는 의미가 있으며, '치(治)'에는 세상에서 가장 평평한 속성을 가진 물처럼 고르게 한다(水準也 準平也 天下莫平乎水)는 의미가 있다.[62] 바르게 하고 고르게 한다는 것은 그 사회가 설정한 이념적 목표에 따라 인식

---

59) 이극찬, 『정치학』, 법문사, 1999, 4~9쪽.
60) 유초하, 『한국사상사의 인식』, 한길사, 994, 115쪽.
61) 전락희, 『동양정치사상연구』, 단국대학교출판부, 1995, 51쪽.
62) 이영찬, 『유교사회학』, 예문서원, 2001, 135쪽.

된 무질서와 혼란을 고쳐서 사회적 삶을 바르고 고르게 한다는 의미로 이해할 수 있다.

한편 유학에서 제시하는 최고의 정치적 실천은 '평천하(平天下)'로 '천하를 고르게 한다'는 것이다. 여기서 '천하를 고르게 한다'는 것은 '밝은 덕을 천하에 밝히는 것(明明德於天下)'으로 세상의 모든 사람들이 선천적으로 타고난 자신의 밝은 덕(明德)을 밝혀 스스로 성인, 군자가 되도록 교화하는 것으로[63] 도덕적 자각에 근거한 덕성의 실천을 통해서 정치적 이상세계에 도달한다는 것을 의미한다. 그러므로 '평천하'의 논리는 정치적 이상과 도덕정신을 하나로 관통·융합시키는 논리로 도덕적 당위성과 논리적 필연성을 결합시키고 있다.[64]

이와 같이 성리학적 사고에서 정치는 권력관계라기보다는 도덕적 교화 내지 덕화(德化)로 이해되며,[65] 그 목표는 통치자의 인격과 도덕적 감화력이라는 평화적이고 순리적인 방법을 통하여 인간의 순수한 본성이 그대로 실현되는 조화와 화합의 도덕적 공동체를 건설하는 것으로 설정된다. 즉 성리학적 관점에서 정치는 그 자체의 독립된 논리를 가진 것이 아니라 도덕의 연장선상에서 이해되고 있으며, 인간사회의 최고목표인 도덕적 공동체를 실현하기 위한 가장 유효한 수단으로 인식된다. 그래서 성리학적 관점에서 정치인식은 항상 도덕의 문제와 밀접하게 관련성을 가지고 있었다. 개인적 차원에서의 도덕적 완성과 사회구조적 차원에서의 정치적 실천은 분리될 수 없는 문제로 긴밀하게 연관되어 주체적 도덕수양은 정치적 실천을 통해 완성될 수 있으며, 정치에의 참여는 주체적으로 함양된 도덕성을 사회적으로 실천하

---

63) 이상익, 『유가사회철학연구』, 심산, 2001, 283쪽.
64) 김춘식, 「퇴계의 행정사상에 관한 연구」, 『한국행정학보』 제26권 제2호, 1992, 254쪽.
65) 남일재, 「맹자의 시각으로 본 조광조의 정치이념」, 『한국정치외교사논총』 제20집, 1998, 185쪽.

여 확산시켜 나가는 과정으로 이해되었다. 또한 개인적 도덕수양의 기초가 공고하면 그것이 사회적 정치실천에 있어서도 긍정적 효과로 자연스럽게 이어질 수 있는 것으로 보았다.

여헌이 '정치'에 대해 특별한 관심을 가지고 성찰할 것도 아니고 그 용어를 직접적으로 사용하지도 않았기에 이를 구체적으로 확인한다는 것은 상당히 어려운 문제이지만, 그 역시 조선조의 성리학자였기에, 그의 정치인식이 도덕과의 관련 속에서 정치를 바라보는 성리학적 사고의 범주에서 크게 벗어나지 않았을 것이다. 여헌이 일생 정치에 대해 아무런 언급도 하지 않았고, 그 분야에 대한 관심이 전혀 없었던 것은 아니기에 그가 남긴 각종 상소문과 저서에서 정치에 대한 사유의 흔적들을 발견할 수 있다. 여헌은 정치에 적극적인 관심을 가지고 견해를 표명하거나 적극적으로 정계에 참여하여 활동하지는 않았지만, 정치의 문제는 항상 그의 삶과 사유세계에서 중요한 한 부분으로 자리하고 있었다. 그가 적극적인 정치활동을 하지 않았다고 하더라도 앞에서도 언급했듯이 이미 선조대에 짧은 기간이나마 관직에 나아가 활동한 적이 있었고, 인조반정 이후에는 영남을 대표하는 산림(山林)으로 징소되어 사업(司業)·장령(掌令)·대사헌·이조참판과 같은 요직(要職)에 차례로 제수되었다. 그가 비록 제수된 관직에 적극적으로 나아간 것은 아니지만 그로 인해 여러 차례 조정에 출입하면서 당대의 군주인 인조를 인견하거나 수차례의 상소를 올려 자신의 정치적 견해를 피력하였다. 그러므로 여기서는 인조반정 이후 그의 정치적 활동과 그 과정에서 피력한 견해를 중심으로 그가 정치에 대해 어떠한 인식을 가지고 있었는가를 살펴보고자 한다.

인조반정 이후 여헌은 그가 조정에 나아가게 되었을 때 "선비의 마음이 굳게 맺어질 것은 이미 알 수 있다."[66)]는 영의정 이원익의 말에서 드러나듯 산림의 종장으로서 선비들의 마음을 대변하는 상징적 존재였다. 그러므로 그에게 기대된 정치적 역할은 당대의 당면한 과제를 해결할 비상한 대책을 세우는 것이라기보다는 반정으로 싱립된 인조정권을 인정하고 지지함으로써 폭넓은 지지기반을 제공하여 정권을 안정시키는 것이면서[67] 동시에 국가원로로서 새로 등극한 군주에게 바람직한 국가경영의 방향을 조언하는 것이었다. 이러한 점은 그가 인조를 처음으로 인견(引見)했을 때 나눈 대화에서 그대로 드러나고 있다. 여헌은 "한 번 만나서 함께 국사를 논하고 싶어 여러 번 불렀으나 …… 적용(適用)할 방책을 듣고 싶었다."는 인조의 말에 "공경(公卿)이나 여러 집사(執事)들 중에 반드시 말할 사람이 있을 것인데, 신이 어찌 감히 말하겠습니까."라고 하면서 구체적 사안은 실직에 종사하고 있는 관료들과 논의할 것이 자신이 대답할 사안이 아니라고 하면서 그것에 대한 언급은 회피하였다. 그 대신 "우선 대강령을 세워야 합니다. …… 조심하고 힘쓰고 분발하여 늘 새로운 마음을 일으켜야 합니다."고 하면서 군주가 정치에 임하는 바람직한 자세를 제시하였고, "지금의 시급한 일이 무엇인가."라는 질문에 대해 "오늘날의 일은 오직 민심을 진정시키는 데에 있습니다. 무사하여 백성의 힘이 조금 넉넉해진 뒤에야 규모를 의논하여 세울 수 있을 것입니다."고 하면서 정치가 지향해 나가야 할 방향이 백성에 대한 배려임을 강조하고 있다.[68] 그 이후

---

66) 『仁祖實錄』 2年 3月 己未: "至於張顯光 以山野之人 今亦來詣 民之向背 固未可知 而士心固結 則已可見矣."

67) 우인수, 「17세기 초반 정국하 여헌 장현광의 위상」, 『여헌 장현광의 학문과 사상』, 금오공과대학교 선주문화연구소, 1994, 185쪽.

68) 『仁祖實錄』 2年 3月 己未: "上曰 聞名久矣 思欲一見 共論國事 …… 願聞適用之策 …… 對曰 公卿百執事 必有能言者 臣何敢言 …… 先立大綱領 可也 …… 惕厲奮發 常作新心可也 …… 上曰 識時務在俊傑 當今時務 在於何事歟 …… 對曰 今日之事 惟在鎮靜無事 待民力稍寬 然後可議立規模矣."

계속되는 인견의 자리에서나 상소문에서도 여헌의 논조는 현실이 당면하고 있는 문제를 지적하고 그것의 해결책을 제시하기보다는 성리학적 입장에서 군주의 올바른 자세나 정치가 지향해야 할 바람직한 방향에 대해 언급하면서 그러한 정치를 실현하기 위해 군주가 적극적으로 노력할 것을 당부할 뿐이었다. 그러므로 여헌의 정치적 사고 역시 치자의 도덕성을 강조하는 성리학적 관점에서 결코 벗어나지 않았음을 알 수 있다.

여헌의 관점에서 당대의 정치가 지향해야 할 가장 바람직한 모습은 당대의 성리학자들 대부분이 그렇게 생각했듯이 당우삼대(唐虞三代)의 정치였다. 여헌은 "후세의 인군이 만일 이제·삼왕의 덕업으로 표준과 목적을 삼지 않는다면 어찌 뜻이 낮다고 하지 않겠습니까? …… 도(道)는 예와 지금의 차이가 없어서 이제(二帝)의 도를 행하면 이제가 되고 삼왕(三王)의 도를 행하면 삼왕이 되니, 진실로 세상이 이미 말세가 되었다 하여 핑계 댈 수가 없는 것입니다. 도는 하나뿐이니, 정치를 하면서 삼대(三代)를 본받지 않는다면 모두 구차할 뿐입니다. 요·순은 인륜을 지극히 행하신 분이요, 당·우와 삼대는 성스러운 정치를 지극히 한 세대이니, 진실로 이것을 버리고 그 다음을 구해서는 안 됩니다."[69] 고 하면서 당우와 삼대의 정치를 이상으로 삼아야 할 정치적 목표로 제시하였다. 그러면서 이러한 이상정치를 실현하기 위해 가장 중요한 것은 그것을 실현하겠다는 의지를 갖는 것이라고 하면서 "마음이 가는 바를 뜻[志]이라고 이르니, 뜻이 낮으면 도(道)가 낮아지고, 도가 낮아지면 정치가 낮아지고, 정치가 낮아지면 사업이 낮아지고, 사업이 낮

---

69) 『旅軒先生文集』 卷2, 告歸進言疏: "後之人君 苟不以二帝三王之德業爲準的 則豈不卑哉 …… 道無古今矣 行帝而帝 行王而王 則固不可以世之已季 諉之也 夫道一而已矣 爲治不法 三代 皆苟而已矣 堯舜 人倫之至也 唐虞 三代聖治之至也 誠不可舍此而求其次也."

아지면 백성들의 마음이 복종하지 않고, 백성들의 마음이 복종하지 않으면 이웃 나라가 두려워하지 않으며 천지(天地)와 귀신(鬼神)도 도와주지 않습니다. 그렇다면 입지(立志)의 초기에 신중을 기하지 않을 수 있겠습니까."[70]라고 하였다. 여헌은 당우삼대의 정치를 이상으로 설정하고 그것을 현실에서 구현하기 위해서는 그러한 정치를 실현하겠다는 의지를 갖는 것이 가장 중요하다고 하면서 정치적 실천에서 외적 측면보다는 내적 측면을 강조하였다.

또한 여헌은 국가적 혼란의 원인을 실정(失政) 즉 정치의 잘못에서 찾고 정치질서를 회복하기 위해서는 덕정(德政)을 통해 백성들을 편안하게 해야 함을 지적하였다. 여헌은 이괄의 난(인조 2년) 직후 올린 '역적을 제거하고 도둑을 금지하는 방도'를 제시하는 상소에서 "도적이 도적이 된 것은 비록 그들이 흉악해서이기도 하나 이를 초래하게 한 것은 위에서 반드시 실정(失政)이 있었기 때문입니다. 정사가 잘못되면 인심이 복종하지 않고, 인심이 복종하지 않으면 천심이 믿지 않습니다. 인심이 복종하지 않아 근심과 원망이 일어나고, 천심이 믿지 않아 재변이 일어난 뒤에 패역(悖逆)한 무리들이 비로소 감히 조정을 깔보고 국가를 업신여겨서 마침내 엿보려는 마음을 품고는 흉악함을 부리는 것"[71]이라고 하면서 백성들이 복종하지 않고 혼란을 초래하는 것은 그들이 흉악한 자들이 때문이 아니라 위에서 정치를 잘못했기 때문이라고 하였다. 그러면서 "역적을 제거하는 근본은 덕을 닦음에 있고 도둑

---

70) 『旅軒先生文集』 卷2, 告歸進言疏: "心之所之謂之志 志卑則道卑 道卑則政卑 政卑則事業卑 事業卑則人心不服 人心不服則隣國不畏 天地鬼神 亦不祐矣 然則其可不致重於立志之初乎."

71) 『旅軒先生文集』 卷1, 辭執義疏: "寇賊之爲寇賊 雖其惡也 而所以招之致之者 上必有失政也 政失則人心不服 人心不服 則天心不孚 人心不服而愁怨起 天心不孚而災異作 然後悖逆之徒 始敢輕朝廷侮國家 遂生窺覦之心 而逞其凶慝焉 此非失政之招乎."

을 금지하는 요점은 백성을 편안히 함에 있다"고 하면서 덕치를 통해 백성들을 편안하게 하는 것이 정치적 혼란을 막는 최선의 방법임을 제시하였다. 더 나아가 여헌은 "상하와 대소의 사람들이 각자 분발하고 격려하여 한 마음으로 정성을 다해서 사사로운 뜻을 끊어버리고 공론을 확장하여, 의리로써 일을 제재하고 덕으로써 정치해 낸다면 기강이 확립되고 조정이 존중될 것이니, 인심이 어찌 복종하지 않겠으며, 천심이 어찌 믿지 않겠습니까."72)라고 하면서 덕으로써 정치를 해 나갈 것을 강조하였다.

정치에서 덕치적 측면을 강조하는 여헌의 입장은 정묘호란 직후에 올린 상소에서도 그대로 드러난다. "병란을 겪은 이래로 온 나라의 상하 모든 사람이 그 누구인들 분한 마음과 수치스러운 생각을 품고서 각자 자신을 반성하며 후일을 도모하지 않겠습니까. 이러한 때를 당하여 병기를 수선하고 군량을 비축하며 장수를 뽑고 병사들을 훈련하는 것이 진실로 급선무이겠습니다만, 신은 이것 또한 지엽적인 일이라 여기옵니다. 혹시라도 화근(禍根)이 일어난 이유를 규명하여 통렬히 개혁하고 제거하지 않는다면 이후의 화를 실로 측량할 수 없으며 적이 쳐들어오는 길을 끝내 끊지 못할 것이니 …… 성상께서 과연 먼저 스스로 분발하고 더욱 스스로 힘써서 심상(尋常)한 도리로써 으레 하는 대로 생각하지 마시고, 반드시 천지와 더불어 덕이 합하고 일월과 더불어 밝음이 합하고 사시와 더불어 차례가 합하고 귀신과 더불어 길흉이 합하게 하신다면 아래에 있는 신하와 백성들이 그 누구인들 감히 네 가지 적을 마음속에 감추어두고 제거하지 않아서 전일의 잘못된 폐습을 따라 다시 장래의 화를 불러들이겠습니까."73) 이와 같이 여헌은 군량

---

72) 『旅軒先生文集』 卷1, 辭執義疏: "臣願自是以後 上下大小 各自奮勵 一心盡誠 絶去私意 恢張公道 以義制事 以德出政 則紀綱以立 朝廷以重 人心何患不服 天心何患不孚乎."

을 비축하고 장수를 뽑고 병사들을 훈련하는 것도 중요하지만 더 중요
한 것은 재앙의 근원을 제거하는 것이라고 하면서, 그것은 바로 올바
른 정치를 하겠다는 마음가짐과 자세를 갖는 것인데, 바로 군주에게
달려 있는 것이라고 하였다. 같은 맥락에서 그는 "국가를 스스로 자립
할 수 있게 하는 큰 도이며 영구히 할 수 있는 지극한 계책"은 "도리를
다하고 자립"하는 것이라고 하였다. 즉 "도리를 다한다는 것은 또한
마음을 세우기를 성실하게 하고 몸을 닦기를 공경으로 하며, 일을 하
기를 바름으로 하고 정사를 내기를 공정하게 함에 불과할 뿐입니다.
마음을 세우기를 성실하게 하면 마음의 이치를 얻게 되고, 몸을 닦기
를 공경으로 하면 몸의 이치를 얻게 되고, 일을 하기를 바름으로 하면
일의 이치를 얻게 되고, 정사를 내기를 공정하게 하면 정사의 이치를
얻게 되니, 자신에게 있는 이치를 얻지 않음이 없으면 밖에 대응하는
것이 순하지 않음이 없습니다. 이로써 하늘과 땅을 섬기면 하늘과 땅
이 그 덕을 돕고, 이로써 신하와 백성을 통솔하면 신하와 백성이 그
교화에 복종하고, 이로써 상국(上國)을 섬기면 상국이 그 의(義)를 신임하
고, 이로써 이웃 나라를 대하면 이웃 나라가 그 정성에 감화됩니다."[74]
고 하면서 스스로 올바른 이치를 얻어 그 도리를 다하는 것, 자기에게

---

73) 『旅軒先生文集』 卷2, 陳罪疏: "當此時也 治兵峙粮 選將鍊卒 固是急務也 而臣則以爲抑
　　亦末也 或不究禍根之所由作 而痛革去之 則此後之患 實不可測 而賊來之路 終不得絶也
　　…… 聖上果能先自奮發 益自惕勵 勿以尋常之道 例致意焉 必與天地合其德 日月合其明 四
　　時合其序 鬼神合其吉凶 則臣民之在下者 孰敢容藏其四賊於其心 不克去之 以蹈前日之謬
　　習 復致將來之禍哉."
74) 『旅軒先生文集』 卷3, 進言疏: "然則轉移振奮之機 正在於今日 而所以轉移振奮者 亦非
　　有異術 惟在盡道自立而已 所謂盡道者 亦不過曰立心以誠也 修己以敬也 作事以正也 出政
　　以公也 立心以誠而心之理得也 修己以敬而己之理得也 作事以正而事之理得也 出政以公
　　而政之理得也 理之在我者 無不得焉 則應之自外者無不順焉 以之事天地 則天地祐其德 以
　　之御臣民 則臣民服其化 以之事上國 則上國信其義 以之待隣域 則隣域孚其誠 此非國家所
　　以能自樹立之大道 永固之至計乎."

주어진 직분을 다하는 것이라고 하였다. 이와 같이 여헌은 모든 문제의 근원을 자기 내부에서 찾으면서 스스로 올바른 자세를 견지하는 것과 자기의 도리를 다하기 위해 노력하는 것이 중요함을 강조하였다.

이와 같이 여헌이 정치에 있어서 외적으로 무언가 정책을 만들어내고 실천하는 것보다는 내면적으로 올바른 자세와 덕성을 갖추는 것을 강조하였다. 그렇다고 해서 그가 구체적인 정책의 측면을 도외시한 것은 아니었다. 다만 현실적 문제를 해결할 수 있는 구체적 정책의 실현을 통해 당면한 문제들을 해결해 나가기보다는 내면적 도덕성을 확립하여 문제를 근원을 근본적으로 제거해 나가는 것이 보다 더 중요하다고 보았을 뿐이다. 이러한 점에서 그는 "마음속에 사표(四表)에 빛나고 상하(上下)에 이르러 크고 드넓은 큰 사업을 세울 것을 생각하시고, 또한 교화가 동쪽과 서쪽에 입혀지고 북쪽과 남쪽에 이르러 성교(聖敎)가 널리 베풀어지는 지극한 정치를 이룩할 것을 생각하셔야 합니다. 이렇게 하신다면 전하께서는 반드시 숭상해야 할 덕(德)과 본받아야 할 도(道)를 아시고, 반드시 헛된 형식과 지엽적인 일을 다스려지는 정치를 손상시키는 빌미로 여기시어 통렬히 개혁하시게 될 것입니다."75)라고 하면서 숭상해야 할 덕과 본받아야 할 도를 알아 올바른 관점을 확립해야 지극한 정치를 이룩해 나감에 방해가 되는 제도와 절차를 개혁할 수 있을 것이라 하였다.

이상에서 살펴 본 바와 같이 여헌은 정치에 적극적으로 관여하거나 정치적 견해를 적극적으로 피력하지는 않았다. 그래서 그의 소차(疏箚)나 진언(進言)에서는 시국을 구체적으로 진단하고 그것에 대응할 적극

---

75) 『旅軒先生續集』 卷2, 擬箚: "卻思夫這裏有以做出光四表格上下 巍巍蕩蕩之大業也 有以致得東漸西被 朔南暨聲敎之至治也 則殿下必知其可尙之德 可法之道矣 而必以虛文末事 爲傷治害政之祟而痛革之也."

적인 처방의 제시와 같은 내용은 잘 드러나지 않으며, 당시 유학자들의 일반적인 소차(疏箚)처럼 유교적인 도덕정치, 현철군주론과 같은 원론적이고 추상적인 견해를 주로 피력하고 있을 뿐이다.[76] 이것은 그가 구체적 처방을 가지고 있지 않았고, 현실의 문제를 해결할 구체적 대책의 마련을 중요시하지 않았기 때문이 아니라 산림의 종장이자 국가 원로로서 군주가 올바른 정치를 해 나가도록 인도하는 입장에 있었기 때문이다. 그에게 부여된 정치적 역할은 현실의 문제를 진단하고 그것을 해결할 획기적인 처방을 제시하는 것이 아니라 바람직한 국가 경영의 원칙을 제시하는 것이었다. 그것이 사림의 종장으로서 그에게 부여된 정치적 역할이었고, 당대의 군주였던 인조가 그를 징소한 이유였다.

3) 군주, 신하 그리고 백성에 대한 인식

유교에서 지향하는 바람직한 정치는 성군현상(聖君賢相)에 의한 도덕적 정치이고, 그것의 궁극적 목적은 백성에게 편안한 삶을 제공하는 것(安百姓)이기에 유교에서 정치적 사유의 핵심적 대상은 군주와 신하, 그리고 백성이라 할 수 있다. 성리학자인 여헌의 정치적 발언들도 역시 올바른 정치를 구현하기 위한 군주와 신하의 자세와 역할에 집중되어 있고, 그것은 궁극적으로 백성들의 편안한 삶을 위한 정치를 지향

---

76) 이수건은 여헌의 정치사상을 "원론적인 총론과 존화주의에 입각한 이제삼왕의 정치를 모범으로 제시하면서 당시 조선이란 자국의 역사적 전통과 사회적 현실에는 담을 쌓은 채 우리의 역사적 전통과 법제, 자연·인문적 환경에 합당한 구체적 시정책과 개혁안인 각론은 거의 찾아 볼 수 없었다"고 다소 부정적으로 평가하고 있다. 그런데, 이러한 평가는 정치를 현실의 문제점을 개혁하기 위한 실천적 노력이라는 관점에서 이해하고 있기 때문에 내려진 평가할 할 수 있기에 전적으로 동의하기 어려운 평가이다. 왜냐하면 정치를 바람직한 질서를 형성하기 위한 노력이라는 관점에서 본다면 다르게 평가할 수도 있기 때문이다. 이수건, 「여헌 장현광의 정치사회사상」, 『교남사학』 제6집, 영남대학교 국사학회, 1994, 75쪽 참조.

하고 있었다. 그러므로 여기서는 여헌의 정치인식을 보다 구체적으로 확인하기 위해 그의 정치적 사유의 편린들 속에서 유교적 정치의 주체이자 대상인 군주와 신하, 그리고 백성에 대해 어떠한 생각을 가지고 있었는가를 살펴보고자 한다.

인간사회의 질서와 통합을 추구하는 정치현상은 그 모든 구성원들에게 동일한 의미로 인식되지는 않고, 또한 모든 인간들에게 동등한 역할과 책임을 요구하지도 않는다. 실제로 정치를 담당하고 운영하는 자는 언제나 극소수의 정치엘리트이다. 즉 정치현상에는 "지배하는 소수와 복종하는 다수가 존재한다."는 사실은[77] 시간과 공간을 초월하여 어느 사회상황에서나 가장 보편적인 현상이라 할 수 있다. 이러한 현상은 모든 국민이 정치의 주체라고 하는 현대 민주주의 정치에서도 발견된다. 정치의 주체는 실제로 정치권력을 담당하는 소수의 정치엘리트라고 할 수 있고, 그들이 어떻게 정치를 운영하는가에 따라 정치의 선악이 근본적으로 결정된다고 할 수 있다. 이러한 이유로 정치를 담당하는 정치주체가 누구이며, 그의 역할은 무엇이고 어떠한 자세를 가져야 하는가의 문제는 정치사상의 중심적 문제의 하나라 할 수 있다. 그러므로 여헌의 정치인식을 제대로 파악하기 위해서는 우선 그가 정치주체가 수행해야 할 역할과 자세에 대해 어떠한 견해를 가지고 있는가를 살펴보아야 할 것이다.

조선조의 정치체계는 형식상으로 국왕을 정점으로 하는 절대주의적 군주체제였으며, 실질적으로는 정치엘리트인 관료들에 의해 통치되는 제한된 절대군주체제였기에 조선조 사회에서 정치를 주도한 세력은 군주와 신하였다고 할 수 있다.[78] 그러므로 군주와 신하의 자세와 역

---

77) G. Mosca, *The Ruling Class*(New York: McGraw-Hill Book Co, 1939), p. 96.
78) 이택휘, 『한국정치사상사』, 전통문화연구회, 1999, 30쪽.

할에 따라 정치사회의 운영방향이 결정되는 정치구조였고, 특히 군주
의 역할이 중요하였다. 왜냐하면 성리학적 관점에서는 '성인의 적극적
인 교화'를 통해 '인륜공동체를 실현하는 것'을 정치의 이상으로 생각
하였기에 이를 위해서는 무엇보다 최고통치자인 군주가 성군(聖君)이
되어야했다.[79] 그래서 성리학자들의 정치적 관심은 도덕정치를 실현
할 주체로서 군주의 역할과 그러한 자질을 함양하는 문제에 집중되어
있었다.

　여헌 역시 이러한 관점에서 벗어나지 않았기에 정치의 중심인 군주
의 마음자세에 따라 정치의 운명이 결정되는 것으로 이해하였고, 군주
의 도덕적 각성과 자질 함양을 올바른 정치를 실현하기 위한 가장 중
요한 원리로 제시하였다. 여헌은 군주를 "한 마음으로 만 가지 기무(機
務)에 응하고 한 몸으로 만백성의 위에 군림하여 구중(九重)의 궁궐에
있으면서 사방의 넓은 나라를 다스리"[80]는 존재로 인식하면서 군주의
정치적 중요성을 지적하여 "전하의 한 마음은 바로 국가의 온갖 기무
와 온갖 교화의 큰 근본"[81]이며 "조정과 사림의 근본은 모두 전하의
한 몸에 달려 있고, 전하의 몸은 실로 전하의 마음에 달려 있다."[82]고
하였다. 이와 같이 여헌은 군주의 정치의 핵심적 존재로 파악하였고,
그의 마음을 바르게 하는 것이 올바른 정치를 확립하기 위한 가장 중
요한 과제임을 지적하였다.

　여헌은 이와 같이 중요한 위상을 가지는 군주의 가장 중요한 정치적

---

79) 이상익, 『유가사회철학연구』, 심산, 2001, 301~302쪽.
80) 『旅軒先生文集』 卷2, 告歸進言疏: "人君以一心而應萬機 以一身而臨兆民 居九重之內
　　而治四方之廣."
81) 『旅軒先生文集』 卷3, 請停祠廟疏: "至於殿下之一心 乃國家萬機萬化之大本."
82) 『旅軒先生續集』 卷2, 擬疏: "然而朝廷士林之本 則都在於殿下之一身 殿下之身 則實機
　　於殿下之心焉."

역할은 표준을 세우는 것이라고 한다. 왜냐하면 "인군이 행하는 것은 한 때의 법이 될 뿐만 아니라 바로 후세에 본받는 바"[83)가 되고 "인군은 세도의 주인(人君爲世道之主)"이기 때문이다. 그래서 군주는 "이 도리－極(표준)을 세운다는 것의 極－야말로 바로 인군이 한번 정하여 바꾸지 말고 반드시 극진히 해야"[84) 한다고 하였다. 나아가 "임금이 극"을 세우게 되면 "신하와 백성에게 도가 있고 훌륭한 행실이 있고 지킴이 있다"고 하면서 군주가 표준을 세우는 역할이 올바른 정치를 실현하는 가장 중요한 원리임을 지적하였다.[85)

여헌이 언급한 "군주가 극을 세운다."는 말은 "자기의 본성(本性)을 다하여 사람들에게 표준이 되"는 것을 의미하는데[86), "나라와 천하를 치평(治平)하는 큰 사업과 천지가 제자리를 정하고 만물이 길러지는 지극한 공업이 여기에 달려있다."[87)고 하면서, 이것은 군주의 올바른 태도에 관한 문제이며, 그것에 따라 정치적 결과가 좌우된다고 하면서 그 중요성을 강조하였다. 그리고 이것을 성취하기 위한 핵심적 방법은 "학문을 성취하는 것과 행실을 닦는 것과 도(道)를 완성하는 것과 덕(德)을 순수하게 하는 것"이라 하고 구체적으로 "덕은 도가 이루어짐에 따라 순수해지고, 도는 행실이 닦여짐에 따라 이루어지고, 행실은 학문이 성취됨에 따라 닦여진다."[88)고 하면서 무엇보다 학문에 집중할

---

83) 『旅軒先生文集』 卷2, 告歸進言疏: "況人君所行 不止爲一時之法 乃爲後世之所則焉."
84) 『旅軒先生文集』 卷2, 告歸進言疏: "人君德業 自有第一等道理 所謂建極之極 卽此道理也 …… 人君爲世道之主 則惟此道理 乃人君一定不易 所當必盡者也."
85) 『旅軒先生文集』 卷2, 告歸進言疏: "故觀臣民之有猷有爲有守 而可以知人君建極之克不克也."
86) 『旅軒先生文集』 卷2, 告歸進言疏: "所謂建君極者 亦非別有法也 惟能盡己之性 而爲表準於人也."
87) 『旅軒先生文集』 卷2, 告歸進言疏: "治平大業 位育極功 都在於此."
88) 『旅軒先生文集』 卷2, 告歸進言疏: "盡性次第 其目有四 曰學之就也 行之修也 道之成也 德之純也 德以道成而純 道以行修而成 行以學就而修 則只是一理中事業也."

것을 강조하였다. 이를 위해 군주는 "대학의 법"을 배워야하고 "중용의
도"를 닦아야 하는데, 이를 닦고 행하게 되면 "총명하고 지혜로워 천하
의 이치를 다 알 수 있고, 겸손하고 공손하며 검소하고 부지런하여 천
하의 선(善)을 모을 수 있고, 너그럽고 인자하며 성실하여 천하의 마음
을 복종시킬 수 있고, 강하고 굳세며 소탈하고 후중하여 천하의 마음
을 제재할 수 있고, 광명(光明)하고 정대(正大)하여 천하의 뜻을 통할
수 있"게 된다고 하였다.[89] 또한 군주가 그 성취한 바를 구체적 정치
에 적용하면 인재를 등용할 때 판단 기준인 선악과 정사(政事)를 낼 때
의 판단 기준인 시비의 구분에서 모두 떳떳한 도리를 얻게 되어 "과연
선하게 여길 만한 사람을 선하게 여기고 과연 선하지 않은 사람을 선
하지 않게 여기며, 마땅히 옳게 여겨야 할 것을 옳게 여기고 마땅히
옳게 여기지 않아야 할 것을 옳게 여기지 않는다면 백관(百官)이 모두
적임자이고 만사가 모두 도리에 맞아서 사람들의 마음이 모두 복종할
것"이라고 하였다.[90]

이와 같이 여헌은 학문과 도덕적 성취를 통해 군주가 극을 세우게
되면 구체적 정치의 효과는 저절로 이루어질 수밖에 없다고 하면서 올
바른 정치를 행하기 위해서는 군주가 도덕적 수양을 통한 올바른 자세
를 확립할 것을 무엇보다 강조하였다. 이는 당시 사림들에 의해 강조
된 '군주성학론'과 맥을 같이 하는 것으로 정치와 학문의 일체성을 추

---

89) 『旅軒先生文集』 卷2, 告歸進言疏: "其學 卽大學之法是也 此學之外 無他學也 學此學而
　百行在其中矣 其道 卽中庸之道是也 此道之外 無他道也 道此道而至德在其中矣 夫旣學就
　而行修 道成而德純 則聰明睿智 足以盡天下之理 謙恭儉勤 足以萃天下之善 寬仁誠信 足以
　服天下之心 剛毅簡重 足以畏天下之情 光明正大 足以通天下之志."
90) 『旅軒先生文集』 卷2, 告歸進言疏: "人才之用 不可不辨者 善與惡也 政事之出 不可不明
　者 是與非也 善必用之 不善必去者 用人之常道也 是必行之 非必不行者 出政之常道也 其
　於善惡是非之間 若能善其果善 不善其果不善 是其當是 不是其當不是 則百工皆得其人 萬
　事皆得其理 衆心以之咸服矣."

구하여 군주가 도덕적 완성을 위한 학문적 탐구에 진력하게 함으로써 올바른 정치를 행하기 위한 역량을 갖추도록 하면서 성리학적 이상에 의한 도덕정치를 실현하고자 한 것으로 볼 수 있다.[91] 즉 여헌은 성리학적 맥락에서 군주의 도덕적 역량이 선한 정치적 결과를 가져오는 관건이라고 생각하였다. 그래서 그는 "인군이 거하는 것이 경(敬)이고 세우는 것이 성(誠)이어서 이것으로 주재(主宰)를 삼고 이것으로 근간을 삼는다면 천 가지 사악함이 내외에 끊어지고 온갖 거짓이 원근에 용납될 수가 없어서 상(賞)을 주지 않아도 권면하고 노여워하지 않아도 두려워하여, 믿고 감응함이 저절로 목소리나 얼굴빛에 나타나기를 기다리지 않게 될 것입니다. 온 조정의 수많은 관원들이 각기 직책을 다할 것을 생각할 것이니, 누가 감히 그럭저럭 날짜만 보내려는 자가 있겠으며, 사방의 백성들이 마치 바람이 지나가면 풀이 쏠리듯이 할 것이니, 누가 감히 간사한 짓을 하여 교화를 막는 자가 있겠습니까. 그 기틀은 바로 오늘날 전하의 한 마음에 달려 있습니다."[92]라고 하였다.

그런데 정치란 인간사회에서 인간들에 의해 행해지는 것이며, 또한 인간이 완전한 존재가 아니기에 아무리 능력이 뛰어나다고 해두 한 사람의 능력만으로 올바른 정치를 이끌어낸다는 것은 결코 쉬운 일이 아니다. 정치에는 반드시 함께 하는 세력이 있어야 한다. 즉 군주도 인간이기 때문에 훌륭한 신하가 주위에 있어서 도움을 주지 않는다면 올바른 국정의 방향을 잡을 수 없고 또한 잡았다고 하더라도 그것을 국정에 제대로 반영하기에는 상당한 어려움이 있기 마련이다. 특히 조선조

---

91) 박학래, 「여헌 장현광의 시대인식과 경세론」, 『여헌 장현광의 학문세계 2, 자연과 인간』, 예문서원, 2006, 150쪽.

92) 『旅軒先生文集』 卷2, 病不就召疏 "人君所居者此敬 所立者此誠 爲之主宰 爲之根柢 則千邪自絕於內外 百僞莫容於遠邇 不賞而勸 不怒而威 孚感之應 自無待於聲色之末也 擧朝千官 各思效職 誰敢有悠泛度日 四方黎氓 風行草偃 孰敢有作奸梗化者哉."

와 같이 '이미' 제도화된 관습과 절차에 의해 결정된 군주가 지배하는 사회에서 정치의 성패를 좌우하는 관건은 군주 그 자체의 자질과 능력보다는 그와 '함께' 정사를 펼쳐나갈 신하의 자질과 능력에 달려있었다고 할 수 있다. 그래서 조선의 성리학자들은 당우삼대지치(唐虞三代之治)라는 이상정치를 실현하기 위해서 군주의 마음을 바로잡아 그가 올바른 정치를 추구하도록 하는 것을 무엇보다 중요시 하였지만, 그와 동시에 군주와 함께 정치를 담당하는 신하의 올바른 보필이 반드시 필요한 것으로 생각하였다. 이런 이유로 성리학자들의 정치적 사유에서 신하의 바람직한 역할과 자세에 대한 고민은 당연한 요소였다.

여헌은 "나라의 군주에게는 반드시 좌우에서 보필하는 신하와 안팎에서 임무를 맡은 육관과 백사가 있어서 각각 그 직책을 수행한 뒤에야 치평의 사업을 이루고 군주의 도리를 다하는 것"93)이며, "전하께서 …… 제왕의 마음을 품고 제왕의 도를 행하여 원로(元老)에게 자문하고 여러 현자(賢者)들과 강론하여 옛 폐습을 고치고 새로운 정치를 도모하며 기강을 크게 떨쳐서 만 가지 일이 모두 제대로 거행되게 하신다면 무슨 일인들 성립하지 않겠으며 무슨 사업인들 성취하지 못하시겠습니까."94)라고 하면서 올바른 정치를 실현하기 위해서는 신하들의 도움이 반드시 필요함을 역설하였다.

여헌이 보기에 신하의 가장 기본적 자질은 자신에게 주어진 직책을 감당할 수 있는 것이었다. 그는 "비록 큰 도움은 있지 못하더라도 힘과 분수의 미치는 바에 따라 한 직책의 임무를 감당한 뒤에야 군주의 녹을 먹고 군주의 옷을 입어서 마음이 편안한 것이니, 그렇지 않으면 단

---

93) 『旅軒先生文集』 卷6, 心說: "國君必有左右輔弼 六官百司內外之任 各致其職 然後致治平之業 而盡國君之道焉."

94) 『旅軒先生文集』 卷2, 病不就召疏: "殿下 …… 心帝王之心 道帝王之道 諮詢元老 講論羣賢 改舊圖新 頓綱振紀 使之萬目畢擧 則何事不立 何業不就乎."

하루라도 직책의 이름을 띠고 그대로 머물러서는 안 된다."[95]고 하였다. 또한 "선을 모두 선하게 여기고 선하지 않은 것을 모두 선하지 않게 여겨서 한 개인의 좋아하고 미워하는 감정을 쓰지 않으며, 옳은 것을 모두 옳다 하고 그른 것을 모두 그르다 하여 한 개인의 이해를 따지지 않아서 함께 공경하고 서로 화합해서 한 마음이 되어 군주만을 생각하고 자신을 잊으며 나라만을 생각하고 집안을 잊을 것"[96]이라 하면서 군주를 사랑하고 공경하는 것이 신하의 도리인데, 이것이 치평(治平)을 이룩하고 교화를 펴는 기본적 조건이 된다고 하였다. 그래서 그는 "신하가 이미 그 군주를 사랑하고 공경하여 진실로 자기 부모를 사랑하고 공경하듯이 한다면 같은 조정에 있는 동료들을 보기를 또한 모두 자신의 형제처럼 생각하여 화합할 것이요, 또 그 인자한 마음을 미루어서 창생(蒼生)들을 자신의 갓난아이로 여기고 한 나라를 자신의 집안처럼 보아서 사람마다 빌붙으려는 마음이 없고 백성들이 편당하는 일이 없어서 극으로 모이고 극으로 돌아갈 것"[97]이라 하였다.

또한 여헌은 정치의 성패는 군주와 신하가 충분한 자질을 갖추고 서로가 자기의 직분을 다하면서 서로 화합하는 데 달러있는 것으로 보았다. 그래서 그는 "군신간에 한 가지 일을 가지고 서로 버티어 점점 더 번거롭게 아뢰고 점점 더 모른 척하여 달을 넘기고 철을 넘김에 이르는 것은 훌륭한 세상의 일이 아닙니다. 그러므로 말함에는 강직함이

---

95) 『旅軒先生文集』 卷1, 辭執義疏: "伏以人臣之仕於朝者 雖不能有大補益 猶能隨其力分之所及 以備一職之任 然後食君之食 衣君之衣 而其心安焉 不然 不可一日帶職名而淹留也."

96) 『旅軒先生文集』 卷2, 告歸進言疏: "善共善之 不善共不善之 而不用一己之好惡 是共是之 非共非之 而不計一己之利害 同寅協恭 合爲一心 君耳忘身 國耳忘家 此非愛敬其君盡臣之道乎."

97) 『旅軒先生文集』 卷2, 告歸進言疏: "人臣旣能愛敬其君 誠如愛敬其父母 則其視同朝之百僚 亦皆作兄弟相和矣 又推其仁 赤子蒼生 家視一國 而人無有比德 民無有淫朋 會其有極 歸其有極 則如此而有治平之不致 敎化之不孚者乎."

필요하고 들음에는 용단이 필요하니, 강직하면 아는 것을 말씀드리지 않음이 없고 용단이 있으면 말을 따르지 않음이 없습니다. 이렇게 한 뒤에야 신하는 직책을 버리지 않고 군주는 실정(失政)이 없어서 상하가 서로 마음이 맞아 태평성세를 기약할 수 있는 것"[98]이라고 하였다. 나아가 "고금과 천하에 조정이 화합하지 못하고서 국가가 국가다운 국가가 되며 사론(士論)이 통일되지 못하고서 교화가 교화다운 적은 있지 않았습니다."[99]고 하면서 조정의 화합과 집권세력 내부의 화합을 강조하였고, 그 결과로 "조정에 아름답게 서로 사양하는 미덕이 있은 뒤에야 함께 공경하고 서로 공손히 하는 교화가 사방에 도달되고, 사림이 화합하여 하나로 돌아가는 도가 있은 뒤라야 정대하고 공공한 의로 국맥을 유지할 수 있는 것"[100]이라 하였다.

이렇게 조정의 화합을 강조한 여헌은 군주와 신하의 관계를 인간의 신체에 비유하여 군주를 머리, 신하를 이목과 고굉이라고 하면서 군주와 신하가 각자에게 주어진 도리를 다하면서 조화될 때 내수외양의 사업을 이룩할 수 있다고 하였다. 그러면서 그는 군주는 "위태로움을 잊지 않고 혼란함을 잊지 않고 망함을 잊지 않는" 도리를 다하여 마음을 성실하게 하고 몸이 공정하게 되고 일을 바르게 처리하고 정사를 공경스럽게 하고, 신하는 "자기 몸을 잊고 자기 집을 잊어서 사사로움을 잊는" 도리를 다하여 군주를 충성으로 사랑하고 나라를 보필함에 자기 직책을 다하고 공무 수행에 진력하게 될 때, 근본이 서서 도가 생기며

---

98)『旅軒先生文集』卷2, 告歸進言疏:"愈瀆愈邈 至于越月逾時者 非盛世之事也 故言貴剛直 聽貴勇斷 剛直則知無不言 勇斷則言無不從 然後臣不曠職 君無失政."

99)『旅軒先生文集』卷3, 謝賜藥物疏:"臣見古今天下 未有朝廷不和而國家得爲國家 士論不一而敎化得爲敎化者也."

100)『旅軒先生續集』卷2, 擬疏:"朝廷 邦域之大本也 士林 國家之元氣也 朝廷有濟濟相讓之德 然後同寅協恭之化 達於四方 士林有通和歸一之道 然後正大公共之義 維持國脈."

도가 다하여 사업이 융성해져 나라가 튼튼해지고 반석과 같이 편안하게 될 수 있다고 하였다.[101]

이와 같이 여헌은 군주와 신하를 정치의 중심적 존재로 보고 군주는 정치의 표준을 세우는 존재로 이해하였고 신하는 그러한 군주의 정치를 실질적으로 보필하는 존재로 인식하였다. 그러면서 군신이 각자의 도리를 다하면서 실질적 정치운영과정에서 조화를 이룩하게 될 때 훌륭한 정치적 결과가 초래되는 것으로 보았다. 이러한 여헌의 정치적 입장은 군주중심의 정치체제에서 군주의 도덕적 역량과 의지, 그리고 그것을 보필하는 신하의 도덕적 노력을 통해 바람직한 정치질서를 형성하고자 한 의지의 반영이었다. 그것은 결국 성리학적 도덕 가치에 의한 도덕적 정치질서를 형성하려는 것이었고, 당시 지배세력 내부의 갈등이 국가적 변란으로 이어지는 상황에서 지배계급간의 보합을 통해 국정의 안정을 기하려는 의도였다.[102]

성리학이 목표로 하는 도덕적 정치사회를 건설하기 위한 기본구상은 개인의 도덕성 함양과 도덕질서 확립을 위한 국가의 교화(敎化)라 할 수 있다. 그런데 성리학적 관점에서 교화의 대상인 백성들의 경우 생계를 유지해 갈 수 있는 일정한 삶의 토대가 마련되어야 교화가 가능한 것으로 상정된다.[103] 그래서 성리학자들은 도덕적 질서를 형성하기 위해서는 도덕적 교화가 필요하지만 이를 위해서는 무엇보다 백

---

101) 『旅軒先生文集』 卷3, 進言疏: "君曰元首 臣曰耳目股肱 …… 故臣之所望於殿下者 不忘危 不忘亂 不忘亡也 所望於在朝諸賢者 能忘身 能忘家 而能忘私也 人君能有此三不忘 然後乃可以盡君道也 心豈容不誠 身豈容不敬 事豈容不正 政豈容不公哉 人臣能有此三忘 然後乃可以盡臣道也 其愛君者 豈容不忠 其輔國者 豈容不職 其奉公者 豈容不盡哉 …… 然後本立而道生 道盡而業隆矣 不如是而求苞桑之固 望磐石之安者."

102) 박학래, 「여헌 장현광의 시대인식과 경세론」, 『여헌 장현광의 학문세계 2, 자연과 인간』, 예문서원, 2006, 155쪽.

103) 『孟子』 梁惠王 上: "無恒産而有恒心者 唯士爲能 若民則無恒産 因無恒心."

성들의 삶을 안정시켜야 함을 강조하였다. 여헌 역시 백성들을 교화의
대상으로 보면서 동시에 국가가 삶을 배려해주어야 할 대상으로 인식
하였다. 그는 백성의 정치적 중요성을 강조하여 "인심이 따르지 않으
면 천심도 감응하지 않습니다." "도덕을 막는 요체는 백성을 편안하게
하는 데 있습니다."[104] "백성은 도탄에 빠져 인심이 이미 떠나자 음양
이 순서를 잃고 천명이 옮겨가 수백 년의 사직이 며칠이 못 되어 망하
게 되었습니다."[105]고 하였다. 이러한 백성들은 군주의 덕성에 의해
교화될 수 있는 존재로 보았다. 그는 "인군이 거하는 것이 경(敬)이고
세우는 것이 성(誠)이어서 이것으로 주재(主宰)를 삼고 이것으로 근간
을 삼는다면 …… 사방의 백성들이 마치 바람이 지나가면 풀이 쏠리듯
이 할 것이니, 누가 감히 간사한 짓을 하여 교화를 막는 자가 있겠습니
까. 그 기틀은 바로 오늘날 전하의 한 마음에 달려 있습니다."[106]라고
하였다. 그러면서도 "오늘날의 일은 오직 민심을 진정시키는 데에 있
습니다. 무사하여 백성의 힘이 조금 넉넉해진 뒤에야 규모를 의논하여
세울 수 있을 것입니다."[107]고 하면서 민심을 안정시키고 백성들의 삶
에 여력이 생기도록 하는 것이 우선적인 과제임을 역설하였다. 민심을
안심시키기 위해서는 백성들에게 믿음을 주어야 한다고 하였다. 그는
"지금 성상께서 근심하고 애쓰시어 태평시대를 이룰 수 있으니 무슨
일을 할 수 있는 시대로는 오늘날보다 좋은 시대가 없습니다. …… 이
들이 어찌 의리를 아는 자이겠습니까. 버려두고 불문에 부쳐 그들로

---

104) 『仁祖實錄』 2年 3月 甲子: "人心不服則天心不孚 …… 止寇之要 在於安民."
105) 『仁祖實錄』 4年 5月 己巳: "塗炭方酷, 人心已離, 陰陽易序, 天命已去, 數百年之社稷,
   將不日而屋矣."
106) 『旅軒先生文集』 卷2, 病不就召疏: "人君所居者此敬 所立者此誠 爲之主宰 爲之根柢
   …… 四方黎民 風行草偃 孰敢有作奸梗化者哉 其機正在今日殿下之一心也."
107) 『仁祖實錄』 2年 3月 己未: "今日之事, 惟在鎭靜無事, 待民力稍寬, 然後可議立規模矣."

하여금 안정을 찾게 해야 합니다. 도성은 사방의 근본이니, 도성 백성
이 안정되면 사방의 백성도 안정될 것입니다. …… 오늘날 힘써야 할
일은 진정시키는 데에 있으니, 의구하는 마음을 풀게 해야 합니다."[108]
고 하면서 인심과 세도를 돌려 태평성대를 이루기 위해서는 백성들에
게 믿음을 주는 정치를 실시해야 함을 역설하였다.

또한 그는 크고 작은 국가정책이 집행되고 있음에도 불구하고 그 효
과를 보지 못하는 것은 민심이 안정되지 못해 자발적인 협조가 이루어
지지 않기 때문이라고 하면서 민심을 안정시키고 백성들의 생업을 진
작한 이후에 구체적인 정책을 집행해야 한다고 하였다. 여헌은 민심을
수습하고 향촌사회의 질서체제를 안정시키기 위한 구체적 방안으로
향약을 시행할 것을 건의하였다. 그는 교화를 통한 윤리강상의 실천이
피폐한 민심을 돌이키고 안정적인 국정 운영에 이바지하게 될 것이라
보았던 것이다. 그래서 그는 "지금 만약 향약(鄕約)을 시행하신다면 시
무(時務)에 가장 적절하리라 여겨지옵니다. 전하께서 반정하신 뒤에 전
후의 정령(政令)과 크고 작은 조목들을 거행하지 않음이 없으신 듯하오
나 오직 교화의 정사에 있어서는 한번도 미침이 없으시니, 이는 지금
에 크게 흠이 되고 부족한 바입니다. 또 지금 호패(號牌)의 명령이 이미
국중(國中)에 반포되어 크고 작은 사람의 명목(名目)이 모두 호적(戶籍)
에 기재되었습니다. 만일 이러한 때에 오로지 군정(軍丁)을 급히 찾아
내고 부역(賦役)을 철저히 시행하는 것만을 첫번째 사업으로 삼으신다
면, 이는 절대로 백성의 마음을 위로하고 기쁘게 하는 것이 아니며,
또한 정사가 올바른 근본을 얻는 것이 아닐 것입니다. 우선 다른 일은

---

108) 『仁祖實錄』 2年 3月 丁卯: "當今聖上憂勤, 太平可致, 時之有爲, 莫今日若也 …… 此輩
　　豈知義理者哉! 但當置而不問, 使之自安可也　都中四方之本, 都民定則四方之民亦定矣
　　…… 今日之務, 要在鎭定, 使疑懼之心渙釋可也."

늦추어 두시고 먼저 향약을 시행하시어 백성들로 하여금 덕의(德義)를 숭상하지 않을 수 없고 염치(廉恥)를 힘쓰지 않을 수 없다는 것을 알게 하시어, 어버이를 사랑하고 어른을 공경하며 군주에게 충성하고 나라에 보답하며 선(善)을 좋아하고 악(惡)을 미워하는 마음을 흥기하게 하소서. 그리하여 백성들의 마음이 다소 진정되고 생업(生業)이 차츰 이루어지기를 기다린 뒤에 편성하여 군대(軍隊)를 만들고 권면하여 부역을 하게 하신다면, 사람들이 모두 몸이 있으면 부역이 없을 수 없고 백성이 되어서는 한가로이 놀 수 없다는 것을 알아서 의리(義理)의 당연함과 직분(職分)의 평소 정해짐에 스스로 편안하여 끝내 윗사람을 원망하는 뜻이 없을 것입니다.”[109]라고 하면서 향약의 전국적 시행을 강조하였다.

　여헌이 향약의 시행을 강조한 것은 교화를 통해 성리학적 가치를 확산시킴으로써 도덕적 질서를 회복하고자 함이었다. 여헌은 전란으로 인해 혼란스러워진 사회질서를 재건하기 위해서는 무엇보다 인륜과 기강을 확립하는 것이 시급하고 효과적이라는 판단하였고, 이를 위한 기본 방안으로 국가적 차원에서 향약을 실시하여 향촌사회의 기본적 질서를 재건할 것을 주장하였다. 여헌의 향약실시에 대한 주장은 사림의 자발적 주도가 아닌 수령 주도하의 향약의 실시를 주장한 것으로 이는 당시 수령권의 우위가 확보되면서 향약의 자치력이 축소되고 관권의 개입이 현실화되는 상황과 맥락을 같이하는 것이다. 당시 향약의

---

109) 『旅軒先生續集』卷8, 丙寅趨朝錄: “竊以爲方今若行鄕約 則於時務最爲宜也 殿下反正之後 前後政令 大小科條 似無不擧矣 而惟於敎化之政 一無及焉 此今所大欠闕者也 且今號牌之令 已頒於國中 大小人名目 皆載於簿籍 若於此時 專以軍丁之急括 賦役之要密 爲第一事件 則甚非所以慰悅民心者也 又非所以政得其本者也 姑緩他務 先之以鄕約之行 使之知夫德義之不可不尙 廉恥之不可不勵 有以興起其愛親敬長忠君報國好善惡惡之心 待其衆志稍定 生業稍遂 然後編之爲軍旅 勸之爲賦徭 則人皆知有身之不可無役 爲民之不可閒遊 而自安於分義之當然 職事之素定 終無有怨上之意矣.”

교화가 향촌경제의 유지, 신분제의 유지, 나아가 수령에 의해 집행되는 조치 등에 대한 향민의 자발적인 협조를 이끌어 내기 위한 방편으로 기능하였다는 점을 고려할 때 여헌은 향약을 통해 향촌사회에 대한 국가의 지배력을 강화하면서 동시에 향민들의 자발적인 국가정책 협조를 이끌어낼 수 있다고 보았고, 또한 이 과정에서 향촌사회의 도덕질서도 회복할 수 있을 것으로 기대하고 있었다.[110]

4. 결론

이성적 존재인 인간은 항상 주어진 현실을 있는 그대로 받아들이는 것이 아니라 무언가 의미를 부여하고 해석하려고 한다. 인간이 주어진 현실에 무언가 의미를 부여하고 해석하려 시도하는 것은 자신과 자신의 세계를 보다 좋은 상태로 변화시키기 위해서이다. 이 때 인간이 자신의 세계를 변화시키기 위해 주어진 현실에 체계적으로 의미를 부여하고 해석한 것들을 정치사상이라 할 수 있다. 따라서 정치사상은 우리에게 지금 운영되고 있는 정치질서에 순응할 것이 아니라 이성의 힘을 이용하여 대응하고 변화시킬 수 있으며, 또한 그렇게 하는 것이 필요하다는 것을 깨우쳐 준다. 이런 의미에서 정치사상을 이성을 무기로 삼고 올바른 정치가 어떤 것인가를 고뇌하는, 그리고 지배와 정부의 중요성을 표상하는 탑을 높이 세우는 광막하고도 심오한 탐색분야라 한다.[111] 우리가 위대한 사상가의 정치사상을 탐구하는 이유는 바로 이것 때문이다.

---

110) 박학래, 「여헌 장현광의 시대인식과 경세론」, 『여헌 장현광의 학문세계 2, 자연과 인간』, 예문서원, 2006, 159쪽.

111) Forsyth & Keens-Soper · 부남철 역, 『서양정치사상입문』, 한울, 1993, 9~10쪽.

이러한 문제의식을 가지고 본 연구에서는 여헌 장현광의 정치인식을 분석하였는데, 지금까지 논의한 것들을 요약하면서 결론에 대신하고자 한다. 여헌 장현광은 16세기 후반부터 17세기 초반 조선조 사회가 대내외적 위기상황을 맞아 국가적 난국을 타개하고 사회질서체제를 안정시키기 위한 정치적·사상적 모색을 하던 시기에 활동한 성리학자이자 정치가였다. 그는 선조대에 정계에 잠깐 나아가진 했지만 주로 향촌에 칩거하면서 학문과 저술 활동 및 제자 양성에 전념하였다. 이 과정에서 문하에 많은 문도들이 모여들어 사우관계가 성립되면서 영남 사림의 종장으로 우뚝 서게 되었다. 그가 70세 되던 해에 인조반정이 일어났고, 새로 성립된 정권은 지지 기반 확보와 왕위 계승의 정당성 확보를 위한 조치로 영향력 있는 산림들을 징소하였다. 이 때 여헌도 영남 사림의 종장으로 징소되었다. 그는 여러차례 고사(固辭)하다가 결국에는 조정에 출사하여 왕으로부터 극진한 대우를 받았다. 여헌은 많은 관직이 주어졌음에도 불구하고 여전히 실제 관직생활은 거의 하지 않았다. 그렇지만 그는 인조반정과 당시의 정권에 대해 비교적 긍정적인 입장으로 일관하면서 당시의 정치에 도움을 주고자 상소문을 통하거나 또는 인조를 직접 인견(引見)한 자리에서 치국의 도리에 대해 자신의 견해를 밝혔다.

여헌은 역학(易學)을 중심으로 우주의 원리를 이해하면서 인간도 그 속의 존재로서 인식하고 그에 걸맞는 인간의 삶을 제시하고자 하였다. 여헌은 우주를 필연적 존재인 사(事)와 물(物)로 구성되어 있는 것으로 이해하였고, 우주는 그 속에 존재하는 각각의 물들이 자신에 부여된 역할을 충실히 수행하면서 조화되는 것으로 보았다. 그러므로 그에게 있어 세계는 갈등과 투쟁의 장이 아니라 조화로운 협동의 장으로 이해되었고, 그의 정치적 관심도 역시 다양한 존재들 간의 조화로운 관계의 유지에 집중되어 있었다.

여헌에게 있어 인간은 우주의 생성과 변화의 법칙 속에 존재하면서 그 필연의 법칙에 따라 삶을 살아가야 하는 존재였지만 동시에 천지를 대신하여 우주 사업을 책임지는 특별한 존재였고, 우주 자연의 법칙에 의해 자기에게 부여된 도리를 다하면서 도덕적으로 살고자 하는 의지를 가진 존재였다. 그러나 이러한 인간들이 사는 현실세계는 결코 도덕적 세계가 아니라 모순으로 가득 찬 세계였다. 왜냐하면 인간들은 타고난 기질이 서로 다르기 때문에 도덕 실천능력에서 차이가 발생하기 때문이다. 그럼에도 불구하고 그는 인간들의 본성은 동일하기 때문에 "선을 익히면 성인이 될 수 있고 악을 익히면 광인이 될 수 있다."고 하면서 인간의 도덕적 변화 가능성을 제시하였고, 그것을 실현하는데 있어서 "사람이 만일 스스로 훌륭한 일을 하려는 뜻을 간직하고 있다면 마땅히 할 수 없는 일이 없는 법"이라고 하면서 인간의 실천의지를 강조하였다. 나아가 "조금이라도 마음을 돌려 교화를 향하는 기틀이 있다면 그 어두움을 열고 그 혼탁함을 제거하며 잡된 것을 정리하고 엷은 것을 두터이 할 수 있다."고 하면서 인간의 실천적 노력을 통해 도덕적 세계를 건설할 수 있음을 역설하였다.

여헌의 정치활동은 주로 인조대에 집중되어 있었는데, 당시 그의 기용은 산림의 종장으로서 상징적 의미를 가지는 것이었다. 그러므로 그에게 기대된 우선적인 정치적 역할은 반정 이후의 정권에 정당성을 부여하고 지지기반을 제공하는 것이었다. 또한 성리학의 교사이자 국가 원로로서 새로 등극한 군주에게 바람직한 국가경영의 방향을 조언하는 것이었다. 그렇기 때문에 몇 차례의 인견 자리에서나 상소문에서 드러난 여헌의 정치적 발언은 시종일관 '도덕성의 확립'이라는 관점에서 결코 벗어나지 않았다. 즉 여헌은 현실의 문제를 해결할 구체적 정책안을 제시하는 개혁가라기보다는 성리학적 입장에서 올바른 정치적 자세나 바람직한 방향에 대해 언급하고 그것의 실현을 당부하는 정치철학자이자 도덕적 교사였던 것이다.

여헌의 정치적 사고는 "국가를 스스로 자립할 수 있게 하는 큰 도이며 영구히 할 수 있는 지극한 계책"은 "도리를 다하고 자립"하는 것이라는 말에서 드러나듯이 덕치주의적 측면에 경도되어 있었고, 그래서 항상 모든 문제의 근원을 자기 내부에서 찾으면서 스스로의 올바른 자세와 노력이 중요함을 강조하였다. 이는 여헌이 현실 문제에 관심이 없었기 때문이 아니라 국가 원로이자 사림의 종장으로서 국가의 대계를 제시하려는 의지의 표현이었다. 즉 그는 현실적 문제를 해결할 수 있는 처방의 마련도 중요하지만 그러한 문제들을 근원적으로 해결할 수 있는 도덕적 기반의 마련이 더 중요하다고 보았던 것이다. 그는 "마음속에 사표(四表)에 빛나고 상하(上下)에 이르러 크고 드넓은 큰 사업을 세울 것을 생각하시고, 또한 교화가 동쪽과 서쪽에 입혀지고 북쪽과 남쪽에 이르러 성교(聖敎)가 널리 베풀어지는 지극한 정치를 이룩할 것을 생각하셔야 합니다. 이렇게 하신다면 전하께서는 반드시 숭상해야 할 덕(德)과 본받아야 할 도(道)를 아시고, 반드시 헛된 형식과 지엽적인 일을 다스려지는 정치를 손상시키는 빌미로 여기시어 통렬히 개혁하시게 될 것"이라고 하면서 숭상해야 할 덕과 본받아야 할 도를 알아 올바른 관점을 확립해야 지극한 정치를 이룩해 나감에 방해가 되는 제도와 절차를 개혁할 수 있을 것이라 근본적 처방을 제시하였던 것이다.

여헌의 정치적 관심은 성군현상에 의한 민본정치의 실현이라는 성리학의 일반론과 그 맥락을 같이 하기에, 그러한 정치를 실현하기 위한 그의 정치적 관심은 군주, 신하, 그리고 백성에 대한 문제에 집중되어 있었다. 그는 "전하의 한 마음은 바로 국가의 온갖 기무와 온갖 교

화의 큰 근본"이라고 하면서 군주의 마음자세에 정치의 운명이 달려있
다고 보면서 군주의 도덕적 각성을 가장 중요한 원리로 제시하였고,
군주에게 주어진 가장 중요한 정치적 역할은 표준을 세우는 것이라고
하였다. 정치의 또 다른 주체인 신하에 대해서는 "선을 모두 선하게
여기고 선하지 않은 것을 모두 선하지 않게 여겨서 한 개인의 좋아하
고 미워하는 감정을 쓰지 않으며, 옳은 것을 모두 옳다 하고 그른 것을
모두 그르다 하여 한 개인의 이해를 따지지 않아서 함께 공경하고 서
로 화합해서 한 마음이 되어 군주만을 생각하고 자신을 잊으며 나라만
을 생각하고 집안을 잊을 것"을 치평(治平)을 이룩하고 교화를 펴는데
있어 신하가 가져야 할 도리로 제시하였다. 그러면서 정치적 성패는
군주와 신하가 충분한 자질을 갖추는 것과 서로가 자기의 직분을 다하
면서 화합하는 데 달려있다고 하였다. 그런 의미에서 "군신간에 한 가
지 일을 가지고 서로 버티어 점점 더 번거롭게 아뢰고 점점 더 모른
척하여 달을 넘기고 철을 넘김에 이르는 것은 훌륭한 세상의 일이 아
닙니다. 그러므로 말함에는 강직함이 필요하고 들음에는 용단이 필요
하니, 강직하면 아는 것을 말씀드리지 않음이 없고 용단이 있으면 말
을 따르지 않음이 없습니다. 이렇게 한 뒤에야 신하는 직책을 버리지
않고 군주는 실정(失政)이 없어서 상하가 서로 마음이 맞아 태평성세를
기약할 수 있는 것"이라고 하였다. 또한 "고금과 천하에 조정이 화합하
지 못하고서 국가가 국가다운 국가가 되며 사론(士論)이 통일되지 못하
고서 교화가 교화다운 적은 있지 않았습니다."고 하면서 조정의 화합
을 강조하였고, "조정에 아름답게 서로 사양하는 미덕이 있은 뒤에야
함께 공경하고 서로 공손히 하는 교화가 사방에 도달되고, 사림이 화
합하여 하나로 돌아가는 도가 있은 뒤라야 정대하고 공공한 의로 국맥
을 유지할 수 있는 것"이라 하면서 집권세력 내부의 화합을 강조하였다.

한편 여헌은 백성들을 교화의 대상이며, 국가의 배려해주어야 할 대상으로 인식하였다. 그는 당대의 시급한 정치적 과제가 무엇이냐는 인조의 질문에 대해 "오늘날의 일은 오직 민심을 진정시키는 데에 있습니다. 무사하여 백성의 힘이 조금 넉넉해진 뒤에야 규모를 의논하여 세울 수 있을 것입니다."고 대답하면서 민심을 안정시키고 백성들의 삶에 여력이 생기도록 하는 백성을 배려할 필요가 있다고 하였다.

이상에서 본 바와 같이 여헌은 당대의 국가적 위기적 상황에서 정치질서를 확립하는데 있어서 새로운 대책을 마련하기보다는 기본과 원칙에 충실한 필요가 있다고 하면서 자기에게 주어진 도리에 충실할 것을 강조하였다. 그는 군주는 정치의 표준으로 세우는 존재라 하였고 신하는 그러한 군주의 정치를 실질적으로 보필하는 존재라 하면서 군신이 각자의 도리를 다하면서 정치운영에서 조화를 이룰 때 훌륭한 정치적 결과를 초래할 수 있다고 하였다. 그렇기 때문에 우리는 여헌의 정치인식에는 성리학의 도덕주의적 시각과 근본주의적 시각이 투영되어 있음을 발견할 수 있다. 그는 성리학적 관점에서 정치를 인식하였을 뿐만 아니라 그 범주 내에서 정치적 문제를 해결하고자 하였고, 그것이 제시하는 정치적 이상을 실현하고자 하였다.

임진왜란기 지방 지식인의 피난살이
− 장현광의 『용사일기』를 중심으로 −

박인호

1. 머리말

조선중기 임진왜란의 경험을 적은 실기류 기록들은 관찬사료가 보여주지 못하는 일반인이 겪은 임진왜란의 실상을 보여주고 있다. 그 가운데 여헌(旅軒) 장현광(張顯光, 1554~1637)의 피난일기인『용사일기(龍蛇日記)』는 왜군의 진격로 상에 있었던 경상도 지역의 선비가 피난하면서 경험하였던 생활을 적은 것으로 난리의 참상이나 경과 과정을 자세히 남기고 있어 자료적으로 가치가 크다.

장현광은 임진왜란의 가장 큰 전장터였던 인동, 선산, 의성의 축선에 있으면서 직접 왜병을 피해 도망다닐 수밖에 없었던 환경에 처해 있었다. 전쟁의 현장에 있었으므로 피난지를 수색하는 왜병과 맞닥뜨린 위기의 순간이 여러 차례나 있어 상대적으로 안전하였던 호남 지역의 피난 상황에 비해 훨씬 급박할 수밖에 없었으며, 그러한 모습은 일기의 곳곳에 기록되어 있다.

또한『용사일기』는 단순한 경험담에 그치는 것이 아니라 장현광이

---

* 이 논문은 「임진왜란기 지방 지식인의 피난살이」라는 제목으로『선주논총』11(금오공대 선주문화연구소, 2008)에 게재되었던 글을 수정한 것이다.

느꼈던 임진왜란에 대한 여러 생각을 정리해 두어 당시 지식인들의 임진왜란에 대한 인식관을 확인할 수 있는 자료이기도 하다. 대부분의 임진왜란 체험록은 피난과 이어지는 의병 참여를 기본 축으로 자신의 활동을 정리한 형식이 대부분이다. 따라서 사족들의 의병활동을 강조하고 근왕적 입장이 강하게 나타난다.[1] 그런데 『용사일기』는 사족이었던 사람이 피난 과정에서 경험한 곤궁한 형편을 기술하여 의병에 참여하지 않았던 일반 사족의 피난 양상을 보여주고 있다.

한편 장현광의 『용사일기』는 단순한 사실의 전달 뿐만 아니라 일기 속에서는 사회적 현상을 지켜보는 자신의 철학적 인식까지 서술해 놓아 장현광의 철학을 이해하기 위해서는 일기의 내용을 정확히 이해하는 것이 필수적이다.

이와 같은 가치를 가진 『용사일기』는 장현광과 그의 시대를 이해하기 위해 검토해 볼 가치가 있는 자료라고 할 수 있다. 그러나 현재까지 전론은 보이지 않아서 이를 다루게 되었다.

2. 자료 소개

1) 저술 동기

임진왜란을 경험하였던 이들이 자신의 경험을 정리해 놓은 실기류

---

[1] 국문학에서는 문학적 관점에서 임진왜란 당시의 실기에 주목한 연구가 상당수 진척되어 있다(황패강, 『임진왜란과 실기문학』, 일지사, 1992; 장경남, 『임진왜란의 문학적 형상화』, 아세아문화사, 2000 참조). 역사학에서 임진왜란기 일기류에 주목하여 당시의 생활상을 그려낸 논문은 다음과 같다.

조원래, 「난중잡록으로 본 임진왜란 중의 사회상」, 『한국사학사연구』, 나남출판, 1997.
문숙자, 「임진왜란으로 인한 생활상의 변화」, 『임진왜란과 한일관계』, 경인문화사, 2005.
정해은, 「임진왜란 시기 경상도 사족의 전쟁 체험」, 『역사와 현실』 64, 2006.

는 중요한 역사적 사료가 될 수 있다. 왜냐하면 이러한 기록은 사실을 기록해 두려는 역사 기록자의 역사의식을 담고 있기 때문이다.

임진왜란을 경험하고서 남긴 일기나 일록류의 실기류는 크게 보면 종군실기, 포로실기, 피난실기, 호종실기로 분류할 수 있다.[2] 장경남은 피난 다닌 피난실기로는 오희문(吳希文, 1539~1613)『쇄미록(瑣尾錄)』, 정영방(鄭榮邦, 1577~1650)의 『임진조변사적(壬辰遭變事蹟)』, 유진(柳袗, 1582~1635)의 『임진녹』을 들고 있다. 그런데 이러한 분류에 의하면 임진왜란 기간 동안 피난 다닌 행적을 정리한 것으로 미상, 『왜변일기(倭變日記)』; 이덕열(李德悅), 『양호당일기(養浩堂日記)』(규장각); 손엽(孫曄), 『용사일기(龍蛇日記)』[『청허재집(淸虛齋集)』], 도세순(都世純), 『용사일기(龍蛇日記)』[『암곡일고(巖谷逸稿)』], 오극성(吳克成), 『임진일기(壬辰日記)』[『문월당선생문집(問月堂先生文集)』] 등을 더 찾을 수 있다. 그 외에도 종군하거나 호종한 일기류도 초창기 부분에는 피난다닌 내용을 수록한 경우가 많이 남아 있어 일률적으로 종군일기로 보기는 어려운 점이 있다.[3]

---

2) 장경남, 앞의 책.

3) 종군이나 의병일기로는 李廷馣, 『西征日錄』; 李擢英, 『征蠻錄』; 柳成龍, 『懲毖錄』; 尹國馨, 『聞韶漫錄』; 李魯, 『龍蛇日記』; 李舜臣, 『亂中日記』; 趙靖, 『壬亂日記』; 鄭慶雲, 『孤臺日錄』; 郭守智, 『浩齋辰巳錄』; 李佴, 『篁谷先生日記』; 文緯, 『茅溪先生日記』; 金垓, 『鄕兵日記』; 徐思遠, 『樂齋先生日記』, 미상, 『壬辰日錄』; 趙慶男, 『亂中雜錄』; 安邦俊, 『隱峰野史別錄』; 全致遠, 『壬癸別錄』; 李宜潤, 『壬辰日記』; 張夢紀, 『火旺日記』; 李安國, 『龍蛇事蹟』 등이 있다. 그외에는 문집에 수록된 것으로 崔東輔, 「倡義事實」(『憂樂齋實紀』); 金後生, 「倡義時日記」(朴慶傳, 『悌友堂集』 內), 郭율, 「八溪日記」(『禮谷集』), 趙翊, 「辰巳日記」(『可畦集』); 高彦伯, 「龍蛇事蹟」(『海藏實記』); 李說, 「龍蛇日錄」(『愛日堂實紀』); 孫起陽, 「日錄」(『聱漢集』); 丁希孟, 「日記」(『善養亭集』); 黃貴成, 「亂中記事」(『晩休堂集』); 鄭士誠, 「壬辰日錄」(『芝軒集』); 李大期, 「壬癸日記」(『雪壑集』); 權濟, 「壬丁日記」(『源堂實紀』); 李景淵, 『龍蛇日錄』(『霽月堂實記』), 金應河, 「忍心齋日記」(『忍心齋實紀』); 金得福, 「從軍錄」(『東广實記』); 李彦春, 「當亂日錄」(『東溪實紀』); 朴仁國, 「龍蛇日錄」(『靖广實紀』); 李訥, 「壬辰日記」(『樂義齋實紀』); 朴春茂, 「龍蛇日錄」(『蘿谷實記』), 李宜澤, 「龍蛇日錄」(『五宜亭集』) 등이 있다.

호종실기로는 鄭琢, 『龍蛇日記』; 金涌, 『扈從日記』; 尹卓然, 『北關日記』; 朴東亮, 『寄

그런데 피난일기 가운데 장현광의 『용사일기』4)가 현재 남아 있다. 게다가 피난일기 기록 가운데 오희문은 50대의 장년, 정영방은 16세, 유진은 11세 때의 체험을 적은 것이다. 이에 반해 장현광의『용사일기』는 40대 중년의 나이에 겪은 경험담이다. 한 집안의 중추적인 위치에 있었던 40대 남성이 가진 난중의 심리가 잘 묘사되어 있다.

『용사일기』 집필 동기를 살펴보면 첫 번째의 가장 큰 동기는 임진왜란이라는 사건에 대해 자신의 개인적 경험 기록에 그치는 것이 아니라 임진의 경과를 통해 옳고 그름을 밝히어 보려는 의도가 있었다. 장현광은 "그대는 피난 일을 적되 마땅히 한 몸 한 집안의 고생하고 곤궁하던 일만을 적을 것이지 그 밖의 일을 들어 이러니 저러니 함은 과연 옳은 일인가"라는 물음에 대해 "비록 일은 밖에 있었으나 듣는 귀는 나에게 있고, 자취는 다른 사람에게 있었으나 보는 눈은 나에게 있는 것이다. 게다가 옳고 그르다거나 취하고 버리는 마음은 나에게 있으므로 피난 다니던 중에 적은 것이다. 어찌 문자를 번거로이 함을 좋아해서 그렇게 하였겠는가"5)고 밝히고 있다. 이는 자신의 곤궁한 모습뿐만 아니라 여러 가지 일들을 적은 것에 대해 언급한 것으로 단순히 글 쓰는 것을 좋아해서가 아니라 옳고 그름을 판단한 것이 의도적인 것임을 은연중에 보이고 있다.

두 번째는 기록 정신의 소산으로 자신의 피난 경험을 잊어버릴까 염

齋史草」, 閔仁伯, 「龍蛇日錄」(『苔泉集』) 등이 있다.

　포로실기는 權斗文, 『虎口錄』; 魯認, 『錦溪日記』; 姜沆, 『看羊錄』; 鄭慶得, 『萬死錄』; 鄭希得, 『月峰海上錄』; 鄭好仁, 『丁酉避難記』, 金涊, 「龍蛇日錄」(『海蘇實紀』) 등이 있다.

4) 龍蛇라는 말은 辰年과 巳年을 의미하는 연대를 말하며 임진왜란을 우리나라에서는 용사의 난이라고도 하였다.

5) "或曰 子錄避難 當止於一身一家顚沛困頓之跡 而多括外事 且發議論 可乎 余曰 事雖在 外 而所聞之耳 在我 跡雖在人 而所見之目 在我 況是非取捨之心 又在我矣 則錄之於避難 之中 又豈好煩文字者也哉"(『용사일기』 310, 447-448)

려하여 적었던 점이다. "내가 전에 일기를 적지 못하였는데 세월이 오래되면 내가 겪은 일을 모두 잊어버릴까 염려하여 기록을 하였는데 그 대강을 적어 두었으나 상세히 적지는 못했었다. 그런데 그 뒤의 일들도 또한 피난의 일이 아닌 것이 없다."[6]고 적고 있다. 그는 자신의 경험이 기록되어 후대에 온전히 전해지기를 기대하였다. 문하 제자인 유진(柳袗), 도세순(都世純) 등이 자신들의 임진왜란 경험을 남긴 것도 이와 같은 기록을 남기려는 의식이 전해진 것이다.

세 번째는 장현광은 자신의 전쟁 체험이지만 이를 통해 당대의 현실을 비판하고 반성을 촉구하려는 의식이 있었다. 장현광은 "난이란 것은 다스림의 반대요, 망이란 존의 반대이다. 다스리지 못한 까닭에 어지러워지며 존하지 못한 때문에 망하는 것이니 다스릴 만하여 잘 다스리었는데도 어지러워지는 것은 없으며, 또 존할 만하여 능히 존하는데도 망한다는 것은 없는 것이다"[7]고 적고 있다. 잘 다스려지면 존하고 존할 만하면 망하지 않음을 말하여 반성과 희망을 말하고 있다. 그래서 근년에 이미 우리나라는 어지러워짐이란 오래 되었고 그 망함이란 벌써 오래되었으며 이를 가지고 나라 어지러움은 운수라고 하고 오늘의 망함을 왜가 성해서 그렇다고 하는 것은 깊이 생각하지 못한 데서 나왔다고 비판하고 있다. 일기는 위로 조정에서 아래로 여항에 이르기까지 나라의 이(理)와 도(道)가 제대로 있지 못해 오늘날의 난망함이 있다고 지적하여 반성을 촉구하기 위해 편찬하였음을 보여주고 있다.

---

6) "而以余前無日記 恐歲久則 必遺忘其所經歷者 故遂錄其夏以前事 只錄其大槩 不能詳也 其後之事 亦莫非避難之跡也"(『용사일기』 311, 449)

7) "亂者 治之反也 亡者 存之反也 不治故亂 不存故亡 未有可治者能治而亂者 又未有可存者能存而亡者也"(『용사일기』 309, 445)

2) 저술 연대

『용사일기』는 크게 권1 피난록과 권2 피난후록의 두 부분으로 나누어진다. 피난록은 전쟁으로 직접 피난다닌 기록이라면, 피난후록은 전선이 남해안으로 내려가면서 안정을 얻은 다음의 유행(遊行) 기록이다.

피난록은 1595년 초여름 초순 의성 구지산(龜智山) 아래에서 머무를 때 기록한 것으로 1592년 여름에서 시작하여 1595년 여름 왜병들이 남쪽의 해안가 일원으로 밀려나 있기까지의 피난 당시의 행로를 정리하였다. 날짜가 정확히 기재된 것으로 보아 피난다니면서 메모된 것을 가지고 정리한 것으로 보인다.

피난후록은 1595년 뒤부터 1596년까지 여러 행로와 보은현감을 역임하면서 돌아다닌 기록을 정리한 것이다. 기재는 정유재란이 일어난 뒤인 1598년 이후 기술한 것으로 보인다. 이 동안 엎치락뒤치락 곤궁함을 겪었고 고향으로 돌아가질 못하고 떠돌아다니는 나그네 신세[8]이기에 제대로 된 기록을 남기기 못하였으므로 기록 자체는 첫 번째에 비해 상당한 시일이 지난 다음에 기술하여 날짜가 그리 정확하게 기재된 것은 아니다.

이 일기의 내용은 장현광이 직접 작성한 것으로 보인다. 그런데 현재 이 일기는 인쇄되지 못하고 필사본으로 두 질이 남아 있는 것으로 전한다. 한 질은 경북 인동의 종손가에 사본 1책이 전승되어 있으며, 1부는 경북 영일군 죽장면(竹長面) 입암리(立巖里)에 보관된 것이 있다.[9] 종손가에 소장된 것은 후손가에서 영인한 『여헌선생전서』에 영인 수록되어 있다. 한국국학진흥원에서는 전서와 동일한 내용을 수록한 『선조문강공피난록(先祖文康公避亂錄)』을 인터넷으로 서비스하고 있

---

8) 『용사일기』311.

9) 김사엽역, 「역자의 말」, 『국역 용사일기』(『김사엽전집』13), 박이정, 2004, 240면.

다. 전서 수록본과 피난록에는 12대손 장병기(張炳驥)과 14대손 장창익(張昌翼)이 적은 발문이 있으며 1962년 제작한 것으로 보인다.

『용사일기』에 대한 번역은 김사엽에 의해 『자유문학』지에 1959년 1월부터 1960년 1월까지 연재되었으며, 후일 편집된 『김사엽전집』에 영인 수록되었다.[10]

3. 장현광의 피난 행로와 참상기

1) 피난 행로[11]

왜군은 1592년(선조 25) 4월 14일 부산포에 상륙한 이후 동래를 거쳐 3로로 나누어 북상하였다. 그런데 왜군의 주력군은 영남대로 가운데 중로인 동래–양산–밀양–청도–대구–인동–선산–상주–문경–조령 노선을 중심으로 북상하였다. 중로의 왜군은 16일 기장, 18일 밀양, 21일 대구를 함락하였으며, 이어 성주, 선산, 개령, 상주를 지나 조령을 거쳐 서울로 진격하였다. 동로의 왜군은 울산을 거쳐 21일 경주, 23일 영천을 함락하였으며 신령, 인동, 의성을 거쳐 중로의 왜군과 합류하여 조령을 지났다.

인동은 주요 북상 통로에 위치해 있어 피해가 상대적으로 더 심하였으며 실지 회복도 늦었다. 이에 따라 장현광도 오랜 시기동안 피난다녀야만 하였다.

장현광은 어머니상을 당하여 여막(廬幕)에서 글을 읽고 아이들을 가

---

10) 『김사엽전집』 13, 박이정, 2004. 이하 『용사일기』의 번역문 인용은 이 책의 것을 이용하였다. 일부 번역문은 수정하여 수록하였다.

11) 장현광의 구체적인 피난행로는 논문의 끝에 부록으로 수록한 장현광의 피난 행로를 참조.

르치고 있던 중 4월 15일 오후 난리가 일어났다는 소문을 듣게 되었다. 16일에는 부산이 함락되었다는 소문을 들었으나 실제로 부산은 이미 함락된 이후 였다. 동래와 양산이 함락되었다는 소문이 잇따르자 고을의 인심은 흉흉해졌다. 17일과 18일 사이에는 마을 사람들도 피난할 준비를 시작하였다. 19일에는 밀양과 청도가 함락되었으며 각 고을 사이의 전통도 끊어져 소문에 의해 소식을 들을 수 있을 뿐이었다. 19일 여막에 있던 아이들을 제집으로 돌려보내고 아이들 가운데 있던 허상원(許尙遠)과 함께 권속들을 낙동강 건너 이모부 허응호(許應虎)가 살고 있던 비산촌(飛山村)으로 보내었다. 제기와 함께 십여 위의 신주는 궤에 넣어 땅에 묻었다.

20일 적이 온다는 소문이 있자 장현광은 본격적으로 피난에 나서게 되었다. 장현광은 낙동강을 건너 비산으로 나아갔다가 밤늦게 금오산으로 향하여 21일 새벽에 형곡(荊谷)에 이르렀으며 잠시 휴식을 취한 후 다시 길을 나서 금오산의 산마을에 이르러 움막을 지었다. 4월 말경 인동에 왜적이 들어와 있으면서 위험을 느낀 장현광은 5월 초 금오산의 반대편 기슭인 칠곡 숭산으로 거처를 옮겼다. 그러나 남쪽의 약목에서 올라오는 왜적의 위협에 5월 말 골짜기로 올라갔다가 6월 초에는 오태에서 낙동강을 건너 묵방사(墨坊寺)로 거처를 옮겼다.

7월초에는 칠곡 팔거(八莒)에 있던 동서 조벽(趙壁)의 집으로 옮겼다가 7월 중순에는 처가가 있는 팔거의 도촌(道村)으로 옮겨갔다. 8월에는 자형 여윤(呂倫)의 집이 있는 김천 증산으로 가기위해 인동 남쪽을 통해 성주 가천(伽川), 입암(立巖)을 거쳐 21일 김천 증산(甑山)에 도착하였다. 증산은 왜적의 북상 경로에서 떨어져 있어 이곳에서는 비로소 어느 정도 안정을 되찾고 주역 공부에 심혈을 기울이게 된다. 그해 겨울은 가야산에서 지냈다.

이듬해인 1593년 2월 말경 개령에서 왜적이 완전히 남쪽으로 물러나면서 장현광은 이제 왜적과 직접 대면할 위험에서는 벗어나게 되었다. 2월 하순 이후에는 가야산을 떠나, 성주 암촌(巖村), 칠곡 팔거(八莒), 의성 탄지(炭池), 의성 사곡(䅃谷)을 거쳐 안동의 둘째 누님의 집까지 돌아보고서 3월말 경에는 암촌으로 되돌아왔다. 4월 보름 경에는 성주 신당(新堂)으로 갔다가 5월 중순 인동에서 왜적이 완전히 물러났다는 소식을 듣고 신당을 떠나 팔거의 대곡(大谷)으로 갔다. 5월 말 처가가 있는 칠곡 도촌에 갔다가 각기병이 발생하여 요양을 했다. 6월에는 인동의 옛 집으로 돌아왔으나 폐허가 된 모습을 보고서 의성의 누님 집 옆인 구지산에 거처를 마련하였다.

의성 구지산(龜智山) 아래에 거처를 마련한 다음에는 군위, 진보, 의흥 등지에 드나들면서 일상적인 생활을 영위하게 되었다. 1594년 3월에는 팔거에 진을 친 유정(劉綎) 총관을 만나기 위해 길을 나섰다가 해평 고촌(古村), 인동, 칠곡 석적(石積)을 거쳐 도촌에 갔다가 돌아왔다. 6월에는 유성룡의 초청으로 풍기에 갔다가 사위인 노경임과 소백산과 백운동 서원을 찾았다. 1595년 6월 말 노경필(盧景佖)이 임지인 안기(安寄)에서 죽어 안기에 조문을 다녀왔으며, 7월에는 박수일(朴遂一)과 같이 청송의 초정에 유람을 다녀왔다.

1595년 7월 보은 현감에 임명되었다는 소식을 듣자 의성으로 돌아와 서울로 향하게 되었다. 7월 말 안동을 거쳐 죽령을 지나 단양으로 나아갔다. 충주에서 누암, 여주, 광주를 지나 서울에 도착하여 정구, 김우옹, 유성룡 등을 찾아 보고서 보은으로 향하였다. 경로는 과천, 수원, 천안을 거쳐 보은으로 남하하였다. 보은에 도착하여 하인들 초집을 처소로 삼아 정무를 보게 되었다. 그러나 학문으로 배운 것과 현실과는 너무나 달랐다. 사세를 고려하지 않고 성현의 문자대로 대처하고자 하면 도저히 감당해 낼 도리가 없었다.[12] 쓸데없이 성을 쌓도록 하여 민심이 흉흉했으며, 현에는 파수장과 하졸, 채은관 등이 있어 이들을 현에서 담당해야 하는 상황이 현실과의 괴리를 통감하게 하였으며, 석달만에 병을 얻어 사직을 하려고 하였다.[13]

1596년 2월 사표를 내었으나 사표가 수리되지 않았다. 수리되지 않았으나 3월 3일 길을 떠나 상주, 선산을 거쳐 해평의 고촌(古村)으로 나아갔다. 3월 20일 의금부에 체포되어 선산, 상주, 보은, 청안, 수원, 과천을 거쳐 서울로 압송되었다가 무죄 방면되자 죽산을 거쳐 선산으로 돌아왔다.

이후 장현광은 여러 곳을 유행하게 된다. 인동을 거쳐 성주의 암포에 있는 친척들을 돌아보고 원당과 소야에 있는 묘들을 둘러보고 해평의 우거처로 돌아오기도 하였다. 5월 초에는 영천 정사진(鄭四震)의 집에 갔다가 후일 거처로 정한 입암(立巖)을 구경하기도 한다. 또 빙산사(氷山寺)와 빙혈(氷穴)을 구경하기 위해 의성 가음(嘉音)을 방문하기도 하고 6월에는 월파정(月波亭)에 놀러가기도 한다.

이러한 피난 행로와 유람 행로를 통해 인동을 중심으로 선산을 비롯하여 칠곡, 성주, 의성, 청송, 서울, 보은, 영천 등 지역과 관련한 400여 년전의 각 고을간의 소통 관계, 접근 경로 등을 살펴 볼 수 있다. 인동을 중심으로 본다면 아래로는 칠곡·영천, 위로는 의성·안동이 주 접근 경로였으며, 그 외 지역은 피난을 갈 정도였으므로 상대적으로 접근성이 낮았던 것으로 보인다.

---

12) "余本非久留之計 而到縣以來 時政之所及於本縣者 與本縣時勢 無不矛盾 如欲不計事勢 一一應之 以文字所及 則必蕩盡根柢 而後已"(『용사일기』 324, 473)

13) 『용사일기』 325.

2) 피난의 형편

처음 피난가면서 쌀 4말을 가지고 집을 나갔다. 피난가서는 언덕에 잡초를 베고 움막을 지어 거처를 마련하였다. 피난나온 사람들은 밤에 밥을 지어먹고 새벽에 숨었다가 해가 지고 적이 돌아간 뒤에야 숲 속에서 빠져나왔다.[14] 망군을 두어 적이 오는 가를 살피기도 하였으며, 닭이 울면 일어나 식사를 빨리 하고 가벼운 옷차림으로 망군의 보고를 기다렸다.[15]

당시 소나 개가 울거니 짖는 소리가 나면 적군이 오므로 보존할 수 없는 형편이어서 소 잡기를 개나 닭 잡듯 하였다. 곡식이 떨어지게 되자 친척에게 붙어먹기도 하고 현의 창고에서 곡식을 얻어다 먹기도 하였다.[16] 절에 있을 때도 절의 중에게서 도움을 받았다.[17]

이 과정에서 양반은 피난살이에 무능한 모습을 보였다. 장현광도 나룻가에 숨어 있으면서 배 주린 형상을 보이자 종이 물에 담근 쌀을 주었으며 여종 몇도 눈물을 흘리면서 물 담근 쌀을 가지고 밥을 지어 주었다고 적고 있다.[18] 게다가 노비들은 예전처럼 상전을 모시지 않게 되었으며,[19] 도망간 노비가 있다는 말을 듣고 관할 원에게 부탁하여 잡아다가 돌려 달라고 청을 넣었으나 매우 순하지 못하여 가까이 둘 것이 못 된다는 말을 듣고는 추쇄를 포기해야 할 정도로 노비의 도망조차 제어하지 못할 지경에 이르렀다.[20] 그리하여 노와 비를 짝지워

---

14) 『용사일기』 247.

15) 『용사일기』 250, 265.

16) 『용사일기』 250.

17) 『용사일기』 253.

18) 『용사일기』 252.

19) 『용사일기』 277. "내집 종 한 녀석이 살아 있다. 그러나 짐승과 흡사한 마음이 되어 옛 주인을 보아도 마치 길가는 사람 보듯 한다."

20) 『용사일기』 328.

주었더니 근실하지 못하여 나그네 신세가 이것들로 말미암아 한층 노곤함을 면치 못한다[21]고 한탄만할 뿐이었다.

피난민들은 처음에 왜적의 침입을 당하자 산으로 도망하였으나 차츰 이완되어 자기가 살던 마을로 돌아간 경우도 생겨났다.[22] 일부 피난민은 깊숙한 곳에 가서 농사를 지어 가을에는 얼마쯤 추수를 하게 되었다.[23] 그러나 적의 소굴이 된 여러 고을은 가을이 되어도 추수할 것이 없고 의지할 것조차 없는 형편인데다가 기한(飢寒)이 다가오자 모두 적의 진영에 귀순하여 의식을 차리게 되니 백성의 궁핍이 극도에 도달하였기 때문이라고 적어[24] 당시의 곤궁한 형편을 전하고 있다. 게다가 일부 현에서는 왜적의 명령을 받아 공미를 가져다가 바쳤으며, 왜적에 아예 색장을 두어 각 마을마다 파견하여 공역을 독려하였다.[25] 왜적들도 쉬, 도주 등의 체계를 갖추어 관리하였다.[26]

장현광은 임진왜란이 있었던 그해 겨울에는 증산(甑山, 현 김천시 증산면)의 누님 댁에서 지내었다. 증산은 깊은 곳이었고 산밭에 약간의 곡식 소출이 있었기 때문이었다. 이곳에서는 상대적으로 왜적과 떨어져 있어서 안정을 취할 수 있었다. 그러다 이듬해 증산을 나와 가야산 백운대로 들어갔으며, 전염병이 유행하자 암자 북쪽에 움막을 지어 거주하였다. 그러나 산 위는 매우 추웠으며 견디기가 어려웠다.[27]

1593년 2월이 되면서 차츰 왜적들이 물러나게 되자 2월 하순 피난해

---

21) 『용사일기』 338.

22) 서사원, 『낙재선생일기』, 1592년 6월 14일(박영호역, 『국역 낙재선생일기』, 이회문화사, 2008, 46면).

23) 『용사일기』 262.

24) 『용사일기』 263.

25) 『용사일기』 262.

26) 서사원, 『낙재선생일기』, 1592년 6월 9일(『국역 낙재선생일기』, 43면).

27) 『용사일기』 276.

있던 가야산에서 성주 암촌(巖村)의 옛 집으로 내려왔다. 당시 경상좌
도의 곡가는 우도보다 귀하여 무명 베 한 필과 나락 한 말 값과 비등하
였으며, 큰 마소는 벼 한 섬과 맞먹었으며, 실한 노비라도 마소 값에
미치지 못하였다.[28]

여름이 되면서 호남에서 양식을 실어오면서 겨우 아침 저녁 끼니를
이어나가는 형편이었다. 또 머무를 집이 없어 왜적들이 파놓은 굴 속
에 들어가 은신하는데 장현광은 가족을 데리고 이 굴속에 들어가서 머
물렀다.[29]

가을에는 농사지은 사람들이 조금씩 나누어 주어 장현광은 이것으
로 가을을 나게 되었다. 봄 갈이를 할 수 있었던 사람이 없었으므로
가을이 되자 굶주린 백성들은 피로 죽을 쑤어 끼니를 잇게 되었다.[30]
양식이 떨어지면 무명베를 가지고 장에 가서 곡식으로 바꾸었다.[31]
당시 장시의 기능이 일부 남아 있었던 것으로 보인다. 경비가 필요할
때는 데리고 있던 종을 팔아서 충당하였다.[32] 종을 팔게 되자 장현광
은 이제 직접 논에 가서 농사를 지어야 하였다.

3) 임진왜란기의 참상

장현광의 『용사일기』에는 피난살이의 참상이 구체적으로 서술되어
있다. 직접 일본군과 직면하지 않은 사족들은 전쟁 체험을 변하지 않
는 일상 생활로 묘사할 정도로 안정된 양상을 보이고 일기의 내용도

---

28) 『용사일기』 278.
29) 『용사일기』 282.
30) 『용사일기』 289.
31) 『용사일기』 297.
32) 『용사일기』 299.

공적인 사건을 기록하는 것을 선호하였지만[33] 일본군이 직접 침략하는 경로 상에 있었던 인동의 사족이었던 장현광의 일기에는 전쟁의 참화가 훨씬 더 혹독하게 나타난다.

장현광의 일기에는 도망다니면서 왜병들의 수색에 걸리지 않기 위해 고심하는 모습, 시체들이 수습되지 않고 길가에 버려진 모습, 먹을 것이 없어 아사한 형상, 역질에 걸려 한 마을의 주민 모두가 없어지는 양상, 가족과 이웃이 전쟁 중 살해당하는 모습 등 일반 사람이 겪은 임진왜란의 참상 모습이 구체적으로 묘사되어 있다.

> 추위와 주림이 다가오자 인간의 윤리는 허물어져 버렸고 부자와 부부가 서로 많이 도로에서 헤어졌으며, 굶주려 죽은 자가 구덩이에 가득찼다. 해인사에서는 죽은 시체를 끌고 나오는 것이 하루에 7·8인 아래로 내려가지 않았는데 모두 굶어죽은 사람들이었다고 한다. 또 겨울이 들면서부터 역질이 크게 유행하기 시작하여 온 마을이 눕게 되고 온 가족이 전부 죽는 예가 마을마다 없는 곳이 없었다. 또 무뢰배들이 서로 떼를 지어 도적이 되어 밤낮없이 횡행하는데 마을에 남아 있는 백성들을 노략질하기가 왜적과 다를 바가 없었다. 이러하였기 때문에 사람이 죽어가는 길은 한, 두가지가 아니었다.[34]

> 길가에는 유리하면서 굶주린 사람들을 보았는데 구덩이에서 곧 죽기가 조석에 달려 있는 자들도 있었다.[35]

> 1594년 봄 백성들의 굶주림이 더없이 심하여 굶어죽은 시체가 구덩이마

---

33) 정해은, 「임진왜란 시기 경상도 사족의 전쟁 체험」, 『역사와 현실』 64, 한국역사연구회, 2006.

34) "飢寒飫迫 人理壞絕 父子夫婦 亦多相棄道路 餓莩塡滿溝壑 人云海印寺曳尸而出者 日不下七八人 皆飢民之死也 又自其冬 癘氣大熾 全里而卧 合家而死者 無境不然 無邑不然 而失業之民 相聚爲盜 晝夜橫行 摽掠餘民 無異倭賊 是以當時人死之路 非一非二"(『용사일기』 272-273, 388)

35) "路上見遊離飢困之民 頻死丘壑期在朝夕者 或有"(『용사일기』 277, 394)

다 연이어 있었고 사방에서 토적이 벌떼같이 일어나 없는 곳이 없었다. 그들은 금전을 탐할 뿐만 아니라 사람을 죽여 그 인육까지 먹을 지경이었다. 그러므로 길 가는 사람이 비록 한 되의 곡식이나 한 자의 베를 지니지 않고 몸에 헤진 옷을 걸쳤어도 역시 모두 죽음을 당하였다.[36)]

그들은 쪽빛 얼굴에다가 나물 빛의 색을 하고 마치 짐승과 같은 눈초리로 내가 자루를 가진 것을 보고서 마치 수레바퀴의 살이 한가운데로 몰려 있는 것처럼 집중하였다.[37)]

난리가 일어난 뒤로 역병이 잇달라 치열하여 임진년과 계사년 두 해 사이 역병으로 죽은 사람이 많았다. 이 해 봄에도 또 심했으나 병 증세가 가볍고 괴로움도 덜하여 지난 해의 병처럼 독하지는 않았다 그러나 사람들이 모두 굶주리고 곤핍한 끝이라 죽는 사람이 많았다. 나도 이미 몇 차례나 앓았고 오월에는 딸도 자주 앓아 모두 전염병인가 의심이 들어 누님 댁과 왕래를 끊었다.[38)]

장현광은 이러한 참상을 눈으로 목도하면서 다른 관찬 기록에서 전하지 않는 생생한 현장 기록을 남기고 있다.

4. 임진왜란에 대한 여러 관점

1) 임진왜란의 발발 원인

황윤길 통신사 일행이 일본에서 돌아온 1591년(선조 24) 조야에 일본

---

36) “是春 民飢尤甚 饑莩連壑 土賊蠭起 無處不發 不必貪貨 殺人爲食其肉 故不持升粟尺布 身荷懸鶉者 亦皆見殺”(『용사일기』 299, 429).

37) “藍面菜色 禽形獸目 見余有橐 莫不輳眼”(『용사일기』 300, 429)

38) “亂生以後 癘氣連熾 壬癸兩歲間 死者多由於癘矣 是春又盛 但痛輕歇易 不似前歲之病爲 甚毒也 而人皆飢困 故死者亦多 余旣屢病 又於五月間 女兒亦屢病 人頗疑染 遂姊家不通” (『용사일기』 301, 431)

군의 침략설이 유포되면서 전국이 소란스러웠다. 당시 기록에 따르면 조정에서 나름대로 일본에 대한 방비를 마련하기 시작하였음을 보여주고 있다. 정부에서는 군영을 정비하고 성지를 수축하는 등의 방어시설 구축에 적지 않은 노력을 기울이고 있었다. 이러한 흐름 속에 일부 지식인들이 모여 시국을 논하면서 왜적의 침략에 우려를 금치 못하고 있었다.[39)]

그런데 3년 전인 1588년 3월 16일 영남지역의 인사들이 신녕(新寧)의 불골사(佛骨寺)에 모여 의리를 논하면서 동고록(同苦錄)을 작성하였다. 당시 맹약한 서류 하나를 금강문 대들보 위에 끼어 놓았다고 적고 있다.[40)] 이 때 동고록 작성에 참여한 이 가운데 장현광이 있다. 장현광은 권춘란(權春蘭), 김우옹(金宇顒), 이덕홍(李德弘), 조호익(曺好益), 홍한(洪澣), 문위(文緯), 김응하(金應河), 이삼한(李三韓), 최인(崔認), 최동보(崔東輔), 이계수(李繼秀), 채선수(蔡先修), 박영수(朴英遂), 최근(崔謹), 장응기(張應起), 박형(朴泂), 백상대(白尙大)와 같이 동고록 작성을 참여하였다.[41)] 나이를 살펴보면 가장 많은 권춘란(1539생)에서 가장 어린 채선수(1568생)에 이르기까지 다양한 연령층의 인원이 참여하고 있다. 당시 35살의 장현광(1554생)은 이들 가운데 중간층에 자리잡고 있다.[42)]

---

39) 경주지역 지식인의 동향에 대해서는 최효식, 『임진왜란기 영남의병연구』, 국학자료원, 2003, 472~478면 참조.

40) 崔東輔, 崔五永譯, 『내가 겪은 임진왜란(憂樂齋實紀)』, 중문출판사, 1992, 124면. 그런데 불골사에서의 회합이 있었던 해를 최효식은 앞의 책에서 金應河의 『忍心齋日記』의 내용("辛卯 三月十六日 佛骨寺同苦錄 一件于金剛門櫟上云")를 인용하여 1591년으로 적고 있으나(47면, 474면, 479면 등), 『憂樂齋實紀』 행장과 李景淵의 『霽月堂實紀』 연보·유사 등에서는 1588년 봄에 모임이 있었던 것으로 적고 있다. 1591년 당시에는 김우옹이 회령에 유배되어 있었으므로 1588년 봄에 모임이 있었을 것으로 추정된다.

41) "戊子春 聞佛骨寺諸賢李艮齋德弘張旅軒顯光金東岡宇顒曹芝山好益 會說義理 往從之 時崔東輔亦來參 旅軒見而奇之曰 此兩人濟世才也"(李景淵, 『霽月堂實紀』)

이들이 신녕 불골사에 모인 목적은 잘 알 수 없으나 시국을 논의하고 구국창의(救國倡義)의 의리를 논하였을 것으로 여겨진다. 당시 불골사 동고록 등재 인물 대부분이 임진왜란시 근왕(勤王)하거나 의병으로 참여하고 있어 이 모임에서 맹세하였던 절의정신이 의병 참여와 일정하게 연관되어 있음을 추정할 수 있다.

그러나 당시 조선의 대책은 "장상(將相)끼리 서로 말하기를 우리나라 군대는 천하의 강병이요, 적선을 부시고 적을 무찌르는 데는 우리에게 큰 활통이 있으며 쏘아 멀리 가도록 우리에게 큰 화살이 있지 않느냐고 뽐내었다. 그리고서 각 고을에서는 성을 더욱 높이 쌓아 올리려고만 하고 각 진영에서는 근방 못을 더욱 깊게 파기에만 힘쓰며 각 진에서는 장틀을 더욱 크게 하여 군의 위엄만을 세우려고 하였다. 그리고 명령을 연달아 내어 사졸들을 통제하려고만 하였다. 그러나 뉘 알았겠는가! 민력은 날로 줄어들고 인심은 날로 와해되어 그대로 무너질 기세가 석이 쳐들어오기 전에 벌써 서리어 있었음을. 이것이 요즘 어지러워진 까닭이다."[43]고 적고 있다.

민심은 이반되어 있어 "난이 일어나던 처음에 이미 민심은 어그러져 나라를 생각하지 않고 재산이 흩어지는 것만을 근심하였으며, 싸움터에 나아감을 애처롭게 여겨도 적이 쳐들어옴을 다행으로 여기며 나라 망하는 것을 뼈저리게 생각지 않았다. 나라를 위해 목숨을 바칠 생각이 없었을 뿐만 아니라 모두 지는 것을 즐겁게 여겼기 때문에 성에는

---

42) 崔東輔, 崔五永譯, 『내가 겪은 임진왜란(憂樂齋實紀)』, 중문출판사, 1992, 124면. 최효식, 앞의 책, 476-477면에 수록된 동고록 등재 명단의 비고 참조.

43) "將相之所相與言者 則曰我國天下之强兵也 破船摧賊 有吾大中筒焉 射疏及遠 有吾强弓矢焉 列邑務高其城而已 各陣務深其池而已 大其杖足以立軍威也 急其令足以制士卒也 其孰知 民力已竭 人心日散 瓦解土崩之勢 已成於敵未至之前乎 此所以有當日之亂也"(『용사일기』 242, 346)

죽음으로 지키려는 장수가 없고 진영에는 죽음으로 지키려는 군졸이라고는 없었다. 이것이 바로 적이 나라 안 깊숙이 들어오게 된 까닭이다."[44]고 적고 있다.

그리하여 전란 중에 오히려 세금을 징수하는 자가 없어서 다행이라고 할 정도로 전란 전에 이미 민심은 땅에 떨어져 있었다. 장현광도 직접 일기에서 당시 관에 의한 적폐를 지적하고 있다.

> 적란(敵亂)의 고생도 고생임은 사실이나 적란이 일어난 뒤로 내 집 문 앞에서 망태기를 맨 자를 보지 않게 된 것은 여간 다행이 아니라고 하였다. -- 세금을 징수하는 자가 노상 망태기를 메고 다녔으므로 망태기 맨 자라고 하였는데 이러한 자를 보지 않게 된 것이 다행이라 함은 이를 매우 미워하고 고통스럽게 여겼기 때문이 이와 같이 말한 것이 아니겠는가.[45]

임진왜란의 원인에 대해 우리나라의 군병이 강력하고 중국의 울타리였으므로 이를 먼저 쳐서 명으로 하여금 울타리를 잃게 하고 우리나라를 우익으로 삼아 명을 침략하려는 흉계를 꾸민 데서 기인한 것으로 지적하고 있다.[46] 그러나 국가 운수에 돌리거나 전쟁 원인을 평수길에 돌리는 것은 나에게 있지 않을 것을 구하며 내게 있는 것을 구하지 않는 것이라고 비판하고 운수를 잃게 하는 것도 사람이요, 적을 이끌어 들인 것도 나라고 자아비판하고 있다.[47]

---

44) "亂起之初 民心乖戾 不念國家 雖憂其敗産 憫其赴戰 然乃以賊來爲幸 不以國敗爲傷 不但無死國之心 皆有樂敗之意 故城無死守之將 陣無戰死之卒 賊所以長驅者 以此也"(『용사일기』 248, 356)

45) "氓曰 賊亂之苦 苦則苦矣 然自賊亂以來 吾門之前 不見有荷網橐者 此吾所甚安也 (中略) 其徵斂之使 必荷網橐 故目之曰荷網橐者 而以不見爲大幸 玆非疾苦之言乎"(『용사일기』 268, 380)

46) 『용사일기』 241.

47) 『용사일기』 309.

2) 임진왜란기 사회현상 비판

장현광은 임진왜란이 발발한 후 피나다니면서 나름대로 사회적 현상에 대해 비판적인 인식을 표출하고 있다. 특히 위정자들의 무능과 무책임, 무능한 장수에 대한 비판, 장수들의 알력, 산성책을 비롯한 군정정책에 대한 비판, 왜에 빌붙어 있는 사회현상 등에 대해 비판적인 인식을 보이고 있다.

장현광은 당시 관찰사였던 김수(金睟)를 비롯하여 각 고을을 담당하였던 수령에 대해 매우 비판적인 인식을 보이고 있다. 김수에 대해서는 여러 곳에서 비판을 하면서 "자기가 모은 군을 관군이라고 하고 숨어있던 수령들과 수응하려고 하였으나 수령들이란 벌써 공의에서 버림당한 자들인지라 어찌 일을 도모할 수 있겠는가?"[48]고 비판하였다.

> (김수는) 성을 높이 쌓고 못을 깊게 팠으나 지금에 와서 적이 나라 안 깊숙이 쳐들어오는데 무슨 보람이 있으며, 김수가 순찰의 소임을 맡고 있으면서도 적을 막아낼 계책은 세우지 못하고 성을 쌓아 나라를 지키자는 명령도 땅을 파고서 가재도구를 묻으라고 바꾸어 말하였을 뿐이니 공문이 이르는 곳마다 모두 이를 통분하게 여겼다.[49]

상대적으로 남인 계열에서 긍정적으로 평가되었던 원균에 대해서도 비판적으로 적고 있다.

---

48) "自其所募之軍曰官軍 遂與竄伏守令 相爲酬應 然守令等 亦皆公義之所棄者也 安能濟其事乎"(『용사일기』 258, 370)

49) "是時巡察使金睟 (中略) 至是高城深池 無如何於賊鋒之長駈 而睟在巡察之任 莫爲扞禦之策 轉其築城衛國之令 變爲掘地藏貨之言 關文所之 莫不痛之"(『용사일기』 242, 347 -348)

이때 병사는 원균이다. ‒‒ 모든 요구하고 책임지우는 일들이 평상시와 조금도 다름이 없어 각 고을에서 조금이라도 명령에 미치지 못하면 아전들을 잡아다가 장을 때리고 엄한 형을 가하였다. 내가 다른 사람들에게서 듣기로는 형장을 가하면서 엉덩이와 배를 갈라놓는데 매 끝에 당장 죽지 않은 자란 없다고 한다.50)

특히 전쟁 초기 군장을 위해 죽음으로 충성을 다하려는 기풍이 없었던 것은 태평이 오래되는 동안 경계를 소홀히 하고 군율이 문란해졌기 때문이며, 그 결과 봉수조차 제멋대로 일어나고 있음을 지적하고 있다.51) 그리하여 당시 군이라는 것이 오히려 백성들을 수탈하는 존재가 되었음을 비판하고 있다.

우리나라 군대의 각 진영에서는 나라를 배반하고 적에게 복종하였다고 해서 정병을 보내어 서로 통한 자를 죽이는데 각 진영의 정병이나 또는 정병이 아니면서 정병인양 가장한 자들이 이것을 이용해서 재물을 약탈하고 무고히 살상을 함부로 한 까닭에 현의 백성이 골탕을 더욱 먹게 되었다.52)

한편 거병한 군인 내부에서도 미묘한 알력관계가 있음을 적고 있다. 장현광은 수령과 의병과의 알력관계에 대해 다음과 같이 적고 있다.

각 고을 수령들은 적이 공격해 오던 때 모두 몸을 빼어 달아나 숨어 조금이라도 자취가 들어날 까 두려워하였는데 이에 이르러 창의한 사람들이 기

---

50) “是時兵使則元均也 (中略) 凡所求責欲同平時 各邑少不及令 則必欲椎杖殘刑色吏 余聞之於人 則被其刑杖 加於臀腹裂於內 故杖下 無不卽殞云耳”(『용사일기』 324‒325, 473)
51) 『용사일기』 244.
52) “而國兵各陣 又以其叛國服賊 繼遣精兵 斬殺交通 則各陣精兵 及非精兵而假稱者 利其奪貨擴殺無忌 縣民之盡 其以此也”(『용사일기』 263, 374‒375).

세를 올리게 되자 엎드려 있었음을 불안하게 생각하게 되고 또 어떻게 해서 이전의 죄를 씻어 볼까 하였다. 각기 자신의 읍으로 돌아가게 되자 비로소 군사들을 모으려 하였으나 이미 각 읍의 군사들은 의병의 각 진에 들어가 있었으며, 게다가 각 읍의 수령들은 죄인인지라 사람들이 그 모병에 나아감을 탐탁히 않게 여겼다. 이에 여러 읍의 수령들은 모두 의병을 시기하는 마음이 있었다. 심지어 터무니없는 말을 만들고 헐뜯고 의병을 미워하기가 마치 원수처럼 대하였다.[53]

이러한 알력관계는 관군 중심의 김성일과 의병 중심의 정인홍의 관계에서도 나타나고 있다. 김성일이 상도의 군사를 거느리고 지례에다 진을 치고, 정인홍은 하도의 군사를 거느리고 가야산 아래에 진을 치고 있었는데 그들이 서로 꾀를 합하고 서로의 장점을 취하여 단점은 용서함으로써 틈바구니를 두지 않았더라면 능히 성공할 근본이 잡혔을 것이라고 안타까워하고 있다. 두 세력은 약한 세력임에도 불구하고 조화하려는 마음이 없다고 적고 나는 식견이 없는 사람이라 두 진영사이에 게재된 병폐가 꼭 무엇인가를 지적할 재간은 없어도 어딘지 부족한 점이 있음은 사실인 것 같다고 비판하고 있다.[54]

장현광은 조선군의 대비태세나 전투력, 임진왜란 경과과정 속에서 관군의 역할에 대해 매우 비판적인 인식을 가지고 있으며, 상대적으로 의병에 대해 긍정적으로 적고 있다. 이는 병자호란 때 장현광이 직접 의병활동을 벌여 나가게 되는 현실적인 이유이기도 하다.

산성정책에 대해서도 매우 비판적인 인식을 보이고 있다. 조정에서

---

53) "列邑守令 賊至之初 皆脫身遁竄 惟恐形迹之少露 至是唱義之人 旣作聲勢 皆知退伏之不安 又念前罪之或贖 各還邑境 始爲聚兵之跡 而各邑之兵 皆已入於義兵各陣 且以各邑守令爲罪人 不肯就其招集 於是諸邑守令 皆有猜忌義兵之心 至或言詛毀疾之如仇讐也"(『용사일기』 257, 368)

54) 『용사일기』 268-269.

는 산성 쌓는 것을 가장 뛰어난 상책으로 여기고 있으나 결국은 백성을 부려서 흙과 돌을 끌게 하고 농사의 때를 잃게 한다고 비판하였다. 특히 김수가 여러 성을 쌓는다면서 백성을 동원하여 민심을 잃어 버렸기 때문에 군졸은 침략의 소문만 듣고 흩어져 버렸다고 비판하고 있다.[55]

그리고 우리나라 사람들의 부왜(附倭) 행위나 양민에 대한 약탈 행위에 대해서도 비판적으로 적고 있다.

각 읍의 적은 혹은 목사, 혹은 군수라고 칭하면서 관곡(官穀)이 있으며 읍민들에게 나누어주니 백성들이 많이 나아가 이를 받았다. 또 귀순하는 자에게는 나무로 만들 패를 주어 차고 다니게 하였다. 이 패를 가진 자는 적이 보아도 죽이지 아니하였으므로 무지한 백성들이 나아가 패를 받는 자가 많았다.[56]

혹 그 사이 적진에 아부하여 그들이 주는 상화를 달게 여겨 우리 군대의 동정이나 여러 진영의 허실을 모두 적에게 전하여 적으로 하여금 미리 대비토록 하여 틈을 만들지 않게 하였으므로 우리 군대에서 출전 명령을 내려도 매양 무너져 참패를 당하는 치욕을 겪었던 것은 모두 이러한 무리 때문이었다. 또 더욱 심한 자는 왜저의 앞잡이가 되어 중요한 길을 인도하되 깊고 멀다고 해서 약탈하지 않음이 없었다. 우리 백성을 죽이고 노략질하기가 적보다 더 심하였으니 백번 죽여도 그 죄 값에 미치지 못한다.[57]

길가에 푸는 옷을 입은 마을 사람이 있었는데 이를 베어 가지고 다니면서 적의 머리를 벤 것이라고 하였는데 그 까닭은 그들이 퇴군하게

---

55) 『용사일기』 339–343.

56) "列邑之賊 或稱牧使 或稱郡守 有官穀則分給邑民 民多就受者 且其歸服 必給木牌 各令 佩之 帶牌者 賊遇不殺 故無知民 皆多就受牌"(『용사일기』 259, 371)

57) "或於其間 阿附賊陣 甘其賞貨 國兵動靜 諸陣虛實 俱通于賊 使賊先機預備 無隙可乘 而 致令我軍 每見奔潰損威取辱者 皆此類也 又其甚者 作倭先鋒 指引要路 無深不探 無遠不掠 殺辱我民 有甚於賊者 雖百誅無以當其罪也"(『용사일기』 263, 375)

된 것이 허망하지 않은 것임을 증명삼고자, 혹은 적의 머리를 베었음을 증명하기 위한 것이라고 비판하고 있다.[58] 우리나라 사람으로 적에게 투항한 자가 인동에서 선산으로 가는 옅은 여울 길을 안내하여 왜병들이 쉬운 길을 찾아 갔음을 적어 부왜한 자가 적지 않았음을 지적하고 있다.[59] 또 무뢰배들이 있어 이 자들은 대개 왜복(倭服)을 입고 떼를 지어 마을을 헤매며 도둑질을 하거나[60] 토적들은 갑자기 짐짓 왜말 입내를 내어 사람을 놀라게 해서 흩어 달아난 뒤를 틈타서 버리고 간 물건을 훔쳐갔다고 적고 있다.[61]

또한 장현광은 임진왜란 기간 동안의 전공이라는 것도 의심스러운 것이 많음을 지적하고 있다.

난이 일어난 이후 군공을 세움에 있어 우리 도를 두고 말하여도 한 두 성의 승리는 도 전체가 아는 것이고 두 셋 장수의 공은 뭇사람이 모두 믿을 수 있는 것이다. 그런데 그 밖에 소위 아무개 싸움에서 적 몇 놈의 머리를 베고, 또 아무개가 적을 활 쏘아 죽였다는 등의 이야기에서 실제로 그 수와 같은 것이 과연 얼마나 될 것인가.[62]

그리하여 한 진영의 장수는 부하가 벤 것을 가지고 자기의 공으로 삼고, 또 그들이 세웠다는 전공조차 진위를 구분할 수 없다고 비판하고 있다. 엉터리 군공을 세운 자들이 비어 있는 고을에 보직되고 보니 모두 적임자가 아닌 무능배들이라고 한탄하고 있다.[63]

---

3) 왜와 명에 대한 비판

왜군의 행패와 잔인성에 대해서는 여러 곳에 적고 있다. 게다가 직접 왜군이 주둔지 상에 있었던 인동에서의 피해는 더욱 컸다. 그 점은 장현광의 일기에서 확인할 수 있다.

> 남자로써 건장하고 여자로서 예쁜 이는 반드시 사로 잡는데 순종치 않으면 죽인다. 오늘 아무개 부인 아무개 딸이 사로잡히고 아무개 남편 아무개 아들이 죽임을 당하여 그 부모 처자는 울부짖고자 하나 소리를 낼 수가 없다. -- 적이 마을이나 산야에 이르러 부녀자를 만나면 음탕한 짓을 함부로 하는데 백주를 꺼리지 않는다. 심지어 서원 향교 또는 마을 사묘에 이르러 만일 위판이나 목주를 보면 불지르거나 칼로 짜개어 진흙 속에 처넣었다. 서책을 보면 함부로 뜯어 버리고 더럽혀 버리지 않음이 없다. 재화와 보물을 보면 그 중 좋은 것은 가지고 나머지는 모두 빠개어 땅에 널어놓고 말로 하여금 지근지근 밟도록 하였다. 곡식을 보면 인마가 배불리 먹고 남은 것은 불태워 버리거나 똥을 끼얹었다. 술, 간장, 젓갈 등은 그 독을 깨드려 버리거나 혹은 그 위에 똥과 오줌을 갈기었다. 개, 닭, 염소를 보면 무리를 후려 내어 활로 쏘거나 칼로 베어버렸다. 마을의 집이 모두 불타 버리니 가축은 사방으로 흩어지고 개들은 산야로 도망가 산짐승이 되어 버린다.[64]
> 나는 피난나가던 처음에 왜가 지나가던 도중에 묘를 보기만 하면 이를 파헤쳐 널을 부수고 시체를 욕보인다고 들었다.[65]

---

63) 『용사일기』 293.

64) "男而壯女而色者 必虜之 不從則殺之 今日某妻某女爲所虜 某男某子爲所殺 其父母妻子 雖欲號哭 不敢發聲 (中略) 賊至閭里及山野 或遇婦女 則恣其淫穢 不避白晝 至於書院鄕校 及村家祠廟 若見位板與木主則或火焚或刀斫 或投之泥壤 見書册則毁裂汚褻 亦無不至 搜 人貨物則取其美好者 餘悉斫裂 或布地而屨藉其馬 若米穀則 人馬俱飽 餘皆焚之 或散其糞 壤 凡有酒醬鹽醢 必撞碎其器 或糞溺其上 見鷄犬羔羊則群馳衆逐 或射或伐 及其閭落俱焚 家畜皆散 群犬奔聚於山野 如野獸云"(『용사일기』 247, 355)

65) "余自奔竄之初 屢聞倭賊所過 必掘新墓"(『용사일기』 283, 399-400)

1593년 여름이 되면서 호남에서 양식을 실어 와서 고을 역에다 비치하고서 이를 지키며 또 음식을 장만하는 부엌을 만들고 임시로 거처할 움막을 지어 오르내리는 당병(唐兵)을 대접하기 시작하였다.[66] 그리고 유도독에 대해서는 "의거해 있는 땅 형세며, 진을 치는 제도며, 군사를 부리는 호령이 다 법도가 있어 보는 이는 모두 탄복하였다"[67]고 긍정적으로 그리고 있으며 만나기 위해 집을 나서기도 하였다. 칠곡 일원에 진주하였던 당병으로 인해 폐해가 컸었다는 기록이 있으나[68] 장현광의 일기에는 당병의 폐해에 대해서는 크게 드러나지 않았다. 당병과 마주 치게 되자 장현광은 "다음날 팔거로 가기위해 인동길을 걸어 가는데 도중에 당병을 만나 왜적이 정세를 물었다. 또 가다가 당병을 만났더니 내가 가지고 있는 지석을 빼앗아 가버렸다."[69]고 적고 있다. 이것은 장현광이 피신하고 있었던 구지산 일원은 당병을 만날 기회가 많지 않았기 때문으로 보이며 그 결과 다른 일기류에서 흔히 보이는 명나라 병사들의 폐해상도 그다지 나타나지 않는다.

4) 충효 정신의 고양

조선시기 지식인에게 제사는 아무리 어려운 상황이어도 포기할 수 없는 것이었다. 장현광은 피난의 어려움 속에서도 어머니의 목주(木主)를 걸머지고 다녔으며, 목주를 안치한 다음에는 조석(朝夕)으로 밥을 올리고 있다. 또한 "나는 불효한 자손이 되어 화가 윗대에 미치도록

---

66) 『용사일기』 282.

67) "其據地形勢 立陣布置 制軍號令 皆有度律 觀者歎之"(『용사일기』 293, 418)

68) 서사원의 『낙재선생일기』에는 1593년 9월부터 당병에 의해 침탈을 곳곳에서 자세히 적고 있다.

69) "翌日旋向八莒出仁同路 路有往來唐兵遇一人 問賊勢 復遇一人 奪我紙席"(『용사일기』 286, 406)

하였으며 신령으로 하여금 의지할 곳을 잃게 하였으며, 돌아가신 어머님의 삼년 동안 죽을 쑤어 받자옵기를 제대로 하지 못하였으니 은혜를 갚고 죄 씻을 길을 백가지로 헤아려 보아도 할 바가 없으니 슬픈 노릇이다"[70]고 회한에 젖기도 하였다. 제사는 사족으로서 반드시 실행해야할 실천 행위였으며 이를 지키지 않으면 안되는 것이 당시 사회의 요구이었음을 알 수 있다.

장현광이 집으로 돌아왔을 때 선영이 무사함을 보고서 크게 기뻐하였으나 땅에 묻은 목주와 7대 할아버지 초상이 사라진 것을 보고는 자신의 죄가 크고 악이 극진하여 천지간에 용납될 수 없어 마침내 화가 선세까지 미친 결과라고 자책하였다.[71]

집안에 대한 효(孝)뿐만 아니라 국가에 대한 충(忠)을 곳곳에서 강조하고 있다. 전쟁 초기 군장을 위해 죽음으로 충성을 다하려는 기풍이 없음을 비판하고 있으며[72] 오산서원 앞의 지주중류비(砥柱中流碑)가 해를 입지 않은 것을 보고서 어찌 이는 충의의 한 가닥 맥락이 우리나라 문교에 전해와서 재흥을 하려고 조물주가 도와 이 비석만을 그대로 남겨놓은 것이 아니겠는가고 적고 있다.[73] 장현광은 국왕에 대한 충성과 믿음을 끝까지 견지하고 있으며 이는 사족집단의 국왕에 대한 인식관을 전형적으로 보여준다. 당시 나라를 이끌었던 선조에 대해 조금도 비판적인 모습을 보이지 않는 것도 사족으로서의 한계를 단적으로 보여주고 있다.

각 고을 수령들이 적이 쳐들어오자 모두 도망하기에 바쁜 모습을 보

---

70) "余則爲不孝子孫 禍延先世 神靈失依 亡妣三年奠粥不納 報恩贖罪 百思無路 可慟也哉"(『용사일기』 261, 373)

71) 『용사일기』 283-285.

72) 『용사일기』 244.

73) 『용사일기』 253.

였다고 비판하면서 대신 의병장 가운데 곽재우를 높이 평가하고 있다. 곽재우가 창의한 다음부터 적은 마땅히 쳐야하며 창의에 따라야만 할 것임을 알게 되었으며, 무부는 다시 활을 잡고 용사는 다시 칼을 잡게 되니 이는 곽장군의 불음에 응함이었다고 적고 있다. 이리하여 우도 고을의 반은 무사할 수 있었음과 전라도가 또한 안전함을 얻은 것은 모두 그의 힘이 아님이 없다고 평가하였다.[74]

의병에 대해서도 꼭 반드시 충성심에 근거했거나 의로운 담심에서 나온 것이 아닌 자도 있겠지만 그러나 의병이라고 부르게 된다면 그 의는 인간이 상도(常道)를 지켜나가는 데 없어서는 안되는 공공(公共)의 천성(天性)인지라 이같은 이름을 띠게 된 것만으로도 귀중한 것이라고 평가하고 있다.[75] 게다가 의(義)란 한 글자야 말로 하늘과 땅을 꿰뚫는 큰 방패여서 나는 탄환도 맞추지 못하고 잘드는 날카로운 칼이라도 짜개지 못하며 힘셈으로써도 겁내게 못하며 많음으로도 빼앗지 못한다고 적고 있다.[76]

다만 의(義)의 사심이 없고 하늘의 이(理)에 합당한 의(義)의 체(體)와 때를 알고 때의 움직이는 방향을 알며 희미한 것에도 통하고 먼 것도 살필 수 있는 능력을 의(義)의 용(用)으로 규정하고 의(義)의 체(體)와 용(用)에 있어서 그 기능을 충분히 다하지 못하면 의(義)의 공용(功用)을 이루지 못하니 이러한 능력이 없다면 천하의 변에 대처할 수 없으며,[77] 오늘날 창의를 하는 자가 많아도 공을 이룩하는 자가 적은 것도 그 때문이라고 적고 있다.[78]

---

74) 『용사일기』 257.
75) 『용사일기』 269.
76) 『용사일기』 270.
77) 『용사일기』 270.
78) 『용사일기』 270.

한편 이러한 충효 논리의 대상에 대해 장현광은 차츰 왕조 사직의 보존이라는 측면을 넘어서 백성의 존립이라는 측면으로까지 발전시키고 있다.[79] 장현광은 전쟁 경험을 거치면서 하층민에 대한 연민을 가지게 되었으며, 전쟁 중 노비로부터 많은 도움을 얻으면서 이전에 가지고 있었던 특권적인 양반으로서의 자의식에서 비껴나기 시작하였다. 그는 서리들이 수령을 속여 농민들을 침탈해도 습속이라고 여겨 유순한 고을 원은 못본 척하고 굳센 사람은 아예 고칠 길을 막아 버리는데 이것은 모두 옳지 못하며, 인간인 바에는 잘 이끌어 옳게 해야 한다는 생각을 가지고 있었다.[80] 그리고 아전 가운데 지도자를 이찰(吏察)이라고 하고 종 가운데 근실한 자를 노찰(奴察)이라고 하여 이들의 보고에 따라 상벌을 주었다. 또한 매달 품관을 모아 백성의 풍속을 바르게 한 것을 서로 토론하여 보고하면 이에 따라 상벌을 가하였다.[81] 이것은 일방적인 하향 행정이 아니라 상향식 행정을 상정한 것으로 고난의 전쟁 경험이 장현광으로 하여금 서리와 하층에 대해 일방적으로 통제하는 사고방식에서 벗어나게 한 것이다.

그래서 우리나라의 백성에 대해 다른 이민족과는 구별되는 불쌍한 동포의 백성이라는 관념을 가지게 되었으며, 이들은 모두 나와 동포의 백성이라고 적고 있다.[82] 이러한 관념 속에는 우리 백성이라는 구별

---

79) 『여헌집』 속집 10, 「부록」, 〈경원록–장매〉. 선생은 말씀하시기를, "무릇 백성이 된 도리는 굳이 조정에서 군주를 섬기기를 기다린 뒤에 군신간(君臣間)의 도리를 다하는 것이 아니다. 오직 마땅히 자신의 직분을 다하여 국가에서 길러준 은혜를 저버리지 않는 것이 한 가지 큰 의(義)이다." 하시었다.

80) 『용사일기』, 323.

81) 『용사일기』, 323.

82) 이러한 관념을 집약적으로 보여주는 글로는 『여헌집』 권11, 「收瘞白骨文」이 있다. 그 가운데 적확하게 그 부분을 보여주는 것으로는 "或于鋒鏑, 或于凍餓, 而同是亂中之死也, 其某姓某鄕某里之人, 而皆與同胞之民也"이라는 구절을 들 수 있다.

되는 개체를 의식하고 있음을 보여주고 있다.[83] 이러한 백성에 대한 새로운 인식은 이민족의 침략인 임진왜란이라는 전쟁이 가져다 준 비상한 경험 때문에 나오게 된 것이다.

5. 맺음말

임진왜란을 거치면서 많은 사람들이 당시 자신들이 경험한 역사적 사실을 일기로 남겼다. 이는 치열한 기록정신에서 유래한 것으로 개개인이 기록의 역사적 의미를 자각하고 있음을 보여준다. 특히 피난생활의 치욕적 사실도 기록으로 남겨 놓는다는 것은 공훈을 과장하여 묘사하는 성향을 지닌 의병장의 일기류와는 다른 또 다른 의미를 지니고 있다.

장현광은 임진왜란의 피난상을 일기로 기록해 놓았다. 유교적 윤리의식에 의해 전쟁을 판단하고 응시하고 있으나 당대 지식인으로서의 자부심과 함께 자기반성과 비판의식이 나타나기도 한다. 바로 장현광의 철학사상은 이러한 임진왜란의 모진 경험을 통해 승화된 것이다. 장현광은 필사적으로 왜군을 피해 도망다녀야 했다. 또 왜로 오해를 받기도 하였으며, 다른 사족들의 배신을 목도하기도 하였다. 종을 팔고나서는 자신이 직접 농사를 짓게 되면서 가난한 농민이나 노비들의 어려움을 알게 되었으며, 피난을 나가 산과 들에서 나는 풀과 나물들을 먹으면서 가난한 농민들의 배고픔을 알게 되었다. 장현광의 사상이 여러 학파의 논의를 잘 수용하여 유연하게 해석을 전개한 것도 이러한 경험에서 나온 것이다.

---

83) 이에 대해 정구복은 민족을 최초로 인식한 것이라고 평가하고 있다(정구복, 「전근대 국가의 형성과 그 발전」, 『한국사학사학보』 17, 한국사학사학회, 2008, 41면).

장현광은 임진왜란의 참상을 기록하였을 뿐만 아니라 이를 통해 철학적 이론을 더욱 다지게 되었다. 장현광의 『용사일기』는 단순한 체험록을 넘어서서 장현광의 실용적 철학정신의 연원을 보여주고 있어 중요하다. 『용사일기』에서는 중간 중간에 자신의 철학적 논리를 현실 경험과 연계하여 설명하고 있다.

의(義)의 체용론을 통해 창의한 순수성에도 불구하고 현실적으로 성과가 부족한 점을 설명하고 있다. 그러면서도 길흉화복과 치난흥망은 서로 번갈아 돌아온다고 하면서 오로지 성심을 다할 뿐이라는 인간적인 노력을 강조하고 있다. 인간이 사악한 기운을 만나 나쁜 운수에 처하여 고생하게 되었으나 흉한 운수를 타고 일어난 흉한 자는 끝까지 군세고 큼을 보지 못하였으며 사도를 만나 사도를 쓰는 자는 반드시 패망하고 만다고 규정하였다. 그리하여 의리를 지켜 죽은 신하가 없는 현실에서 나아가 심성(心性)이 고요한 자는 능히 그 곧음을 지키고 심성이 움직이는 자는 의지를 곧잘 옮기게 된다는 심성론으로 발전시키고 있다.84)

출처와 거취에 대해서도 한 가지 의론에 얽매일 것이 아니라고 규정하고 "처음에는 마치 큰 것 같이 보여도 마지막에 가서 적고 또 처음은 바른 것 같아도 마침내는 그르고 처음에는 높은 것 같이 보여도 마침내 낮게 되는 것보다 처음에 우선 응해 스스로를 높은 것이라 여겨지는 형적을 감추어 서서히 시세를 관망해서 진퇴하여 나의 뜻이 편안할 바를 구하는 것이 좋다"85)는 실용적인 논리를 보이고 있다.

장현광이 특정 이론에 매몰되지 않고 여러 학자들의 다양한 의견을

---

84) 『용사일기』 263.
85) "故余窃以爲與其初似大而終小 初似正而終謬 初似高而終卑 不若其初姑出而應之 以晦其自高之跡 徐觀時勢而進退 求其志之所安者 庶乎其可也"(『용사일기』 317, 461)

절충하여 나름대로 독자적인 철학관을 수립하게 된 것도 이와 같이 혹독한 전쟁 경험을 통해 체득한 인식론을 바탕으로 이론에 얽매이지 않고 유연하게 문제를 파악하려는 데서 나온 것이라 하겠다.

【부록】 장현광의 피난행로

권1 피난록

1592년 4월 15일 : 난리 소문을 들음.

　　　4월 19일 : 권속을 낙동강 건너 비산촌(현 구미시 비산동)으로
　　　　　　　　　보냄.

　　　4월 20일 : 낙동강을 건너 비산촌을 거쳐 금오산으로 향하다가
　　　　　　　　　다음날 새벽 형곡(현 구미시 형곡동)에 다달음.

　　　4월 21일 : 아침 금오산 산마을에 다달아 움막을 지음.

　　　4월 22일 : 왜적이 인동에 침략해 옴.

　　　5월 초순 : 금오산 아래의 숭산(현 칠곡군 북삼면 숭오리 숭산
　　　　　　　　　마을)으로 거처를 옮김.

　　　5월 말 : 왜적이 약목에 근거지를 마련하면서 골짜기로 이동
　　　　　　　　해 옴.

　　　6월 초 : 왜적이 금오산을 수색하기 시작하자 崇山을 나와 漆津을
　　　　　　　　향하다가 나룻가의 吳泰村(현 구미시 오태동)에 다달음.

　　　6월 4일 : 오태에서 강을 건너 竹坊寺에 당도하였다가 산 위의
　　　　　　　　蔚嶺으로 갔다가 墨坊寺에 이름.

　　　6월 22일 : 병이 심해 짐.

　　　6월 그믐 : 趙璧이 아들 趙辰男을 찾아 종을 보내 옴.

7월 초 : 趙壁이 宋俊慶과 함께 와서 八莒 大谷村(한실)에 있는 조벽의 집으로 데리고 감.

7월 보름 : 처가인 팔거의 道村으로 옮겨 감.

8월 10일 : 밤 자형인 呂倫의 권유로 증산으로 가다가 인동 上枝村에 도착.

8월 20일 : 밤에 출발하여 새벽 虎坪에 당도. 여륜의 아들 呂間生이 인도하여 伽川(현 성주군 가천면) 상류에 있는 立巖(현 성주군 금수면 영천리 선바위)을 지남.

8월 21일 : 밤 금릉 누님집인 甑山(현 김천시 증산면)에 도착.

8월 중순 : 盧景倫이 들림.

10월 보름 : 본격적으로 『주역』을 읽기 시작함.

1593년 1월 6일 : 가야산으로 출발하여 거창으로 나아감. 해인사에 도착. 백운대 도착.

2월 20일 : 개령의 적이 완전히 떠남.

2월 하순 : 가야산을 떠나 내려 옴. 星州 巖村(현 성주군 월항면 안포리 덤개)에 당도.

3월 10일 : 盧守誠, 蔡應鯤, 任而重 세 분 누님을 찾아 보고 유숙할 곳을 살펴보기로 함. 八莒에 유숙.

3월 11일 : 인동에 유숙.

3월 12일 : 밤 동리를 빠져나가 저물 무렵 義城 炭池村에 도착.

3월 13일 : 맏 누님이 우거한 곳으로 나아감. 盧景倫을 만남.

3월 14일 : 朴純伯 遂一이 우거한 절로 감.

3월 15일 : 임누님이 계신 숨谷里로 나아감.

3월 20일경 : 안동의 채누님에게 나아감.

3월 22일 : 최형을 찾아 의성으로 나아감.

3월 말경 : 다시 사곡으로 되돌아 나와 탄지, 인동, 팔거, 암촌
　　　　　으로 되돌아 옴.

4월 보름경 : 가야로 가서 新堂村(현 성주군 수륜면 신파리 신당)
　　　　　으로 들어감.

5월 보름 : 인동에는 왜가 없다는 소식을 듣고서 신당을 떠나
　　　　　檜淵(현 성주군 수륜면 신정리 양정)을 거쳐 月鳥江
　　　　　에 이르러 한실(大谷)에 감.

5월 말경 : 道村에 당도하였다가 각기병이 발생함.

6월 : 인동으로 나아감. 성묘와 목주의 행방을 수소문한 다음
　　　가족들의 거처를 마련하기위해 의성 後穴村으로 나아
　　　감. 다시 출발하여 구지산(현 의성군 금성면 구련2리)에
　　　가서 머물다가 탄지로 돌아 옴. 다시 인동을 거쳐 팔거
　　　로 나아감. 사오일 머문 다음 길을 떠나 加村(현 구미시
　　　인동읍 금전1동)에 당도하였다가 의성의 누님집 옆에
　　　가족들의 거처를 마련함.

8월 : 장내범이 영해에서 장현광이 우거하였던 의성으로 옴.

9월 : 呂挺生을 데리고 군위 石本村(현 군위군 소보면)에 가서
　　　박수일을 만남. 탄지로 돌아옴.

10월 : 眞寶에 나아갔다가 절에 가서 머물다가 옴.

12월 : 양식이 떨어져 여정생을 데리고 義興 장에 나갔다가 탄
　　　지로 옴.

1594년 : 적은 아직 우리나라에 머물러 있음.

3월 : 팔거에 진을 친 총관 劉綎을 만나기 위해 길을 나섰으나
　　　군위에서 유도독이 남원으로 갔다는 소식을 듣고 석본
　　　촌으로 나아감. 다음 날 星嶺(별재, 비재, 현 구미시 산

동면 동곡리)를 넘어 古村에 당도. 이어 仁同에 이르러 성묘하고 돌밭(石積村)으로 감. 다시 道村으로 갔다가 돌밭으로 돌아 옴.

3월 그믐 : 盧懼仲 景似을 전송하기 위해 탄지에 감.

6월 3일 : 장현도를 데리고 유성룡의 초청으로 풍기로 감. 유성룡의 사위인 노경임과 소백산 백운암에 오름. 초암을 거쳐 백운동서원에 찾아감.

7월 1일 : 안기와 철파를 거쳐 돌밭으로 옴.

8월 : 팔거에 장모 장사를 지내러 감.

9월 21일 : 李有章의 집에 수리하여 들어감.

10월 보름 : 蔡應鯤 우거처로 감. 蔡應鯤 사망.

권2 피난후록

1595년 초여름(6월) 初旬 : 구지산 우거처에서 피난살이를 기록함.

6월 20일 : 盧景似이 안기에서 죽었다는 소식.

6월 21일 : 김경원과 함께 안기로 감.

7월 초 : 노구중의 영구가 안기에서 문소를 지나 선산으로 감.

7월 4일 : 朴遂一이 선산에서 우거처로 옴. 같이 청송의 椒井에 가려고 함. 安東 吉安縣 晩音村에 당도. 근처 안동의 초정으로 감. 李光彦의 집으로 감.

다음 날 : 청송으로 출발하여 감. 초정에 갔다가 眞城縣에 있는 우물로 감.

7월 중순 : 보은 현감으로 임명. 진성 어천, 만음촌을 거쳐 의성으로 돌아 옴.

7월 25일 : 보은으로 향함. 안동 영풍을 지나 죽령을 지나 단양을 나아감.

8월 1일 : 단양 산수의 길에서 郭守智를 만남.[86] 忠州를 거쳐 樓巖으로 나아감. 여주를 지나 광주로 나아감. 서울 도착. 동대문에서 식사. 호현방에 나아가 한강을 뵙다. 유참판 뵘. 그리고 김우옹, 유성룡을 찾아 뵘. 김동강은 김응남을 찾아 보도록 권유함. 돌아오는 길에는 과천을 거쳐 수원으로 나옴.

사흘 후 : 천안에 당도. 천안군수 鄭好仁을 만남.

보은 부임 십여일 후 : 천안을 거쳐 서울로 감. 한강 정구와 동강 김우옹을 만나 뵘. 과천 수원을 거쳐 현으로 돌아 옴. 속리산과 대곡 정사 방문.

1596년 2월 : 사표를 내었으나 보은의 사표가 수리되지 않음.

3월 3일 : 길을 떠남. 상주를 거쳐 선산에서 月波津을 건너 古村 (현 구미시 해평면 괴곡2리 고리실)으로 나아감.

3월 20일 : 의금부에 체포되어 압송길. 선산부를 거쳐 상주로 나감. 문경 새재를 택하지 않고 보은으로 나옴. 청안에 도착. 수원으로 감. 과천으로 올라 옴. 유참판 댁에서 자고 금부로 감. 무죄 방면됨. 호현방의 유참판댁으로 감. 돌아오는 길은 죽산을 거쳐 청안에 이름. 용화촌에 이름. 선산 우거처로 돌아 옴.

인동을 거쳐 성주에 이름 : 암포에 있는 친척 방문. 원당촌에서 여누님 내외 묘을 찾음. 소야촌(현 성주군 초전면 소성리 소야)에서 고조부 산소 성묘. 암포에 돌아 옴. 인동으로 돌아 옴. 고촌 우거로 돌아 옴. 되돌아 올 때 鐵床村에

---

86) 장현광이 곽수지를 만난 일자는 郭守智의 『浩齋辰巳日錄』 권2, 을미 8월 1일조 참조.

지나 옴.

5월 초순 : 채누님이 계신 永陽[永川] 鄭君爕 四震 사진의 집으로 감. 缶溪 都元禮의 집에서 묵고 이튿날 영양 명항의 정사진의 집에 당도.

5월 하순 : 鳴項을 출발 立巖(선바위, 현 경북 영일군 죽장면 입암리)를 구경.

普賢山을 거쳐 의성으로 나아감 : 氷山寺(의성군 춘산면 빙계계곡)에 도착. 빙혈을 구경함. 申應純과 가음(현 의성군 가음면)에 사는 양반들이 옴. 빙산아래 서원[長川書院, 후일 빙계로 이건하여 冰溪書院이 됨]에 들렸다가 탄지로 들어감. 하천으로 나아감.

6월 초 : 古村의 朴遂一 집으로 돌아 옴. 月波亭에 놀러가서 餘次村에서 묵음.

6월 겨울 : 다시 의성 구지촌으로 옮김.[87]

---

87) "丙申(中略) 冬先生移于寓 于聞韶龜智村"(朴遂一, 『健齋逸稿』)

1635년 '퇴계변무소'의 추진과 여헌학맥의 대응

김학수

1. 머리말

퇴계학파와 남명학파가 양립했던 16세기 영남의 학계는 17세기 초반의 인조반정을 기점으로 일정한 지형 변화를 수반하였다. 대북의 몰락과 정인홍의 패망은 남명학파의 쇠락으로 이어졌고, 남명계 한강문인들의 퇴계연원 표방은 퇴계학파가 영남 학계에서 정통성을 확보하는데 커다란 영향을 미쳤다. 그리하여 인조반정 이후의 '퇴계학파'는 사실상 '영남학파'와 동일한 개념으로 이해되어 갔고, 이런 현상은 17세기 후반 이현일이 영남사림을 재결집하는 과정에서 더욱 분명해졌다. 이 점에서 17세기 초반은 영남학계의 통합기였다. 그러나 퇴계학파(영남학파)라고 해서 정치, 사회, 학문적 입장과 노선이 동일한 것은 아니었다. 우선 장현광을 퇴계학맥으로 볼 수 있는가에 대해서는 좀 더 깊은 논의가 있어야 할 것 같고, 조목, 류성룡, 김성일, 정구 등 퇴계학맥을 표방한 계열 내부에서도 각자의 처지와 환경에 따라 조금

---

* 이 논문은 「1635년 퇴계변무소의 추진과 여헌학맥의 대응」이라는 제목으로 『선주논총』 10(금오공대 선주문화연구소, 2007)에 게재되었던 글을 수정한 것이다.

씩 노선을 달리했다. 특히, 퇴계고제 상호간 또는 고제를 둘러싼 주도권 내지는 우열경쟁의 심화는 퇴계학파의 문파성(계파성)을 촉진시켜 갔다. 『퇴계집』 편간과 주화오국 여부를 둘러싼 조목과 류성룡간의 시비를 비롯하여 여강서원 합향시 위차논쟁에서 불거진 류성룡과 김성일간의 시비는 이 시기의 영남학계가 어떤 면에서는 분열기에 접어들었음을 반증하는 것이기도 했다.

이 글은 통합과 분열상이 공존했던 17세기 초반 영남학파의 상황을 구체적으로 진단함으로써 당대의 실상에 한 걸음 더 접근해보려는 취지에서 작성되었다. 1635년 '퇴계변무소(退溪辨誣疏)'를 추진함에 있어 장현광과 그 문인들의 입장은 안동·예안권 사림들과는 분명한 차이가 있었고, 이런 차이는 같은 영남학파라 할지라도 나아가 그것이 이황과 관계되는 사안이라 할지라도 문파 또는 학맥에 따라서는 다양한 인식과 입장이 존재했음을 말해주는 것이기도 한다.

장현광이 일부 학설에 있어 이황과 주장을 달리한 것은 주지의 사실이며, '퇴계변무소'의 추진 과정에서 보여준 장현광의 태도 속에는 이황을 존경치 않은 것은 아니지만 '퇴계존숭론'에 바탕하여 이황의 존재를 절대시했던 영남학파, 특히 안동·예안권 사림의 입장에 맹목적으로 동조할 수만은 없었던 장현광의 비판적 인식체계가 개재되어 있었다. '퇴계변무소'에서 드러난 여헌학파의 대응상을 17세기 영남학파의 판도와 관련하여 주목해야 하는 이유도 여기에 있는 것이다.

2. 17세기 초반 영남학파의 동향

1) 여헌·우복학맥과 월천·학봉학맥의 길항

‘경남(京南)’ 출신으로 숙종 연간 상주로 이거한 이만부(李萬敷)는 17세기 영남학파의 판도를 아래와 같이 논평한 바 있다.

> 지금 강우(江右) 상류의 논의는 류성룡을 위주로 하여 정경세에 미치며, 성주 아래의 논의는 정구를 위주로 하여 장현광에 미치고 있다. 안동 일대는 김성일과 류성룡이 함께 칭송되고, 예안 사람들은 조목을 가장 존경하는 까닭에 도산서원에 제향된 이는 오직 조목뿐인 것이다.[1]

이만부의 눈에 비친 영남학파는 월천계, 서애계, 학봉계, 한강계의 분화 현상이 뚜렷했던 것인데, 이 네 분파는 ‘퇴문고제(退門高弟)’의 범주와도 거의 일치한다는 점에서 그의 지적은 객관성이 있어 보인다.

17세기 초반에 접어들면서 영남학파는 세대 교체기를 맞게 된다. 김성일(1593), 조목(1606), 류성룡(1607)의 사망에 이어 1620년(광해군12) 정구마저 사거하게 됨으로써 이황의 직전제자들의 시대는 사실상 막을 내리게 된다. 퇴문고제들의 사망은 장현광(張顯光), 정경세(鄭經世)가 영남학파의 새로운 리더로 부각되는 계기가 되었다. 이미 선조 후반부터 사림의 중망을 받고 있던 두 사람에 있어 인조반정은 정치사회적인 위상을 강화하는 또 하나의 계기가 되었다. 장현광의 경우, 김장생·박지계와 더불어 산림으로 징소됨으로써 학자적 명망에 더해 정치적 지위까지 확보하게 되었고,[2] 정경세는 사계학맥(沙溪學脈)과의

---

1) 李萬敷, 『息山集』 卷18, 〈退陶淵源筆帖跋〉 “今江右上遊之論 主西厓而及于愚伏 星山以下之論 主寒岡而及于旅軒 永嘉一帶 並稱厓鶴 而宣城人最尊月川 故陶山配食 惟月川一人而已”
2) 장현광의 산림으로서의 역할과 위상은 우인수, 『朝鮮後期 山林 勢力 研究』, 一潮閣,

유대를 바탕으로 영남남인의 정치적 영수로 부상할 수 있었던 것이다. 양인의 이러한 정치사회적 위상의 강화는 여헌학맥[3]과 우복학맥이 17세기 초반 영남학파의 실질적 주체로 등장하는 주된 배경이 되었다.

비록 장현광과 정경세는 출처관, 학문적 성향 등에 있어 차이점은 있었지만 여헌·우복 양문의 상호 유대는 매우 긴밀했다. 이러한 유대는 류운룡·성룡 형제와 장현광의 우호적 관계에서 기인하는 바가 컸다. 1584년 인동현감으로 부임한 류운룡이 장현광과 협력하여 길재(吉再) 묘소의 정비, '지주중류비(砥柱中流碑)'[4] 및 오산서원(吳山書院)을 건립하는[5] 과정에서 세교가 강화되었고, 류운룡이 현감에서 물러나자 장현광은 송별시[6]를 통해 그간의 정리를 표하는 한편 인동 사민(士民)들을 대표하여 거사비(去思碑)를 직접 찬하였다.[7] 1596년(선조29) 장현광이 보은현감을 무단 사퇴한 것에 대한 처리 문제를 두고 조정에서 논란이 일었을 때 김홍미(金弘微)가 그를 적극 옹호한 것도[8] 세교의 연장에서 이해할 필요가 있다.

한편 장현광은 1598년(선조31) 봉화 도심촌(道心村)에서 피난하던 중 인근에 우거 중이던 류운룡·성룡 형제를 만나게 되었다. 류성룡은 익히 장현광의 학행을 듣고 여러 번 천거한 바도 있었지만 상면한 것은 처음이었다. 이 때 류성룡은 장현광을 대유(大儒)의 기국으로 평가하고

1999 참조.

3) 우인수, 「旅軒 張顯光과 善山地域의 退溪學脈」, 『한국의철학』 28, 경북대학교 퇴계연구소, 2000 93쪽.

4) 柳成龍, 『西厓集』 卷19, 〈砥柱中流碑〉.

5) 張應一, 『聽天堂集』 卷3, 〈趨庭錄〉 "柳公雲龍宰本縣 獨禮遇之 時爲冶隱建吳山書院 凡事與之謀而定焉"

6) 張顯光, 『旅軒續集』 卷1, 〈贈柳謙庵五言長篇〉

7) 柳雲龍, 『謙菴集』, 「年譜」 卷2, 〈仁同去思碑銘〉(張顯光撰) "愷悌吾侯 爲龍爲光 和不同塵 淸不激揚 若保之餘 潤色首陽 紀德貞珉 洛水洋洋"

8) 『선조실록』 권73, 29년 3월 25일(임진).

아들 류진을 보내 수학케 했다.

계화(季華)가 임도에게 말하기를, ‘옛날 우리 선군(柳成龍)께서 난리 중
에 선생을 만나 하시는 행동을 익숙히 보시고는 사랑하여 말씀하시기를,
‘이 사람은 마음이 안정되고 혼후(渾厚)하여 그를 대하면 사람으로 하여금
심취하게 한다. 후일 세상의 유명한 학자가 되어서 우리 유학의 맹주가 될
자는 반드시 이 사람이다.’ 하시고는, 마침내 나에게 명하여 선생께 수학하
게 하였다.9)

이로써 종전까지 간접적인 혼맥에 바탕하여 세교를 유지하던 양자의
관계는 학연으로까지 확대 · 발전하였으며, 류진은 여문십현의 한 사람
으로서 여헌문하에서 상당한 입지를 구축하게 되었다. 류진의 급문은
서애 · 여헌 양문 소통의 발판이 되어 전식(全湜) · 이민환(李民寏) · 김공
(金玒)10) · 노경임(盧景任) 등이 양문을 동시에 출입하게 되었다.

이 중에서 특히 주목되는 인물은 일반적으로 서애문인으로 알려진
김응조이다.11) 어려서 서애문하에서 수학한 김응조는 류성룡이 사망
하자 장현광에게 급문하여 40여 년을 수학하였고, 예학에 조예가 깊
었다. 또한 그는 정치적으로도 매우 현달하였고, 장현광 사후에는 문

---

9) 趙任道, 『澗松別集』 卷1, 〈就正錄〉 “季華語任道曰 昔我先君 於亂離中遇先生 諦觀其所
   爲 愛之曰 此人凝定渾厚 對之令人心醉 異日爲名世大儒 主盟斯道者 必此人也 乃命袗受學
   於先生”(번역문은 성백효역, 『국역여헌집』, 민족문화추진회, 참조)
10) 장현광의 고제로 명성이 있었던 김공은 유중영의 외손자인 동시에 장현광의 생질 盧景伋
   의 사위였으므로 양측 모두와 척분이 있었다.
11) 수학의 단기성에도 불구하고 김응조가 서애문인으로 알려지게 된 것은 현종연간 조목의
   신도비 건립을 두고 월천 · 서애 시비가 재연되었을 때 서애계를 대표하였고, 또 류성룡을
   위해 「西厓辨誣錄」을 찬한 점들이 크게 작용하였다. 월천 · 서애 문파간의 시비에 대해서
   는 徐廷文, 「『退溪集』의 初刊과 月川 · 西厓是非」, 『北岳史論』 3, 국민대학교 국사학과,
   1993 참조.

인의 좌장으로서 문집의 간행, 서원의 건립과 제향 등 사문의 현양사
업을 사실상 진두지휘하였다. 그 결과 그 또한 류진과 함께 여문십현
(旅門十賢)의 한 사람으로 자리매김되는 한편 일각으로부터는 장현광의
수문(首門)으로 인식되기도 했다.[12]

서애계와의 우호적 관계는 『서애집(西厓集)』의 발문이 장현광에게
촉탁되고,[13] 병산서원의 건립,[14] 여강서원 합향 이후 병산서원 존덕
사(尊德祠)의 복향(復享) 문제[15] 등 류성룡과 관련된 현안들을 장현광에
게 일일이 자문하는 단계로 진전되면서 통혼도 활성화 되었다.[16]

나아가 양자의 이러한 관계는 장현광이 정경세와 긴밀한 유대를 맺
는 데에도 영향을 미쳤다. 정경세는 서애고제로서의 학문적 입지와 관
료로서의 현달을 바탕으로 인조반정 이후 영남남인의 영수로 활동하
면서 장현광의 산림 징소에도 상당한 영향을 미쳤는데[17], 특히 그는
인조의 하문에 대해 장현광을 영남에서 으뜸가는 인물로 추천해마지
않았다.[18] 또한 1627년 정묘호란 당시 정경세와 장현광은 각기 경상
좌우도 호소사로서[19] 근왕(勤王) 활동을 벌이는 등 여러 방면에서 교

---

12) 金應祖, 『鶴沙集』附錄, 祭文(琴聖徽) "學有淵源 授受旅軒之衣鉢"

13) 張顯光, 『旅軒集』 卷10, 〈西厓集跋〉.

14) 張顯光, 『旅軒集』 卷4, 〈答屛山士友別紙〉.

15) 1620년 류성룡·김성일을 여강서원에 합향하면서 양인의 주원인 병산서원과 臨川書院은
한동안 撤享 했다가 병산서원의 경우 1629년에 복향되었다(金鶴洙, 「廬江書院과 嶺南學統
−17세기 초반의 廟享論議를 중심으로−」, 『朝鮮時代의 社會와 思想』, 조선사회연구회,
1998).

16) 류성룡 증손 柳緯河는 장현광의 증손서, 류운룡의 현손 柳後堂은 장현광의 현손서, 장현
광의 증손 張萬容은 류성룡의 증손서, 류성룡의 현손 柳後謙과 5세손 柳聖泰는 장현광의
증손서가 되었다.

17) 『인조실록』 권1, 1년 4월 12일(신미); 宋浚吉, 『同春堂集』 卷19, 〈鄭經世行狀〉. 장현광
의 산림으로서의 역할과 위상은 우인수, 『朝鮮後期 山林 勢力 研究』, 一潮閣, 1999 참조.

18) 『인조실록』 권1, 1년 4월 22일(신사).

19) 『인조실록』 권15, 5년 1월 19일(정해).

유가 깊었다.

우복문인 중에서 여헌문인과 중복되는 인물로는 강대수(姜大遂), 이환(李皖), 김추임(金秋任), 조준도(趙遵道), 김광계(金光繼), 신즙(申楫), 류진(柳袗), 김응조(金應祖) 등 8명이다. 이들의 상당수는 내암·서애·한강문인과 중복되며, 우복문인 중 상주권 출신으로서 장현광에게 급문한 인물은 전무하다는 것은 일정한 한계로 지적할 수 있다.[20) 비록 정경세 사후의 일이기는 하지만 여헌문인과 우복문인은 상주에서 대대적으로 회합하여 친교를 다졌는데, 회동에 참가한 경주부윤 진식(全湜), 영천군수 김지복(金知復), 참봉 조광벽(趙光璧), 지평 류진(柳袗), 참봉 김추임(金秋任), 도사 전극항(全克恒), 장내범(張乃範), 김영(金寧), 김공(金珙), 박규(朴憲), 박황(朴榥), 박협(朴悏), 이원(李垣) 등은 우복·여헌문하의 핵심들이다. 이 때 '내 친구들과 강신계(講信契)를 만들어서 수시로 모이고 계의 이름을 강신(講信)이라고 명칭하고자 하노니, 어느 사람인들 참여할 수 없겠는가.'라고 하며 설계를 제의하기까지 했다.[21) 물론 강신계의 설립은 의외의 지목을 혐의하여 무산되었지만 상주 회동은 우복·여헌 양문 소통의 좋은 사례가 된다.

한편 여헌·우복학맥은 영남학파(퇴계학파)의 본거지라 할 수 있는 안동·예안권의 사림에 대한 태도와 인식에 있어서도 공통점이 많았다. 즉, 이들은 같은 영남학파라는 상호 동질감을 지니면서도 사안에 따라서는 입장을 달리하는 경우가 적지 않았다. 후술하겠지만 '퇴계변

---

20) 장현광의 아들 張應一이 서애·우복문인 洪鎬의 아들 洪汝河와 망년지교를 맺는 한편 그 아들 洪相文·相民을 손서로 맞았고(張應一, 『聽天堂集』 卷2, 〈贈二壻洪相文相民序〉), 류진의 아들 柳千之가 장응일의 문인이었으므로 학연에 따른 세교는 유지되었다.

21) 申悅道, 『懶齋集』 卷6, 〈拜門錄〉 "其翌日 約會諸老 由水路至商山 則全慶州湜·金永川知復·趙參奉光璧·柳持平袗·金參奉秋任·全都事克恒 仁善則張丈乃範·金彦陽寧·金丈珙·朴憲·朴榥·朴恢·李垣也 先生出坐樓上 與諸老談話不倦先生曰 吾欲與朋舊修講信契 以時團聚 名以講信 何人不可參哉 諸老皆以爲當 以或有意外指目爲慮 不果焉"

무소'가 난항을 거듭하다 별다른 실효를 거두지 못했던 것도 여헌·우복학맥과 학봉·월천학맥 사이의 길항관계 때문이었다.

안동·예안권에 대한 비판적 입장은 우복학맥에서 더욱 두드러졌다. 정경세와 월천문인 배용길(裵龍吉) 사이의 갈등, 노수신(盧守愼)의 도남서원(道南書院) 입향에 대한 안동권의 냉소적 태도, 정경세의 정치, 학문적 활동에 대한 김영 등 예안사림의 부정적 입장은 그 단적인 사례가 된다.

우복학맥과 안동·예안권의 월천·학봉학맥 사이의 정치, 사회적 입장 차이는 1621년 '청참이이첨소(請斬李爾瞻疏)'를 추진하는 과정에서 극명하게 드러났다. 권신 이이첨의 주벌을 골자로 하는 이 상소는 주로 예천과 안동·예안사림의 공조를 바탕으로 하여 기획, 추진되었고[22], 김성일의 손자 김시추(金是樞)가 소두에 차정된 것에서 보듯 학봉학맥이 소사의 주체세력으로 대두되었다.

그러나 당시는 이이첨과 박홍도 사이에 권력다툼이 노정되어 대북세력의 분열상이 가시화 되고 있었던 바, 상소의 합당성 여부를 두고 크고 자은 논란이 있었다. 안동·예안사림 중 이이첨, 정인홍과 가까웠던 일부 북인계 인사들은 정권 안보 차원에서 소사를 적극 반대하였지만[23] 남인 중에도 정작 이이첨 등 대북정권이 '폐모살제(廢母殺弟)'와 같은 패륜행위를 자행할 때는 함구하고 있다가 대북 내부의 권력다툼에 편승하여 소사를 강행하는 것은 유소 본래의 취지에 어긋날뿐더러 시기적으로도 적절치 않다는 입장이 존재하였던 것이다.[24]

---

22) 金坽, 『溪巖日錄』〈辛酉 6月 22日〉"見醴泉士子通文 以請誅李爾瞻事 將於開月二十日 道內士子 齊會安東 齋踄向闕 李昌運 李慶南等十餘人所出也"

23) 金坽, 『溪巖日錄』〈辛酉 7月 4日〉"鄭仝心厭踄會 百端謀沮 李榮後力言不可之意 榮後 即草頭切族也 其黨聞之皆喜 鄭與黃中允爲姻家故如是哉"

24) 金坽, 『溪巖日錄』〈辛酉 6月 22日〉"通文中 有惡浮莽卓 罪通天地等語 見之者咸快 但恨

정경세의 소사 반대론도 바로 이러한 논리에 기초하였다. 상주 유림
들이 소사의 동참 여부를 그에게 문의하였을 때,

제군들이 첫 번째 가는 의리를 펴고자 한다면 나아가지 않아서는 안 된
다. -(세주) 첫 번째 의리는 바로 이이첨이 모후를 폐한 죄를 논한 것이다.
- 다만 대충 그의 죄를 거론하여 박홍도의 논의를 좇고자 하는 것이라면
이 어찌 초야의 공의라 할 수 있겠는가?[25]

라고 하여 박홍도의 여론(餘論)에 부화하는 것은 사림의 공의가 아님을
강조하며 불참 의지를 분명히 하였고, 심지어 자신이 직접 기초하여
안동 소청에 보낸 답통에서는,

무릇 이이첨이 죄악을 쌓은 것은 하루 아침에 한 일이 아닙니다. 나라가
그의 손에 멸망되지 않은 것만도 다행이라 할 것입니다. 그런데도 초야가
적막하기만 하여 청의(淸議)라고는 겨우 윤선도 한 사람이 상소를 올리는
데 그쳤으니, 참으로 사기에 이어 크게 부끄러운 것입니다. (중략) 이에 이
이첨의 흉계와 비리가 모두 환하게 드러나 그의 허리가 장차 끊어지게 되었
고, 공론이 조정에서 행해지게 되었으니, 참으로 성대하다고 할 만합니다.
그러므로 초야에 있는 선비들이 그 사이에 발을 끼워 넣고서 다른 사람들이
하는 짓을 그대로 따라 해서는 안될 듯합니다. 대개 이이첨의 죄는 한가지
일 뿐입니다. 만인의 입을 꽁꽁 묶어 놓고서 열지 못하게 하던 그날에 그를
성토하는 말을 발하였다면, 이는 그만 둘 수 없는 곧은 기운이라 할 수 있

此擧已晩矣"

25) 鄭經世, 『愚伏別集』 卷8, 〈言行錄〉 "辛酉年間 奸臣李爾瞻朴弘道等爭權傾軋 弘道乘爾
　　瞻出儐關西 嗾三司論爾瞻之罪 爾瞻幾至于敗 於是江左士子通文列邑 亦欲疏斥爾瞻 吾州
　　儒生稟議去就 先祖以爲諸君欲爲第一義則不可不赴 (細註) [第一義 卽指論爾瞻廢母后之
　　罪也] 但欲略擧其罪失 以附弘道之論 則是豈草野之公議乎"(번역문은 정선용역, 『국역우
　　복집』, 민족문화추진회, 참조)

을 것입니다. 그러나 오늘날 이에 대해 논하는 것은 부화뇌동하는 군더더기 말이 되는데 불과합니다.[26]

고 하여 이이첨의 기세가 등등하던 시절에는 함구로 일관하다가 대북 내부의 권력투쟁으로 인해 그가 궁지에 몰리게 되자 조론에 편승하여 소사를 추진하는 것은 결코 청의(淸議)일 수 없음을 역설하였다. 이는 공론과 청의에 가탁한 안동권 유림에 대한 조소이자 충고인 동시에 상주유림들은 여기에 동참하지 않겠다는 입장을 공식적으로 천명한 것에 다름 아니었다.

정경세의 만류와 불참 통보가 무색하게 안동 소청에서는 불응하는 일부 유생들을 유벌에 처하는[27] 등 소사를 강력하게 추진하였으며, 경상감사 정조(鄭造)의 위압적인 태도[28] 등 관권 및 일부 대북계의 갖은 반대 공작에도 불구하고 400여 명의 유생을 규합하기에 이르렀던 것이다.

이에 정경세는 소사를 강행하는 안동권의 행태를 개탄하면서도 소사 저지를 위한 노력을 멈추지 않았다. 우선 그는 자신의 입장에 동조하고 있었던 류진과 이 문제를 숙의하며 설득 작업을 진행하였고, 비록 소사 자체는 중지시킬 수 없다 하더라도 소문의[29] 일부 구절에 대

---

26) 鄭經世, 『愚伏集』 卷14, 〈答左道疏會文爲本州儒生作〉(辛酉) "夫以爾瞻之稔惡非一日矣 國之不亡於其手蓋亦幸矣 而寂寥草野 淸議僅有一尹善道而止 則固已爲士氣之深羞矣…公論之行於朝廷 可謂盛矣 草野之士似不當側足其間 以架屋下之屋也 蓋爾瞻之惡一也 而發之於萬口皆拼之日 則爲不容已之直氣 論之於今日 則不過爲雷同之贅言"

27) 金坽, 『溪巖日錄』 〈辛酉 8月 1日〉 "聞疏中諸事 道內奸黨削籍某某 尙州一不來與"

28) 당시 경상감사 鄭造는 욕행을 명분으로 상도를 순행하였는데, 본질적인 목적은 도산서원 尋院錄에서 자신의 이름을 삭제한 金烋를 처벌하고, 이이첨을 규탄하는 소사를 저지하는데 있었다(『溪巖日錄』 〈辛酉 7月 7日〉 "造聞之 將窮治義城儒生 而及烋又削 於陶院外川 草頭輩 旋即飛報 造聞而大怒 至是巡行上道 自安東向榮川 稱以浴艾里椒井 盖爲治此事 洩其毒 而且欲威脅跡會 使之沮散不爲 亦皆草頭之指揮也").

한 수정의 필요성을 절감하고 있었다.

정경세와 류진이 우려했던 것은 '만약 이 사람(이이첨)을 제거하면 조정에 다시금 흉인이 없어 태평을 바랄 수 있다(若去此人 朝著更無凶人 太平可冀乎)'는 구절이었다. 특히, 정경세는 이 구절에 지나치게 예봉(銳鋒)이 드러나 있다고 판단한[30] 나머지 경계심을 감추지 않았고, 류진으로 하여금 소사의 저지 내지는 소문의 수정을 다시금 주선해 줄 것을 종용하였다.

이에 류진은 평소 친분이 깊고, 또 이번 소사에 강한 영향력을 행사하고 있었던 김봉조, 김영, 김광계 등 안동·예안사림의 중진들에게 장문의 서한을 보내 설득작업을 펼치게 되었다. 류진은 '사지부정론(事之不正論)'과 '언지불순론(言之不順論)'을 제기하며 소사의 부당성을 강조하였다. 이 소사가 정도에 입각한 사림의 정당한 공론일 수 없다는 것이 전자의 이유였고, 또 이이첨의 죄악을 논함에 있어 폐모론에 대해서는 한 마디도 언급하지 않은 채 '국정을 천단했다'는 식으로 범론했다는 것이 후자의 사유였다.[31]

---

29) 이른바 '請斬李爾瞻疏'는 모두 4차례 봉진되었는데, 原疏[第1疏]의 찬자는 곽진이며, 소두 김시추가 원소를 증삭하여 상달한 것으로 알려져 있다(郭山晉, 『丹谷集』 卷3, 〈請誅李爾瞻疏〉(辛酉爲嶺南儒生作) ; 金是樞, 『端谷遺稿』 〈請斬李爾瞻疏〉(細註) "此卽郭丹谷晉所倩作 而先生就加增削 故特著于首 以見其顚委").
30) 鄭經世, 『愚伏別集』 卷1, 〈答柳季華辛酉疏論爾瞻時〉 "但若去此人以下一款 鋒穎太露 未知其所與往復者保無透漏耶 此等論議 屋下對說則可 形之筆札則似不合時宜 幸願節愼爲佳"
31) 柳袗, 『修巖集』 卷1, 〈與金孝仲金子峻圿金以志光繼〉(辛酉) "今此儒疏 不審僉兄以爲如何 夫詭遇而獲禽 雖若丘陵 古人不爲 不識今日之爲 視諸詭遇 又復如何 且聞疏中措意 於彼之實狀 大題目上 不敢一言及之 但能泛論專擅 以爲罪案 正所謂獲殺人于貨之盜 而議其竊鉤之罪 其言之不順 又如何哉 夫事之不正旣如彼 言之不順又如此 則爲吾儕者 雖閉戶可也 而頗聞同志之間 論議甚峻 深所未曉 況今窮陰閉塞 萬無陽復之望 不識議者之意 以爲若去此人 則朝著更無凶人 而太平可冀乎 一凶雖去 羣奸繼起 譬之以狼易虎 雖大小不同 而噬人則均 何至譁然共起 必欲奪此而與彼乎 子瞻剛決有守 常以風節自許 今又事機轉變 與前始事之日頓別 人皆惝慄失措 百計巧避 而渠乃挺然特立 奮不顧身 不論其他 惟此一事 直是難及 殊可敬歎 抑袗之愚見 以爲士有氣卽非難 而依乎中道爲甚難 旣往之失 姑置不論 將來

나아가 그는 '만약 이 사람(이이첨)을 제거하면 조정에 다시금 흉인이 없어 태평을 바랄 수 있다'고 한 구절에 대해서도, 이미 조정에 회복의 기미가 없는 상황에서 이이첨을 제거한들 또 다른 간신이 얼마든지 출현할 수 있는 바, 이는 이리(狼)와 호랑이(虎)를 맞바꾸는 꼴에 지나지 않는다고 역설했다.[32) 더욱이 소사에 임하는 사림의 태도가 처음과는 크게 달려져 갖은 핑계를 대고 회피하는 상황에서 이를 강행한다는 것은 사리나 형세에 비추어 볼 때 매우 부당한 처사임을 강조하였다. 결국 류진의 서한은 강경론으로 일관하고 있는 소두 김시추를 설득해 줄 것을 촉구하는데 주안점이 있었고[33), 그 배후에는 정경세가 자리하고 있었던 것이다.

정경세의 저지론에도 불구하고 김시추 등은 동년 8월 12일 상소를 봉진하였으나[34) 광해군이 이이첨을 적극 옹호했고, 또

> 김시추 등의 소장은 참으로 취할 만하다. 그러나 흉도들의 기염이 성하던 날에 논열하지 않고, 유숙과 유활이 말한 뒤에 남은 논의를 타고 그가 장차 패하려 함을 이용하여 넘어뜨리려 하였으니, 초야의 정론이 되지는 못할 것 같다. 그리고 문장의 내용이 옹졸하여 감동을 주지 못하니, 영남의 유풍도 쇠퇴하였나 보다.[35)

之憂 且復有大 不審子瞻 何以處之 子瞻徃徃擧措間 有過越處 深恐激之而生變 今以一書 戒之 子瞻果以爲如何世 子瞻平生樂善喜聞 不以逆耳爲憚 若吾輩早以一言救之於未入之前 則或不至此狼狽 而各在遠處 緩不及爲 此則朋友之罪也 奈何奈何 杜門縮伏 已過數月 全不 聞外議如何 而區區所懷 不敢不盡於僉兄 幸乞恕察 如或不以爲然 亦望細賜示破"

32) 곽진의 원소나 김시추의 수정본에 "若去此人 則朝著更無凶人 而太平可冀乎"라는 구절이 빠져 있어 정경세, 류진의 소문 수정 요구는 받아들여졌음을 알 수 있다.

33) 김영이 류진의 편지를 자신의 일기에 "自金溪回 見柳季華書 書中言 疏會事 不以爲然 與吾輩有異也"(金坽, 『溪巖日錄』〈辛酉 8月 6日〉)로 요약하고 어떤 논평도 가하지 않았는데, 이는 류진의 요청을 대수롭지 않게 여겼음을 반증한다.

34) 『광해군일기』 권168, 13년 8월 12일(신사).

35) 『광해군일기』 권168, 13년 8월 12일(신사).

라고 한 사평처럼 조신들조차도 김시추의 상소에 냉소적인 반응을 보임으로써 소기의 목적을 거두기 어려웠다. 공교롭게도 위의 사평이 당초 정경세가 우려했던 내용과 일치하는 점은 눈여겨 볼 대목이다.

뿐만 아니라 이종영, 안붕, 손우 등 대북계 영남 인사들이 이이첨을 옹호하는 한편 김시추 등의 상소가 조우인(曺友仁)의 사주를 받아 추진되었고, 또 중도에 소문을 유성증(兪省曾)이 개찬했음을 주장하는 반박소가 연이어 올려짐으로써[36) 김시추 등은 이를 변명하는 데에도 급급했던 것이 사실이었다. 물론 최문계(崔文溪) 등 일부 경중 인사들은 김시추 등을 변호하였지만[37) 이이첨 일파의 조직적인 방해 공작에 대응하기에는 한계가 있었고, 이로써 김시추 등 영남 소유들은 별다른 성과없이 환향하고 말았던 것이다.

그런데 여기서 주목할 것은 이 소사와 관련, 정경세에 대한 조신들의 평가이다. 이미 조정에서는 소사가 추진되던 초기부터 정경세가 저지론을 펴는 과정에서 소유들과 마찰을 빚고 있음을 알고 있었다. 심희수의 전언에 따르면, '청참이이첨소'에 상주 유생들이 참여하지 않자 조정의 중신들을 중심으로 정경세의 역할을 칭송하는 분위기가 조성되기도 했다고 한다. 여기서의 중신은 대북계의 당로자들을 지칭하며, 그들의 호평은 정경세의 조처가 자신들의 정치적 이해관계와 은연중에 부합된데 따른 것일 뿐이며 정경세와 대북간의 정치적 의기투합을 뜻하는 것은 아니었다. 이런 정황은 심희수가 정경세를 향한 조정 중신들의 칭송을 오욕에 비유한 것에서 분명히 확인할 수 있다. 나아가 심희수는 소사에 동조함으로써 영남 내에서의 비난을 면하는 것보다는 차라리 오욕을 받는 것이 온당하다는 입장에서 정경세의 저지론

---

36) 『광해군일기』 권168, 13년 8월 26일(을미) ; 『광해군일기』 권169, 13년 9월 6일(갑진).
37) 金坽, 『溪巖日錄』 〈辛酉 9月 3日〉 "京中崔文溪等 爲南儒被誣呈疏辨明 可謂有士氣矣"

을 적극 지지, 격려하였다.[38] 이는 영남유소가 세도를 바로잡는데 전혀 도움이 되지 못한다는 현실인식에 있어 정경세와 공감대를 형성하고 있었음을 말해 준다.

비록 광해군이 냉담하게 반응했고, 조정의 신료들도 동조하지 않았지만 정인홍이 이이첨의 탄핵을 자신에 대한 공격과 동일시하여 변명소를 계획했던 것에서[39] 보듯 김시추의 상소는 분명 대북의 당로자들을 자극하는 것이었고, 그 반작용으로서 이종영(선산), 안붕(초계), 손우(예안), 여후망(거창), 유경갑(안음), 박광선 등 이이첨과 정인홍 당여의 반박소가 빗발쳤던 것이다.[40]

이 가운데 안붕은 이이첨을 변호함은 물론 소사에 이론을 제기한 정경세를 칭찬하였으며[41], 정인홍 문인 박광선(朴光先)도 정경세는 한 쪽만을 두둔하는 사사로운 뜻을 가진 사람이 아니며, 상주 사림들이 소회에 나아가지 않은 것을 크게 추켜세웠던 것이다.[42]

그렇지 않아도 정경세의 소사 반대론을 화를 두려워 한 비겁한 행위로 매도하는 여론이 존재하고 있었던 바[43], 비록 심희수가 오욕으로 표현하기는 했지만 정경세에 대한 대북계의 이러한 우호적 태도는 안동권의 소유들 입장에서는 매우 불쾌하게 여겨질 수밖에 없었고, '화를 두려워

---

38) 鄭經世, 『愚伏別集』 卷8, 附錄 〈言行錄〉 "沈一松寄先祖書云 嶺外疏儒 他邑自有 商山自無 亦非怪底事 而要津論議 以令監之尼止爲深德 而道內多士之評 或不無譏誚云 兩皆可笑 然寧爲此而受汚 不可爲彼而免謗也 人心日去 國事日非 此時正論 有何寸益於世道也 宜乎令兄之曉論勿行也 此邀之同人所以止先賢已具之章也(閒居雜記 已上述出處語默之節"

39) 『광해군일기』 권169, 13년 9월 15일(계축).

40) 이수건, 『영남학파의 형성과 전개』, 일조각, 1995, 518쪽.

41) 金坽, 『溪巖日錄』 〈辛酉 9月 3日〉 "草溪安愓 爲爾瞻所誘變名安鵬 上疏護瞻 且贊鄭江陵(鄭經世:筆者註)"

42) 『광해군일기』 권169, 13년 9월 15일(계축).

43) 鄭經世, 『愚伏別集』 卷8, 附錄 〈言行錄〉 "答其通文略曰 (中略) 卽先祖爲儒生作也 時有以怵禍爲言"

한 행위'라는 저간의 의구심을 확인하는 계기가 되기에 충분했다.

정경세의 본의야 어떻든 간에 '청참이이첨소'는 상주권의 우복학맥과 안동·예안사림들이 서로간의 입장 차이를 새롭게 확인하는 계기가 되었고, 이후에도 양측은 유소의 추진 등 중요한 정치적 사안마다 공론의 합일에 난맥상을 수반하게 된다. 결국 정경세는 자신의 정국인식론에 바탕하여 '청참이이첨소'에 동조하지 않았다고 할 수 있지만 그 이면에는 당시 퇴계학파의 주도권을 잡고 있었던 안동·예안권의 여론을 비판, 선별적으로 수용함으로써 서애·우복학맥의 독자성을 강화하려던 의식이 내재되어 있었다고 할 수 있다.

2) 서인계의 대 영남정책 -'영남호강론'을 중심으로-

인조반정은 향후 300년 서인정권의 초석을 다진 정치적 사건이었다. '서인이 이를 갈고 남인이 원망을 품으며 소북이 비웃는' 상황에서 성사된 반정은 대북정권의 패륜성 그 자체보다는 대북의 독주에 대한 서인의 반발에 그 주된 원인이 있었다. 반정 후 서인들은 남인을 이른바 관제야당(官制野黨)으로 삼아 서인·남인의 연립정권을 세웠다. 서인은 대북이 일당독재하다가 패망한 것을 목도했기 때문에 의식적으로 남인과 소북의 일부를 관제야당으로 육성한 것이다.

그러나 그것은 하나의 집권방편이자 민심수습책에 지나지 않았다. 당시 여론은 반정 자체를 단지 군주를 바꾼 것에 지나지 않는다고 할 정도로 공신세력에 대해 냉소적 태도를 보이고 있었다. 심지어 정태화는 반정공신 중에 순전히 종묘사직을 위하는 데서 발분한 사람은 최명길, 장유, 이해 등 몇 명에 불과했다고 회고할 정도였다.

이런 상황에서 인조정권은 각종의 저항운동에 직면하게 되는데, 인조 초반에 집중된 이괄의 난, 이인거의 난, 유효립의 역모사건 등 여러 모역 및 고변사건이 이를 입증하고 있다. 이에 서인들은 이러한 위기 국면을 극복하기 위해 강온(强穩) 양면에서 타개책을 모색하여 인조정권에 반대하는 행위는 역모로 처단하는 한편 청서계(淸西系)를 비롯하여 일부 남인들의 조용을 통한 민심의 수습에도 적극적인 모습을 보였다.[44] 그 결과 이원익(李元翼), 정경세, 이준(李埈), 정온(鄭蘊), 최현(崔睍), 조정(趙靖), 전식(全湜), 김영조(金榮祖), 이윤우(李潤雨), 홍호(洪鎬), 권도(權濤), 김응조(金應祖) 등이 조용되었는데,[45] 여기서 주목할 것은 이들의 성격이다.

서인들은 이원익으로 대표되는 근기남인과 정경세로 대표되는 영남남인의 일부를 일종의 정치적 파트너로 수용하였는데, 후자의 대부분이 서애·우복학맥 또는 한강·여헌학맥과 밀접한 관련이 있었던 것이다. 즉, 서인들은 영남남인 중에서도 학통상 퇴계학파에 속하고 지역적으로는 안동(풍산), 상주, 인동, 성주, 단성(진주) 등 서부지역[강우지역]의 인사들을 주로 인진하였으며, 이런 경향은 장현광과 류진을 산림으로 징소하는 과정에서 더욱 분명해졌다.[46] 이로써 정경세와 장현광은 인조조 영남남인의 양대 축을 이루게 되면서 그 문인들의 정치적 진출도 활발해졌던 것이다.

이와는 대조적으로 안동·예안권은 서인 정권의 조용권에서 다소 멀어져 있었다. 서인정권의 입장에서 볼 때, 특히 예안은 광해조에 월천

---

44) 오수창, 「인조대 정치세력의 동향」, 『한국사론』13, 1985. ; 한명기, 「인조반정 이후 재조북인에 대한 소고」, 『조선의 정치와 사회』, 2002.

45) 고영진, 「17세기 전반 남인학자의 사상—鄭經世·金應祖를 중심으로—」, 『역사와 현실』 8, 1992, 88-90쪽.

46) 장현광의 산림으로서의 징소 배경과 활동에 대해서는 우인수, 『朝鮮後期 山林勢力研究』, 일조각, 1999.

계가 대북과 연계한 전력이 있어 이들의 수용은 정정의 불안으로 직결될 수 있다는 우려감이 있었다.[47] 공교롭게도 예안 사림들 역시 서인정권에의 참여에 극히 부정적이었다. 물론 일부 월천문인들은 상주권의 우복문인들과 더불어 조용되기도 했으나 지조가 있어 세칭 ‘영남제일인(嶺南第一人)’으로 불렸던[48] 김영(金坽)은 인조반정을 현실로 수용은 하면서도 서인집권에 대해 냉담하게 반응하여 일체의 관직을 마다하였다. 특히 그는 1624년 3월 이준(李埈), 황정간(黃廷幹), 김지복(金知復), 고인계(高仁繼) 등 서애·우복문인들과 김중청(金中淸), 이광윤(李光胤) 등 월천문인들이 조용된 것을 폐사(弊事)로 규정할[49] 만큼 서인세력은 물론 이에 동조하는 영남 남인들에 대해서도 비판적 입장을 고수하였다. 예컨대, 1623년 8월 예조정랑에 임명되자 이를 서인들의 ‘정치적 수단’으로 치부하며 출사를 거부하는 가운데 전이성(全以性)이 정경세의 주선에 힘입어 병조정랑에 임명된 것을 조소했던 것도[50] 이 때문이었다.

이 과정에서 그는 집권 서인들로부터 점차 요주의 인물이 되어 갔고, 마침내 1624년 출사를 거부하다 불경으로 간주되어 사간원의 탄핵을 받는가[51] 하면 심지어 李貴는 그를 참형에 처해야 한다고 극론하기까지 했다.[52] 인조반정 이후 예안 사론을 이끌던 그의 위상을 고려할 때,

---

47) 정만조, 「仁祖4年 陶山院長 李有道 致斃事 논란」, 『韓國學論叢』26, 국민대 한국학연구소, 2003.

48) 『인조실록』 권28, 11년 1월 9일(신축).

49) 金坽, 『溪巖日錄』〈甲子 3月 4日〉 “尙州李埈黃廷幹金知復高仁繼 或拜官或擬望 其他鄭彦宏琴業金中淸李光胤等 大爲弊事 琴以募得義糧爲言 黃與金 皆拜別提”

50) 金坽, 『溪巖日錄』〈癸亥 8月 13日〉 “初五日政 除禮部郎中 是盖西人之前手段也 前旣未赴 今則所當徃 而病身又有辱舌 何能生意乎 全性之拜兵郎 鄭景任全淨源有書云 力言於諸位 有此差除 須陪道急來 以實鄙等之言 看來 可笑”

51) 『인조실록』 권5, 2년 3월 12일(병인).

52) 鄭經世, 『愚伏別集』 卷8, 「言行錄」 “先生亟稱鄭時晦燁爲人曰 一日諸宰同會 有一宰曰

서인정권에 극히 냉소, 비판적이었던 김영의 태도는 당시 안동·예안
사림들의 대 '서인관(西人觀)'을 파악함에 있어 시사하는 바가 크다.

> 오직 상주와 인동은 정경세와 장현광으로 인해 풍속이 미후(美厚)하지만
> 그 나머지 열읍은 군부(君父)를 염두에 두지 않고, 수재(守宰)를 구축(驅逐)
> 하는 것을 계책으로 삼아 모든 차역(差役)을 전혀 거행하지 않는다.[53]

위 인용문은 반정 직후인 1623년 경상감사 김지남이 조정에 올린
장계의 일부인데, 영남을 상주·인동권과 여타 지역으로 구분, 인식하
는 서인계의 대 영남정책의 일단이 극명하게 노출되어 있다.

이런 맥락에서 서인들은 조정에 대해 비판적이었던 안동·예안을 비
롯한 영남 일원에 대해 강경론을 펼치게 되는데, 이른바 '영남호강론
(嶺南豪强論)'이 바로 그것이다. 결국 '영남호강론'은 영남의 세족들에
게 토호의 족쇄를 채워 감시, 통제하는데 골자가 있었던 것이다.

사실 영남의 호강 습속에 대한 지적은 류성룡이 경상감사에 재직하
던 1584년에도 제기된 바 있었으나 주로 이서배(吏胥輩)에 국한되는 문
제였다.[54] 그러다 선조말 북인계의 정치적 진출과 더불어 영남호강론
이 표면 위로 부상하게 되었는데, 그 진원지는 정인홍이었다. 당시 조
정에서는 사족층의 학문정치적 결집이 수령권을 위협하는 요소로 간
주하게 되었고,[55] 이에 따른 우려감이 팽배해 있었다. 1602년 이귀의

金坽托病不仕 其罪當斬 鄭正色曰 令公何出此言 士各有志 當今之時 設有一人遂志者 何害
於義乎 又曰 光海雖失德至此 舉朝是臣事之君 遜出之時 哭送于路左 於義當矣 滿坐色動
非此人正直 不敢出此言矣"

53) 金坽, 『溪巖日錄』〈癸亥 7月 1日〉"金止男搆陷此道人啓達云 惟尙州仁同 鄭經世張顯光
之故 風俗美厚 其餘列邑 不有君父 以駈逐守宰爲計 凡所差役 專不擧行"

54) 柳成龍, 『西厓集』卷6,〈因天旱請決放道內罪囚狀〉(甲申時爲慶尙監司).

55) 박현순, 「16-17세기 禮安縣 士族社會 研究」, 서울대 박사학위논문, 2006, 113쪽.

상소는 그러한 우려감의 직접적인 표출이었다.

　　“지난해 겨울 신이 체찰사 이덕형의 소모관이 되었을 때 신에게 호남과
영남으로 가게 하면서 종이 한 장에다 신에게 분부하는 말을 써 주었는데
‘백성들의 고통을 두루 찾아 살피라.’ 한 것이 그중에 하나였습니다. 신이
호남과 영남을 지나면서 병폐를 찾아보았더니, 호남의 폐단은 토호들이 군
정(軍丁)과 전결(田結)을 숨기고 빠뜨린 것에 지나지 않았습니다. 그러나
영남의 폐단은 이름이 선비라고 하는 자들이 수령들을 협박하고 절제하여
도류장살(徒流杖殺)의 권한이 모두 그들의 손에서 나오는데, 실로 정인홍
이 앞장서서 주창한 짓입니다. 〈중략〉 무술년간에 정경세가 감사가 되어,
인홍이 별장(別將)을 거느린 정상을 따져물었던 것은 사람들이 모두들 말
하고 있습니다. 왜적이 물러간 지 이미 3년이 지났는데도 의병에 속했던
관노(官奴)와 우마(牛馬)를 아직도 자기 집에 두고 부리는 실정을 그 도에
서는 모르는 사람이 없습니다.56)

　　정인홍의 호강성을 공척한 이귀의 상소가 정경세와의 철저한 사전
조율을 거쳐 봉진된 것임을57) 고려할 때, 이귀가 본질적으로 지적코
자 했던 것은 정인홍의 영향력이 강하게 작용했던 진주 등 우도지역의
호강성이었고, 이는 서남 공통의 인식이기도 했던 것이다. 정인홍의
호강성 및 무단행위는 1603년 그의 처남 양홍주(梁弘澍)의 상소에서 다
시 한 번 확인되었다.
　　양홍주의 상소는 정인홍의 간특한 행동을 12조목으로 나열한 것인

---

56) 『선조수정실록』 권36, 35년 2월 1일(갑오).
57) 鄭經世, 『愚伏別集』 卷4, 「年譜」〈壬寅〉(1602) “先是 鄭仁弘起鄕兵 名以義旅 賊退 朝廷
　　命罷兵 而仁弘猶不罷 擁以自衛 侵擾閭里 威行州縣 人莫敢誰何 先生爲嶺伯時 執其麾下以
　　詰之 其後李公貴以召募官往來嶺左 歸路訪先生 言仁弘不道狀甚悉 先生以曾所見者語之
　　李公遂陳疏極論 將先生語證之 仁弘大銜 至是爲都憲 捏出不近之謗 論以罷職不敍 上持不
　　從 第五啓始允 李公乃上章辨之”

데, 여기서 그는 풍헌유사(風憲有司)를 두어 일방의 권강(權綱)을 거머쥐고 천리 외방을 제어하는 폐단과 수령은 물론 방백까지도 그에게 문안을 해야 하는 그릇된 습속을 날카롭게 지적하며 처벌을 촉구하였다.[58] 그러나 이귀, 양홍주의 상소는 정인홍의 축출로 이어지지는 못했고, 또 광해군의 즉위와 대북정권의 수립으로 인해 그의 호강성은 더욱 심화되었지만 정인홍의 일련의 행위는 경상우도 지역이 '호강(豪强)'으로 지목되는데 결정적인 영향을 미쳤다.

이처럼 호강론에 바탕한 관권과 사론의 갈등은 주로 우도의 폐단으로 고착되는 경향이 있었지만 광해군 후반에 이르면 퇴계학파권의 좌도 역시 이러한 지목으로부터 자유로울 수 없었다. 이런 정황은 1617년 안동부사에서 물러난 박동선(朴東善)이 안동의 '풍속이 아름답지 못하고 호강이 무단한다'고 한 발언에 대해 김영조차 안동의 호습을 일부 인정한 것에서도 확인이 된다.[59]

이런 상황에서 1620년 의성 빙산서원(氷山書院), 1621년 예안 도산서원의 유생들이 심원록(尋院錄)에서 감사 정조(鄭造)의 이름을 삭제하는 사건이 발생했다. 1620년 봄 경상감사 정조가 경내를 순행하다 빙산서원에 들러 심원록에 제명을 하였는데, 당시 원장이었던 여헌문인 신적도(申適道)가 멸륜난적(蔑倫亂賊)을 유적에 둘 수 없다고 하며 이름을 도할해 버렸다.[60] 이 사실은 금세 발각되어 신적도를 비롯한 의성유생들에 대한 대대적인 처벌이 이루어졌으며[61], 이로부터 1년 후인

---

58) 『선조수정실록』 권37, 36년 5월 1일(병진).

59) 金坽, 『溪巖日錄』〈丁巳 5月 20日〉“或云朴東善到京 揚言府之風俗不美 豪强武斷…雖然安之豪習 亦巨弊 如還上穀 亦可以知矣 可歎”

60) 申適道, 『虎溪集』 附錄〈遺事〉(申埰 撰)“庚申方伯 鄭造因行懸到氷溪院 題名而去 府君適任洞主 謂諸生曰 蔑倫亂賊 豈可暫齒於士林叢裏乎 卽引刀削之 左右皆失色”

61) 申達道, 『晚悟年譜』〈辛酉〉(1621)“赴救伯氏虎溪公[適道]於龜山縣獄 時虎溪公 以冰溪洞主 削方伯鄭造名於院錄 移四被刑 禍將不測”

1621년 5월 이번에는 안동 출신의 여헌문인 김휴(金烋)가 도산서원 심원록에서 정조의 이름을 삭제하는 사건이 발생한 것이다.62) 이에 격노한 정조는 삭명인을 난민(亂民)으로 지목하며 색출에 혈안이 되었고63), 마침 김시추 등이 안동에서 '청참이이첨소'를 추진하자 욕행(浴行)을 빙자하여 안동·영주 일대를 순행하며 범인을 체포, 치죄하고 소사를 방해하는데 부심하였다.

이 과정에서 영천이씨[李德弘系]를 비롯한 북인계가 정조와 연계하여 소사(疏事)의 저지와 사감(私憾)의 신설(伸雪)을 획책함으로써 한 때 안동·예안일대에는 공포 분위기가 조성되었고, '청참이이첨소'의 추진에도 난맥상을 초래한 바 있었다.64) 물론 빙산·도산 양원의 삭명사건은 정조의 탐학과 대북정권의 전횡에 대한 반발에 기인하였고, 당시로서는 서인에게도 해로울 것이 없는 행위였지만 도리어 인조반정 이후에는 서인들이 '영남호강론'을 펼치는 구실이 되고 말았던 것이다. 후일 예안과 의성이 호강·무단의 진원지로 지목되어 관권과 사론의 대립 속에 심각한 유혈사태가 빚어진 것도 결코 우연만은 아닌 것이다.

'호강제어론'에 바탕한 서인계의 대 영남 강경책은 수령, 방백의 엄격한 선발과 그를 통한 강압책의 시행에 주안점이 두어졌다. 그리하여 1624년(인조2) 경상감사로 부임한 민성징(閔聖徵)은 사족에까지 형장을

---

62) 金烋, 『溪巖日錄』〈辛酉 7月 7日〉 "盖去夏端午後 金烋醉酒 與善山金藨 入陶院 讀書儒生榮川張宇柱及錢穀有司金光載同坐典敎堂 烋披閱尋院錄 取掌務李貴男刀 先削鄭造名 光載止之不聽 又欲削鄭造名 貴男還刀不與 烋以指爪破去造名 光載力止之不應 藨曰造名 猶存 禮安士氣 反不如義城也"

63) 金烋, 『溪巖日錄』〈辛酉 7月 8日〉 "昨日事 盖以鄭造移關此縣 推問削名之人 關內有某某人同議行凶 不有道主 有同亂民之語 且令封上尋院錄"

64) 金烋, 『溪巖日錄』〈辛酉7月10日〉 "造也之來上道 全由外川草頭之敎 一則以金烋事 挑起其怒 欲移害於黃柳二生 一則以是事立威 州縣恐怵 士子欲沮壞於疏擧之會 凶邪叅並, 極爲叵測 令各邑厨傳分審 替供於艾田洛所 草頭輩擧族 迭相來往 恒在其中 而其他徒黨 因緣出入 請托干謁 如李光啓 吳得成鄙賤之類 亦且官饋 公然無憚"

쳐서 영남인들로부터 '독물(毒物)'로 혹평되었고, 1625년 3월에는 안동의 호습을 다스리기 위해 청렴·강직하기로 이름난 송상인(宋象仁)이 부사로 특파되었으며, 동년 6월에는 강직함과 재국을 겸비한 인물로 정평이 나 있던 원탁(元鐸)이 상주목사에서 경상감사로 발탁되었다.[65] 민성징의 잔혹상에 대해서는 이미 정온이 상소로서 규탄하였고, 도내 사림들 또한 집회를 열어 감사를 성토한 바 있으나 송상인, 원탁의 연이은 파견은 서인계의 대 영남 강경론이 오히려 강화되었음을 의미했다.

안동부사 송상인이 순전에 도임하였다. 가맹(苛猛)을 위주로 하여 사민과 관리들이 형장을 맞지 않은 자가 없었다. 〈중략〉 서인은 본디 남중(南中)을 좋아하지 않아 안동에 호강한 습속이 있다고 하며 일마다 화를 내고, 조금도 용서함이 없었다. 〈중략〉 근래 조정에서는 영남에 호강한 습속이 있다고 하는데, 안동은 더욱 심하여 '다스리기 어려운 고을(難治之鄕)'이란 명목을 씌우기도 했다. 〈중략〉 부사 송상인이 처음에 부임해서는 엄맹(嚴猛)으로서 정사에 임하였다. 〈중략〉 안동 인사들이 18일에 대대적으로 회집하여 왕에게 소를 올리려 하는데, 오로지 '호강(豪强)' 두 자를 발명하는데 목적이 있으나 병목상으로는 '진폐시무(陳弊時務)'로 말을 만들었다고 한다.[66]

영남, 특히 안동에 대한 호강지목, 송상인 등 강경론자의 파견과 강압적 통치, 사민들의 반발로 이어지는 일련의 대립 국면은 당시 집권 서인과 영남과의 관계를 단적으로 설명해 주고 있다.[67]

---

65) 정만조, 앞의 논문, 121–125쪽.

66) 金坽, 『溪巖日錄』〈乙丑 3月 20日〉"安東府使宋象仁 旬前到任 以苛猛爲主 士民官吏 無不被杖…盖西人素不好於南中 謂安東有豪强習 事事見怒 少無寬貸";〈7月16日〉"近來 朝廷 謂嶺南有豪强習 而安東爲尤甚 名之以難治 府使宋姓初至 極用嚴猛…安東人士 將以 十八日大會 呈疏闕下 專爲發明豪强二字 而名目以陳弊時務爲言"

67) 위 인용문에 언급된 이른바 '陳弊時務疏'는 鄭佺이 제소하여 추진한 바 있다(鄭佺, 『松塢集』 卷2, 〈陳邑弊疏〉(代本府士民作).

이런 가운데 1626년 '신진악(申振岳) 치폐사건', '이유도(李有道) 치폐사건'이 연이어 발생하면서 상황은 극도로 악화되어 갔다. 전자는 의성 사인 신진악이 부역에 응하지 않다가 의성현령 이경민에게 장폐된 사건이고[68], 후자는 예안 사인으로 도산서원 원장이던 이유도가 노비소송과 관련하여 감사 원탁에게 장폐된 사건이었다.[69] 이 두 사건은 거의 동시에 발생하였고, 처리 과정에서 집권서인과 영남사림간에 심각한 갈등이 초래되었다. 특히, '감사배척운동'으로까지 비화된 '이유도 치폐사건'은 이귀 등 공신집단이 영남통제책을 보다 강화하는 계기로 작용하게 된다.

이런 상황에서 '영남호강론'의 정치적 목적을 날카롭게 지적하고, 두 사건의 원만한 해결을 모색했던 인물은 정경세, 이준, 정온 등 비안동권 출신의 관료들이었다. 이들이 사태 해결에 적극적이었던 것은 '영남호강론'에 바탕한 서인들의 영남통제책에 일정한 제동을 걸고자 했던 정치적 이유 때문이었지만 사건의 당사자인 이유도와 정경세·정온 사이의 혈연, 학연도[70] 일정한 영향을 미쳤다고 생각된다.

영남옹호론의 포문을 연 것은 당시 대사헌에 재직하던 정경세였다. 그는 군덕을 논한 차자에서,

처음에는 백성들의 목숨을 아끼어 마치 적자처럼 사랑하셨으므로 살인죄를 범한 자가 있으면 반드시 잡아 가두고 엄히 처벌하여 훈신이나 귀근이라 하더라도 용서치 않으셨습니다. 그런데 지금은 방백이 억울하게 사람을

---

68) 『인조실록』 권12, 4년 5월 7일(무신).

69) 이 사건의 전말은 정만조, 「仁祖4年 陶山院長 李有道 致斃事 논란」(『韓國學論叢』 26, 국민대 한국학연구소, 2003)에 정미하게 분석되어 있다.

70) 정경세의 배위[진성이씨]는 李有道와 3종간이고, 정온은 월천문인으로 예안권의 사림들과 유대가 돈독했다(김학수, 「桐溪 鄭蘊의 學脈」, 『남명학보』 4, 남명학회, 2005).

죽여 놓고도 터럭 하나 까딱하지 않으며, 수령이 멋대로 사람을 죽이고서도 태연하게 자리에 앉아 있습니다. 무릇 자신이 다스리는 사람을 죽였을 경우 일반 살인과 다름 점은 단지 목숨으로 대신 보상하지 않는다는 점 뿐입니다. 그런데 어찌 가벼운 죄를 지은 사람에게 중하게 형신을 가하여 죽였는데도 내버려 둔 채 전혀 문책하지 않는다는 말입니까? 이것은 백성을 가볍게 여겨 사랑하는 마음이 처음과 같지 않은 것입니다.[71]

라고 하며 원탁과 이경민의 처벌을 촉구하였던 것이다. 이 가운데 '방백과 수령이 함부로 형을 가해 사람을 멋대로 죽였다(方伯守令濫刑恣殺)'고 한 표현은 서인들을 극도로 자극하였는데[72], 이후 정경세가 이귀와 격론을 벌이며 험악한 상황을 맞이하게 되는 배경도 여기에 있었다.

한편 이준은 '진폐소(陳弊疏)'를 올려 의성현령 이경민은 물론이고 영남강압책의 상징적 인물이었던 송상인의 잔혹상을 극력 규탄했다. 이준의 상소에서 특히 주목할 것은 송상인의 일련의 행위가 일시의 풍지(風旨), 즉 집권서인의 의지와 방략에 따른 것임을 지적했다는데 있다.[73] 이것은 곧 서인들이 영남을 효과적으로 견제 또는 통제하기 위해 '영남호강론'을 정략적으로 추진해 왔음을 노골적으로 비난한 것이었다.

이처럼 정경세, 이준이 조정에서 소차를 통해 '영남신원론'을 몸소 주창한 것은 사실이지만 이들이 안동·예안사림들을 맹목적으로 두둔한 것은 아니었다. 이런 정황은 이준이 '감사배척통문'을 주도한 이홍

---

71) 鄭經世, 『愚伏集』 卷5, 〈司憲府論君德箚〉.(번역문은 정선용역, 국역 『우복집』, 민족문화추진회, 참조)

72) 李埈, 『蒼石集』 卷11, 〈答伯氏〉(第7書) "頃日憲府劄中有方伯守令濫刑恣殺語 此乃愚翁所作也 亦被時人所裂眥 正言崔惠吉發於臺席 幸僉議不一停論 而物議則尙譁然矣"

73) 李埈, 『蒼石集』 卷4, 〈陳弊疏〉(丙寅) "頃日臺箚所謂守令恣殺云者 豈惟指李景閔一人而已也 今以宋象仁之治安東而言 廉介之操 雖有可稱 而殘傷之政 亦罕其比…安東爲一道鎭管 而象仁以善制豪强 爲時議之所許 一路守令之承望意旨者 動以取法 此非承象仁意旨也 實所以承一時之風旨也"

중의 행동을 소동을 야기하는 '망거(妄擧)'로 규정했고74), 상주 사림들이 이홍중(李弘重)의 통문에 냉담하게 반응하여 이를 회송한 것에서도75) 확인이 된다.

즉, 정경세, 이준은 관권과 충돌을 빚어 사단을 야기한 안동·예안 사림들을 비판적으로 바라보면서도 한 두 고을로 인해 영남 전체가 '호강의 소굴(豪强窟穴)'로 매도되는 것은 막아야 한다는 거도적 차원에서 변무와 신원에 적극 개입했던 것이다.76)

한편 정온은 '신진악 치폐사건'을 빌미로 파직된 원탁의 후임으로 경상감사에 임명되었다. 당시는 이유도의 아들 이암(李巖)의 격쟁으로 인해 '이유도 치폐사건'이 조정의 현안으로 대두되었고, 이귀 등 공신 그룹은 '감사구축통문'을 국체에 대한 도전으로 인식, 강력하게 응징하는 쪽으로 사실상 처리의 가닥이 잡혀 있었다.77)

사태의 추이를 예의주시하던 서인들은 수창유생들을 장도(杖徒)에 처할 것을 주장하며 온건론을 펼쳤던 정온의 조처에 격분했다. 특히, 이귀는 정온이 율문을 그릇 적용했다 하여 그의 나국을 청하는가 하면 '영남에 관계된 일에 대해서는 대간도 감히 지적하여 논란하지 못하며, 대간이 입 다물고 말하지 않은 것은 후환을 두려워해서이다'고 하며 극도의 불만을 표출하였다.78) 뿐만 아니라 이귀는 옥사의 완화를

---

74) 李埈, 『蒼石集』 卷11, 〈答伯氏〉(第7書) "朝議指嶺爲豪强窟穴 而李弘重又倡妄擧 以爲惹鬧之資"

75) 金坽, 『溪巖日錄』〈丙寅 5月 16日〉"見尙州答通則云 直書道主姓名 馳通列邑 恐傷國體 且緣相訟 無與於士林 敢此奉還 仍以禮安通文還送 其羞辱甚矣 無非自取 可嘆可嘆"

76) 이후 이준은 〈擬嶺南伸寃疏〉(李埈, 『蒼石集』 卷5)에서 원탁, 송상인, 이경민 등 수령, 방백의 잔학상, 각종 치폐사건을 실질적으로 양성한 아전[吏]들의 폐단 등을 총체적으로 거론하며 '영남호강론'의 허구와 정치적 의도를 역설하였다. 비록 이 상소는 인조에게 봉진되지는 못했지만 '영남호강론' 대한 정경세, 이준 등의 대응논리가 집약되어 있어 사료적 가치가 크다.

77) 정만조, 앞의 논문, 135쪽.

요청했던 정경세의 사신(私信)을 어전에서 공개하여 '헌장(憲長)이 된 몸으로 남몰래 청탁했다.'[79]고 비난하는 등 강력 반발하였다.

이처럼 '영남호강론'에 바탕하여 대 영남강경책을 고수했던 이귀 등 집권서인의 입장과 이를 신원, 변무코자 했던 정경세 등 남인의 상반된 입장은 급기야 당쟁의 양상으로 치달으며 엄청난 정치적 파장을 초래하자 인조는 보합정국의 유지를 위해 정경세의 파직, 이귀의 추고, 이홍중의 석방을 명하는 선에서 사건을 종결지었다.

이상에서 살펴본 바와 같이 '영남호강론'은 영남 습속의 호강성에도 일부 원인이 있었겠지만 그보다는 서인들이 대 영남통제책을 강화하려는 목적에서 확대된 논리였고, 나아가 남인 퇴계학파의 본거지였던 안동·예안권을 조용권에서 배제시키는 논리로 활용된 측면도 있었다. 이 과정에서 정경세, 이준, 정온 등은 '영남옹호론'을 견지하다 서인들과 충돌을 빚었지만 이들의 옹호론이 안동·예안·의성 등 사건 해당 지역에 대한 국부적 옹호론이기보다는 영남 전역에 대한 포괄적 광의적 옹호론으로 이해할 필요가 있으며, 이것은 또한 서인정권과 일정한 파트너십을 형성하고 있었던 서애·우복학맥의 자기 기반 강화의 과정으로도 해석할 수 있다.

3. '퇴계변무소'의 추진과 여헌학맥의 대응

1) '퇴계변무소'의 추진 배경

1635년(인조13) 8월 영의정 윤방(尹昉)과 최명길(崔鳴吉) 등이 경연에

---

78) 『인조실록』 권13, 4년 6월 9일(기유).
79) 『인조실록』 권13, 4년 6월 10일(경술).

서 '이황이 상중에 서자를 가졌으며 이름을 상동(喪童)이라고 말했다'는 소문은 영남학파에 있어 충격이자 모욕이었다. 이에 격분한 영남사림들은 근거 없는 사실을 날조해 선현을 무함했다 하여 대대적인 변무소를 기획하게 되는데, 이른바 '퇴계변무소'가 바로 그것이다.

그런데 소위 '상동설(喪童說)'은 이이·성혼의 문묘종사와 관련하여 파생된 말이었고, 전파되는 과정에서 약간의 오해가 있었던 것도 사실이었다. 그 경위는 대략 다음과 같다. 1635년 5월 송시형(宋時瑩) 등 관학 유생들이 상소하여 이이·성혼의 문묘종사를 청했다. 이에 남인계 유생 채진후(蔡振後) 등도 소를 올려 종사의 부당성을 강변함으로써[80] 상호 공방이 벌어졌다. 채진후 등은 이이(李珥)의 경우 입산 수도(修道)한 행력이 뚜렷하고, 성혼(成渾)은 임진왜란 당시 군부(君父)를 저버렸다는 이유를 들어 종사를 반대한 것인데, 인조는 채진후의 건의를 수용하고 송시형 등을 엄히 책망함으로써 종사론을 일축시켜 버렸다.

이로부터 3개월이 지난 동년 8월 9일 인조는 경연에서, 이이가 비록 현인(賢人)이기는 해도 몇 가지 허물이 있음을 거론하며 종사 불가의 뜻을 넌지시 표명하였다. 인조의 의중을 간파한 영의정 윤방이 입산 수도의 배경을 설명하며 이이를 극력 변명하였으나 인조의 생각을 바꿀 수 있는 것은 아니었다.[81] 이에 최명길이 인조에게 이이를 혐의하는 또 다른 까닭이 있는가를 묻자 인조는 이귀에게 들은 내용을 언급하며 이이의 문묘종사에 매우 회의적인 반응을 보였다.

---

80) 『인조실록』 권31, 13년 5월 11일(경신).

81) 崔鳴吉, 『遲川集』 卷11, 〈因朴焞疏自辨疏〉 "去八月初九日晝講 臣以知事入侍 講訖 相臣 請對追入 言及李珥成渾從祀事 聖敎有曰 李珥固賢者 但有數件疵累 相臣卽擧染禪曲折 多 所陳辨 上心猶未快也 臣仰稟曰 聖敎有云數件疵累 無乃別有他事乎 殿下遂以李貴所達喪 童之說爲敎"

연평부원군 이귀(李貴)가 생존 시에 일찍이 '이이에게는 상중에 아이를 가졌다는 비방이 있다'고 하였으니, 과연 이런 일이 있었다면 어찌 종사하기에 합당하겠는가?[82]

인조의 의혹 제기에 당황한 최명길은 항간에 이런 말이 있기는 하지만 이황을 두고 하는 말일 뿐 이이에게는 이런 비방이 없다고 했고, 함께 입시했던 승지 한필원(韓必遠)은 이 말은 곧 정인홍(鄭仁弘)이 이황을 무함하기 위해 한 말이라고 대답하였다.[83] 최명길은 또,

이귀의 말은 곧 이황을 가리킨 것이지, 이이가 아닙니다. 이귀도 이황에게는 참으로 이런 일이 있었다는 것이 아니고, 일찍이 이황이 이런 무함을 받았다는 말이었습니다. 이는 이귀가 평상시 동료들에게 늘 얘기했던 것입니다. 그리고 이귀가 늙어서 정신이 혼몽해진 뒤에는 언어가 늘 전착되어 소신을 '최경길(崔敬吉)'이라 부르고, '김자점'을 '김자겸(金自兼)'이라 부르고, '이민구'를 '이성구(李聖求)'라 불렀던 바, 이는 조신이 모두 아는 바이니, 당시에 이황을 이이로 불렀던 것도 괴이할 것이 없습니다. 그리고 이귀는 이이에게 사사하여 평생 동안 존경하였으니, 그것은 정해년(1647)에 올린 상소에서 볼 수 있습니다. 설사 이이에게 참으로 이런 일이 있었다손 치더라도, 이귀가 반드시 죽을 무렵에 평생 가져온 마음을 일변하여 스스로 자기 스승의 과실을 공척하지는 않았을 것입니다.[84]

---

82) 宋時烈, 『宋子大全』 卷212, 〈同春宋公遺事 三十六條〉 "延平府院君李貴生時 嘗言李珥 有喪童之謗云云 果有此事 則豈合於從祀乎"

83) 崔鳴吉, 『遲川集』 卷11, 〈因朴炡疏自辨疏〉 "臣對曰 閭閻間果有此語 酒所以謗李滉 至於 李珥 未聞有如此之謗 承旨韓必遠曰 此乃鄭仁弘構陷李滉之言也"

84) 宋時烈, 『宋子大全』 卷212, 〈同春宋公遺事 三十六條〉 "完城君崔鳴吉進曰 李貴之言 乃 指李滉 非李珥也 貴亦非以滉實有此事 其嘗被誣如此云爾 此貴平日常說於儕輩間者也 且 貴老耗之後 言語顚錯 呼小臣爲崔敬吉 呼金自點爲金自兼 呼李敏求爲李聖求 此朝臣之所 共知者 當時以李滉爲李珥 無足怪者 且李貴師事李珥 沒齒尊敬 其見於丁亥疏者 可見矣 設 使李珥眞有此事 貴必不於將死之年 變其平生之心 自斥其師之過失也"

라고 하여 이귀가 이황과 이이를 혼동했고, 그리고 실제 이황도 상중에 아이를 가졌다는 것이 아니라 그런 무함을 받았다고 하였다. 이 말이 풍문으로 전해지자 영남유림들은 서인들이 근거없는 말을 날조하여 선현을 무함했다 하여 마침내 신변소를 추진하기에 이르렀던 것이다.

그러나 소사를 기획하던 초기만 해도 영남유림들은 연중(筵中) 설화(說話)의 진상을 제대로 파악하지 못한 채 영의정 윤방을 무함의 수론자로 지목, 성토하는데 공격의 초점을 맞추었는데, 이러한 치밀하지 못한 대응은 봉소(奉疏) 직전에 급작스럽게 소문(疏文)을 수정하는 곡절을 야기하게 됨으로써 상소의 권위가 크게 실추되기에 이른다.

2) 여헌학맥의 대응상

'퇴계변무소'에 가장 적극적인 입장을 보인 것은 영주·예안·안동 사림이었고, 그 중에서도 월천문인 김중청(金中淸)의 제자들이 핵심을 이루었다. 그러나 당시는 영남의 원로들이 대부분 사망한 뒤라 사림의 중망이 자연히 장현광에게 쏠리게 되어 표면적으로는 장현광과 그 문도들을 중심으로 소사가 추진되는 형식을 취하였다. 소청(疏廳)이 여헌학파의 주요 거점의 하나였던 의성에 차려진 배경도 여기에 있었다.

그러나 당초의 의욕과는 달리 이 소사는 추진 과정에서부터 봉소에 이르기까지 상호 알력과 비방, 일각의 저지운동, 소두의 직임 회피, 소문의 개찬(改撰) 등 부작용이 속출하였다. 이렇듯 극도의 난맥상을 수반한 것은 변무소 추진에 대한 여헌·우복계열의 부정적 인식이 깊이 내재되어 있었다. 그러한 조짐은 선산지역 여헌문인들에 의해 소청(疏廳)의 설치가 지연되고, 김수현(金壽賢)·염조(念祖) 부자가 소사를 적극 저지하고 나선 것에서부터[85] 감지되고 있었다.

서애·우복문인 김봉조, 여헌문인 김응조의 아우였던 김염조(서애문인)는 재종숙 김수현을 계후하여 서울에 거주하고 있었다. 그는 영유(嶺儒)들이 변무소를 추진한다는 소식을 듣고는 윤방이 제기한 상동설이 분명하게 밝혀진 것이 없음을 주장하며 소사를 저지하는데 부심했다고 한다. 그러나 김영 등 예안사림들은 김염조가 이숭언(李崇彦)의 단독 변무소까지 막으려했던 행적을 들어86) 그의 저지론을 재경 남인들의 정치적 이해득실을 고려한 계책으로 규정했던 것이다.87)

김염조의 저지론은 이후 소사의 향배에 커다란 영향을 미쳐 당초 강경론자였던 서애·우복문인 이찬(李燦)·이환(李煥) 형제를 반대론으로 선회하게 했고, 심지어 도산원장으로서 예안 사론을 주도했던 김광계의 조카 김초(金礎)조차도 그에게 설득되어 변무소를 반대하기에 이르렀던 것이다.

사론의 분열에도 불구하고 영주·예안권의 강경론자들은 소사를 강행하여 소본의 제찬 및 수정, 배소유생의 차정 등 준비에 만전을 기했고,88) 동년 10월 중순에는 의성소청에 대대적으로 집결하여 봉소 준비를 서둘렀다. 그러나 당시 소회에 참가한 지가 연소 유생 200여명에

---

85) 金坽, 『溪巖日錄』〈乙亥 10月 7日〉 "義城疏會 期日忽迫 凡百無暇 此則善山諸輩 不識事之故也"

86) 김염조의 저지에도 불구하고 이숭언은 1635년 9월 7일 단독으로 이황의 변무소를 올렸다(金坽, 『溪巖日錄』〈乙亥 9月 7日〉 "李崇彦上疏爲言 尹昉搆陷先生事及時弊 聞來亦可人意"；〈乙亥 10月 7日〉 "大駭李崇彦疏 而念祖力詆崇彦").

87) 金坽, 『溪巖日錄』〈乙亥 10月 7日〉 "盖礎自京回 深以辨白爲不可 謂尹昉之言虛實未明 而直欲含糊 此礎也受敎於金念祖也 念祖爲金壽賢繼子賢也 患得患失 恐觸忤時宰故 大駭李崇彦疏 而念祖力詆崇彦 此輩鄙夫 可爲一唾 而礎一空空 後等爲彼所使 至令其叔惑而不能察 可嘆可嘆"

88) 金坽, 『溪巖日錄』〈乙亥 10月 19日〉 "疏草李弘重 柳時元所制 而李尤爲可笑 金君留諸此 要次兒待院長來勘之 柳草雖納 此豈易哉"；〈乙亥 10月 20日〉 "招而實共議 皆以爲柳疏必當改作 李疏則不可示諸人也 諸君歸日將午 余始食 次兒持疏草往以志家 而實亦往 盖相議改定也"

지나지 않아 지휘부조차 소사에 대해 회의감을 토로할 만큼[89] 사론이 변무소에 적극 호응하지 않았던 것이다.

그도 그럴 것이 김염조의 저지론과는 별도로 소사의 당위성과 추진력을 저하시키는 요소들이 곳곳에서 터져 나왔기 때문이었다. 그것은 상동설의 사실성을 증언하는 언설들로서 주로 정경세 주변의 인사들에 의해 제기되었다.

이황이 상중에 아이를 가진 적이 없음은 물론이고 정인홍이 이를 빌미로 하여 이황을 무고한 일도 없다는 것이 강경론자들의 일관된 주장이었음에 반해 우복문인 조희인(曺希仁)은 이와는 판이한 주장을 했다.

일찍이 정경세가, 정인홍이 상동설로 이황을 무함하는 소리를 듣고 이를 명석하게 변석하지 않으면 끝내 사단이 야기될 수 있다는 우려에서 『퇴계연보(退溪年譜)』 가운데 '첩의 아들 아무개가 아무 해에 태어났다'는 문구 아래에 정인홍의 무고 사실을 추록했다는 것이다. 심지어 판본에 추록한 흔적을 조희인이 송준길과 함께 그 판본을 직접 확인한 사실도 있으며, 조희인, 송준길 외에도 이 말을 정경세에게서 들은 자가 더 있다고 했다.[90]

그런데 조희인이 이 사실을 사건의 당사자이자 공척(攻斥)의 대상이었던 상신[尹昉]에게 전한 것이[91] 알려지면서 영유들은 당혹감을 감추지 못했다. 물론 조희인이 윤방에게 전한 것은 '정인홍이 상동설로 이황을 비방한 적이 있다'는 말이었지만 정인홍의 무고조차도 인정치 않

---

89) 金坽, 『溪巖日錄』〈乙亥 10月 21日〉"會者僅二百餘人 而皆年少 凡事可笑"
90) 宋時烈, 『宋子大全』卷212, 〈同春宋公遺事 三十六條〉"嘗曰 鄭愚伏諸公 聞仁弘誣詆退
　 溪以喪童之說 以爲若不明辨 終爲闇昧之事 遂於退溪年譜中 追錄妾子某生於某年之下 故
　 …此實原於愚伏諸公辨明先賢之誣 而曹不過因其親聞於愚伏者而陳其顚末而已 且嶺人
　 有同聞其說於愚伏者 今乃皆諱之而攻曹 其用意之不佳如此云"
91) 崔鳴吉, 『遲川集』卷11, 〈因朴焞疏自辨疏〉"正郎曹希仁之所言於相臣"

앗던 영유의 입장에서 조희인의 언설은 엄청난 타격이 되었던 것이다.

이 뿐만이 아니었다. 최명길의 변명소에 따르면, 안동유생 정칙(鄭侙)은 좌참찬 한여직(韓汝溭)에게, 진사 이홍경(李弘經)은 김시양(金時讓)에게 정인홍이 상동설로 이황을 무함한 사실이 있다고 증언했고, 심지어 권도(權濤)는 단양현감 송흥주(宋興周)에게 '이 말이 흉도들의 구실이 된 지 오래되었으며, 본도 사람들은 노소할 것 없이 모두 이 사실을 알고 있다'고 말하기까지 했던 것이다.[92]

이처럼 상동설의 사실성을 주장하는 목소리가, 그것도 영남인들을 통해 봇물처럼 터져 사건의 당사자들에게 직접 전달되는 상황에서 변무소의 추진력은 한 층 더 약화되었고, 이탈세력도 점차 늘어날 수밖에 없었던 것이다.

여기서 주목해야 할 것은 조희인 등 상동설 전언자들의 성향이다. 상주 출신의 우복문인이었던 조희인은 정경세가 김직재(金直哉)의 옥사(1612), 심경의 옥사(1615) 등 각종 옥사에 연루되어 수난을 겪을 때 옥바라지를 하며 스승을 섬긴 골육과 같은 존재였고,[93] 1633년 정경세가 고종한 곳도 그의 집이었다. 이처럼 조희인은 평생 스승을 가까이에서 시종하는 과정에서 누구보다 정경세의 의중을 잘 알고 있었던 핵심문인의 한 사람이었던 바, 그의 증언을 낭설로만 치부하기는 어렵다.

안동 출신이었던 정칙은 서애문인 정사신(鄭思信)의 아들로 학통상 서애학맥에 속했으며[94], 고모부 이민성·민환도 서애·여헌문인이었

---

92) 崔鳴吉, 『遲川集』 卷11, 〈因朴焞疏自辨疏〉 "臣竊聞當初登對之後 安東儒生鄭侙到京聞之 謂左參贊韓汝溭曰 筵臣所謂出自仁弘構陷者 誠是也 正郎曹希仁之所言於相臣 進士李弘經之所言於金時讓者 亦與鄭侙之言大略相同 而皆被本道儒生削籍黜鄕之罰 前縣監宋興周省親於丹陽 見權濤語及京中所聞 濤曰 此言之爲兇徒口實久矣 本道之人無老少皆知之云"
93) 조희인은 정경세의 고모부 고몽현의 외손서였으므로 정경세와도 5촌의 척분이 있었다.
94) 정칙은 병산서원 원유로서 1662년 제향시에는 초헌관으로 참여했고, 1661-1662년에는 병산서원 원장을 지낸 전형적인 서애학맥이었다(『古文書集成』20 -屛山書院篇-, 〈入院

으므로 일가의 가학적 학적 연원이 서애·여헌학맥과 관계가 매우 깊
었다. 후술하겠지만 후일 소두를 회피하다 소유들로부터 '기인(棄人)'
으로까지 치부된95) 신홍망(여헌문인) 또한 그의 가까운 인척이었는
데,96) 정칙의 대 한여직 전언과 신홍망의 소두 회피는 결국 소사 반대에
대한 일정한 공감 위에서 상호 영향을 미쳤던 것으로 해석할 수 있다.

그리고 이홍경은 원래 기호계 사림이었으나 아버지 이광윤(李光胤)
이 예천으로 이거, 조목을 사사함으로써 퇴계학통이 되었다. 특히, 이
광윤은 조목의 핵심 문인으로서 예천에 정산서원(鼎山書院)을 건립, 이
황과 조목의 원향을 사실상 주도하였다.97) 이런 사실에 미루어 볼 때
아들 이홍경도 월천학맥에 속한다고 할 수 있으나 도리어 그의 발언은
월천계가 주도하는 변무소에 찬물을 끼얹는 꼴이 되고 말았던 것이다.

이홍경이 김시양에게 상동설을 굳이 전한 배경은 자세하지 않지만
혼척관계가 중요한 매개가 되었던 것으로 보인다. 이홍경은 이이(李珥)
의 조카 이경절(李景節)의 사돈이었는데, 이경절은 이시발, 김치(金緻)
와 남매간이었다.98) 이처럼 그는 학통상으로는 퇴계·월천계였지
만99) 혼맥상으로는 율곡계의 서인이었던 것이다. 더욱이 겹사돈을 이
루고 있던 이시발, 김치는 정경세와 당색을 초월하여 교유했던 인사들
이라는 점에서 이홍경이 김시양[김치의 종숙]과 소통할 수 있는 구조는

錄〉〈院任錄〉〈執事錄〉 참조).

95)『溪巖日錄』〈丙子 1月 15日〉"鄭伏·弘望等 已爲棄人矣"

96) 정칙은 이민성·민환의 생질이었고, 신홍망은 이민환의 사위였으므로 양자간에는 4촌의
척분이 있었다.

97) 李光胤,『漢西集』卷5,〈上寒岡先生稟立祠書〉;鄭逑,『寒岡集』卷4,〈答李克休光胤〉.

98)『德水李氏世譜』,「義編」〈玉山公諱珤派〉24쪽.

99) 이광윤은 내암문인이기도 했지만 정인홍에 대한 연원의식을 표방치는 않았고, 월천학맥
에 대한 사승의식도 이홍경 대에 이르면 퇴색하는 측면이 없지 않았는데, 이런 점은 그의
묘갈을 김응조가 찬한 것에서도 감지할 수 있다(이상필,『남명학파의 형성과 전개』, 와우
출판사, 2005 ; 金應祖,『鶴沙集』卷7,〈贈都承旨行弘文校理漢西李公墓碣銘 并序〉).

얼마든지 구축되어 있었던 것이다. 결국 이홍경의 전언은 상동설에 대한 자신의 소신, 점차 서인 쪽으로 기울어가던 정치적 성향이 결부되어 나타난 결과로 보아야 할 것이다.

한편 권도는 한강·여헌문인으로 김응조, 조임도, 신열도 등과 함께 인조~효종조 여헌학맥의 주축으로 활동한 인물이다. 무엇보다 그는 단성 출신이었으므로 정인홍계열의 동향을 누구보다 잘 알고 있었을 것으로 여겨지는 바, 그의 언급 역시 터무니없는 것은 아니었다.

이처럼 상동설의 사실성을 주장하는 인사들의 대부분은 장현광 및 정경세와 밀접한 관련이 있음을 알 수 있는데, 이는 이황의 변무소에 대한 영남의 사론이 크게 영주·안동·예안권 월천학맥의 강경론과 풍산·상주·인동·의성권 우복·여헌학맥의 비판적 관망론으로 양분되었음을 뜻하는 것이기도 하다.

이러한 양측의 입장 차이는 소두를 차정하는 과정에서 극명하게 표출되었다. 10월 21일 의성소청에서는 각 계파간의 세력 구도를 철저히 고려하여 서애·우복문인 이환(李煥: 류성룡의 생질), 한강·여헌문인 정사물(鄭四勿), 구전계의 박종무(朴樅茂; 퇴계문인 朴承任의 손자), 이원장(李原樟), 정영세(鄭榮世: 정경세의 재종제)를 소두에 비망, 수망인 이환을 낙점하였다.[100]

그러나 소두 이환이 출청(出廳)을 거부하면서 부작용은 현실화 되었다. 당초 이환은 소사에 매우 적극적이었으나 김염조와 신열도의 말을 듣고 입장을 바꾸었고[101], 병을 핑계로 직임을 회피했던 것이다. 다급해진 소청에서는 소두의 출청을 거듭 요청하는 한편 각 읍 재임(齋任)

---

100) 金坽, 『溪巖日錄』〈乙亥 10月 21日〉"疏頭, 薦李煥鄭四勿朴樅茂及李原樟鄭榮世 而李君爲之差送曹司于龍宮 又將連送 爲必致之計 未知李肯來否"

101) 金坽, 『溪巖日錄』〈乙亥 11月 5日〉"仲明兄誤於金念祖變其持論, 李煥尤不足道"

들로 하여금 생진(生進) 명첩의 작성을 독려하고,102) 이홍경의 변명서를 소각하는103) 등 느슨해진 분위기를 다잡으려 애를 썼지만 끝내 이환은 출청치 않았다.

이에 소청에서는 여헌문인 신홍망, 박종무, 정영세를 소두에 비망, 어렵사리 신홍망을 낙점하였으나 그 또한 행공을 회피하다 소청을 무욕한 인물로 질타를 받기도 했다. 궁여지책으로 이번에는 장경우(張慶遇), 정사물, 김양(金瀁) 등 전원 여헌문인으로 의망, 장경우를 소두로 차정한 뒤 장현광의 명으로써 출청을 강력 요청하게 된다.104)

당시만 해도 소청에서는 '여헌이 이 일에 매우 힘을 쓰는데, 원로의 처사는 마땅히 이와 같아야 한다(旅軒於此事 甚爲致力 耆德處事 固宜如是也)'고 하며 장현광에 대해 상당한 기대감을 가졌던 것이 사실이었다. 그러나 장경우마저 소두를 고사함으로써105) 역대 유소에서 전례를 찾기 힘든 이례적 상황이 연출되면서 상황은 더욱 나빠져 갔다.

사실 장현광과 그 문인들은 1621년 김시추 등의 '청참이이첨소'에는 적극 동조하였다. 장경우만 하더라도 당시 소청 지휘부의 일원으로서 배소, 상경하다 중로에 이종영의 무고로 소유들이 기세가 크게 위축되자 '우리들은 마땅히 이 소행에서 죽고자 하니, 떠나고자 하는 자는 모두 떠나라'106)고 하며 사론을 재결집, 봉소에 이르게 한 전력이 있

---

102) 金坽, 『溪巖日錄』〈乙亥 10月 25日〉"會者僅三百人許 而生進甚少 今各邑齋任 歷書生進之名 一邊馳通 使之趁期來會焉"

103) 金坽, 『溪巖日錄』〈乙亥 10月 28日〉"義城疏會 以李弘經單子悖戾無理 焚于會所 李之妻親李時章 亦以無禮不遜被削"

104) 金坽, 『溪巖日錄』〈乙亥 11月 3日〉"復擬以張慶遇 鄭四勿 金瀁點優於張 即遣數三儒生請之 此則以旅軒之命 必不固辭 衆議皆云"

105) 金坽, 『溪巖日錄』〈乙亥 11月 7日〉"張慶遇以親病身病爲辭 諸公又送曹司請之 未知畢竟能至否";『溪巖日錄』〈乙亥 11月 9日〉"張慶遇牢辭不至 疏頭猶闕 未知何以爲之 可慮可慮"

106) 張慶遇, 『晩悔堂集』卷2,〈示疏廳諸儒〉(辛酉) "吾輩當死於此行 欲去者 皆去";「年譜」〈辛酉〉"七月管請斬李爾瞻疏(細註) 先生與金公是樞蔡公先見李公之馨鄭公克後諸賢抗章

었다. 역시 여헌고제로 1차 소두 비망(備望) 때 이름이 올랐던 정사물의 아우이기도 했던 정극후(鄭克後)는 정경세 등의 반대론에도 불구하고 시종 김시추와 입장을 같이하며 소사를 적극 추진한 바 있었다.[107]

이렇듯 여헌계열이 1621년과는 판이한 입장을 취한 것은, 갖은 부작용으로 인해 공론의 지지를 얻지 못하는 이황의 변무소보다는 후금(後金)의 침략이 예상되는 비상시국에 처해 국력과 민심을 함께 모으는 것이 시급하다는 인식에[108] 더해 영주·예안권의 월천·구전계가 주도하는 상소에 이용될 필요가 없다는 현실적 판단에 기초한 것으로 생각된다.

이처럼 서애·우복계와 여헌계에서 노골적으로 소두를 회피하게 된 것은, 김염조의 저지론, 조희인, 정칙, 이홍경, 권도 등의 상동설 증언이 점차 소사무효론을 부추기는 가운데 경중의 동향을 잘 알고 있던 여헌문인 신열도 등이 무마론을 펼치게 되면서[109] 소사에 대한 회의론이 사림 전반에 확산된 결과로 해석된다. 여기에 더해 정경세의『퇴계연보』보각설과 상동설이 발론된 연중 설화는「조보(朝報)」나「주서일기(注書日記)」에서도 확인되지 않는 망전(妄傳), 허전(虛傳)일 뿐이라는 김염조의 주장은 소사의 난맥상을 초래하는 결정타로 작용하였다.[110]

請斬 疏行踰嶺 爾瞻鷹犬李宗榮 以張弓挾矢水陸竝進之語 構誣爲網打計 疏行多惺怖欲去 先生獨夷然書示諸人曰 欲去者皆去 吾當死於此行 由是士心稍定"

107) 鄭克後,『雙峯集』卷4,〈別金子瞻序〉(辛酉)"吾黨之在此行者 百有三人 而畫而同席 夜而共枕 去來同之 終始共之者 惟君與吾數人而已"

108) 鄭萬祚,「17世紀初 嶺南學派의 分歧와 張顯光의 學的 位像」,『조선후기 유학자의 삶과 학문 -여헌 장현광 연구-』, 한국학중앙연구원 학술대회 발표집, 2006.3.

109) 金坽,『溪巖日錄』〈乙亥 11月 5日〉"仲明兄畏忉太甚 至欲招還吾兒 俾不叅疏會 可笑 此則聽申悅道之言也"

110) 金坽,『溪巖日錄』〈乙亥 11月 10日〉"西人爲叔獻欲上疏辨明 盖爲頃日經席云云 而且以 尹昉語及先生爲非是 此非爲先生也 然則金念祖輩謂之虛傳妄傳 不出朝報 不出注書日記 百方沮壞南疏 而右尹昉者抑何意歟 而南中疏事 至今未有頭緒 可爲愧歎之甚也"

그러나 더 이상 지체할 수 없었던 소청에서는 박돈, 박종무, 정영세 중 박돈을 소두로 임명하고 김광철(金光澈), 박재화(朴在華)를 장의로 삼아 소사를 진행시키는 가운데 남형회가 찬한 소본을 채택해 이시암(李時馣)의 교감을 거쳐 소문을 확정지음으로써[111] 봉소 채비를 마무리하게 되었다.

여기서 주목할 것은 소두 박돈(朴燉), 제소 남형회(南亨會), 소본교정자 이시암(李時馣) 등 소청 지휘부의 핵심 인물 전원이 김중청의 문인이라는 사실이다.[112] 이는 추진 과정에서 서애·우복계열, 여헌계열이 사실상 이탈되고, 월천·구전계열만 잔존하였음을 반증하는 것이며, 변무소가 지니는 중량감도 그만큼 저하될 수밖에 없었다. 박돈의 상소가 봉입되자 최명길이 자변소를 올려 영남유소를 경시하는 듯한 표현을 서슴지 않았던 것도 이 때문이었다.

더욱 심각한 상황은 소유가 발전한 뒤에 벌어졌다. 소사를 배후에서 지휘했던 김영은 소유들이 떠난 뒤에 윤방이 김응조를 불러 자신의 입장을 변명하며 「주서일기」를 보여주었다는 사실을 알고는 이찬·이환형제, 김응조, 김초, 김광계 등 영남사림의 중진들을 현혹시킨 김수현·염조 부자의 고도의 기망술에 개탄을 금치 못하였다.[113]

---

111) 金坽, 『溪巖日錄』〈乙亥 11月 15日〉 "十二日疏頭始出 翌日擇疏 以南亨會製用之 而多有刪改 文即李時馣手也"

112) 金中淸, 『苟全文集』, 「苟全先生門人錄」 참조. 김중청이 퇴계문인 박승임의 문인이었던 학연으로 인해 반남박씨 박승임 가문과 안동김씨 김중청가문은 굳건한 학적연대를 구축하고 있었다. 「구전문인록」에서 확인되는 박위, 박수, 박돈은 박승임의 증손자이며, 이외 전후 4차례의 소두 비방에서 3차례나 의망된 박종무는 그의 손자였다. 남형회는 南錫圭의 아들로 부자 모두 김중청의 문인이었고, 이시암은 김중청의 문인이자 손서로 이 가계는 손자 李光庭에 이르기까지 월천·구전학맥의 핵심세력으로 활동하게 된다(김학수, 「桐溪鄭蘊의 學脈」, 『南冥學報』 4, 南冥學會, 2005, 143쪽).

113) 金坽, 『溪巖日錄』〈乙亥 11月 19日〉 "且曰辨誣之疏 勢有未已 尹亦不能全諱其事 招金掌令應祖言之而回 護自已曰 吾非陷先賢 只明賢者或爲人誣枉故 擧退溪証栗谷一致而已 仍示注書日記 然則曩日此事不實之云 皆出於異意者之周遮也 蓋金壽賢鄙夫 惟恐咈乎時

설상가상으로 박돈 일행은 도중에서 연중 설화의 내용을 전해 듣고 상동설의 주론자가 윤방이 아니라 최명길임을 알고는 입성을 미루고 급거 소사(疏辭)를 개정(改定), 원소의 8할을 제거하는 웃지 못할 촌극을 연출하기까지 했던 것이다.114) 김염조의 기망책도 문제였지만 이만큼 소유들이 정보에 어두웠다는 뜻인데, 이 모든 것이 최명길에게는 자변의 좋은 빌미가 되었다.

천신만고 끝에 박돈은 동년 12월 2일과 6일에 봉소하였으나 인조는 '윤방, 최명길 등이 망발했다고는 할 수 있으나 선현을 무함했다고는 할 수 없는 바, 정외의 말을 경상(卿相)에게 가하지 말라'고 하며 오히려 연신들을 두둔함으로써115) 아무런 성과없이 돌아오고 말았다.

박돈이 상소하자 최명길은 즉시 자변소를 올려 이에 정면 대응하였다. 자신을 '기군함현(欺君陷賢)'으로 몰아부친 것에 대한 자변의 성격을 지닌 이 상소에서 최명길은 상동설은 항간에 나도는 전언일 뿐이고, 자신이 경연에서 한 말은 왕의 갑작스런 하문에 깊은 생각없이 평소 들은 바로써 응대했을 뿐이라고 하면서도 영남 유소를 조목조목 비판, 사실상 기존의 입장을 조금도 굽히지 않았다. 도리어 영유들을 얕잡아 보는 듯한 언설이 상소 곳곳에 투영되어 있었다.

먼저 그는 영유들이 연중 설화를 잘못 듣고 선현 변무를 빌미로 윤방을 성토하려다가 한강에 이르러 개소한 것을 지적하였는데, 이는 영

議故 其所後子念祖 承其指揮 張皇恐動傳播南鄕 力沮疏事 仲明兄及金孝徵眩惑其說 而礎
  也不識事理 惟念祖意是遵 誤仲明兄 又誤以志 當初幾不覺"

114) 金坽, 『溪巖日錄』〈乙亥 11月 30日〉"朴燉道中始聞曲折 至漢江改定疏辭 元文中存者
  僅十分之一二也"

115) 金坽, 『溪巖日錄』〈乙亥 12月 15日〉"嶺儒朴享等疏 初二日呈 翌朝批云 喪童之事 前日
  筵臣 只陳其所聞 而別無歸咎之意 子亦不以爲疑 爾等勿爲過慮 退修學業 王言至大 四方瞻
  聆 而不痛斥誣大賢之罪 亦且奈何 初六日再疏辨明 仍爲辭退 批云前日之言 謂之妄發 則可
  謂之誣賢 則不可 勿以情外之言加之卿相可矣"

유들이 사건의 진상조차 제대로 파악하지 못했음을 꼬집은 것이었다.
또 이이를 신구하기 위해 정인홍을 끌어들여 이황에게 허물을 옮기려
했다는 영유들의 이른바 '이방설(移謗說)'에 대해서는 전술한 정칙, 조
희인, 이홍경, 권도의 사례를 거론하며 이를 반박하였다. 그 기저에는
정인홍이 상동설로 이황을 무함한 것을 사실로 받아들이는 인식이 깔
려 있었는데,116) 영유들이 이를 전면 부인한 것에 대해 마치 이번 변무
소가 이황이 아닌 정인홍을 신원하러 온 듯 하다고 비꼬기까지 했던
것이다.

특히, 그는 영유들이 이처럼 요란하게 변무를 추진하는 것은 도리어
선현에게 진짜 무언가 감추어야 할 허물이 있는 것 처럼 보일 수 있는
바, 『퇴계연보』를 상고하여 그 실체를 살펴볼 필요성을 제기했다.117)
『퇴계연보』 상고론은 정경세의 보각설에 바탕한 것으로 이미 조희인,
송준길 등 영남·기호권의 일부 우복문인들에게 공공연한 사실이 되
어 있었다. 단언할 수는 없지만 최명길은 정경세의 보각설을 믿는 입
장이었던 것 같고118), 이 참에 『퇴계연보』의 확인을 통해 상동설을 사
실화하려는 정치적 의도가 숨어 있었다고 할 수 있다.

나아가 그는 조희인, 정칙, 이홍경, 권도 등의 사례에 더하여,

'도내의 석덕(碩德) 기유(耆儒)가 힘써 조정하였으나 그 말이 행해지지

---

116) 崔鳴吉, 『遲川集』 卷11, 〈因朴焞疏自辨疏〉 "仁弘輩構張誣陷之狀 在人耳目者如此 則
大臣承旨所陳之言 亦豈全無所聞而發者哉 今朴焞等 乃敢多費辭說 反若爲仁弘伸理之擧
此又臣之所未曉也"

117) 崔鳴吉, 『遲川集』 卷11, 〈因朴焞疏自辨疏〉 "蓋覆暗昧 有若前賢眞有可諱之愆者 則是於
尊賢之道 反有未盡 今者因臣楡前所達之言 士夫間始各顯言其所聞 尋厥言根 益知其誣 考
諸年譜 以驗實迹 使大賢心行 昭然若日星 不亦明白洞快矣乎"

118) 「退溪年譜」(민족문화추진회간행, 『한국문집총간』 31책 소수) 〈嘉靖10年辛卯條〉에는
"六月 側室子寂生"이라는 기록만 있을 뿐 조희인이 직접 목격했다고 주장한 상동설에 대한
변무 내용은 보이지 않는다. 이와 다른 판본이 존재했는지의 여부는 추후의 과제로 남는다.

않자 문을 걸어닫고 손(客)을 멀리하며 소사에 일체 가담치 않았고, 명가(名家) 망족(望族)들도 각기 그 자제들을 타이르고 경계하여 명첩(名帖)에 이름을 올리지 못하게 했으며, 유식한 선비인 생원 신홍망(申弘望) 등 소두를 회피하다 유벌을 입은 자가 4-5명이나 되니, 이를 통해서 본다면 (이 상소가) 당초 영남의 공론에서 나온 것이 아님을 알 수가 있다'119)

고 하며 영남 사론의 분열을 부추기는 발언을 서슴지 않았다. 여기서의 석덕 기유는 장현광을, 명가 망족은 풍산김씨 김영조·응조가문, 여주이씨 이찬·이환가문을 지칭하는 말임이 알려지면서 예안사림들은 다시 한 번 격분하였다.120)

또한 최명길은 자신의 입장을 강변하는 과정에서 정온을 끌어들임으로써 물의를 빚었다. '정온이 류진으로부터 상동설을 전해들은 적이 있고, 또 이 말을 한필원 형제에게 전했는데, 정온과 같이 곧은 사람이 어찌 들은 바를 숨기려 했겠는가?'라고 하며 상동설의 사실성을 더욱 강조하였지만, 이것은 와전이었다.

---

119) 崔鳴吉, 『遲川集』 卷11, 〈因朴炡疏自辨疏〉 "近有自南來者 又言朴炡等拜疏之時 道內碩德耆儒費力調停 言旣不行 則閉門距客以絶之 名家望族亦各戒飭子弟 令不得聯名 有識士子 如生員申弘望等以避疏被罰者 亦四五人云 以此觀之 朴炡之疏 初不出於嶺南公論者可知也"

120) 金坽, 『溪巖日錄』 〈丙子 1月 15日〉 "碩德耆儒指旅軒也 名家望族 或金孝仲或李軍威也歟 可惜可惜 所可憤者". 풍산김씨와 여주이씨는 17세기 서애·우복학맥의 핵심가문이었다. 풍산김씨의 경우 奉祖·延祖·應祖·念祖·崇祖 형제가 서애문인, 榮祖·昌祖·慶祖·應祖 형제가 우복문인이었을 만큼 일가가 전형적인 서애·우복학맥이었다. 이 가운데 정치적으로도 매우 현달했던 김봉조·응조는 영남사론의 형성에 중요한 역할을 담당했는데, 특히 김봉조는 金坽과 함께 영남 사류의 영수로 인식되기도 했다(金奉祖, 『鶴湖集』, 「年譜」 〈甲寅〉(1614) "有次金溪巖坽韻 先生與金公契分甚密 雖處濁世 而以道義風節相勵 洛下士大夫論南中士流 必以先生兄弟及溪巖爲領袖"). 그리고 여주이씨 이찬·이환·이형 형제는 유중영의 사위 이윤수의 아들로 류성룡에게는 생질이자 문인이었고, 서애 사후에는 정경세를 사사했다. 특히 이들은 『西厓文集』의 간행에 노력하는 한편 용궁에 三江書院을 건립, 류성룡을 제향하는데 중요한 역할을 담당했다(金坽, 『溪巖日錄』 〈辛未 4月 11日〉 "廬江院長李煥 以西厓文集活字事 長在院 其勤幹多矣 自歲前至于夏初 一不之龍宮").

이에 정온은 상소하여, 자신이 한필원에게 말을 전한 것은 사실이지만 류진에게 직접 들은 내용이 아니고 류진이 한 말을 다른 사람으로부터 듣고 이를 한필원에게 전한 것일 뿐이라고 주장했다. 더욱이 류진이 한 말은 없는 사실을 날조하여 겉으로는 이황을 높이는 척 하면서 속으로는 헐뜯어서 이황이 스스로 망한 것처럼 꾸민 것을 미워하여 한 말인데, 최명길이 거두절미하여 자신과 류진이 상동을 언급한 것처럼 표현한 저의가 의심스럽다고 했다.[121]

그리고 그는, 최명길이 경연에서 한 말에 대해 별다른 의도가 없었음을 밝히면 될 것을 광범위한 증거들을 끌어다가 생각없이 한 말을 사실화하려는 의도 자체가 문제가 있음을 지적하였는데, 이는 정온이 최명길의 상소가 자변을 넘어 상동설을 사실화시키려는 또 다른 목적이 있음을 꼬집는 말이었다.

주지하다시피 정온은 정인홍·조목의 문인이었으므로[122] 누구보다 피차의 입장을 가장 객관적으로 대변할 수 있는 위치에 있었다. 이 점에서 '내가 정인홍의 문하를 출입한 지 오래되었지만 정인홍이 일찍이 이런 말을 직접 한 적이 없고, 나도 이런 말을 들은 적이 없다'고 한 그의 입장 표명은 그간 공수(攻守) 역전의 형세를 면치 못했던 월천·구전문인들에게는 큰 위안이 되었다. 김영이 그의 상소를 대절로 평가하고 존경심을 표한 것도 이런 분위기를 반영하는 것이다.[123]

영남사론의 분열과 소청 내부의 진통, 인조의 냉담한 반응, 최명길의 강력 대응 등 각종 난맥상으로 점철된 이황변무소는 이렇듯 참담하

---

121) 鄭蘊, 『桐溪集』 卷3, 〈辭副提學疏〉(丙子正月).

122) 정온의 학통에 대해서는 김학수, 「桐溪 鄭蘊의 學脈」, 『南冥學報』 4, 南冥學會, 2005 참조.

123) 金坽, 『溪巖日錄』 〈丙子 1月 28日〉 "鄭桐溪冬間下鄉聞國恤 又上京 以崔鳴吉疏事 上章極言 崔之奸邪陷賢情狀 且言自己平生 未嘗見柳季華等事 此老大節每如是 眞可敬也"

게 종료되고 말았다. 일종의 사후 조처로 소사 불참자에 대한 대대적
인 처벌을 단행하면서도 최명길의 자변소를 다시 반박하는 소사가 이
루어질 수 없을 만큼 사론은 분열되었고, 사기도 크게 저상되었다. 그
만큼 변무소의 후유증이 컸다는 뜻이다. 김영이,

> 정부학(鄭副學:鄭經世)이 왜 사람들에게 만설을 늘어 놓았는지 참으로
> 알 수 없는 일이며, (중략) 여노(旅老:張顯光)가 겨울 전에 한 일을 자세히
> 들어보니 최명길의 상소 가운데 이름이 들어간 것이 이상할 것도 없다.[124]

고 하며 정경세에 대해서는 불만감을, 장현광에 대해서는 실망감을 표
현한 것에서 보듯 1635년 이황변무소의 실패가 서애·우복학맥 및 여
헌학맥의 이탈에 주된 원인이 있음을 분명히 확인할 수 있다. 그리고
'우복이 만약 살아 있었다면 이 일이 반드시 이토록 시끄럽게까지는
되지 않았을 것이다.'[125]고 한 송준길의 언급 역시 변무소의 난맥상과
관련하여 시사하는 바가 크다고 하겠다.

4. 맺음말

17세기는 영남학파의 통합기이자 분화기였다. 인조반정과 정인홍의
패망을 계기로 상당수의 남명학파 인사들이 이황 쪽으로 연원을 전향
함으로써 퇴계학파는 그 외연을 확대하는 한편 정통성을 강화하게 되

---

124) 金坽, 『溪巖日錄』〈丙子 1月 15日〉“鄭副學胡爲謾說話於人聽哉 殊未可知也”;〈丙子
2月 28日〉“旅老前冬所爲詳聞之 則宜乎入崔疏中矣”
125) 宋時烈, 『宋子大全』 卷212,〈同春宋公遺事 三十六條〉“公當時 每歎嶺人之不韙而曰
愚伏若在 此事必不至如此之紛紜也”

었고, 나아가 점차 '영남학파=퇴계학파'라는 인식의 단초를 만들어갔다는 점에서는 분명 통합기였다. 그러나 다른 한편으로 17세기 초반 퇴계학파는 월천문파[예안권], 학봉문파[안동권], 서애문파[안동·상주권], 한강문파[성주권] 등 이황의 고제를 중심으로 문파성이 강화되었다는 점에서는 분화기라 할 수 있었다.

이들 네 문파는 퇴계학파라는 점에서는 동질감을 가지면서도 우열경쟁을 통해 갈등과 대립 국면을 조성하며 상호 비판, 견제하였고, 사문(斯文)이나 특정 정치적 사안에 따른 대응책에 있어서는 상당한 입장 차이를 보이기도 했다. 예컨대, 1620년에 추진된 류성룡·김성일의 여강서원 합향과 그에 따른 위차문제는 후일의 병호시비(屛虎是非)를 배태시켰다는 점에서 문파 상호간 우열경쟁이 영남학파의 판도 형성에 얼마나 큰 영향을 미쳤는지를 잘 보여주고 있다.

그리고 본고에서 다룬 1635년의 퇴계변무소 또한 문파 상호간의 길항관계와 인식의 차이를 잘 보여준 사례였다. 예안·영주권의 월천·구전문파가 변무소의 추진에 적극적이었던 것은 이 지역이 퇴계학파의 본거지라는 점에서 기인하는 일종의 '정통의식'을 재천명하고, 나아가 인조반정 이후 실추된 학맥을 재결집하려는 목적이 내재되어 있었다고 볼 수 있었다. 반면에 상주권의 우복문파나 인동권의 여헌문파가 변무소의 추진에 미온적이었던 것은 변무의 명분이 뚜렷하지도 않았거니와 월천·구전문파에서 강행하는 소사에 맹목적으로 동참할 수 없다는 비판, 견제의식의 구체적 표현이었다.

특히 장현광에 있어 이 소사는 자신의 산림으로서의 역할과 존재를 시험받는 사건이었음에도 불구하고, 여헌문인들이 적극 동참하지 않았던 것은 갖은 부작용으로 인해 공론의 지지를 얻지 못하는 이황의 변무소보다는 후금(後金)의 침략이 예상되는 비상시국에 처해 국력과 민심을 함께 모으는 것이 시급하다고 생각한 장현광의 현실인식에 영향을 받았던 것으로 해석할 수 있다.

결과적으로 우리는 이 사건을 통해 17세기 영남학파가 이황을 정점으로 결속하는 한편으로 그에 못지 않게 계파별, 지역별 독자성 또한 점차 심화되어 정치적, 현실적 문제를 자신들의 입장에서 판단, 대응해 나갔고, 이른바 일도의 공론이라는 것도 비판적으로 수용했음을 인식할 필요가 있는 것이다.

17세기 영천 지역 여헌학의 정착과 전개
─영일 정씨들의 문화세계 분석을 중심으로─

전재동

1. 서론

고래로 영천은 '충절(忠節)' 혹은 '산수(山水)'의 고장으로 알려졌다. 전자는 고려 말의 충신 정몽주(鄭夢周, 1337~1392)의 출생지가 이 고장 우항리(亐項里)라는 점·임란 때 수많은 의병장을 배출한 사실 등에서, 후자는 삼산이수(三山二水)로 대표되는 빼어난 자연 풍광에 기인한 것이다. 영천 지역을 대표하는 인물로는 고려조 정몽주와 황보능장(皇甫能長) 등이, 조선 초 이승손(李承孫)·이응(李膺)·이순몽(李順蒙) 등 주로 특정 가문 중심이었다.[1] 그러다 조선 중~후기에 이르러 이황(李滉, 1501~1570)과 조식(曹植, 1501~1572)을 사사(師事)한 이들이 출현하면서부터 영천 지역의 학문은 이들과 그 문도들을 중심으로 전개되었다.

이 때문에 선행 연구자는 17세기 초반 영천 유림들의 학맥을 크게 한강학맥(寒岡學脈)─지산학맥(芝山學脈)─여헌학맥(旅軒學脈)으로 삼분

---

* 이 논문은 「17세기 영천 지역 여헌 학맥에 대한 일고찰」이라는 제목으로 『선주논총』 11 (금오공대 선주문화연구소, 2008)에 게재되었던 글을 수정한 것이다.

[1] 이행(李荇), 『신증동국여지승람(新增東國輿地勝覽)』 제22권, 「경상도(慶尙道)」, 〈영천군(永川郡)〉조, 민족문화추진회 국역본, 참고.

하기도 했다.[2] 이 중에서 17세기 이후 영천 지역에 가장 많은 영향력을 끼친 이는 단연 장현광(張顯光, 1554~1637)이라 할 수 있다.

그 이유는 첫째, 초기에 정구(鄭逑, 1543~1620)와 조호익(曺好益, 1545~1609)의 문하에 출입하던 문인들이, 두 사람 사후에 대부분 장현광의 문하로 흡수되었기 때문이다. 둘째, 장현광은 이른바 '입암사우(立巖四友)'의 권유로 말년을 입암에 머물면서 꾸준한 강학활동을 했으며, 사후엔 임고서원에 제향되는 영예를 누렸기 때문이다. 이를 통해서 볼 때, 장현광의 문인들은 영천 출신들이 적지 않음을 쉽게 짐작할 수 있지만, 아쉽게도 이에 대한 연구는 소략하기 그지없다.

병진년 및 기미년에 간행된『여헌문인록(旅軒門人錄)』에 따르면,[3] 장현광의 문인들 중 영천 출신은 총 53명 정도로 파악된다. 이를 성씨별로 분류하면 다음 표와 같이 정리할 수 있다.

안동 권씨	경주 김씨	달성 서씨	창녕 성씨	일직 손씨	밀양 손씨	영천 이씨	성주 이씨	영일 정씨	기타	소계
4	9	1	1	3	2	5	4	15	9	53

위의 표를 살펴보면, 영천 지역 장현광의 문인은 주로 정씨-이씨-김씨-권씨-손씨 등으로 구성되어 있음을 알 수 있다. 기타에 해당되는 성씨로는 용궁 전씨-창녕 조씨-평해 황씨 등이다. 이 중에서 영일(迎日) 정씨는 수적으로도 가장 많은 비중을 차지할 뿐만 아니라, 여헌이 말년에 영천에 자리잡는데 적잖은 영향을 미쳤다. 따라서 영일 정

---

2) 김학수, 「여헌학맥의 성장과 장현광의 임고서원 제향논쟁」, 『여헌 장현광의 학문 세계 2-자연과 인간』, 고려대 민족문화연구원 한국사상사연구소, 예문서원, 2006 참고.

3) 김학수, 「17세기 영남학파 연구」, 한국학중앙연구원 한국학대학원 박사논문, 2008, 406~416쪽 참고.

씨들을 통해 영천 지역에서 여헌학맥이 형성-전개-확산되는 과정을 추적할 수 있는 단서를 마련할 수 있을 것으로 기대된다. 본고에서는 이와 같은 점을 고려하여 임란 당시 영일 정씨들의 의병활동과 그 후손들의 문학 세계를 분석해 보고자한다.

2. 16세기 말~17세기 초 영천 지역 여헌학의 정착

1) 의병장 정세아와의 교유

영천 지역에 퇴계 학맥이 뿌리를 내린 것은 김응생(金應生, 1496~1555)과 정윤량(鄭允良, 1515~1580), 노수(盧遂) 등의 노력에 힘입은 결과이다. 김응생은 1552년 자양서당(紫陽書堂)을 건립하여 후학 양성에 매진하였으며, 정윤량은 1554년 임고서원을 창건하여 스승 이황의 서원보급운동에 협력하였다. 황준량(黃俊良, 1517~1563)은 「자양서당기(紫陽書堂記)」를 통해, "포은(圃隱)의 연원(淵源)과 자양(紫陽)의 적통(嫡統)을 소급해 중흥(中興)을 자임(自任)하려는 호걸(豪傑)이 있기를 바란다."[4]고 하면서 김응생의 서당 건립을 매우 고무적인 일로 여겼다. 또한 이황은 노수를 통해 임고서원에 내사본『성리군서(性理群書)』를 내리는 등 적극적인 관심을 보였다.

이후 17세기에 이르러 영천 지역의 유림들은 이황의 제자들을 스승으로 모시거나, 자주 왕래하는 기회를 가졌다. 퇴계와는 사승관계가 없었던 장현광이 영천 지역을 왕래하게 된 것은 그의 누이 때문이었다. 후술하겠지만, 입암사우로 알려진 정사진(鄭四震, 1567~1616)은 영

---

4) 황준량, 「자양서당기」, 『영천(永川)의 누정(樓亭)』, 경북대학교 영남문화연구원, 2008 참고.

천에서 장현광의 누이를 봉양하고 있었는데, 이를 계기로 장현광은 영천을 자주 왕래하였다. 이 무렵 장현광은 정윤량의 아들 호수(湖叟) 정세이(鄭世雅, 1535~1612), 정세아의 족제(族弟) 정대임(鄭大壬, 1553~1594) 등과 인연을 맺은 것으로 추정된다.

장현광과 정세아의 교유관계에 대해선 자세한 기록이 없지만, 이용구(李龍九)가 기록한 「강호정이건기(江湖亭移建記)」에 따르면, 정세아는 임란이 일어난 직후 "영천의 적을 섬멸하고 경주로 진격하려다 군사들을 조희익(曺希益)에게 맡기고 자양으로 돌아왔다. 이후 임천(林泉)에 뜻을 두며 조지산(曺芝山)·장여헌(張旅軒)·이창석(李蒼石)·손모당(孫慕堂) 등과 왕래하면서 도의를 강마하고 느긋하게 늙어갔다."고 기록하고 있다.5) 또 장현광이 정세아의 죽음을 슬퍼하며 지은 제문(祭文)에, "저는 이곳에 왕래하면서 일찍이 여러 차례 찾아뵙고 공경을 다하였으며 공 또한 저를 허여해 주시어 혹 술병을 차고 시냇물과 돌 사이에서 취하곤 하였습니다. 그리하여 담소하는 즈음에 그윽이 감발함이 많았사온데 이제 모두 끝났습니다."6)라고 탄식한 기록으로 보아, 장현광이 영천을 왕래히면서 두 사람은 두디운 교분을 쌓있던 것을 추측할 수 있다. 그러므로 영천 지역 여헌 학맥은 장현광과 교유 관계를 유지한 정세아에게서 그 단초를 찾아야 할 것이다.

정세아는 1592년 임진왜란이 발발했을 당시 영천 지역을 대표하는 의병장이었다. 그는 임란이 일어나자 향촌의 자제들을 동원하여 의병을 결성하고 격문을 작성하여 의병을 규합하는 등의 활약을 했다. 그때 곽재우(郭再祐, 1552~1617)는 경남 의령(宜寧)에서, 권응수(權應銖,

---

5) 이용구, 「강호정이건기」, 『영천의 누정』, 경북대학교 영남문화연구원, 2008 참고.

6) 장현광, 『여헌선생속집(旅軒先生續集)』 권3, 「제문(祭文)」, 〈제정호수세아문(祭鄭湖叟世雅文)〉, "顯光往來此地 屢詧歷候致敬 公亦辱許 或賜提壺 醉晤於泉石之間 其於談笑之際 竊有所感發者多矣 今其已矣"

1546~1608)는 경북 신령(新寧)에서 각각 기병하여 서로 성원하였다. 그 해 8월 권응수의 지휘 아래 정대임(鄭大任)·정대례(鄭天賚)·조성(曺誠)·신해(申海) 등이 영천 박연(朴淵)에서 왜적과 싸워 큰 전과를 거두고 영천성(永川城)을 수복하였다. 영천성을 수복한 데 이어 다시 경주의 왜적을 격퇴하였는데, 이 일로 인해 낙동강 왼쪽이 온전하였다.

정세아의 의병활동은 『호수선생실기(湖叟先生實記)』에 자세하며, 그 밖에도 정세아를 추모하여 후손들이 지은 강호정의 내력을 기록한 「강호정이건기(江湖亭移建記)」, 그리고 『영천전지(永川全誌)』·『난중잡록(亂中雜錄)』·『연려실기술(燃藜室記述)』 등에도 일부 남아 있다. 정세아는 일생 중 저술 활동이 가장 왕성할 때인 후반부를 전장에서 보냈기에 남아 있는 시문이 거의 없다. 그의 문학 작품은 『호수선생실기』에 일부 전하는데, 그나마 시 21수, 제문 1수, 서간문(書簡文) 7편 등이 전부이다.

『호수선생실기』에 수록된 시들은 류정(柳汀)·조덕기(曺德驥)·금란수(琴蘭秀) 등과 도내의 명승지를 유람하며 지은 것과, 임란 때 의병을 모으기 위해 팔공산에서 회맹(會盟)한 뒤 지은 것, 초시(初試)와 회시(會試)에서 지은 것 등이 주류를 이룬다. 이 가운데 팔공산에서 회맹할 때 지은 시를 살펴보기로 한다.

팔공산회맹운7)

치열한 싸움터에 둘도 없는 용사 있으니	兵場方見士無雙
순수하면서도 높은 정성 부모의 나라로다.	斷斷危忱父母邦
백두의 이 몸 무슨 도움 되려마는	如我白頭何所補
금강에서 아이들을 끌어낸다.	故携兒子自琴江

---

7) 정세아(鄭世雅), 『호수선생실기(湖叟先生實紀)』, 권3, 〈팔공산회맹운(八公山會盟韻)〉. 번역은 『국역(國譯) 호수선생실기(湖叟先生實記)』(이병도 역, 공신인쇄소, 1976)을 참고하였음.

인용한 시는 정세아가 62세 되던 해인 1596년에 지은 것이다. 『호수 선생실기』「연보(年譜)」에 따르면, 이 시를 짓게 된 배경은 임란이 잦아들 무렵 왜구들이 다시 들어올까 염려되어 가까운 동지들과 팔공산에서 갖은 회맹이라고 했다.8)

이 시의 형식은 오언절구로, 평성(平聲) 강 자(江字) 운(韻)을 사용해 씩씩한 기상을 더했다. 첫 구에서는 자신들이 모집한 의병을 격려하고자 전장(戰場)에 둘도 없이 용감한 병사들이라 칭송했다. 두 번째 구에서는 모인 의병들의 임무가 바로 부모의 나라를 지키기 위함이라는 당위성을 피력했다. 세 번째~네 번째 구에서는 보잘것없는 늙은이의 몸으로 금호강, 즉 자신이 살고 있는 영천에서 의병을 규합한다는 내용을 노래했다. 그러면서 나라를 위한 자신의 의지를 고(故) 자에 담아, 기필코 왜적들을 물리치겠다는 결연한 각오를 담아내었다. 일견 평이(平易)하면서도 담박(淡泊)한 내용인 듯하지만, 고 자 하나에 우국충정의 마음을 고스란히 표출하고 있는 것이다.

정세아의 이와 같은 우국충정은 비단 국난을 당해서만 그런 것이 아니었다. 1590년 그는 류정(柳汀)이 보내온 시에 회답히며, "문무(文武)를 겸비했으니, 천만 군사라도 막아내리."9)라 하며 일찍부터 충성심으로 나라를 걱정하며 보냈었다. 그렇지만 그는 나라를 위한 자신의 도리를 다할 뿐 벼슬이나 영달에는 관심이 없었다. 영천성을 수복하고 경주를 탈환하는 등의 전과를 올려 체찰사(體察使) 이원익(李元翼, 1547~1634)이 거듭 조정에 천거하였으나, 정세아는 끝내 벼슬을 사양하였다. 난중에 자식을 잃어 슬픔도 컸겠지만, 그것마저 초탈한 채 자

---

8) 정세아, 『같은 곳』, 권2, 「연보(年譜)」, "九月二十八日 與遠近同志 會盟于八公山 慮倭 寇再肆 故有是盟 有會盟錄 及唱酬詩"

9) 정세아, 「같은 곳」, "情性發於詩 其人想見奇 工全談道夜 理斷借籌時 放逐歌吟苦 貞忠 寤寐思 能文兼武備 可禦萬千師"

호정사(紫湖亭舍, 강호정)에 올라 인생을 관조하였다. 당시에 지은 시는 다음과 같다.

온 산에 둘러싸인 한 시냇가에   萬山環抱一溪頭

두어 가지 솔처마는 여름에도 가을 같네.   數架松簷夏似秋

한적한 가운데 관찰하며 시를 즐기며   觀物愛吟閑裏句

시절을 상심하며 견디기 어려웠던 걱정

취중에 잊어보네.   傷時難遺醉中愁

이내 생애 쓸쓸히 구름따라 떨어지며   生涯草草隨雲冷

이 한 몸 가벼이 물따라 흘러간다.   鄙吝輕輕逐水流

나물밥만이 내 배를 채워 주니   蔬食只能供我飽

다시는 걱정 않고 생사에 맡기리.[10]   更無思慮任浮休

인용한 대목은 호수가 강호정에 올라 지은 연구(聯句) 가운데 첫 번째이다. 이 시에서 정세아는 전란도 어느 정도 안정되었기에 나라를 걱정하며 시름에 잠겼던 마음을 술로 잊어본다고 했다. 그래서 정자에 올라 안자(顏子)처럼 안빈낙도(安貧樂道)하며 생사(生死)에 자신의 맡긴다고 했다. 아마도 정세아가 장현광을 직접 만난 것도 이 때 즈음이 아닐까 한다. 「연보」와 「강호정이건기」에 따르면, 이후로 정세아는 임천에 뜻을 의탁해 조호익(曺好益, 1545~1609)·장현광(張顯光)·이준(李俊, 1560~1635)·손처눌(孫處訥, 1553~1634) 등과 왕래 교류하면서 도의를 강마하고 즐거운 마음으로 늙어갔다고 한다. 또 고을 인사들과 함께 포은 선생을 배향한 임고서원을 중건해 후생을 장려했다.

그러나 아쉽게도 당시의 제현들과 왕래하며 지은 시는 전하지 않고,

---

10) 정세아, 「같은 곳」, 〈登紫湖亭舍 用前韻述懷 其一〉.

단지 정세아가 조호익의 죽음을 애도하는 만사(輓詞)와 장현광이 정세아의 죽음을 애도하는 제문만이 남아 있을 뿐이다. 장현광과 영천의 인연은 다음 장에서 논의할 이른바 '입암사우'들과의 교유에서 본격화 된다.

2) 여헌의 입암 우거와 정사진 형제의 종유

장현광이 영천 인사들과 교류한 것은 수암(守菴) 정사진(鄭四震, 1567~1616)이 매개가 되었다. 정사진은 13세 되던 1579년 장현광의 자형 채응곤(蔡應鯤)에게 취양(取養)되면서 죽음에 임하기까지 약 40여 년 동안 장현광을 따랐다. 이를 계기로 영천 지역의 동봉(東峯) 권극립(權克立, 1558~1611)·윤암(綸庵) 손우남(孫宇男, 1564~1623)[11]·우헌(愚軒) 정사상(鄭四象, 1563~1623) 등과도 자연스레 친분을 맺게 되었다. 장현광과 입암사우의 인연은 임란으로 인해 더욱 공고해지는 계기가 되었다. 임란이 발발하자 네 사람은 입암결사를 맺고, 당시 청송에 우거하던 장현광을 방문하였다. 입암은 원래 손우남이 처음 길지로 여겨 장수(藏修)한 이래 권극립 등이 같이 피난처로 택했던 곳이었다. 장현광은 입암의 풍광과 매력에 흔쾌히 동거를 약속하고 가솔들을 데리고 입암으로 이주하였다. 이에 대한 내력은 장현광이 기록한 「입암기(立巖記)」·「입암정사기(立巖精舍記)」 등에 자세하다.[12]

입암사우를 통해 입암으로 들어온 장현광은 항상 그들과 더불어 학문을 토론하고 도의를 강마하였다. 또 1599년 입암정사(立巖精舍)가 건립된 뒤에는 강학의 기반이 더욱 공고해졌다. 게다가 정사상과 정사진

---

11) 권극립의 인물 정보는 안동 권씨 문중에서 펴낸 『영가세고(永嘉世稿)』(국립중앙도서관 소장본)에 손우남의 인물 정보는 『윤암집(綸庵集)』과 『영천의 누정』「동산재기(東山齋記)」 조를 통해 알 수 있으나 자세한 내용은 본고의 논외이므로 생략한다.

12) 장현광, 『여헌선생문집』 권9, 「입암기」 및 「입암정사기」 참고.

은 형제간이며, 권극립은 두 사람의 고모부인 점 등 혈연적 유대관계
도 깊었다. 그러므로 이들을 중심으로 17세기 영천 지역의 여헌 학맥
이 형성되었음은 쉽게 짐작할 수 있다. 게다가 정사진은 인농 지역에
거주하던 여헌 문인 장제원(張悌元)·여륜(呂倫)·박수일(朴遂一, 1553~
1597) 등과 사돈 관계를 맺어 영천 지역에 여헌 학맥이 입지를 다지는
결정적 역할을 했다.[13) 따라서 이 장에서는 정사상과 정사진 형제를
중심으로 여헌학이 영천 지역에 기반을 내리는 과정을 두 사람의 문학
세계를 중심으로 검토해 보기로 한다.

정사상에 대한 인물 정보는 그의 문집인 『우헌실기(愚軒實記)』와 후
손들이 그를 추모해 세운 정자인 모우정(慕愚亭)[14) 「기(記)」를 통해 유
추해 볼 수 있다. 정사상의 자는 여섭(汝燮), 호는 우헌(愚軒)이다. 부친
의 휘(諱)는 삼섭(三變)으로 공조정랑을 역임했으며, 어머니는 성산이
씨이다. 어려서부터 정구(鄭逑)·조호익(曺好益) 등을 사사하였으며, 말
년에 장현광에게 수학하였다. 또 서사원(徐思遠, 1550~1615)·박수일(朴
遂一)·손처눌(孫處訥, 1553~1634) 등과는 막역지우를 맺었다. 조겸익의
딸이자 조호익의 질녀인 창녕 조씨에게 장가들었으며, 일생을 벼슬하
지 않고 동생 정사진과 더불어 도의를 강마하였다.

정사진에 대한 인물 정보는 『수암집(守庵集)』을 통해 그 개요를 파악
할 수 있다. 정사진의 자는 군섭(君燮), 호는 수암(守菴)이다. 정사상의
동생이며, 일찍이 여러 동지들과 자양동(紫陽洞)에 들어가 과거공부를
폐한 채 학문에만 전념하였다. 그의 학행이 조정에 알려져 여러 차례
벼슬이 내려졌지만 나아가지 않았다. 사후에 형과 영천의 입암서원에

---

13) 김학수, 전게 논문, 101쪽 참고.
14) 모우정(慕愚亭)은 정사상의 학덕과 행실을 추모하기 위해 후손들이 세운 정자로 현재
    영천시 임고면 우항리에 있으며, 기문은 후손 동락(東洛)이 썼다. 『영천(永川)의 누정(樓亭)』
    (경북대학교 영남문화연구원, 2008) 「모우정기(慕愚亭記)」 조 참고.

제향되었다.

정사진의 문학 작품 또한 정세아와 마찬가지로 많은 양이 남아 있지 않다. 『우헌실기(愚軒實記)』에 전하는 정사상의 문학 작품은 서간문 2편·제문 5편과 부록의 〈입암기략(立巖記略)〉 등이 전부이다. 그러나 정사진은 그의 형에 비해 비교적 많은 양의 문학 작품을 남겼는데, 『수암집』에 수록된 그의 문학 작품은 시 51제(題) 56수·서간문 19편·서(序) 1편·잡저(雜著) 6편·제문 11편 등이 있다. 그러므로 정사진 형제의 문학 세계는 『수암집』을 통해 그 개략을 유추해 볼 수 있을 것으로 여겨진다.

장현광은 영천의 여러 유림들 가운데 특히 정사진을 아꼈다. 이는 『여헌집(旅軒集)』에 전하는 서간문 중 정사진과의 질의응답에 대한 내용이 상당수 있으며, 먼저 죽은 정사진을 위해 손수 제문과 묘갈명을 쓰기도 한 사실[15]에서 쉽게 확인할 수 있다. 또한 정사진을 '여문(旅門)의 안자(顔子)'에 비견하면서[16] 그의 임종을 애석히 한 점 등에서 보다 더 선명하게 확인된다.[17] 정사진이 스승 장현광을 걱정하며 입암으로 이주를 권유하자, 장현광은 너무나 감격스러웠다. 이후 잦은 서신 왕래를 통해 일상의 안부를 묻기도 하고, 신변에 일어난 잡다한 일들을 걱정하기도 했다. 하루는 장마가 일어 홍수가 나자 장현광은 하늘을 원망하는 편지를 보냈다.[18] 정사진은 곧바로 이에 대한 화답을 시로 표현했는데, 그 내용은 다음과 같다.

---

15) 장현광, 『여헌선생문집』 권11, 「제문(祭文)」, 〈祭洗馬鄭君燮文〉 및 『여헌속집』 권8, 〈洗馬鄭公墓碣銘〉 참고.

16) 한국학중앙연구원, 『고문서집성(古文書集成)』 79-인동장씨(仁同張氏) 여헌종택(旅軒宗宅)-, (김학수, 「전게 논문」, 104쪽에서 재인용)

17) 설석규, 『중화탕평의 설계자 여헌 장현광』, 한국국학진흥원, 2007, 103~105쪽 참고.

18) 장현광, 『여헌선생속집』 권2, 「서(書)」, 〈與鄭君燮〉, "日前大水 近世所無之變 人家漂沒 浮過于江漲者無數云 令人慘目 被浸農民 隨處啼哭 天胡偏病斯人者至此哉(下略)"

장마를 보며[19]

타는 무더위 오래되어 쇠를 녹이는 듯하다	旱炎如焚久爍金
가을 오니 장마비에 다시 물이 붇네.	秋來苦雨更淫淫
강 가 나무들도 놀란 물결에 솟구치고	澗邊樹梢驚濤起
바위 위 초가집도 성난 파도에 휩쓸리네.	巖上茅簷怒浪侵
우레같은 소리 사방에 진동해 온 골짜기 무너뜨리니	聲動乾坤崩萬壑
기세 꺾인 산봉우리에 온 수풀이 잠기네.	勢傾山嶽沒千林
이 같은 장관 끝나자 근심이 가득하니	壯觀未了憂還切
상심한 마음 누구와 함께 술잔 기울일까?	遣懷誰與對罇斟

인용한 시에서 정사진은 장마로 인해 불어난 물이 온 산하를 집어삼키는 광경을 실감나게 묘사하였다. 온 산과 들이 장마에 잠기자 그 광경은 일찍이 보지 못한 장관이었지만, 이 장관이 끝나면 홍수로 인한 백성들의 고통이 남는다. 그렇기 때문에 미련(尾聯)에서 백성들의 고통을 근심하는 마음을 드러냈으며, 아픔을 같이 할 이를 찾았던 것이다. 더구나 홍수로 인한 피해는 당시의 상황을 고려하면 왜적의 침입에도 비유될 수 있다. 이와 같은 비유는 경련(頸聯)에서 홍수에 기세가 꺾인 산악이기에 온 수풀마저 거기에 매몰된다는 시어에서 유추할 수 있다. 장현광 또한 홍수를 왜적의 침입에 비유하여 "오랫동안 오랑캐의 침입에 빠져 있지는 않을 것"임을 노래한 적이 있다.[20] 이 시를 통해 여헌이 백성들의 근심을 자신의 근심으로 여겼던 마음을 정사진이 그대로 물려받았음을 잘 알 수 있다.

장현광에 대한 정사진의 애틋한 존모는 일상과 학문, 처세에 있어서

---

19) 정사진, 『수암집』 권1, 「시」, 〈觀漲〉.
20) 장현광, 『여헌선생속집』 卷1, 「詩○七言絶句」, 〈觀漲〉, "昨日小溪水未岸 今朝大野浪滔天 變化神權由造物 山河何忍久腥羶"

도 그대로 표출되었다. 일찍이 장현광은 서애(西厓) 류성룡(柳成龍, 1542~1607)의 추천으로 여러 번 조정의 부름을 받았다. 그러나 자신의 학문이 무르익지 않았다거나, 상중(喪中)이라는 핑계를 대고 일체 거기에 응하지 않았다.

그러다 그가 42세 되던 1595년 조정에서 보은현감(報恩縣監)으로 임명하자 거절하지 않고 나아가려 했다. 그러자 정사진은 전혀 의외라는 표정으로 스승에게 출처(出處)에 대해 따지고 물었다. 스승은 정사진의 물음에 "출처는 수시(隨時)에 관계되며, 시(時)에는 고금이 다르고 관작(官爵)에는 대소(大小)가 있기 때문에 때에 맞춰 순리대로 대응하라."고 답해 주었다.[21]

이 같은 일이 있은 뒤 정사진은 스승이 가르쳐 준 출처에 대해 깊이 고민하였으며, 이에 대한 해답을 스승의 자호(自號)와 연결시켜 다음과 같이 읊조렸다

장사거의 시를 차운하여 삼가 여헌선생 안하에 올리며[22]

만고의 하늘과 땅이 진정한 여관이니	萬古乾坤眞逆旅
세상 어디엔들 나그네에게 마땅치 않으리오?	世間何處不宜旅
진으로 가던 채로 가던 때에 맞아야 하네	之陳之蔡自隨時
누가 선생님더러 고달픈 나그네라 하는고?	孰謂先生苦作旅

인용한 시는 정사진이 장현광의 족제 장광한(張光翰)의 시를 차운(次韻)해서 보낸 것이다. 이 시의 첫 구에서 말한 역려(逆旅)란 당대(唐代)의 시인 이태백(李太白)이 〈춘야연도리원서(春夜宴桃李園序)〉에서 말한

---

21) 이에 대한 자세한 설명은 설석규, 『중화탕평의 설계자 여헌 장현광』, 한국국학진흥원, 2007. 103~105쪽 참고.
22) 정사진, 『수암집』 권1, 「시」, 〈次張斯擧韻謹呈旅軒先生案下〉.

"만물지역려(萬物之逆旅)"와 같은 의미이다. 1597년 장현광은 영천 입암에서 청송으로 우거를 옮기면서 자호를 여헌이라 명명했다. 물론 장현광의 여정에는 정사진이 함께였음은 두말할 나위가 없다.

　장현광은 자신의 당호(堂號)인 려(旅)의 의미에 대해 "천지는 역려(逆旅)이기에 그 사이에 왔다가는 나그네인 우리들은 도리를 지키고 의(義)를 잃지 말아야 한다."고 주장했다.[23] 이 시에서 정사진도 스승이 말한 역려와 나그네의 의미를 그대로 인용하여, 나그네의 본분과 도리는 수시(隨時)일 뿐임을 강조했다. 장현광은 자호를 설명하면서 "외부의 우환과 고통에 얽매여 그 처지를 면하고자 하는 방도에만 힘쓰면, 도리를 잃고 의리를 잃는다. 오직 우환과 곤궁과 고통에서 초연한 자라야 가는 곳마다 자득(自得)이 있을 것"[24]임을 역설했다. 여기서 장현광이 궁벽한 생활 속에서도 즐거움을 찾고자 하는 노력을 엿볼 수 있다. 다음 시에서는 정사진이 유거(幽居)하는 가운데 즐거움을 누리는 장면을 상상할 수 있다.

암거유흥 두 수

오월 무더워 속 바위 가에 누우니	炎天五月臥巖中
여울물 소리 솔바람에 묻혀 늦바람을 보내네.	灘入松聲送晚風
분수에 편안하자던 옛 시 읊조리기 마치니	安分古詩吟罷了
돌아오는 구름에 산은 고요하고 물은 거울같네.	雲歸山靜水如銅
무심한 소나무 무심한 학을 벗하며	無心松伴無心鶴

---

23) 장현광, 『여헌선생문집』 권7, 「잡저」, 〈旅軒說〉 참고.

24) 장현광, 『여헌선생문집』 권7, 「잡저」, 〈旅軒說〉, "惟吾所以處之者 不失其理而已矣 自外者 烏足以累吾之方寸哉 若不知在吾之理 無虧欠 無空缺 隨時隨處而自足者 憂患焉敖敖 困苦焉戚戚 常用心於爲旅之艱 每用力於免旅之方 則其不至忘理而失義者鮮矣 惟能超然 於憂患困苦之外者 無所往而不自得"

말없는 산 말없는 사람 살고 있네.	不語山棲不語人
말없음 무심함 그대 비웃지 마소.	不語無心君莫笑
말 많고 유심한 그대 보다는 나으니.	勝他多語有心人

인용한 시에서 정사진은 무심(無心)과 불어(不語)를 즐거움의 대상으로 삼고 있다. 그래서 여울물 소리[灘], 솔바람[松] 소리에 산은 고요하고 물은 거울과 같다고 했다. 이는 宋代의 성리학자 소옹(邵雍)이 〈청야음(淸夜吟)〉에서 "月到天心處 風來水面時 一般淸意味 料得少人知"라 노래한 것을 연상시킨다. 은둔하는 선비들에게 유심(有心)과 다어(多語)는 그저 방해만 될 뿐이다.

이처럼 장현광과 정사진의 관계는 강학(講學) · 종유(從遊) 등 일상생활뿐만 아니라, 삶 자체를 같이하는 인생의 동반자였던 것이다. 그러나 애석하게도 정사진은 1610년 스승 장현광과 정구의 뱃놀이를 마지막으로 임종하고 말았다. 이후 장현광은 입암을 떠나 청송 등지를 떠돌다 1610년 이후에 겨우 인동(仁同) 본가에 안착했다. 그러나 남은 것은 전란으로 인한 잿더미 뿐, 장현광에게는 또 다른 시련이 기다리고 있었다. 다음 장에서는 1600년 이후 장현광에게 종사(從事)했던 정사물(鄭四勿)과 정극후(鄭克後)에 대해 알아보기로 한다.

3. 17세기 중엽 영천 지역 여헌학의 전개

앞장에서 살펴보았듯이, 영천 지역 여헌학의 정착은 정사진 형제를 중심으로 한 입암사우의 영향이 컸다. 장현광은 1597년 가족들을 데리고 입암으로 들어온 뒤, 1599년 입암정사 건립, 1606년 만활당(萬活堂) 낙성으로 이어지는 기간 동안 영천과 경주 일대의 문인들을 규합했다.

여헌(旅軒) 문도의 입문 또한 1610년 인동에 건립된 부지암정사(不知巖精舍)와 입암을 중심으로 본격화되었다. 당시 장현광의 문하에서 종유(從遊)했던 이들은 정사물(鄭四勿, 1574~1649)과 정극후(鄭克後, 1577~1658) 형제를 비롯하여 권봉(權對) · 권진민(權晉敏) 등의 안동 권씨, 손해(孫瀣) · 손항(孫沆) 등의 일직 손씨, 김취려(金就礪) · 김호(金墧) · 김배(金培) 등의 경주 김씨 일문이었다. 이 장에서는 정사물과 그의 동생 정극후를 통해 17세기 중엽 영천 지역에 여헌학이 확산되어가는 과정을 고구해 보기로 한다.

1) 정사물 · 정극후 형제의 덕연 강학

정사물의 자는 역안(亦顔), 호는 곤봉(昆峯)이며 앞장에서 언급한 정사상과는 재종형제간이다. 정사물에 대한 인물 정보는『곤봉집(昆峯集)』에 자세한데,『곤봉집(昆峯集)』의「행장(行狀)」을 통해 정사물의 인물정보를 간략하게 정리하면 다음과 같다. 정사물의 아버지는 호조참판 삼외(三畏)며, 어머니는 수원 김씨로 참봉 공필(公弼)의 딸이다. 나이 19세(1613년)에 사마시에 합격했으며, 임란 때에는 아버지가 흥해에서 창의(倡義)하자 의병을 모으고 군량을 수합했다. 화왕산(火旺山) 전투에는 곽재우(郭再祐)를 비롯하여 많은 의병장들과 동맹하는 데 참가하였다. 왜란과 호란을 겪은 뒤 학궁(學宮)이 무너지고 기강이 해이하여지자 향리의 유생들과 합의하여 학궁을 세워 문풍을 진작했고, 경주 곤계봉(昆季峯) 밑에 이의당(二宜堂)을 짓고 아우 정극후(鄭克後)와 함께 학문을 강론하였다.

정극후(鄭克後)의 자는 효익(孝翼), 호는 쌍봉(雙峯)이며 정사물의 동생이다. 정극후에 대한 인물 정보는『쌍봉집(雙峯集)』에 자세한데,『쌍봉집』에 수록된 「행장」을 토대로 그의 전기를 간략하게 기술하면 다음과 같다. 정극후는 일찍부터 장현광과 정구를 사사했는데, 여헌은 그의 비범함에 감탄해 붕우(朋友)의 예로 대하였다. 한강은 그의 행동거지가 범상하지 않음을 보고 경주에 인물이 났다고 칭송하였다. 학문과 강학으로 일생을 보내다가, 나이 60세에 학행(學行)으로 천거되어 동몽교관(童蒙敎官)에 임명되었으나 부임하지 않았다. 금정도찰방(金井道察訪) · 왕자사부(王子師傅) 등에 제수되었으나 수개월 후 노환으로 사퇴하였다. 말년에는 삼성산(三聖山) 아래에 집을 짓고 산천과 벗하며 사물에 얽매이지 않고 자득하는 생활을 하면서 경사(經史)를 강론하고, 후학양성을 소임으로 하였다. 저술로 『문묘향사지(文廟享祀志)』· 『역년통고(歷年通攷)』· 『서악지(西岳志)』 등을 남겼다.

16세기 말~17세기 초의 조선은 임란으로 인해 국정은 물론 일반 백성들의 삶 또한 처참하기 이를 데 없었다. 그래서 이 시기 장현광과 교유하거나 장현광의 문도에 입문한 이들은 저술 활동보다는 자신의 삶조차 제대로 유지하기 어려운 실정이었다. 입암사우들의 문학 작품이 거의 남아 있지 않은 이유도 바로 이 때문이다. 그렇지만 임란이 끝나고 난 뒤 나라가 조금씩 안정을 되찾으면서 여헌 문인들의 저술 및 시작(詩作) 활동도 전과 다름없이 활발해 졌다. 『곤봉집』과 『쌍봉집』에 수록된 문학 작품을 정리해 보면 다음의 표와 같다.

문집명	시	부	소	서(書)	지	제문	상량문	서(序)	기	발	기타
곤봉집	89제 142수	1	2	8	0	3	3	0	1	1	4
쌍봉집	75제 92수	0	8	2	7	11	0	3	3	0	32

위의 표에서 알 수 있듯이, 정사물 · 정극후 형제의 문학 작품은 확

실히 '입암사우'들과는 양적인 면에서 차이를 보인다. 또한 이들 형제는 스승 여헌의 장현광의 문학 활동이 주로 성리설을 중심으로 한 경학과 성리학에 치중한 반면, 시나 부(賦) 등 순수 문예에도 적잖은 관심을 드러냈다고 할 수 있다. 그렇지만 이들의 시문학 작품 또한 자연 경물에 대한 찬미나 서정적 묘사보다는 경물을 통해 도학적 세계관을 관조하는 태도를 견지했다.

『곤봉집』에 수록된 정사물의 시는 주제적 측면으로 보자면 크게 네 가지 정도로 구분할 수 있다. 첫째 덕연(德淵)에서 강학하며 주변의 풍광을 노래한 것, 둘째 동생 정극후와의 형제담락(兄弟湛樂)을 통한 우애이다. 이에 대한 구체적 사실은 다음 단락에서 보다 상세하게 논의해 보기로 한다. 셋째는 〈월성회고(月城懷古)〉 등 사라져가는 고도(古都) 경주(慶州)의 문물을 노래한 것이 있으며, 넷째는 〈심우(甚雨)〉 등 천재(天災)로 인한 백성들의 고통을 아파하는 애민시(愛民詩) 등이다. 이 밖에도 붕우나 고을 수령의 전별(餞別)을 노래한 것도 일부 있다. 또한 석양의 아름다운 풍광을 통해 자신 또한 얼마 남지 않은 인생의 덧없음을 노래한 〈석양부(夕陽賦)〉도 주목할 만하다. 먼저 형제담락을 노래한 다음 시를 통해 정사물의 시세계를 고찰해 보기로 한다.

동생 효익을 생각하며[25]

동생은 수재정에 살고	弟居水哉亭
나는 덕연정에 있으니	我家德淵亭
산새들도 놀라 꿈에서 깨고	山鳥驚殘夢
연못 풀들도 파릇파릇 돋아나네.	池塘春艸生

---

25) 정사물, 『곤봉집』, 권1, 「시」, 〈憶舍弟孝翼〉.

　인용한 시는 정사물이 동생 정극후를 그리워하며 지은 것이다. 본문에서 정사물은 동생은 수재정(水哉亭)에 자신은 덕연정(德淵亭)에 기거하기에 주변의 산새나 연못 풀들도 있는 그대로 변함없다고 했다. 즉, 형제들끼리 서로 우애있게 담락(湛樂)하는 모습은 하늘이 부여해준 본성이기에, 본성을 그대로 잘 지키는 것이 자신의 본분임을 넌지시 비추고 있는 것이다. 여기서 지극히 간단명료한 시어에서 인생의 가장 참된 이치를 자득한 선비의 모습을 엿볼 수 있다.

　예로부터 형제의 우애있는 모습을 노래할 때 『시경(詩經)』〈상체(常棣)〉편의 "처자간(妻子間)에 좋고 화합함이 금슬(琴瑟)을 타는 듯하며, 형제간이 화합하여야 화락하고 또 길이 즐길 수 있다.[妻子好合 如鼓瑟琴 兄弟旣翕 和樂且湛]"는 구절을 인용하곤 했다. 정사물 또한 동생과 함께 늘 같은 이불 같은 상(床)에서 마주 대하며 형제의 우애를 느끼곤 했다. 정사물의 우애는 비단 동생 정극후에게만이 아니라, 당형(堂兄) 정사상·정사진 형제도 마찬가지였음은 부연할 필요가 없을 것이다.26)

　정사물에게 있어 덕연정은 형제 우애의 장이자 강학의 장소였다. 그렇기에 장현광이 입암의 명소 28개를 노래한 것과 같이 정사물도 광영담(光影潭)·문원대(問源臺)·춘생사(春生榭)·풍영정(風詠亭)·만취단(晚翠壇)·사사재(事斯齋)·사암단(思巖壇)·인수문(因樹門)·편죽창(編竹窓)·수석탄(漱石灘) 등 덕연(德淵)의 아름다운 풍광을 10개로 정해 노래했던 것이다.27) 그렇지만 정사물은 덕연을 단순히 아름다운 풍광 때문에 선택한 것은 아니었다. 그곳은 학문을 수양하고 인생을 관조하며 자신을 성찰하는 장소였던 것이다.

---

26) 崔鉉弼, 「昆峯集序」, "常以振起儒風爲己任 與弟雙峯公 曁堂兄愚軒守庵諸公 以所受於師門者 講磨邁往 孜孜不懈 始搆亭於永陽之德淵 晚築室於東都之昆季峯下 (下略)"
27) 정사물, 『곤봉집』 권1, 「시」, 〈德淵雜詠〉 참고.

덕연정에서[28]

조용한 집 사립문 닫힌 지 오래라	幽棲長掩戶
멀리 보고자 홀로 대에 오르네.	遐眺獨登臺
귀밑머리 천고의 풍상을 견뎠으니	鬢上千萬雪
가슴속 온갖 근심이 녹네.	胸中百念灰
향낭차고 들판에서 훈풍 맞으며	佩蘭薰野服
국화 따 범산에서 술잔 기울이네.	採菊泛山盃
좋은 옷 없다고 원망하지 말게.	莫恨無絲竹
아름다운 시냇물 계절마다 굽이돈다네.	鳴灘節節迴

인용한 시는 평성(平聲) 회(灰) 자를 운(韻)으로 한 전형적인 오언율시이다. 이 무렵 작자에게 덕연정은 찾아오는 이 없이 황혼기를 보내는 공간이다. 희끗해진 귀밑머리는 인고의 세월을 견딘 흔적이기에 홀로 누대에 오를 때 온갖 시름이 사라지는 것이다. 비록 자신은 가진 것이 없더라도 가난을 즐기며 그 속에서 자족할 줄 앎을 얻었다. 그렇기 때문에 굳이 안자의 안빈낙도를 말하지 않더라도 아름다운 시냇물, 자연 풍광만이 벗삼을 만한 것이다. 이 시는 화려하게 시어를 꾸미거나 전고(典故)·용사(用事) 등도 없는 담박함 그 자체이다. 그러면서도 인생을 관조하고, 그 가운데서 삶의 참된 의미를 찾는 도학자적 삶을 온전히 드러낸다고 할 수 있다.

정사물은 덕연정에서 성문(聖門)의 도학(道學)·군자의 병심(秉心)·순환하는 이치 등 성리학적 세계관을 구현하고자 했다. 그렇기 때문에 정사물에게 있어 연(淵)은 『중용(中庸)』에서 말한 "솔개 하늘에 날고 물고기 연못에서 뛰는(鳶飛如天 魚躍于淵)" 연(淵)이며, 『주역(周易)』에서 말하

---

28) 정사물, 『같은 곳』, 〈德淵亭偶吟 二首〉.

는 "잠룡이 구연에 잠긴(潛龍襲九淵)" 연(淵)인 것이다. 또한 『주역(周易)』에서 "강마하여 서로 도움이 된다(麗澤相資)"라고 한 것처럼 붕우들과의 교유(交遊)를 넓히는 가운데 이락(伊洛)의 연원을 찾는 곳이다.[29)]

이처럼 정사물은 늘 성현의 가르침을 반복해 익히고, 자득한 바를 후세에 전하고자 노력했다. 정사물의 자득과 권면(勸勉)은 그의 시어 가운데 반복적으로 나타나는데, 예를 들면 〈입춘(立春)〉과 〈제석(除夕)〉의 경우에서이다. 〈입춘우음(立春又吟)〉에서 정사물은 "세상 사람들은 새봄이 왔음을 말할 뿐, 내 자신에게 인의(仁意)가 생겨남을 깨닫지 못한다."고 하면서 날마다 새로워지는 자신을 통해 하늘의 덕과 나란해 질 수 있음을 주장했다.[30)] 그렇다면 봄이 왔다고 해서 무작정 인의가 생겨나는 것인가? 당연히 그렇지는 않다. 이 속에는 끊임없이 자신을 연마하고 부단한 노력을 경주하는 가운데 날마다 새로워지는 자신을 발견할 수 있다는 논리가 담겨 있다.

저물녁에[31)]

우 같은 대성도 촌음을 아꼈으니	禹之大聖寸陰惜
후학들도 당연히 분음을 아껴야지.	後學須當惜分陰
촉불잡고 밤늦도록 놀던 호걸들은	秉燭夜遊豪俠子
어째서 자포자기를 편안히 여겼던고?	安於暴棄是何心

---

29) 정사물, 『같은 곳』, 〈德淵亭謾吟 五首〉, "溪潭上下有雙淵 大德淵流小德淵 麗澤交朋宜講習 尋源伊洛溯深淵 結爲山岳融爲淵 石壁盤回護一淵 耽翫游魚明鏡裏 却忘西日落虞淵 循環一理若洄淵 昔作荒田今作淵 似待幽人來卜築 佳名仍許德爲淵 君子秉心眞塞淵 明珠自實認藏淵 懷珍遯世何須悶 有若潛龍襲九淵 聖門道學比泉淵 德行曾聞蹇與淵 景仰嘐嘐千載上 賢愚相去若天淵"

30) 정사물, 『같은 곳』, 〈立春又吟〉, "世人但道新春至 不覺吾身仁意生 若使此仁能日長 與天同德理分明"

31) 정사물, 『같은 곳』, 〈除夕 三首〉.

윗 시에서 "우(禹) 임금 같은 큰 성인도 시간을 아꼈으니~"라 한 것은 『소학(小學)』「선행(善行)」편의 구절을 인용한 것이다.[32] 정사물도 『소학』의 가르침처럼 살아서 시대에 이익됨이 없고, 죽어서 이름이 알려지지 않으면 이를 스스로 자신을 버리는 것[暴棄]라 했다. 그렇기 때문에 이태백이 〈춘야연도리원서〉에서 말한 것처럼 "밤늦도록 촛불을 잡고 노는 것"행위는 바로 포기에 해당한다고 했다.

이 시는 모두 3편으로 이루어져 있다. 첫째 시에서 "인생은 6~70부터 시작이니, 100년은 오히려 소년 때와 같다."고 하면서, 둘째 시에서 "일일신(一日新)을 그치지 않으면, 신공(新功)과 신업(新業)이 저절로 깊어질 것"이라[33] 권면했다. 이와 같이 정사물의 시는 대부분 자연 풍광, 주변의 경물, 벗과의 이별 등 일상적 소제를 채택해 인생의 참된 진리, 강학의 권면 등을 주제로 삼고 있다.

『곤봉집』에 수록된 정사물의 문장은 주로 향교나 서당의 상량문과 기문(記文)이 주류를 이루며, 서간문은 감사(監司) 김시양(金時讓, 1581~1643)과 벗 손처눌·권봉, 동생 정극후에게 보내는 것이 대부분이다. 그렇지만 그가 복희(伏羲)·신농(神農)·황제(黃帝) 등 삼황오제(三皇五帝) 이래로 주공(周公)과 공자를 거쳐 송조(宋朝) 4현에 이르는 유가 도통(道統)의 내력을 기록한 『도통지(道統志)』는 정사물이 체득한 도학 연원과 도학이 동방에 전래된 자부심을 엿볼 수 있는 작품이다. 특히 이 『도통지』는 여헌의 『역학도설(易學圖說)』을 모태로 했기에 여헌의 성리설이 문인들에게 전수되는 과정을 고구할 수 있는 자료라 하겠다.

『쌍봉집』에 수록된 정극후의 시는 소제적 측면에서 볼 때 차운시(次

---

32) 『소학(小學)』, 외편 제4 「선행(善行)」, "常語人曰 大禹聖人 乃惜寸陰 至於衆人 當惜分陰 (下略)"

33) 정사물, 『곤봉집』 권1, 〈除夕 三首〉, "同歡今日二三客 莫笑明年六十翁 七八九旬從此始 百年還與少年同 舊歲今宵革舊染 新年明日鼎新心 日日新之新不已 新功新業自然深"

韻詩)와 증별시(贈別詩)가 주류를 이룬다. 그러나 내용을 살펴보면, 이전의 학자들과는 달리 사물에 대한 궁극적 탐구와 인생에 대한 심원한 고찰을 담고 있다. 이는 앞서 언급했던 여러 학자들의 시문에 대한 평가가 지극히 제한적임에 비해, 병와(甁窩) 이형상(李衡祥, 1653~1733)이 『쌍봉집』 서문에서 그의 시를 대단히 극찬하고 있음에서 단적으로 증명된다.

> 무릇 시는 성정(性情)에 근본을 두고 표출되는데, 사물에 닿아 정(情)으로 분출(噴出)하며 정신(精神)을 전하여 옮기는 것은 또한 이(理)와 기(氣)일 뿐이다. (중략) 생각건대, 동도(東都, 경주의 옛이름－필자 주)는 산수가 구불구불하면서도 한 곳으로 모이고, 깊고 울창하면서도 물줄기를 내뿜는다. 공은 여기서 그 정기(精氣)를 취하시고 영특(英特)함을 안아 후중(厚重)함을 모아 질(質)로 삼으시고, 가볍고 맑음을 빨아 들여 기(氣)로 삼으셨다. 또 한강(寒岡)·여헌(旅軒)의 문하에 나아가 익힌 바는 모두 이기(理氣)였으며, 힘쓴 바는 모두 성정(性情)이셨다. (중략) 이 때문에 글을 쓰면 흡사 흥이 없는 것 같지만, 잘게 씹으면 그 맛이 배가 됨을 깨닫는다. 자양(紫陽, 주자를 가리킴－필자 주)의 말에 "조각한 것을 대하면 그 평이함을 볼 수 있고, 날 것을 보면 그 담박함을 볼 수 있다."라 한 것은 참으로 이를 위해 말한 것이다.[34]

인용문에서 이형상은 정극후의 시가 경주의 기운을 온축(蘊蓄)하고, 정구와 장현광의 성정을 쌓아 기로 드러낸 것이라 했다. 그렇기 때문

---

34) 이형상(李衡祥), 『쌍봉집 서(雙峯集序)』, "若夫詩 本德性而發 觸境噴情 傳神寫照者 亦理與氣而已 (中略) 蓋想東都山水 磅礴而奠聚 紆鬱而噴薄 公於是鍾其精而挹其英 結厚重以爲質 吸輕淸以爲氣 且登於寒旅之門 所講皆理氣 所勉皆性情 蘊之爲德行 發之爲言語 (中略) 是以 創觀則雖似無興 細嚼則倍覺有味 紫陽之言曰 對雕鏤則見其平 對腥臊則見其淡者 正爲此等而發也"

에 아름답게 꾸민 것에서 평이(平易)함을 볼 수 있고, 꾸밈없는 날 것에서 담박(淡泊)함을 볼 수 있다고 극찬했던 것이다. 구체적 예문을 통해 이를 확인해 보도록 한다.

큰 소리로 읊조림[35]

올해 나이 40이 넘었으니	今我行年四十强
이름난 곳 마음 둘 때 아니라네.	此心非是在名場
남쪽으로 돌아가 농사짓는 것이 진정한 내 즐거움	歸耕南畝眞吾樂
소매 털고 내일 아침엔 한양을 떠나야지.	拂袖明朝辭漢陽

이 시는 정극후가 한양에 있을 때 지은 것이다. 행장을 통해 확인해 보면 정극후는 정식으로 벼슬살이를 한 적이 없다. 그래서 그가 한양에 있을 때가 언제인지는 정확히 알 수 없지만, 시어를 통해 불혹(不惑)의 나이는 지났음을 알 수 있다. 아무튼 이 때 정극후는 벼슬에 나아가 자신의 뜻을 펼치기 보다는 고향에서 농사짓는 일을 자신의 임무임을 확신했던 것으로 보인다. 그래서 시의 제목도 호음(浩吟)으로 정해, 자기의 의지를 세상에 강하게 드러내고 있는 것이다. 마지막 구에서 내일 아침엔 한양과 작별한다는 말에서 보다 더 작자의 결연한 의지를 엿볼 수 있다.

그러나 정극후의 귀경(歸耕)은 단순히 세상과 격리되는 은둔(隱遁)을 의미하지는 않는다. 남묘(南畝)에 은둔하면서도 세상 사람들을 가르치고 자신을 수양하는 일이야 말로 진정한 은둔자의 본분이라 했다. 다음 시에서 정극후의 경세관(經世觀)을 보다 명확하게 조명할 수 있다.

---

35) 정극후, 『쌍봉집』 권1, 「시」, 〈浩吟〉.

공경히 둘째 형 군섭의 운을 차운함[36]

(전략)

병든 사람이 병든 사람을 만나니	抱病人逢抱病人
서로 침과 약을 더해 정신이 온전해지네.	相加鍼藥貴完神
마음과 병에 약이 되고 끝내 나라에 약이 되니	醫心醫疾終醫國
덕이 날로 새로워지는 나머지 남들도 새로워지네.	德日新餘民又新

이 시 첫 구에서 말하는 포병인(抱病人)이란 기품(氣稟)에 얽매여 사는 보통의 사람들을 말하며, 당연히 정극후 자신도 여기에 포함된다. 모자라는 사람끼리 서로의 결점을 보충하면 장점이 더욱 개발되듯, 포병인들도 서로에게 침(鍼)과 약(藥)이 되어 온전한 정신을 갖고자 하는 것이 이 시의 주지(主旨)이다. 그래서 결국 자신의 덕이 새로워지고 난 뒤 남에게 이를 가르치고자 하는 것이『대학(大學)』에서 말하는 "일신우일신(日新又日新)"이며, "명명덕(明明德) 신민(新民)"의 경지인 것이다.

이처럼 정극후는 시끄러운 세상을 등지고, 중년에는 영천 덕연리 수재정에서 말년에는 경주 삼성산 아래에서 후학을 양성하며 일생을 마쳤다. 그렇지만 형 정사물과 함께 스승의『역학도설』을 편찬하는데 주도적인 역할을 하고『기문록(記文錄)』을 남겨 후일 '여헌십현(旅軒十賢)'에 오르기도 했다. 또 강학하는 도중 배우지 못한 유생들에게 예의의 절차를 익히게 하고자『문묘향사지(文廟享祀志)』를 간행했으며, 우리나라 역사에 관심을 두고 단군(檀君)-기자(箕子)-신라(新羅)-고려(高麗)의 고사(故事)를 간추려『역년통고』를 편찬하기도 했다. 우리나라 역사에 대한 정극후의 열정은 후일 설총(薛聰)·최치원(崔致遠)·김생(金生) 등 신라 삼현의 사적을 총괄한『서악지』를 편찬하는 데 이르기도 했다.

---

36) 정극후, 같은 곳,〈敬次二兄君燮四震韻 二首〉

정극후의 문장 중에는 스승의 〈우주요괄첩(宇宙要括帖)〉에 대한 후서 (後書)가 가장 주목된다. 장현광은 약관이 되기도 전에 성리에 대한 모든 학설을 종합하고 우주의 근원에 대한 탐구와 거기에 순응하는 실천의 단계를 제시해 독자적 이해 체계를 구축하고자 했다. 그 결과 회진 (會眞)-일원(一原)-부앙(俯仰)-중립(中立)-전통(傳統)-재도(載道)-경모 (景慕)-방수(傍搜)-원취(遠取)-반궁(反躬) 등 성리학에 대한 10개 주요 어휘를 중심으로 해설을 덧붙인 도설(圖說)을 작성하고 이를 첩(帖)으로 만들어 항상 지니고 다녔다.[37] 이 〈우주요괄첩〉에 대해 정극후는 다음과 같이 평하고 있다.

> 다만 이 우주요괄첩 기록은 내용이 진실로 넓으면서도 요약되고 원대하면서도 가까우니, 후래에 선생의 사업을 아는 것은 이보다 간절함이 없을 것이다.[38]

인용문에서 정극후는 〈우주요괄첩〉의 기록이 넓지만 간략하고, 원대하면서도 가까운 이치를 담고 있기에 장현광의 업적을 가장 잘 드러내 준다고 했다. 물론 장현광의 〈우주요괄첩〉은 가학의 전통과 무관하지 않기에 가학을 체계화한 것에 불과하다는 평가도 있지만, 정극후는 '박약(博約)'의 정신을 높게 평가해 선생 학문의 시종을 여기서 찾을 수 있다고 했던 것이다. 정극후의 성리설에 대한 기록이 이 대목 밖에 없어 자세한 것은 알기 어렵다. 그러나 문학 작품을 통해서 볼 때 정극후는 성리학에서 강조하는 궁리수신의 태도를 온전히 실천하고, 이를 후

---

37) 장현광의 〈우주요괄첩〉에 대한 철학적 의의에 대해선 조장연, 「장현광 역학의 원천에 관한 고찰」, 『한국철학논집』 15집, 한국철학사연구회, 2004 참고.

38) 정극후, 『쌍봉집』 권3, 「잡저」, 〈書張先生宇宙要括帖後〉, "而顧此要括一錄 誠博而約 遠而近 後來知先生之事業 莫切於此矣"

학들에게 전하고자 노력했던 인물임을 알 수 있다.

1600년 이후 장현광의 문하에 입문한 이들은 정사물·정극후 외에도 정호인(鄭好仁)과 정호신(鄭好信)도 주목할 만하다. 특히 이들은 장현광의 임종 이후 문집 및 관련 저술의 간행, 임고서원 제향 등 사후 여헌학의 전개에 적잖은 역할을 하게 되었다. 다음 장에서는 정호인과 정호신의 문학 세계를 중심으로 17세기 중반 영천 지역 여헌학의 전개 양상에 대해 고찰해 보기로 한다.

2) 정호인과 정호신의 여헌 종유

1600년 이후 장현광은 삶의 노년기를 맞이했다. 장현광은 1599년 입암정사가 건립되고 영천에서 활발한 강학활동을 펼치고 있었다. 그러나 1600년 이후 조정에서는 끊임없이 관직을 제수하며 장현광을 불러들이고자 했다. 1601년 경서교정청(經書校正廳) 낭관(郎官)을 시작으로 1602년에는 거창현감(居昌縣監), 같은 해 11월 공조좌랑(工曹佐郎), 1603년 용담현령(龍潭縣令) 등 여러 관직이 내려졌지만 공조좌랑으로 부임한 몇 개월을 제외하곤 일체 응하지 않았다. 장현광은 1603년 가을 의성현령(義城縣令)에 제수되어 이듬해 2월까지 의성에 머물다 고향 인동으로 돌아왔다.

이후 장현광은 고향 인동에 정착하며 주로 강학 활동과 후진 양성에 힘썼다. 그러다 1620년 그의 나이 61세에 처숙부인 한강을 잃었다. 이로부터 10여년 간을 인동–선산–성주–영천 등을 주유하며 강학과 유람의 정취를 즐기다 고종(考終)했는데, 정호인(鄭好仁, 1597~1654)과 정호신(鄭好信, 1605~1650)이 장현광의 문하에 입문한 것이 이 무렵이다. 정호인에 대한 인물 정보는 『양계집(暘溪集)』에 자세한데, 『양계집』의

〈행장(行狀)〉과 〈연보(年譜)〉를 통해 정호인의 인물정보를 간략하게 요약하면 다음과 같다.

정호인의 자는 자현(子見)이며 호는 양계(暘溪)이다. 조부는 정세아이며 부친은 정세아의 둘째 아들 안번(安藩)이다. 초년에는 손처눌에게 배우다 1619년 그의 나이 23세에 장현광을 알현하고 그의 제자가 되었다. 1636년 병자호란 때에는 향리에서 의병을 일으켜 관군을 도왔다. 이듬해 남한산성에서 인조가 항복하자 장현광을 대신해 그날의 분개를 〈입암고유문(立巖告由文)〉으로 표출하기도 했다. 이로부터 1654년까지 양산군수(梁山郡守)·예조정랑(禮曹正郎) 등 여러 관직을 역임하였으며, 마지막 벼슬은 진주목사였다. 항상 청빈한 삶을 추구하여 임기를 마칠 때는 서책 몇 권과 간단한 짐이 전부였다고 한다.

정호신에 대한 인물 정보는 그의 형 호의(好義)의 문집과 함께 간행된 『상체집(常棣集)』과 『삼휴일고(三休逸稿)』를 통해 알 수 있다. 『삼휴일고』의 〈행장〉을 통해 정호신의 전기를 간략하게 정리하면 다음과 같다. 정호신의 자는 덕기(德基), 호는 삼휴정(三休亭)이다. 조부는 정세아이고 부친은 정세아의 삼자(三子) 수번(守藩)이니, 정호인과는 사촌형제간이다. 어려서부터 우애가 남달라 친형 호의(好義)와 함께 했으며, 서강(西岡) 전삼성(全三省)에게 집지(執贄)할 때도 함께였다고 한다. 과거에 응시해 실패한 뒤로 벼슬을 끊고 손처눌·장현광의 문하에서 경전을 강문하였는데, 특히 『심경(心經)』을 반복 연구하여 요지를 깨우쳤다.

이상의 사실로 보면 정호인과 정호신은 장현광의 노년기 마지막 제자 그룹에 속한다고 할 수 있다. 노년기에 입문한 이들은 스승의 고종을 지켜보았고, 후일 영천의 영당(影堂)에 스승의 영정(影幀)을 모시는 등 제향을 위한 각별한 노력을 더했다.

『양계집』에 수록된 문학 작품은 시 42제 71수, 서 5편, 기(記) 1편,

발(跋) 2편, 잡저 1편, 상량문 3편, 제문 3편 등이다. 이 중에서 시를 제외한 나머지 글들은 모두 단편적이거나 행사나 교유를 위한 형식적인 것들이 대부분이다. 그렇지만 성리학적 도의 근원을 신명(神明)에 비유하여, 이를 유지하고 보전하는 노력을 기록한 〈신명사기(神明舍記)〉[39]는 기문(記文)이라는 형식을 빌어 도학(道學)의 원리와 이를 잘 실천한 이들의 덕행(德行)을 피력했다는 점에서 주목할 만한 작품이라 하겠다. 그러나 정호인의 문학 세계는 71수의 시에 그 정수가 온축되어 있다고 해도 과언이 아니기에 시를 중심으로 그의 문학 세계를 조명해 보고자 한다.

덕연에 기거하며[40)

울긋불긋 단풍 든 절벽 영수가에 있으니	翠壁丹崖暎水濱
작은 소나무 큰 대가 고인을 감싸네.	短松修竹護高人
한가로움 속에서 완상하며 시를 쓰니	閑中玩物詩添稿
고요한 가운데 정신이 도와 짝하네.	靜裏頤神道與隣
술동이 낀 백년은 모두 취한 날이고	尊酒百年皆醉日
밝은 얼굴 70평생에 다시 생기가 돋네.	韶顏七十更留春
종래로 유쾌한 뜻이 참된 즐거움이니	從來快意斯眞樂
눈에 가득 찬 운산에 흥이 더욱 나네.	滿目雲山興不貧

인용한 시에서 말하는 덕연은 종형 정사물이 기거하던 곳이다. 정사물과 정극후 형제는 덕연의 그윽한 정취를 담박하게 그려낸 반면, 정호인은 보다 세련된 묘사를 더했다. 취벽(翠壁)·단애(丹崖)와 단송(短

---

39) 〈신명사기〉는 조식의 〈신명사도(神明舍圖)〉와 제명이 유사하다는 점에서 정호신이 남명을 존모하였음을 유추할 수 있겠는데, 후일 자세한 고찰을 요한다.

40) 정호인, 『양계집』 권1, 「시」, 〈題德淵幽居〉.

松)·수죽(修竹)를 댓구로 시각적 이미지를 첨가하고, 존주백년(尊酒百年)과 소안칠십(韶顔七十)의 댓구로 감각적 이미지를 불러 일으켰다. 그렇지만 이 시를 통해 추구하는 이상인 삶의 모습은 온 눈에 가득한 운산(雲山)과 더불어 하는 삶이다.

이 시에서도 알 수 있듯이, 정호인의 형제애는 남다른 점이 있었다. 그는 사촌 동생 정호의(鄭好義)·정호신 형제가 유거하는 곳에 찾아가서도 같은 내용의 시를 읊조린 적이 있다. 석가산(石假山) 아래 정정정(亭亭亭)을 짓고 우거하는 정호의를 찾아 와유(臥遊)의 즐거움을[41), 삼휴정(三休亭)에 우거하는 정호신에게는 혜련(惠連)과 같은 우애를 칭송하기도 했다.[42)

이처럼 정호인은 형제의 우애를 무척 소중하게 여겼다. 게다가 벗들과의 우정도 각별하게 생각했는데 당시 그가 교유한 이들로는 성이성(成以性)·신홍망(申弘望) 등이었다. 정호인은 과거를 위해 남다른 노력을 기울였고, 그 결과 많은 관직에 제수되었지만 대부분 나가지 않았다. 〈행장〉에는 이와 같은 이유를 '시의(時宜)를 분개(憤慨)했다.'고 기록되어 있는데, 아마도 당시 대외적으로는 호란(胡亂)과 같은 국난(國難)이 대내적으로는 붕당(朋黨)의 폐해를 몸소 겪고 난 뒤의 절망감 때문이 아니었을까 짐작된다. 그래서 그는 자신을 알아주는 벗들과 교유하기를 갈망했던 것이다. 다음 시에도 벗을 그리는 절실한 마음을 잘 읽을 수 있다.

---

41) 정호의의 '정정정' 건립과 은둔자로서의 삶은 '정정정기(亭亭亭記)'(『영천의 누정』, 정정정 조) 참고.

42) 정호인이 형제나 친척들을 그리워하며 지은 시는 〈訪德淵宗老〉·〈次明溪弟亭亭亭石假山韻〉 등 24수에 이른다.

강물 흘러[43]

가을날 긴 강은 끊임없이 흐르는데	秋月天江上下流
누워 물결보자니 백구가 날아오르네.	看臥波面白鷗浮
이 사이에 만약 좋은 벗 있다면	此間若得良朋在
작은 배 달려 실컷 놀고 오련만.	願駕扁舟汗漫遊

이 시의 공간적 배경은 밖에 강이 훤히 보이는 어느 건물이다. 아마도 백구 날아오르는 것이 보일 정도면 집안의 대청보다는 정자 같은 건물이 어울릴 것이다. 시간은 가을녘 한가한 오후쯤일지도 모른다. 아무튼 무심히 흐르는 강과 물결 위를 날아오르는 그저 평안한 날 무료한 시간에 작자는 벗을 생각하고 있다. 얼핏 보면 매우 한가롭게 보이지만, 『양계집(暘溪集)』에 실린 다른 시들을 고려해 볼 때 당시 정호인의 생각은 처절함마저 느껴진다. 그만큼 정호인에게 벗과의 교유는 인생의 가장 큰 즐거움 중의 하나였던 것이다. 그렇기에 자신이 쓴 시마저 "그저 등불 가리개로 쓰이면 족하다."고까지 표현할 수 있었다.[44]

『삼휴일고』에 수록된 정호신의 문학 작품은 시 89제 108수, 서(書) 1편, 명(銘) 1편, 제문 2편과 잡저(雜著)에 수록된 〈심경후소설(心經後小說)〉·〈노소변(老少辨)〉·〈유기룡산록(遊騎龍山錄)〉 등이다. 이 가운데 시를 제외하고 주목할 만한 것으로는 잡저에 수록된 세 작품이다. 〈심경후소설〉은 손처눌로부터 조심(操心)의 요체가 『심경』에 있음을 듣고 수년 간 잠심해본 결과 경(敬)이야말로 조존(操存)의 핵심이라는 사실을 깨닫게 되었다. 그래서 자신도 퇴계가 『심경』에 잠심한 것처럼 이후로 『심경』 한 책을 늘 끼고 다니게 되었다는 내용이다. 〈노소변〉은

---

43) 정호인, 『양계집』, 권1, 「시」, 〈江行〉.

44) 정호인, 『같은 곳』, 〈追憶舊遊寄龍潭〉, "當年醉墨梵王宮 今日重來字已隴 萬事轉頭渾就沒 短篇何用要紗籠"

나이에는 선후가 있지만 깨달음에는 선후가 없어, 나중에 깨닫는 자는 나이와 존비에 상관없이 먼저 깨다는 자에게 배워야 한다는 내용을 담고 있다.

삼휴정의 시세계는 은둔하는 선비의 여유로운 모습을 잘 표현한 작품이 많다. 예를 들어 자호인 '삼휴'의 의미를 손님과 자신의 대화체로 구성해 다음과 같이 설명하고 있다.

향기로운 때 새벽 꽃을 감상하지만 꽃이 지면 그만이다. 좋은 밤 달을 대하지만 달이 기울면 그만이다. 한가한 가운데 술을 마시지만 술이 다하면 그만이다.

혹자가 묻기를, "세 가지는 한가로운 사람의 휴식하는 일인데, 지금 그만두는 것은 꽃이 지고 달이 기울며 술이 다한 후에 있습니다. 이 세 가지 외에 별도로 그대가 생각하는 '그만둔다.'고 하는 뜻이 있습니까?" 라 했다. 대답하기를, "한가롭게 쉬는 가운데는 또한 자체적으로 동정(動靜)의 기미(機微)가 있습니다. 꽃이 있어 감상하고, 달이 있어 완상(玩賞)하며, 술이 있어 마시는 것은 한가로움 가운데 동적(動的)인 것입니다. 꽃이 지면 쉬고, 달이 기울면 쉬며, 술이 다하면 쉬는 것은 한가로움 가운데 정적(靜的)인 것입니다. 동(動)이란 항상 동적이지는 못하고 정적이기도 하며, 정(靜)도 항상 정적이지는 못하고 동적이기도 합니다. 이 점이 소옹(邵翁)이 읊조리고, 명도(明道)가 소요하며, 회옹(晦翁)이 깊이 이야기하였던 것이니, 이 모든 것에서 이와 같습니다. 그대의 말에서 구한다면 너무 막혀 있습니다." 고 했다. 그러자 묻는 이가 의심이 확 풀린 채 물러났다.45)

---

45) 정호신, 『삼휴일고』 권4, 「시」, 〈三休亭詞〉, "芳辰賞花花落則休 良宵對月月傾則休 閒中得酒酒盡則休 或問之曰 三者 自是閒人休息之事 而今之休 則乃在於花落月傾酒盡之後 抑三者之外 別有所謂休者歟 曰 閒休之中 亦自有動靜之機 有花而賞 有月而翫 有酒而飮 閒中之動也 花落則休 月傾則休 酒盡則休 閒中之靜也 動者不能常動而靜 靜者不能常靜動 此邵翁吟咏 明道逍遙 晦翁農談 皆如此徵之 子之言則滯矣 問者釋然而退矣"

인용문에서 알 수 있듯이 정호신이 말하는 삼휴(三休)란 '향기로운 꽃·좋은 달·술'이 세 가지이다. 이 세 가지는 은둔하는 군자에게 더할 나위없는 벗이지만, 정호신에게는 세 가지의 유무는 그다지 중요하지 않다. 그렇기 때문에 휴(休) 가운데는 동정의 의미를 모두 포괄한다는 송 성리학자들의 가르침을 마지막으로 부연 설명했던 것이다.

'삼휴(三休)'를 풀이한 것에서 알 수 있듯이, 정호신의 시 세계는 은둔과 자적(自適), 그리고 성리학에 대한 자득의 경지를 드러낸 것이 많다. 이러한 자득의 경지는 단순한 은둔으로 그치지 않고 성리학적 세계관을 현실 세계에 실천하는 것이 보다 중요하다. 그렇기 때문에 정호신도 유학에서 오상(五常)으로 중시하는 우애(友愛)를 가장 중요한 실천 요령으로 여겼다. 정호신의 우애는 다음 시에서 보다 구체적으로 살펴볼 수 있다.

공경히 양계 종형의 삼휴정 시를 차운하다.[46]

계단 아래 여울물 소리 베개로 들어오고	堦下灘聲入枕氈
사방의 모든 산에 푸른 병풍이 이어졌네.	四圍千嶂翠屏連
인간세상의 티끌먼지 절로 끊어지니	人間自絕塵紛到
이내 몸 어찌 속세의 누에 끌려들겠는가?	身上何容俗累牽
좋은 싯구를 읊을 때 손님이 있음을 기뻐하고	佳句吟時懽有客
좋은 술동이 기울이는 곳에 돈 없음이 부끄럽네.	芳樽傾處愧無錢
두 가지 즐거움에 참다운 운치 많음을 알겠으니	方知二樂多眞趣
그 속에서 환히 동정의 잣대를 밝힐 수 있다네.	這裏能明動靜權

인용한 시에서 정호신이 인간 속세에서 멀리 떨어 진 곳에서 유유자

---

46) 정호신, 『같은 곳』, 〈敬次暘溪從兄題三休亭韻〉.

적하며 은둔하는 선비임을 분명하게 알 수 있다. 지금 자신은 베개 머리로 여울물 소리 들리고, 온 사방이 병풍처럼 산으로 둘러 쌓인 곳에 있다. 그러니 저절로 인간 세상의 먼지가 들어올 리 없다. 이런 좋은 곳에 때마침 종형이 찾아왔으니 기쁘기 한량없지만, 아쉬운 건 주머니에 가진 돈이 없어 더 이상 술을 살 수 없다는 사실이다.

함련(頷聯)에서 말한 두 가지 즐거움이 바로 유유자적하는 즐거움과, 벗이 찾아오는 즐거움이다. 이락(二樂)이란 『논어(論語)』의 "인자(仁者)는 산을 좋아하고 지자(智者)는 물을 좋아한다."는 것과, 『맹자(孟子)』의 군자삼락(君子三樂)에서 "어버이와 형제가 무고(無故)하고, 하늘을 우러러 땅을 굽어보아 부끄러움이 없는" 상태의 두 가지 모두를 중의적(重意的)으로 표현한 것이다.

정호신의 즐거움은 앞서 다루었던 여러 학자들과는 확실히 다른 점이 있다. 그전의 선비들은 어떻게든 세상에 나아가려 애쓰다가, 좌절과 시련을 맛본 뒤에 전원으로 돌아온 것이 상례였다. 이는 스승 장현광도 마찬가지였다. 그렇지만 정호신의 은둔은 그야말로 은둔 자체를 즐기는 군자의 형상 그대로이다. 그렇기 때문에 두 가지 즐거운 속에서 동정의 권도(權道)를 누릴 줄 알았던 것이다.

정호신은 형제 사이의 우애에서 가장 큰 즐거움을 찾았듯이, 그의 형제애는 남다른 점이 있었다. 〈행장〉에 기록된 "백형을 섬기되 그 우애와 공경을 다해 마치 돌아가신 부친을 섬기듯 했다."[47]는 말을 굳이 인용하지 않더라도, 그의 시에는 백형에 대한 경애(敬愛)로 가득 차 있다고 해도 과언이 아니다.

---

47) 정호신, 『삼휴일고』 권5, 〈행장〉, "事伯兄 極其愛敬 一如事先公之時"

4. 17세기 영천 지역 영일 정씨들의 문학 활동과 그 의미

한문학사에서 16~17세기 초반은 목릉성세(穆陵盛世)의 영향으로 문학이 화려하게 꽃을 피운 시기에 해당한다. 선초(鮮初) 전아한 문장과 사장(詞章) 중심이었던 관각문인(館閣文人)들이 사림(士林)들의 도전을 받으며 정계에서 서서히 물러나기 시작한 때가 이때이며, 해동강서시파(海東江西詩派)의 학송풍(學宋風)이 삼당시인(三唐詩人)들을 중심으로 학당풍(學唐風)으로 변화하기 시작한 것도 이 무렵이다. 게다가 퇴계와 남명을 중심으로 한 도학자들은 시나 부 등의 문학작품을 통해 성리학적 세계관을 담아내고자 했다. 즉, 선초 관각문인들이 시나 부를 익혀 외교 문서 작성 등 실용에 힘썼다면, 이 시기 도학자들은 문학 작품으로 통해 자신을 관조(觀照)하고 수양하려는 목적이 더 강했던 것이다. 그렇기 때문에 영남 사림파들의 시세계는 철저히 송대 성리학자들의 그것과 닮았으며, 나아가 실천론적인 측면에서는 이들을 능가한다는 평가를 낳기도 했다.[48]

17세기 영일 정씨들을 대표로 하는 영천 지역 여헌 문도들의 문학세계는 15세기부터 이어져오던 영남 사림파들의 문학과 큰 맥락은 같이 한다고 볼 수 있다. 그렇지만 본고에서 다룬 몇 작품의 시로 개인 작가들의 시세계나 통시적 의의 등을 고찰한다는 것은 무리가 있다. 그렇기 때문에 향후 영천 지역 여헌 문인들에 대한 개별 작가론이 충

---

48) 조선 중기 이후 김종직, 이언적, 이황, 조식 등 이른바 영남 사림파들의 문학은 거론한 인물들과 그들의 문인 특정 소수 외에는 거의 연구된 것이 없다. 영남 사림파들의 문학 세계에 대해선 최근 장병한, 「16세기 강우 남명 도학의 성격 규정 일고찰 -학기류편, 학기의 "선편"의식 파악을 중심으로-」, 『인문연구』 53, 영남대학교 인문연구소, 2007 및 손유경, 「모재 김안국의 시문학 연구 -그의 충정시를 중심으로」, 『한문고전연구』 12, 한국한문고전학회, 2006, 「기획논문 -대주제 : 조선전기 영남사림파와 강우학문」, 『남명학연구』 제20집, 경상대 남명학연구소, 2005, 이병휴, 「내 공부의 들머리에서 마주친 사림파(士林派)」, 『역사교육논집』 33, 역사교육학회, 2004 등 참고.

실히 이어지길 기대하며, 거칠게나마 이들의 문학적 특징을 간략하게 언급해 보기로 한다.

첫째, 15세기의 김종직(金宗直, 1431~1492)·16세기 이황과 조식으로 대표되는 영남 사림파들은 현실 세계에 대해 그다지 부정하지도 않았으며, 적극적으로 대응하지도 않는 중립적 자세를 유지하였다. 물론 남명은 현실 세계의 모순에 대해 적극적으로 대응하려 했지만, 그 뜻을 제대로 펼칠 기회가 없었다. 17세기에 이르러 영남 사림들은 퇴계나 남명 등 이름난 스승을 따라 그 문도들의 학문적 성격이 뚜렷하게 구분되는 양상을 보였다. 16세기 이후 영남 지역의 사상과 문화는 퇴계와 남명, 혹은 그들 문도들의 영향권 아래에 있었다고 해도 과언이 아니다. 일례로 안동·봉화·영주를 중심으로 한 김성일(金誠一)·유성룡(柳成龍) 계열, 성주·고령·합천을 중심으로 한 정구(鄭逑) 계열, 진주·사천·산청을 중심으로 한 조식(曺植) 계열 등이 조선 후기 영남의 주요 학맥 분포 현황이다.

그렇지만 영천은 특정 학맥에 영향을 받았다기보다는 퇴계와 남명 모두 직·간접적으로 영향을 미치고 있었다. 이는 16~17세기 초기 여헌 문인들의 종사(從師) 경향만 봐도 알 수 있다. 입암사우로 대표되는 영천 지역 초기 여헌 문인들은 정구와 조호익, 혹은 그 전대 주세붕(周世鵬)까지 연원을 소급할 수 있다. 물론 여헌에게 한강(寒岡)은 처숙인 동시에 평생을 존모하던 관계였으므로, 두 사람의 학풍은 일견 비슷한 점이 있다고 볼 수도 있다. 그렇지만 여헌 문하의 제2세대라 할 수 있는 정사물(鄭四勿)·정극후(鄭克後)는 물론 뒤를 이어 입문한 정호인(鄭好仁)·정호신(鄭好信) 또한 초기에는 손처눌(孫處訥)·서사원(徐思遠) 같은 이들을 먼저 종사한 뒤 여헌 문도로 입문했던 것이다. 이와 같은 사실에서 영천 지역 여헌 문인들은 장현광 한 사람의 사상과 학문을 계승했다기 보다는 동일 지역권 내의 다양한 인물들에게 영향을 받았다고 할 수 있다. 여겨서 17세기 영천 문인들의 학문적 개방성을 엿볼 수 있다.

퇴계를 계승한 조호익과 남명을 계승한 정구, 그리고 특정한 사승(師承) 관계가 없었던 여헌 등 여러 인사들이 영천 지역에 출입하면서 영천의 문인들은 나름대로의 독자적인 문화를 형성해 나갔다. 본론에서 살펴본 바와 같이 이들에게 정자는 단순히 소요(逍遙)나 유식(遊息)의 공간이 아니라 형제담락을 노래하며 천륜을 닦는 곳이며, 후생들을 교육하는 강학의 장이었다. 임란처럼 국가적 위기에 봉착했을 때는 누구보다 앞장섰지만, 논공행상 따위는 안중에 두지 않았다. 그러면서도 『주역(周易)』에서 말한 '남이 알아주지 않아도 서운하게 여기지 않음(不見知而無憫)'의 태도로 일관했으며, 이를 문학으로 승화하였다. 만약 실천주의적 도학자란 명칭이 있다면, 아마도 이들에게 가장 부합한 용어가 아닐까 생각한다. 이와 같은 점은 영천 지역 영일 정씨 문학의 두 번째 특징과도 결부된다.

둘째, 17세기 영천 지역 영일 정씨들은 은둔형 처사로서의 삶을 문학 세계에 온전히 구현하였다. 본론에서 언급한 이들 중 정극후와 정호인 만이 중앙 정계에 잠시 발을 들였다. 그러나 정사상-정사진-정사물-정호신 등은 일생동안 벼슬을 단념하고 고을 사풍(士風) 진작과 후학 계몽을 자신의 임무로 삼았다. 이들의 삶과 학문은 조선 후기 영남 지역 산림들의 대표적 사례라 할 수 있으며, 이는 18세기 초까지 후손들에게 그대로 계승되었다.

조호익-장현광-손처눌-서사원-이준 등은 모두 16~17세기 영남 지역을 대표하는 산림(山林)들이다. 여기서 말하는 산림이란 현실 세계의 모순을 적극적으로 개혁하기보다는 안으로 독서와 궁리에 힘쓰면서 온건한 변화를 추구하는 선비들을 가리킨다. 조선 후기의 상황에서 전자는 율곡학파(栗谷學派)로 대표되는 기호(畿湖) 지역의 학자들이, 후자는 퇴계와 남명으로 대표되는 영남 지역 사림들이 여기에 해당된다고 할 수 있다. 다만 퇴계와 남명의 차이점은 남명은 철저한 은둔형 군자였음에 비해, 퇴계는 현실정치를 심하게 부정하지 않는 다소 온건한 선비였다는 것이다. 17세기 영남 지역을 대표하는 산림들은 퇴계와 남명의 사상을 계승하여 중앙 정계로 진출하기 보다는 은둔하면서 후학 양성과 저술 활동에 힘쓰던 이들이다. 그렇기 때문에 영천 지역 여헌 문인들도 산림들의 영향을 받아 정치보다는 강학 활동에 보다 적극적이었다.

5. 결론을 대신하여

이상의 논의를 통하여 17세기 영천 지역에 여헌 학파가 정착−확산되어가는 과정을 살펴보았다. 본고는 영천 지역 여헌 문도의 대표격이라 할 수 있는 영일 정씨 몇몇 인물의 문학 작품을 분석하였으며, 이를 통해 17세기 영천 지역의 여헌학에 대한 개략적 검토가 주목적이었다. 그러나 본고는 영천 지역의 여헌학에 대한 개괄적 검토일 뿐 향후 남아 있는 과제가 더 많은 것이 사실이다.

17세기 중엽 여헌 생존 당시까지 영천 지역에는 영일 정씨 외에도 그 문하에 입문한 이들이 상당수 있다. 예를 들어 권극립−권봉·권진민 등의 안동 권씨, 손우남−손해·손항 등의 일직 손씨 등도 17세기 초 영천 지역의 대표적 여헌 문도라 할 수 있다. 그 밖에 김취려·김각·김배 등의 경주 김씨, 전유성(全有性)−전순성(全純性) 등의 용궁전씨

(龍宮全氏), 이희백(李喜白)·이의백(李宜白) 등의 벽진이씨(碧珍李氏) 등 너무도 다양한 가문의 인물들이 여헌 문하에서 종유하였다. 이 중에서 특히 이희백은 현재 영천에 남아 있는 400여 개의 누정 중에서 유일하게 기문[「학면정기(鶴眠亭記)」]을 써 줄 정도로 여헌과 각별한 친분 관계에 있었던 사람이다.

그동안 이들이 학계에 잘 알려지지 못했던 이유는 여러 가지를 들 수 있을 것이다. 하지만 17세기 여헌 문도들의 경우처럼, 영천 지역 유림들은 대부분 중앙으로 진출하기 보다는 지역에서 강학과 후진 양성에 보다 힘쓴 것도 그 중 하나로 지적될 수 있을 것이다. 영천 지역에 여헌 학맥이 정착되어 전개되는 과정을 온전하게 검토하기 위해서는 위에서 언급한 여러 인물들에 대한 계보-전기 사항-주요 인물에 대한 역사·문학·사상적 검토가 충실하게 이루어져야 할 것이다.

본고는 이를 위한 초석을 다지고자 영일 정씨를 중심으로 영천 지역에 여헌학이 정착되어 전개되는 초기 단계까지 검토하였다. 그러나 『여헌문인록』에 기록된 영일 정씨 중에는 정대임의 아들 정이호(鄭以護)·정사진(鄭四震)의 아들 정창(鄭敞)·전(𡊠) 형제 등과 같이 겨우 인명만 알려졌거나, 정사악(鄭四岳)·정벽(鄭壁)·정차토(鄭次土)·정학(鄭㙲) 등 인물 정보조차 알려지지 않은 이들도 상당수 있다. 더군다나 17세기 말~18세기 초에 활동한 함계(涵溪) 정석달(鄭碩達, 1660~1720)과 그의 아들 매산(梅山) 정중기(鄭重器, 1685~1757), 훈수(壎叟) 정만양(鄭萬陽, 1664~1730)·지수(箎叟) 정규양(鄭葵陽, 1667~1732) 형제 등 실로 다양한 인물들이 영천 지역 여헌 학맥을 계승하고 있다. 물론 이들의 가계에 대해선 어느 정도 밝혀진 부분도 있지만49), 학맥의 계승과

___
49) 경북대학교 동방한문학회에서 훈수와 지수 두 선생을 중심으로 한 기획학술대회를 시도한 바 있다. 동방한문학회, 『동방한문학』 28집, 2005 참고.

문학 활동 등은 아직도 남은 과제가 더 많은 것이 사실이다.

장현광의 사상은 우주의 구성 원리를 베틀의 씨줄과 날줄로 비유한 이른바 경위설(經緯說)로 요약될 수 있다. 이를 현실 정치에 구현하고자 했던 이론이 바로 '중화탕평(中和蕩平)'인 것이다. 이는 장현광의 스승 이황이나 조식이 주장했던 성리설과는 다분히 차이가 있다. 그러나 영천 지역 초기 여헌 문인들에게는 이와 같은 성리설이 수용되어 나름대로의 이론으로 전개되는 양상을 찾을 수 없었다. 이와 같은 문제는 아마도 초기 영천 지역 여헌 문인들의 실상이 제대로 드러나고, 17세기 이후 문인들의 작품 세계를 고구하면 어느 정도 윤곽을 잡을 수 있을 것으로 판단된다.

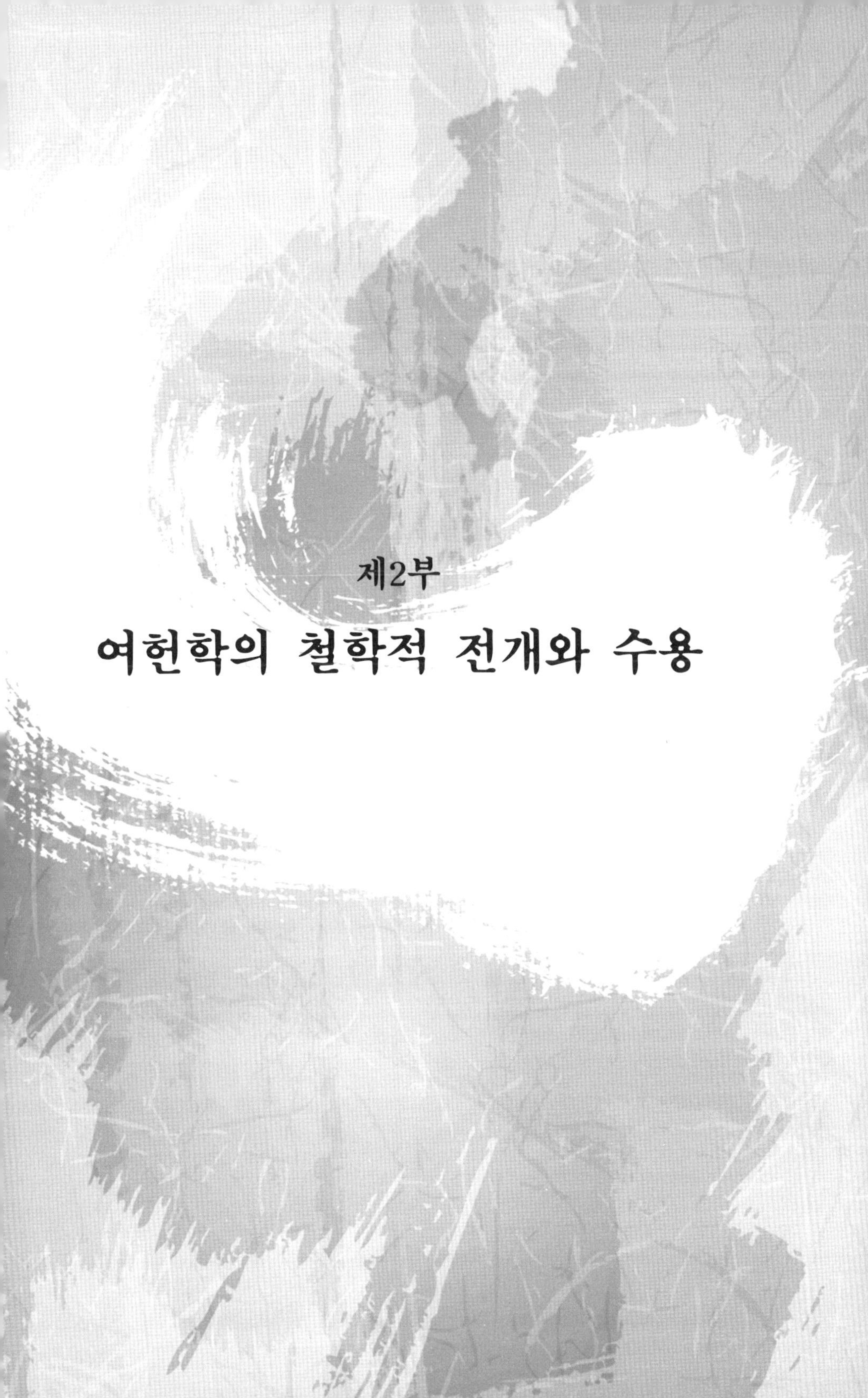
제2부
여헌학의 철학적 전개와 수용

여헌 장현광의 여행의 철학과
수분(守分)의 윤리학

장승구

1. 들어가는 말

여헌 장현광(旅軒 張顯光, 1554~1637)은 조선조 성리학자 가운데 가장 개성이 강하고 독창성이 뛰어난 철학자의 한 사람이라고 할 수 있다. 그의 논설들은 경전의 구절이나 선현의 말을 주로 인용하는 동시대 다른 학자들과는 달리, 성리학의 주요 개념을 자기 것으로 소화시켜 자기의 사유를 치밀한 논리와 응축된 언어로 자유롭게 논술하고 있다는 점에서 특성이 있다. 우리는 성리학자들의 철학을 연구함에 있어서 기존에는 너무 이기설이나 심성론과 같은 이론 위주로만 분석하였다. 그러나 한 사람의 철학은 시와 문 등 다양한 형식을 통해, 또한 간접적 형식을 통해 더욱 자유롭게 내면의 의식적 무의식적 철학이 드러날 수 있다. 여헌의 철학을 연구하는데도 이러한 방법을 활용할 필요가 있다.

본고에서 여헌 장현광의 철학과 윤리를 여행의 관점에서 분석해 보는 것은 단순히 필자의 호기심만은 아니다. 현대를 흔히 세계화·정보

---

* 이 논문은 「여헌 장현광의 여행의 철학과 수분의 윤리학」이라는 제목으로 『선주논총』 8(금오공대 선주문화연구소, 2005)에 게재되었던 글을 수정한 것이다.

화의 시대라고 한다. 이제 세계는 국경의 경계선이 큰 의미가 없어지고, 국경을 넘어 인력과 정보와 자본과 상품이 자유롭게 이동하고 있다. 정보화 사회에서 이제는 어느 한 지역의 어느 한 직장에서 어느 한 업종에만 평생 종사하는 시대는 지나갔다. 새로운 직장을 찾거나 보다 나은 근로조건과 새로운 프로젝트를 찾아 자유롭게 지역을 이동하는가 하면, 시대의 변화에 따라 새로운 업종으로 직업을 부단히 바꾸기도 하고 또 여러 개의 직업에 동시에 종사하기도 한다. 마치 유목민이 새로운 목초지를 찾아서 가족 또는 부족을 이끌고 가축 떼를 몰고 이리저리 이동했던 것처럼 유목적 생활방식이 포스트모던 세계의 새로운 풍속으로 다가오고 있다. 우리는 오랜 역사 동안 정주민의 문화에 익숙해져 있어서 유목민의 생활에 대해 부정적 편견을 가지고 있다. 그래서 정주민의 생활방식만이 인간에게 고유하고 진실 되고 도덕적인 것처럼 여기기 쉽다. 그러나 인간은 농경문화를 기반으로 한 곳에 정착하기 이전에 그보다 훨씬 긴 세월 동안 먹이를 찾아서 채취하거나 또는 수렵이나 유목을 하면서 이동하는 삶을 영위해 왔다. 문명생활 속에서도 유목민의 역할과 흔적이 결코 완전히 사라진 것이 아니다. 우리의 유전자 속에는 정주를 거부하고 부단히 새로운 환경을 찾아서 이동하고픈 유목민 또는 여행자의 피가 흐르고 있다. 그것이 우리로 하여금 정보화·세계화를 활용하여 첨단 전자 제품으로 무장을 하고 세계를 누비며 새로운 일을 찾고, 새로운 경험에 도전하게 만드는 것인지도 모른다. 그렇다면 우리에게는 정주민의 생활방식에 기초한 철학을 넘어서 유목민적 생활을 지향하는 새로운 철학과 윤리가 필요한 것이 아닐까? 이 논문에서 우리는 여헌 장현광의 철학과 윤리사상을 이러한 문제의식을 가지고 접근하고자 한다.

2. '여헌'과 여행의 철학

서재(또는 집)의 이름을 어떻게 명명하느냐 하는 것은 그 자체로서 그 서재주인의 철학을 보여주는 것이다. 특히 '여헌(旅軒)'이라는 헌호는 장현광의 철학을 가장 잘 보여주는 매우 상징적인 개념을 따다가 헌호로 삼은 경우라고 하겠다. 한 철학자의 철학을 이해하기 위해서는 그 사람이 주로 사용하는 철학적 개념을 분석하는 것도 물론 필요하지만, 헌호와 같은 것을 분석함으로써 더욱 잘 그의 철학을 드러낼 수도 있을 것이다. 여헌 장현광이 그의 헌호를 설명하기 위해 지은 「여헌설(旅軒說)」은 장현광의 생활철학, 나아가 인생관이나 세계관을 매우 압축적으로 잘 표현하고 있는 글이다. 우리는 여헌이 지은 「여헌설(旅軒說)」을 분석함으로써 그의 헌호를 통해 그의 철학이 지니고 있는 독특한 특성을 파악해 보고자 한다.

'여(旅)'란 다른 사람에게 객(客)이 되는 것, 즉 나그네가 되는 것을 의미하는 것인데, 장현광이 자주 옮겨 다니며 살았기에 스스로 헌호를 '여헌(旅軒)'이라 칭하였다. 실제로 여헌은 어려서 부친을 잃고 사방으로 다니며 배웠을 뿐만 아니라, 임진왜란 동안에는 가족을 거느리고 선산·칠곡·성주·의성·청송·보은·영천 등지를 전전하며 친척과 친지를 찾아다니며 생존하였다. 한 해에도 대여섯 번씩 옮겨 다니는 경우도 많았다. 이러한 절실한 체험이 그의 호에 반영되어 있다. 일반적으로 서재하면 일정한 정해진 공간을 전제하는 것이 상식이다. 그런데 여헌은 역설적으로 그러한 고정된 서재 개념을 버리고 '무상소(無常所)'의 서재를 표방하고 있다. 여헌은 무정주(無定住)의 정주(定住)를 추구한다. 여헌의 서재는 '무상소(無常所)'일 뿐만이 아니라, '비기유(非己有)' 즉 무소유의 서재이기도 하다. 즉 여헌의 서재는 일정하게 공간이 정해져 있는 것이 아닐 뿐만이 아니라, 또한 그의 소유도 아니다. 그러나 상소(常所)가 없기에 어디에 가나 서재가 있으며 그것이 곧 여헌의 서재가 될 수 있다. 그래서 항상 서재가 있다. 항상 서재가 있으나 어느 일정한 서재에 사로잡히지 않는다. 서재가 없으나 없음에 구애되지 않고, 있으나 그것에 구애되지 않음으로써 유(有)와 무(無) 사이에 존재한다. 그래서 여헌은 한곳에 붙어 있지 않고, 항상 이동하며 여행하지만 그럼에도 불구하고 반드시 서재가 있는 것이다.[1]

그러면 여헌의 서재는 구체적으로 어디에 있는가? "동쪽 이웃에도 있고, 서쪽 이웃에도 있고, 산의 남쪽에도 있고 물의 북쪽에도 있다. 혹은 천리 밖에 있기도 하고, 혹은 열 걸음 안에 있기도 하다. 호수나 바닷가에 있기도 하고, 혹은 계곡 근처에 있기도 하고, 깊은 산 계곡 속에 있기도 하다. 넓은 벌 머리에 있기도 하다."[2] 이처럼 여헌의 서재는 공간적으로 고정되지 않고 자유롭다. 뿐만 아니라 꼭 검소한 것만은 아니니 높고 넓은 고급집이라도 편안히 여기고, 꼭 넓은 집이 아니라 소박한 띠집이라도 또한 즐기며, 꽃과 대나무가 산언덕에 가득차도 번잡하게 여기지 않으며, 전원에 잡초가 무성해도 더럽다고 여기지 않는다. 꼭 집만을 서재로 하지는 않고, 때로는 푸른 녹음 아래나 백운이 떠있는 푸른 낭떠러지 위나 방초가 우거진 계곡변이나 맑은 바람이 부는 산가가 서재가 되기도 한다.[3] 즉 여헌에게 서재는 인공적 집만이 아니라 자연의 곳곳이 그대로 서재가 될 수 있다. 인공적 공간이건 자연적 공간이건 공간적으로 걸림이 없는 서재이다.

또한 그러한 서재들에 하루를 머무를 수도 있고, 며칠을 머무를 수

---

1) 『旅軒集』 권7, 15~16면, 「旅軒說」 참조.
2) 『旅軒集』 권7, 16면, 「旅軒說」 참조.
3) 『旅軒集』 권7, 16면, 「旅軒說」 참조.

도 있고, 몇 달을 머무를 수도 있고 한 계절을 머무를 수도 있고, 일 년이나 몇 년을 머무를 수도 있다.[4] 즉 시간적으로도 일정한 제한을 두지 않고 자유롭다.

이처럼 여헌에게 서재란 공간적으로 일정하게 고정된 붙박이 서재가 아니라, 자유로운 무정주의 서재로서 그것들이 합쳐서 이 몸의 서재가 된다. 그리고 서재에 머무르는 시간이 일정하지 않지만 그것들이 쌓여서 일생 동안의 서재가 되는 것이다. 여기서 말하는 서재는 단순히 책을 읽고 글을 쓰는 좁은 의미의 서재만을 뜻하는 것이 아니다. 서재는 다른 말로 하면 곧 스튜디오이고 작업장이다. 작업장이 고정되어 있는 것이 아니라, 가는 곳마다 작업장이 있고, 어디서나 작업할 수 있다는 것이다. 그리고 작업의 시간도 규칙적으로 고정되어 있는 것이 아니라 프로젝트의 내용에 따라 자유롭게 가변적이다. 장소적 고착을 거부하고, 시간적 통제를 부정하며 규제 없이 여행하는 자유로운 유목민적 사유를 장현광은 '여헌설'에서 매우 잘 보여주고 있다.

그러면 이러한 시공적으로 자유로운 서재에서 여헌은 누구를 만나서 무엇을 하는 것일까?

서재에서 만나는 사람도 미리 고정된 것이 아니라 각계각층의 갖가지 유형의 사람이 망라된다. 마치 우리가 여행하면서 남녀노소를 막론하고 온갖 종류의 사람을 만날 수 있듯이 나그네로 여행하는 가운데 무정주(無定住)의 서재를 주창하는 여헌에게는 만나는 사람도 제한이 있을 수가 없다. 예컨대 옛것을 좋아하고 학문을 즐기는 선비일 수도 있고, 경서에 통하고 역사를 업으로 삼는 학자일 수도 있고, 음풍영월 하는 호방한 시인일 수도 있고, 시골 농촌의 노인일 수도 있고, 기이한 취미를 가진 손님일 수도 있고, 용졸하고 미천한 사람일 수도 있다.[5]

---

4) 『旅軒集』 권7, 16면, 「旅軒說」 참조.

이처럼 다양한 사람을 만나서 여헌은 무엇을 하는 것일까? 우리는 여행에서 다양한 사람을 만나서 다양한 주제로 대화를 나누지만 대화가 전부는 아니다. 여행을 하면서 구상도 하고 창작도 하고, 궁리도 하고 놀기도 하고, 일하기도 한다. 그러면 여헌은 무정주의 서재에서 무엇을 하였을까?

"여옹이 하는 일은 무엇일까? 도에 뜻을 같이 하는 동지를 만나면 도와 의를 논하고, 후생을 만나면 학문을 권하고, 문인을 만나면 문장을 논하고, 시인을 만나면 시를 말하고, 농부가 오면 뽕과 삼에 대해서 말하고, 어부가 오면 고기와 자라에 대해 이야기하고, 혹 술을 권해 취해서 말이 없기도 하고, 혹은 촌옹을 만나 바둑을 뜨며 소일하기도 하고, 손님이 없으면 책을 펼쳐 읽는데 천고 옛적 성현의 마음을 보는 듯하고, 무료하면 팔을 베개 삼아 한가하게 낮잠을 자기도 한다. 꿈에 덕이 지극한 시대에서 놀다가 잠을 깨어 문을 열고 바라보면 천지는 유유하고 솔개와 물고기는 활발하게 뛰어논다. 흥에 겨워 걷노라면 꽃을 찾아 버들을 따라 마음이 물과 더불어 봄을 함께 한다. 흥이 극에 달하면 돌아온다. 내 서재는 스스로 고요하니 의관을 정돈하고 숙연하게 눈을 감으면 무극태극의 묘가 일용의 사이를 떠나지 않고, 무형과 유형이 두 가지 이치가 아니다. 선천·후천의 역(易)도 마음과 눈의 사이에 묵묵히 합치되고, 옛 성인과 후세의 성인이 본래 하나의 도를 같이 한다. 이와 같이 하면서 하루를 보내고 일 년을 보내니 이것이 여옹의 일이다."[6]

이처럼 여헌은 서재에서 도와 의를 논하는가 하면, 학문을 권하고, 문장과 시를 이야기 하고 독서도 한다. 뿐만 아니라 농부를 만나면 농

---

5) 『旅軒集』 권7, 17면, 「旅軒說」 참조.
6) 『旅軒集』 권7, 15~16면, 「旅軒說」 참조.

사에 대해 어부가 오면 어업에 대해 논하는 등 생업에 대해서도 관심을 갖는다. 때로는 술에 취하기도 하고 바둑을 즐기기도 하고 쉬기도 하고 자연과 하나 되어 놀기도 하는 등 다양한 활동을 그때그때 때에 맞추어 자유롭게 행한다.

정처 없이 다니는 나그네의 여행은 고달픈 것일 수밖에 없는 것이 아닌가? 장현광은 나그네의 여행을 낙으로 삼는 것은 아니나, 여행함에 있어서 낙을 잃지 않는다고 하였다. 왜냐하면 군자는 어떤 환경을 만나도 편안히 여기므로 만나는 환경마다 모두 편안하고, 대인은 곤경에 처해도 형통하니 어떤 곤경에 처해도 그것을 형통하게 하기 때문이다.[7]

그러면 여헌의 여행은 이 땅위에서 공간적 이동으로 끝나는가? 아니다. 이것은 작은 여행[小旅]에 불과하다. 천지의 관점에서 보면 천지 사이에 붙어사는 것으로서 여행하지 않는 것이 없다. 천지는 만물이 잠시 머물렀다가 지나가는 거대한 하나의 여관과 같은 것이다. 그리고 천지 사이에 존재하는 것은 어느 것이나 잠시 홀연히 왔다가 홀연히 지나가는 것일 뿐이다. 가는 것은 지나가고 오는 것은 계속 이어진다.[8] 다른 만물과 마찬가지로 사람도 천지 사이에서 잠시 왔다가 가는 일시적 존재이므로 삶 자체가 나그네의 여행과 크게 다를 바가 없다. 즉 옮겨 다니는 여행자만이 아니라, 천지의 관점에서 크게 보면 모든 인간은 그 자체로서 여행자의 신세라고 할 수 있다. 천지 사이의 인간과 만물만 여행하는 것이 아니다. 나아가 도의 관점에서 바라보면 천지도 생성되었다가 소멸하는 존재이다. 따라서 지금의 천지도 언젠가

---

7) 『旅軒集』 권7, 18면, 「旅軒說」, "夫吾所謂樂者, 非以旅爲樂. 但能在旅而不失其樂耳. 君子隨遇而安, 則何遇而不可安. 大人處困而亨, 則何困而不可亨哉." 참조.

8) 『旅軒集』 권7, 19면, 「旅軒說」, "若以天地觀之, 凡寄生於天地間者, 孰非旅也. 惟天地萬物之逆旅也. 生於其間者, 忽爾而來, 忽爾而往. 往者過, 來者續. 曾未有一人與天地相終始焉, 則非旅而何?" 참조.

는 지나가고 또 다른 천지가 다시 온다. 따라서 "천지도 도(道) 가운데 하나의 여행하는 나그네일 뿐이다."[9]

진정한 여행은 이 땅위의 여행에서 그치는 것이 아니고, 그 시작일 뿐이다. 여헌의 참 여행은 상하사방(上下四方)의 우(宇)의 여행과 고왕금래(古往今來)의 주(宙)의 여행 즉 우주여행이 참 여행이다.

"사람으로 태어나 남자가 된 것은 다행이다. 어찌 여염(閭閻) 사이에 한 구석에 동면하는 벌레처럼 숨어 있고 박처럼 매달려 있어 한 마당에서 취생몽사하며 새와 짐승과 같이 무리 짓고 초목과 함께 썩어갈 수 있겠는가? 반드시 그 듣고 보는 이목을 원대하게 하고 마음을 광대하게 하고, 나의 마음과 정신이 상하사방의 우(宇)와 고왕금래의 주(宙)에 이르지 않음이 없도록 해야 한다. 이른바 방외(方外), 물외(物外), 형외(形外), 상외(象外)란 것도 내 마음의 영역이 아님이 없다. 그런 다음에야 크게 놀고[大遊] 크게 보아서[大觀] 남자의 지업(志業)을 등지지 않을 수 있다."[10]

우리는 이목으로 보고 듣는 감각적 경험의 한계를 넘어 저 먼 아득한 우주의 끝까지 사유하고, 역사적 시간을 넘어서 저 아득한 우주적 시간의 장구함까지 사유가 미쳐야 한다. 천지간에 가장 뛰어난 영물인 인간이 감각적 지각이 미치는 범위 안에서만 여행하기를 그친다면 그 것은 우주에서 인간이 차지하는 삼재(三才)의 하나로서의 위상을 스스로 저버리는 것이다. 현재의 천지를 넘어서 먼저 번 천지(天地)를 사유하고, 다음에 올 천지까지도 추리하고, 아득한 과거와 아득한 미래의 시간도 추리해 볼 수 있어야 한다.

그리고 우리가 여행에서 만나는 인물도 당대의 인물에 국한되어서

---

9) 『旅軒集』 권7, 21면, 「旅軒說」, "天地亦爲道中之一旅耳."
10) 『旅軒集』 권8, 2면, 「臥遊堂說」

는 안 된다. 역사의 시간을 건너서 위대한 시대의 위대한 인물 즉 성인을 만나서 그들과 대화할 수 있어야 한다. 그들과 인생과 세상의 깊은 뜻을 함께 고민할 수 있어야 한다. 그들과 진정으로 위대한 사업을 함께 고민할 수 있어야 한다. 이리하여 여헌의 여행은 우주적 공간과 시간으로 확대되며, 역사를 횡단하여 위대한 인물과 정신적으로 만나 대화하며 위대한 사업을 구상하고 실천할 수 있어야 한다.

여헌은 우주적 시간과 공간 속에서 자신과 인간의 의미를 생각했던 우주적 스케일의 철학자였다. 그리고 늘 역사속의 위대한 인물과 훌륭한 문화를 생각하며 위대한 내일을 상상하던 역사적 상상력의 철학자였다. 즉 그의 철학은 우주적 여행의 철학이고, 역사적 여행의 철학이었다. 우주적 여행에서 보면 천지도 하나의 물(物)에 불과하고, 인간을 포함하여 만물은 모두 좀벌레와 크게 다르지 않은 미소한 존재이다. 천지 자체도 변화의 법칙의 예외가 아니다. 천지도 역시 도 가운데 하나의 여행하는 존재일 뿐이다. 인간과 만물만 여행하는 것이 아니고, 천지도 여행하는 존재이기는 마찬가지이다. 천지와 만물이 모두 여행하는 존재임을 자각할 때 인간은 자신의 한계를 깨닫고 소유의 집착을 벗어난 초탈의 경지를 누릴 수 있다. 그래서 천하의 만인을 형제처럼 여기고, 만물을 한 몸으로 여겨 두루 인(仁)을 베풀 수가 있다. "천하에 내 땅이 아님이 없고, 땅위의 사람이 모두 나의 형제이다. 남자는 천하를 집으로 삼고, 만물을 몸으로 삼는다."[11]

여행하는 인간이라고 하여서 모든 것이 변하기만 하는 것은 아니다. 여행하는 인간일수록 마음은 흔들리지 않고 자기중심을 견지해야 한다. 물리적 감각적 중심만이 중심이 아니다. 중심은 밖에 있는 것이

---

11) 『旅軒集』 권7, 19면, 「旅軒說」, "且天下莫非吾土, 落地皆我兄弟. 男子以天下爲家, 萬物爲身"

아니다. 밖에서 중심을 구하면 종내 중심을 얻을 수가 없다. 참된 중심
은 마음의 중심이다. 우리 몸은 객에 불과하고, 우리 마음의 리(理)가
바로 참 중심이다. 따라서 반성해 돌이켜 보면 안으로 중심이 있다.
단지 사람이 스스로를 살피지 않았을 따름이다. 화와 복, 영광과 굴욕
은 밖에서 오는 것으로서 이는 객이지 주가 아니다. 우리 마음이 지키
는 것이 주다.[12]

　　어디를 가도 리(理)가 없는 곳이 없다면 몸이 어디를 가도 편안할 수
가 있다. 우리 마음의 초월성은 외부의 화(禍)와 복(福), 영광(榮光)과
굴욕(屈辱)이 침범할 수가 없다. 여헌에 따르면 만약 마음의 리(理)가
형기(形氣)에 의해 제압되어 형기가 몸의 주인이 된다면 화와 복, 영광
과 굴복이 밖에서 와서 내 마음이 지키는 것을 흔들어 뺏어가서, 내
마음이 천명을 순조로이 따르지 못하고, 한 몸이 중심을 상실하고 육
체는 화와 복 영광과 굴욕이 머무는 객관(客館)으로 전락하게 된다. 반
면에 비록 내 몸이 안정된 거처가 없다고 하더라도 내 마음을 주재하
는 것이 리(理)라면, 몸은 비록 떠도는 여행자의 거소에 있다고 하더라
도 그 즐거움은 매우 큰 것이다. 여헌에 따르면 이것이 바로 맹자가
"인(仁)은 사람의 안택(安宅)이다"라고 한 바로 그 안택이다. 안정된 서
재 없이 끝없이 여행한다고 하더라도 마음만은 어질기에 여헌의 여옹
(軒翁)은 안택(安宅)의 주인이라고 한다.[13] 맹자는 대장부는 천하의 넓
은 집에 거한다고[居天下之廣居] 하였다. 여기서 넓은 집에 산다는 것은
어질게 사는 것을 의미한다. 어질게 사는 사람에게는 천하가 자기 집

---

12) 『旅軒集』 권7, 21면, 「旅軒說」, "吾之形氣 是客也. 而此心之理, 卽主也. 禍福榮辱之自
　　外至者, 是客也. 而吾心之所守者, 主也." 참조.

13) 『旅軒集』 권7, 21면, 「旅軒說」, "今余則一身雖失其所, 而主乎吾心者理也. 旅軒之樂,
　　莫不根此理而生也. 此所謂人之安宅也. 有吾安宅, 然後能樂吾旅軒. 如無安宅之樂, 旅軒
　　豈得以樂吾心哉?" 참조.

처럼 편안하게 느껴진다. 여헌이 헌으로 삼는 것도 맹자가 말한 천하의 넓은 집과 다르지 않다. 우리가 마음을 어질게 갖는다면 천하의 어디를 가든지 편안할 수가 있다. 반면에 마음이 어질지 않다면 설사 자기 집에 있어도 마음이 반드시 편안한 것은 아닐 것이다. 여헌은 우리 몸이 나그네 신세인가 아닌가 하는 문제보다도 우리 마음의 상태가 어떠한가가 더욱 근본적 문제라고 인식하는 것이다. 외면적으로는 여행하는 인간이라고 하더라도 내면적으로는 리(理)에 의해 스스로를 다스림으로써 정신적으로 확고한 중심을 가지고, 외부적 사건에 감정이 흔들리지 않는 정신적 중심을 견지하여야 한다. 여행하는 나그네일수록 내적으로는 확고한 자기 주체성이 서 있어야 한다. 그것이 없을 때 여행하는 인간은 객기에 표류하는 속인으로 전락하기 쉬운 것이다. 오늘날 우리는 공간적으로 한 곳에 안주할 수 없고 끝없이 이동해야 하며, 또한 한 가지 직업을 평생 지닐 수가 없이 이것저것 새로운 일을 찾아서 살아가는 세계화·정보화의 시대에 살고 있다. 이러한 시대에 우리는 설사 외적으로는 늘 새로운 환경과 도전에 맞추어 적응하며 사는 것이 불가피하다고 하더라도 내적으로는 확고한 자기중심을 지니지 않으면 안 된다. 그 중심의 기준이 바로 리(理)이다. 이처럼 여헌에게 리(理)는 바로 자기중심을 확고하게 잡아주고 근거이고, 우주를 여행하는 중에 인간을 인간답게 해주는 근거로서 매우 중요한 의미를 지니고 있는 것이다.

또한 역사적 여행을 통해서 여헌은 현재의 인간 삶을 상대화 하고 비판하면서 참된 자신의 모습을 반성한다. 역사적 여행은 현재적 삶이 소외된 삶임을 자각하게 해준다. 우리는 자신의 올바른 위상과 역할과 의미를 거대한 우주적 시공간의 틀, 장구한 역사적 문화적 배경 속에 바라볼 때 비로소 새롭게 자각하게 된다. 여기에 여행의 철학의 의미가 있는 것이다.

3. 경위설과 여행의 철학

여헌의 독특한 학설인 경위설(經緯說)은 그의 여행의 철학과 어떠한 관계가 있을까? 여헌에 따르면 경위(經緯) 개념은 이기(理氣), 체용(體用), 본말(本末), 강목(綱目), 원류(源流)의 의미를 다 포함하고 있다.[14]

여헌의 사유에서 체(體)는 용(用)으로, 본(本)은 말(末)로, 강(綱)은 목(目)으로, 원(源)은 류(流)로 전개된다. 또한 용(用)에는 체(體)가 말(末)에는 본(本)이, 목(目)에는 강(綱)이, 류(流)에는 원(源)이 내포되어 있다. 그래서 양자의 관계가 서로 불가분의 관계이면서 동시에 경(經)이 위(緯)의 중심이 되어야 한다. 퇴계(退溪)는 이기(理氣)의 부잡성(不雜性)을 강조함으로써 리(理)의 주재성(主宰性)을 중시하는 입장을 취하였다면, 율곡(栗谷)은 리기(理氣)의 불상리(不相離)를 강조함으로써 이와 기의 서로 분리될 수 없는 묘합성(妙合性)을 강조하였다. 여헌은 퇴계와 율곡의 양 입장이 나름대로 일리가 있다고 인식하고, 어떻게 양 입장을 조화시키고 종합시킬 수 있을 것인가를 고민하였고, 그 결과로 제안한 것이 바로 경위설이라고 할 수 있다. 경이 보편적 원리라면, 위는 구체적 현실이다. 따라서 경위설은 보편적인 원리와 구체적인 현실의 조화 즉 구체적 보편을 중시하는 논리이다.

여헌의 경위설을 여행의 철학과 관련시켜 해석해 보도록 하자. 경(經)은 위(緯)를 만나서 짜여져야 한다. 삶이 여행이라면 삶의 여행은 나의 주체라는 경이 세계라는 위를 만나서 삶의 직물을 짜나가는 것이

---

14) 張顯光, 『旅軒先生全書』下, 「性理說」 권5, 3면 참조.

다. 세계와의 만남은 곧 나와 다른 것 또는 차이와의 만남이다. 나와 다른 다양한 타자와 만나서 풍성한 삶의 직물을 짜나갈 수 있다. 여행이 없이 자기 속에 머무르기만 해서는 좋은 삶의 직물을 짤 수가 없다. 그것은 단조로울 뿐이다. 삶이란 예외적인 평탄함을 제외하면 무수히 다양한 상황과 부닥치게 된다. 새로운 환경은 인간존재로서 피할 수 없는 운명인 동시에 우리의 능력을 새롭게 개발해주는 것이기도 하다. 그러나 새로운 조건에 처하였다고 해서 자기의 주체성과 자기 동일성을 망각하고 외부 조건의 흐름에 수동적으로 끌려 다니는 것도 문제이다. 여헌은 유가 철학의 핵심이 바로 중용에 있다고 생각한다.[15] 중용에서는 시중(時中)을 중시한다. 유교적 진리는 시대적 변화와 상황적 특수성에 맞추어 구현되어야 하는 것이다. 여헌 철학은 철학의 상호 대대적 범주를 개념적으로는 구분하면서도 다시 하나로 결합시켜 이해하는 '일이리(一而二)' '이이일(二而一)'의 논리 구조를 취하고 있다. 여헌은 분석과 종합, 원리와 현상, 보편성과 특수성, 불변성과 가변성을 날카롭게 구분한다. 그러면서도 이것이 서로 유기적으로 잘 조화를 이루어, 원리가 현실화하고, 보편성이 구체화하고, 불변성이 변화 가운데 내재하는 경위합일의 경지를 중시하였다.

경위설의 입장에서 보면 우리는 삶의 여행이라는 변화(緯) 속에서 살고 있지만 그 가운데서도 불변의 경(經)을 의식하고 그것에 자신의 사유와 행동을 맞추어서 살아야 한다. 경과 위가 떨어질 수 없는 것처럼 인간의 삶은 변화하는 현실과 불변의 규범이 서로 유리되어서는 안 된다. 사람으로서 지켜야 할 규범은 변화하는 현실의 장을 떠나서 존재

---

15) 『旅軒集』續集 권4, 61~62면, 「記夢」, "聖人之所大宅者, 乃中庸之道也. 是宅也, 乃自羲軒以來, 堯舜禹湯文武周公相傳之宅也. 世有聖人, 則宅其宅而居之. 世無聖人, 則是宅爲之無主矣." 참조.

하는 것이 아니고, 변화하는 현실의 장은 불변의 이념을 지향하지 않으면 세속적으로 퇴락하기 쉽게 된다.

4. 수분의 윤리학과 동진의식

인간의 삶을 나그네의 여행과정에 비유한다면 여행하는 과정에서도 나그네로서 지켜야 할 윤리가 있다. 여헌이 특히 강조하는 것은 각자가 자기의 분수를 잘 지키는 수분(守分)의 윤리이다. 인간의 보편적 본질은 동일하다고 하더라도, 기질은 사람에 따라 차이가 있다. 여헌에 의하면 분(分)이란 품부 받은 형기를 따라 도리에 일정한 한계가 있는 것이다.[16] 그런데 분(分)은 만물마다 각각 상이하게 정해져서 동일하지가 않다.[17] 크게 보면 천하 만물이 각기 종마다 고유한 분을 가지고 있다. 다른 한편 동일한 종류의 사물이라고 하더라도 각기 기질과 처지에 따라 분이 같을 수는 없다고 인식한다. 이러한 분은 작게는 일동일정과 응사접물에 모두 관계되며, 나아가 가정·지역·국가에도 관계되며, 더 크게는 우주와 무한한 시간과도 관계된다.[18] 그런데 인간이 마땅히 반드시 해야 하는 것은 '분내사(分內事)'이고, 마땅히 반드시 하지 말아야 할 것은 '분외사(分外事)'이다. 그러므로 분에는 마땅히 해야 하는 것('分內事')을 다하는 '진기분(盡其分)'과 마땅히 해서 안 되는 것('分外事')을 하지 않는 '수기분(守其分)'으로 나누어진다. '진기분(盡其分)'이든 '수기분(守其分)'이든 인간은 자기의 본분의 도리를 인식하고 실천하지 않으면 안 된다.

---

16) 『旅軒集』 권6, 27면, 「明分」, "分者, 隨其所稟之形氣, 而道理有界限也."
17) 『旅軒集』 권6, 30면, 「明分」, "分也者, 有物之各定, 而不能齊同焉."
18) 『旅軒集』 권6, 28면, 「明分」 참조.

'진기분(盡其分)'은 자기 안의 성명도덕(性命道德)을 닦는 것이고, '수기분(守其分)'은 영리(榮利)와 공명(功名)의 욕망으로부터 자기를 지키는 것이다. 이 두 가지는 상호 보완적인 것이다. 이 두 가지 가운데 어느 한쪽을 지키지 못해도 모두 도를 잃는 것이다. 그런데 '진기분'을 못하는 것은 주로 유악(柔惡: 유약함에서 비롯되는 악)에 기인하고, '수기분'을 못하는 것은 주로 강악(剛惡: 지나치게 강함에서 비롯되는 악)에 기인하다고 분석한다. '진기분'은 주로 자기의 내면적 덕과 관계되고, '수기분'은 주로 타인과 관계되는 공의(公義)이다. 자기의 덕을 스스로 손상시키는 것은 다른 사람에게는 큰 피해를 주지 않으므로 화가 가벼울 수 있다. 그런데 공의를 범하면 사람들이 미워하지 않음이 없으므로 그 화가 무겁다. 그러므로 여헌은 '당수지분(當守之分)'을 반드시 먼저 지키고 그 다음에야 '당진지분(當盡之分)'을 다할 수 있다고 하였다.[19]

사람이라면 누구나 지켜야할 일반적 분(分)도 있지만, 각 사람마다 자기의 처지에 따라 상대적으로 지켜야 할 고유한 분도 있다. 사람은 각자 태어난 지역이 있고, 처한 지위가 있고, 직으로 삼은 업이 있다. 여헌에 따르면 사람은 그가 사는 지역에 따라 그 지역을 편안히 여기고, 각자가 처한 지위에 따라 그 지위를 편안히 여기고, 자기의 능력에 따라 자기가 종사하는 직분에 최선을 다해야 한다. 이것 역시 분을 지키는 것이다.[20] 여헌은 사는 지역의 내외와 원근, 지위의 귀천과 존비가 사람에 따라 다르지만 그러한 현실의 차이 즉 분을 편안히 여기고 받아들여야 한다고 보았다.

"안에 있는 사람은 안을 편안히 여기고, 밖에 있는 사람은 밖을 편안

---

19) 『旅軒集』 권6, 36면, 「明分」참조.
20) 『旅軒集』 권6, 31면, 「明分」, "隨其所地而安其地, 隨其所位而安其位, 隨其才德之所及者而盡其職, 則此非能守其分乎?" 참조.

히 여기며, 가까이 있는 사람은 가까운 곳을 편안히 여기고 멀리 사는 사람은 먼 곳을 편안히 여긴다. 크고 귀한 사람은 작고 천한 사람을 포용하고, 작고 천한 사람은 크고 귀한 사람을 공경한다. 존귀하고 높은 사람은 낮고 아래에 있는 사람을 아끼고, 낮고 아래에 있는 사람은 존귀하고 높은 사람을 섬긴다."[21]

여헌에 의하면 분을 지킬 때 그 마음이 곧고 그 몸이 편안하며 가정이 보존되니, 만복이 모두 그 가운데 있다고 한다. 반면에 그 분수를 지키지 않으면 마음이 어그러지고, 몸이 위태해지고, 가정이 무너지고, 온갖 재난이 닥치지 않음이 없다고 하였다. 그러므로 분을 지키면 반드시 길하고 분을 어기면 반드시 흉하다는 사실은 필연의 이치라고 인식한다.[22]

여헌에 의하면 각자가 어떤 지위와 처지에 있건 간에 분을 편안히 여기고, 각기 맡은 업무를 업으로 여기면 편안하지 않은 곳이 없고 편안하지 않은 자리가 없다. 즐거움은 있되 근심이 없고, 경사는 있되 욕은 없다. 그러니 본분의 밖에 힘써서 위험을 무릅쓰고 멸망을 자초할 필요가 없다.[23] 여헌은 옛날이나 지금이나 사람들이 크고 작은 악을 저지르는 것은 모두 자기의 분을 알지 못하고 그 분을 스스로 지키지 못하기 때문이 아님이 없다고 보았다.[24]

여헌에게 사람의 행복과 불행의 갈림길은 바로 분을 지키느냐 아니면 그것을 못 지키느냐에 달려 있다고 해도 과언이 아니다. 많은 경우 사람들은 더 많고 높은 부귀를 욕망하지만 그것이 분수와 어긋날 때

---

21) 『旅軒集』 권6, 31면, 「明分」
22) 『旅軒集』 권6, 31면, 「明分」, "不守其分者, 其心必悖, 其身必危, 其家必敗. 而千災百
　　孼, 無不至矣. 然則守分必吉, 違分必凶, 必然之理也." 참조.
23) 『旅軒集』 권6, 32면, 「明分」 참조.
24) 『旅軒集』 권6, 32면, 「明分」, "余觀古今人大小爲惡者, 莫不由不知其分, 不能自守."

더 큰 부귀는커녕 도리어 현재 가진 부귀마저 잃어버릴 수 있고, 심지어는 자신은 물론 그 가족과 후손에 까지 재앙이 미칠 수 있다.[25] 분수를 지키기 위해서는 무엇보다 겸(謙)의 덕이 필요하다고 여헌은 강조한다. 가득차기를 바라면 분수를 지키지 못하며 겸손할 때 분수를 지킬 수 있다고 한다.[26]

 "손해를 불러들이는 도는 항상 가득참에 있고, 이익을 얻는 도는 항상 겸손에 있다. 겸손의 덕이 자기의 분수를 지키는 방법이 아니겠는가!"[27]

 여헌의 수분의 윤리학에 따르면 사람들은 구체적 삶에서 서로 다른 조건과 상황의 장에 놓여있는데, 그러한 조건과 상황의 현실적 한계를 수용하고 그것에 만족함으로써 행복을 얻을 수 있다고 본다. 우리는 삶의 여행의 과정에서 천차만별의 다양한 상황을 만나게 된다. 그런데 수분의 윤리학은 어떠한 상황 속에서도 그 상황을 받아들이고 그 안에서 행복과 희망을 찾을 수 있는 길이 있음을 보여준다.

 여헌의 수분의 윤리는 자신의 운명을 개탄하고 불평하기보다는 그것을 받아들이고 사랑하는 운명애의 윤리이다. 행복은 결코 미래의 희망이나 목표로 주어지는 것이 아니라, 바로 지금의 구체적 상황에서 주어진 일을 편안히 받아들이고 수행하는데서 온다는 것을 말해준다. 수분의 윤리는 인생의 여정(旅程)에서 가져야 할 운명애의 윤리이고, 필연성을 달관하는 윤리이며, 행복의 윤리이고 겸손의 윤리이다.

 여헌의 수분의 윤리학에 문제가 없는 것은 아니다. 여헌이 사람들이 현재 처해 있는 지위를 너무 당연시 하고, 그것의 변동 가능성에 대하여 소극적인 태도를 보이는 것은 현대적 관점에서는 받아들이기 어려

---

25) 『旅軒集』 권6, 32면, 「明分」 참조.
26) 『旅軒集』 권6, 33면, 「明分」, "欲盈則非守分也. 能謙則是守分也." 참조.
27) 『旅軒集』 권6, 33면, 「明分」, "招損之道, 常在於滿. 受益之道, 常在於謙, 謙之爲德. 非所以守其分者乎!"

운 문제이다. 현대 사회에서 사회적 지위는 자신의 노력에 의해 상승할 수도 있고 하강할 수도 있다. 그러나 봉건사회에서 사회적 지위를 바꾸는 것은 대단히 어려운 일이다. 이러한 까닭에 여헌은 사회적 지위도 일종의 분(分)으로 여겨서 그것을 편안히 받아들이고 그 안에서 행복을 찾을 것을 말하였다. 빈부와 귀천을 너무 정태적으로 생각하고, 자연 질서의 법칙을 무비판적으로 사회 신분에까지 유비적으로 적용하는 것은 문제가 될 수 있다. 그러나 현대사회라고 하더라도 자신이 처해 있는 사회적 지위가 자신의 의지에 따라 손쉽게 변화될 수 있는 것만은 아니다. 그리고 현실적으로 계층구조가 존재하는 사실을 부인하기는 어렵다.

여헌은 신분질서를 인정하기는 하지만, 사람을 대하는데 있어서 가리거나 차별하지는 않는다고 하였다. 그래서 지혜롭고 어리석음, 현명함과 모자람, 귀하고 천함, 부유하고 가난한 사람을 그다지 따지지 않고 만남의 문을 열어 놓았다. 여헌은 부드러운(和柔) 안색을 하도록 힘쓰고, 강경(剛勁)한 모습을 없애려고 힘써서 비록 종이나 어린이나 어리석은 사람이라고 하더라도 화기 띤 얼굴로 접하고 온화한 말로 대하였다. 각양각색의 다양한 민중들과 어울리고 대화하면서 그것을 피하거나 부끄럽게 여기지 않았다. 민중들의 질문에 따라 대답을 할 뿐이지 시비를 다투지 않고, 말하는 바에 따라서 들을 뿐 감히 득실을 따지지 않았다.[28] 이처럼 세상의 속진을 피하지 않고 그것과 함께 어울리는 정신을 동진(同塵)의식이라고 부를 수 있을 것이다. 여헌은 그가 살던 시대가 난세였던 만큼 동진의식에 대해 매우 긍정적이다.

사람이 비록 세속의 풍속과 어울리며 산다고 하더라도 중요한 것은 마음이다. 외부의 풍속을 따르는 것은 단지 외형적 자취(跡)일 뿐이다.

---

28) 『旅軒集』 권8, 14면, 「同塵錄」 참조.

가운데서 지키는 것은 마음이다. 변할 수 없는 것은 도이고, 변하는 것은 사(事)이다. 여헌은 마음으로 지키는 것이 중요하지 밖의 형적에 크게 개의할 필요는 없다고 생각한다. "변해서 안 되는 것을 변하지 않으면 되는 것이지, 변해도 되는 것을 변하는 것이 무슨 해가 되는가?"[29]

  여헌에 의하면 도란 한결같이 높고 멀고 깊고 큰 것(高遠深大)만이 아니다. 비록 지극히 덕이 있는 사람이라고 하더라도 때로는 낮고 가깝고 얕고 작은(卑近淺小) 것을 행하는 것을 꺼리지 않는다.[30] 용(龍)처럼 크기도 하고 작기도 하며, 굽히기도 하고 펴기도 하며 신축자재할 줄을 알아야 한다. 그 예로 여헌은 순(舜)임금과 공자를 든다. 순임금이 요임금에 의해 발탁되기 이전에는 뇌택에서 고기 잡는 어부 노릇도 하였고, 황하 가에서 질그릇을 굽는 도공 노릇도 하였고, 역산에서 밭을 갈기도 하였다. 이처럼 일반 서민들과 다를 바가 없이 비천한 생활을 하다가 순은 임금의 자리에 올랐다. 또한 공자와 같은 위대한 성인도 음란하기로 악명이 높은 위(衛) 영공(靈公)의 부인 남자(南子)도 만나보고, 양화(陽貨)같은 불인(不仁)한 사람도 만났으며, 광(匡) 땅에서 절박한 위기를 겪기도 하고, 진(陳)나라에서 양식이 떨어지는 어려움도 겪었음을 예로 든다.[31] 이처럼 성인이라고 하더라도 반드시 고상하게만 사는 것이 아니고, 때로는 속인과 다를 바가 없이 어렵고 험한 시절을 겪고, 갖가지 고생도 하면서 이 세상과 함께 사는 존재임을 여헌은 강조한다. 여헌의 동진의식은 지위와 계층을 초월하여 만인에게 열려 있는 개방적 윤리의식이다. 경직된 예학으로 무장한 고집스런 선비들의 윤리에 비해 상대적으로 유연한 태도를 보여준다. 대쪽 같고 추상

---

29) 『旅軒集』 권8, 15면, 「同塵錄」, "吾不變其不可變者而已. 又何害於變其可變者乎?"

30) 『旅軒集』 권8, 15면, 「同塵錄」, "夫道豈可一向爲其高者遠者深者大者哉? 雖至德之人, 有時乎爲其卑近淺小者而不以嫌焉. 此其所以成其高遠深大之道者也." 참조.

31) 『旅軒集』 권8, 16-17면, 「同塵錄」 참조.

같은 날카로운 선비정신도 때로는 중요하지만, 민초들의 어려움에 공감하는 서민적 동진의식이 오늘날 우리에게 더 필요한 윤리이다. 우리는 삶이라는 여행의 과정에서 수많은 사건과 어려움을 겪을 수 있고, 온갖 다양한 사람을 만나게 된다. 다양한 사건과 수많은 사람들에 대해서 여헌은 주역(周易)의 정신에 따라 신축굴신(伸縮屈伸)을 자유자재로 하면서 동진(同塵)의식을 지니고 유연성 있게 대처할 것을 강조한다.

5. 맺음말

현대를 세계화·정보화 시대라고 한다. 우리는 정주(定住)에 대한 고정관념과 집착을 버려야 한다. 새로운 기회를 찾아 지역과 국경을 넘어 새로운 공간으로 이동하는 것이 삶의 새로운 방식으로 정착할 가능성이 높다. 그리고 한 가지 일이 아니라 여러 가지 일을, 같은 일의 반복이 아니라 새롭고 다양한 일을 맡아야 할지 모른다. 이러한 시대 변화에 적응하기 위해서는 농경시대 또는 산업시대의 정주의 철학만 가지고는 한계가 있다. 일정한 영역이라는 장소적으로 한정된 생활공간에 집착하는 시대는 지나갔다. 이제는 공간적 시간적 한계와 업종의 제약을 벗어나 자유롭게 이동하고 새롭게 도전하면서 살아가야 하는 시대가 도래하고 있는 것이다.

장현광의 헌호인 '여헌(旅軒)'은 요즘의 말로 하면 '이동 스튜디오'와 의미가 유사하다. 장소적 한계를 초월하여 어디에 가나 머무는 곳이 곧 스튜디오이고, 또 그 스튜디오는 반드시 나의 소유일 필요는 없다. 그 스튜디오가 반드시 실내일 필요도 없다. 실내일 수도 있지만 실외의 자연일 수도 있다. 스튜디오에서 만나는 사람은 특정 계층이나 특정 직업의 사람만이 아니다. 그리고 그러한 스튜디오에서 반드시 연구만 하는 것이 전부는 아니다. 때로는 연구하지만 때로는 담소하고 때로는 유희를 즐기고 때로는 휴식을 취하기도 한다. 그런 가운데 아무에게도 간섭받지 않고 구애되지 않으며 참으로 내가 좋아하고 내가 하고 싶은 것을 스스로 하는 것이다. 자유로운 여건과 자발성이야말로 창조적 활동의 기본 조건이다. 자유로운 조건 속에서 자발적 동기를 가지고 일할 때 가장 창의적이고 가장 수준 높은 업적을 기대할 수 있을 것이다. 여헌의 여행의 철학은 단순히 자유지상주의(libertarianism)만은 아니다. 자유롭게 다니며 발 닿는 곳을 스튜디오로 삼지만, 그러나 마음에는 일정한 중심이 있고, 흔들리지 않은 주체성이 있다. 즉 움직이고 이동하면서 외적으로는 변하지만 그러나 그 내면에는 변치 않는 구심점이 있어야 한다. 불변의 리(理)를 품고 그것을 상황에 가장 알맞게 구현하여야 한다. 즉 시중(時中)의 도를 따라야 한다. 체(體)를 근거로 하여 용(用)으로 펼쳐져야 한다. 강(綱)을 핵으로 하여 목(目)으로 나아가야 한다. 원(源)을 기원으로 해서 지류로 흘러야 한다. 여헌의 여행의 철학은 다르게 말하면 이동(移動)하는 중심의 철학이고, 구체적(具體的) 보편(普遍)의 철학이다. 이동이 없는 중심은 고착되어 활력이 없는 죽은 중심이다. 중심이 없는 이동은 자기 정체성이 없는 표류이고 휩쓸림이다. 구체성이 없는 보편성은 현실성을 지니기가 어렵다. 보편성이 없는 구체성은 두루 통하기가 어렵다. 여헌의 철학과 윤리의 묘미는 변화와 불변, 이동과 중심, 특수성과 보편성, 현실성과 이상성을 경위의 논리로 묘하게 직물 짜기를 시도한 것에 있다고 할 것이다.

여헌의 여행의 철학은 지상의 여행에 만족하지 않는다. 우리로 하여금 우주적 시공의 여행을 사유하게 한다. '나'라는 존재의 삶을 광대한 우주의 공간과 무한한 우주의 시간의 지평 위에서 생각해 보게 해준다. 이처럼 무한한 우주에서 인간으로 태어난 의미가 무엇이고, 그러한 의미를 구현하기 위해서는 무엇을 해야 하고 무엇을 해서는 안 되며 어떻게 살아야 하는지를 고민하게 해준다. 우주적 존재로서의 인간은 그 값을 하기 위해서는 무엇을 어떻게 해야 할 것인가? 이 대목에서 여헌의 철학은 세계화·정보화 시대가 요구하는 유목민의 철학을 넘어서, 인류의 미래 시대가 요구하는 더 큰 이상을 생각해 보게 한다. 심각한 환경문제의 근본적 해결을 위해서는 우주적 지평과 생태적 지평, 거시적 역사의 안목 속에서 인간의 존재를 새롭게 문제 삼지 않으면 안 될 것이다.

정착적 생활방식과 정주(定住)의 철학이 소유주의(所有主義)와 이기주의(利己主義)를 가져왔다. 소유주의를 넘어 함께 나누는 문화를 이루고, 이기주의를 넘어서 공생공영의 네트워크 문화를 지향하기 위해서는 인간의 자기 정체성을 유목적 관점에서 재조명하는 것이 필요하다. 이 점에서 여헌 장현광의 여행의 철학과 수분의 윤리는 우리가 삶의 터전을 어떻게 유연하게 생각하여야 하며, 또한 역동적으로 변화하는 가운데 인간으로서 지켜야할 불변적 규범과 이상이 무엇인지를 새롭게 성찰해보게 한다. 오늘날 우리는 너무나 빠른 변화의 속도 앞에서 변화 그 자체가 전부인 것처럼 생각하기 쉬운 시대에 살고 있다. 변화하는 가운데도 인간으로서 지켜야 할 불변적 가치와 규범에 대해서는 깊이 생각하고 고민하는 경우가 드물다. 여헌 장현광은 이동과 변화 속에서도 고수해야 할 불변의 가치와 이념을 고민하고, 그것을 변화하는 현실의 문제와 접목시켜 사유하고자 하였다. 그리고 도덕적 의무만을 무조건적으로 강조하는데 그치지 않고, 시간적 공간적으로 변화하는 현실의 어려움 속에서 어떻게 즐겁게 살고 행복하게 살 수 있을 것인가에 대해 고민하고 나름의 답변을 제시하였다. 자신이 처한 현실의 운명 또는 분수를 분명히 인식하여 그것을 겸허히 수용하고, 운명(또는 분수)의 현실 속에서 자신의 도리를 다하는 데서 참된 행복과 즐거움이 있다고 여헌은 생각하였다. 여헌은 전란으로 비참하고 혼란스러운 시대를 살았다. 어렵고 고통스러운 시대를 살았지만 그의 철학은 어둡지 않다. 현실의 가혹한 어려움을 감내함으로써 고난을 행복으로 전화시키려는 초월적 의지가 엿보인다. 세계화 되고 정보화 된 현대사회 역시 그렇게 밝지만은 않다. 낙관주의자도 있지만, 세계의 미래에 대해 밝지 않은 전망을 하는 전문가들도 많다. 여헌이 살던 시대와 우리 시대는 사회경제적 구조가 크게 다르다. 그럼에도 불구하고 여헌의 여행의 철학과 수분의 윤리학은 불투명한 지구촌의 미래를 항해하는데 있어서 지혜로운 지침을 시사하고 있다.

여헌의 『대학』과 『중용』 해석

-『녹의사질(錄疑俟質)』에 대한 분석을 중심으로 -

이영호

1. 여헌의 삶과 그 지향

여헌(旅軒) 장현광(張顯光, 1554~1637)은 조선중기 퇴계학맥에 속하는 거유(巨儒)로서, 한강(寒岡) 정구(鄭逑)를 통해 퇴계의 의발을 전수받아 선산(善山) 지역에 퇴계학맥을 열었다. 그는 여러 차례의 징소(徵召)에도 불구하고 수개월 벼슬살이한 이외에는 학문과 강학으로 일생을 보낸 순유(醇儒)이다. 때문에 인조반정 이후 사계(沙溪) 김장생(金長生)과 더불어 대표적 산림으로 그 영예가 극에 달하기도 하였지만, 여전히 벼슬을 마다하고 학문을 통해 자기 삶의 완성을 이루는 데 치력하였다. 여헌의 삶과 사상에 관해서는 당대와 후대, 그리고 현재의 연구에서 많이 다루었기에 더 자세한 언급은 하지 않기로 한다. 다만 여헌이 직접 지은 「여헌설(旅軒說)」의 일부를 읽어보면서 그의 삶의 지향을 살펴보기로 하겠다.

---

* 이 논문은 「여헌 경학의 특징과 그 위상」이라는 제목으로 『선주논총』 9(금오공대 선주문화연구소, 2006)에 게재되었던 글로서, 고려대 민족문화연구원 한국사상연구소 편, 『여헌 장현광의 학문세계』3(예문서원, 2008)에도 같은 제목으로 수록하였다. 이번에 금오공대 선주문화연구소의 요청을 받고서 제목을 수정하여 다시 게재하였다.

"어찌하여 여(旅)라고 하였는가? 나는 항상 나그네(旅)가 되었기 때문이니, 나그네란 남의 손님이 됨을 이른다.……나는 옥산(玉山) 사람인데 어려서 아버지를 여의고 사방을 돌아다니며 배웠으니, 집안에 있지 못함은 어렸을 때부터 그러하였다. 그리고 지난 임진년(1592) 여름에 옥산은 왜적이 곧바로 올라오는 길목인 데다가, 또 나의 집은 길가에 있었으므로 도망하여 달아남이 남들보다 가장 먼저였고 집이 병화에 불타서 다만 빈터만 남았다. 그리하여 나는 왜구가 물러간 뒤에도 고향으로 돌아가지 못하였다. 이로부터 친척에 의탁하거나 그렇지 않으면 반드시 붕우에게 의지하여 처자를 이끌고 이곳으로 옮겨 가고 저곳으로 옮겨가, 혹 한 해에도 서너 번씩 옮겨 다녀 마침내 동서남북의 정처 없는 사람이 되었으니, 나그네가 됨이 그 누가 나보다 더한 자가 있겠는가. 이와 같다면 여헌이라고 호하는 것이 마땅하지 않겠는가!……나의 헌(軒)은 이미 유(有)와 무(無)의 사이에 있으니, 어찌 일정한 형체가 있겠는가!……비단 당우(堂宇)를 헌(軒)으로 삼을 뿐만 아니라 시원한 그늘과 푸른 나무 아래에 이르러도 또한 나의 헌이며 흰 구름과 푸른 산 위도 또한 나의 헌이며 꽃다운 풀과 시냇가 또한 나의 헌이며 시원한 바람과 산 둔덕 또한 나의 헌이다. 나는 혹 하루 동안 머무는 헌이 있고 혹 며칠 동안 머무는 헌이 있고 혹 한 달을 머무는 헌이 있고 혹 한 절을 머무는 헌이 있고 혹 1년을 머무는 헌이 있고 혹 몇 년을 시내는 헌이 있다. 그리하여 헌이 있는 곳이 일정한 한 지역이 아니나 합하여 한 몸의 헌이 되고, 헌에 머무는 것이 일정한 한 때가 아니나 쌓여서 일생의 헌이 되니, 내가 헌으로 여기는 곳은 일반인의 헌과는 다르다.……그리고 여옹(旅翁)이 하는 일은 무슨 일인가? 동지를 보면 도의를 논하고 후생을 보면 학문을 권하며, 문인을 만나면 문장을 논하고 시인을 만나면 시를 말하며, 야부(野夫)가 오면 누에치고 삼(麻)을 가꾸는 것을 말하고 어부가 이르면 고기 잡고 자라 잡는 것을 말하며, 혹 술을 권하면 반드시 취하도록 마시고 사양하지 않으며, 혹 촌로를 만나면 바둑을 두며 소일한다. 한편 손님이 없으면 책을 펼치고 글을 보되 천고의 성현의 마음을 보는 듯하며,

피곤해지면 팔을 굽히고 한가로이 졸되 태고 시대 덕이 지극한 세상에서 노는 듯하며, 이미 자다가 잠을 깨어 문을 열고 바라보면 천지가 아득하고 하늘에 나는 솔개와 물속에 뛰노는 물고기가 생동감이 넘친다. 흥을 나고 산보하여 꽃을 찾고 버들을 따르면 마음속이 성대하여 만물과 함께 봄을 느낀다. 그리고 흥이 다하여 돌아오면 내 헌(軒)은 그대로 고요한데 의관을 정돈하고 엄숙히 눈을 감고 있노라면 무극(無極)과 태극(太極)의 묘리가 과연 일상 생활하는 사이에 떠나지 않아 유형(有形)과 무형(無形)이 일찍이 두 가지 이치가 아니다. 선천(先天)의 역리(易理)와 후천(後天)의 역리(易理)를 마음과 눈의 사이에 묵묵히 생각하여 옛 성인과 후세의 성인이 본래 똑같이 한 도이다. 이와 같이 하루를 마치고 이와 같이 한 해를 마치는 것이 이것이 바로 이 여옹(旅翁)의 일이다. 그렇다면 내 헌의 즐거움이 지극하다고 이를 만할 것이다.”[1]

1592년 임진왜란이 발발했을 때, 당시 39살이었던 여헌은 금오산으로 피난을 가게 된다. 이후 뒷날 그의 수제자가 되는 정사진(鄭四震, ?~1616)의 주선으로 영천(永川)의 입암(立巖)을 2,3년간 왕래하다가, 마침내 이곳에 우거(寓居)하면서 학문을 도야하는 한편 수많은 제자들을 기르게 된다.

이때 여헌은 자신의 호를 ‘여헌(旅軒)’으로 짓고 「여헌설(旅軒說)」을 써서 왜 자신의 호를 이렇게 명명하였는지에 대하여 상세하게 설명하였는데, 이 설명속에는 여헌의 삶의 지향이 고스란히 녹아 있다. 먼저 ‘여헌’의 자의를 살펴보면, 정처 없는 유랑을 의미하는 ‘나그네(旅)’와 일정한 거주공간을 지칭하는 ‘집(軒)’으로 연결되어 있는데, 이는 서로 상반되는 개념을 결합시켜 만든 호이다. 그런데 윗글을 읽어보면, 여

---

1) 장현광, 『국역 여헌집Ⅱ』, 권7, 「雜著 · 旅軒說」(민족문화추진회, 1997), 16~18쪽.(이하 『여헌집』 소재 글의 번역은 『국역 여헌집』을 참조하여 修訂加減 하였음)

헌 자신도 말했듯이, '헌(軒)'의 함의가 일반적 의미와 매우 다르다. 여헌이 말하는 헌(軒)은 고정적으로 붙박여 있는 거주공간이 아니다. 이 '헌'은 유형(有形)일 수도 있고 무형(無形)일 수도 있으니, 여헌 자신이 처해 있는 유무형(有無形)의 시공간(視空間)이 모두 헌(軒)인 것이다. 즉 여헌 자신이 집에 있으면 그 집이 헌이며, 꽃, 시내, 바람, 산 속에 있으면 그 자체가 모두 여헌의 '집(軒)'인 것이다. 때문에 여헌의 헌은 하루를 머무는 곳에서는 하루의 헌이 있고 한 해를 머무는 곳에서는 한 해의 헌이 있으니, 이러한 헌과 헌이 쌓여서 여헌의 일생의 헌이 되는 것이다. 이러한 시시각각의 헌에서 여헌은 자신이 처해 있는 다양한 양태의 삶을 진리를 추구하는 현장으로 전화시켜 놓으면서, 이 같은 진리 추구의 삶이야말로 자신의 임무라고 공언하였다. 「여헌설」에 보이는 여헌의 삶의 방식은 바로 고정된 삶을 거부하고 끊임없이 진리를 추구한다는 점에서, 지식인을 넘어선 수도자의 진리를 향한 역정이 느껴질 정도이다.[2]

여헌의 삶의 지향이 이러하였기에 그의 학문도 또한 여느 학자와는 다른 심원한 면모가 있다. 그는 벽에 '내 마음을 우주에 노닐게 한다(遊心宇宙)'[3]라는 표어를 붙여 놓고서는 현실적 삶을 넘어서는 보편적 진리의 탐구에 매진하고자 하였다. 한편 여헌은 이러한 보편적 진리의 탐구를 '우주 사이의 사업'이라 명명하고 이를 추구하기 위해서는 신변과 목전의 일로 스스로를 제한해서는 안 되고, 또 하루나 일 년이나 한 시대로 자신의 한계를 그어서도 안 된다고 하였다.[4] 오로지 진리

---

2) 장승구 교수는 「旅軒 張顯光의 旅行과 守分의 윤리학」, 『선주논총』 8(금오공과대학교 선주문화연구소, 2005)에서, '旅軒'의 의미를 장현광의 여행철학과 연계하여 분석하기도 하였다.

3) 張顯光, 『旅軒先生文集』, 卷之六, 「座壁題省」.(이하 『旅軒集』의 원문은 한국고전번역원 사이트에서 제공하는 『한국문집총간』 소재 『여헌선생문집』에서 轉載하였음)

그 자체를 위해서 매진하는 삶을 살아가야 한다고 역설하면서, 실제
그 자신도 수많은 현실의 유혹을 뿌리치고 그렇게 살아갔다. 때문에
여헌의 학문은 기존의 지식체계를 답습하고자 하는 일부 유학자들의
학문과 그 궤를 달리하여, 상당히 독창적이면서도 매우 광대하다.[5]
특히 여헌의 성리학과 경학 방면에서 이 같은 학문적 면모를 잘 확인
할 수 있다. 그런데 기존에 연구는 주로 여헌의 성리학과 역학을 중심
으로 진행되었고, 그의 다른 경학저술에 관한 연구는 거의 없다.[6] 이
에 본고에서는 여헌이 남긴『대학』과『중용』의 주석을 분석하여 그의
경학의 면모와 그 위상을 고찰해 보기로 하겠다.

2. 여헌 경학의 면모

여헌의 장자인 장응일(張應一, 1599~1676)이 남긴 기록에 의하면,[7]
여헌은 시문집을 제외하고 약 10여권 정도의 전저(專著)를 남겼다. 이
중 '의심나는 부분을 기록하여 후세의 질정을 기다린다'는 의미의 제
목인『녹의사질(錄疑俟質)』[8]은『대학』과『중용』에 관한 여헌의 주석으

---

4) 장현광,『旅軒先生續集』, 卷之五,「標題要語」, "男兒生於天地, 當以宇宙間事業爲己任,
不可以身邊眼前際之. 又不可以一日一歲一世限之."

5) 유명종 교수는『한국유학연구』(이문출판사, 1988)에서 여헌의 이러한 학문을 가리켜,
"대부분의 조선학인들이 정주설을 금과옥조로 삼았던 점과는 달리 정주학파의 어느 일설
에 충실하려는 태도를 버리고 자주적인 입장에서 주체적으로 제설을 종합함으로써 독자적
인 철학을 전개하였다."라고 평가하였다.

6) 장숙필 교수가「여헌 장현광의 중용철학」,『유교사상연구』22(한국유교학회, 2005)에
서 여헌의 경학을 다루고자 하였으나, 이 논문 역시 여헌의 中庸學을 분석하였다기 보다는
여헌의 성리설의 분석에 초점이 맞춰지고 있다.

7) 장현광,『국역 여헌집Ⅳ』, 권10,「附錄·趨庭錄」, "선군이 저술하신 것으로는『易學圖說』,
『理氣經緯說』,『太極說』,『晩學要會』,『宇宙說』,『平說』이 있으며, 만년에는『答童問』,
『錄疑俟質』,『究說』,『易卦總說』,『圖書發揮』를 저술하여 모두 10여 책이 있다."

로 구성되어 있는 책이다. 그런데 이 책은 여헌학의 면모를 잘 보여줄 뿐 아니라 경학사적으로도 매우 의미 있는 내용을 함유하고 있는데, 신익황(申益愰, 1672~1722)에 의해 『역학도설』과 더불어 여헌의 대표적 경학저술로 거론되기도 하였다.[9] 이에 『녹의사질』을 분석하여 여헌 경학의 면모를 살펴보고, 더 나아가 여헌 경학의 위상을 점검해 보기로 하겠다.

1) 여헌의 『대학』 해석

주자의 『대학』 개정본인 『대학장구』는 유학사(경학사)에서 지대한 영향력을 드리운 경전주석서이다. 『대학장구』에는 주자학의 기본 이념이 투사되어 있기 때문에 후일 주자학을 신봉하는 측이든 주자학을 비판하는 측이든, 이 책의 영향에서 자유로울 수가 없었다. 주자학을 신봉하는 측에서는 『대학장구』의 의미를 심화시켜 부연하고, 주자학을 비판하는 측에서는 이 책에서 비판의 단서를 포착하고자 노력하였다. 유학사적으로 주자학에 비견되는 또 다른 사상축을 형성한 양명학의 성립 기반이 바로 주자의 『대학장구』에 대한 비판에서 성립되었음은 이러한 정황을 잘 보여주고 있다.

한편 경학사적으로 살펴보면 『대학장구』는 많은 지지와 그 지지만큼의 비판을 받았는데, 그 비판의 결과 『대학』은 세 종류의 판본이 성립되게 되었다. 그 첫째는 정현(鄭玄), 왕양명(王陽明) 등이 지지한 고본

---

8) 張顯光, 『錄疑俟質』, "題目曰, 錄疑俟質, 夫疑者, 不敢自定之辭也. 旣有愚見, 姑備一說, 錄而存之, 以俟夫後之君子. 有以取舍焉, 豈自是己見, 而必蹈僭妄之罪哉! 覽者恕其情則幸矣."

9) 『克齋先生文集』, 卷之三, 「與張南岡」, "而至所謂錄疑俟質者, 則先生蓋有爲而作以俟來世, 又非他書之比. 故許文正公作神道碑, 稱先生所著書而此書與易學圖說, 性理說並擧. 其不輕而重也明矣."

대학이며, 둘째는 이정자(二程子)의 『대학』 개정본을 참조하여 주자가 새로이 저술한 『대학장구』이며, 셋째는 주자의 개정본에 반대한 동괴(董槐), 왕백(王柏), 차약수(車若水), 오징(吳澄), 채청(蔡淸) 등과 같은 중국 학자들이 독자적으로 펴낸 『대학』 개정본이다. 이 세 종류의 『대학』 판본을 중심에 놓고, 중국과 조선에서는 다양한 『대학』 해석들이 쏟아져 나왔다. 이를 바탕으로 조선 경학자들의 『대학』 해석의 유형을 분류하여 살펴보면 다음과 같다.

판본	경학자	특징
고본대학 (古本大學)	최유해(崔有海), 윤휴(尹鑴), 정제두(鄭齊斗), 이병휴(李秉休), 정약용(丁若鏞), 심대윤(沈大允), 김택영(金澤榮)	『예기』에 들어 있는 고본대학을 완전무결한 판본으로 보고, 이를 저본으로 『대학』의 편장을 나누고 주석을 달아 놓았음.
대학장구 (大學章句)	조선의 대다수 주자학자	고본대학에 오자(誤字), 착간(錯簡), 탈간(脫簡)이 있다고 보아, 글자를 고치고 편차를 바꾸며 새로운 경문을 만들어 넣은 주자의 『대학』 해석을 준용함.
대학개정본 (大學改定本)	권근(權近), 이언적(李彦迪), 고응척(高應陟), 박세당(朴世堂), 장현광(張顯光)	오자(誤字)는 인정하기도 하고 인정하지 않기도 함. 탈간(脫簡)은 인정하지 않고 착간(錯簡)만을 인정함.

위의 표에서 보다시피 여헌은 대다수의 조선학자들이 『대학장구』를 준수한 것과는 달리 주자와 이견을 달리하는 『대학』 개정본을 저술하였다. 이는 조선의 『대학』 주석사에서 매우 이채로운 현상이라고 할 수 있는데, 그가 남긴 『녹의사질』을 보면 역대의 『대학』 개정본에 대한 여헌의 공부의 역정이 대단함을 알 수 있다. 이에 여헌이 고찰한 『대학』 개정본의 역사를 살펴보고 나서, 여헌의 『대학』 개정본의 특징을 고찰해 보기로 하겠다.

여헌은 조선의 여느 학자들처럼 젊은 시절부터 『대학』을 매우 열심히 읽었는데, 처음 읽을 때부터 격물치지장의 경문이 없고 삼강령을 언급한 경1장에 돌연 '지지(知止)'와 '물유(物有)' 두 구절이 이어서 나오는 것에 대하여 의심을 가졌다. 그런데 여기서 특기할 만한 점은, 여헌은 젊은 시절부터 주자의 『대학장구』보다는 오히려 고본대학을 공부의 근저로 삼아서 이러한 의심을 말년까지 지속하였다는 점이다.10) 이는 곧 주자의 『대학장구』의 편차나 내용에 대하여 그다지 신뢰하지 않았음을 뜻하는데, 조선조의 주자절대주의를 감안한다면 매우 특이하다고 할 만하다. 여하간 여헌의 이 같은 의심은 중국과 조선의 『대학』 개정본에 대한 깊이 있는 탐구를 가능케 한 원동력인데, 그가 파악한 『대학』 개정본은 세 부류이다.

첫째는 이정자(二程子)와 주자(朱子)의 『대학』 개정본으로, 그 특징은 『대학』 주석사에서 처음으로 착간(錯簡)과 탈간(脫簡)을 주장하고, 『대학』을 재편집하고 나서 경문을 새로 만들어 보충한 데 있다.11) 둘째는 주자 이후 동괴(董槐), 섭몽정(葉夢鼎), 왕백(王栢), 채청(蔡淸) 등 송명(宋明)의 경학가들이 『대학』의 착간만을 인정하여 편차를 재조정하여 만든 『대학』 개정본이며,12) 셋째는 조선의 경학가인 회재(晦齋) 이언

---

10) 張顯光, 『錄疑俟質』, "愚自幼始讀大學, 不但傳中格致章全文之闕爲可恨, 經首三綱領三句一節之下, 遽繼以知止物有兩節, 似非倫次, 上下文義, 涉於牽合, 有未洽當焉. 此非作意求之而然耳, 知覺所及, 自有如是. 而旋思夫古文元本, 旣自定來, 則必是後生愚劣, 未達本義, 故有是疑焉. 乃敢强守舊說者定矣. 晩來循繹, 亦未透得其果爾洽當, 則疑未嘗釋矣."

11) 張顯光, 『錄疑俟質』, "知止物有兩節, 在經首三綱領之下者, 元本也, 明道伊川皆仍之, 晦庵亦仍之. 子曰一節, 元本在止於信下, 明道改正則上連詩云瞻彼, 詩云於戱二節, 在平天下章詩云節彼節之下, 伊川改正則下連此謂知本此謂知之二節, 在經文之下, 晦庵改正則以爲釋本末而置之止至善章之下. 此謂知本此謂知之二節, 元本在經文之下, 明道則仍之, 伊川則上連子曰一節, 亦在經文之下, 晦菴改正則置二節於子曰節爲本末章之下, 而上此謂則曰衍文, 下此謂則以爲結格致章之語, 若格物致知傳之全文, 則以爲闕焉, 而取程子之意, 爲著間嘗一段, 以補其亡矣."

12) 張顯光, 『錄疑俟質』, "董文靖公槐, 葉丞相夢鼎, 王文憲公魯齋栢, 皆謂傳未嘗闕, 遂以經文知止物有二節, 歸之於子曰節之右, 合之爲傳四章, 以釋格物致知云. 則晦庵所正釋本

적(李彦迪)이 새로이 편장을 조정하여 만든 『대학』 개정본이다.13) 여헌
은 이 세 판본 중에 채청과 이언적의 『대학』 개정본을 높이 평가하고,
이 두 개정본의 영향하에 자신의 독자적 개정본을 만들었다. 여헌의 『대
학』 개정의 특징은 전5장인 격물치지보망장을 새로이 구성하는 것과 전
4장인 본말장을 없애는 것으로,14) 특히 경1장의 일부 구절과 전4장을
합쳐서 전5장을 구성한 것이 그 핵심이다. 이에 여헌의 『대학』 개정본
을 주자의 『대학장구』와 대비하여 구체적으로 살펴보면 다음과 같다.

	주자의 『대학장구』	여헌의 『대학』 개정본
經1章	大學之道, 在明明德, 在親民, 在止於至善.(제1절) 知止而后有定, 定而后能靜, 靜而后能安, 安而后能慮, 慮而后能得.(제2절) 物有本末, 事有終始, 知所先後, 則近道矣.(제3절) 古之欲明明德於天下者, 先治其國, 欲治其國者, 先齊其家, 欲齊其家者, 先修其身.(제4절)……	大學之道, 在明明德, 在親民, 在止於至善.(제1절) 古之欲明明德於天下者, 先治其國, 欲治其國者, 先齊其家, 欲齊其家者, 先修其身.(제4절)……
傳4章	子曰: "聽訟, 吾猶人也, 必也使無訟乎!" 無情者不得盡其辭, 大畏民志, 此謂知本.	없음
傳5章	間嘗竊取程子之意, 以補之曰: "所謂致知在格物者, 言欲致吾之知, 在卽物而窮其理也.……則衆物之表裏精粗, 無不到,	**1** (所謂致知在格物者) 物有本末, 事有終始 知所先後, 則近道矣.(經文 제3절) **2** 子曰: "聽訟, 吾猶人也, 必也使無訟

末爲第四章者沒之, 而格致一章, 於是乎无闕焉. 蔡虛齋淸, 又以爲諸先生所正, 亦有未安,
當以所謂致知在格物者八字, 加于物有節之上, 而爲之章首, 然後次之以知止節 又次之以
子曰節, 終之以此謂知之節."

13) 張顯光, 『錄疑竢質』, "於是, 遂以物有一節爲章首, 而曰章首疑有所謂致知在格物者八字
而今亡矣. 次之以知止節, 又次之以此謂知本節, 而曰程子曰衍文也, 終之以此謂知之節,
而曰結上文兩節之意, 又以子曰一節置之經文之末, 而曰從伊川所定云. 此亦格致章无闕之
論, 而不別立本末章, 則傳文止爲九章者也."

14) 전5장인 격물치지보망장은 주자가 창작한 문장이고, 전4장인 보망장은 8조목에 없는
항목을 주자가 새롭게 추가한 것이다. 이러한 까닭에 후일 주자의 『대학』 개정본에 반대하
는 학자들은, 주자가 쓴 보망장(전5장)을 제거하고 『대학』의 원문의 일부를 가져다가 전5
장을 새롭게 구성하거나, 전4장을 없애고 그 경문을 다른 곳에 분속시키곤 하였다.

而吾心之全體大用，無不明矣，此謂物格，此謂知之至也."	乎!"無情者不得盡其辭, 大畏民志, 此謂知本.(傳4章) **3** 知止而后有定, 定而后能靜, 靜而后能安, 安而后能慮, 慮而后能得.(經文 제2절) **4** 此謂物格,('知本'은 衍文이 아니며, 物格의 誤字임) 此謂知之至也.

위의 표에서 보다시피 여헌은 전5장이 탈간이 아니라 착간에 불과하다고 여겨, 『대학』의 다른 원문을 가져다 재구성하였다. 그 전5장의 재구성의 면모를 들여다보면, 모두 4개의 분절로 구성되어 있는데, 가시적인 특징은 경1장의 제2절과 3절을 가져다가 보충하였으며 또한 전4장을 가져다가 보충한 점을 들 수 있다.[15] 그리고 정자가 연문(衍文)으로 본 '차위지본(此謂知本)'의 '지본(知本)'을 연문이 아닌 '물격(物格)'의 오자(誤字)로 본 것도 한 특색이라 할 만다. 그러면 여헌은 전5장을 왜 이렇게 4분절로 재구성하였을까? 이러한 재구성에는 여헌 나름의 치밀한 논리가 있는데, 여헌은 이를 문답체 형식을 통해 설명하고 있다. 이에 각 분절별로 여헌의 말을 따라가면서, 그 의미를 분석하고 이를 통해 여헌 경학의 특징을 살펴보기로 하겠다.

1 분절 : 왜 경문의 제3절인 '물유본말(物有本末)'의 한 절을 전5장(格物致知章)의 첫머리로 삼았는가?

경문에 '지식을 지극히 함은 사물의 이치를 궁구함에 있다(致知在格物)'고 말하였는데, 여기의 '물(物)'은 곧 '사물(事物)의 이치'이다. 그런데 사물에 내재되어 있는 이치는 체용(體用)의 구조로 되어 있는데, 이 이치가 현상계에 모습을 드러낼 때 물(物)에서는 본말(本末)로, 사(事)에서는 시종(始終)의 형식으로 나타난다. 격물은 바로 이 사(事)와 물(物)

---

15) 전4장을 빼서 전5장에 補入시켜 놓았으므로, 여헌의 『대학』 개정본의 傳은 모두 9장이다.

의 본말과 시종을 밝게 살펴서 아는 것이 그 출발점이다. 그런데 경1장의 제3절이 이러한 내용을 풍부하게 함유하고 있기에, 여헌은 이를 전5장의 첫머리로 삼은 것이다.[16] 후술하겠지만 이처럼 체용의 구조로 이(理)를 파악하고 이를 본말과 시종으로 연결시키는 것은 바로 여헌 철학의 이관(理觀)과 그 맥락이 닿아 있는 것으로, 이는 다분히 철학적 이념을 경학에 투사시킨 것이라 할 만하다.

그리고 '소위치지재격물자(所謂致知在格物者)'라는 구절은 『대학』 원본에 없는데, 채청과 이언적이 보입(補入)한 것을 여헌이 따른 것이다. 그 보입의 논리는 각 전문마다 '소위 아무 조(所謂某條)'라는 말이 문두에 있는 데 비해 전5장에만 이것이 없으므로 만들어 넣는 것이 문맥상 당연하다는 것이다.[17] 이는 경을 절대적 좌표로 고정화시키지 않고, 자신의 철학적 입장에 의거해서 경문을 이해하고자 하는 여헌의 설경(說經)자세를 잘 보여주는 대목이라 할 것이다.

▨2▨ 분절, ▨3▨ 분절 : 『대학장구』의 전4장인 '청송장(聽訟章)'을 어째서 전5장의 둘째 분절로 삼았으며, 경문의 제2절은 왜 전5장의 셋째 분절에 넣은 것인가?

---

16) 張顯光, 『錄疑竢質』, "或問曰, 物有一節, 必以爲章首者, 何也, 曰, 經旣曰致知在格物, 則物之理, 當先言之. 若言物之理, 理之在物者, 不擧本末, 無以盡其體用. 故曰物有本末, 旣有物焉, 則物必有事, 而事之理, 不出於終始, 故曰事有終始. 苟能明乎物之本末, 事之終始, 則當先者, 本始也, 當後者, 末終也, 知及於此, 則循序而進, 可以適道, 故曰則近道矣. 此一節, 其爲章首, 不亦當乎?"

17) 張顯光, 『錄疑竢質』, "曰, 舊本無所謂致知在格物者八字, 而虛齋晦齋始加之, 子又從之, 其果可乎? 曰, 按傳文釋經之法, 其於綱領三章, 則章首皆無所謂之語, 至於條目五章, 皆加所謂某條之語於每章之首, 則格致一章, 居條目之上, 在綱領之下, 故其或記傳者, 仍綱領傳之例, 而誤欠首語, 遂無其所謂云云者耶? 旣失其例加之首語, 無以別其爲格致之釋, 故因爲錯簡, 同知止之節, 誤入於經首三綱領止至善之下耶? 然挨諸綱領之文, 兩節之就其下, 不見其爲洽當, 而歸諸格致章之闕文, 似甚的合, 則八字之沒, 宜復挑出, 就加於物有之上, 以循條目章首之凡例, 無乃是乎?"

전문은 곧 경문을 해석한 것으로『대학』의 모든 전문을 살펴보면, 그 체제는 먼저 큰 강령을 말하고 나서 그 강령을 실증할 만한 말을 찾아서 실증하고, 끝으로 그 효과에 관하여 말하는 것으로 이루어져 있다. 예컨대 전1장(明明德章)에 먼저 강고(康誥)의 말을 들어 강령을 삼았으면, 다음에 태갑(太甲)의 말을 들어 실증을 하였으며, 제전(帝典)을 인용한 것은 그 효험을 든 것이다. 그리고 전2장(新民章)에는 먼저 탕(湯)임금의 반명(盤銘)을 들어 근본을 삼았으면, 다음에 강고의 말을 들어 실증을 하였으며, '시운(詩云)'의 한 구절은 그 효험을 든 것이다. 그 아래 각 장의 문세(文勢)를 자세히 살펴보면 모두 그러하다.[18]

전5장의 ■분절이 격물치지장의 강령이라면 '청송장'은 이를 실증하는 말에 해당되기에, 이에 전5장의 제2분절로 삼은 것이다. 즉 ■분절에 이미 '물건에는 본(本)과 말(末)이 있고 사(事)에는 종(終)과 시(始)가 있다'고 말하였으면, 송사를 다스리기 이전에 명덕을 밝히는 것이 바로 그 본이요 시이며 송사가 있은 뒤에 다스리는 것은 바로 그 말이요 종이니, 이것이 바로 본과 말, 종과 시를 실증해낸 말인 것이다.[19]

한편 이렇게 모든 물과 사에서 본과 말, 종과 시를 보았다면, 나의 지식이 지극하게 되어 지선(至善)에 머무르는 효험(효과)이 있게 되는 것이다. 이를 6조목에 적용해 말해 보면, 성실히 함은 뜻의 지선이요, 바르게 함은 마음의 지선이요, 닦음은 몸의 지선이요, 가지런히 함은 집안의 지선이요, 다스림은 나라의 지선이요, 화평하게 함은 천하의

---

18) 張顯光,『錄疑竢質』, "曰, 今以首語八字, 加之物有之上而爲首節, 則何遽以子曰一節, 次之於則近道矣之下歟? 曰, 竊詳其傳文釋經之排序, 則每於章首, 先擧其大綱, 又必用可證可驗大關之語以實之. 如明明德章, 先擧康誥之語爲之端, 則次擧太甲之語, 以致其實, 而帝典之引, 則擧其效也. 新民章, 先擧湯之盤銘爲之本, 則次擧康誥之語, 以致其實, 而詩云一節, 則擧其效也. 其下每章文勢細詳之, 則皆然."

19) 張顯光,『錄疑竢質』, "首節旣以物有本末, 事有終始言之, 則明明德於聽訟之先者, 卽其本也始也, 能聽於有訟之後者, 卽其末也終也, 此非本末終始之可驗者乎?"

지선이다. 이미 지선이 있는 곳을 알았으면 뜻을 진실로 성실히 하지 않을 수 없고 마음을 진실로 바루지 않을 수 없고 몸을 진실로 닦지 않을 수 없는 것이다. 나아가 집안을 가지런하게 하지 않을 수 없고 나라를 다스리지 않을 수 없고 천하를 평안하게 하지 않을 수 없는 것이다. 그런데 이 6조목은 또한 반드시 격물·치지에 바탕을 두고 있는 것이기에, 격물·치지의 효험을 언급하면서 능정(能定), 능정(能靜), 능안(能安), 능려(能慮), 능득(能得)을 말한 것이다. 왜냐하면 정(定)은 성의(誠意)의 기틀이요, 정(靜)은 정심(正心)의 기틀이요, 안(安)은 수신(修身)의 기틀이요, 려(慮)는 제가(齊家)·치국(治國)·평천하(平天下)의 기틀이며, 득(得)은 그 이치를 얻는 것이기 때문이다. 결국 '지지(知止)'의 구절이 격물치지의 효험이 되기 때문에, 청송장 아래에 있어야만 하는 것이다.[20]

이처럼 여헌은 6조목의 전문(傳文)의 문장구조를 분석하여 이를 바탕으로 전5장의 전문을 재구성하였다. 우리는 여기에서 경을 들여다보는 여헌의 안목이 종래의 주자설에 집착하지 않고, 경 그 자체를 궁구의 대상으로 삼고 있음을 볼 수 있다. 이는 당대의 여타 주자학자들이 경문보다 오히려 주자의 주석에 관심을 집중시킨 것과는 매우 다른 설경자세라 할 것이다.

---

20) 張顯光, 『錄疑俟質』, "旣能於物物事事上, 見得其本末終始, 則吾之知, 其有不致者乎? 至善之當止者, 都在吾心目之中矣. 以其後六條言之, 誠者, 意之至善也, 正者, 心之至善也, 修者, 身之至善也, 齊者, 家之至善也, 治者, 國之至善也, 平者, 天下之至善也. 旣知夫至善之所在, 則意固不可不誠也, 心固不可不正也, 身固不可不修也. 至於家之不可不齊, 國之不可不治, 天下之不可不平, 皆此道理也. 然則六條目之至善, 其有不基於格致者乎? 故言格致之效 必曰能定能靜能安能慮能得, 定者, 誠意之機也, 靜者, 正心之機也, 安者, 修身之機也, 慮者, 齊家治國平天下之機也, 得者得其理也.……此所以知止之節, 爲格致之效, 而合居於子曰節之下也."

■4분절 : 왜 '차위지본(此謂知本)'의 '지본(知本)'을 '격물(物格)'의 오자(誤字)로 본 것인가?

'차위지본(此謂知本)'과 '차위지지지야(此謂知之至也)'의 두 구절이 고본대학에는 경문의 아래, 성의장(誠意章) 위에 있다. 주자 역시 이 구절들을 성의장 위에 두고는, '차위지본(此謂知本)'은 정자(程子)의 말을 따라 연문(衍文)이라 하였고, 아래에 있는 '차위지지지야(此謂知之至也)'는 격물치지장의 결어라고 여겨 자신이 창작한 격물치지보망장(格物致知補亡章)의 말미에 두었다.('此謂物格 此謂知之至也')

그런데 여헌은 '차위지본(此謂知本)'을 연문이라 할 필요가 없다고 한다. 이미 주자가 『대학』의 오자와 탈간을 인정하여 글자를 바로잡고 편차를 재조정한 전례가 있는 만큼, '차위지본(此謂知本) 차위지지지야(此謂知之至也)'를 그대로 격물치지장의 결어로 삼고 다만 문장의 물리상 '지본(知本)'을 오자로 보아 이를 '물격(物格)'으로 수정만 하면, 격물치지장의 전문(全文)은 보망(補亡)을 기다릴 것도 없이 완전해진다고 보았다. 여헌의 이 같은 주장은 틀렸다고 여겨지는 경문의 글자를 과감하게 수정하고 주자가 보망한 것이 불필요하다고 주장한 점에서, 경문과 기존 주자 주석의 권위를 절대시 한 여타의 조선 경학자들의 설경 자세와는 매우 다르다.21)

이상과 같이 여헌은 자신의 경문 문리와 사유체계에 의하여 과감하게 전5장을 새로이 개정하였다. 그런데 이처럼 전5장을 재구성했을

---

21) 張顯光, 『錄疑俟質』, "或曰, 上此謂之節, 知本二字, 何以曰當作物格與? 曰, 此謂兩節, 舊本在經文之下誠意章之上, 而晦庵亦置誠意章之上. 上此謂一節, 則從程子而曰衍文, 下此謂一節則曰致知之結語, 其於補亡之末, 則曰此謂物格, 此謂知之至也. 愚竊思之, 此謂知本者, 乃子曰節之末語, 而在本章之中, 故誤襲其語, 疊作知本. 然其實則物格二字, 乃其本語, 而晦庵補亡之結, 爲得之耳. 然則加八字於物有節之上而爲首節, 置子曰節於其次而爲第二節, 置知止節於其次而爲第三節, 置此謂二節於其末而爲一章之結文, 於是乎格致章之全文, 不待補而自完也."

때, 경문에 심각한 문제가 발생하게 된다. 주자는 『대학장구』의 경1장에서 삼강령을 언급한 제1절과 팔조목을 논한 제4절 사이에 놓인 제2절과 제3절은, 바로 제1절의 내용을 결론지은 말이라고 보았다. 주자의 주장을 살펴보면, 경문의 제2절의 '지지(知止)'의 '지(知)'는 삼강령의 '지어지선(止於至善)'의 '지(知)'이며, 제3절의 '물유본말(物有本末)'에서 '본(本)'은 '명덕(明德)'을 '말(末)'은 '신민(新民)'을 가리키는 것으로, 이는 제1절과 제2절의 내용의 결어(結語)에 해당된다고 하였다.[22] 그러므로 여헌처럼 경문의 제2절과 제3절을 빼 버리게 되면, 『대학』의 경문은 결어가 없는 언어의 나열이 되게 되는 것이다. 그런데 여헌은 이처럼 경문의 제2절과 3절을 빼는 데 대하여, 이 구절이 전5장에 적합해서일 뿐 아니라 이 구절들이 경문에 있어서는 안 된다고 주장하면서 다음과 같이 말하였다.

> 강령은 조목의 강령이고 조목은 강령의 조목이니, 강령이 조목을 통솔하고 조목이 강령에 매여 있어야 한다. 때문에 이 사이에 결어가 있을 수 없다. 반드시 강령으로 조목에 임하고 조목으로 강령을 계승한 뒤에야 삼강령이 팔조목의 근본이 되고 팔조목이 삼강령을 포괄하게 됨이 분명하다. 강령 세 가지를 이미 앞부분에 열거하고 조목 여덟 가지의 공부(工夫)와 공효(功效)를 또 이미 두절에 모두 서술한 뒤에야, 마침내 경문의 끝 두 절을 가지고 결어를 맺을 수 있는 것이다. 이것이 바로 말하는 순서의 당연함이요 문세(文勢)의 필연적인 것이다. 만약 강령의 아래에는 별도로 강령의 맺음말이 있어야 하고, 조목의 아래 두 절은 다만 조목의 맺음말이 될 뿐이라고 한다면, 이는 강령과 조목이 한 가지 일이 아닌 것이니, 어찌 옳겠는가.[23]

---

22) 『大學章句』經一章의 朱子註, "止者所當止之地, 卽至善之所在也.……明德爲本, 新民爲末, 知止爲始, 能得爲終, 本始所先, 末終所後, 此結上文兩節之意."

23) 張顯光, 『錄疑俟質』, "夫綱領者, 條目之綱領, 條目者, 綱領之條目, 則綱領之統條目, 條目之係綱領, 其間自不當容有結語. 必也以綱領而臨條目, 以條目而承綱領, 然後三者爲

여헌에 의하면 삼강령과 팔조목은 그 자체로 독립적인 개념이 될 수 없다. 강령은 조목의 강령이고 조목은 강령의 조목으로 이 사이에 다른 말이 들어가서는 안 되는 것이다. 만약 다른 말이 삼강령과 팔조목 사이에 들어간다면, 이 말은 삼강령의 결어가 됨과 동시에 팔조목 아래에 있는 경문[24]을 팔조목의 결어로만 한정시키는 결과를 낳게 한다. 이에 여헌은 삼강령과 팔조목을 별도로 구분시키는 역할을 하는 경1장의 제2절과 제3절을 빼야만 삼강령과 팔조목의 간격이 없게 되고, 조목 아래의 경문이 삼강령과 팔조목을 아우르는 결어의 역할을 할 수 있다고 강조하였다.

여헌의 이러한 주장에 대하여 어떤 사람이, "『대학』 경문의 제2절과 3절은 이정자와 주자가 모두 인정한 바이다. 그리고 주자는 물(物)은 명덕(明德)과 신민(新民)에 해당시키고 사(事)는 지지(知止)와 능득(能得)에 해당시켰으니, 이와 같다면 이 두 절이 삼강령의 아래에 있지 않을 수 없는 것으로, 이러한 견해는 매우 타당하다고 할 수 있다. 당신의 견식이 얼마나 뛰어나기에 이러한 현인들의 견해를 무시하는가!"라고 비판을 하기도 하였는데, 여헌은 끝까지 지신의 건해를 굽히지 않았다. 더 나아가 여헌은 주자의 말이 틀렸을 수 있다고 하면서, "책을 보는 방법은 옛날의 학설에 구애되지 말며 사사로운 생각을 일으키지 말고 오직 천연(天然)의 지각(知覺)에 스스로 흡족하게 하여야 하니, 이렇게 하면 옳은 것을 보게 된다."라고 하였다.[25] 이처럼 기존의 학설

八者之所本, 而八者爲三者之所包也明矣. 綱領三者, 旣擧於首節, 而條目八者之工夫功效, 又旣畢敍於兩節, 然後遂以經末二節致結焉, 此正言序之當然, 文勢之必然者也. 若曰綱領之下, 自須有綱領之結語, 條目下二節, 則止爲條目之結語, 則是綱領與條目, 爲非一事也, 豈可乎?"

24) 『대학』 경1장의 팔조목 아래 나오는 경문, "自天子以至於庶人, 壹是皆以修身爲本, 其本亂而末治者否矣, 其所厚者薄, 而其所薄者厚, 未之有也."를 가리킨다.

25) 張顯光, 『錄疑竢質』, "或曰, 子言則似矣, 然兩節之在三綱領八條目之間者, 乃是舊本,

에 구애되지 않고 천연의 지각에 흡족하는 독서를 해야만 경전의 정확한 의미를 알 수 있다는 여헌의 생각은, 조선경학사에서 주목할 만한 주장으로 이는 근기남인의 경학, 즉 실학파 경학의 특징과 맞물려 있다.

한편 여헌은 『대학』의 성의장을 해설하면서도 주자와 다른 견해를 제출하였는데, 이는 『중용』의 성론(誠論)과 연계하여 다룰 수 있는 주제이므로 다음 장에서 논의하기로 하겠다.

2) 여헌의 『중용』 해석

『중용』은 송대 이전에 일부 학자들에 의해 주목을 받기는 했으나, 주자가 주석한 『중용장구』에 이르러 비로소 장절(章節)이 체계적으로 구성되고 독립된 경전으로서의 지위를 획득하게 되었다. 특히 주자는 유가철학에 형이상학성을 부여하기 위하여 『중용』을 이기론(理氣論)과 심성론(心性論)의 관점에서 해석하였다. 조선에서 주자학을 받아들인 이래, 『중용』에 주석을 단 조선 학자들은 대체로 주자의 관점을 계승하여 『중용장구』에 기술되어 있는 주자의 이기론적, 심성론적 주석에 대하여 진지한 논의를 진행시켰다. 특히 『중용』의 중요 주제인 중화(中和)와 중용(中庸)의 의미, 성(性), 도(道), 교(敎)의 의미와 관계양상, 비은(費隱)의 개념, 인심(人心)과 도심(道心), 인성(人性)과 물성(物性)의 동이(同異), 성론(誠論) 등에 관한 논의를 주요 주제로 다루곤 하였다.26) 여헌은 『중용』의 이러한 중요주제에서 '비은론(費隱論)'과 '성론

而俱經兩程子至朱子, 皆無異說. 朱子註釋, 則以物有本末, 事有終始一節, 爲上文兩節之結, 而物則以明德新民當之, 事則以知止能得當之, 如是則此兩節, 不可不居於三綱領之下者也. 此豈非十分定見, 而後儒所見, 何得過於程朱之心眼哉? 余曰, 竊嘗反覆 紬繹其文義, 則明德新民之爲物者, 似非本義, 而事又不可單指其知止能得之語也. 凡物與事, 都在下文八條目之中, 則安有徑擧而參錯之哉? 蓋朱子篤信舊本, 牽出此義以釋之者也. 看書之法, 不拘舊常, 不起私意, 惟其自慊於天夷之知覺者, 便是看得是處也."

(誠論)’에서 매우 주목할 만한 주장을 하였는데, 먼저 그의 비은론에 대하여 살펴보기로 하겠다.

(1) 비은론(費隱論)

왜 『중용』의 ‘비은’개념이 경학사의 문제로 등장하였는가? 문제의 발단은 주자의 비은장에 대한 주석의 내용이다. 주자는 『중용장구』의 제12장의 “군자지도 비이은(君子之道 費而隱)”에 주석하기를, “비(費)는 작용(作用)의 넓음이요, 은(隱)은 본체(本體)의 미묘함이다.(費用之廣也 隱體之微也)”라고 하였다. 주자의 이러한 주석이 왜 문제가 되는가 하면, 주자의 주석대로라면 근원적(根源的) 일자(一者)로서의 ‘도’는 작용과 본체로써 분리되기 때문이다. 때문에 여헌 이전에 퇴계에서부터 여기에 대한 논변이 있었으며, 율곡의 적전인 사계(沙溪) 김장생(金長生) 역시 『중용변의(中庸辨疑)』에서 논변을 하기도 하였다. 그리고 여헌 이후로는 포저(浦渚) 조익(趙翼)과 서계(西溪) 박세당(朴世堂) 역시 이에 대하여 논변하면서 주자와 다른 견해를 펴기도 하였다.[27] 그러면 다음의 인용문을 보면서 여헌의 비은론의 내용과 그 의미에 대하여 살펴보기로 하겠다.

> ‘비(費)’는 널리 베풂을 이르고 ‘은(隱)’은 감추어 숨음을 이른다. 도가 어찌 일찍이 널리 베풀기만 하거나, 일찍이 감추어 숨기만 하겠는가? 자사는 이 도의 작용(作用)이 그 낮고 얕고 가깝고 작은 것에 두루하여 빠뜨림이

---

26) 엄연석, 「한국경학자료집성 소재 중용 주석의 특징과 그 연구방향」, 『대동문화연구』 49집(성균관대 대동문화연구원, 2005), 150쪽.

27) 조익과 박세당의 비은론의 내용에 대해서는, 장병한, 「박세당과 심대윤의 중용 해석 체계 비고」, 『한국실학연구』 11(한국실학연구회, 2006)와 「포저 조익의 中庸私覽에 대한 연구(1)」, 『한문교육연구』 19(한국한문교육학회, 2002)에서 자세하게 소개되어 있다.

없어서 널리 베푸는 것과 유사하므로 비라고 말하였고, 또 지극히 높고 깊고 멀고 커서 측량하고 헤아리기 어려운 것이 감추어 숨겨져 있는 듯 하기에 은이라고 말씀한 것이나.[28]

　위의 인용문에서 보듯이 여헌이 비은을 파악하는 방식은 주자와 매우 다르다. 앞서 보았다시피 주자는 비와 은을 본체론적 관점으로 이해하여 비(費)는 용(用)에 은(隱)은 체(體)에 분속시켜 놓았다. 이에 비해 여헌은 비와 은을 모두 도의 작용으로만 파악한다는 점이다. 즉 여헌의 해석대로라면 비는 도의 작용의 가시적 측면이기에 훤히 드러나 보이며, 은은 도의 작용의 미묘한 측면이기에 가시적으로 파악하기가 매우 어렵다. 이러한 차이가 있을 뿐, 비은은 도의 작용이라는 면에서는 동일하다. 이를 『중용』에서 그 증거를 찾아본다면, 비은장 바로 아래 단락에서 "어리석은 지아비와 어리석은 지어미가 더불어 알고 더불어 능하다.(愚夫愚婦之與知與能)"는 것이 바로 비(費)이며, "성인이 알지 못하는 바가 있고 능하지 못한 바가 있으며, 천지의 큼으로도 사람들이 오히려 유감으로 여기는 바가 있다.(聖人之有所不知不能, 天地之大也, 人猶有所憾.)"는 것이 바로 은(隱)이다. 그리고 이 장의 끝 부분의 맺은 글에 이르러서 "군자의 도는 부부에게서 단서가 만들어 지는데 그 지극함에 이르러서는 천지에 드러난다.(君子之道, 造端乎夫婦, 及其至也, 察乎天地.)"라고 하였는데, 이 또한 도의 작용으로서의 비은을 표현한 것이다. 즉 '부부에게서 단서가 만들어 진다'는 것은 도가 낮고 얕고 가깝고 작은 데서 작용한 것으로서의 비이며, '천지에 드러난다'는 것은 도가 높고 깊고 먼 데서 작용하는 것으로서의 은인 것이다.[29]

---

28) 張顯光, 『錄疑俟質』, "費者濫施之謂也, 隱者, 藏匿之謂也. 道何嘗有濫施者哉? 何嘗有藏匿者哉? 子思以此道之用, 其遍於卑淺近小, 而無所遺漏者, 有似乎濫施, 故曰費, 其極於高深遠大, 而難於測度者, 有似乎藏匿, 故曰隱."

여헌의 이 같은 비은론은 도의 작용의 관점에서만 비은을 파악한 것으로, 체용론적 관점에서 비은을 파악한 주자와도 해석을 달리했을 뿐 아니라 도의 본체론적 관점에서만 비은을 파악한 퇴계와도 해석을 달리하고 있다.[30] 그러면 왜 여헌은 비은을 이렇게 해석하였을까? 이는 실로 여헌의 철학사상과 깊은 연관을 가지고 있다. 다음의 인용문을 통해 이를 살펴보기로 하자.

> 이(理)는 도의 날실(經)이고 기(氣)는 도의 씨실(緯)이다. 날실이 되고 씨실이 됨은 비록 구별되지만 똑같이 실이니, 그 근본을 둘로 나눌 수 있겠는가? 이가 되고 기가 됨은 비록 구분되지만 똑같이 도이니, 그 근원을 둘로 나눌 수 있겠는가?……이는 본래 기에 대한 경(經)이고 기는 본래 이에 대한 위(緯)이다. 어찌 기에 관여하지 않는 이가 있으며 어찌 이에 근본하지 않는 기가 있겠는가?[31]

> 이(理)를 경에 비유하고 기(氣)를 위에 비유하는 것은 경위가 두 사물이 아니고 이기가 두 도가 아니기 때문이다. 이것으로써 저것을 비유하니, 도에 체용·본말이 있음을 알 수 있다. 후세의 유학자들은 체용의 일원과 경위의 일물을 모르고 단지 이와 기라는 이름에 의거하여 이는 스스로 이(理)이고 기는 스스로 기라고 여기니, 이기가 하나의 도 됨에 어긋날 뿐만 아니라 어느 것은 이에서 나오고 어느 것은 기에서 나온다고 말하는 데까지 이르렀다. 이것은 도가 두 근본을 갖는 것이다. 그러나 천하에 어찌 이러한

---

29) 張顯光, 『錄疑竢質』, "下文所謂愚夫愚婦之與知與能者, 卽其費也, 聖人之有所不知不能, 天地之大也, 人猶有所憾者, 卽其隱也.……至章末結之之文曰, 君子之道, 造端乎夫婦, 及其至也, 察乎天地, 所謂造端夫婦者, 非卑淺近小之費乎? 所謂察乎天地者, 非高深遠大之隱乎?"

30) 퇴계는 "費隱, 以道言, 乃形而上之理也. 以其顯而言, 則謂之費, 以其微而言, 則謂之隱, 非有二也. 故曰體用一源, 顯微無間, 若以形而下者爲費, 則豈一源無間之謂乎?"(李滉, 『退溪先生文集』, 卷之二十六, 「答鄭子中」)라고 하여, 費와 隱을 모두 본체론적 관점에서만 파악하고서는, 費를 작용으로서의 氣 또는 器로 보는 것에 반대하였다.

31) 張顯光, 『性理說』, 卷4, 「經緯說」, ‘論經緯可以喩理氣’.

이치가 있겠는가?[32]

　여헌 철학을 연구한 연구자들이 공동적으로 지적하는 사항 중의 하나는, 여헌 철학의 핵심은 이기경위설(理氣經緯說)이라는 것이다. 위의 예문에서 보다시피 이기경위설의 가장 큰 특징은 이와 기의 차별성을 강조하기 보다는 이(理)와 기(氣)의 연속성 내지 불상리(不相離)를 강조하는 데 있다. 여헌에 의하면 이와 기는 체용과 본말의 층위는 있을지언정, 이 양자는 본질적으로 도라는 큰 테두리 안에서 연속적으로 접맥되어 있다. 때문에 어떠한 현상을 이와 기에 일방적으로 분속시키는 것은 혼연(渾然)한 일자(一者)인 도를 분할시켜 파악하는 것으로, 이것은 진리의 본연에 위배되는 것이라고 여헌은 생각했다. 오늘날 여헌 철학의 특징을 가리켜 이기불상리(理氣不相離)의 이기일원론(理氣一元論) 또는 도일원론(道一元論)으로 파악하는 것도 바로 이 때문이다.[33]

　이처럼 이기(理氣), 체용(體用), 본말(本末), 경위(經緯)를 일원(一元)의 틀 속에서 파악하려는 성향이 강한 여헌이었기에, 체(體: 理, 本, 經)와 용(用: 氣, 末, 緯)을 분리적 구도로 파악하려는 주자의 비은론 주석에 반대한 것이다. 때문에 체와 용을 연속적이고 불상리의 개념으로 보아, 이를 도의 작용양상으로 파악한 것이다. 여헌의 이 같은 설정자세는 앞서 언급했다시피 다분히 그의 철학이 경의 해석에 반영된 결과라 할 수 있다. 한편 이러한 여헌의 설정자세는 그의 성론에도 투영되어 있다.

---

32) 張顯光, 『性理說』, 卷4, 「經緯說」, ‘申論理氣經緯’.

33) 유명종, 「장여헌 사상의 연구」, 『경북대논문집』 5(경북대학교, 1962) ; 금장태, 「여헌 장현광의 사상」, 『퇴계학파의 사상』 1(집문당, 1996) ; 이희평, 「여헌의 이기경위설」, 『여헌 장현광의 학문세계-우주와 인간-』(예문서원, 2004).

(2) 성론(誠論)

『중용장구』 제25장을 보면, "성(誠)은 스스로 이루어지는 것이요, 도(道)는 스스로 행하는 것이다.(誠者自成也 而道自道也)"라고 하였는데, 이 경문에 대하여 주자는 "성은 물건이 스스로 이루어지는 것이요, 도는 사람이 스스로 행해야 하는 것이다.(誠者物之所以自成 而道者人之所當自行也)"라고 하였다. 그런데 이 경문에 대한 여헌의 변석은 매우 흥미롭다. 조선의 경학자들의 주된 경향이 주자 주석의 절대적 존신이었으며, 혹 주자의 주석을 벗어나는 경학자의 경우도 경문 자체에 대하여 불신하는 경우는 거의 없다. 그런데 여헌은『중용』 25장의 이 경문에 대하여 과감하게 오자설(誤字說)을 제기하고 있는데, 여헌의 주장을 들어보고 나서 그 의미를 생각해 보기로 하겠다.

> 내 망녕된 생각으로는 '자성(自成)'의 '성(成)'자는 마땅히 이 '성(誠)'자가 되어야 한다. 그런데 등사하는 자가 잘못 편방(偏旁)의 '언(言)'자를 제거하여 마침내 '성(成)'자가 된 것이니, 25장의 아래 단락에 '자성(自成)'이란 글이 있기 때문에 옆의 것을 잘못 보아 오자(誤字)를 만든 것이라고 여겨진다. 글 뜻을 자세히 살펴보면 모름지기 '성(誠)'자가 된 뒤에야 그 뜻이 명쾌해진다.
>
> 『중용』에서 성(誠)을 말한 것이 20장에 처음 나오는데, 성은 실로 이 편의 주안점이다. 이 단락의 이른바 성(誠)은 곧 20장의 '하늘의 도(天之道)'의 성(誠)인 것이요, 아랫 단락에 이른바 '성실히 하려한다(誠之)'는 것은 곧 20장에 '사람의 도(人之道)'의 성(誠)인 것이다. 사람이 성(誠)하려는 공부를 지극히 하지 않을 수 없음을 말하려 하였으므로 25장의 첫머리에 먼저 성인(聖人)의 성(誠)을 말하여 이르기를, "성은 스스로 성실함이요 도는 스스로 행하는 것이다.(誠者自誠也 而道自道也)"라고 한 것이다.……만약 '스스로 이룬다(自成)'라고 말하면, 이루어짐은 아직 이루어지지 않음으로

부터 이루어 감을 말하는 것이다. 이에 비해 성(誠)은 본래 스스로 성실한 것이다. 성인은 태어나면서부터 성실함이 이미 확립되어 있으니, 어찌 이루어 간다고 말할 수 있겠는가. 그러므로 나는 말하기를 "'사성(自成)'의 '성(成)'은 이 '성(誠)'자의 오자로서, 편방에 '언(言)'자가 없어진 것이다."라고 하는 것이다.[34)

여헌이 생각하는 성(誠)은 그 자체로 진실되고 한 점 거짓이 없는 이치로서, 이는 곧 완전무결한 천도(天道)이다. 때문에 이러한 성(誠)의 속성을 체현한 성인(聖人)도 또한 이미 진실무망(眞實無妄)한 본성의 이치를 내면에 함유하고 있는 본래부터 완결된 존재인 것이다.[35) 그러므로 이 같은 성(誠)은 그 자체로 순선무구(純善無垢)하고 완벽하게 충족되어 있기에 더 이상의 진전된 상태로 나아감을 바랄 필요가 없는 것이다. 그런데 『중용』의 경문에서처럼 성(誠)을 만약 '스스로 이룬다(自成)'라고 말해 버리면, 이는 아직 완성되지 않는 상태에서 완성을 지향하는 형태를 띠게 되는 것이다. 이렇게 되어 버리면 성(誠)은 아직까지 무언가 미흡한 또는 진행될 것이 남아 있는 상태로서, 이른바 그 자체로 충만하여 더 이상 외부의 충족을 기대할 것이 없는 진실무망한 천도라고 할 수 없게 되는 것이다. 성(誠)에 대한 여헌의 이 같은 생각은 매우 확고하였기에, 성을 진행태로 표현한 경문의 언어를 받아들일

---

34) 張顯光, 『錄疑俟質』, "妄意以爲自成之成, 當是誠字, 而謄寫者誤去偏旁之言, 遂爲成字, 蓋以下節有自成之文, 故旁照移涉而致誤也. 詳認其文義, 則須作誠字, 然後其旨明快矣. 此篇言誠, 自二十章始發, 而誠者, 實此篇之樞紐也. 此節所謂誠者, 卽二十章天之道之誠者也, 下節所謂誠之, 卽二十章人之道之誠之者也, 將言人不可不致其誠之之功, 故章首先言聖人之誠曰, 誠者自誠也, 而道自道也.……若曰自成, 則成者, 從未成而致其成之謂也, 誠則本自誠矣. 聖人從有生之初而誠已立焉, 則何可以成言之哉? 故曰自成之成, 是誠字之誤無旁言也."

35) 張顯光, 『錄疑俟質』, "蓋理之在天地者, 本自眞實无妄, 故天地之道, 誠而已矣. 而聖人之得於天地, 爲性之理者, 亦自眞實无妄, 卽所謂誠者自誠也."

수가 없었다. 이에 여헌은 경문의 언어를 오자라고 단정하여 이를 수
정하였으니, 이는 자신의 정견을 관철시키기 위해서는 경을 훼손하는
것도 불사하는 태도라고 할 수 있다.

한편 여헌은 성(誠)에 관한 자신의 생각이 경문의 훼손을 불사할 정
도로 굳건하였기에, 여타의 글에서 이에 위배되는 진술이 발견되면 가
차없이 자신의 생각을 밀고 나갔다. 이는 주자의 글이라고 해서 예외
가 아니었다.

『대학』 성의장의 제2절인, "마음에 성실하면 외면에 나타난다.(誠於
中 形於外)"는 경문에 대하여, 간혹 이 글을 읽는 자들이 '소인(小人)이
불선(不善)을 마음속에 진실히 하는 것'도 성(誠)이라고 여기곤 하였다.
그런데 주자는 성을 논하면서, "천리(天理)의 대체(大體)를 가지고 보면
선(善)을 함이 진실로 허(虛)하고, 인욕(人欲)의 사사로움을 가지고 보면
악을 함이 무엇이 이보다 진실하겠는가. 어찌 성(誠)이라 하지 않을 수
있겠는가."라고 하여 악이 마음속에 진실함도 성이라고 할 수 있다고
생각했으며,36) 주자의 계승자들도 이 견해를 따르곤 하였다.37) 그런
데 앞서 고찰해 보았듯이 여헌은 성을 진실무망(眞實無妄)의 천도(天道)
로 여겼으며, 자신의 이러한 견해에 벗어나면 경문조차도 바꿀 정도로
스스로의 설에 확신이 깊었다. 때문에 불선(不善)도 성(誠)의 영역으로
끌어들인 주자(학파)의 성론(誠論)은 당연히 여헌에게는 비판의 대상이
었다. 여헌이 보기에 성의 존재양태인 진실무망은 곧 순선무구(純善無

---

36) 張顯光, 『錄疑竢質』, "誠意章第二節之末, 有日此謂誠於中形於外, 讀者常以小人不善之
　　實於中者, 爲之誠焉. 至於晦庵論誠而其答或人之問及此語, 則日自其天理之大體觀之, 則
　　其爲善也, 誠虛矣, 自人欲之私分觀之, 則其爲惡也, 何實如之, 而安得不爲之誠哉? 是則
　　晦庵亦以惡之實於中者, 謂其誠也."
37) 『大學章句大全』 전6장 4째 단락 新安陳氏의 小註, "新安陳氏日, 上文誠於中, 形於外,
　　是惡之實, 中形外者, 此是善之實, 中形外者."

垢)로서, 여기에는 한 점의 악(惡)도 개입될 여지가 없는 것이다. 때문에 여헌은, "어리석은 나의 생각에는, 진실무망이 아니면 성(誠)이라는 명칭을 얻을 수 없고, 천리의 바름이 아니면 진실무망의 실제에 해당할 수 없다고 여긴다. 그렇다면 천리의 밖에 어찌 딴 성(誠)이 있겠는가. 악의 진실함은 스스로 악을 함의 진실함이 될 뿐이니, 결코 성에 비의(比擬)될 수 없는 것이다."[38]라고 하여, 성(誠)이란 글자는 도리의 올바른 곳에서만 가능한 언어이므로 이를 악의 진실함에 적용해서는 결코 안 된다고 역설하였다. 이 같은 역설은 바로 주자의 경전해석에 대한 비판으로 그 경학사적 의의가 가볍지 않다.

이상으로 여헌의 『대학』과 『중용』 해석의 면모를 살펴보았다. 이제 여기에서 도출된 특징들을 정리하고 이를 바탕으로 여헌 경학의 위상에 대하여 일별해 보기로 하겠다.

3. 여헌 경학의 위상

우리는 『녹의사질』에 대한 분석을 통하여 여헌의 『대학』과 『중용』 해석의 면면을 살펴보았다. 그 고찰의 결과 여헌 경학의 특징이 어느 정도 그 모습을 드러내었다고 할 수 있는데, 이를 요약해서 정리하면 다음과 같다.

첫째, 여헌은 경전을 해석할 때 주자주에 의거하기보다 경문의 문리에 의거해서 경문을 유연하게 이해하고자 하였다. 때문에 주자설에 집착하지 않고 경문 그 자체를 궁구의 대상으로 삼기도 하였다.

---

38) 張顯光, 『錄疑竢質』, "愚竊以爲非眞實无妄, 不可以得誠之稱. 非天理之正, 不可以當眞實无妄之實. 然則天理之外, 豈有他誠乎? 惡之實, 自爲惡之實而已, 決不可擬之以誠也."

둘째, 여헌의 경전해석은 그의 철학의 핵심인 이기일원론(理氣一元論)이 투영되어 있다. 그 결과 자신의 철학적 사유에 들어맞지 않으면 주자의 경전주석이라 하더라도 과감하게 비판하였다. 그리고 더 나아가 경문이라 하더라도 자신의 사유체계에 들어맞게 과감하게 개조하였다.

조선은 주자학이 그 근본이념으로 자리하고 있는 나라이기에, 주자가 남긴 경전 주석은 거의 경문에 비견될 정도의 권위를 인정받았다. 때문에 서계 박세당과 백호 윤휴의 예에서 보듯이, 주자의 주석을 비판한 학자들은 사문난적으로 몰려서 그들의 책은 불태워졌으며 심지어는 이것이 빌미가 되어 목숨을 잃기도 하였다.

이러한 분위기가 팽배한 시기에 살았던 여헌이지만, 그는 주자학을 받아들이되 매몰되지 않고 자신의 학문세계를 정립하였다. 그는 공공(公共)의 의리(義理)는 무궁하니 이것을 밝혀내는 것이야말로 학자의 임무39)라는 학자적 소신에 의거하여 상당히 자유롭게 기존의 경전주석을 비판하고 독창적으로 경전을 해석하였다. 때문에 여헌의 이러한 학문적 자세와 그 학문적 업적은 기존의 주자학을 답습하는 학인들이 쉽게 추종할 수 있는 것이 아니고, 새롭게 경전을 해석하고 이를 통헤 좌표를 찾고자 하는 학자들이 감당할 수 있는 내용들이다. 여헌 사후, 그의 제자들이 많았음에도 불구하고, 영남에서 그의 학문적 맥이 끊어졌다고 평해지는 것40)은 어쩌면 조선주자학의 터전인 영남의 학문적 기풍과 여헌의 학문적 성향의 괴리에서 비롯되었을 수도 있을 것이다. 또한 미수(眉叟) 허목(許穆)을 통해 여헌의 학문이 이어져 갔다는 평가도, 그 원인을 그의 학문적 성향에서 찾을 수 있으리라고 본다. 기존의

---

39) 張顯光, 『錄疑竢質』, "公共義理, 各發其所見, 乃亦分內事也."
40) 李肯翊, 『燃藜室記述』, 別集 卷之十四, 「文藝典故·學問」, "顯光沒而無傳述者, 嶺南之學, 止於是."

학설에 구애되지 않고 공공의 의리를 찾아 과감하게 신설을 내세우는 여헌의 경학관은, 근기남인의 경학, 즉 실학파 경학의 특징과 일맥상 통하기 때문이다.

둔암 선우협의 철학사상 일고
- 여헌 장현광의 철학사상과 관련해서 -

이희평

1. 서론

이 논문은 둔암(遯菴) 선우협(鮮于浹, 1588년, 선조 21년~1653년, 효종 4
년)의 사상을 살펴보면서 그 사상을 여헌(旅軒) 장현광(張顯光, 1554, 명
종 9년~1637, 인조 15년)의 사상과 비교하여 고찰하는 데 목적이 있다.[1]
지금까지 둔암의[2] 사상에 관해서 독립적으로 연구한 적은 없는 듯하

---

* 이 논문은 「둔암 선우협의 철학사상 일고」라는 제목으로 『선주논총』 9(금오공대 선주문
화연구소, 2006)에 게재되었던 글을 수정한 것이다.

1) 이 고찰은 원래 여헌 사상이 후대에 미친 영향을 살펴보기 위해서 기획된 것이다. 그런데
여헌을 중심에 두지 않고 둔암을 중심에 두고 논의하는 것은 우선 둔암사상에 관한 연구가
여헌에 비해서 적은 정도가 아니라 아예 없어서 둔암사상을 먼저 논의하는 것이 필요했기
때문이다. 또, 여헌의 사상이 방대해서 여헌 사상을 중심에 두고 논의하면 둔암의 사상을
논의할 여지가 별로 없다고 판단했기 때문이다. 덧붙여 이 논문은 民族文化推進會에서
발간한 『韓國文集叢刊』93에 있는 『遯菴先生全書』를 자료로 삼았으며, 民族文化推進會에
서 입력한 원문과 검색체제에 힘입은 바 컸음을 밝혀둔다.

2) 遯菴의 讀音이 둔암인지 돈암인지에 관해서 일치된 견해가 없는 듯하다. 선우씨 대종회
에 연락을 취해서 물어본 결과 둔암, 돈암 두 가지를 혼용해서 쓴다고 하였다. 다음으로
돈암으로 읽는 예로는 민족문화추진회에서 간행한 「한국문집총간해제」에 '돈암선생전서'
라고 읽었으며, 「한국문집총간」에서는 '둔암선생전서'라고 읽고 있다. 이런 상황에서 어느
쪽을 따를 것인지는 근거의 문제라기보다는 취향의 문제가 되는데 빠른 시일 내에 독음문

다. 둔암의 사상을 중점적으로 연구하고 난 이후에 여헌과 둔암의 사상적 연관성을 논의하는 것이 연구의 정상적인 순서일 것이다. 하지만 둔암처럼 독창적 이론이 적다고 생각되는 학자의 경우에는 반드시 독립적인 연구가 선행되어야 하는 것은 아닐 것이다. 일반적으로 둔암이 여헌의 제자라고 일컬어지는데 둔암의 철학사상이 과연 여헌의 철학사상과 어떤 면에서 동일성을 가지는가라는 문제를 의식하면서 둔암의 철학사상을 고찰하겠다.

둔암은 평안도 지역에서 이름난 유학자이다. 둔암은 여헌을 찾아가서 며칠 동안 배웠는데, 둔암이 여헌에게 무엇을 질문했는지 무엇을 배웠는지에 관해서 구체적으로 기록된 바는 없다.[3] 이후에 여헌은 여헌대로, 둔암은 둔암대로 강학하고 저술하였다. 따라서 이 저술을 검토하면 학문적으로 얼마나 영향을 주고받았는지를 알 수 있을 것이다. 하지만 이러한 비교검토에서 학문적 동일성이 밝혀지지 않는다면 어떻게 해야 하는가? 이 논문으로서는 곤혹스러운 일이지만, 그 문제에 대해서는 학문적으로 특별한 연관관계가 발견되지 않는다는 사실이 밝혀지고 난 뒤에 생가해보는 것도 하나의 방법일 것이다. 바로 이 고찰은 연관관계가 있는지를 확인하기 위한 '작은 걸음'이라고 하겠다.

둔암이 독창적 세계관을 제시하는 철학자로 보기는 어려운 점이 있

제가 정리되어야 하겠다. 일단 이 논문에서는 둔암이라고 한다.

3) 여헌의 「及門諸賢錄」에는 "마침내 동남으로 유람을 하여 산천을 두루 관광하고 陶山書院에 이르러 退溪遺書를 열람하고 이에 인하여 인동에 부지암정사에 가서 여헌선생에게 폐백을 가지고 알현하고 四書 등의 책을 익숙하게 알고, '우리의 道가 여기에 있다.'라고 말하였다. 마침내 여러 학생과 함께 용악산에 들어가 성리학 서적을 강학하고 연구하였다."라고 되어 있다(遂遊東南 遍觀山川 至陶山書院 閱退溪遺書 因往仁同不知巖精舍 贄謁先生 溫理四子等書日 吾道在是 遂與諸生入龍岳 講究性理之學). 또 여헌 선생에 대하여 둔암이 쓴 제문 전체는 남아있지 않은 듯하다. 다만, 「及門諸賢錄」에는 둔암이 쓴 제문의 일부가 나와 있는데, "평생토록 덕에 감동하였고 우러러 사모함이 더욱 절실하였다"라고 되어있다(『旅軒先生全書』下. 「及門諸賢錄」 71(p.591)참조).

는 듯하다. 설혹 있다고 하더라도 이 고찰로써 다 밝힐 수는 없을 것이다. 따라서 이 고찰은 둔암의 문집 속에서 우선 둔암의 세계관을 구축해가는 데 유의하면서 그 특성을 살피겠다. 그리고 그 특성을 여헌의 철학사상과 비교하겠다. 둔암의 사상을 논의하기에 앞서서 둔암의 생애에 관해서 간략하게 살펴봄으로써 둔암의 사상을 이해하기 위한 바탕을 마련하겠다. 그리고 둔암 사상의 특징적인 내용을 여헌의 사상과 비교하여 고찰하겠다. 다음으로 둔암의 중요한 철학이 담겨있는 상소문을 여헌의 상소문 및 기타 자료의 내용과 비교해서 고찰하겠다. 그리고 마지막으로 여헌과 둔암의 저작 중에서 제목이 일치하는 『역학도설(易學圖說)』, 「태극설(太極說)」의 내용을 비교하겠다.

2. 둔암의 생애와 여헌

둔암의 생애를 구분해보면, 12세 이전은 아동기요, 12세의 종교적 체험 이후의 22세에 김태좌에 나아가 수학하기 전까지의 시기는 독학기라고 하겠다. 22세부터 김태좌에게 수학하고 38세 김태좌에 대한 심상을 마치는 시기는 수학기요, 38세에 도산서원을 심방하고, 인동에 가서 여헌을 만나고 돌아와 제자를 가르치는 시기는 '강학기'라고 하겠다. 51세 이후에 벼슬에 주어져도 나아가지 않고 학문에 열중한 시기는 '완숙기' 또는 '노년기'라고 하겠다.

먼저 아동기에 대하여 살펴보겠다. 둔암은 6세에 학문을 시작하여, 7세에 냇가에서 "냇물은 밤낮으로 흘러 쉬지 않는다.(川水日夜流不息)"라고 시를 지어서 사람들이 특이하게 여겼다. 어렸을 때부터 영민함이 있었던 듯하다. 8세에 당시 기자전(箕子殿) 참봉으로 있던 아버지와 함

께 기자전에 자주 왕래하였다.[4)]

다음으로 독학기에 대하여 살펴보겠다. 12세에 기자전 재실에서 글을 읽다가 잠들었는데 꿈속에서 기자(箕子)가 둔암에게 시를 주면서 읽어보라고 하였다. 시를 거침없이 읽으니 기자가 시를 감사에게 가져다주라고 하였다. 꿈에서 깨어나서도 생생하여, 감사에게 가져다주었다. 시는 이렇다.

상고에 제비의 자손이(上古玄鳦孫)/낳기는 낳았으나 때가 아니었네(生而生不辰)//금(金)이 녹고 주(周)나라의 화(火)가 일어나니(金銷周火起)/큰 자취 날로 달로 새로워라(巨跡日月新)//여기 와서 간사한 무리를 가르치니(來斯敎狐黨)/어떤 사람이 진인을 만드는가?(何人作眞人)//옛적에 신농씨가 아니었으면(昔微神農氏)/소와 양을 어찌 길들였겠는가?(牛羊豈可馴)//세상은 거칠고 사람은 무식하니(世荒人無識)/은혜는 잊었고 덕을 저버렸네(恩忘己德負)//작은 무덤은 //허물어진 성 밖에 있고(尺墳殘城外)/외로운 사당은 싸늘한 창문을 대했네(孤祠對寒牖)//이제 너희 여러 형제를 대하니(今對群雁行)/몇째가 공자의 뒤를 이을 것인가?(何壽仲尼後)

월사(月沙) 이상국(李相國)은 "작은 무덤은 허물어진 성 밖에 있고(尺墳殘城外)/외로운 사당은 싸늘한 창문을 대했네(孤祠對寒牖)"라는 구절을 신의 솜씨라고 감탄하였다고 한다.[5)] 위의 시를 기자의 입장에서

---

4) 『遯菴先生全書』. 「年譜」 2면(p.64). 二十二年甲午 先生七歲 ○一日在川上 或淸川水令 賦詩 卽應之日川水日夜流不息 人皆異之 二十三年乙未 先生八歲 ○先公以箕子殿參奉 往來守廟 時先生必從焉.

5) 『遯菴先生全書』. 「年譜」 2면(p.64). 二十七年己亥 先生十二歲 先生讀書箕子殿齊室 忽體倦假睡 夢見箕子 箕子贈詩 使先生讀之 旣畢 且日 汝持贈方伯 及覺 歷歷記得寫出 以進方伯 其詩日 上古玄鳦孫 生而生不辰 金銷周火起 巨跡日月新來斯敎狐黨 何人作眞人 昔微神農氏 牛羊豈可馴 世荒人無識 恩忘已德負 尺墳殘城外 孤祠對 寒牖 今對群雁行 何數仲尼後 卽八月初六日晝也 月沙李相國見而大驚日 尺墳殘城外 孤祠對寒牖 此神語也云.

은(殷)나라가 망하고 자신이 동쪽으로 와서 가르쳐서 조선의 사람들이 새로워졌으니 너희들의 문명이 그냥 된 것이 아니지 않는가? 지금 나를 대우함이 형편이 없구나. 이제는 그 전통조차도 허물어졌으니 공자의 뒤를 이을 사람이 누구인가?'라는 뜻이라고 이해할 수 있다. 이러한 꿈과 체험은 둔암의 인생에 큰 영향을 미친 듯하다.

이와 같은 체험은 종교인들에게 간혹 나타난다. 루터(Martin Luther 1483~1546)는 22세에 1505년 7월초에 길을 가던 중에, 스토테른하임이라는 마을 근처에서 비가 내리다가 번개가 치는 것에 놀라서, 마지막 고해성사도 받지 못하고 죽게 될 것이라는 공포에 휩싸였다. 그리하여 성부(聖婦) 안나에게 도움을 청하면서 수도자가 될 것을 서원하였다. 대체로 이 서원은 돌발적 결심이 아니라 오래 전부터 마음 속에 있던 강렬한 종교심에서 나온 것이라고 이해하는 경우가 많다. 이러한 사실로 보면 둔암도 오래 전부터 가지고 있던 강렬한 소망이 터져 나온 듯하다. 감수성이 예민한 어린 나이에 아버지를 따라 기자의 혼령을 모신 기자전에 자주 다니며 거기서 더러 잠을 자기도 했다. 또 주변에서 '선우씨(鮮于氏)인 우리는 기자의 후예다'라고 하는 말을 평소에 많이 들었던 터이다. 이에 어린 둔암은 기자에 대한 공경심과 그를 계승해야 한다는 사명감을 가졌을 것이고, 이런 생각과 사명감이 꿈으로 현현되었다고 하겠다. 이외에 위의 시 구절 중에 어린 아이의 작품이라고 보기 어려운 것이 있다고 하는데 이는 아무래도 신비의 영역으로 남겨두는 것이 옳을 듯하다.

이러한 종교적 체험과 같은 것은 아니지만, 여헌의 경우에도 깨달음의 시점이 있었다. 여헌의 연보에 "선생이 이전에 말하길, '내 십오륙 세쯤에 스승의 책상 위에 한 권의 책이 있었으니 바로 『성리대전』 「황극편」이었다. 이에 읽어보니 마음에 와 닿는 것이 있어서 청하여 읽었다. 이로부터 전적으로 선생에게 나아가지만은 않았다.'라고 하였다."[6] 라고 되어 있다. 여기서 마음에 와 닿는 것이 있었다는 말은 깨달음이 있었음을 의미한다. 그 깨달음이 어떤 것인지 구체적으로 언급할 수는 없지만, 이것이 삶의 전환점이 되었음은 분명하다. 또 왕양명에게도 이런 시점이 있었음은 모두가 아는 바이다.[7]

그런데 어린 둔암은 자신이 계승해야 된다고 생각했던 기자와 공자 (孔子)는 역학과 관련이 깊은 인물이다. 기자는 주(周)나라 무왕(武王)에 게「홍범구주(洪範九疇)」를 강의하고, 공자는『역(易)』을 깊이 연구하여 찬하였다. 이로써 보면 둔암이 성장해서 역학을 중심으로 연구한 것은 일면 당연하다고 하겠다. 여헌의 경우에도 학문의 계기가 되었던『성 리대전』「황극편」은 역학과 관계가 깊다. 여헌이 이후 역학을 중심으 로 삼고 자신의 철학을 전개한 것도 일면 당연한 것이다. 둔암과 여헌 이 모두 역학과 관련된 삶의 전환점이 있고 이후에 각각 역학을 중심 으로 삼아서 학문한 것은 흥미로운 일이다.

다음은 수학기에 대하여 살펴보겠다. 21세에 혼인한 둔암은 22세에 처음으로 김태죄에 나아가 배웠고, 이후 23세에『논어』를 배웠다. 25 세에 부친이 기자전감이 되었고, 28세에 부친상을 당하고 32세에 모 친상을 당하였다. 부친상과 모친상을 당하여 시묘를 하고 탈상하여 세 상사에 뜻이 없는 듯하다가 다시 침식을 잊을 정도로 성현의 글을 읽 었다. 이때에 둔암이 실질적으로 학자의 길을 가는 바탕을 마련하였다 고 생각된다. 23세에『논어』를 수학한 것은 다소 늦은 감이 있는데, 어렸을 때에 배움을 바탕으로 하여 집중적인 학습이 이때에 이루어진

---

6)『旅軒先生全書』上,「年譜」권1-2(p.487) 三年 己巳 先生十六歲 ○先生嘗言 余十五六時
　歲見上舍案上 有一部冊子 乃性理大全 皇極篇也 翫之如有會心處 因請讀之 自是不專就師云.
7) 뚜웨이밍 저, 권미숙 역,『한 젊은 유학자의 초상』, 통나무, 1995. pp.184-204 참조.

것이라고 하겠다. 이후 35세에 김태좌 선생이 돌아가서 둔암은 심상을 치른다.8)

다음은 강학기에 대하여 살펴보자. 38세에 둔암은 남으로 내려가 도산서원을 방문하여 수개월 동안 머물면서 장서 수백 권을 열람하고, 이내 인동으로 가서 여헌 선생을 뵙고 수일동안 머물면서 학문을 강론하였다. 둔암의 연보에는 여헌과 함께 여러 날 학문을 강론했다고 기록되어 있다.9) 박세채는 『둔암전서』「발문」에서 "드디어 남으로 대령을 넘어서 도산서원에 이르러 여러 달을 머무르고 남겨진 글과 장서를 다 열람하고 이어서 옥산 장선생을 인동에서 뵙고 조용히 질문하고 돌아왔으니 그 관감(觀感)하여 흥기(興起)한 것을 알 수 있다. 이에 용악산 폐사에 올라가서 성리학 서적을 더욱 읽고 힘쓰고 힘써서 조금도 해이함이 없으니 따르는 사람이 수십 인이었다. 반드시 모두 재주에 따라 가르쳤다. 요점이 있는 부분에서는 학생들을 위해서 반복하고 분석하였다."라고10) 하였다. 여헌을 방문하고 돌아온 이듬해에 둔암은 용산(龍山)의 폐사에서 제자 수십 명과 더불어 강학하였다. 이때에 이전보다 제자들이 더 많아졌다고 한다. 매양 강학하면서도 여가를 이용하여

---

8) 『遯菴先生全書』, 「年譜」 2면(p.64). 三十六年戊申 先生二十一歲○聘夫人金氏 訓導彦秀之女 三十七年己酉 先生二十二歲○始就鄕先生金公台佐受學 三十八年庚戌 先生二十三歲○受論語 ○四月生男 四十年壬子 先生二十五歲○先生先公陞拜崇仁殿監 四十四年丙辰 先生二十九歲 二月 葬先公于蛤池坊煙臺 山 因廬墓 四十七年己未 先生三十二歲○四月 丁內憂 六月 附葬于先公墓 因廬墓 泰昌元年庚申 先生三十四歲 服関後 無意世事 沈潛經傳 殆 忘寢食 息存不懈四字 揭諸壁上 每夙興 誦程叔子 四勿箴 二年壬戌 先生三十五歲 ○金先生卒 心喪三年 夫人亦然.

9) 『遯菴先生全書』, 「年譜」 4면(p.65). 五年乙丑 先生三十八歲 讀孔子登泰山小天下章 忽然發 興 携兩童丱 遊覽楓嶽山川 仍南尋陶山書院 留數 月 徧閱所藏諸書數百卷 因詣仁同 謁旅軒張先生 留數日講學 返而弟子從之者益衆.

10) 『遯菴先生全書』, 「跋」 1면(p.63). 遂南踰大嶺 至陶山書院 留棲數月 盡閱遺文藏書 仍謁玉山張先生于仁同 從容質問而歸 其所觀感而興起者 又可知也 於是登龍嶽山廢寺 益讀性理諸書 亹亹不少解 弟子從之者數十人 必皆隨才教誨 至遇要義 爲之反復部折.

대(臺)를 쌓고 독락(獨樂)이라고 이름하고 거닐었는데, 여기에는 세속에 초연히 무우(舞雩)에 바람 쏘이며 읊던 공자의 취향이 있었다고 한다.[11]

청년학자인 율곡이 1558년에 23세 나이로 57세의 노학자 퇴계를 만나러 갔던 것처럼, 젊은 학자인 둔암이 당대의 대학자인 여헌을 방문하여 자신의 학문에 관련된 사항을 질의하였다. 당시 1625년에 둔암은 38세의 소장학자이고 여헌은 나이 68세의 완숙한 학자였다. 이 해에 여헌은 「경위설」을 저술하였는데,[12] 이 시기는 56세에 저술하기 시작한 『역학도설』을 완성한 때였다. 그리고 「경위설」을 완성할 즈음에는 성리학 관련 저술인 『성리설』의 기본틀이 잡혀져 있었다고 보아도 무방하다. 이렇게 보면 「경위설」을 완성할 무렵에는 여헌 자신의 철학이 거의 완성되었기 때문에 둔암은 여헌의 철학을 거의 완성된 형태로 접하였다고 하겠다.

51세 이후의 시기는 벼슬에 나아가지 않고 학문에 열중한 완숙기이다. 51세에는 희능참봉에 제수되었으나 부임하지 않았고 52세에는 장락원주부에 임명되었으나 역시 부임하지 않았다. 62세에 인조가 돌아가니 대궐 앞에 가서 부곡하였다. 마침 김집(金集, 1574년 선조 7~1656년 효종 7년)이 서울에 있음을 듣고 폐백을 가지고 찾아뵈었다.[13] 66세 되던 때에는 『삼강행실록(三綱行實錄)』을 하사 받았다. 6월에 사업(司業)으로 임명되어 궐내에 들어가 사은하였는데 많은 선비가 궐문에 경서를 가지고 와서 물었다. 사업이 된 지 얼마 되지 않아서 물러났다. 아

---

11) 『遯菴先生全書』,「年譜」4면(p.65). 六年丙寅 先生三十九歲 因以龍山廢寺 爲講學所 與弟子 數十人 誦讀不怠 每於讀書之暇 輒聚石築臺 名之 曰獨樂 盤桓自得 超然有舞雩風詠之趣.

12) 『旅軒先生全書』上,「年譜」권1-11(p.492). 熹宗天啓元年 辛酉 先生六十八歲 著經緯說.

13) 『遯菴先生全書』,「年譜」5면(p.66). 己丑 先生六十二歲 春 拜司業不赴 五月 仁祖昇遐 奔哭 闕下 時愼獨齋金先生赴召在京 懷贄進謁而還 孝宗當 宁 六月 又拜司業 以病上疏不起 九月 又奔哭會葬而還 癸巳 先生六十六歲 四月 賜三綱行實 六月 又拜司業 詣闕謝恩 時士大夫多造其門 而洛下多士 執經..

마도 50세 이후인 이 시기에 저술활동을 왕성하게 하였다고 추측되는
데, 「연보」에 저술관련 기록이 없어서 이러한 사실을 확인할 수는 없
었다. 66세 12월에 평일과 같이 특별한 이상이 없었으나 호흡과 낮빛
이 다소 불편하였다. 다음 날 친족과 문인을 불러 만나보고 사시(巳時)
에 최이태를 불러 서적을 담당시키고 오시(午時)에 세수를 하고 자리를
바르게 하고 부인을 외출하게 하고 조용히 서거하였다. 26일에 부음
이 조정에 들리니 본도 감사에게 부의하도록 명하였다.[14]

　이후에 사헌부집사로 추증되었고, 선생의 위판을 용산서원(龍山書院)
에 봉안하였다. 순종 때에, "학문을 부지런히 하고 물음을 좋아하고
한 가지 덕이라도 해이하지 않았으므로 문간(文簡)이라고 한다(勤學好問
一德不懈 曰文簡)"라 하여 문간공의 시호를 내렸다.[15]

3. 심의 중시

　『둔암선생전서』에 가장 앞부분에 『심학지요(心學至要)』가 편집되어
있다. 『심학지요』는 성리학의 대강령을 경전의 경구를 인용하여 정리
한 저술이다. 이 저술은 일반적인 사항을 정리하였기 때문에, 둔암의
독창적 사상이 무엇인지를 밝히기는 어렵지만 둔암이 강조한 바가 무
엇인지는 알 수 있다. 『심학지요』라는 제목에서도 알 수 있듯이 둔암
은 심을 중시한다. 둔암은, "천지만물의 리(理)를 총합하여 도(道)라고
하는데, 이것이 이른바 천도(天道)이다."[16]라고 한다. 천(天)의 안에 인
간이 존재하기 때문에, "천(天)과 인(人)의 심성(心性)이 동일하다."[17]고

---

14) 鮮于宗源 편, 『遯菴鮮于浹傳』, 遯菴學術研究會 刊, 1991. pp.28-29 참조.

15) 鮮于宗源 편, 『遯菴鮮于浹傳』, 遯菴學術研究會 刊, 1991. pp.29-30 참조.

16) 『遯菴先生全書』, 「心學至要」. [天道] 總天地萬物之理曰道.

파악한다. 여기서 천성(天性)이란 "원형이정(元亨利貞)"이고 천정(天情)이란 "생장수렴(生長收斂)"이요, 천심(天心)이란 "원(元)으로써 생(生)하고 형(亨)으로써 장(長)하고 이(利)로써 수(收)하고 정(貞)으로써 장(藏)하는 것이다." 이에 비해서 인성(人性)은 "인의예지(仁義禮智)"이고 인정(人情)이란 "측은(惻隱)·수오(羞惡)·사양(辭讓)·시비(是非)"이고 인심(人心)이란 "인(仁)으로써 애(愛)하고 의(義)로써 오(惡)하고 예(禮)로써 양(讓)하고 지(智)로써 지(知)하는 것"이다. 둔암이 이렇게 논하는 것은 하늘의 마음을 인간이 마음으로 본받고자 하는 데 있다. 이 때에, 심성정(心性情)의 관계에 관해서 둔암은 "성(性)이란 심(心)의 리(理)이요, 정(情)이란 심(心)의 용(用)이요, 심(心)이란 성정(性情)의 주관자"라고 파악한다.18) 이렇게 보면 둔암이 천심(天心)으로부터 인심(人心)을 이끌어 오고, 그 주체를 역시 심(心)이라고 함을 알 수 있다. 이러한 사상전체를 둔암의 독자적 사상이라고 볼 수는 없다. 다만, 생장수렴(生長收斂)을 천정(天情)이라고 본 것은 독특한 견해인 듯하다.

여헌은 천심(天心)으로부터 인심(人心)을 이끌어 와서 심(心)을 논의하는 방식을 취하였다. 또한 여헌은 성인(聖人)이 천심(天心)을 자기 마음으로 삼아서 그 심(心)을 후대에 전한 것이 도통(道統)이라고 이해하였다.19) 여헌은 형체 있는 것은 모두 마음을 가지며, 심(心)은 기(氣)의 정영(精英)으로 성명(性命)의 깃든 바요, 일체 중에 존재하면서 일체를 주재하는 존재라고 파악하였다. 실재하는 것은 각각의 마음이 있지만

---

17) 『遯菴先生全書』, 「心學至要」. [天人心性一理].

18) 『遯菴先生全書』, 「心學至要」. [天人心性一理] 在天曰元亨利貞 在人曰仁義禮智 陰陽五行 命之道 健順五常 性之道 元亨利貞 天性也 生長收斂 天情也 以元生以亨長以利收以貞藏 天心也 仁義禮智 人性也 惻隱羞惡辭讓是非 人情也 以仁愛以義惡以禮讓以智知 人心也 性者 心之理 情者 心之用 心者 性情之主.

19) 『旅軒先生全書』 上, 권6-3, 4, 「道統說」(p.131) 참조.

이러한 심(心)의 리(理)는 동일하다고 파악하였다.[20] 이렇게 보면 여헌의 논법이 둔암과 거의 동일하다고 하겠다. 하지만 이러한 논의는 당시에 일반론이라고도 할 수 있기 때문에, 이로써 둔암이 여헌의 사상을 계승하였다고 보기는 어렵다.

여헌은 심(心)을 수양의 주체로 파악하고 심(心)을 강조하였다. 「좌벽제성(座壁題省)」에서 여헌은 12가지 조목, 곧 "마음을 도덕(道德)에 머물게 하며, 마음을 경성(敬誠)에 세우라 ― [강령(綱領)], 마음에 정일(精一)을 보존하며, 마음을 우주에 노닐게 하라 ― [주재(主宰)], 마음 다스림을 근신(謹愼)으로 하고, 마음잡음을 견정(堅貞)하게 하라 ― [용공(用功)], 마음을 처하기를 허명(虛明)하게 하며, 마음을 갖기를 정대(正大)하게 하라 ― [모범(模範)], 마음을 담박(淡泊)함에 두고 마음을 고명(高明)함에 가지라 ― [보양(補養)], 본분에 마음을 편히 하며 역경(逆境)에 마음을 화평하게 하라 ― [기관(機關)]" 등을[21] 제시하였는데, 모든 조목에서 마음을 거론하였다. 이러한 조목은 여헌의 철학 전체에서 중대한 의미가 있으며[22] 심(心)이 여헌 철학 전체의 핵심요소임은 이미 밝혀진 바라고 볼 수 있다.[23] 그러나 이렇게 심(心)을 강조한 학자가 여헌만은 아니다. 『성학십도(聖學十圖)』에서 보듯이 퇴계도 심을 강조하

---

20) 『旅軒先生全書』 上, 권6-22, 「心說」(p.120), 心者 凡爲物有形者之所必有也 氣之精英 而性命之所寓也 卽一體中主宰也 居中而統外者也 自一而應萬者也 故天有天之心 地有地 之心 人有人之心 物有物之心 但其爲心之理則一也 而各其所以爲形體者 卽有大小貴賤精 粗之不同 則其心之性情體用 何得同哉.

21) 『旅軒先生全書』 上, 권6-41, 「座壁題省」(p.129), 留心道德 立心敬誠―綱領, 存心精一 遊心宇宙―主宰, 治心謹愼 操心堅貞―用功, 處心虛明 持心正大―模範, 棲心淡泊 玩心高 明―補養, 安心本分 平心逆境―機關.

22) 이와 관련된 사항은 이희평, 「여헌 장현광의 심과 도덕·성경수양론」, 『여헌 장현광의 학문세계』 2, 예문서원, 2006. 참조.

23) 이희평, 「旅軒 張顯光의 哲學思想 硏究」, 성대박사학위 논문, 2001. 참조. 마음 혹은 心을 강조하는 것은 여헌 철학의 중요한 부분으로 그의 철학 전 분야에 걸쳐서 나타난다.

였던 것이다. 심을 중시한 사항만으로 둔암이 여헌의 사상을 계승하였다고 파악할 수는 없다.

덧붙여 도(道)를 둔암은 리(理)로 파악하는데 여헌은 도를 이기(理氣)의 합(合)이라고 파악하였다. 도(道)를 리기(理氣)의 합(合)이라고 파악한 것은 여헌의 독특한 견해이다. 단, 여헌은 도(道)를 리(理)라고 파악하는 전통을 부정하지는 않았다.24) 이에 도(道)에 관한 견해는 둔암과 여헌이 일치하지는 않지만 그렇다고 이견이 있다고 볼 수도 없다. 다만 도(道)에 관한 여헌의 독특한 견해를 둔암이 계승하지는 않았음을 알 수 있다.

4. 「대학」의 중시와 「소학」의 강조

둔암의 주장에 의하면, 천도는 심오하여 그침이 없고 지도(地道)는 머금으며 넓으며 빛나며 크며 인도(人道)는 자기를 이루고 남을 이룬다. 음양(陰陽)은 천(天)에 해당하고 강유(剛柔)는 지(地)에 해당하고 인의(仁義)는 사람에 해당한다. 도(道)에 있어서는 천인(天人)의 구별이 원래부터 있었던 것은 아니고 이일분수(理一分殊)에 의해서 차이가 난다. 도(道)는 잠시라도 인간과 멀어질 수 없다. 물(物)없는 도(道)가 없고 도(道)없는 물(物)이 없다. 물(物)에서 떨어져서 도(道)를 구한다면 망령된 것이다. 이렇기 때문에 부자(父子)·군신(君臣)·부부(夫婦)·장유(長幼)·붕우(朋友)의 관계에서부터 일상적 생활을 하는 데 모두 동일한 도(道)이다. 이러한 도(道)는 언제 어디에나 존재한다. 만물을 천(天)은 낳고 지(地)는 이루고 인(人)은 배운다. 천지인(天地人)을 통괄하는 도의 운동

---

24) 이희평, 「旅軒 張顯光의 哲學思想 硏究」, 성대박사학위 논문, 2001. pp.77-83 참조.

은 한결같은 정성[誠]이다. 천도(天道)에는 성(誠)의 원형인 지성무식(至誠無息)이 존재한다.25) 이러한 세계 속에 존재하는 인간의 사회에 천도(天道)를 계승하여 덕업(德業)을 펼친 위대한 왕 요순(堯舜)이 나타났다고 둔암은 말한다. 둔암은,

　　"「요전(堯典)」에 말하길, '공경하고 밝고 문채나고 생각함이 편안하고 편안하시며 진실로 공손하고 능히 겸양하셨다.'라고 하였다. 堯는 제일의 성인이요 흠(欽)은 제일의 경자(敬字)이다. 요는 흠(欽)으로 우두머리를 삼고 공(恭)으로써 우선함을 삼으셨으니 만세(萬世)에 도학(道學)을 여는 연원(淵源)이다. '능히 큰 덕을 밝힌다'고 말한 것은 수신(修身)이요 '구족(九族)을 친하게 하셨다'고 말한 것은 제가(齊家)요, '백성을 고루 밝히셨다'고 말한 것은 치국(治國)이요, '만방(萬邦)을 합하여 조화롭게 한다'는 것은 평천하(平天下)이다. 이 명명덕(明明德)의 공부를 함에 '구족이 이미 친하게 되었다'는 것은 가제(家齊)요, '백성이 덕을 밝힌다'는 것은 국치(國治)요, '백성이 아! 변하여 이에 화하였다'는 것은 평천하(天下平)이다. 이것은 명명덕의 공효이다. 이렇기 때문에「요전」은『대학』의 비조(鼻祖)이다."26)

---

25)『遯菴先生全書』, 권1-1.「心學至要」(p.5). [天道] 天道於穆不已 地道含弘光大 人道成己成物 陰陽之謂天 剛柔之謂地 仁義之謂人 陰陽成象而天道著矣 剛柔成質而地道著矣 仁義成德而人道著矣 道未始有天人之別 理一而分殊 總天地萬物之理曰道 [天人心性一理] 在天曰元亨利貞 在人曰仁義禮智 陰陽五行 命之道 健順五常 性之道 元亨利貞 天性也 生長收斂 天情也 以元生以亨長以利收以貞藏 天心也 仁義禮智 人性也 惻隱羞惡辭讓是非 人情也 以仁愛以義惡以禮讓以智知 人心也 性者 心之理 情者 心之用 心者 性情之主 右天人心性一理 [道不可須臾離] 道無無物之道 物無無道之物 離物求道則妄矣 是故大而父子君臣夫婦長幼朋友 微而日用動靜食息語默 皆是道矣 斯道也 充塞宇宙 貫徹古今 不可須臾離者也 [天地人一誠] 天道敏生 地道敏成 人道敏學 敏生故生物無窮 敏成故成物不測 敏學故精義入神 生物無窮 故物與无妄 成物不測故各正性命 精義入神 故化成天下 天地人之道 可一言而盡也 不過曰誠而已.

26)『遯菴先生全書』, 권1-1.「心學至要」(p.5). [二帝德業] 堯典曰 欽明文思 安安 允恭克讓 堯第一箇聖人 欽第一箇敬字 堯以欽爲首 以恭爲先 開萬世道學之淵源 曰克明峻德者 修身也 以親九族者 齊家也 平章百姓者 治國也 協和萬邦者 平天下也 此明明德之工夫也 九族旣睦者 家齊也 百姓照明者 國治也 黎民於變時雍者 天下平也 此明明德之功效也 是故堯典

라고 한다. 위의 글에서 둔암은 경(敬)을 강조하고 「요전」이 명명덕을 미루어서 해야 하는 일과 명명덕을 하면 자연히 하게 되는 일을 논급함으로써, 「요전」에 근거하여 『대학』이란 저술이 만들어졌다고 본다. 이로써 『대학』은 도학(道學)에서 제일 중요한 성인(聖人)의 철학을 담고 있는, 가장 중요한 책이 된다.

한편 『대학』을 중시하는 태도는 둔암이 주자를 언급하는 데에서도 나타난다. 둔암은 "주자는 사서를 보는 데 그 요체는 특히 『대학』으로써 도에 들어가는 차례를 삼은 것이다. 지경(持敬)은 격물·치지·성의·정심·수신으로부터 제가·치국·평천하하는 데 드러난다. 밖으로는 그 규모를 지극히 크게 하고 안으로는 그 절목의 상세함까지 다하였고 과거의 성인을 계승하고 미래의 학자를 열어주었으니 이것은 주자가 집성(集成)한 바이다."27)라고 한다. 『대학』이 주자 학문의 요체요, 그 요점이 되는 경은 수양부터 정교까지를 가능하게 한다는 것이다. 요컨대, 『대학』은 요순부터 주자까지의 전통을 온전히 담고 있는 책인 것이다.

여헌도 『대학』을 강조하였다. 여헌은 "아! 『대학』과 『소학』의 도를 강의하지 아니하여 선비들이 올바른 학문을 잃고, 지방에 삼물(三物)의 가르침이 행해지지 아니하여 지방에 선한 풍속이 없어졌으니, 백성들이 어찌 다시 삼대의 훌륭함을 볼 수 있겠는가. 교화의 근본과 학교의 거행은 바로 위에 있는 사람의 책임이니, 위에 있는 사람이 책임을 제대로 수행하지 못하면 세상이 어쩔 수 없는 것이다."라고28) 하여 『대

大學之祖也 舜典曰 濬哲文明 溫恭允塞 曰濬哲文明 卽堯之欽明文思安安也 溫恭允塞 卽堯之允恭堯讓也 曰愼徽五典 納于百揆 賓于四門 納于大麓者 此明明德之工夫也 五典克從 百揆時敍 四門穆穆 烈風雷雨弗迷者 此明明德之功效也 嗚呼 惟堯峻德 惟舜玄德 二帝之德業 同一揆也.

27) 『遯菴先生全書』, 권1-4. 「心學至要」(p.6). [聖賢傳道統] 朱子則見之四書而其要則尤以大學爲入道之序 持敬 自格物致知誠意正心修身而見於齊家治國平天下 外有以極其規摸之大 內有以盡其節目之詳 繼往聖開來學 此朱子之所以集.

학』이 삼대의 훌륭함을 이룰 수 있는 기반이 되는 책이라고 하였다. 또 "경우(慶遇)가 덕용(德勇)과 함께 선생을 모시고 앉아 있었는데, 경우가 『태극도설』을 읽을 것을 청하니 선생은 덕용을 돌아보고 말씀하시기를, '이것이 바로 근세에 배우는 자들의 큰 근심이다. 배우는 자는 모름지기 『소학』과 사서와 정자·주자 등이 지은 책을 읽어야 할 것이니, 하필 『태극도설』을 배울 것이 있겠는가. 『소학』은 사람을 만드는 틀이요, 『대학』은 덕에 들어가는 문과 길이니, 익숙히 읽지 않으면 안 된다.' 하였다."라고[29] 하였다. 입덕의 문으로써 『대학』을 강조하였다.

이러한 말과 관련해서 『소학』에 대한 입장도 살펴보자. 둔암은 『소학』을 사서와 동일한 서열에 있다고 주장한다. 둔암은 "배움이란 깨달음이니 모르는 바를 깨닫는 것이다. 오서(五書)는 『소학』·『대학』·『논어』·『맹자』·『중용』이요, 오경(五經)은 『역』·『서』·『시』·『예』·『춘추』이다. 『소학』은 사자(四子)의 문정(門庭)이요, 사자는 오경의 계단이다. 사서 대지(大旨)는 『대학』은 경이요, 『논어』는 인을 두텁게 하고 의를 넓힘이요, 『맹자』는 인욕을 막고 천리를 보존함이요, 『중용』은 성(誠)이다. 오경은 체용합일의 법칙이니 『역』은 오경의 온전한 체요, 『춘추』는 오경의 대용이요, 『서』는 도로써 정사함이요, 『시』는 성정을 말함이요, 『예』는 절문(節文)을 삼감이다."[30]라고 하였다. 이처럼 『소학』을 사서와 동일한 등급이라고 보며, 나아가 오경과 함께 거론한

---

28) 『旅軒先生全書』上, 권10-15, 「題苞山鄕約冊後」(p.183), (성백효 역, 『국역여헌집』 II. 민족문화추진회 1997. p.99 참조하였음).

29) 『旅軒先生全書』上, 『續集』 권9-35, 「記聞錄-張慶遇」(p.439), (성백효 역, 『국역여헌집』 IV. 민족문화추진회 1997. p.200 참조하였음).

30) 『遯菴先生全書』, 권1-6. 「心學至要」. [四書五經大旨體用](p.7). 學之爲言 覺也 悟所不知也 五書 曰小學大學論語孟子·中庸 五經 曰易書詩禮春秋也 小學 四子之門庭 四子 五經之階除 四書大旨 大學敬 論語敦乎仁博乎義 孟子遏人欲存天理 中庸誠 五經 體用合一之則 易 五經之全體 春秋 五經之大用也 書 以道政事 詩 以言性情 禮 以謹節文.

것에서 『소학』을 중시함을 알 수 있다.

여헌도 『소학』을 중시하여 사서와 동일한 서열에 있다고 생각하였다. 여헌은 "그러므로 몽학(蒙學)의 선비는 읽는 것이 쉽지 않은데 세상의 학자들은 고원한 것을 좋아하여, 『심경』과 『근사록』이 아니면 남에게 묻기를 부끄러워하여 오직 남의 이목에 별다르게 보이려고만 한다. 그리하여 애당초 몸을 닦는 큰 방법과 덕에 들어가는 규모가 사서와 『소학』에서 벗어나지 않음을 알지 못하니, 매우 한탄할 만하다."라고[31] 하였다.

둔암과 여헌이 모두 『대학』을 중시하였으며 『소학』을 사서와 동일한 서열이라고 생각하였다. 이렇게 견해가 일치되지만, 『대학』 및 『소학』을 중시하는 태도는 일반적인 견해라고 할 수 있기 때문에, 이로써 영향관계를 논하기는 어렵다. 또한 여헌이 과연 둔암 만큼 『대학』을 중시하였는지는 확증할 수 없다. 또한 『대학』을 중시한 학자가 여헌 이외에도 있을 수 있기 때문에, 이로써 둔암이 여헌의 영향을 받았다고 할 수는 없다.

5. 둔암의 상소문 고찰

둔암의 문집에 상소문은 한 편뿐이다. 당시 자신의 철학사상의 요지를 상소문으로 제출하는 경우가 많았는데 둔암의 상소문도 그러하다. 둔암의 상소문 전체를 고찰하면 둔암의 사상을 전체적으로 살펴볼 수 있다. 물론 앞에서 이미 논의한 내용을 반복하는 경우가 생긴다는 문

---

31) 『旅軒先生全書』 上, 권9-3, 「就正錄[門人趙任道]」(p.423). 蒙學之士 未易讀也 而世儒 好高 非心經, 近思錄 則恥問於人 只爲別人耳目 初不知修身大法 入德規模 不出四子小學 之外 甚可歎也.

제점이 있다. 하지만 둔암 사상을 전체적으로 조망하고, 앞서서 언급한 내용을 확인할 수 있으며, 별도의 장으로써 논의하기 어려운 사항을 살펴볼 수 있다는 장점이 있다. 둔암 상소문을 고찰하면서 여헌의 상소문 및 사상과 비슷한 사항이 있는지 살펴보겠다. 우선 둔암의 상소문은 이렇게 시작한다.

> 선정께서 "천하 국가의 대본이란 인주(人主)의 일신(一身)이다. 일신의 대본이란 인주의 일심(一心)이다. 일심의 대본이란 흠(欽)이란 한 글자이니 대본이 수립된 이후에야 만사를 미루어서 볼 수 있다"고 하셨습니다. 이것이 옛 성인 중에 평천하하고자 하는 자는 정심성의에 분주히 하여서 그 대본을 세웠던 바입니다. 만약 정심만을 말하고 사물의 요점을 알기에 부족하거나, 아니면 사정을 정밀하게 핵실하면서 저 대본의 돌아가는 것에 대해서 어둡다면 모두 함께 논의하기에 충분하지 않습니다. 무릇 나라를 다스리는 사람이 격물치지와 성의정심을 버린다면 마침내 다스림을 이룰 수 없을 것입니다. 왜냐하면 격물치지하지 않는다면 지(智)는 리(理)를 밝힐 수 없고 성의·정심하지 않는다면 마음은 리를 따를 수 없기 때문입니다.[32]

여기서 둔암이 심을 중시하는 철학자임을 보다 분명히 알 수 있다. 둔암은 임금이 흠(欽)해서, 다시 말해서 경(敬)해서 대본을 수립해야 한다고 건의한다. 그리고 임금은 격물치지하여 리를 밝히고 성의정심해서 리에 따라야 한다고 본다. 여기서 전자는 리를 밝히는 것이요, 후자

---

32) 『遯菴先生全書』, 권5-1. 「辭職進言疏」(p.53). 臣聞諸先正曰 天下國家之大本者 乃人主之一身也 一身之大本者 乃人主之一心也 一心之大本者 乃欽之一字也 大本旣立 然後萬事可推而見也 此古聖人欲平天下者 所以汲汲於正心誠意 以立其大本也 若徒言正心 而不足以識事物之要 或精覈事情 而特昧夫大本之歸 則皆不足與論矣 凡爲國者 捨格致誠正 則終無以致治 何則 不格致則智不燭理 不誠正則心不循理 不燭理 則無以辨邪正是非之分 不循理 則無以施任賢安民之術 惟其智不明也 故以邪爲正 以非爲是 惟其心不正也 故悅其媚己而憚其逆耳 此亂亡將至而終莫之悟也.

는 리를 따르는 것이라고 보고 이 양자가 모두 필요하다고 말한다. 그리고 위의 말에 이어서 "전하께서는 진실로 개연히 분발하여 크게 용맹의 뜻을 진작하여 처음부터 끝까지 경전을 배우시고 독실하게 대도를 믿고 주경(主敬)하여 궁리(窮理)하소서. 양쪽 길로 나아가서 마치 운무가 활연히 열려서 대명(大明)이 중천(中天)에 있는 듯하다면 우리 동방에 어찌 변화의 사세가 없겠습니까?"라고[33] 하였다.

이러한 주장은 여헌의 경론과 흡사한 점이 있다.[34] 여헌은 경이 조심과 검신의 요법이고 리를 밝히고 도를 이루는 대본이라고 전제하고 이어서 심이 잡혀지고 난 이후에야 심의 리를 비로소 얻어서 일리가 근원이 되고 만수가 작용됨이 따라서 밝혀지게 될 것이라고[35] 하였다. 여헌은 마음이 경으로써 심의 리를 얻고 이 리를 받들어 가진다(奉持此理)고 보는 것이다. 이에 마음을 잡아서 심지리(心之理)인 성(性)을 보존하면 한편으로는 허명하고 정일해져서 진정한 주재의 본체가 서고 한편으로는 일리와 만수를 이해할 수 있게 된다고 여헌은 보았다.[36] 이렇게 보면 여헌의 견해와 둔암의 견해는 대체로 일치한다고 하겠다.

위 상소문에서 둔암이 말하는 선정이 누구인지 정확히 알 수 없다.

---

33) 『遯菴先生全書』, 권5-1. 「辭職進言疏」(p.53). 殿下誠能慨然奮發 大振勇猛之志 終始典學 篤信大道 主敬窮理 兩進工程 如豁開雲霧 大明中天 則惟我東方 豈無於變之勢乎.

34) 여헌의 敬論에 대해서는 다른 연구에서 언급한 적이 있다. 이희평, 「여헌 장현광의 심과 도덕·성경수양론」, 『여헌 장현광의 학문세계』 2, 예문서원, 2006. 참조.

35) 『旅軒先生全書』 下, 『性理說』 권7-22면(「晩學要會」, p.145), 敬之於德主矣哉 敬者 操心檢身之要法也 明理造道之大本也 心須操 然後心之理始得 而一理之爲原萬殊之致用者 從可以明之也.

36) 『旅軒先生全書』 下, 『性理說』 권7-78면(「晩學要會」, p.173), 敬者存於心之德也 義者發於身之道也 奉持此理之謂敬 奉行此理之謂義 奉持此理則戒愼恐懼之意 常存 故怠惰放肆之習自去 天祐其順 人助其信而吉之所以來也…(중략)…戒愼恐懼者 不偏不倚 虛明靜一而主宰之體 自不得不直矣.

선정의 말의 내용과 같은 말이 얼마나 있는지, 민족문화추진회의 『한국문집총간』 원문검색을 해보았다. 포저(浦渚) 조익(趙翼, 1579~1655)은 상소문에서 마음의 수양과 경을 강조하였다.37) 또 동강(東岡) 김우옹(金宇顒, 1540~ 1603)도 경연에서 위와 같은 논법으로 인군의 심을 잘 관리하여 나라가 잘 운영됨을 말하였다.38) 이러한 사실로 볼 때, 상소문에서 임금의 마음을 가지고 논의하는 것은 그리 드문 것은 아니라고 하겠다. 이렇게 심을 중심으로 하여 상소하는 것이 드물지 않는데, 여헌은 어떠하였는가? 민족문화추진회 고전국역총서 『여헌집』을 검색해본 결과에 의하면 정확하게 이 구절과 일치하는 바는 없다. 다만 이 구절과 흡사한 부분은 있다. 여헌은 「고귀진언소(告歸進言疏)」에서,

"마음은 한 몸의 군주가 되고 몸의 안팎의 모든 신체는 한 마음의 신민이 되니, 그런즉 인군은 온 나라 신민의 마음이 되는 것이며, 온 나라의 신민은 바로 인군의 모든 신체가 되는 것이옵니다. 마음의 표준이 세워지느냐 세워지지 못하느냐에 따라서 모든 신체가 순하느냐 순하지 못하느냐가 결정되는 것입니다. 그러므로 신하와 백성에게 도가 있고 훌륭한 행실이 있고 지킴이 있는가를 살펴보면 임금이 표준을 세웠느냐 세우지 못했느냐를

---

37) 『浦渚先生集』 권10, 箚, (論金趙女子入宮陳戒箚) 伏以臣等竊聞天下國家之本 在於人主之一身 而一身之本 又在於心 故人主此心 必常湛然淸明 無物欲之蔽 然後其發於擧措 施於政令者 無不得其正 而萬事從而理 國家賴而安焉 如或蔽於物欲 失其湛然之體 則其好惡偏頗 是非顚倒 政令擧措 無從而得其正 亂亡恒由於是 此古之帝王所以兢兢業業 保守此心 不使有毫釐之間流於嗜欲之私 而古之忠臣碩輔 必以格君心之非爲務者也 凡外物之爲害於心者 其端非一 而聲色之欲 最能惑人心 故仲虺稱湯之德 首言不邇聲色.

38) 『東岡先生文集』 「附錄」 卷1, 行狀, (吏曹判書兼知經筵義禁府, 春秋館, 成均館事, 弘文館大提學, 藝文館大提學, 世子左賓客金公行狀) 曰一正君而國定矣 春秋之意 每在於此 陳侯衰微 失其政刑 權臣當國 事至於此 原其失 在於不正本 致得如此 大抵天行健 君子以自强不息 君道乃天道也 必勤勵不息 無時而可逸豫也 一爲聲色逸欲所移 而忘其不息之工 則不自覺其怠棄政刑 或大臣擅權 或近習竊柄 而國非其國矣 古人所以兢兢業業 一日萬幾 正爲此也 心正意誠 本無不端 則必能得賢臣委任之 事有統領 朝廷尊嚴 又豈有權移臣下之理乎.

알 수 있는 것입니다. 이른바 인군의 극을 세운다는 것은 또한 별도로 딴 방법이 있는 것이 아니요 오직 자기의 본성을 다하여 사람들에게 표준이 되게 할 뿐입니다."39)

라고 하였다. 여기서 여헌이 둔암의 상소문과 상당히 흡사한 논법을 사용하였음을 알 수 있다. 둔암은 인극(人極)이라는 용어를 사용하지는 않았지만 다른 곳에서는 인극이라는 말을 사용한다.40) 여헌은 마음을 몸의 주인으로, 임금을 신민의 마음으로 파악하였는데 이는 둔암의 주장과 같은 것이다. 비록 다른 학자들도 이렇게 말하고 있지만, 여헌과 둔암은 몸을 지배하는 마음처럼 임금이 신민을 지배하는 위치에 있어야 한다는 데 입장을 같이한다.

여헌은 마음의 극을 세우는 방법으로 공경하고 두려워하는 마음을 보존하고 물욕에 구애되지 않게 하는 것, 스스로를 속이지 않는 것, 하늘을 속이지 않는 것, 사람을 속이지 않으며, 주체를 확립하는 것 등을 제시하였다.41) 이러한 것을 실현하기 위한 방법으로 여헌은 본성을 다하는 것이라고 집약하고, 자신의 본성을 다하는 방법으로는 다시 네 가지를 든다. 네 가지는 곧 "학문을 성취하는 것과 행실을 닦는 것 그리고 도를 완성하는 것과 덕을 순수하게 하는 것입니다. 덕은 도가 이루어짐에 따라 순수해지고, 도는 행실이 닦여짐에 따라 이루어지고, 행실은 학문이 성취됨에 따라 닦여지니, 그렇다면 이는 다만 동일

---

39) 『旅軒先生全書』上, 권3-11. 「告歸進言疏」(p.40), 心爲一身之君 而身之內外百體 即爲
    一心之臣民 則人君 爲擧國臣民之所心 而擧國臣民 即爲人君之百體也 因心極之建與不建
    而爲百體之順與不順 故觀臣民之有猷有爲有守 而可以知人君建極之克不克也 所謂建君極
    者 亦非別有法也 惟能盡己之性 而爲表準於人也.
40) 『遯菴先生全書』, 권2-2. 「易學圖說」(p.14). 其範之敎 則將自一至九之數 參酌天時人事而
    順五行敬五事厚八政協五紀 繼天道立人極 爲四方之標準 萬民之取法者 此治天下之大典也.
41) 『旅軒先生全書』上, 권3-10. 「告歸進言疏」(p.40), 참조.

한 논리에서의 사업일 뿐입니다."라고[42] 하였다. 이어서 여헌은 학문은『대학』의 법이니 그 학문을 하면 행실은 자연히 바르게 된다고 하고, 그 도는『중용』의 도이니 이 도를 행하면 덕은 자연히 바르게 된다고 하였다.

둔암은 앞서 살펴본 내용에 이어서 "성학(聖學)을 좋아하여『대학』을 먼저 강의하여 제가·치국·평천하의 리를 밝히고, 주경함양(主敬涵養)하여 그 대본을 세우고, 심성정(心性情)의 리를 먼저 알아서 나의 권도(權度)에 밝음이 있게 하고, 천도를 본받아서 순수하게 하고 또한 그치지 않고, 요순을 본받아서 순왕(純王)의 도를 행한다는 것이 이것입니다."라고 말한다. 요약하면,『대학』을 읽을 것, 주경함양(主敬涵養)할 것, 권도(權度)의 밝음을 유지할 것, 천도처럼 순역불이(純亦不已)할 것, 요순처럼 순왕의 도를 행할 것을 주장한다.[43] 이러한 조목의 내용을 가지고 둔암의 독특한 사상이라고 하기는 어렵다. 다만 둔암 스스로가 "제가 삼가 평일에 강론하던 것을 전하를 위하여 아뢰겠습니다."라고[44] 말한 데에서 알 수 있듯이, 평소부터 주장하던 둔암의 '중요 철학사상'이라고 하겠다.

둔암이 제시한 조목을 살펴보자. 먼저 둔암은『대학』을 강조한다. 둔암은 "이른바 성학을 좋아하되 먼저『대학』을 강의하여 명제치평(明齊治平)의 리를 밝히는 것입니다. 대개 성학 중에 오직『대학』한 편만이 간편한 책으로, 비록 간략하지만 밖으로 규모가 지극히 크며 안으

---

42) 『旅軒先生全書』上, 권3-10.「告歸進言疏」(p.40), 참조.
43) 『旅軒先生全書』上, 권3-10.「告歸進言疏」(p.40), 참조. 若好聖學而先講大學 以明齊治平之理 若主敬涵養 以立其大本 若先知心性情之理 以明在我之權度 若體天道 以純亦不已 若法堯舜 以行純王之道者是也.
44) 『旅軒先生全書』上, 권3-10.「告歸進言疏」(p.40), 참조. 臣謹以平日所講論者 爲殿下陳之.

로 절목이 지극히 상세하니 이것은 도에 들어가는 문이요, 천하를 다스리는 대경·대법으로 「요전」을 조술하니 실로 여러 경의 강령이요, 천만세에 도학의 연원입니다.”라고 한다.[45] 그리고 “매번 등급을 뛰어넘고 고원한 것을 좋아하고 특이한 것을 숭상하는 경우가 많은 것을 경계하여 하루에 단지 한두 단서를 가질 뿐입니다. 순서를 따라서 점진하고 숙독하여 정밀히 생각하고 끝까지 궁구하여 리(理)에 이르러 지극히 이러한 깊은 곳을 산출한 연후에 위·아래를 꿰뚫어 마음이 리(理)와 함께 동일하게 하십시오.”라고[46] 한다. 앞서 여헌이 『대학』을 학의 연원으로 제시하였는데, 둔암도 『대학』이 도학의 연원이라고 파악하는 것이다.

다음으로 둔암은 “주경함양(主敬涵養)하여 그 대본(大本)을 세우라”고 주장한다. 둔암은 “대개 사람이 태어나서 천지(天地)의 기(氣)를 얻어 형체를 삼고 천지의 리를 얻어 성(性)을 삼아서 리와 기를 합하였기 때문에 본래 자체적으로 광명정대한데, 마침내 기품(氣稟)과 물욕(物欲)의 가린 바가 되기 때문에 밝은 것은 어둡고 처음의 것은 잃습니다. 이로써 고지는 덕성을 높여서 그 성정을 한양한 뒤에 어두운 것은 밝히고 처음의 것은 회복하니 이것이 대본의 청명함입니다. 진실로 엄공인외(嚴恭寅畏)하여 항상 이 마음을 보존하여 물욕(物欲)이 침략하고 어지럽힌 바가 되지 않으면 이로써 관리(觀理)하여 가는 데마다 통하지 않는 바가 없고 이로써 접물(接物)하여 처하는 데마다 마땅하지 않는 바가 없을 것입니다.”라고[47] 한다. 광명정대한 본래의 상태를 기품과

---

45) 『遯菴先生全書』, 권5-2. 「辭職進言疏」(p.53). 所謂好聖學而先講大學 以明齊治平之理者 蓋聖學之中 惟大學一篇 簡帙雖約 而外極規模之大 內盡節目之詳 乃入道之門戶 治天下之大經大法 而祖述堯典 實群經之綱領 千萬世道學之淵源也.

46) 『遯菴先生全書』, 권5-2. 「辭職進言疏」(p.53). 每以貪多躐等好高尙異爲戒 而一日只持一二端 循序而漸進 熟讀而精思 硏窮至理 極出那深 然後徹上徹下 心與理爲一.

물욕이 가리기 때문에, 덕성을 높여서 청명한 대본을 회복하자는 것이다. 여기서 덕성을 높이는 방법은 엄공인외(嚴恭寅畏)함, 곧 경(敬)이다.

이러한 사항와 관련해서 여헌의 상소문을 읽어보자. "이른바 마음의 극을 세운다는 것은 방촌(方寸)의 가운데 항상 경외(敬畏)를 보존하여 스스로 태방(怠放)하지 않고 물욕의 가린 바가 되지 않고 사악한 설에 유혹되지 않는 것입니다. 안으로는 스스로를 속이지 않고 위로는 하늘을 속이지 않고 밖으로는 사람을 속이지 않습니다. 어지러운 생각과 쓸데없는 상상이 없고 생각이 동분서주하지 않아서 기백(氣魄)이 응정(凝定)하고 정신(精神)이 내수(內守)하면 청명광대(淸明光大)가 스스로 주재하는 것을 둔다는 것이 이것입니다."48) 우선 물욕을 제거하는 방법으로 경외(敬畏)를 제시하는 것은 둔암의 주장과 같다. 다음으로 둔암의 대본을 여헌의 심극(心極)이라고 이해하면, 여기 여헌의 주장은 둔암의 주장과 거의 같다. 여헌이 앞서 건극(建極)하는 방법은 자신의 본성을 다하는 것이라고 하였는데,49) 둔암이 대본을 세우는 것이 존덕성(尊德性)이라고 하니, 상호 이론체계가 흡사하다.

셋째, 둔암은 "먼저 심성정(心性情)의 리(理)를 알아서 나에게 있는 권도를 밝히라"고 권하고, "일신의 주가 되어서 허령불매(虛靈不昧)하여 펴서 베풀고 발용하여 광명정대한 것은 심(心)이요, 인의예지(仁義禮智)

---

47) 『遯菴先生全書』, 권5-2. 「辭職進言疏」(p.53). 所謂主敬涵養 以立其大本者 蓋人生得天地之氣以爲形 得天地之理以爲性 而合理與氣 故本自光明正大 而乃爲氣稟物欲所蔽 故明者昏而初者失矣 是以君子必尊德性 以涵養其性情 而後昏者明而初者復 此大本之淸明者也 誠能嚴恭寅畏 常存此心 而不爲物欲之所侵亂 則以之觀理 將無所往而不通 以之接物 將無所處而不當矣 惟聖明留意焉.

48) 『旅軒先生全書』上, 권3-10. 「告歸進言疏」(p.40). 所謂建心極者 方寸之中 常存敬畏 不自怠放 不爲物欲所拘 不爲邪說所惑 內不自欺 上不欺天 外不欺人 無胡思亂想 不東走西馳 氣魄凝定 精神內守 淸明光大 自有主宰者是也.

49) 『旅軒先生全書』上, 권3-10. 「告歸進言疏」(p.40), 참조.

의 리(理)를 갖추고 적연부동(寂然不動)한 것은 성(性)이요, 발(發)하여 측은(惻隱)·수오(羞惡)·사양(辭讓)·시비(是非)가 되어 느껴서 통하는 것은 정(情)이니 이것이 이른바 심(心)이 성정(性情)을 통어한다는 것입니다.”라고 한다. 둔암은 이어서 “사람의 마음은 하나로되 성명(性命)의 정(正)에 근원함을 이룬즉 도심(道心)이 되고 혹 형기(形氣)의 사사로움에서 생기면 인심(人心)이 된다. 왕인 사람은 거경독공(居敬篤恭)하여 정밀함으로써 살피고 한결같음으로써 지켜서 도심(道心)으로 하여금 항상 일신(一身)의 주(主)가 되어 인심이 명을 듣게 한즉 진실로 도심과 인심의 구분을 아는 것이로되 실로 두 가지 양태의 마음은 아닙니다.”라고50) 하여 인심과 도심이 근원하는 것이 서로 다른데 정일(精一)의 방법으로 수양하여 도심이 주체가 되도록 함을 언급한다. 이렇게 인심 도심으로써 임금에게 간하는 부분은 여헌의 상소문에는 없는 듯하다. 또 이런 인심도심에 관한 둔암의 주장은 일반적 논의이기 때문에, 여헌의 인심도심론과 비교하기는 어렵다.

이어서 둔암은 천지지성과 기질지성이 있다고 하면서 “기질의 성은 어떤 경우는 선하고 어떤 경우는 악합니다. 선하지 않음이 없는 것은 비유한다면 바위 사이의 물이 맑지 않음이 없는데, 그 어떤 것은 선하고 어떤 것은 악한 것은 마치 물의 흐름이 진흙을 만나면 탁한 것은 물의 죄가 아니라 땅[地]이 그렇게 한 것과 같습니다. 기질의 성은 이에 기품이 그렇게 한 것이니 성(性)의 죄가 아닙니다.”라고 말한다.51)

---

50) 『遯菴先生全書』, 권5-2. 「辭職進言疏」(p.53). 所謂先知心性情之理 以明在我之權度者 蓋爲一身之主 而虛靈不昧 敷施發用 光明正大者 心也 具仁義禮智之理而寂然不動者 性也 發之爲惻隱羞惡辭讓是非 而感而遂通者情 此所謂心純性情者也 人心一也 而成原於性命之正 則爲道心 或生於形氣之私 則爲人心 王者居敬篤恭 精以察之 一以守之 使道心常爲一身之主 而人心聽命焉 則眞知道心人心之分矣 而實非兩樣心矣.

51) 『遯菴先生全書』, 권5-2. 「辭職進言疏」(p.53). 且人性 其實一而有二焉 不可不知也 有天地之性焉 有氣質之性焉 天地之性 本然之性也 無不善也 氣質之性 或善或惡 其無不善者

여기서 둔암이 기질지성에 대하여 어떤 입장을 가지고 있는지를 논정하기는 불가능하다. 단지 이러한 비유자체는 율곡의 학설에 가까운 것이라고 하겠다.[52] 한편 여헌은 상소에서 기질의 성이나 본연의 성을 내용으로 삼은 적은 없는 듯하다. 여헌은 「만학요회」에서 기질지성은 진성이 아니라고 보고, 장자(張子)의 "기질지성은 군자가 성이라고 여기지 않는 것이다"라는 말을 인용해서 본연지성을 드러내어 맹자의 성선을 밝히는 데에 성론의 본의가 있다고 보았다. 그리고 여헌은 "성(性)이 과연 두 가지 성이 있어서 그 불선(不善)한 것을 있겠는가? 나는 그러므로 '사람은 단지 본연지성만을 가질 뿐이다.'라고 하니 맹자가 말한 성선이 이것이다."라고 하였다.[53] 곧 기질지성을 인정하지 않는 것이 여헌의 기본입장이다. 이렇게 보면, 둔암과 여헌의 입장은 기질지성에 대해서는 다소 다른 입장에 있었다고 볼 수 있으나, 단정하기 어려운 것을 가지고 논정할 수는 없는 듯하다.

둔암은 이어서 "또 심이란 물건은 지극히 허령하고 지극히 대강(大剛)하고 지극히 신묘(神妙)하여 신묘함을 헤아릴 수 없으니 그 체(體)를 방촌의 사이에 갖추고서 천지로 더불어 그 넓음을 같이 하고 그 용(用)을 방촌의 사이에 발하여 천지로 더불어 그 유통을 같이 합니다. 이러한 연고로 태극은 언제나 통하지 않음이 없고 세세하게 인륜에 관통하

譬如巖間之水　無不淸者也　其或善或惡者　如水之流　遇泥塗則濁　非水之罪　乃地之使然也　氣質之性　乃氣稟之使然也　非性之罪也.

52) 『栗谷全書』, 권10-서2(14면), 「答成浩原」. 物之不能離器而流行不息者　惟水也　故惟水可以喩理　水之本淸　性之本善也　器之淸淨汚穢之不同者　氣質之殊也.

53) 『旅軒先生全書』上, 권5-10, 「晩學要會」(p.40), 張子復曰　氣質之性　君子不性焉　然則不性之性　終可謂之性乎　其所以必曰氣質之性　而稱性於氣質者　恐人以氣質之稟　爲元有之性　而有以性惡與善惡混等說　亂吾本然純善之性也　然則所以稱氣質之性者　乃所以著此本然之性　而有以發明孟子性善之旨者也　性果有二性　而其有不善者乎　我故曰人止有本然之性而已　孟子所道之善　是也.

지 않은 바가 없고 상고로부터 만대의 후세에 이르기까지 꿰뚫지 않음이 없으니 이것은 인심이 천심에 합하여 천으로 더불어 하나가 되게 되는 바입니다. 왕자(王者)는 진실로 이것을 거울삼아서 근독(謹獨)하여야 할 것이니 이 마음이 바야흐로 그 물건에 감하지 않음이요, 맑게 성성(惺惺)하여 거울이 빈 것처럼 하고 저울이 평정한 것과 같습니다. 이미 감동함에 곱든지 못났든지 높든지 낮든지 간에 응대함에 마땅치 않음이 없습니다. 성명(聖明)께서는 유의하소서.”라고54) 한다. 둔암은 사실상 인심(人心)이 천심(天心)과 동일한 상태로서의 심극(心極)을 세울 것을 주장하면서 그 방법으로 근독(謹獨), 깨어있음을 주장한다. 앞에서 본 바와 같은 여헌의 인극(人極), 건극(建極)의 설과 대체로 부합함을 알 수 있다.

넷째, 둔암은 “이른바 천도를 본받아서 순역불이(純亦不已)하라”라고 한다. 이어서 “천도는 생물(生物)로써 심(心)을 삼아서 오목불이(於穆不已)하고 지도(地道)는 성물(成物)로써 심(心)을 삼아서 자라나게 하여 그치지 않고 왕도(王道)는 생성(生成)으로써 심(心)을 삼아서 순역불이하다.”라고 하였다. 그리고 마지막에 “성인(聖人)은 도(道)에 오래토록 함께하여 능히 천하를 교화하여 이룬다. 이것은 왕(王)된 사람이 천도(天道)를 본받아서 순역불이(純亦不已)하지 않을 수 없는 것이다.”라고55) 한다. 여기서 둔암의 요점은, 인군은 천도의 성(誠)을 본받아서 순역불이해야 한다는 데 있다. 여헌도 성(誠)을 논의하였다. 여헌은 “이른바

---

54) 『遯菴先生全書』, 권5-2. 「辭職進言疏」(p.53). 且心之爲物 至虛至靈 至大至剛 至神至妙 神妙不測 其體則具於方寸之間 而與天地同其廣大 其用則發乎方寸之間 而與天地同其流通 是故大極於無際而無不通 細入於無倫而無不貫 前乎上古 後乎萬代而無不徹 此人心之所以合天心而與天爲一者也 王者誠能鑑此而謹獨 則此心方其物之未感也 澄然惺惺 如鑑之虛 如衡之平 旣感也 姸媸高下之應 無不當矣 惟聖明留意焉.

55) 『遯菴先生全書』, 권5-2. 「辭職進言疏」(p.53). 所謂體天道以純亦不已者 蓋天道 以生物爲心而於穆不已 地道 以成物爲心而填嶷不已 王道 以生成爲心而純亦不已.

큰 근본이라는 것은 경(敬)에 거하고 성(誠)을 세우는 것이 이것입니다. 경(敬)은 도리를 응집하고 만선(萬善)을 모아서 온갖 복을 잉태하는 지극한 덕이며, 성(誠)은 천지를 통하고 귀신을 감동하여 변화를 움직이는 지극한 도입니다. 경이 오래되면 성실해지니, 이는 두 가지 덕과 두 가지 방도가 아닙니다.”56)라고 성(誠)해야 함을 임금에게 건의하였다. 천도를 본받아서 성(誠)하는 것은 『중용(中庸)』의 기본정신이다. 이러한 생각에 여헌이 동의하였음은 더 언급할 필요가 없다.

마지막으로 둔암은 “요순을 법 받아서 순수한 왕의 도를 행하십시오”라고 말하고 “요순은 천지중화의 지극함으로 백왕(百王)의 조(祖)요, 천성(千聖)의 종주로 만세에 표준(表準)이 되는 사람입니다.”라고 말한다. 그리고 다시 “요순은 어떤 사람이며 나는 어떤 사람인가?”라는 말을 인용하여 “지금부터 계속 단연히 행하여 요순의 마음으로써 마음을 삼고 요순의 도로써 도를 삼고 요순의 덕으로써 덕을 삼고 요순의 정치로써 정치를 삼은즉 그 요순됨에 어떤 것이 있겠습니까? …(중략)… 순왕(純王)의 마음으로써 순왕(純王)의 정치를 이룰 뿐입니다.”라고57)

---

56) 『旅軒先生全書』上, 권2-33. 「病不就召疏」(己巳閏四月十二日). 夫所謂大本者 居敬立誠 是也 敬者 凝道理 聚萬善 基百福之至德也 誠者 通天地 格鬼神 動變化之至道也 敬久則誠 非二德二道也 人君所居者此敬 所立者此誠 爲之主宰 爲之根柢 則千邪自絶於內外 百僞莫容於遠邇 不賞而勸 不怒而威 孚感之應 自無待於聲色之末也.

57) 『遯菴先生全書』, 권5-2. 「辭職進言疏」(p.53). 所謂法堯舜以行純王之道者 夫堯舜 天地中和之至 而百王之祖 千聖之宗 爲萬世表準者也 無顯微無內外 由灑掃應對進退 而上達天道 先後本末 一以貫之 其所謂道 卽理也 其目則不出乎君臣父子兄弟夫婦朋友之間而已 今殿下之英資睿質 欲爲堯舜 則唐虞可躋 欲爲禹湯則夏商可期 夫何往而不可哉 必須警動有爲之志 赫然奮勵曰 堯舜何如人也 予何如人也 繼自今斷然行之 以堯舜之心爲心 以堯舜之道爲道 以堯舜之德爲德 以堯舜之政爲政 則其爲堯舜也何有 夫王者 高拱於穆淸之上 而化行於四方之內裨海之外者 何修何飾而致哉 以純王之心 行純王之政而已 老吾老 以及人之老 幼吾幼 以及人之幼 此純王之心也 使老者得其養 幼者得其所 此純王之政也 後之人君捨是而欲王道之成 譬猶却行而求及前人 其可得乎 此王者不可不法堯舜以行純王之道也 惟聖明留意焉.

하여 임금이 요순을 본받아서 분발하여야 함을 촉구한다. 여헌도 "옛 사람의 말에 이르기를 '순(舜) 임금은 어떠한 사람이며, 나는 어떠한 사람인가. 훌륭한 일을 하는 자는 또한 순 임금과 같다.' 하였습니다. 또 말하기를 '사람은 누구나 다 요순처럼 될 수 있다.' 하였으니, 그렇다면 진실로 재주가 미치지 못함을 가지고 핑계 댈 수가 없으며, 이미 국가를 다스려 신하와 백성이 있고 정사가 있으니, 진실로 나라가 좁고 작음을 가지고 핑계 댈 수가 없으며, 도(道)는 옛날과 지금의 차이가 없어서 이제(二帝)의 도를 행하면 이제가 되고 삼왕(三王)의 도를 행하면 삼왕이 되니, 진실로 세상이 이미 말세가 되었다고 하여 핑계 댈 수가 없는 것입니다."라고58) 요순임금으로써 임금을 격려하고 분발시키고자 하였다. 물론 이 역시 일반론이기 때문에, 이로써 둔암이 여헌의 영향을 받았다고 단정할 수는 없다.

　지금까지 둔암의 대본의 강조와 조목에 대하여 살펴보았다. 이러한 둔암은 모든 조목에서 마음(心)을 언급하고 있다. 다섯째에 요순의 마음을 마음으로 할 것, 넷째에 천지의 마음으로 마음을 삼을 것, 셋째에 "일신의 주가 되어서 허령불매하여 펴서 베풀고 발용하여 광명정대한 것은 심이요", "마음이 성정을 통어함(心統性情)", 둘째에 "진실로 엄격하고 공손하고 삼가고 두려워하여 항상 이러한 심을 보존하여 물욕이 침략하고 어지럽힌 바가 되지 않으면"에서 보존할 마음, 첫째에 "위·아래를 꿰뚫어 마음이 리와 함께 동일하게 함" 등에서 알 수 있다. 한편 여헌도 마음을 강조하였음은 앞서 지적하였다. 여헌의 좌우명인 「좌벽제성(座壁題省)」의 12가지 조목에서 모두 마음이 나오는 것이다.

---

58) 『旅軒先生全書』上, 권2-33. 「告歸進言疏」. 古人有言曰 舜何人也 我何人也 有爲者亦若
　　是 又曰 人皆可爲堯舜 則固不可以才之不逮 諉之也 旣爲之邦國焉 而有臣民焉 有政事焉
　　則固不可以國之偏小 諉之也 道無古今矣 行帝而帝 行王而王 則固不可以世之已季 諉之也.

6. 둔암과 여헌의 『역학도설』과 『태극설』 비교

둔암은 여헌과 마찬가지로 『역학도설』을 저술하였다. 실제로 저술의 분량이나[59] 내용면에서는 현격한 차이가 있어서 동등한 위상에 놓고 비교하기는 어렵다. 그럼에도 불구하고 우선 제목이 동일한 것을 우연이라고 할 수 있을까? 한국문집총간 전체에서 『역학도설』이란 이름으로 저술한 경우로는 여헌과 둔암뿐이다. 그리고 둔암은 여헌과 마찬가지로 『태극설』을 저술하였다. 이 역시 우연이라고 할 수 있을까? 한국문집총간 전체에서 『태극설』이란 이름으로 저술한 경우도 많지 않은 듯하다.[60] 이런 사실에 유의하면서 둔암과 여헌의 동명 저작을 비교해서 살펴보겠다.

우선 『역학도설』에 대하여 살펴보자. 여헌과 둔암의 『역학도설』은 모두 서문이 있는데, 이 서문은 편의상 나중에 살펴보기로 하고 먼저 도설(圖說)의 차이점부터 살펴보자. 둔암이 『역학도설』에서 언급한 도는 [하도(河圖)], [낙서(洛書)], [복희칙하도이작역양의사상도(伏羲則河圖以作易兩儀四象圖)], [복희칙하도이작역팔괘도(伏羲則河圖以作易八卦圖)], [대우칙낙서이작범도(大禹則洛書以作範圖)], [복희선천팔괘역합낙서수도(伏羲先天八卦亦合洛書數圖)], [문왕후천팔괘합하도수도(文王後天八卦亦合河圖數圖)], [칙낙서위역도(則洛書爲易圖)], [칙하도작범도(則河圖作範圖)], [하도십오중궁지수(河圖十五中宮之數)], [복희팔괘방위지도(伏羲八卦方位之圖)], [문왕팔괘방위지도(文王八卦方位之圖)], [복희육십사괘원도(伏羲

---

59) 둔암의 『역학도설』은 분량이 여헌의 『역학도설』에 비하면 1/20도 되지 않는다.

60) 민족문화추진회 한국문집총간 검색에 의하면 『敬菴先生文集』 卷3의 「太極說」 정도가 독립된 저술인 듯하다. 하지만 이 검색에서는 여헌의 「太極說」도 검색되지 않는데, 이는 문집 외에 별도 저술은 민족문화추진회 검색체제에서 검색할 수 없기 때문이다. 따라서 「太極說」이란 저술이 얼마나 되는지에 관해서 섣불리 예단하기는 어렵다. 이런 점은 『易學圖說』의 경우에도 적용된다고 하겠다.

六十四卦圓圖)], [복희육십사괘방도(伏羲六十四卦方圖)], [음양점미소장지
도(陰陽漸微消長之圖)], [일원운전무궁지도(一元運轉无窮之圖)], [천지각
오수지도(天地各五數之圖)], [팔괘지명(八卦之名)], [팔괘지상(八卦之象)],
[팔괘지덕(八卦之德)], [태극생양의사상팔괘도(太極生兩儀四象八卦圖)], [복
희육십사괘수건종곤지도(伏羲六十四卦首乾終坤之圖)], [문왕육십사괘수
건곤종기미제지도(文王六十四卦首乾坤終旣未濟之圖)], [육효중정상하개상
응지도(六爻中正上下皆相應之圖)]이다. 둔암은 도(圖)에 관해서 설명을
많이 붙이지 않는다. 그저 다른 사람의 말을 짧게 인용하는 정도이다.
그래도 둔암과 여헌의 견해를 비교하기 위해서 같은 도(圖)를 찾던 중
에, 특이한 사실을 발견할 수 있었다. 그것은 둔암의 도(圖) 중에 [하도
(河圖)], [낙서(洛書)]를 제외하고는 동일한 명칭의 도(圖)가 없다는 사실
이다. 또한 [하도], [낙서]도 제목만이 같을 뿐 도(圖)의 실제 내용은
다소 차이가 난다. [복희팔괘방위지도], [문왕팔괘방위지도]같은 경우
에는 여헌의 『역학도설』(권4~5면, 권4~18면)에 각각 동일한 그림이 기
재되어 있지만 이름은 [선천팔괘방위지본도], [후천팔괘방위지본도]
로서 서로 다르다. 그 밖에 [태극생량의사상팔괘도]같은 그림은 특이
한 것이 아니다. 그래서 비슷한 그림이 여헌의 『역학도설』에 많이 나
온다. 이를테면 [양사팔가배차서지도(兩四八加倍次序之圖)](권4~3면), [팔
괘차서흑백지도(八卦次序黑白之圖)](권4~4면) 등 내용이 거의 동일한 것
이 있는데, 제목까지 동일한 경우는 없는 것이다. 요컨대 여헌의 『역
학도설』과 둔암의 『역학도설』에서 그림과 제목이 함께 동일한 것은
단 하나도 실려 있지 않은 것이다. 이러한 사실은 무엇을 의미하는 것
일까? 이것이 둔암이 여헌의 『역학도설』을 보고 난 뒤에 자신의 『역학
도설』을 저술하였다는 사실을 반증하는 것은 아닐까? 물론 이것도 둔
암이 여헌의 『역학도설』을 보지 않고 우연히 이렇게 되었을 수도 있겠

지만 그 가능성은 낮을 것이라고 생각한다. 특히 여헌의 『역학도설』은 많은 도가 실려 있는 방대한 저술이다. 그것과 일치하는 내용이 전혀 없다는 사실은 의도적으로 동일한 제목의 동일한 그림을 실지 않았다고 보지 않을 수 없다.

다음으로 『역학도설』의 서문을 비교해보자. 둔암은 처음에 "천지의 모든 것은 일음일양(一陰一陽)의 리(理)가 아님이 없고 하도·락서는 다만 도(道)를 담는 하나의 그릇일 뿐이다. 이에 천지는 자연의 상수(象數)이다. 성인의 덕은 위로는 천(天)에 미친즉 하도는 천에 통하고 천은 그 복됨을 내린다. 성인의 덕은 아래로 지(地)에 미친즉 낙서는 지에 적중하고 지는 그 상서로움을 드러낸다."라고61) 하여 천지의 리를 하도와 낙서로써 설명한다. 간단히 말해서 천지를 하도와 낙서로써 설명하고 그 리는 동일하다는 것이다. 그리고 "역과 홍범은 태극에서 생하였기 때문에 그 리는 천하의 지정(至精)이요, 여과 홍범은 하도·낙서에 근원하기 때문에 그 수는 천하의 지변(至變)이 된다."라고 말하고 역(易)의 서(序)는 양의 → 사상 → 팔괘 → 십륙 → 삼십이 → 육십사괘 → 삼백팔십사효로 상(象)이 갖추어지며, 역(易)의 수는 일(一)에서 시작하여 구(九)에서 조(祖)하며 팔십일(八十一)에서 종(宗)하여 육천오백육십일(六千五百六十一)에서 대성함으로 수(數)가 일주한다고 본다. 그러므로 리는 수와 이루는 것이 다르지 않다고 한다. 그리하여 둔암은 "하도는 낙서요, 낙서는 하도이다."라고 하여 도서의 동일성을 주장하고 "단 하도는 둥근 것을 본체로 하여 모난 것을 쓰고, 락서는 모난 것을 본체로 하여 둥근 것을 쓴다. 그런즉 복희, 우임금이 각각 도서상

---

61) 『遯菴先生全書』, 권2-2. 「易學圖說」(p.14). 天地之間 无非一陰一陽之理 而河圖洛書 特寓道之一器 乃天地自然之象數也 聖人之德 上及於天 則河通於天而天降其祥 聖人之德 下及於地 則洛中於地而地呈其瑞.

변(圖書常變)의 리에 주로 하여 세상에 드리웠다.”라고 하여 도와 서의 차이를 상변으로 설명한다. 이어서 둔암은 “그 역의 가르침은 복서를 지어서 길하면 행하고 흉하면 피하여 천하의 지(志)에 통하고 천하의 사업을 정하고 천하의 의심을 단정하게 함이다. 이는 성인이 개물성무(開物成務)하는 대도(大道)이다.”라고 역의 기본정신을 설명한다. 이어서 “그 홍범의 교은 일(一)부터 구(九)의 수를 가지고서 천시인사(天時人事)에 참작하여 오행(五行)에 순하고 오사(五事)에 공경하고 팔정(八政)에 후하고 오기(五紀)에 두텁게 하여 천도을 잇고 인극을 세워서 사방의 표준이 되고 만민이 본을 받을 것이 되니 이것은 천하의 대전을 다스림이다.”라고 하여 역학이 정교에 기여할 수 있는 방안을 제출한다. 이밖에 역학의 역사에 관하여 언급하고 있는데 이에 관해서는 더 언급하지 않겠다.62)

---

62) 『遯菴先生全書』, 권2-2. 「易學圖說」(p.14). 河圖 自一而至十五 十五點之在馬背者 其旋毛之圈 有如星象 故謂之圖 洛書 自一而至九 四十五點之在龜背者 其拆文有如字畫 故謂之書 河圖之文 七前六後八左九右洛書之文 九前一後三左七右 四前左二前右 八後左六後右 河圖 以生成分陰陽而同處其方 交泰之義也 洛書 以奇偶分陰陽而各居其所 尊卑之位也 此天地自然之法象 陰陽分限之節度 見於圖書而有以啓於聖人之心而假手焉耳 於是伏羲遂則圖文 以畫八卦 大禹遂則書文 以成九類 河圖洛書 相爲經緯 八卦九章 相爲表裏 是故河圖 不但可以畫卦 亦可以明疇 洛書 不特可以明疇 亦可以畫卦 卦者 陰陽之象也 疇者 五行之數也 象非偶不立 數非奇不行 奇偶之分 象數之始也 雖時有古今先後之不同 而其理則不容有二 其所以然者 何哉 誠以此理之外 无復他理故也 大哉 易範 生於太極 故其理爲天下之至精 易範 原於圖書 故其數爲天下之至變 易之序 兩儀四象八卦十六三十二六十四卦三百八十四爻而象備 範之數 起於一而祖於九 宗於八十一而大成於六千五百六十一而數周 此易範之所以爲易範者也 且理之與數 本非二致 顯微无間 體用一源 故河圖 虛其中則太極也 奇數二十 偶數二十 則兩儀也 以一二三四爲六七八九 則四象也 析四方之合 以爲乾坤離坎補四隅之空 以爲兌震巽艮 則八卦也 洛書 虛其中則亦太極也 奇偶各二十 則兩儀也一二三四而含九八七六 則亦四象也 四方之正 以爲乾坤離坎 四隅之偏 以爲震巽艮兌 則亦八卦也 然則何圖猶洛書也 洛書猶河圖也 但河圖 體圓而用方 洛書 體方而用圓 則義, 禹各主於圖書常變之理而作之垂世耳 其易之敎 則作卜筮 吉則行之 凶則避之 以通天下之志 以定天下之業 以斷天下之疑 此聖人開物成務之大道也 其範之敎 則將自一至九之數 參酌天時人事而順五行敬五事厚八政協五紀 繼天道立人極 爲四方之標準 萬民之取法者 此治天下之大典也 文王周公 爲之彖辭爻辭 以斷卦爻之吉凶 至孔子則純以理言之 作十翼以贊大易

한편 여헌의『역학도설』서문은 이와 다르다. 여헌에 의하면 '역을 천지라고 정의하고 천지 속에 만물이 있다고 한다. 이 고유한 천지와 만물 그리고 변화를 관(觀)하면, 거기에 역이 있다. 역이 있는데도 불구하고 역이란 책을 저술한 것은 평범한 사람들을 위해서이다. 천지가 그러한 이유를 아는 사람이 성인이다. 하지만 인간으로서 알지 못한다면 이를 알지 못한다면 금수와 같을 것이다. 그래서 성인이 이를 근심하여 역을 만들었다.'라고 하여 역의 의의를 설명한다. 이어서 역서 속에 천지의 역이 모두 담기며 인문, 물칙, 이윤이 이로부터 밝혀진다고 한다. 다음으로 역경의 변천에 관하여 언급한다. 여러 성인에 논급한 다음에, 역서는 매우 많음을 언급한다. 이러함에도 불구하고 자신이 이러한 책을 만드는 이유는 초학자를 위해서 많은 것들을 수집하고 분류하고 모두 담고자 하는 데 있다고 밝히고 있다. 이『역학도설』는 옥석구별 없이 여러 가지를 모은 것이니 독자는 유의해야 한다고 말하고, 또 자신이 만든 그림도 있다고 한다.63)

이렇게 보면, 최소한 서문 내에서 구체적으로 연관되는 사항은 없다. 역학의 도에 관한 책의 서문이기 때문에 어차피 동일한 대상의 서문이므로 굳이 찾으려면 있을 듯한데도 찾을 수 없다. 다만, 앞서 논의한 것과 관련해서 둔암은 「서」에서 하도낙서가 "그 가운데를 비운즉 태극이다."라고 주장한다. 이 학설은 원래 주자의 것인데 여헌은 이에 반대하였다. 여헌은 도서의 모든 곳에 태극이 존재하며 태극의 리는 방위가 없다고 주장하였다.64) 이 부분에 있어서는 둔암의 주장이 여

易道於是乎大成 箕子推演 增益 皇極之敷言 是訓以示萬世 人主之心法 範道於是乎亦大明 嗚呼 易之无極 範之有極 隱然對立乎理數機括之間 其事雖述 功則倍於作者矣 今善讀易範者 要識易範來處 无非太極圖書理數自然之妙也 丙戌八月旣望 鮮于浹書.

63)『旅軒先生全書』下, 권1-1,2,3「易學圖說 序」(pp.197-198). 참조.

64)『旅軒先生全書』下, 권1-21「性理說」(p.11). 或曰今見圖書無非數也 其數之有奇有偶

헌의 주장과 일치하지 않는다.

다음으로 「태극설」에 관해서 살펴보겠다. 둔암의 「태극설」에는 특이한 사항이 많지 않기 때문에 이기선후문제만을 언급하겠다. 둔암은 "리는 기와 본디 혼연하여 사이가 없는 것"이라고 하고 "리가 무궁한데 기 역시 무궁하고, 기는 동정하는데 리 역시 동정한다. 그런즉 리기에 별도로 선후를 말할 수는 없다."라고 말한다. 그리고 "비록 그렇지만 본원을 논한다면 이 리가 있고 나서 이 기가 있고, 품부를 논한다면 이 기가 있은 뒤에 리가 그 중에 탑재되었다고 한다."라고 한다. 그 근거로 "『중용』「주자장구」에 '천이 음양오행으로써 만물을 화생하니 기가 성형함에 리도 부여된다.'라는 것이 이것을 말한다."를 제시한다. 둔암은 사실상 두 가지 관점이 있음을 인정한다. "주자가 또 말하기를, '천리가 있고서 기가 있다'고 하니 이것은 본원으로써 말함이요, 또 말하기를 '기가 쌓여서 질이 되고 성이 갖추어진다'고 하니 이것은 품부로써 말함이다. 그러므로 리가 먼저 있음도 가능하며 기가 먼저 됨도

有多有少 或中或外或配或別者 無非象也 其爲數爲象者無非氣也 而獨不見夫其理之在某數在某方焉 晦庵之說曰河圖之虛 五與十者 太極也 洛書而虛其中五 則亦太極也 然則圖書必皆虛其中 然後始有太虛而在其未虛之前 固無所謂者乎 且圖與書 本皆自有五幷十與單五之數於其中 則人固可虛之以爲太極之位乎 曰太極本自是實理也 旣無形體焉 又無方位焉 自是實理也 則不以圖書而有無焉 未出圖書之前 卽此理也 旣出圖書之後 卽亦此理也 旣出圖書之後 卽亦此理也 所以有圖者此理也 所以有書者 亦此理也 圖書之有其中也 非無此太極焉 豈待須虛其中太極於是乎始哉也哉 況圖書中自實之敎 欲虛之而得虛之耶 朱子之所以有虛其中之說者 特以伏犧則之以作易也 析四方之合以爲乾坤离坎 補四隅之空以爲兌震巽艮者 似無取於中五與十之數 故乃以虛之爲說也 而伏犧實非虛中五與十 爲太極之位也 旣無形體入無方位 則太極乃以五十所居之中 爲其位乎 以其實理也 而言之 則圖書中何數非其理乎 以無方位也而言之 則圖書中何位卽其位乎 以易書言之 自兩儀爲四象爲八卦爲六十四卦爲三百四十爻者 無非太極之理也 以造化言之 自天地爲萬物 以一物言之 自頭面至毫毛 亦無非太極之理也 然則圖之一位一點 與書之一位一點 卽皆太極之理之所呈現者爾 其可別求所謂太極者乎 若中五與十之不與於畫卦之數者 非以其不相關涉於卦畫也 特以爲不用之用耳 豈不以陰陽老少之數 雖散於四外而其所以散於四外者 實皆中五與十之所統故也 此卽太極之理所以自無方位者也.

가능하다." 둔암은 그래도 "기실은 리는 기보다 우선하니 한 가지 설이 있다. 천에 있어서 말하면 천운은 끝이 없으니 춘하추동이라는 것은 이 기의 운행인데, 능히 천운으로 그치지 않게 하여 춘하추동이 되게 하는 것은 이 리가 운행하게 한 바이다. 또 이 선후의 설은 다시 번거 러울 수 없다."라고[65] 하여 리의 선재성을 인정한다. 이렇게 리가 기에 비해 우선한다는 설은 사실 여헌의 논의와 동일한 것이다. 여헌은 이생기(理生氣)를 인정하였기 때문이다.[66] 이렇게 이기선후문제에서 둔암은 여헌과 의견이 일치된다.

7. 결론

둔암의 사상을 여헌의 사상과 비교해서 살펴보았다. 우선 둔암은 『심학지요(心學之要)』라는 제목에서 알 수 있듯이 심을 중시하였다. 여헌은 수양의 주체로 심을 강조하였다. 둔암과 여헌은 모두 천심으로부터 인심을 도출하여 논의하였다. 다음으로 『대학』을 중시하고 요순을 존숭하였다. 둔암은 『대학』이 「요전」에서 비롯되었고, 그 기본정신은 경이라고 보았다. 그리고 『대학』은 주자학의 요체라고 보았다. 여헌도 『대학』에서 삼대(三代)의 훌륭함을 볼 수 있다고 하였다. 이외에, 둔암과 여헌은 모두 『소학』을 중시하였다. 단, 이런 견해는 일반적 견해일

---

65) 『遯菴先生全書』, 권4-21. 「太極說」(p.47). 理與氣 本混然无間者也 理无窮而氣亦與之
  无窮 氣動靜而理亦與之動靜矣 然則理氣別無先後之可言也 雖然 論本源則有是理 然後有
  是氣 論稟賦 則有是氣而後是理搭在其中 中庸朱子章句曰 天以陰陽五行 化生萬物 氣以成
  形而理亦賦焉 此之謂也 朱子又曰 有箇天理了却有氣 此以本源而言也 又曰 氣積爲質而性
  具焉 此以稟賦而言也 是故理爲先得 氣爲先亦得 其實理先於氣也 抑有一說 在天言之 則天
  運不已 爲春夏秋冬者 此氣之運也 能使天運不已 爲春夏秋冬者 此理之所以運也 且此先後
  之說 不須更煩
66) 이희평, 「旅軒 張顯光의 哲學思想 研究」, 성대박사학위 논문, 2001. pp. 51-59 참조.

수 있다. 이로써 여헌의 철학사상을 둔암이 계승했다고 말하기는 어렵다.

다음으로 둔암의 상소문을 고찰하였다. 여기서 둔암은 일심(一心)의 대본을 경이요, 이로써 리를 밝힐 수 있다고 하였다. 이러한 경론은 여헌의 주장과 흡사하다. 그리고 둔암은 임금을 신민의 중심[心]이라고 보는데 이는 여헌의 견해와 일치한다. 이어서 둔암은 임금에게『대학』을 읽을 것, 주경함양할 것, 권도의 밝음을 유지할 것, 천도처럼 순역불이(純亦不已)할 것, 요순처럼 순왕의 도를 행할 것을 요청하였다. 이러한 조목에 관한 논의에서 둔암과 여헌의 견해는 대부분 일치하였다. 이밖에, 둔암이 모든 조목에서 심을 언급하는데 이는 여헌이「좌벽제성」의 조목에서 심을 언급한 것과 같은 것이다.

끝으로 둔암과 여헌의 동명저술인『역학도설』과『태극설』을 비교해 보았다. 둔암의『역학도설』에 실려 있는 도(圖)가 여헌의『역학도설』에 실려있는 도와 완전히 일치하는 것이 없음을 발견했다. 이러한 일은 여헌의『역학도설』이 방대하기 때문에 우연히 생겼다고 보기는 어렵다. 그리고『역학도설』의 서문을 비교하였는데 이 역시 논지의 공통점을 찾기가 어려웠다. 이러한 불일치가 무엇을 의미하는지는 근거자체가 부재하기 때문에 단정하기 어렵다. 다만, 우연이라고 보기는 어렵다고 파악하였다. 그리고『태극설』에서 둔암은 리선기후를 인정하였는데 이는 여헌과 동일한 견해였다.

이렇게 볼 때, 철학사상적 측면에서 둔암의 견해는 여헌의 견해와 일치하는 경우가 많다고 하겠다. 하지만 이러한 견해가 일반론적 경우가 많기 때문에, 이로써 둔암이 여헌의 사상을 계승했는지에 관해서 단정적으로 논의할 수 없다. 다만 둔암의『역학도설』에 기재되어 있는 도(圖)와 완전하게 동일한 도가 여헌의『역학도설』에는 실려 있지 않다는 사실은 특이한 것이다. 이로써 둔암이 여헌의 저술을 보면서 또는 여헌의 이론을 의식하면서 자신의 학문을 연마하였으며, 그만큼 여헌의 영향을 받았다고 생각된다. 그러나 이도 역시 추측이긴 마찬가지이다. 더욱이 둔암의 저술 전체를 상세히 살피지 못한 채 나온 것이기 때문에 한정적인 추측이라고 하지 않을 수 없다. 이런 점에서 앞으로 둔암에 대한 연구가 필요하며, 특히 역학분야에 관한 연구가 요망된다.

『해동문헌총록』에 나타난
김휴의 학문세계

박인호

1. 머리말

조선중기에는 새로운 지식에 대한 필요성, 역사적 근거를 고전에서 찾으려는 전거의식의 심화, 임진왜란과 병자호란 이후 우리 것에 대한 애정과 지식 욕구, 사실에 대한 고증적 연구의 심화 등으로 인해 백과전서류가 크게 편찬되어 나왔다. 어숙권(魚叔權)의 『고사촬요(攷事撮要)』(1554년 편찬, 1585년 간행)이래로 권문해(權文海, 1534~1591)의 『대동운부군옥(大東韻府群玉)』, 이수광(李睟光, 1563~1628)의 『지봉유설(芝峯類說)』, 김육(金堉, 1580~1658)의 『유원총보(類苑叢寶)』, 권별(權鼈, 1589~1671)의 『해동잡록(海東雜錄)』(1670년 완성) 등이 연이어 편찬되었다.[1]

이러한 백과전서류 가운데 현대 서지학적 측면에서 주목되는 것으로 우리나라 서지에 대한 일련의 백과적 정리가 전통시대에 이루어졌다는 점이다. 이 시기에 나온 전통시대 서지류는 김휴의 『해동문헌총록』,

---

* 이 논문은 「해동문헌총록에 나타난 김휴의 학문세계」라는 제목으로 『선주논총』 9(금오공대 선주문화연구소, 2006)에 게재되었던 글을 수정한 것이다.

[1] 박인호, 〈백과전서류의 편찬〉, 『한국사학사대요』, 이회문화사, 2001 3판, 121~123면.

서유구의『누판고』, 규장각신의『군서표기』, 이만운의『증정문헌비고』
내「예문지」, 박주종의『동국통지』내「예문지」등을 들 수 있다.

이 가운데 김휴(金休)의『해동문헌총록(海東文獻總錄)』은 최초의 서적
해제집이자, 조선중기 백과전서적 저술의 효시를 이루는 작품이라는
커다란 학문적 의의를 가진다. 김휴는 스승인 장현광의 학문을 계승한
성리학자이면서도 우리나라의 서책을 분류하여 서지적 내용을 소개함
으로써 서지학의 기초를 닦은 서지학자이기도 하다.[2] 그러므로 김휴
에 대한 연구는 우리나라의 서지학이 어떠한 학문적 기초 위에 성립하
였으며, 그것이 백과전서학 내에 가지는 학문적 위상과 의미가 무엇인
가를 잘 보여줄 수 있을 것이다.

그리고 김휴의 학문에 대한 기존의 연구에서는 대부분『해동문헌총
록』을 실학적 연구라는 관점에서 접근하고 있다. 여기서는 이 문제를
재검토하여 과연『해동문헌총록』이 어떠한 학문적 전통의 기반 위에
서 출발하였으며, 그리고 이에 영향을 미친 당대의 학문적 동향이 어
떠하였는가를 살펴보는데 이 논문의 목적이 있다.

2. 김휴의 가계와 생애

안동 임하면 내앞[3]에 근거지를 둔 내앞[川前] 의성 김씨는 영남을

---

2) 기존의 연구성과를 소개하면 다음과 같다.

　　배현숙, 「해동문헌총록연구」, 중앙대석사학위논문, 1975.

　　송정숙, 「조선조 후기 자료조직의 양상」, 『한국문학논총』 8·9, 한국문학회, 1986.

　　정명세, 「김휴의 해동문헌총록 연구」, 『영남어문학』 14, 1987.

　　그 외 간략한 해제류가 있다.

　　강주진, 「해동문헌총록 해제」, 『해동문헌총록』, 학문각, 1969.

　　윤남한, 「해제 해동문헌총록」, 『한국학』 2, 중앙대, 1974.

3) 내앞은 안동에서 영덕으로 나가는 국도변에 있다. 마을 앞으로는 반변천이 흐르고 있다.

대표하는 명가 가운데 하나로, 경순왕의 아들인 김석(金錫)이 고려 태조 왕건의 외손으로 의성군에 봉해지면서 후손들이 의성을 관향으로 삼게 되었다.

의성 김씨의 안동 입향 시조는 김거두(金居斗, 1339~?)이다. 김거두는 만년에 아들인 김천(金洊, 1361~?)과 함께 안동 풍산(豐山)으로 내려와 정착하여 의성 김씨의 안동 입향조가 되었다.[4] 그런데 김거두는 김부식의『삼국사기』를 중간한 인물로 저명하다. 김거두는 1393년(태조 2) 10월 김해부사[5]로 부임하여 이전의 판각 작업을 이어 다음 해인 1394년 완료하였다.[6]

김천의 증손자 김만근(金萬謹)이 내앞에 살고 있던 해주 오씨 집안에 장가들면서 의성 김씨가 내앞에 정착할 수 있는 근거를 마련하게 되었다. 김만근은 해주 오씨와의 사이에는 병절교위(秉節校尉) 김예범(金禮範)[7]을 낳았으며, 김예범은 김진(金璡, 1500~1580)을 낳았다. 김진의 선대는 대대로 안동부에 살았는데 김진의 조부인 진사 김만근(金萬謹) 대에 처음 임하현 천전리로 이사하여 의성 김씨 천전파의 파조가 된다.

김진의 자는 형중(瀅仲)이며 호는 청계(靑溪)이다. 고모부인 권간(權幹)[8]에게서 수학하였으며, 1525년(중종 2) 사마시에 합격하여 성균관에서 학업을 닦다가 내앞의 건너편에 있는 부암(傅巖)에 서당을 만들어서 자제와 마을의 어린 아이들에게 학문을 가르쳤다. 슬하에는 약봉 김극일, 귀봉 김수일, 운암 김명일, 학봉 김성일, 남악 김복일, 김연일 6아들을 두었는데 그 가운데 5아들을 사마시 혹은 문과에 합격하는

---

4) 金聖鐸, 〈先祖奉翊大夫工曹典書府君碣陰記〉, 「碑誌」, 『霽山先生文集』 15.

5) "按東國循吏傳 爲金海府使 刊三國史"(『義城金氏文獻錄』, 1937)

6) 정구복, 「삼국사기 해제」, 『역주 삼국사기』 1, 한국정신문화연구원, 1996, 548~552면.

7) 金誠一, 〈先祖考秉節校尉府君墓碣銘〉, 「墓碣銘」, 『鶴峯文集』 7.

8) 金璡, 〈參奉權公幹家帖〉, 「雜著」, 『靑溪先生逸稿』; 『聯芳世稿』 1.

오현자(五賢子)로 길러내었다. 이 가운데 학봉 김성일은 퇴계의 학통을 전승하여 경당 장흥효에게 학문을 전해 퇴계학이 갈암 이현일로 이어지도록 하였다. 김진은 중년에는 강릉의 구정 일대를 개척하여 후손들로 하여금 터전으로 삼도록 하였으며, 만년에는 영해의 청기에 별업을 열어 살았다. 후일 김성일이 선무공신이 되자 이로 인해 이조판서겸지의금부사에 추증되었으며, 사빈서원(泗濱書院)에 배향되었다.9)

김휴는 김진의 4세손으로 아버지는 김시정(金是楨), 조부는 김용(金涌), 증조부는 김수일(金守一)이다. 증조부 귀봉(龜峰) 김수일(金守一, 1528~1583)의 자는 경순(景純), 호는 귀봉으로 천전리에서 태어났다. 1555년(명종 10) 생원시에 합격하였으며, 퇴계 이황의 문하에 종유하였다. 시를 잘 지었으며, 인심도심은 체와 용의 관계에 있으므로 이를 나눌 수 없다는 주장에 대해 퇴계 이황의 칭찬이 있었다.10) 중년 이후에는 천전으로 돌아와 은거하였으며, 부친의 명으로 백운정(白雲亭)을 지어 자질들의 독서하는 장소로 삼았다. 유일로 자여도찰방(自如道察訪)에 임명되었다.11)

조부 김용(金涌, 1557~1620)의 자는 도원(道源)이며 호는 운천(雲川)이다. 아버지인 김수일이 결혼 후 세간났던 안동 일직 구미리(龜尾里)에서 태어났다. 숙부인 학봉 김성일에게서 학문을 닦았으며,12) 1590년(선조 23) 증광 문과에 급제하여 승문원권지정자(承文院權知正字)를 거쳐 예문관검열을 역임하였다가 벼슬자리에서 물러났다. 1592년 임진왜란

---

9) 金誠一, 〈行狀〉, 〈墓誌〉, 「附錄」, 『青溪先生逸稿』; 『聯芳世稿』 1.
　　鄭經世, 〈墓碣銘〉, 「附錄」, 『青溪先生逸稿』; 『聯芳世稿』 1.
10) 李滉, 〈答金景純〉, 「附錄」, 『龜峯先生逸稿』; 『聯芳世稿』 4.
11) 金涌, 〈墓誌〉, 「附錄」, 『龜峯先生逸稿』; 『聯芳世稿』 4.
12) “祖考少時 風彩凌邁 藻思逸發 叔父鶴峯先生 鍾愛特深 或執手撫背 或置之懷抱中日 門戶之望 都在汝一身”(金烋, 〈感舊錄〉, 雜著, 『敬窩先生文集』 6)

이 일어나자 안동에서 의병을 규합하여 성을 지키고 또한 선조를 호가
(扈駕)한 공로로 선무원종공신(宣武原從功臣)이 되었다. 1597년 정유재
란이 일어나자 제도체찰사(諸道體察使) 이원익(李元翼)의 종사관으로 많
은 활약을 하였다. 동서분당(東西分黨) 후 1599년에는 선산부사로 내려
와 향교를 중수하고 금오서원(金烏書院)을 남산(藍山)으로 옮기는 등 많
은 업적을 남기었다. 이후 계속 경직과 외직을 역임하였다.[13] 저서로
는 왕을 호종할 때의 일기인『호종일기』가 있으며, 시문집으로는『운천
집』이 있다.[14]

　부 김시정(金是楨, 1579~1612)의 자는 이간(以幹), 호는 경재(敬齋)이
다.[15] 1609년(광해 1) 형인 김시주(金是柱)와 함께 성균생원시에 합격하
였다. 8세 때부터 수신궁리(修身窮理)의 학에 뜻을 두었으며, 성현의 격
언을 뽑아 책으로 만들어 조석으로 경계와 자성의 근거로 삼았다. 퇴
계 선생의 유촉(遺躅)이 있는 선성의 계상리(溪上里)에 집을 지어 선현
의 뜻을 본받으려는 모습을 보이기도 하였다. 그러나 34살의 젊은 나
이로 세상을 떠났다.[16] 시문집으로는『경재유고(敬齋遺稿)』가 있다.[17]

---

13) 趙德鄰,〈行狀〉,「附錄」,『雲川集』6.
　　金是榀,〈誌文〉,「附錄」,『雲川集』6.
　　許穆,〈碣銘〉,「附錄」,『雲川集』6.
14)『호종일기』는 국보 464호로 지정되었다.『운천집』은 현손인 金昌錫, 金世欽, 金世鎬
　　등에 의해 편찬되어 1720년경 원집 5권과 부록 1권 합 4책의 초판본이 간행되었으며 그
　　뒤 1898년에 중간되었다.『한국문집총간』63(민족문화추진회, 1991)으로 영인되었다.
15) 김시정의 자에 대해『敬齋遺稿』나 당대 기록에는 '以幹'으로 적고 있으나 후대 나온 이현
　　일의『갈암집』「별집」(〈성균생원김공행장〉,『갈암전집』하, 여강출판사, 1986, 173면)이
　　나『의성김씨문헌록』에서는 '公幹'으로 적고 있다. 당대에는 '이간'을 사용하였을 것으로
　　추정된다.
16) 李玄逸,〈行狀〉,『敬齋遺稿』.
　　金烋,〈行略〉,『敬齋遺稿』;〈先府君行略〉,「行略」,『敬窩先生文集』7.
17)『경재유고』는 金是楨의 유고로, 1868년(고종 5) 그의 후손인 金鎭澔, 金羲洛 등에 의해
　　목활자로 간행되었다. 서문은 金岱鎭(1800~1871)이 썼다. 부 2편을 제외하고는 모두 시로
　　대부분 여행 중 본 산수와 자연의 변화에 대한 소회를 읊은 것이 많다.〈溪上雜詠〉,〈東浦

이상의 가계관계를 표로 표시하면 다음과 같다.

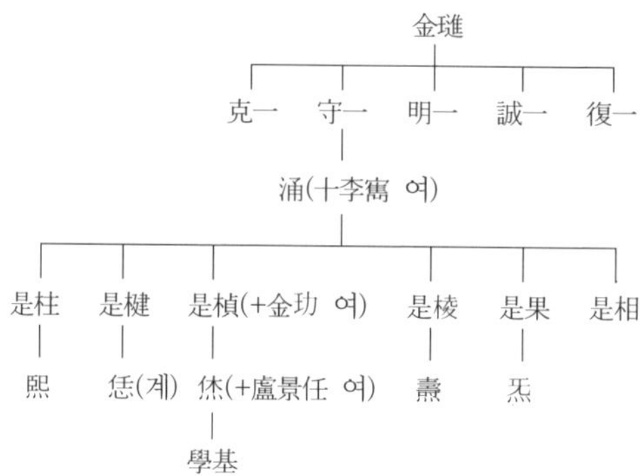

외조부는 김륵(金玏, 1540~1616)으로, 본관은 예안(禮安), 자는 희옥
(希玉), 호는 백암(栢巖), 시호는 민절(敏節)이다. 1540년(중종 35) 영주
북백암에서 태어났으며, 어릴 때는 소고(嘯皐) 박승임(朴承任)과 금계(錦
溪) 황준량(黃俊良) 문하에서 종학하였으며, 1557년 퇴계 이황의 문하
에 들어가 수업하였다. 1576년(선조 9) 문과에 급제하고, 이어 중앙과
지방의 간직 생활을 역임하였으며, 1592년 임진왜란 때에는 경상도 안
집사(安集使)로 활약하면서 군사를 초모하는데 큰 공을 세워 다음해 경
상우도 관찰사가 되었다. 1602년에는 동지사로 명나라를 다녀왔다.
1610년 사헌부 대사헌으로 있으면서 공빈 김씨(恭嬪金氏) 별묘(別廟)의
의품(儀品)을 종묘의 격과 같이 하는 것을 반대하였다가 강릉부사로 좌
천되었다. 이후 삭탈 관직당하고 고향으로 돌아오게 되었다. 문집으로
는 『백암선생문집』이 있다.[18] 김휴는 외조부인 김륵의 편년 자료를
정리하였으며,[19] 행적을 별도로 기록해 두었다.[20] 〈기문록〉에서는

十六景〉, 〈遊清凉山〉 등에서는 특정 지역의 산수에 대해 잘 묘사하고 있다.
18) 權瑎, 〈神道碑銘〉, 「栢巖先生文集附錄」 下, 『栢巖集』 貞.

"큰 일이나 큰 의논이 있으면 올바름을 지켜 굽히지 않았으며, 옛 사람의 빼앗지 못할 의절을 지니고 있었다"[21]고 적어 놓았다.

처부는 노경임(盧景任, 1569~1620)으로, 본관은 안강(安康), 자는 홍중(弘仲), 호는 경암(敬菴)이다. 1569년(선조 2) 선산 문동리에서 태어나 장현광(張顯光)과 유성룡(柳成龍)의 문하에서 종학하였다. 1591년(선조 24) 문과에 급제하여 관직을 시작하였다가 1592년 임진왜란이 일어나자 의병을 모집하여 공을 세웠다. 1595년 강원도순안어사(江原道巡按御使)로 있으면서 삼척부사 홍인걸(洪仁傑)이 왜구에 잡혀갔다가 도망온 백성을 왜구로 처단한 비행을 적발하였다. 1613년 성주목사가 되었으나 정인홍(鄭仁弘)과의 악연 때문에 부역(賦役)이 고르지 못하다는 혐의를 받아 파직되었다. 이후 낙동강 가에 은거하면서 여생을 보내었다. 저서로는『경암선생문집』이 있다.[22] 김휴는 노경임의 딸과 결혼하면서 노경임의 문하에 들어가『주역』을 배웠으며, 노경임과 그 가족은 김휴를 매우 자랑스레 여겼다.[23]

경와 김휴(金烋, 1597~1638)의 본관은 의성(義城), 자는 자미(子美) · 겸가(謙可), 호는 경와(敬窩)이다. 어려서부터 재질이 뛰어나 조부 김용의 기대를 받았으며, 존고부인 황여일(黃汝一)로부터도 크게 칭찬을 받았다.[24] 15세 때는 향리의 백일장에서 고관인 구전(苟全) 김중청(金中淸,

---

19) 金烋外,「栢巖先生年譜」,『栢巖集』貞.

　　金埠,〈跋〉,『栢巖集』貞.

20) 金烋,〈外祖栢巖金先生行略〉,「行略」,『敬窩先生文集』7.

21) "至其臨大事當大論　守正不撓　有古人不可奪之節"(金烋,〈記聞錄〉,「栢巖先生文集附錄」

　　下,『栢巖集』貞)

22) 李栽,〈行狀〉,〈墓誌銘〉,「敬菴先生文集附錄」,『敬菴集』5.

23) "委禽于敬庵盧公之門　盧公愛重之異甚　盧公之母夫人嘗曰　吾兒自得此壻　喜而忘寢食

　　云"(金聖鐸,〈行狀〉,『敬窩先生文集』8)

24) "雲川公大奇愛之　海月黃公汝一　公之尊姑夫也　以文鳴一時　嘗命公爲黃河賦　公卽述百餘

　　句以進　黃公歎賞不已"(金聖鐸,〈行狀〉,『敬窩先生文集』8)

1566~1629)으로부터 칭찬을 받으면서 장원하였으며, 다음해는 향해(鄕解)에 합격하였다. 그러나 1612년 부친의 병이 깊어지자 성시(省試)에 나아가지 않고 또 부친상을 당하자 예를 다하였다.

1615년(광해군 7) 경암(敬菴) 노경임(盧景任)의 집에 장가들었으며, 경암으로부터 『주역(周易)』을 배웠다. 이 때 노경임의 외삼촌이자 스승이기도 하였던 여헌(旅軒) 장현광(張顯光)으로부터 수업을 들었다. 1616년 봄에는 인동에서 여헌 선생을 모시고 『공자가어』를 읽었다.[25] 1616년 겨울 스승 장현광(張顯光)의 명에 따라 해동문헌록의 저술을 시작하였다.[26] 1619년(광해군 11) 가을에는 우복(愚伏) 정경세(鄭經世)를 배알하였다.[27]

광해군의 난정이 지속되면서 비분하여 시와 술로써 자신을 달래었다. 1617년(광해군 9)에 폐모론을 앞장서서 주장하였던 정조(鄭造)가 경상도안찰사로 부임하여 예안(禮安)을 순시하던 중 도산서원(陶山書院)을 배알하고 원록(院錄)에 자기의 이름을 기재해 놓고 가자, 김휴는 이를 보고서 흉적이 감히 유적(儒籍)을 더럽혔다고 하면서 칼로서 이름을 도려내 버렸다. 후에 정조가 이를 듣고서 화를 입히려고 하였으나 마침 인조반정을 만나서 화를 면하였다. 당시 사람들은 그 기개와 절의에 더욱 감복하게 되었다.

1623년 5월 매실이 익어가던 때 여헌 선생을 배알하고 친우들과 영귀정으로 뱃놀이 할 것을 약조한 후 다음날 평성서 김자량(金子亮), 김여함(金汝涵), 김정여(金靜汝), 김여징(金汝澄), 김담여(金澹汝), 김원숙(金源叔), 김태초(金泰初) 등이 오고 여차리에서 노사술(盧士述)이 오고 해평에서 이사진(李士眞), 최백옥(崔伯玉) 등이 와서 함께 하였다.[28] 1625

---

25) 金烋, 〈遠堂聞見錄〉, 「雜著」, 『敬窩先生文集』 6.
26) 金烋, 〈海東文獻錄序〉, 「序」, 『敬窩先生文集』 7.
27) 金烋, 〈感舊錄〉, 「雜著」, 『敬窩先生文集』 6.
28) 金烋, 〈詠歸亭泛舟記〉, 「記」, 『敬窩先生文集』 7.

년 봄에는 관동의 산수를 구경하고 이어 인동과 도산을 방문한 뒤 관서로 돌아가는 선우협을 배송하였다.[29] 여름에는 역병을 피하여 의인존사(宜仁村舍)에 나가 있었다.[30]

1627(인조 5) 진사시에 합격하였으며, 모부인의 병환으로 응시하지 않으려 하였으나 강권에 따라 1635년(인조 13) 전시에 나아가 장원에 이를 정도였으나 대책 끝에 '근대(謹對)'라는 말을 쓰지 않아 낙방하였다. 그 후 1635년(인조 13) 모친상을 당하여 크게 병을 앓게 되고 1637년(인조 15) 장현광의 상을 연이어 당하면서 병이 더욱 깊어졌다. 이 즈음에는 퇴계 이황의 고장이자 김시정이 말년에 살았던 선성(宣城; 현 예안)에 한계당(寒溪堂)을 지어 소일하였다.

1637년 조경(趙絅)의 천거로 강릉(康陵) 참봉에 제수되었으나 병으로 나아가지 못하고 결국 1638년(인조 16) 8월 병이 위독해지자 학문에 뜻을 두었으나 이룬 바가 적고 예를 실행하고자 하였으나 죽음이 이르게 되었다는 만시를 남기고,[31] 다음날인 24일에 사망하였다.[32]

김휴의 저술로는『해동문헌총록(海東文獻總錄)』이 있으며,[33] 직접 그린 서화(書畵)가 후손가에 남아 있다.[34] 문집으로는『경와선생문집』이 남아 있다.[35]

---

29) 金烋, 〈送鮮于遯庵還關西賦〉, 「賦」, 『敬窩先生文集』 1; 〈送遯庵還關西〉, 「詩」, 『敬窩先生文集』 2.

30) 金烋, 〈感懷寄從弟子仁熹賦〉, 「賦」, 『敬窩先生文集』 1.

31) "學何有志 竟無所成 禮何欲履 而至滅生 上負爾親 下負爾身 爾何顔面 歸見先人"(金烋, 〈臨終自輓〉, 「詩」, 『敬窩先生文集』 3)

32) 이상 김휴의 행적에 대해서는 1745년 金聖鐸이 쓴 행장(金聖鐸, 〈行狀〉, 『敬窩先生文集』 8)의 내용을 정리하였다. 金聖鐸이 쓴 행장에는 졸년이 1638년(인조 16)으로 되어 있으나 『경와선생문집』의 「잡저」에 수록되어 있는 〈조문록〉에는 숭정 12년(1639년, 인조 17)에 쓴 김휴의 지문이 있어 서로 다르나 여기서는 행장의 연대를 따른다.

33) 金烋, 『海東文獻總錄』, 筆寫本, 35.2×23cm, 序: 崇禎十年丁丑(1637)…金烋書; 學文閣, 1969.

34) 金烋, 〈書畵〉, 2폭 산수도 4매, 46.3×58.8, 41×56cm.

3. 학문적 연원

1) 김휴에 미친 학문적 영향

김성탁은 김휴의 행장에서 김휴가 중히 여긴 것은 학문에 있으며, 오래 동안 침잠하고 완색하여 학문의 대요가 "홀로 있을 때 삼가하여 속이지 말 것이며, 허물을 고쳐 선에 이르도록 한다(謹獨勿欺 遷善改過)"에 있음을 알게 되었다고 적고 있다.[36) 김휴는 「조문록」의 후지에서 아들 김학기(金學基)와 조카 김종원(金宗源)에게 「조문록」은 하학(下學)을 통해 상달(上達)하는 공부에 긴요한 것이며, 그 요체는 독신(謹獨)에 있다고 밝히면서 아들과 조카가 증정을 가해 빠진 것을 보충하여 완전한 책을 만들기를 권고하였다.[37) 이러한 생각은 친우에게 보낸 편지에서도 나타나고 있다. 병상에 있던 친구인 유석(柳碩, 1595~1655)에게 보낸 편지에서도 오직 "근독불기(謹獨不欺)"를 학문의 요체로 삼도록 권유하고 있다.[38)

김휴는 이것을 스스로 몸과 마음을 수양하는 근본으로 삼았다. 유학에서 가장 긴요한 것은 "근독(謹獨)"이며, 그것은 "내 마음을 속이지 않는 것(勿欺吾心)"이라고 정의하면서[39) 허물을 고쳐 선에 이르고 옛 잘

---

35) 金烋, 『敬窩先生文集』, 8권 4책, 목활자본, 31.8×21cm, 판심제: 敬窩集, 간행년도: 1860년 후반, 10행 20자, 匡廓 21.4×17㎝, 上下二葉花紋魚尾.. 家傳되던 문집의 초고는 저자의 遠孫인 金鎭澔와 金羲洛 등에 의해 고종 초기에 간행되었을 것으로 추정된다. 문집의 끝에 수록된 묘갈명은 방손인 金岱鎭(1800~1871)이 썼다.

36) "然所重常在於問學 沈潛玩索之久 知爲學大要 不出乎謹獨不欺遷善改過數語"(金聖鐸, 〈行狀〉, 「附錄」, 『敬窩先生文集』8)

37) "此編所錄 皆切於下學上達之工夫 而其緊要處 專在於謹獨上 汝不可不知也 --- 此後所望 全在於汝等 必須詳加證正 增補闕遺 以成完書"(金烋, 〈朝聞錄後識 示子學基及內姪金宗源〉, 「雜著」, 『敬窩先生文集』 5)

38) "惟願吾兄勉卒事業 勿太剛勿太柔 須以謹獨不欺爲要 用副知舊朋友之望千萬"(金烋, 〈與柳德甫 碩〉, 「書」, 『敬窩先生文集』 4)

39) "吾儒實學 聖訓千言 苟昧要則 豈得其門 何者最切 惟謹獨云 謹獨惟何 勿欺吾心"(金烋,

못을 고쳐 스스로 새로워진다는 이 말을 실천하지 않으면 자신의 포기하는 것[40]이라고 다짐하였다. 이와 같이 김휴의 학문은 주자학의 도덕주의적 전통에 서고 있음을 볼 수 있다.

이러한 경와 김휴의 학문에 미친 영향으로는 크게 가학적 배경, 스승 장현광의 가르침, 친우와의 교우관계를 상정할 수 있다.

안동의 의성 김씨 가학은 퇴계 이황의 학문을 이은 학봉 김성일을 정점으로 하여 운천(雲川) 김용(金涌) — 표은(瓢隱) 김시온(金是榲) — 갈촌(葛村) 김빈(金빈)·지촌(芝村) 김방걸(金邦杰)·금옹(錦翁) 김학배(金學培)·경와(敬窩) 김휴(金烋) — 적암(適庵) 김태중(金台重)·제산(霽山) 김성탁(金聖鐸)·월탄(月灘) 김창석(金昌錫)·칠탄(七灘) 김세흠(金世欽)·귀주(龜洲) 김세호(金世鎬 — 구사당(九思堂) 김낙행(金樂行)·지곡(芝谷) 김정한(金正漢)·난곡(蘭谷) 김강한(金江漢) — 정와(訂窩) 김대진(金岱鎭)·서산(西山) 김흥락(金興洛)으로 이어진다.[41] 이 가운데 의성 김씨 집안에서는 금옹, 적암, 제산, 구사당을 '금적제구(錦適霽九)'라는 이름으로 가학 전수의 대표로 내세우기도 하였다.

최근의 『퇴계학맥도』에 따르면 의성 김씨 가학으로 김용 — 김임(金恁)·김시온(金是榲)·김시추(金是樞)·김시주(金是柱)·김휴 — 김방걸·**김학배**·김빈 — 김세흠·**김태중**·김창석 — 김명석(金命錫)·**김성탁** — 김정한·김익명(金翼溟)·김강한·김용보(金龍普)·김성흠(金聖欽)·김낙행·**김도행**(金道行)·김우한(金宇漢) — 김붕운(金鵬運)·김회운(金會運)·김양운(金養運)·김호운(金虎運) 등으로 연결하고 있다.[42] 여기서는 금옹, 적암, 제산, 우고 등을 가학의 대표를 내세우고 있다. 요컨대 김휴

〈勿欺箴〉, 「箴」, 『敬窩先生文集』 7)

40) "改過遷善 革舊自新 不踐斯語 汝棄汝身"(金烋, 〈自警箴〉, 「箴」, 『敬窩先生文集』 7)

41) 이정섭, 「해제」, 『고문서집성』 5, 한국정신문화연구원, 1989, 5면.

42) 『퇴계학맥도』, 한국국학진흥원, 2002.

는 조부인 김용의 학문을 이어 의성 김씨 가학의 전달에 일정한 역할
을 담당하고 있음을 볼 수 있다.

의성 김씨 집안에는 의성군 이래의 전해오는 창포검(菖蒲劍)이라는
보검이 있었는데43) 청계 김진을 이어 김수일과 김용에게 이어지고 이
것이 다시 경재 김시정과 경와 김휴로 이어져 세상에서는 이를 문장검
(文章劍)이라고도 하였다.44) 이를 통해 보면 김휴는 가학으로 멀리는
운천 김용에서부터 그리고 표은(瓢隱) 김시온(金是榲)45)과 아버지 경재
김시정으로부터 학문과 문장을 이어받았다고 할 수 있다.

다음 학문적 스승으로는 노경임, 장현광, 정경세를 들 수 있다.

1615년 선산에 거주하였던 노경임(盧景任)에게서 『주역』을 배우면서
학문을 시작하였다.46) 노경임은 외삼촌인 장현광과 퇴계의 제자인 유
성룡으로부터 학문을 배웠다.47) 노경임으로부터 학문을 시작한 것은
안동 천전 출신으로 퇴계학의 영향을 많이 받았던 의성 김씨 출신이면
서도 김휴가 여헌학에 연결되는 고리가 되었다.

1619년에는 당시 고향에 내려와 있던 우복(愚伏) 정경세(鄭經世)를 찾
아가 가르침을 얻었다. 이 때 정경세는 남효온이 지은 〈과금오산시(過

---

43) "菖蒲劍 劍傳自始祖 兩邊有刃 中皆有脊 形似菖蒲 故名曰菖蒲劍 此劍之久 幾至六七百
    年 在吾子孫 則實爲莫大之寶也 祖考雲川府君年十四 背誦論語七卷 無一字錯 高祖靑溪府
    君大喜曰 此劍我始祖所佩 傳之子孫 以至於吾 吾待其可傳者而傳之 今其贈汝 汝須謹藏 毋
    敢失墜先業 自是名曰文章劍"(金休, 〈家藏四寶記〉, 「雜著」, 『敬窩先生文集』 6)
44) "祖考淸溪公贈寶劍一 幷給水田以志喜 劍卽義城君以來世傳之寶 號菖蒲劍 後先生又傳
    于第三子敬齋公是楨 敬齋公傳之子敬窩公休 世且謂之文章劍云"(〈雲川先生年譜〉, 「附錄」,
    『雲川集』 6)
45) 표은 김시온은 조카이지만 1살이 많은 김휴가 죽자 애통한 마음을 2400여자에 달하는
    긴 제문에 담아 적고 있다(金是榲, 〈祭文〉, 「附錄」, 『敬窩先生文集』 8; 金是榲, 〈祭從姪
    謙可文(戊寅)〉, 「祭文」, 『瓢隱先生文集』 3).
46) "乙卯制除 委禽于敬庵先生盧公之門 盧公甚愛重之"(金岱鎭, 〈墓碣銘〉, 「附錄」, 『敬窩
    先生文集』 8)
47) "稍長 從張先生學 旣又遊西厓柳先生之門"(李栽, 〈行狀〉, 「附錄」, 『敬菴先生文集』 5)

金烏山詩)〉의 "달가는 두 임금을 섬겼으니 좋은 재목이 썩고 거울에 티가 끼인 격이다"는 구절에 대해 야은의 행적과 관련하여 비유가 적절하지 않다는 지적을 하였으며 김휴는 인동과 선산의 사림에게 그 뜻을 전하였다.[48] 1633년에는 병환으로 신저인 묵곡(墨谷)에 내려와 쓸쓸하게 지내고 있던 정경세를 찾아 위문을 하였다.[49]

김휴는 인동을 중심으로 독자적인 일문을 이루었던 장현광으로부터 많은 학문적 감화를 입었다. 김휴는 1615년(광해군 7) 장현광(張顯光) 문하에 입문한 이래로 스승으로 모셨다. 장현광과 의성 김씨는 이미 김용 대부터 관련이 있었다. 김용은 손자인 김휴에게 "장여헌(張旅軒)은 덕기(德器)가 천연적으로 이루어져서 규각(圭角)을 드러내지 않으며, 겸손하고 공손하고 화락하고 평이하여 조금도 인위적으로 꾸민 뜻이 없으니, 옛사람의 말에 겉으로는 심상한 말을 하나 안은 진실로 슬기로운 것을 장모(張某)에게서 보았다"[50]라고 칭송하였다.

김휴는 여헌의 문도가 되면서 스승에게 여러 번 배알하였을 뿐만 아니라 많은 곳을 스승과 같이 여행하였다.[51] 또한 스승으로부터 자를 새로이 받았다. 1627년 겨울에 인동의 부지암(不知巖)에서 여헌을 모시고 있을 때에 김휴의 청을 들어 여헌이 김휴의 처음 자인 자미(子美)를

---

48) "己未秋 余拜愚伏先生于外南本第 --- 先生曰 子見冶隱集乎 其集中載南秋江過金烏山詩 有曰達可身經二姓王杞梓寸朽鑑中玼之句 此眞聞見之誤也 以秋江博洽 當日細微曲折 亦有所不詳者邪 古今天下 豈有事二姓之達可乎 承閩洛之餘緒 立文山之大節 日月乎綱常 棟樑乎宇宙 千載之下 想象此老心事 尙且隕淚 肝膽欲裂 又何忍求過於無過中乎 幸以此意 歸告於仁善兩邑士子 秋江此詩 若不削去 則必須著註其下 無使惑人於無窮可也"(金烋,〈感舊錄〉,「雜著」,『敬窩先生文集』6)

49) "癸酉五月 先生疾篤 烋往拜之 先生時在新第 有孫一人避痘于外 門無雜賓 傍無子弟 獨參奉憲世來省"(金烋,〈感舊錄〉,「雜著」,『敬窩先生文集』6)

50) "張旅軒德宇天成 不露圭角 謙恭樂易 少無作爲底意思 古人云外爲常談而內實惺惺 於張某見之矣"(金烋,〈敬慕錄〉,「附錄」,『旅軒先生續集』9)

51) 金烋,〈陪旅軒先生 遊太祖山下 先生命次淸字韻〉,〈陪旅軒先生 遊新豐亭石上〉,「詩」,『敬窩先生文集』2.

겸가(謙可)로 고쳐주었다. 장현광은 김휴의 이름그대로 아름다움을 아름답게만 여기고 아름다움을 더하는 뜻을 다하지 않을까 염려하여 겸가(謙可)로 지어주면서 "겸괘에 나아가 점(占)을 쳐서 새로 얻은 듯이 여겨 반복하고 깊이 생각하여 묵묵히 알고 체험한다면 아름다움에 대처하는 도(道)와 유익함을 받는 경사가 클 것이니 어찌 자로 잴 수 있겠는가. 반드시 장차 군자(君子)가 마침이 있는 형통함을 다하면 선친(先親)께서 명명하신 뜻을 능히 계승할 것이니, 이 한 겸(謙) 자에 스스로 허다한 길한 덕(德)의 근본이 있는 것이다"[52]고 하여 유종의 미를 거둘 수 있기를 기대하였다.

장현광은 김휴에게 성리학 · 예학[53] 뿐만 아니라 어릴 때는 골고루 익히고 두루 알 필요가 있으므로 산수와 역학에도 힘쓸 것을 권유하였다.

옛 사람은 나이가 어릴 때부터 이미 학문에 뜻을 두었다. 그리하여 모든 사물(事物)에 대하여 골고루 익히고 두루 알지 않은 것이 없어 장성하면 모두 쓸모있는 훌륭한 인재가 되었다. 그러나 지금 사람들은 그렇지 않으니, 매우 개탄스러운 일이다. 산수(算數)의 일만 하더라도 비록 작은 재주에 해당하나 지혜를 쓰는 공교로움과 물건을 헤아리는 묘함은 성인(聖人)이 아니고서는 만들 수 없는 것이다. 지극히 적은 것으로 무궁하게 많은 것을 살피고, 지극히 간략한 것으로 무한하게 넓은 것을 헤아리며, 산천(山川)의 넓고 멂과 천지(天地)의 높고 큼과 사시(四時) · 일월(日月)의 운행을 추측함에 이르기까지 모두 이것으로 살피고 헤아리고 추측하여 다할 수 있

---

52) "上舍就這卦如筮斯得 反覆焉紬繹之 黙會而體驗之 其於處美之道 受益之慶 有可量耶 必將能盡夫君子有終之亨 而克承命名之先旨矣 此一謙字上 自有許多吉德基焉"(張顯光, 〈金上舍字說〉, 「雜著」, 『旅軒先生文集』 8; 〈旅軒先生字說〉, 「雜著 朝聞附錄」, 『敬窩先生文集』 5)

53) 김휴의 예제에 대한 질문과 이에 대한 대답을 적어 놓은 것이 장현광의 『여헌집』에 수록되어 있다(〈答金休〉, 「答問目」, 『旅軒先生文集』 5; 〈答金謙可休〉, 「答問目」, 『旅軒先生續集』 2).

으니, 그 쓰여지는 바가 크고 또 신묘하다고 이를 만하다. 그대는 연부역강 (年富力强)하니, 책을 읽는 여가에 반드시 산수에 유의하여 힘써 익히도록 하여야 할 것이다.[54]

천문(天文), 지리(地理), 음양(陰陽), 복서(卜筮), 의학(醫學), 병법(兵法) 등 여러 술가(術家)에 이르러서도 혹 상(象)을 취하고 뜻을 취한 내용이 있으면 모두 채집하여 부록(附錄)을 만들고 명칭을 방류(旁流)라 하였으니, 역(易)의 도(道)는 광대(廣大)하여 있지 않은 곳이 없기 때문이다. 만약 자네의 몸에 질병이 없어 여러 달 동안 함께 같이 있을 수 있으면 거듭 고증을 더할 수 있을 것이며, 또한 의문된 부분을 질문하여 깨닫는 유익함이 없지 않을 것이다.[55]

김휴는 이러한 장현광의 가르침을 한마음으로 나아가 모시려고 하였다. 병중에도 스승의 글을 읽고서 "비로소 내가 평소 우리 선생을 엿보고 측량한 것이 마치 술잔을 가지고 바닷물을 떠 헤아려보면서 스스로 바다를 아는 자라고 여긴 것과 같을 뿐임을 알게 되었다. 참으로 가소롭고 한탄스럽다. 나는 이제 숨이 끊기게 되었으니, 비록 선생의 글을 통하여 선생의 도를 배워서 사물의 이치를 모두 알고, 천지의 변화를 다 연구하여 거의 우주 사이에 헛되이 태어나지 않은 사람이 되고자 하나, 어찌 될 수 있겠는가. 우선 소감(所感)을 여기에 기록하여 물건을 명령한 하늘의 처분을 기다릴 뿐이다"[56]고 스승의 학문을 제

---

54) "古人自年少時既有志於學矣 其於事事物物上 無不備習而周知 故既長則皆可爲有用之 成才 今人卻不然 甚可歎也 至於算數一事 雖涉末藝 其用智之巧 量物之妙 非聖人不能作也 以至少而量無窮之多 以至約而度無限之廣 至於山川之闊遠 天地之高大 四時日月之推行 亦可以此而度量 推而極之 則其所用 可謂大且神矣 君年富力强 讀書之暇 必須留意着力 備 盡其術可也"(金烋, 〈敬慕錄〉, 「附錄」, 『旅軒先生續集』 9)

55) "以至天文地理陰陽卜筮醫藥兵法諸術家 或有則象取義之處 則無不採輯 以爲附錄 名之 曰旁流 蓋以易道之廣大 無所不在也 君若身無疾故 得逐累月同處 則可以重加考證 亦不無 問難開悟之益矣"(金烋, 〈敬慕錄〉, 「附錄」, 『旅軒先生續集』 9)

대로 전승하지 못함을 안타까워하였다.

장현광의 학문에 대해서는 "유학의 연원은 본래 끝이 없어 남헌(南軒)의 뒤을 이어 여헌(旅軒)이 있네"57)라고 하여 남헌 장식(張栻)의 학맥을 여헌 장현광이 이은 것으로 적고 있다. 그리고 여헌의 학문에 대해 "선생께서 도를 창도하니 선배로서 이보다 뛰어난 사람이 적네. 바른 맥으로는 퇴계의 위에 연결되고 진정한 근원은 사빈에 접하였네. 이는 장경부(張敬夫)의 심(心)이 은연중에 이어진 것이며, 유자후(柳子厚)의 학(學)이 순정한 데로 돌아온 것이네. 두려워하고 조심하면서 항상 경(敬)을 지니고 공부를 하여 실로 인을 체득하였네. 『주역』의 숨은 상(象)을 탐구하고 황폐해진 성인의 길을 열었다네"58)라고 하여 여헌의 학문을 송대 경부(敬夫) 장식(張栻), 당대 자후(子厚) 유종원(柳宗元), 그리고 멀리는 공자의 학문에까지 이어지는 것으로 평가하였다.

그리하여 김휴는 장현광의 인물에 대해 "선생은 체모(體貌)가 크고 얼굴에 광채가 충만하고 윤택하여 사람을 대할 때에 화기(和氣)가 넘치셨다. 그러나 그 가운데에 엄숙하여 함부로 대할 수 없는 점이 있다"59)고 적고 있다. 또한 김휴는 장현광의 화상(畫像)에 "마음은 이치를 간직하여 달을 비추는 가을 물과 같고 덕(德)은 용모에 나타나 온 방안에 봄바람이었네. 태산(泰山)의 높음과 같아 그 높음을 알 수 없고 바다에

---

56) "始知平日所以窺測我先生者 不啻若持杯酌海 而自以爲知海者 堪可笑歎 余今氣息奄奄 雖欲因先生之書 而學先生之道 有以盡事物之理 極天地之變 庶幾爲宇宙間不虛生之人 其可得乎 姑識所感于此 以竢命物者處分也"(金烋, 〈敬慕錄〉, 「附錄」, 『旅軒先生續集』 9)

57) "斯學淵源本不窮 南軒後有旅軒翁"(金烋, 〈拜旅軒先生于不知巖 先生命賦近體〉, 「詩」, 『敬窩先生文集』 2)

58) "先生鳴以道 前輩寡其倫 正脈連溪上 眞源接泗濱 敬夫心默契 子厚學歸醇 惕厲恒持敬 工夫實體仁 易門探隱象 聖路闢荒榛"(金烋, 〈奉送旅軒先生承召赴洛〉, 「詩」, 『敬窩先生文集』 2)

59) "先生體貌魁偉 顔采充潤 接人之際 和氣靄如 然其中有儼然不可狎處"(金烋, 〈敬慕錄〉, 「附錄」, 『旅軒先生續集』 9)

임한 듯하여 그 깊음을 헤아릴 수 없노라. 행하고 감춤은 자신에게 있고 나아가고 물러감은 의리를 따랐으니 염계처럼 깨끗하고 소자처럼 안락하였네"60)라고 찬(贊)하였다.

김휴에 영향을 미친 교우관계를 보면 대부분 장현광의 제자들과의 교유가 뚜렷하다. 『경암선생문집』에 따르면 부와 서간을 교환한 이로는 선우협(鮮于浹), 김광계(金光繼), 장응일(張應一), 유석(柳碩) 등이 있으며, 또한 김휴는 최철(崔喆), 이준(李埈), 김집(金潗), 김봉조(金奉祖), 권태일(權泰一), 김효달(金孝達), 배상익(裵尙益), 유심(柳樗), 홍하량(洪河量), 전덕길(全德吉) 등의 만사를 쓰고 있다.

김휴가 죽자 제문을 쓴 이로는 종숙 김시온(金是榲), 문인 김종원(金宗源), 당제 김도(金燾), 정칙(鄭杙), 만사를 쓴 이로는 김응조(金應祖), 장경우(張慶遇), 권후(權㫌), 이상언(李尙彦), 신열도(申悅道), 유석(柳碩), 이규(李煃), 조수익(趙壽益), 정칙(鄭杙), 박경(朴璥), 김공(金玒), 김초(金礎), 금시무(琴是武), 김광술(金光述), 금호겸(琴好謙), 유인배(柳仁培), 김광계(金光繼), 권혁(權赫), 유직(柳㮨), 금시성(琴是成), 김선(金鐥), 김득추(金得秋), 조기원(趙基遠), 장우주(張友朱), 김규(金煃), 김훈(金薰) 등이 있다.

이외에도 여헌의 동문 제자인 괴재(愧齋) 배상호(裵尙虎),61) 옥봉(玉峯) 권위(權暐),62) 망와(忘窩) 김영조(金榮祖),63) 도헌(陶軒) 유우잠(柳友潛),64) 규천(虯川) 전극항(全克恒)65) 등과도 교류가 있었다.

---

60) "心涵乎理 貯月秋水 德發於容 滿室春風 如岳之喬 莫知其高 如海是臨 莫測其深 行藏在己 進退惟義 濂溪灑落 邵子安樂"(金烋, 〈敬慕錄〉, 「附錄」, 『旅軒先生續集』 9)

61) 金烋, 〈奉酬負愧子見贈〉, 「附錄」, 『愧齋先生文集』 2.

62) 金烋, 〈輓詞〉, 「附錄」, 『玉峯先生文集』 4.

63) 金烋, 〈輓詞〉, 「附錄」, 『忘窩先生文集』.

64) 柳友潛, 〈次金謙可感懷韻〉, 「詩」, 『陶軒先生逸稿』.

65) 全克恒, 〈次贈金謙可案下〉, 〈夜酌與金謙可呼韻〉, 「詩」, 『虯川先生文集』 1.

2) 여헌의 지도

여헌의 지도는 여헌 문도들의 편찬 사업에 크게 작동하였다. 신열도의 〈배문록〉에 의하면 "갑술년(1634) 2월 나는 남산에 와서 선생을 뵙고 여러 친구들과 여지(輿地)의 일에 대하여 언급하였다. 선생은 말씀하시기를, '우리나라는 전적(典籍)이 구비되지 못하였으니, 여기에서 살면서 여기의 고사(故事)를 알지 못한다고 하는데 과연 옳은 것인가. 제군은 각기 지지(地誌)를 편찬하여 권하고 징계하는 바가 있게 하는 것이 좋겠다'고 하시고, 이어 나에게 『문소현지(聞韶縣誌)』를 편찬하도록 명하였다. 이것은 선생이 일찍이 문소현(聞韶縣=현 의성)의 현령이 되시어 수집할 뜻이 있었으나 성취하시지 못한 때문이었다"[66]고 적고 있다.

여헌의 지시로 여헌의 제자들은 지지 편찬에 많은 공을 기울였다. 그 직접적인 예로는 이원정의 『경산지』를 들 수 있다. 경산지 서문에 의하면 "지난 숭정 을해(1635) 여헌 장선생이 사림의 부고(府庫)로 알려진 고을에 증빙할 만한 문헌이 없어서는 안된다고 하여, 고을의 어른인 정랑 김주와 사인 여찬에게 위촉하여 읍지를 만들게 하였다. 이는 우리 고을이 장선생의 외가이기 때문이었다. 두 어른이 물러나면서 도세순에게 서면과 남면의 옛 이야기를 간략하게 기록하게 하였으나 스스로 견문이 보잘 것이 없어서 여헌 선생의 유시에 부응할 수 없다고 생각하여 나의 선군에게 편지를 보내어 이 일을 맡아줄 것을 요청하였다"[67]고 적고 있다. 이와 같이 성주지역 『경산지』 편찬은 여헌 선생의

---

66) "甲戌二月 來謁于南山 與諸益語及輿地事 先生敎曰 吾東載籍不備 居在此邦 不知此邦故事 可乎 諸君各撰地誌 俾有所勸懲 可矣 因命余撰聞韶縣誌 蓋先生嘗宰聞韶 有意修輯 而未就故也(申悅道, 〈拜門錄〉, 「附錄」, 『旅軒先生續集』 9)

67) "曾於崇禎乙亥年中 旅軒張先生 以爲士林府庫之邦 不可使文獻無徵 屬鄕老金正郞輳呂士人燦 使志之 蓋是州於張先生爲外鄕也 二老者退與都公世純 略記西南二面舊聞 而自謂聞諛見淺 不足副軒老之托 乃貽書吾先君而請之"(李元禎, 〈序〉, 『京山誌』, 星州老人大學

적극적인 권유에 힘있은 바가 크다.

의성의 『문소지』의 경우에도 음애(陰崖) 이자(李耔, 1480~1533)가 완성하였던 읍지가 임진왜란 때 병화로 없어졌는데, 여헌 장현광이 현감으로 있으면서 중수를 시작하였으나 직을 떠나게 되면서 매번 이곳의 사람을 볼 때마다 이 일을 먼저하도록 권면하였다고 적고 있다.[68]

그 외 여헌과 친분을 맺거나 지도를 받은 많은 이들이 지지를 편찬하였다. 대표적인 예로는 노경임(盧景任)의 『숭선지(嵩善誌)』, 최현(崔晛)의 『일선지(一善志)』, 장학(張㬇)의 『옥산지(玉山志)』, 정수민(鄭秀民)의 『천령지(天嶺誌)』, 권응생(權應生)·정극후(鄭克後)의 『동경잡기(東京雜記)』 등을 들 수 있다. 이러한 일련의 집필사업은 장현광의 영향이 크다. 김휴의 『해동문헌총록』도 여헌의 지도에서 시작하였다.

4. 『해동문헌총록』의 학문적 지향

1) 『해동문헌총록』의 편찬

전래해 오는 책을 분류하고 내용을 검토하여 그 성격을 구명하는 서지적인 접근은 문헌자료의 내용과 성격을 이해할 수 있는 학문적 방법이다. 일찍부터 책이 나온 중국에서는 도서를 분류하려고 하였으며, 이러한 시도는 유향(劉向)과 유흠(劉歆) 부자에 의해 이루어진 『별록(別錄)』과 『칠략(七略)』에서 시작하여 『한서』「예문지」, 『수서』「경적지」 등으로 이어지면서 계속 학문적으로 계승되어 왔다.[69]

堂, 1980)

68) 安應昌, 〈聞韶志序〉, 「序」, 『柏巖先生文集』 2.

69) 『별록』과 『칠략』은 전해지지 않으며 현존하는 가장 오래된 도서목록은 『칠략』을 수정하여 완성한 반고의 『한서』「예문지」라고 할 수 있다.

우리나라에서는 오래 전부터 이러한 문헌 목록 작성과 내용 설명이 이루어졌으며 목록류로는 고려 의천의 『신편제종교장총록(新編諸宗敎藏總錄)』, 팔만대장경의 목록인 『대장경총목(大藏經總目)』, 어숙권의 『고사촬요(攷事撮要)』 내의 〈책판목록(册板目錄)〉 등이 있으나 해제를 다룬 전문 저술이면서 현재 남아 있기로는 김휴가 쓴 『해동문헌총록』이 최초이다.

1637년에 쓴 〈해동문헌록서(海東文獻錄序)〉에 따르면 『해동문헌총록(海東文獻總錄)』은 1616년(광해군 8) 김휴가 스승인 장현광(張顯光)으로부터 명을 받고 편찬하기 시작하였다.

> 병진년 겨울 내가 여헌 선생을 원당에 가서 뵙게 되었는데 선생께서는 책 몇 권을 내어 보여주면서 말씀하시기를 "이 책은 『문헌통고(文獻通攷)』 「경적고(經籍考)」이다. 이 책을 보면 고금 문헌의 성쇠를 알 수 있으므로 나는 『문헌통고』에서 경적 관련 부분을 뽑아서 간직해 두었다. 그런데 동방의 사람은 동방 문헌에 대해 반드시 잘 알아야 한다. 자네는 박식하고 기억하는 재량이 있다. 자네가 살고 있는 가까운 읍은 병난의 재화를 면하여 서적들이 온전히 보존된 곳이 많을 것이므로 듣고 본대로 모아서 편집하여 이를 이어서 저술한다면 문헌을 능히 밝힐 수 있고 널리 참고로 삼을 수 있을 것이니 그 저술의 공은 옛 사람의 작품에 못지 않을 것이다"고 하였다.[70]

1616년 김휴가 장현광을 찾아갔을 때 장현광이 『문헌통고(文獻通考)』 「경적고(經籍考)」를 내놓으면서 우리나라 사람은 우리나라의 문헌에

---

70) "歲丙辰冬 余拜旅軒先生於遠堂 先生出數卷書以示之日 此乃文獻通攷經籍考也 觀此一書 可知古今文獻盛衰 吾故就通攷中抄出經籍所附 卷以藏之矣 但旣爲東方之人 則東方文獻 不可不知 吾君頗有博記之才 君所居近邑 得免兵火 書籍多有保完之處 倘能裒集聞見 繼此以述 則文獻足徵 博考是資 其功當不讓於古人矣"(金休, 〈海東文獻錄序〉, 「序」, 『敬窩先生文集』 7)

대해 반드시 알아야 한다는 지적[71]과 함께 우리나라 문헌도 조사할 것을 권유한 데서『해동문헌총록(海東文獻總錄)』을 편찬하기 시작하였음을 적고 있다. 그런데 이 서문을 1637년 11월에 짓고 있다.[72] 이는 『해동문헌총록(海東文獻總錄)』의 편찬이 1616년 스승의 권유 이래 약 20여 년 동안 계속 지속되었음을 보여주고 있다. 그러나 간행은 이루어지지 못하여 원고본으로 남게 되었다.[73]

　김휴는 오랜 세월을 들어 이 책을 완성한 후 이름을『해동문헌총록』이라고 정하였으며, 스승인 장현광에게 올려 평을 구하였다. 장현광은 자못 칭찬을 한 후 "이 책을 만든 것은 문헌을 고증하기 위한 것이다. 그런데 문헌을 고증하려면 인물의 성쇠와 문장의 고하와 세도의 승강을 잘 알아야 한다"고 지적하였다. 이에 미진한 곳은 붓으로 삭제하고 수정을 가해 완성해나갔다.[74] 김휴가『해동문헌총록』에서 편찬자의 행적을 중시한 것도 정현광이 제시한 "인물의 성쇠, 문장의 고하, 세도의 승강"의 설명에 따른 것임을 볼 수 있다.

2) 체재와 내용

　영인본『해동문헌총록』에 수록된 서적은 총 640종으로 멀리는 고구려에서부터 조선 당대까지 이른다.[75] 그런데『해동문헌총록』은 전통

---

71) 여헌이 우리나라를 '아동(我東)'이라고 표현하여 중국과 구별되는 동방의 나라로서의 조선을 드러낸 것은 주목된다.

72) "崇禎十年丁丑十一月旣望 聞韶後人金烋書"(金烋,〈海東文獻錄序〉,「序」,『敬窩先生文集』7)

73) 현재 전해지고 있는 원고본에 대해서는 배현숙, 앞의 논문, 69~79면 참조.

74) "故積以歲月 僅成若干帙 名之曰海東文獻錄 未及脫藁而急於取正 遂獻諸先生 先生不以爲非而濫賜奬與 且曰 是書之作 所以欲徵文獻 欲徵文獻者 欲知其人物之盛衰 文章之高下 世道之升降焉耳 未盡筆削處 更加修正就完"(金烋,〈海東文獻錄序〉,「序」,『敬窩先生文集』7)

75) 배현숙, 앞의 논문, 39면. 수록된 책에 대한 소개는 43~68면 참조.

적인 중국의 사부분류법과는 달리 자신의 독자적인 분류법에 따라 총론(總論), 어제시집(御製詩集), 제가시문집(諸家詩文集), 경서류(經書類), 사기류(史記類), 예악류(禮樂類), 병정류(兵政類), 법전류(法典類), 천문류(天文類), 지리류(地理類), 보첩류(譜諜類), 감계류(鑑誡類), 주해류(註解類), 소학류(小學類), 의약류(醫藥類), 농상류(農桑類), 중국시문선술(中國詩文選述), 동국시문선술(東國詩文選述), 중국동국시문합편(中國東國詩文合編,) 유가잡저술(儒家雜著述), 제가잡저술(諸家雜著述)로 나누어 정리하였다.76) 영인된 『동국문헌총록』에는 도동록(道東錄)이 추가되어 있다.

기술은 서명 아래에 저자를 밝히고 저자와 관련된 전기적인 개요, 해당서의 편찬과 관련된 사항, 저자와 관련된 전기적 사항을 싣고 있다. 특히 출판과 관련하여 초기 판본을 언급하고 있어 이후 판본 변화에 대하여 비교할 수 있는 근거를 제공하거나 일부에서는 전래 여부를 언급하고 있어 당시 책의 유통을 엿볼 수 있는 등 해제를 통해 오늘날 서지적 연구를 위한 정보도 제공하고 있다.

체재적인 측면에서 이 책이 전범으로 삼은 『문헌통고』77) 「경적고」와 비교하면 「경적고」는 『수서』 「경적지」 이래 대부분의 도서해제류가 채택하였던 전통적인 경사자집(經史子集)의 4부 체재 속에 편성되어 있다.78) 이에 반해 『해동문헌총록』은 내용을 중심으로 독자적인 분류

---

76) 『해동문헌총록』, 학문각, 1989.

77) 『文獻通考』는 元대 馬端臨이 편찬하였으며, 348권, 고증 3권으로 이루어져 있다. 『통전』의 기초 위에 세목을 분류하여 송 광종 대까지의 전장 제도를 정리하였다. 분류된 24목 가운데 하나가 經籍考(76권)인데, 다른 세목은 대부분 『通典』의 9문에서 나온 것이라면 經籍은 帝系, 封建, 象緯, 物異와 함께 새로이 신증한 것이다(『文獻通考』, 中華書局 영인, 1986).

78) 사부 분류법은 중국에서의 오랜 서적 분류방식에서 나온 것으로 진대 荀勗의 『中經新簿』에서 갑(경), 을(제자), 병(사), 정(시부 외)으로 나누어 4부로 분류하였으며, 李充의 『晉元帝四部書目』을 거쳐 『수서』 「경적지」에 이르러서는 경, 사, 자, 집, 도경(부), 불경(부)으로 분류함으로써 사부 분류법의 토대를 마련하였다(국립중앙도서관 서지학부, 『조선 서지학 개관』, 국립출판사, 1955, 71면 및 祝鼎民, 『中文工具書及其使用』, 북경출판사, 1987,

법에 의하여 분류하고 있다. 『문헌통고』「경적고」를 통해 이미 4부 체재를 알고 있으면서도 의도적으로 다양하게 분류하여 독자적인 분류법을 시행한 것이다.

이러한 분류법은 오히려 『한서』「예문지」나 그 뒤에 나온 내용적 분류 방식으로 돌아가는 모습을 보이고 있다. 『한서』「예문지」에서는 『칠략(七略)』에 따라 집략(輯略), 육예략(六藝略), 제자략(諸子略), 시부략(詩賦略), 병서략(兵書略), 술수략(術數略), 방기략(方技略)으로 구분하였다.[79] 송나라 시기에는 왕검(王儉)이 이를 발전시켜 경전(經典), 제자문한(諸子文翰), 군병(軍兵), 음양(陰陽), 술예(術藝), 도보(圖譜), 불가(佛家), 도가(道家)의 9지(志)로 만들었다.[80] 김휴의 『해동문헌총록』이 이들 서적과 구별되는 부분은 어제류를 앞세워 유교적인 국왕 중심의 도덕률이 작용하고 있는 점,[81] 외형적인 형태보다는 내용적인 측면에 중점을 두어 더욱 다양하게 분류한 점 등의 특징이 있다.

그런데 이러한 분류법을 채택한 의도는 책의 행태적 측면보다 책의 내용적 측면을 강조하기 위한 의도에서 나온 것으로 보인다. 이러한 내용적 측면을 강조하여 해제적 소개를 한 것으로 중국의 경우에는 남송대 『군재독서지(郡齋讀書志)』와 『직재서록해제(直齋書錄解題)』를 비롯하여 계속 이어지고 있으나,[82] 우리나라에서는 『해동문헌총록』 이후 크게

343~350면).

79) "向輒條其篇目 撮其指意 錄而奏之 會向卒 哀帝復使向子侍中奉車都尉歆卒父業 歆於是 總書而奏其七略 故有輯略 有六藝略 有諸子略 有詩賦略 有兵書略 有術數略 有方技略 今刪其要 以備篇籍"(「예문지」10, 『한서』30; 『한서』, 경인문화사, 1975, 426면)

80) 국립중앙도서관 서지학부, 앞의 책, 71면.

81) 그 뒤에 나오는 우리나라의 책판목록류는 해동문헌총록과 같이 대부분 어제, 어필을 앞세우고 이어 서적을 분류하여 목록화하고 있다.

82) 중국에서 해제 형태를 가진 전문 저작이면서 가장 이른 시기에 나온 것으로는 남송대 晁公武의 『郡齋讀書志』와 陳振孫의 『直齋書錄解題』를 들 수 있다. 이 두 책에서는 사부 분류에 따라 서목 뿐만 아니라 제요를 붙여 내용의 득실을 고증하였으며, 이러한 방식은

번성하지 못하고 정조년간이 되어서야 어정서(御定書)와 명찬서(命撰書)에 대해 해제를 가한 규장각신의 『군서표기(群書標記)』와 개인 독서 비망록인 홍석주(洪奭周)의 『홍씨독서록(洪氏讀書錄)』 등이 나올 뿐이었다. 그러나 어정서에 국한되었던 『군서표기』나 독서록인 『홍씨독서록』에 비해 『해동문헌총록』은 다룬 대상이 다양할 뿐만 아니라 내용도 풍부하다. 『해동문헌총록』과 같은 해제적 방식의 서술은 그 뒤로도 잘 계승되지 않고 오히려 모리스 꾸랑(Courant)의 『한국서지(Bibliographie Coreenne)』(1894~1896), 전간공작(前間恭作)의 『고선책보(古鮮冊譜)』(1944~1958), 이인영(李仁榮)의 『청분실서목(淸芬室書目)』(1944) 등 근대 해제서에 이르러서야 나타난다.[83]

한편 김휴는 『문헌통고』의 문제점을 지적한 다음의 언설을 남기고 있다.

중국의 『문헌통고』는 유형별로 모은 것으로 경적(經籍)도 여러 조목 중 한 조목이므로 편찬한 사람의 성명과 책을 편찬한 뜻을 간략하게 적어도 편질(篇帙)이 많게 된다. 그러나 『해동문헌록』은 오로지 경적(經籍)만을 대상으로 편찬한 것이다. 그런데 편찬자의 행적을 분명히 조사한 연후에라야 그 문헌의 전승 여부를 믿을 수 있을 것이다. 그러므로 여기서는 인물의 출처를 먼저 밝힌 다음에 문장과 의논을 서술하였다. 그러나 우리 동방의 문헌을 부족하여 어떤 사람이 편찬하여 전할 만한 책이 있어도 증거하여 그 실제적인 내용을 얻을 수 없다.[84]

『문헌통고』 「경적고」와 『사고전서총목제요』 등을 거쳐 현대 해제집으로 이어진다.
83) 천혜봉, 『한국 서지학』, 민음사, 1991, 52~53, 62~64면.
84) "蓋通攷則本是類聚 而經籍乃衆條目中一條目 故略記其人姓名及其述作之意 而篇帙已多矣 此書則專爲經籍而作 必明其作者之行跡 然後可信其書之必傳與否 故先之以人物出處 次及其文章議論 而吾東方文獻不足 雖或有人物述作之可傳者 無憑考得其實"(金烋, 〈海東文獻錄序〉, 「序」, 『敬窩先生文集』 7)

『문헌통고』「경적고」는 비록 조공무(晁公武)의 군재독서지(郡齋讀書志)와 진진손(陳振孫)의 『직재서록해제(直齋書錄解題)』의 제요를 취하여 해제를 강화하였으나 중국에서 나온 정사 예문지나 경적지와 마찬가지로 도서와 저작의 상황을 간략히 보여줄 뿐 편찬자와 편찬동기에 대한 자세한 설명은 결여되어 있었다.

김휴는 『문헌통고』가 모든 책을 유형별로 정리하였으므로 편찬자와 편찬의 동기를 간략히 언급하여도 그 양도 방만하게 되었음을 지적하고 경적을 중심으로 그 편찬자의 행적을 자세히 밝히려고 하였다. 왜냐하면 편찬자의 행적이 책의 가치를 결정하는 중요한 요인으로 보았기 때문이다. 따라서 4부 체재와 같은 분류체계에 따른 서술 방식보다 책을 편찬한 인물을 통해 책의 편찬과 관련된 내용을 보여주기 위해 주제를 기초하여 책을 분류하였다.

게다가 책의 문장이나 편찬 의도보다 중요한 것은 인간으로의 행적에 두고 있다. 인물을 논하려면 먼저 기국과 식견을 먼저 살피고 나서 문예를 보아야 하며 작품을 논하려면 먼저 행적을 보고서 문장을 보아야 함을 강조하고 있다. 그래서 김휴는 편찬자의 행적을 먼저 적고 그 다음 책의 문장을 논하였다. 인물의 선하고 선하지 아니한 장부(臧否)를 통해 자신에게 비추어 보아야 독서의 공효가 나타난다고 주장하였다.[85] 따라서 김휴는 책의 편찬한 인물의 선, 불선을 독서의 가장 중요한 기준으로 제시하였다. 이는 전통적인 유학의 도덕주의적 판단 기준에 따라 문헌을 평가하는 것으로 도덕적 부면과 문헌의 사실성을 구

---

[85] "休於是歉惶而退 竊伏自思曰 嗚呼 凡論人物者 必須先器識而後文藝 論述作者 必須先行跡而後文章 知此則可以序是錄矣 --- 然則余所以先述其行跡 後及其文章者 實有見於鄒聖之遺意也 後之覽斯錄者 必以其人爲先 見其處心之善者而法之 不善者而懲之 行事之是者而則之 不是者而創之 總攬數千載人物臧否 一一反求於吾身 則庶可見讀書之功效 而文章述作 特其餘事耳"(金休, 〈海東文獻錄序〉, 「序」, 『敬窩先生文集』 7)

별하려는 조선후기 백과전서학의 학문적 특성86)에서 본다면 아직 전통적인 측면에 서 있음을 볼 수 있다.

내용적인 측면에서 보면 삼국시기부터 당대까지 간행된 서적을 소개하고 있으며, 당시 전하는 않는 서적에 대해서는 존목(存目)을 남기고 있어 오늘날 서지학에서 보면 상대적으로 정보가 부족한 임진왜란 이전에 나온 책에 대한 많은 기록을 남기고 있으며, 특히 어제류나 제가시문집류에 소개된 고려시기 서적에는 현재 서목만 남아 있는 책이 다수 수록되어 있다. 그리고 학문적 경향성을 알 수 있는 경서류에서는 조선초기 유학자들은 예외로 하더라도 이황과 이이를 다루면서 조식은 제외되어 있으며, 예악류에서는 퇴계계열 학자들의 저술을 주로 소개하고 있어 사상적 편향성이 나타난다.

또한 김휴는 유학을 신봉하는 성리학자이지만 제가시문집과 제가잡저술에서는 도가와 불가류의 서적을 소개하고 있다. 제가시문집류에서는 선귀(仙鬼) 1종, 석가(釋家) 54종을 소개하고 있는데, 석가류 중에는 신라와 고려시대에 편찬된 석가류 서적 43종을 소개하고 있다. 김휴가 불가류 서적에 대해 많은 정보를 남길 수 있었던 것은 절에서 스승과 같이 지내거나87) 지역의 절을 돌아보거나88) 금강산을 유람할 때에는 절에서 숙식하여89) 불가에 대해 그다지 배타적이지 않았기 때문으로 보인다. 불가류 서적에 대한 정보가 상세한 것은 당대 유학자가 편찬한 다른 책에서 볼 수 없는『해동문헌총록』만이 가진 특징이다.

---

86) 박인호, 〈백과전서학〉,『한국사학사대요』, 이회문화사, 2001 3판, 181~186면.

87) “千年桃李寺 金池連珠林 幸陪吾先生 良辰此登臨 淹留十餘日 勝處窮幽尋”(金烋, 〈侍旅軒先生在崇巖 先生令賦詩 要以平淡爲主〉,「詩」,『敬窩先生文集』2)

　　“烋嘗侍先生於山寺累月”(金烋, 〈遠堂聞見錄〉,「雜著」,『敬窩先生文集』6)

88) 金烋, 〈與漁溪諸友宿龍壽寺 翼日諸友皆散去 阻雨獨留 題西僧舍壁〉, 〈桃李寺記所見〉,「詩」,『敬窩先生文集』1.

89) 金烋, 〈金剛錄〉,「詩」,『敬窩先生文集』3.

이러한 『해동문헌총록』이 가지는 의미를 정리하면 다음과 같다.

첫째, 『해동문헌총록』은 고문헌에 대한 본격적인 최초의 서지적 연구서임이 주목된다. 특히 이전에 나온 책에 대한 해제적 저술이라는 점, 인물에 대한 주관적인 해설을 가하였다는 점, 고려 이전에 편찬된 다수의 책을 소개하고 있다는 점, 도교나 불교 관련 저술에 대한 소개가 수록되어 있다는 점 등에 특징이 있다.

둘째, 우리나라에서 도서목록이나 책판목록은 이전에도 나왔으나 전문적인 해제 저술로는 『해동문헌총록』이 최초라고 할 수 있으며, 해제 방식은 그 뒤로도 크게 번성하지 못하였여 정조년간이 되어서야 『군서표기』와 『홍씨독서록』이 나올 뿐이었다. 해제적 방식의 서술은 그 뒤로도 잘 계승되지 않아 모리스 꾸랑(Courant)의 『한국서지(Bibliographie Coreenne)』, 전간공작(前間恭作)의 『고선책보(古鮮册譜)』, 이인영(李仁榮)의 『청분실서목(淸芬室書目)』 등 근대 해제서에 이르러서야 본격적으로 나타난다.

셋째, 『해동문헌총록』은 『문헌통고』 「경적고」를 이용한 점에서 볼 수 있듯이 동시기인 명(明)대의 학문적 성과를 수렴하려는 분위기에서 나오고 있으나 새로운 분류 형태를 취하고 자국에서 편찬된 서적을 정리하려는 모습을 보이고 있다. 이는 여헌 장현광의 자주적 문제의식으로부터 영향을 받았던 것으로 보인다. 장현광은 "가는 곳마다 낙토(樂土) 아닌 데가 없고 들어가는 곳마다 아름다운 지역 아닌 데가 없다. 시골마다 좋은 풍속이요 고을마다 아름다운 풍속이니, 중국에 뒤지는 것이 별로 없다. 이는 어찌 원초(元初)의 혼륜(混淪)하고 방박(磅石)한 기운 가운데서 높고 후하고 순수하고 밝음이 쌓여서 마침내 중국이 만들어지고 미진(未盡)한 남은 기운으로 또 우리나라가 만들어진 것이 아니겠는가"[90]고 말하고 있다. 장현광의 이러한 중국과의 구별과 우리

문화에 대한 자존의식이 그의 지도를 받은 김휴에 의해 우리나라의 고서적에 대한 조사와 해제로 나타나고 있다.

넷째, 학문적 지향점은 사회개혁론으로서의 실학이 아니라 유학의 도학주의적 측면에 서고 있다. 김휴가 인물의 선하고 선하지 아니한 장부(臧否)를 통해 자신에게 비추어 보아야 독서의 공효가 나타난다고 한 것은 당시 사회적 개혁론으로서의 실학과는 달리 유학의 도덕주의적 입장에서 책의 편찬을 보고 있음을 보여주고 있다. 기존의 논문에서 김휴가 추구하였던 학문의 성격을 실학의 일면이라고 정의하기도 하였으나 개혁론인 실학과는 다른 도학에 기반을 두었다.

다섯째, 조선 중·후기에 학문적 논쟁이 격렬해지면서 논설을 짓거나 과거 시험에서 문장을 짓기 위해서는 많은 전거 자료가 요구되었으며, 이에 따라 유학에 기반을 둔 백과전서적 저술들이 많이 나오기 시작하였다. 『해동문헌총록』은 비록 서지학 분야를 다루었으나 각 분야의 책을 모두 다루어 백과전서적 형태를 띠고 있다. 책들을 정리하는 형태는 당시 전형적인 분류방식으로 등장한 사부체재와는 달리 내용별로 분류하였으며, 어제류를 앞세워 유교적인 국왕 중심의 도덕률이 작용하고 있다. 이러한 분류법을 채택한 것은 책의 내용적 측면을 강조하기 위한 의도에서 나온 것이다.

5. 맺음말

김휴(金烋)의 학문은 주자학의 도덕주의적 입장에 기반하고 있다. 그

---

90) "蓋無適而非樂土 無入而非嘉地 鄉鄉好風 邑邑美俗 則其所以讓於中國者無多矣 其豈非元初渾淪磅礴之氣 其隆厚純明之積者 乃做之而爲中國 其做中國 未盡之餘氣 又做之而爲我東者哉"(張顯光, 〈靑邱圖說〉, 「雜著」, 『旅軒先生續集』 4)

는 "근독불기(謹獨不欺)"를 스스로 몸과 마음을 수양하고 학문하는 근본으로 삼았다. 이러한 김휴의 학문은 가학으로서 멀리는 운천 김용에서부터 또한 표은 김시온과 아버지 경재 김시정으로부터 이어받은 것이다. 그는 조부인 김용의 학문을 이어 의성 김씨 가학의 전달에 일정한 역할을 담당하였다.

김휴는 노경임, 장현광, 정경세를 학문적 스승으로 두었으며, 여헌 장현광 문하의 동문 제자들과 폭넓은 교유 관계를 가지고 있었다. 특히 여헌 장현광으로부터 많은 영향을 받았으며, 스승의 학문에 대해 장식과 유종원을 거슬러 올라가 공자에까지 이어지는 것으로 평가하였다.

김휴는 최초의 전문적인 해제서인『해동문헌총록』을 남기었다. 이 책은 1616년(광해군 8) 김휴가 스승인 장현광(張顯光)으로부터 명을 받고 일을 시작하여 오랜 기간 동안 편찬을 지속하였다.

전래해 오는 책을 분류하고 내용을 검토하여 그 성격을 구명하는 서지적인 접근은 중국의 경우 전한대 유향(劉向)과 유흠(劉歆) 부자에 의해 시작되었으며, 우리나라에서도 의천의『신편제종교장총록』이나 어숙권의『고사촬요』〈책판목록〉 등의 목록류는 있었다. 그러나 해제를 적은 전문 저술로 현재 남아 있기로는 김휴가 쓴『해동문헌총록』이 최초이다.

『해동문헌총록』의 편찬이 가지는 학문사적 의의를 찾아보면『해동문헌총록』은 고문헌에 대한 본격적인 최초의 서지적 연구서이며, 이전에 나온 책에 대한 해제적 저술이라는 점, 인물에 대한 주관적인 해설을 가하였다는 점, 고려 이전에 편찬된 책을 소개하고 있다는 점, 도교나 불교 관련 저술에 대한 소개가 수록되어 있다는 점 등에 특징이 있다.

그런데 우리나라에서 도서목록이나 책판목록은 이전에도 나왔으나 전문적인 해제 저술로는『해동문헌총록』이 최초라고 할 수 있다. 그러한 해제 방식은 그 뒤로도 크게 번성하지 못하였으며, 정조년간이 되어서야『군서표기(群書標記)』와『홍씨독서록(洪氏讀書錄)』이 나올 뿐이었다.『해동문헌총록』은 전근대적인 서지서이지만 근대 해제서에서 보이는 해제적 방식을 취하여 우리나라의 전근대적 학문이 근대적 학문으로 이어질 수 있는 선구적인 역할을 담당하고 있다.

그리고『해동문헌총록』은『문헌통고』「경적고」를 이용한 점에서 볼 수 있듯이 명대의 학문적 성과를 수렴하려는 분위기에서 나오고 있으나 새로운 분류형태를 도입하여 서술하는 모습을 보이고 있다. 책의 형태는 당시 전형적인 분류방식인 사부체재와는 달리 내용별로 분류하였으며, 어제류를 앞세워 유교적인 국왕 중심의 도덕률이 작용하고 있다. 그리고 이러한 분류법을 채택한 것은 책의 내용적 측면을 강조하기 위한 의도에서 나온 것이다.

『해동문헌총록』에 바탕한 학문적 지향점은 사회적 개혁론으로서의 실학과는 달리 전통적인 도덕주의적 입장에서 책을 편찬하고 있다. 그런데 정신적으로는 유교적 도학의식이 내재하고 있으나『해동문헌총록』의 편찬은 조선중기 이래의 백과전서학의 학문적 발전의 출발점이었다는 데 큰 의미가 있다.

요컨대『해동문헌총록』은 전통적인 유교주의의 산물이나 백과전서류 편찬의 효시라는 점에 일정한 학문사적 의의가 있다. 조선중기 이래 많은 백과전서류가 편찬되어 학문적인 갈래를 세워나갔으며『해동문헌총록』은 비록 전근대적인 학문의 형식과 내용으로 편찬되었으나 근대기 해제서의 선구적 형태를 가지어 서지학의 측면에서 우리나라 전통 학문과 근대 서지학을 연결할 수 있는 가교적 역할을 담당하였다.

난재 신열도의 사상과 여헌학 계승

김종석

1. 서론

여헌 장현광의 사상은 크게 보아서 인간중심적, 도덕지향적 주리론이라고 하는 퇴계학의 큰 흐름을 계승하면서도, 역학(易學)의 관점에서 세계를 해석함으로써 리기론과 사칠론 등에 있어서는 퇴계와 다른 독자적인 영역을 개척했던 학자로 평가되고 있다. 그는 선조대에 출사를 시작했지만 광해군대에는 거의 은거를 했고, 이른바 산림(山林)으로서 주로 활동했던 시기는 인조대인데, 당시는 퇴계학의 학문적 위상이 거의 영남 일대를 주도하고 있던 시기였다.

이러한 시기에 퇴계와 다른 독자적인 학문 영역을 개척했던 여헌의 학문과 사상이 그 후학들에게는 과연 어떤 식으로 수용, 계승되고 있었는지는 상당한 관심의 대상이 아닐 수 없다. 기존 연구에서는 대개 여헌의 학문은 그 자체가 내포한 퇴계학과의 차별성과 정치적 환경으로 인하여 후학들에 의한 계승이 거의 이루어지지 않았던 것으로 논의되어 왔다.1)

---

* 이 논문은 「난재 신열도의 사상과 여헌학의 계승」이라는 제목으로 『선주논총』 10(금오공대 선주문화연구소, 2007)에 게재되었던 글을 수정한 것이다.

1) 유명종, 「旅軒 張顯光 思想의 硏究」, 『旅軒 張顯光의 學問과 思想』(금오공대 선주문화

362 제2부 여헌학의 철학적 전개와 수용

그러나 여헌의 문인록(門人錄)에 수록되어 있는 수많은 문인들 가운데 어떤 형태로든 스승의 학문과 사상에 대한 계승이 없었다는 것은 납득하기 어렵다. 이 문제는 앞으로 자료에 대한 다각도의 분석을 통해서 해결해야 할 과제라 할 것이다.

여헌 문인록에 수록되어 있는 문인 숫자는 판본에 따라 큰 차이를 보이고 있지만[2], 그들의 거주 지역은 여헌이 은거하고 있던 인동(仁同)을 중심으로 주로 성주, 의성, 영천, 선산, 경주, 칠곡, 함양, 대구, 함안, 안동, 진주, 청송 등지를 중심으로 분포되어 있었다. 어떤 문인 집단이든 그 가운데 핵심 제자를 가려내는 일은 무척 어렵다. 일반적으로 문과에 급제하여 현직(顯職)을 지냈거나 문집을 남겼을 경우를 일차적으로 검토하게 되는데, 여헌 문인의 경우에는 대략 30~40 명이 이에 해당하는 것으로 본다.

그러나 핵심 제자를 구분함에 있어 더욱 중요한 것은 당사자에게 적극적인 학통 계승의 의지가 있어야 한다는 점일 것이다. 이런 시각에서 보면 여헌에게 수업한 내용과 경과를 기록한 일종의 기문록(記聞錄) 형식의 글들에 주목하게 된다. 즉 취정록(就正錄, 趙任道), 배문록(拜門錄, 申悅道), 문견록(聞見錄, 申坂), 기문록(記聞錄, 張乃範), 기문록(記聞錄, 李彦英), 기문록(記聞錄, 朴吉應), 기문록(記聞錄, 張慶遇), 기문록(記聞錄, 鄭克後), 경모록(敬慕錄, 金烋), 언행일록략(言行日錄略, 趙遵道), 경원록(景遠錄, 金慶長), 경원록(景遠錄, 崔轔), 경원록(景遠錄, 李緗), 경원록(景遠錄, 張海), 경원록(景遠錄, 張㮽), 경원록(景遠錄, 權對), 추정록(趨庭錄, 子應一) 이 그것이다.[3] 기문록을 남겨야만 제자라고 할 수는 없겠지만, 학문

연구소, 1994), 296~297쪽.

2) 「旅軒門人錄」에 수록된 문인수는 172명(병진본, 1916), 355명(기미본, 1919)으로 보고된 바 있다. 김학수, 「여헌학맥 연구」, 『조선후기 유학자의 삶과 학문』, 2006, 학술대회발표집, 43~47쪽.

의 전수에 초점을 맞춘다면 이들이야 말로 최소한 학문계승의 의지가
남달랐던 제자가 아니었나 생각된다.

본고에서는 그 가운데 형 신적도(申適道), 신달도(申達道)와 함께 삼
형제가 여헌의 문하에서 공부했던 신열도(申悅道)를 중심으로 여헌의
학문과 사상이 계승되어 가는 형태를 고찰하고자 한다. 신열도는 이른
바 '여문십현(旅門十賢)'의 한 사람이기도 하며 대부분의 기록에서 여헌
의 핵심제자로 자리매김하고 있다. 다만 지금까지 여헌학에 대한 계승
이 미진했다는 주장이 주로 리기설이나 사칠설을 근거로 제기되어 왔
던 만큼, 성리설뿐만 아니라 정치사상이나 예학사상 그리고 그의 생애
와 행적 등 다양한 측면에서 고찰해 보고자 한다. 또한 본 논문에서는
신열도의 사상체계 자체를 밝히는 데 치중하기보다는 여헌학의 계승
과 학문적 연속성이라는 점에 초점을 맞추어 서술하기로 한다.

2. 신열도의 생애와 학문 형성

신열도의 본관은 아주(鵝洲), 자는 진보(晉甫), 호는 난재(懶齋)이다.
그는 회당(悔堂) 신원록(申元錄, 1516~1576)의 손자로서, 아버지 흘(仡)
과 어머니 순천박씨(順天朴氏) 사이에서 1589년(선조 22) 의성(義城)에서
태어났다.

신열도는 본래 퇴계학을 가학으로 하는 학문적 분위기 속에서 성장
했다. 조부인 신원록은 퇴계의 급문제자이며 퇴계 사후 상복을 입고
3년간 심상(心喪)을 했던 인물이고, 부친 흘은 남명 조식의 제자 정인
홍이 회재와 퇴계를 변척했을 때 상소를 올려 적극적으로 퇴계를 옹호

---

3) 『旅軒續集』 卷9~10, 附錄.

하는 등 부친의 학문적 입장을 계승하였다. 백씨인 호계 신적도(虎溪 申適道), 중씨인 만오 신달도(晩悟 申達道) 그리고 신열도 삼형제는 모두 여헌의 문하에서 배웠는데, 형제 가운데 신달도(1576~1631)가 동생 열도에게 특히 많은 영향을 끼쳤다. 신달도는 월천 조목(月川 趙穆)과 서애 유성룡(西厓 柳成龍)의 문하에도 출입한 바 있는데, 신열도는 형 달도에 대해서 "월천 조선생과 서애 류선생을 배알하고 도산(陶山)의 심학지결(心學之訣)을 들었으며, 다시 여헌 장선생을 따라 리기분합(理氣分合) 등의 학설에 관해 강질(講質)하였다."4)고 한 바 있다.

신열도가 여헌을 처음 만난 것은 9세 되던 해(1597)로, 여헌이 신열도의 선친을 만나기 위해 도암(陶巖)을 방문했을 때였다. 그러나 본격적인 가르침이 시작된 것은 그로부터 6년이 지난 1603년(선조 36) 여헌이 의성 현령으로 부임하면서부터였다. 여헌은 매월 삭망에 고을의 유생들을 모아놓고 강론을 했는데, 이 때 신열도도 이 자리에 참석할 수 있었기 때문이다. 그러나 여헌이 5개월 만에 사직하고 돌아가는 바람에 배움도 중단되었고, 그리고 다시 신열도가 부친의 편지를 소지하고 인동의 남산(南山)으로 여헌을 찾아뵌 것은 1611년(광해군 3)이었다. 이때 2일을 머물면서 가르침을 받았다. 이듬해 보낸 그의 편지에서 "선생의 문하에 입문한 지가 10여 년이 지났습니다."라는 말로써 사승관계에 대한 확고한 의지를 표현했다.

신열도는 1605년(선조 38) 17세 때 경상도 도회(都會)에서 선발되더니, 이듬해에는 18세의 어린 나이로 진사시에 급제할 정도로 뛰어난 학문적 재능을 보였다. 성균관에 유학하였고 한강 정구(寒岡 鄭逑)와 우복 정경세(愚伏 鄭經世)의 문하에도 출입함으로써 학문을 넓혀 나갔다.

1621년(광해군 13) 나라에서 삼도(三道)에 체찰사를 파견하여 숨은 인

---

4) 『懶齋集』 卷7, 墓誌, 「仲氏晩悟公墓誌」.

재를 발굴할 때, 신열도는 33세의 나이로 수위에 천거되어 3년 후에는 전시(殿試)에 바로 응시할 수 있었다. 그리고 을과(乙科)로 급제하여 승문원에 보임된 이후, 그는 30여 년을 환로에서 보내면서 내·외직을 두루 거치게 된다. 내직으로는 승문원 부정자, 정자, 저작, 박사를 거쳐 전적, 직강이 되었으며, 이후로 호조·예조·병조·형조·공조에서 좌랑을 지냈고 예조·병조·공조의 정랑을 지냈다. 또 사간원과 사헌부의 정언, 장령, 사간을 지냈으며, 사도시정, 종부시정 및 춘추관 기사관, 기주관을 지냈다. 외직으로는 경성(鏡城) 판관, 울진 현령, 예천 군수, 능주 목사를 지냈고, 그밖에 강원도순영 종사관, 부경서장관 등을 지냈다.

신열도는 평생을 환로에서 보낸 만큼 출사에도 적극적인 편이었는데, 그 가운데서도 정묘·병자호란 때 어가를 호종하여 강화도와 남한산성으로 피난했던 일과 그 과정에서 화의에 반대하여 적극적으로 제기했던 척화론 및 울진 현령으로서 그가 쌓은 수많은 활동과 업적은 그의 생애에 있어서 중요한 의미를 남겼다. 그의 학문과 사상은 벼슬살이 경험을 통한 현실과의 부단한 접촉 속에서 형성된 것이라 할 수 있다.

신열도는 학문에 있어서도 돈독한 자질을 타고 나서 대현을 훈도와 격려를 받음으로써 남이 미치기 어려운 조예와 성취를 이루었다. 그는 『대학』·『중용』 및 성현의 교훈을 반복하여 음미했으며, 특히 주자서는 하루도 손에서 놓는 날이 없었다고 한다. 그는 인격 수양과 학문적 진보는 오로지 태만하지 않고 노력하는 데 달려있다고 하면서, 자신의 서재 이름을 난재(懶齋)로 지어 스스로를 경계하였다.

난재집을 보면, 신열도가 편지를 통해 여헌에게 질의한 것은 주로 예학에 관한 문제가 많은 부분을 차지했으며 대개 양친을 비롯한 집안 초상을 치르면서 질의한 것들이다. 그리고 여헌을 직접 뵙고 강질한 것은 리기론과 사단칠정론, 그리고 『심경』, 『근사록』에 관련된 내용이었으며, 상황에 따라 이이첨의 폐모론과 같은 정치적 사안이 언급되기도 했다. 특이한 점은 여헌의 전공분야라고 할 수 있는 역학에 대해 심도있는 논의를 한 흔적이 보이지 않는다는 것이다.

그러나 신열도는 여헌의 문하에 정식으로 입문하여 평생토록 존모하고 본받았는데, 정종로(鄭宗魯)는 신열도의 행장에서 "그(旅軒)의 동정 하나하나에 대해 깊이 살피고 상세하게 기록하여 모범으로 삼았으며, 그의 죽음에 이르러서는 선비들을 이끌고 서원을 세우고 제사를 모심으로써 숭보의 의리를 다하고 사문을 흥기하는 것을 자신의 임무로 삼았다."5)라고 한 바 있다.

신열도는 1659년(인조 27) 향년 71세로 세상을 떠났다.

3. 정묘 · 병자호란 시기의 대응

1627년(인조 5) 만주에 본거지를 둔 후금이 조선을 침공했을 때, 신열도는 문과에 급제한지 겨우 3년이 지났을 무렵으로 성균관 전적 겸 춘추관 기사관이었다. 어가가 강화도로 몽진하고 화의를 논의하는 상황에 직면하여, 신열도는 학문과 사환에 있어서 평생 보조를 같이 한 형 달도와 더불어 상소를 올려 화의의 잘못됨을 극론하였다.

이와 관련하여 자세한 기록은 남아있지 않지만, 신열도가 작성한 형 달도의 행장을 통해 그 내용을 짐작할 수 있다.

"대가(大駕)가 도성을 한 발자국이라도 떠나면 백성들은 다 흩어지고 할

---

5) 『懶齋集』 卷9, 附錄, 「行狀」.

수 있는 방도가 없어집니다. 정예부대를 선발하여 강진에 포진시켰다가 친히 군대를 이끌고 파주로 진격함으로써 우리에게 기개가 있음을 알릴 것이니 스스로 위축되어 약한 모습을 보여서는 안 됩니다."[6]

결국 임금은 강화도로 몽진했고 후금은 명과의 관계를 단절할 것을 요구하자, 조정의 의론이 이를 수용하는 쪽으로 정해지고 있었다. 이러한 상황에서 신달도는 명과의 의리 관계를 강조하고 최명길(崔鳴吉) 등의 강화론에 대해 강하게 비판했는데, 신열도는 이러한 형의 입장을 적극적으로 지지했다.

"예로부터 강화는 모두 먼 장래를 걱정하지 않는 자들의 우선 당장 편안코자 하는 일시적인 계책이니, 그 연약하고 구차하기가 오늘날처럼 심한 경우가 없었습니다. 바야흐로 도적과 강화를 맺음에 대소 신민들의 정서가 한편으로 기뻐하기도 하고 한편으로 두려워하기도 합니다. 기뻐하는 자는 그 무사함을 다행으로 여기는 것이고 두려워하는 자는 후환이 있지 않을까 우려하는 것인데, 오랑캐의 사신이 물러가자 우려하는 자는 적고 기뻐하는 자는 많아서 느슨하고 방종함이 평소와 다름이 없습니다. 이러한 자들에게는 속국이 되는 것(羈縻)만이 한 가닥 믿을 수 있는 방도일 것입니다."[7]

신열도는 이러한 달도의 주장에 대해, "공이 전후로 올린 상소의 내용은 절대적으로 시무(時務)에 부합하는 것"[8]이라고 평가했으며, 동시에 한 가지도 시행되는 것이 없음을 한탄했다.

신열도의 척화론은 병자호란 때 극에 달했다. 어가가 남한산성으로

---

6) 『懶齋集』 卷8, 行狀, 「仲氏晚悟公行狀」.
7) 上同.
8) 公之前後疏語, 切中時務, 而一未見施, 識者恨之. (上同)

피하고 화의가 성립되었을 때, 그는 병조 정랑으로서 동지들과 더불어 극력 상소하여 반대했다. 심지어 죽음을 맹세하고 복건과 띠를 소지하고 다녔으며 집안 자제들에게 편지를 써서 후사를 준비할 정도였다.[9] 이듬해 어가가 남한산성을 포기하고 항복하자 신열도는 병을 핑계로 벼슬을 버리고 낙향했으며 이후로는 줄곧 외직에 머물렀고 내직이 제수되어도 사양하는 경향을 보였다.

신열도가 이처럼 '주화오국(主和誤國)'이라는 입장을 취하게 된 것은, 정황으로 미루어 볼 때 스승 여헌의 영향을 생각하지 않을 수 없다. 인조정권은 정묘호란이 일어나자 여헌으로 하여금 경상도호소사에 임명하고 그로 하여금 의병을 모집 통솔하고 군량을 수집하는 책임을 맡겼다. 주목되는 점은, 여헌 막부에 신달도·열도 형제의 형이며 함께 여헌의 문하에서 배웠던 신적도가 의병장으로서 참여하고 있었다는 사실이다.[10] 여헌은 병자년에도 청나라 군사가 들어오고 어가가 남한산성으로 피했다는 소식을 듣자 83세의 노령에도 불구하고 열읍에 통문을 보내어 거의(擧義)를 주창했다.[11]

이처럼 여헌의 의병활동은 신달도와 열도 형제가 적극적인 척화론자가 되게 된 배경으로 볼 수 있다. 그것은 당시 여헌의 막부를 구성하고 있는 의병장급 인물들이 대개 여헌의 문인들이었다는 사실[12]에서 이러한 결론을 내릴 수 있다. 여헌의 가르침을 바탕으로 학문적 공감대 위에서 그러한 집단적 거사가 가능했던 것이다. 아울러 신열도는 당시 관직에 몸담고 있었던 관계로 의병에 참여할 수도 없었고, 낮은

---

9) 『懶齋集』 卷9, 附錄, 「行狀」.
10) 우인수, 「17세기 초반 정국하 여헌 장현광의 위상」, 『旅軒 張顯光의 學問과 思想』(금오공대 선주문화연구소, 1994), 188쪽.
11) 『旅軒全書』(上), 「年譜」, 83歲條.
12) 上同.

직위로 인하여 정국의 흐름에 영향을 끼칠 수 있는 처지는 아니었지만, 스승과 백씨가 거의에 나선 상황은 자연스럽게 그로 하여금 '주화오국'의 입장에 서게 하였을 것이다.

물론 여헌이 정묘호란 당시 경상도호소사에 임명된 배경에는 경상도 유림을 단시일에 결집할 수 있는 인물을 선택하고자 했던 인조정권의 정치적 고려도 있었겠지만, 이른바 산림으로서 국가적 위란에 처하여 평생에 걸쳐 쌓은 학문과 이념의 결단이 있었다고 본다. 또 이러한 학문과 이념의 근저에는 역학에 바탕을 둔 여헌의 도덕적 우주관과 의리사상이 자리 잡고 있었다.

4. 지방관 시기의 활동과 업적

신열도는 병자호란 이후 대개 외직을 맡았고 내직은 제수되어도 사양하는 경향을 보였다. 그가 지방관으로 부임하여 가장 많은 활동과 업적을 남긴 것은 울진 현령으로 있을 때였다. 1637년(인조 15) 울진 현령으로 부임한 이래, 다방면에 걸쳐 많은 업적을 남겼는데 현재 문집에 수록되어 있는 상소문, 서간문, 향약 관련 자료 등 많은 글들이 당시의 활동 상황을 보여주고 있다. 그는 병화로 인하여 소실된 묘당과 의례 등 울진지역의 문물을 복원하기 위해 노력하였고, 격암 남사고(格庵 南師古)와 같은 지역 유현들의 현창 사업에 애썼으며, 울진향약을 제정하여 실시함으로써 향속의 순화와 유풍의 진작에 공헌하였고, 지방행정의 폐단을 수천 자의 글로 상소하여 백성의 고통을 해결하기 위해 노력했다.

그는 1638년(인조 16)에 올린 응지소(應旨疏)에서, 풍년이 들어도 굶주림을 면치 못하고 유망(流亡)이 끊이지 않으며 호구(戶口)는 날로 줄어드는 실태를 고발하고, 그 원인이 결역(結役)의 편중과 군액(軍額)의 과다에 있다고 주장했다.

> 소위 대동작목(大同作木)이니 삼별전세(三別田稅)니 육두미(六斗米), 십두미(十斗米)의 역(役)이니 하여 명목은 다양하고 책임은 번쇄하니……백성들이 목석이 아닌 다음에야 어찌 능히 신민의 정성을 지탱하겠습니까.[13]

신열도는 실제 소출을 낼 수 있는 실결(實結)에 비해 세금을 부과하는 전결(田結)의 과중 즉 허결(虛結)의 문제점을 사례를 들어 설명하고, 삼척 등 타읍의 사례도 거론하면서 전결의 경감을 주장했다. 그는 또한 군액이 과다하게 책정되었음을 지적했다. 울진현의 장정들로는 삼분지일도 채울 수 없어서, 겨우 강보에서 벗어나기만 하면 군역에 편입되어 부자가 함께 동원되고 형제가 함께 동원되기도 하여, 심지어 한 집에서 군역에 동원되는 인원이 5, 6명에 달하기도 한다고 했다. 전가구가 야반도주하여 부득이 집안의 집안사람에게 부과하기도 하고 이웃의 이웃사람에 부과하게 되며, 그 외에도 잔폐된 타읍의 군액이 본현에 배정됨에 따르는 문제 등 당시 지방 군역제도의 파행을 낱낱이 고발했다. 그는 현민의 입장에서 문제점을 이해하고 해결하고자 노력했다.

또 1644년(인조 22) 예천군수로 있을 때는 3가지 민폐의 개선을 요구했는데, 세금으로 바치는 목재의 규격을 멋대로 바꾸는 폐단(稅木勽蹬之弊), 부족한 전결을 강제로 할당시키는 폐단(田結自覺之弊), 없는 군액을 허위로 채워 넣는 폐단(軍額苟充之弊)이 그것이다.[14] 이 상소에서 그

---

13) 『懶齋集』 卷3, 疏, 「戊寅應旨疏(知蔚珍時)」.
14) 『懶齋集』 卷3, 疏, 「甲申應旨疏(知醴泉時)」.

는 수시변통(隨時變通)의 중요성을 주장했는데, 그것은 궁극적으로 전하의 일심(一心)에 달려있다고 하면서 군주의 수신(修身)과 궁리(窮理)가 필요함을 주장했다. 이처럼 그는 벼슬아치로서 품계가 비록 높지는 않았지만 문제가 있으면 좌시하지 않고 자신의 생각을 적극적으로 주장하는 편이었다. 이어서 목사로 부임한 능주에서도 신열도는 균역을 공평하게 하고 세금의 부담을 덜어줌으로써 선정을 베풀었다는 칭송을 들었던 것으로 미루어 볼 때, 신열도는 학문뿐만 아니라 관료로서의 정치적 감각까지 갖춘 인물이었음을 알 수 있다.

5. 신열도의 사상적 특징

1) 철학사상

1619년(광해군 11)에는 신열도는 형 달도와 함께 선산 원당(元堂)으로 여헌을 찾아뵙고 10여 일을 머물렀다. 이 때 여헌은 「역학도설(易學圖說)」을 보여주었고 아울러 리기설에 관해 설명했다고 한다. 이 자리에서는 분명히 여헌의 역저라고 할 수 있는 「역학도설」에 대한 설명도 있었을 것이다. 주목할 점은 신열도가 역학에 대해서는 기록으로 남기지 않았고 리기설에 대해서만 기록을 남겼다는 점이다. 이점은 신열도가 스승의 학문을 어떤 시각에서 계승했는지를 간접적으로 보여준다고 하겠다.

여헌은 "요즘 사람들은 입만 열었다 하면 리기를 말하는데, 리기가 나누어지고 합쳐지는 의미를 아는가."라고 하면서 자신의 이른바 리기분합설(理氣分合說)을 설명했다. 그는 "옛 성인들이 리기를 말한 예가 적을 뿐 아니라 리기를 나누어서 말한 경우도 없었다. 대개 리기를 나누어 말하는 것은 명목상으로 그렇게 말하는 것일 뿐이고, 합쳐져서 하나가 된 것이 리기의 일상적인 모습이다. 만약 그 명목상으로 나누어지는 것을 가지고 구별되고 상대되는 것으로 간주한다면, 이와 기는 각자 스스로 근본이 되어 우주지간에 쌍립하고 병행하는 것이 된다. (이렇게 되면) 리는 어찌 기의 리가 될 수 있으며, 기는 어찌 리의 기가 될 수 있겠는가.”라고 했다. 이에 대해 신열도는, “참으로 선생님의 말씀대로 라면, 천하에 기 없는 리가 없고 리 없는 기 또한 없으니, 진실로 소위 두 가지이면서 한 가지(二而一)이요 한 가지이면서 두 가지(一而二)라는 것입니다.”라고 하니, 여헌은 “그렇다.”고 했다.15)

여헌의 ‘두 가지이면서 한 가지, 한 가지이면서 두 가지(二而一·一而二)’라고 하는 주장은 퇴계설보다는 율곡설에 가까운 측면이 있다. 1622년(광해군 14) 겨울, 신열도는 부지암(不知巖)으로 여헌을 찾아뵙고 2일 동안 머물면서 사단칠정론에 관해 질의했다.

신열도는 여헌에게 “주자의 ‘사단은 리가 발한 것이고 칠정은 기가 발한 것’이라고 말한 것은 그 입론에 있어 각기 의미하는 바가 있으므로 섞어서 한 가지로 보아서는 안 되는 것이니, 합당하지 않습니까.” 했다. 이에 대해 여헌은 “사단은 스스로 성이 접촉하여 감발하되 사사로움이나 거짓이 끼이지 않은 것이므로 그 발함에 있어서 리를 주체로 보는 것이고, 칠정은 간혹 사사로움이나 거짓이 끼어서 순선할 수 없는 까닭에 그 발함에 있어서 기를 주체로 간주하는 것이다. 그러나 칠정이라고 해서 사덕(四德)의 용(用)이 아닌 것이 없고 사단 역시 칠정 밖에 별도로 스스로 단서가 되는 것은 아닌 것이다. 사단으로 말하자면, 측은지심은 칠정 가운데 애(愛)와 애(哀)이며, 수오지심은 칠정 가운데 노(怒)와 오(惡)이다. 사양지심은 희로애락애오의 시점에서 발휘되고 시

---

15) 『懶齋集』 卷6, 雜著, 「拜門錄」, 己未年條.

비지심은 순조로움과 거슬림(順逆) 가벼움과 무거움(輕重)의 상황에서
나누어진다. 그렇다면 칠정 밖에 별도의 사단이 있겠는가. 칠정으로
말하자면, 애(愛)·애(哀)·욕(欲)은 인(仁)이 발한 것이고, 노(怒)·오(惡)
는 의(義)가 발한 것이며, 희(喜)·낙(樂)은 예(禮)가 발한 것이다. 칠정이
사(事)와 물(物)에 따라서 감응함이 각기 마땅한 것은 지(智)가 발한 것
이다. 사단 밖에 별도의 칠정이 있겠는가."라고 했다.16)

　이에 대해 동행한 신달도가 문제를 제기했다. 그는 "사단이 발함에
기에 의존하지 않음이 없지만 리가 주장함이 있고, 칠정이 발함에 리
에 관여하지 않음이 없지만 기가 용사함 있으니, 결국 그 비중을 두는
바에 따라 분별하여 말하는 것입니다. 대개 그 소종래에 각기 묘맥이
있는 까닭에 주자가 말하기를 '칠정을 사단에 분배할 수 없다'고 했으
니, 아마 끌고 와 배합하여 억지로 하나의 설로 만들기는 어려울 것
같습니다."라고 하여, 칠정 밖에 따로 사단이 있을 수 없다는 여헌의
주장에 이의를 제기했다. 이 내용은 신달도의 「남산문목(南山問目)」에
도 기술되어 있는 만큼 그 의미가 결코 가볍지 않다.17)

　여헌은 "주자의 분배할 수 없다는 설은 대개 사단은 순선을 감응하
여 발출하고 칠정은 간혹 사사로움이나 거짓으로 흐를 수 있기 때문에
그렇게 말한 것이다. 그러나 중화의 의미를 해석하는 대목에서는 '희
노애락은 정(情)이고 그것이 아직 발하지 않은 상태가 성(性)'이라고 했
으니, 성이 발하여 정이 된다면 맹자는 어째서 칠정 외에 다시 사단을
말했겠는가. 특별히 칠정 가운데서 곧바로 본연지성을 따라서 순선무
악한 것을 이름하여 사단이라 한 것이니, 진실로 정밀하게 궁구하여
익숙하게 살펴보면, 이른바 사단이라는 것이 과연 칠정 중에서 나오지

---

16) 上同, 壬戌年條.
17) 『晩悟集』 卷7, 雜著, 「南山問目」, 壬戌年條.

않는 것인가."라고 하여 자신의 지론을 재확인했다.[18]

그 외 「배문록」에 남아있는 질의 내용은 대개 예학에 관한 것들이다. 특히 일상생활 속에서 발생하는 예학의 문제에 관해 많은 질의를 했음을 보여준다. 1620년(광해군 12)에는 형 달도와 함께 한강 정구의 초상에 문상하고 돌아오는 길에 여헌을 뵈었는데, 이 때 스승에 대한 복제 문제에 대한 논의가 있었던 것으로 보인다. 이 자리에는 여헌 자신의 한강에 대한 복제에 관련된 언급이 있었을 법도 한데 기록으로 남기지는 않았다.

신열도의 문집에는 이상의 「배문록」에 기록된 내용 외에 특별히 자신의 철학사상에 대한 언급을 남기지 않은 것으로 보인다. 지금까지 단편적으로 논의된 내용을 종합해 보면, 그는 적어도 리기론과 사칠론에 관해서는 스승인 여헌과 시각차를 가지고 있었던 것이 아닌가 생각된다. 그는 넓은 의미의 주리적 경향 위에 있다는 점에서는 퇴계 및 여헌의 입장을 계승하고 있지만, 여헌의 리기일원론적 입장보다는 퇴계의 리기이원론적 입장에 서 있었던 것으로 보인다. 그는 그 근거에 관해서는 상세한 논의를 남기지 않았다. 물론 신열도의 이해의 한계에 그 원인이 있을 수 있겠지만, 기본적으로 그의 학문 경향이 리기론을 비롯한 사변적인 문제에 대한 관심이 적었던 것으로 보인다.

2) 정치사상

신열도는 예천군수로 있던 1644년(인조 22)에 올린 「갑신응지소(甲申應旨疏)」에서, 앞서 언급한 목재의 규격을 멋대로 바꾸는 폐단, 부족한 전결을 강제로 할당시키는 폐단, 없는 군액을 허위로 채워 넣는 폐단

---

18) 『懶齋集』卷6, 雜著, 「拜門錄」, 壬戌年條.

의 문제점을 지적했다. 그는 이러한 시폐를 해결하기 위해서는 수시변
통이 불가피하다고 보았다.

> 임진왜란을 거치면서 민정(民丁)이 거의 다 사망하고 각읍의 군부(軍簿)
> 는 텅텅 비었습니다. 지난 갑자년에 조정에서 특명을 내려 초군(哨軍)의 감
> 축을 지시했으니, 수시변통의 의리에서 보면 그렇게 하지 않을 수 없었습
> 니다. 그런데 호구는 늘지 않았는데 군액은 다시 옛날로 돌아갔으니…….[19]

그러나 신열도는 이러한 문제가 일개 지방에 국한된 문제가 아나라
나라 전체에 퍼져 있는 보편적인 문제이며[20] 이로 인하여 인심이 이
탈하고 화기(和氣)가 손상되기 때문에 금일에 나라 안의 온갖 변란은
결국 여기서 발생하는 것이라고 했다.[21] 따라서 그는 수시변통도 필
요하지만, 무엇보다 중요한 것은 군주가 문제의 원인을 정확히 파악하
는 것임을 주장했다. 그리고 문제를 정확히 파악하기 위해서는 올바른
시각을 갖는 것이 중요하다고 보았다. 신열도는 이러한 논리로 수시변
통이라는 개혁의 성패도 결국 군주의 수양(修養)과 궁리(窮理)에 달려있
다고 하여 개혁론을 수양론과 연결시키고 있다.

> 신이 듣기로, 천(天)에 부응하는 자는 모름지기 실(實)에 힘쓰고, 재앙을
> 막는 자는 사(事)를 바로잡는다고 합니다. 실(實)이 지극하지 않는데 헛된
> 글로 천(天)을 감동시켰다거나 사(事)가 올바르지 않는데 헛된 말로 재앙을
> 막았다는 자는 아직 없었습니다.……오늘날 천(天)에 부응하는 실(實)은 다
> 른 데서 구할 수 없고 오로지 전하의 일심(一心)에 달려 있습니다.[22]

---

19) 『懶齋集』 卷3, 疏, 「甲申應旨疏(知醴泉時)」.
20) 況其所論諸條, 實係八域通同之弊者乎. (上同)
21) 凡此皆所以拂人心而傷和氣, 安知今日之變, 不由於此乎. (上同)

요컨대 그는 올바른 정치의 실현은 궁극적으로 군주의 심적 수양에 달려있다고 했던 것이다. 군주가 몸과 마음을 닦아 근본이 청명하게 되면 안으로는 왕실에서 밖으로 조정에 이르기까지 털끝만한 사사로움도 없게 되고, 이것이 누적되면 중화(中和)의 이상을 이룰 수 있다고 했다. 이것이 곧 유교정치의 이상적 상태로서 '위천지 · 육만물(位天地育萬物)'이며 '음양조 · 풍우시(陰陽調風雨時)'로 표현되는 단계라고 했다.

이러한 주장이 평생 탁상에서 글만 읽던 서생의 입에서 나온 말이라면 유학자들이 으레 하는 말로 치부할 수도 있지만, 지방관으로서 행정 일선에서 시폐의 해결을 위해 골몰하던 사람의 입에서 나온 말이기에 그 의미가 새롭다. 아무리 훌륭한 개혁안도 균형 잡힌 인격과 올바른 시각을 갖춘 군주에 의해 추진될 때 비로소 백성을 위한 개혁이 될 수 있다는 것이다.

따라서 군주에게는 수덕(修德)이 무엇보다 중요하게 된다. 다만 그는 군주의 수덕이 막연하게 이루어지는 것이 아니라 강학과 궁리를 통해서만 가능하다고 한 점이 특이하다. 즉 수덕은 반드시 강학을 통해야 하고, 강학에는 궁리보다 우선하는 것이 없음을 강조한 것이다. 그리고 궁리를 위한 가장 좋은 교재는 퇴계의 「성학십도(聖學十圖)」라고 했다.[23]

올바른 정치의 근본이 군주의 심적 수양에 달려있다고 보는 견해는, 여헌 장현광이 인조 임금께 건의한 내용을 연상케 한다. 여헌은 1626년(인조 4) 부호군을 제수 받고 숙배하는 자리에서 다음과 같이 말한 바 있다.

---

22) 上同.

23) 雖然修德必由於講學, 講學莫先於窮理 …… 竊見古昔先民講論爲學之方, 勸戒於人主者, 固非一二, 而最爲深切而著明者, 莫如先正臣李滉聖學十圖也. (上同)

천하의 일에는 스스로 대본원과 대강령이 있는데, 이른바 본원과 강령이라고 하는 것은 어찌 전하의 일심(一心)과 일신(一身)이 아니겠습니까. 전하의 마음이 천덕(天德)를 체득하고 전하의 몸이 왕도(王道)를 행하신다면, 충언(忠言)은 모으고자 하지 않아도 남김없이 모일 것이고 선책(善策)은 구하지 않아도 다투어 바쳐질 것입니다.[24]

여헌은 이 자리에서 군주의 수양을 강조했을 뿐만 아니라, 아울러 국가운영에 있어서도 제도의 정비보다는 인심을 수습하고 계도하는 일이 급선무라고 했다. 그리고 이를 위해서 향약을 시행할 것을 제안했다. 요컨대 백성들이 의리와 염치를 알게 되면 나라는 저절로 다스려질 것이라는 주장이었다.[25]

신열도가 울진(蔚珍)향약을 직접 제정한 것은 이러한 입장을 계승한 것으로 보인다. 그러나 그는 향약의 내용은 시대상황에 따라 달라져야 한다고 생각했다. 그는 향약을 제정함에 있어 기본적으로는 여씨향약, 주자증손(朱子增損), 기묘제현의 언해, 그리고 퇴계에 의한 절충에 바탕을 두었지만, 향약은 언제나 때와 장소에 따라 증손할 부분이 있다고 했다. 그는 그것이 바로 '수시변통'이며 자신이 울진에 부임하여 비로소 알게 되었다고 했다.[26] 나아가 '작고통금(酌古通今)'이야말로 풍속을 교화하는 요도(要道)라고 했다.

인조반정 후 정치적 기반이 미약하던 정권 초기에 인조 정권은 사림의 힘을 빌리려 했고, 여기에 대해 여헌은 군부와 백성의 정신적 재정비를 대책으로 제시한 것이었다. 여헌이 보기에는 인조 정권의 정당성

---

24) 『旅軒集』 卷8, 雜著, 「丙寅趨朝錄」.

25) 上同.

26) 余自莅是縣, 慨然留意於此, 而於其中, 猶不無隨時變通之節, 乃敢不揆鄙劣…… (『懶齋集』 卷6, 跋, 「蔚珍鄕約跋」)

은 스스로 확보하는 방법 외에는 길이 없었다고 생각했을 수 있다. 또한 그것을 위해서 가장 중요한 것은 군주가 수양을 통해 사심이 없음을 증명해 보이는 것이라고 판단했던 것으로 보인다.

이러한 상황 인식과 처방에 대한 기본 입장은 신열도에게도 그대로 계승된 것으로 보인다. 신열도가 울진 현령으로서 남긴 치적 가운데 중요한 부분이 향약의 시행이기 때문이다. 그러나 군주를 위한 구체적인 방법에 있어서는 여헌의 역학적 접근방법이 군주에게 너무 난해한 것으로 판단했는지, 친절하게 도식화되어 있고 또 선조 임금을 대상으로 이미 시행한 바 있는 퇴계의 「성학십도」을 최선의 교재로 추천했던 것이다.

엄격히 따지면, 여헌의 역학적 우주론과 상대적으로 심학적 특징이 강한 퇴계의 우주론이 동일하지는 않지만, 신열도는 여헌을 통하여 퇴계의 사상을 계승한다고 생각했던 것으로 보인다. 그러나 군주를 위한 수양론이 단지 수양론에 그치지 않고 변통론과 연계되면서 시의성과 현실성을 더한 것은, 여헌의 영향과 신열도 자신의 오랜 실무 경험을 거침으로써 가능했던 것으로 본다.

3) 예학사상

조선시대 예학 관련 논의가 대개 그렇듯이, 신열도가 여헌에게 보낸 문목도 일상생활 가운데서 접하게 되는 구체적인 사례에 대한 질의가 위주를 이루고 있다. 신열도는 부모와 부인, 자식 등 주로 집안 장례를 치르면서 실제로 부딪히는 현실적인 문제에 관해 질의했는데, 그 내용은 주로 일상적인 예법의 사례와 행례의 방법에 관한 것이었다. 따라서 이들 사이에 오고간 문답의 내용을 분석하면 신열도의 예학사상을 파악할 수 있다.

신열도는 26세 때 부모를 동시에 여의고 초상을 치르면서 여러 가지 예법에 관해 질의를 했는데, 그 질의에 대한 답변 가운데 여헌은 다음과 같이 언급한 바 있다.

> 상황에 따라 적의하게 시속을 따르되 의리에 크게 저해됨이 없으면 그대로 따른다 해도 또한 어찌 불가하겠는가. 또 뭇사람들이 행하지 않는 바를 행하여 시속을 놀라게 하기에 이른다면, 두려운 일이니 또한 염려하지 않을 수 없다.[27)

의리에 크게 저해되지 않으면 시속을 따르는 것도 무방하다고 하는 것이 여헌의 입장이었다. 신열도에게 보낸 답변의 내용도 대개 이러한 입장에 입각하고 있다. 그의 답변 가운데 '수시(隨時)' 혹은 '수속(隨俗)'이란 표현이 드물지 않게 등장하고 있음을 확인할 수 있다. 사실 시속을 중시하는 점은 퇴계를 중심으로 영남사림들의 예설에서 발견되는 일반적 특징이었다.[28) 신열도의 경우, 전반적으로 이러한 경향성이 좀 더 강하게 나타나는 것으로 보인다.

여헌의 예학적 입장은 관혼상제를 행함에 있어서 가례(家禮)를 모범으로 삼고 의례(儀禮) 및 소주(註疏)를 참고하여 고례의 취지를 빠짐없이 준수했으며 그것으로 가범으로 삼았다는 점이다.[29) 이 부분 역시 여헌의 예학적 입장인 동시에 신열도가 여헌으로부터 배운 예학의 내

---

27) 隨時酌宜從俗, 而無甚妨於義理, 則從之. 亦豈不可乎. 且行衆人之所不行, 至於駭俗, 則可懼, 亦不可不慮也. (『懶齋集』 卷5, 書, 「上旅軒先生問目○甲寅」)

28) 배상현, 「예학시대에 예학제가의 사상」, 『동양철학연구』 제14집(동양철학연구회, 1994), 76쪽.

29) 至於冠昏喪祭之儀, 略倣家禮, 參互儀禮及註疏, 悉遵古禮, 各著其儀, 以爲家範. (『旅軒續集』 卷9, 附錄, 「拜門錄(門人申悅道)」. 이 부분은 『懶齋集』의 「拜門錄」에는 없고, 『旅軒集』에 수록된 「拜門錄」에만 있는 내용이다.

용이라고 할 수 있으며, 퇴계에서 이어지는 예학적 특징이 여헌을 거쳐 신열도에게로 계승되고 있음을 확인할 수 있는 사례라 하겠다.

여헌은 자신이 발 딛고 사는 현실을 중시했으며, 이점을 제자들에게도 강조했다. 그 대표적인 사례가 지리지의 편찬 사업이었다. 여헌은 제자들에게 "이 땅에 살면서도 이 땅의 고사(故事)를 알지 못해서야 되겠는가. 제군들은 각자 지리지를 편찬하여 권선징악하도록 해야 할 것"30)고 했다. 아울러 신열도에게 문소현(聞韶縣)지를 편찬하도록 명했다.

신열도는 여헌의 이러한 가르침을 충실히 수용한 것으로 보인다. 그는 1638년(인조 16) 울진현령으로 있을 때 만휴자 임유후(萬休子 任有後)의 도움을 받아 『선사지』(仙槎誌, 蔚珍縣誌)를 편찬했고, 1656년(효종 7)에는 이민환(李民寏)과 더불어 『문소현지』를 편찬했다. 그는 지리지 편찬의 의의에 대해서,

비록 선과 악을 직접 언급하지는 않지만 사실을 기록으로 남김으로써 어떤 숨김도 있을 수 없게 되니, 결국 풍속과 교화를 통한 권선징악에 영향을 끼치기 때문이다.31)

라고 했다. 신열도는 풍속의 교화를 관념적인 당위성에만 의존한 것이 아니라 지리지에 나타난 인문학적 데이터를 가지고 추진하고자 했던, 상당히 실증적인 사고의 소유자였다는 점을 말해준다. 이것은 지리지를 편찬했던 선현들의 생각이었을 뿐만 아니라 스승 여헌의 뜻이었다고 여겼다. 예학의 궁극적 목표가 풍속의 교화와 권선징악에 있다고 한다면, 신열도는 예학에 있어서 상당히 실증적이고 실용적인 사상가

---

30) 『懶齋集』 卷6, 雜著, 「拜門錄」, 甲戌年條.
31) 雖不顯言善惡而考圖指實, 終有所不可掩者, 噫斯誌之作, 其有關於風化之勸懲者爲如何.
    (『懶齋集』 卷6, 跋, 「聞韶誌跋」)

였고, 그 배경에는 여헌의 가르침이 있었던 것으로 보인다.

6. 결론 : 여헌학의 계승 양상

이상으로 난재 신열도의 사상을 본 학술대회의 취지에 맞추어 여헌학의 계승이라는 측면에서 고찰해 보았다. 신열도의 사상과 학문체계 자체를 전반적으로 구명하는 작업은 추후 별도의 장에서 다루어야 할 것이다.

여헌 장현광은 크게 보아서 인간중심적, 도덕지향적 주리론이라고 하는 퇴계학의 큰 흐름을 계승하면서도, 역학의 관점에서 세계를 해석함으로써 이기론과 사칠론 등에 있어서는 퇴계와 다른 독자적인 이론을 주장한 사상가이다. 이점에서는 신열도 역시 스승 여헌과 입장 차이를 보이고 있고, 경우에 따라서는 여헌설보다는 퇴계설을 지지하는 듯 하는 모습을 보이기도 한다. 그러나 이점을 과연 일부의 지적처럼 정치적 환경이나 퇴계학파의 압박의 결과로 볼 것인지는 좀 더 신중한 검토를 필요로 한다. 외부적 영향 때문에 자신의 학문적 소신을 가장한다고 보기에는, 여헌에 대한 신열도의 존경과 신뢰가 크기 때문이다.

즉 다른 측면에서 보면, 신열도는 여러 가지 점에서 여헌의 영향을 받았으며 그의 사상을 계승하고 있다. 우선 신열도는 평생을 환로에서 보낸 만큼 출사에 적극적이었는데, 병자호란 당시 병조 정랑으로 있을 때나 울진 현령으로 있을 때 보여준 바와 같이 직무 수행에도 매우 적극적이었고 척화론과 같은 민감한 정치적 주장을 제기함에 있어 주저함이 없었다.

이러한 적극적인 사환의 자세는 여헌의 출처관의 영향으로 보인다. 여헌은 평소 "출사(出仕)를 부끄러워하는 사람이나 처(處)해야 몸을 깨꿋이 할 수 있고 자기 몸을 높인다고 하는 그릇된 생각을 갖고 있는 사람은 군신의 대의를 알지 못하는 사람"[32]이라고 했던 바와 같이 출사에 거부감을 갖지 않았고 평소 제자들에게도 이점을 강조했다. 물론 퇴계도 제자들에게 출사를 일부러 막지는 않았다. 다만 전반적으로 볼 때 퇴계는 출(出)보다는 처(處)지향적이었고, 그런 점에서 신열도의 출사 경향은 여헌의 영향으로 보아야 할 것이다.

또한 정치사상에 있어서도 신열도의 수양론이 수양론 그 자체에서 그치지 않고 변통론과 연계되면서 시의성과 현실성을 갖추고 있는 점이나, 예학사상에서 시속을 중시하는 퇴계예학의 전통을 계승하면서도 지리지 편찬의 사례에서 알 수 있는 것처럼, 관념적이고 당위적 차원이 아닌 실증적이고 구체적인 시각으로 풍속의 교화를 추구했던 점 등도 여헌과의 관계 위에서 생각해 볼 수 있다.

그럼에도 불구하고 신열도는 여헌학이 퇴계학과 궁극적으로 다르다고 생각하지는 않았다. 그는 리기론과 사칠론에서 미묘한 입장 차이를 보임에도 불구하고, 여헌학을 퇴계학의 연장선 위에서 이해하고 계승, 발전시켰던 것으로 보인다.

여헌이 1637년(인조 15) 입암(立巖)으로 찾아온 신열도에게 입암의 경승지를 첩으로 만들어 보여주며 소감을 물었을 때, 그가 "경승(景勝)이 백운동(白雲洞)과 비슷하고 도산(陶山)에 버금갑니다."[33]라고 한 대답에서 퇴계의 학맥 위에서 여헌의 학문을 계승하고자 하는 의지를 표현한 것으로 볼 수 있지 않을까. 결국, 퇴계학은 신열도에 와서 비록 정치한 논리는 약하지만 여헌의 가르침을 통해 재해석됨으로써 더욱 현실적이고 실용적으로 계승된 것이 아닌가 생각된다.

---

32) 『旅軒全書』(上), 「年譜」, 42歲條.

33) 勝似白雲洞, 可以甲乙於陶山矣. (『懶齋集』 卷6, 雜著, 「拜門錄」, 丁丑年條)

제3부

여헌학의 문학적 전개와 수용

제3부 여헌학의 문학적 전개와 수용

여헌 장현광과 노계 박인로의 시가문학

김석배

1. 머리말

여헌(旅軒) 장현광(張顯光, 1554~1637)은 일생을 학문과 교육에 종사했고 정치에 뜻을 두지 않았으나 당대 산림의 한 사람으로 왕과 대신들에게 도덕정치의 구현을 강조했던 거유(巨儒)였다. 『여헌집(旅軒集)』 11권, 『여헌속집(旅軒續集)』 5권, 『성리설(性理說)』 6권, 『역학도설(易學圖說)』 9권, 『용사일기(龍蛇日記)』 2권 등의 저서를 남겼으며, 성주 천곡서원, 선산 금오서원, 인동 동낙서원, 청송 송학서원, 영천 임고서원, 포항 입암서원, 의성 빙계서원 등에 제향되었다.

여헌은 1596년(선조 29, 병신) 여름 영양사우(永陽四友)인 권극립(權克立), 정사상(鄭四象), 정사진(鄭四震), 손우남(孫宇男)의 간청으로 입암(立巖)을 처음 심방(尋訪)한 이래 입암에 여러 차례 머물렀고, 1637년(인조 15, 정축) 9월 향년 84세를 일기로 입암의 만욱재(晩勗齋)에서 타계하였다.[1] 여헌은 〈입암십삼영(立巖十三詠)〉, 〈입암오언장편(立巖五言長篇)〉, 〈정사(精舍)〉, 〈전간(前澗)〉, 〈계구대(戒懼臺)〉, 〈피세대(避世臺)〉 등의 한시와

---

* 이 글은 「여헌 장현광과 노계시가」라는 제목으로 『선주논총』 8(금오공과대학교 선주문화연구소, 2005)에 게재되었던 글을 다듬은 것이다.

1) 『旅軒先生全書』 上, 〈年譜〉, 仁同張氏南山派宗親會, 1983, 참고.

〈입암기(立巖記)〉, 〈입암정사기(立巖精舍記)〉, 〈입암설(立巖說)〉 등 입암과 관련된 다수의 문(文)을 남겼으며, 이 입암시문(立巖詩文)들은 박인로의 시가문학에 많은 영향을 끼쳤다.

노계(蘆溪) 박인로(朴仁老, 1561~1642)는 임란 이후 성리학을 배우기 위해 입암에 머물고 있던 여헌을 찾아가서 종유(從遊)하였기 때문에 그의 영향을 크게 받았다. 노계는 〈사제곡〉, 〈누항사〉, 〈입암별곡〉, 〈노계가〉 등 11편의 가사를 남긴 가사문학의 최다작 작가이고, 〈오륜가〉, 〈입암이십구곡〉 등 다수의 시조와 한시를 남겼는데, 여헌의 영향이 적지 않다.

여헌과 노계의 관계는 1704년 연일인(延日人) 지수(篪叟) 정규양(鄭葵陽, 1667~1732)이 찬(撰)한 노계의 〈행장(行狀)〉과 여헌의 〈무하옹전구인산기발(無何翁傳九仞山記跋)〉에 잘 드러나 있다.

어진 이를 높이고 도를 즐기는 정성을 늙어서도 게을리 하지 않았다. 일찍이 자옥산(紫玉山) 속에 들어가 회재(晦齋)가 남긴 자취를 심방하였다. 한강 정선생(寒岡 鄭先生)을 사상(泗上)에서 배알하기도 했는데 선생 또한 여러 번 칭찬하였다. 당시 조지산(曺芝山), 장여헌(張旅軒) 두 현인이 초야에 묻혀 도의를 강론하고 있었는데 공은 자주 가서 가르침을 청하였다. 장선생이 공과 더불어 수일 동안 지내면서 탄식하며 말하기를 "무하옹은 늙고 또 병들었으나 발분하여 먹는 것도 잊어버렸고 뜻을 대인의 도에 두었으니 동방을 떨칠 일찍이 없었던 호걸이다."고 하면서 글을 지어 격려하였다.[2]

무하옹의 지혜와 생각은 높고 멀며 시국을 분별함은 넓고 깊으며, 노래를 잘 불러 여러 사람에게 칭송을 들었다. 말을 삼가고 행동이 돈독하며 사람에게 신망을 얻었는데, 고을과 이웃만이 이를 사랑한 것이 아니라 당시의 대인(大人) 선생에게도 중망(重望)을 얻었기 때문에 사람들이 사귐을

---

2) 〈行狀〉, 김문기 역주, 『국역 노계집』, 박이정, 1999, 102면.

가지면서 기꺼이 용문(龍門)에 기탁하였다. 내가 병중에 무하옹이 〈무하옹전〉을 지었다는 소식을 듣고, 가만히 나아가 보고서 나의 근심을 잊고자 하였으나 깊은 고질(痼疾)이 있어서 소원을 이루지 못했다. 하루는 옹이 은혜롭게 이곳에 오셔서 나의 병황(病況)을 물으시고 회포를 터놓고 시간을 보내시니, 정의(情義)가 정중(鄭重)하여 옹이 나를 멀리 버리지 않았다는 것을 나는 알았다. 그 전(傳)을 보기를 청하니 옹이 과연 원고를 내어서 이를 보여주는데 사기(詞氣)가 힘이 있고 서사(敍事)가 자세했다. 기이하고 위대하고 높다랗고 특출하여 심상(尋常)에서 벗어난 것이 컸다. 그리고 그 가운데 구인산(九仞山)의 성의관(誠意關) 및 문답의 말은 더욱 친절하게 형용을 잘 하였다. 배움을 원하는 마음과 도에 뜻을 둔 정성은, 늙어도 마땅히 더욱 노익장하고 곤궁해도 또한 더욱 견고하니, 진실로 덕을 좋아하는 사람이 아니면 이와 같을 수 있겠는가?3)

본고의 주된 관심사는 여헌이 노계의 시가문학에 끼친 영향을 살펴보는 것이다. 이를 위해 먼저 노계의 〈조홍시가〉와 〈입암이십구곡〉의 창작과 여헌의 관계를 살펴보고, 다음으로 〈입암기〉, 〈입암정사기〉 등 여헌의 입암시문과 〈무하옹전구인산기발〉이 노계시가에 끼친 영향을 살펴보기로 한다.

2. 여헌과 노계의 〈조홍시가〉, 〈입암이십구곡〉

1) 여헌과 노계의 〈조홍시가〉

흔히 〈조홍시가(早紅柿歌)〉로 일컫는 단가 4수는 〈오륜가〉와 더불어

---

3) 김문기 역주, 앞의 책, 81-82면. 『旅軒續集』에는 〈書朴仁老無何翁九仞山記後〉로 되어 있고, 내용도 간략하다.

박인로의 대표적인 시조로 널리 알려져 있다. 그런데 〈조홍시가〉의 명칭, 창작동기, 연시조 여부 등에 대한 의견은 다양하게 제시되어 왔다.[4] 최근에 발굴된 노계의 가집인 『영양역증(永陽歷贈)』의 "漢陰大鑒命作短歌 辛丑九月初 漢陰大鑒見盤中早紅命作三章 此盖出於思親至誠"에 〈조홍시가〉의 창작동기가 분명히 밝혀져 있으므로 재검토가 필요하게 되었다.

『영양역증』은 한음(漢陰) 이덕형(李德馨, 1561~1613)의 증손자 이윤문(李允文)이 1690년(경오) 3월 경북 영천에서 간행한 목판본인데, 단가 4수는 다음과 같이 수록되어 있다.

漢陰大鑒命作短歌 辛丑九月初 漢陰大鑒見盤中早紅命作三章 此盖出於思親至誠

盤中 早紅 감이 고와도 뵈이ᄂ다
柚子 아니라도 품엄즉도 ᄒ다마ᄂ
품어 가 반기리 업슬식 글로 셜워ᄒ뇌이다

王祥의 鯉魚 잡고 孟宗의 竹笋 것쩌
검던 머리 희도록 老萊子의 오슬 닙고
一生애 養志誠孝를 曾子ᄀ티 ᄒ리이다

萬鈞을 느려내야 길게 길게 노를 쇼와
九萬里長天의 가ᄂ 히를 자바 미여
北堂의 鶴髮雙親을 더듸 늘게 ᄒ리이다

---

4) 박성의, 『송강·노계·고산의 시가문학』, 현암사, 1966, 240-242면. 이상보, 『노계시가 연구』, 이우출판사, 1980, 233-241면. 황충기, 「〈早紅枾歌〉 考究」, 『어문연구』 56·57호, 한국어문교육연구회, 일조각, 1987. 최현재, 「박인로 시가의 현실적 기반과 문학적 지향 연구」, 서울대 박사논문, 2004, 53-55면.

群鳳 모드신 뒤 외가마기 드러오니
白玉 싸힌 곳의 돌 ᄒ나 ᄀᆺ다마ᄂ
두어라 鳳凰노 飛鳥와 類이시니 뫼셔 논늘 엇쩌ᄒ리

그동안 단가 4수는 이덕형이 노계에게 조홍감을 보내자 이에 느낀 바 있어 지은 것으로 이해해 왔다. 그러나 첫 번째 시조와 나머지 시조의 창작동기는 분명히 다르다. 『노계가집』의 "漢陰大鑒命作短歌 辛丑 九月初 漢陰大鑒見盤中早紅命作三章 此盖出於思親至誠"은 뒤의 세 수의 창작동기를 분명하게 밝히고 있어 주목된다. 즉 이들은 이덕형의 명작(命作)으로서 신축년(1601) 구월 초에 한음이 노계의 시조 '盤中 早紅감이 …'를 보고 단가 3장을 짓게 했는데, 이들은 대개 사친지정(思親至誠)에서 우러나온 것이다.[5]

〈조홍시가〉로 일컫는 시조는 4수인데 『영양역증』의 협주(夾註)에 "漢陰大鑒見盤中早紅命作三章"라고 하였으니 '命作三章' 문제부터 따져 보아야 한다. 이 문제를 풀 수 있는 열쇠는 '漢陰見盤中早紅'이다. 기존의 연구에서는 '盤中早紅'을 '盤中의 早紅감'(소반 위의 조홍감)으로 생각하여 '한음이 소반 위의 조홍감을 보고'로 이해함으로써 문제가 복잡하게 얽히게 되었다. 이 문제를 제대로 해결하기 위해서는 협주의 '盤中早紅'은 '반중의 조홍감'이 아니고, 또한 그것은 첫 번째 시조의 '盤中早紅'이 가리키는 바와 다르다는 사실에 주목해야 한다. 첫 번째 시조의 '盤中早紅'은 '盤中의 早紅감'이지만 협주의 '盤中早紅'은 첫 번째

---

5) 후대의 문헌에도 대체로 이와 같다. ①『珍本 靑丘永言』: 漢陰見盤中早紅 使朴仁老 命作三章 盖出於思親至誠, ②『六堂本 靑丘永言』: 漢陰見盤中早紅 使之作歌 盖思親至孝, ③『朴氏本 詩歌』: 漢陰見盤中早紅 使朴萬戶仁老 命作短歌三章 盖出於思親至誠, ④『洪氏本 靑丘永言』: 漢陰相公 使朴萬戶仁老永川人述懷而作. 심재완, 『시조의 문헌적 연구』, 세종문화사, 1972, 참고.

시조를 가리키는 것이다. 이렇게 보면 '命作三章' 문제는 자연스럽게 해결된다. 즉 한음은 노계의 첫 번째 시조를 보고 노계에게 단가 3장을 짓도록 한 것이다.

이를 좀더 구체적으로 살펴보면 다음과 같다. 첫 번째 시조는『손씨수견록(孫氏隨見錄)』의 "旅軒先生賜早紅蘆溪命製"[6]에서 알 수 있듯이 노계가 여헌의 명을 받고 지은 것으로 두 번째–네 번째 시조보다 먼저 창작되었다. 박인로는 영양 입암(永陽 立巖, 현 경북 포항시 북구 죽장면 입암리)에 머물고 있던 여헌을 찾아가 종유하였는데, 이 때 여헌이 노계에게 조홍감을 대접하고 그것을 소재로 시조를 짓게 했던 것이다.[7]

〈여헌연보〉에 의하면 여헌이 입암에 머문 시기는 다음과 같다.[8]

① 宣祖 29年(丙申, 1596, 43세) : 夏, 尋永陽之立巖

② 宣祖 33年(庚子, 1600, 47세) : 春, 遊立巖 – 宣祖 34年(辛丑, 1601, 48세) : 冬, 還仁同

③ 宣祖 39年(丙午, 1606, 53세) : 秋, 立巖萬活堂成

④ 宣祖 41年(戊申, 1608, 55세) : 夏, 入立巖

⑤ 光海 8年(丙辰, 1616, 63세) : 六月 往問鄭四震之疾

⑥ 仁祖 7年(己巳, 1629, 76세) : 秋, 浴于永陽之椒泉 入立巖, 留旬月而還

⑦ 仁祖 15年(丁丑, 1637, 84세) : 三月 入永陽立巖, 九月初七日壬申 終于 晚弗齋

---

6) 김사엽, 「노계 임압곡의 계보」,『경북대 논문집』3, 경북대, 1958, 49면.

7) 노계는 1629년에 여헌의 명으로 시조〈立巖二十九曲〉도 지었다. "立巖二十九曲 蘆溪所製 旅軒先生命製"(『손씨수견록』), "時旅軒張先生寓居本郡北立巖 公嘗從遊代旅軒作此歌"(『노계선생문집』권지삼).

8)『旅軒先生全書』上,〈年譜〉, 仁同張氏南山派宗親會, 1983, 490–500면.

이 외에도 동봉(東峰) 권극립(權克立)의 〈연보〉에 의하면 여헌은 1597 (선조 44년, 정유, 44세) 봄에도 입암에 들린 적이 있는 것으로 보인다.9)

〈여헌연보〉로 미루어 볼 때 노계가 여헌을 처음 만나게 된 것은 여헌이 입암에 2년여 머문 경자년 봄부터 신축년 가을 사이일 것으로 추정된다. 여헌은 성리학을 배우기 위해 자신을 찾아온 노계에게 조홍감을 대접하고, 선가자(善歌者) 노계에게 그것을 소재로 시조를 짓도록 하였을 것이다.10) 따라서 시조 "盤中 早紅감이 고와도 뵈아ᄂ다 …"를 지은 시기는 1600년 가을 또는 1601년 가을 조홍감이 나올 때가 분명하고, 두 번째－네 번째 시조가 1601년 구월초에 지어진 것으로 미루어 후자일 가능성이 큰 것으로 보인다. 그리고 처음에는 다음과 같이 『손씨수견록』에 수록된 시조11)였을 것으로 보인다.

> 盤中에 노힌 早紅 두려움도 두려울사
> 비록 橘이 아니나 품엄즉도 ᄒ다만은
> 품어도 듸릴 듸 업ᄉ이 글로 셜워ᄒ노라

그 후 『영양역증』에 수록된 것과 같이 다듬어졌을 것으로 짐작된다.

이제 신축년 구월 초에 이덕형의 명으로 지은 단가 3장인 두 번째－네 번째 시조의 창작경위를 살펴보기로 한다. 〈한음연보〉에 의하면 한음은 1601년 2월에 충청·전라·경상·강원 사도도체찰사(四道都體察使)의 명을 받아 성주(星州)에 본부(本府)를 열었고, 10월에 명을 받고

---

 9) 김사엽, 「노계 임압곡의 계보」, 『경북대 논문집』 3, 경북대, 1958, 38면.
10) 노계는 1598년 左兵使 成允文의 명으로 〈太平詞〉를 지은 바 있다. "戊戌季冬 釜山屯賊 乘夜奔潰時 公佐左兵使成允文幕 兵使聞卽率軍馳到釜山留十餘日後還到本營 明日使之作 此歌", 『蘆溪先生文集』 卷之三, 1張 앞면.
11) 김사엽, 「노계 임압곡의 계보」, 『경북대 논문집』 3, 경북대, 1958, 49면.

조정에 돌아왔다.[12]

한음은 5월에 영천에 이르러 시조묘(始祖墓)에 치제(致祭)하였다. 정규양이 찬한 노계의 〈행장〉에 "오직 한음 이(李) 상국(相國)이 그의 기우(氣宇)와 부합되어 그를 국사(國士)로서 대우하였다. 일찍이 명을 받들어 남쪽으로 내려갔을 때 공의 조상묘에 올라 절하면서 '박모(朴某)의 조상은 배알할 만하다.'고 말했다."[13]고 하였으니 이 때 노계는 한음을 처음 만났을 것이다. 〈한음연보〉에는 보이지 않지만 짐작건대 한음은 구월 초에 시조묘의 일로 다시 영천에 들렀을 것이고, 이 때 한음은 여헌의 명으로 지은 시조 "盤中 무紅감이 고와도 뵈이ᄂ다 …"를 보고 노계에게 단가 3장을 짓게 하였던 것이다.

그런데 단가 4수에 대한 여러 가지 오해가 생기게 된 것은 1831년 정하원과 최옥의 주관하에 『노계선생문집(蘆溪先生文集)』이 간행될 때 단가 4수를 묶어 〈조홍시가〉라는 명칭을 새로 붙였고, 창작동기도 노계를 높이기 위해서 의도적으로 "早紅枾歌 辛丑九月初 漢陰相公饋公早紅柿 公因時物有感而作"으로 윤색하였기 때문이다.[14]

---

12) 二十九年 辛丑 公四十一歲

　　二月 拜忠清全羅慶尙四道體察使. 開府星州

　　四月 付退對馬島倭使橘技正

　　五月 進被擄文官姜沆疏

　　　　巡到永川 祭始祖墓 始祖諱唐 高麗生員 避辛旽難 隨子遯村公 隱於永川 及卒葬于蘿峴 至是

　　更置墓戶 使之封香火禁樵牧

　　　　巡到大丘 訪處士徐思源

　　　　巡到右水營 祭故統制使李舜臣

　　十月 承召命 還朝

13) "惟李漢陰相國氣宇暗符 遇之以國士 嘗奉使南下 登公祖墓而拜之曰 朴某之祖可拜也", 『蘆溪先生文集』卷之二, 33張 앞면.

14) 김석배, 「박인로의 〈조홍시가〉 연구」, 『문학과언어』 27, 문학과언어학회, 2005.

2) 여헌과 노계의 〈입암이십구곡〉

〈입암이십구곡(立巖二十九曲)〉은 노계가 입암에 우거(寓居)하고 있는 여헌을 찾아가 종유할 때 여헌의 명으로 지은 작품이다. 『손씨수견록』에는 창작동기를 "蘆溪所製 旅軒先生命製"라고 했고, 목판본 『노계선생문집』에는 "時旅軒張先生寓居本郡北立巖 公嘗從遊代旅軒作此歌"로 윤색되어 있다.

이 시조는 여헌이 중심이 되어 입암 주위의 승경(勝景)에 명명한 소위 '입암 28경(立巖二十八景)'15)을 소재로 읊은 것이다. 입암을 읊은 것이 무려 10수나 되고, 28경 중에서 함휘령(含輝嶺)을 비롯한 야연림(惹煙林), 초은동(招隱洞), 상엄대(尙嚴臺), 답태교(踏苔橋), 물막정(勿幕井), 상두석(象斗石) 등 7경을 제외하였으며, 경심대(鏡心臺)와 세이담(洗耳潭)은 각각 수어연(數魚淵)과 격진령(隔塵嶺)과 함께 읊었고 입암 28경에 들지 않는 입암정사(立巖精舍)를 포함시키고 있다.

〈입암이십구곡〉의 창작시기에 대해서는 다양한 견해가 있다. 김사엽은 〈입암정사기〉가 이루어진 선조 40년(1607)부터 여헌의 몰년(歿年)인 인조 15년(1637)까지로 보았고, 이상보는 인조 17년(1629)이라고 주장하였다. 그리고 황충기는 광해군 5년(1613) 이후 여헌의 몰년인 1637년까지이며 그 이후로 내려갈 수 있다고 하였다.

노계는 기회가 있을 때마다 여헌을 종유하면서 성리학을 배웠을 것인데, 광해군 4년(1612, 52세) 11월 13일(계묘) 군기를 수리하지 않은 죄로 조라포 만호(助羅浦 萬戶)에서 파직16)된 후 고향으로 돌아와 성리학

---

15) 立巖, 起予巖, 戒懼臺, 九仞峯, 吐月峯, 小魯岑, 産芝嶺, 含輝嶺, 停雲嶺, 隔塵嶺, 耕雲野, 惹煙林, 招隱洞, 尋眞洞, 探藥洞, 鏡心臺, 數魚淵, 避世臺, 尙嚴臺, 浴鶴淵, 畵裏臺, 合流臺, 釣月灘, 洗耳潭, 響玉橋, 踏苔橋, 勿幕井, 象斗石.

16) "비변사가 아뢰기를, ―중략― 慶山縣令 權益中, 助羅浦萬戶 朴仁老, 前 法聖浦萬戶 金俊龍, 前 臨淄僉使 李貞信은 모두 군기를 수리하지 않아 죄를 면키 어려운데, 김준룡은 이미

에 잠심(潛心)하면서 여헌을 자주 찾아가서 배웠을 것이다. 여러 정황으로 보아 〈입암이십구곡〉은, 노계가 1629년(인조 7, 기사)인 69세에 입암에 머물고 있던 여헌을 찾아가서 종유하였을 때 여헌의 명으로 지은 것으로 보는 것이 자연스럽다.

3. 여헌의 입암시문과 노계시가

여헌은 1596년 여름에 영양사우의 간청으로 입암을 처음 심방한 이래 1637년 9월 입암의 만욱재에서 타계할 때까지 입암에 여러 차례 머물렀으며, 〈입암기〉, 〈입암정사기〉, 〈입암설〉, 〈입암오언장편〉, 〈입암십삼영〉 등 입암과 관련된 입암시문을 다수 남겼다. 이러한 여헌의 입암시문은 노계의 〈입암별곡(立巖別曲)〉과 〈입암이십구곡(立巖二十九曲)〉 등의 시가문학에 직접적인 영향을 크게 끼쳤다.[17]

1) 여헌의 입암시문과 노계의 〈입암이십구곡〉

앞에서 살핀 바와 같이 〈입암이십구곡〉은 노계가 1692년 입암에 우거하고 있는 여헌을 찾아가 종유할 때 여헌의 명으로 지은 작품이다.

파직되었고 이정신은 이미 체차되었으니 이들은 해사로 하여금 추고한 뒤 처치하도록 해야 합니다. 권익중, 박인로는 계사 내의 사연으로 보아 아울러 파직하는 것이 온당할 듯합니다. -(중략)- 전교하기를 아뢴 대로하라.", ≪광해 059 04/11/13(계묘) / 비변사에서 속오군 편성, 수군의 양료 지급 및 제반 군사 문제에 대해 아뢰다≫. 한국학데이터베이스연구소, 『CD-ROM 국역 조선왕조실록』, 서울시스템(주), 1997.

17) 여헌의 입암시문이 노계시가에 끼친 영향에 대한 검토는 이상보, 『노계시가연구』(이우출판사, 1980)와 황충기, 『노계 박인로 연구』(국학자료원, 1994)에서 이루어진 바 있는데, 본고는 이 연구의 도움을 크게 받았다.

○ 無情히 서는 바회 有情호야 보이누다 / 最靈훈 吾人도 直立不倚 어렵거늘 / 萬古애 곳게 선 저 얼구리 고칠 적이 업누다(입암 1)

○ 以無情爲情其貞也(입암설)

○ 不倚是中道 不回惟經德 寒暑自往來 晦月任闔闢 / 溪流流不返 百卉紛開落 雲烟互變態 爾獨今猶昔 / 一立立終古 何物能撓得 爲爾設小霽 忘言對日昔(立巖, 五言長篇)

○ 非所謂獨立不倚者乎(입암기)

○ 魯論所謂彌高彌堅卓爾所立 … 和而不流中立不倚(立巖精舍記)

○ 江頭에 屹立호니 仰之예 더옥 놉다 / 風霜애 不變호니 鑽之예 더옥 굿다 / 사람도 이 바회 고호면 大丈夫닌가 호노라(입암 2)

○ 仰之彌高 鑽之彌堅 卓爾所立之健剛(입암설)

○ 彌高彌堅 卓爾所立(입암정사기)

○ 繩墨 업시 삼긴 바회 어닌 規矩 알니마는 / 놉고도 고다니 貴하야 보나누다 / 애들다 可히 사람이오니 돌마도 못하랴(입암 4)

○ 高而大 大而正 正而直矣(입암기)

○ 卓然直立호니 法 바담직호다마는 / 구름 깁흔 峽中에 알 리 잇사 츳자오랴 / 努力躋攀호면 奇觀이야 만호니라(입암 5)

○ 非市傍非路懼 而于深山之中 則立得其地也 帶淸流臨碧潭 蓄至靜於至動之中 則二樂者俱喜之也(입암기)

○ 雲烟互變態 爾獨今猶昔 一立立終古 何物能撓得 爲爾設小霽 忘言對日昔(立巖 五言長篇)

○ 草屋 두세 間을 巖穴에 부쳐 두고 / 松竹 두 빗치 病目애 익어시니 / 이 中에 春去秋來를 아므 젠 줄 모르로다(精舍)

○ 置一茅齋以爲棲息之處 房其左右而廳其中各日間也 竈于兩房之北 可藏數

百卷也 稍拓其前後 植以衆卉 頗可玩也(입암정사기)

○ 戒懼臺 올라오니 믄득 졀로 戰兢ᄒ다 / 臺上의 살펴보며 이곳치 져흡거든 / 못 보고 못 듯ᄂᆞᆫ 싸히야 아니 삼가 엇지ᄒ리(戒懼臺)

○ 坐于臺上者 三面皆爲壁必常有臨戒懼之心 故名其臺曰戒懼 戒懼所以以臺之形勢而戒懼之義則多矣(입암기)

○ 峰頭에 소슨 둘이 山中의 비취노다 / 九萬里 長天이 멀고도 놉건마ᄂᆞᆫ / 高山이 揷天ᄒ니 돌 우흐로 나ᄂᆞᆫ 덧다(吐月峰)

○ 日暮臺上山人方歡欲 燈不可欲燭不宜于斯時也 共注目東望以待月出而一片氷輪出自峯上 有若峯吐而生者 故其峯曰吐月 卽臺中夜景得此而明者也(입암기)

○ 巍巍ᄒᆞᆫ 九仞峯이 衆山 中에 秀異코야 / 下學工程이 이 山 하기 갓건마ᄂᆞᆫ / 엇디라 이제 爲山은 功虧一簣ᄒᆞᄂᆞᆫ 게오(九仞峯)

○ 九仞之說 出於孔子爲山之喻 爲吾黨者 可不戒於一簣之虧乎(입암기)

○ 南魯岑 이 일흠을 뉘라서 지은 게오 / 夫子登臨도 이 東山 아니런가 / 萬古靑山이 只麼히 놉하시니 아모 된 줄 모ᄅᆞ로다(小魯岑)

○ 是岑效宣尼登東登泰之遊 則一片靑丘曾不滿於一眄 蓋以小魯而名其岑乎(입암기)

○ 名利예 쓰지 업서 비오신 막ᄃᆡ 집고 / 訪水尋山ᄒᆞ야 避世臺예 드러오니 / 어즈버 武陵桃源도 여긔런가 ᄒ로라(避世臺)

○ 隈在九仞峯之東畔有巖際流旣平且廣 亦可立數間茅也 但不稍高 遇漲而沈 故屋下可設焉 然後負危崖 前臨險流 又爲九仞之所蔽擁 幽閑深寂 漠然與外人若不相接 乃名之曰避世臺(입암기)

○ 隱有市中者 何須深處覓 農人斷崖徑 猶勝枝掃迹(立巖十三詠, 避世臺)

○ 淵泉이 하 말그니 가는 고기 다 보닌다 / 一二三四를 낫낫치 혜리로다 /
  童子야 새 물에 고기를 다시 헤여 보아라(數魚淵)
○ 淵之上下石有呈露 而盤陀者 流漲則沒 水落則出 然沒時少而出時多 坐其石
  淵可俯焉 或濯或漱以觀魚之往來者 於是名其石曰鏡心臺 名其淵曰數魚淵
  巖影倒落 淵中蒼苔綠叢似作淵魚巢也(입암기)

○ 浴鶴潭 묽근 물에 鶴을 조차 沐浴ᄒ고 / 訪花隨流ᄒ야 興을 ᄐ고 도라오
  니 / 아무려 風乎舞雩詠而歸 ᄂ들 블을 일이 이시랴(浴鶴潭)
○ 可容得霧雩上浴風冠童(입암정사기)

○ 낙대를 빗기 쥐고 釣月灘 바라 ᄂ려 / 불근 역귀 헤혀 닉고 돌 알이 안ᄌ
  시니 / 아모려 桐江興味 ᄂ들 불을 주리 이시랴(釣月灘)
○ 手持一竿(입암기)

○ 沮溺의 가던 밧치 千年을 묵어거늘 / 구름을 허혀 드러 두세 이렁 가라
  두고 / 生涯를 足다사 홀가마ᄂ 부를 거ᄉ 업노왜라(耕雲野)
○ 披雲而耕(입암기)

○ 産芝嶺 올나오니 一身이 香氣롭다 / 四皓商山도 이 芝嶺 아니런가 / 山路
  애 구룸이 깁흐니 아모 된 줄 모르로다(産芝嶺)
○ 而名之以産芝者何也 昔者四皓避世焚坑之虐政 寄身世於商山之深谷 獨遠
  懷乎唐虞之盛世 千載之下 誦詠紫芝之歌亦可以想見襟懷之脫落則思人而不
  見尙其志而高揖者其可無縱目 攄懷之地乎 此所以名産芝於嶺也(입암기)

이상에서 〈입암이십구곡〉은 여헌의 입암시문의 영향을 받은 것이
분명하고, 특히 〈입암기〉의 영향을 크게 받은 사실을 확인할 수 있다.

2) 여헌의 〈입암기〉와 노계의 〈입암별곡〉

여헌의 〈입암기(立巖記)〉는 노계가사에 두루 영향을 끼쳤는데 특히 〈입암별곡〉에 크게 영향을 끼쳤다. 〈입암별곡〉은 노계가 77세(인조 15년) 이후 만년에 지은 3단 58행 106구의 비교적 짧은 가사작품이다. 제1단은 서사로 "塵世間 살암들아 … 瀛州가 녀기로다"(5행)로 입암의 뛰어난 풍경을 영주(瀛州) 풍경에 비유하였다. 제2단은 본사로 "日躋堂 올나 안ᄌ … 七星을 버렷더라"(35행)로 일제당에 올라앉아 입암28경을 여헌의 〈입암기〉와 동일한 순서로 읊고 있다. 제3단은 결사로 "一區仙境을 임재 업시 … 절로절로 늘그리라"(18행)로 영양 사우인 권극립, 정사상, 정사진, 손우남이 여헌 선생을 초빙하여 일제당에서 도의를 강마(講磨)하는 모습과 여헌 선생이 명명한 28경에서 자연을 즐기고 산수와 더불어 즐기겠다는 소회를 읊고 있다.

〈입암별곡〉은 여헌 선생이 지은 입암시문 중에서 특히 〈입암기〉의 영향을 크게 받았는데, 그 중에서 영향관계가 뚜렷한 것을 중심으로 정리하면 다음과 같다.

○ 日躋堂 올나 안ᄌ 二十八景 도라보니 / 卓立巖 두렷ᄒ야 淸川의 砥柱 되고
○ 凡物必有所立然後不爲他物所撓奪也 百仁之砥柱其立也[18]

○ 起子巖 삼겨나셔 戒懼臺 도여시니 / 臨危戒懼 ᄒ신 말ᄉ 닛째예 뫼왓는 덧
○ 使仰之者精神肅爽 心想淸遠 自有所起發焉者 故名之曰 起子巖
○ 坐于臺上者三面皆爲壁必常有臨戒懼之心 故名其臺曰戒懼 戒懼所以以臺之形勢而戒懼之義則多矣

○ 九仞峯 놉흔 봉이 功虧一簣 죠심ᄒ쇼

---

[18] 以其溪畔有巖卓立者 故村名亦謂之立巖(立巖說).

○ 九仞之說出於孔子爲山之喩爲吾黨者可不戒於一簣之虧乎

○ 吐月峯 돌 쓴 기동 峯頭生山 ᄒᆞᄂᆞᆫ 덧디

○ 日暮臺上山人方歡欲 燈不可欲燭不宜于斯時也 共注目東望以待月出而一
  片氷輪出自峯上有若峯吐而生者 故其峯曰吐月卽臺中夜景得此而明者也

○ 小魯岑 올나 안ᄌ 天下을 젹단 말ᄉᆞᆷ / 孔夫子의 大觀이라 우리 어이 의논
  ᄒᆞ니

○ 是岑效宣尼登東登泰之遊則一片靑丘曾不滿於一眸 盖以小魯而名其岑乎

○ 山芝嶺 올나가셔 紫芝歌 싱각ᄒᆞ고

○ 而名之以産芝者何也 昔者四皓避世焚坑之虐政 寄身世於商山之深谷 獨遠
  懷乎唐虞之盛世 千載之下 誦詠紫芝之歌亦可以想見襟懷之脫落則思人而
  不見尙其志而高揖者其可無縱目 擾懷之地乎 此所以名産芝於嶺也

○ 含輝嶺 ᄇ래보이 玉蘊山含 비치로다

○ 自臺而望最親且對圓 嶐濃厚蔥鬱明顯則名之曰含輝 以取夫朱晦庵玉蘊山
  含輝之義也 山之能韞玉與否因未可知矣 然良玉之所信者必名山也

○ 停雲嶺 놉흔 재예 가ᄂᆞᆫ 구름 머무ᄂᆞᆫ 덧

○ 每見白雲停聚乎其頂或如冠巾中戴首 或崖壑掩藏盡者有 或峰巒露出半者 或
  始薄而終密 或作聚而還散 朝而爲霧 暮而爲霞 變化無常 往來無跡者 恒是雲
  也 故名之曰停雲嶺 于以詠靖節 無心出峀之章 亦足以認卷舒 行藏之道也

○ 隔塵嶺 둘려시니 世路을 긋쳐ᄭ러라

○ 在一溪下流當一洞初口有若隔絶世路者 然遂名之曰隔塵嶺 旣有是嶺隔節
  內外 故立巖溪山之奇勝 自作一區之秘藏 而山外塵蹤 俗跡不得以冐躐焉

○ 耕雲野 도라드니 隱者의 취미로다

○ 披雲而耕 帶雨而鋤 固山中之勝事 而莘野耕叟 南陽臥龍 或樂堯舜之道 或
託管樂之比 則吾儕獨不可 以志伊尹之志 心臥龍之心乎 野名耕雲有所慕也

○ 惹烟林 落落松에 暮烟이 줌겨셔라
○ 林木連靑 自生自長 參差亂茂 村人朝暮之炊 遊客茶魚之烹 靑烟一痕 惹作
微色 以供詩人之口 或迷眠鳥之眠 則任所以名惹烟也

○ 招隱洞 추쟈드니 숨는 사름 부르는 덧
○ 洞在下口者 名以招隱 憐夫迷溺於宦海而莫之返者也

○ 尋眞洞 어드매오 松下의 童子로다 / 紫門에 무려본들 白雲이 덥펏더라
○ 洞在溪上者 名以尋眞 思夫抱眞肥遯者而不得見也

○ 採藥洞 도러가니 百草을 심겨는 덧
○ 名以採藥 藥不必如方外之徒 丹沙石髓之誤人者也 居閑養病 保嗇性命 亦不
可以無藥物 故洞多其産 所以名之也

○ 鏡心臺예 鳶飛ㅎ고 數魚淵에 魚躍이라
○ 淵之上下石有呈露 而盤陀者 流漲則沒 水落則出 然沒時少而出時多 坐其石
淵可俯焉 或濯或漱以觀魚之往來者 於是名其石曰鏡心臺 名其淵曰數魚淵
巖影倒落 淵中蒼苔綠叢似作淵魚巢也

○ 避世臺 안쟈시니 世念이 전혀 업니
○ 隈在九仞峯之東畔有巖際流旣平且廣 亦可立數間茅也 但不稍高 遇漲而沈
故屋下可設焉 然後負危崖 前臨險流 又爲九仞之所蔽擁 幽閑深寂 漠然與
外人若不相接 乃名之曰避世臺

○ 尙巖臺 건닉간이 富春이 이 곳진 덧
○ 又其南崖有巖隙亦成一臺 可鋤一葉席 直俯溪潭 最宜釣磯 遂以尙巖名其臺

嚴卽嚴子陵也 其人出狎至尊則動天上之星象 來把一絲則扶漢家之九鼎 固
亦一世之丈夫也 名臺之義所以尙其節也

○ 浴鶴淵 磐潔處에 舞鶴巖이 더욱 긔타
○ 淵廣足容中船 溪作三波 而瀑落淵中 水聲常浙瀝焉 淵之兩邊皆磐石 石爲漲
磨漫渙平滑 烔爛皓潔 坐其上如藉以琉璃筵也 其東峽之巖 尤極奇壯 蒼苔
綠蘿 翁蔚埋覆 殊非烟火中人所可遊息也 淵以浴鶴名焉 亦非必有其實 以
誌水石之奇潔也

○ 畵裏臺 구어보니 모든 景을 그렷는 덧
○ 又成小潭 潭上有巖 巖上有松 因而臺焉 雖不能自奇 而諸嶺諸峯諸巖諸石
凡一眼所收得者 恍惚難狀 依依畵中 似非眞面 故名之曰畵裏臺

○ 合流臺 노힌 바회 一壑을 그렷더라
○ 有巖壘然成丘以臨是流 而溪之自北山來者 稍浮於是溪 而合流於其前 又增
一倍價也 四友欲停其上 而慮或力未及焉 名之曰合流臺

○ 釣月灘 ᄂ려가셔 ᄇᆞᆰ근 달 ᄆᆞᆯ근 물에 / 銀鱗을 낙가내니 들이 씌여 나오는 덧
○ 臺前合流之處 水頗演漾 石多奇美 不知渭水之陽其能勝於此乎 遂名其灘曰
釣月 以溪之上流皆在山低月最晩 此灘則距東嶺已遠 月光先受 因宜於夜釣
釣卽呂太公之事也 身蘊濟世之具 閑老江湖之邊 手持一竿非斯人 吾誰與從
焉 此名灘之義也

○ 洗耳潭 도라드니 巢夫許有 긔 아닌가
○ 從灘而下至招隱洞之口 溪之成潭者 倍於上流之淵 外人之入此洞者 山人之
出是山者 皆過於是潭 塵雲仙凡此焉 皆分故潭名曰洗耳潭 意欲追巢許也

○ 響玉橋 건네오니 溪聲이 琤琮ᄒ고
○ 爾至於由外路而入村者 必涉巖下之流 橫排白石用爲片橋之際 有響琤琮 故

其橋之名曰響玉

○ 踏苔橋 볼바오니 石面에 苔生일쇠
○ 自戒懼臺紆步而下將 欲觀魚鏡心·臺 則其入也 亦必有石橋 橋在巖底 叢林之
中 石面易生綠答 亦爲幽興之助也

○ 勿幕井 믈근 심이 井掛上六 깃쳐 잇고
○ 井在起子巖之側者 寒且冽焉 澤物之功 不可不傳 故取易井卦上六爻辭 以勿
幕名之井而幕之 則功不施也

○ 象斗石 노힌 돌이 七星을 버렷더라
○ 石在立巖之傍者 有數至七 而象似斗星 故名之曰象斗石 四時之運 日月之行
皆於斗星而取法則 北斗之於星辰 其係最大而石之 數與象適與之符焉亦一
奇也

이상에서 〈입암별곡〉은 여헌의 〈입암기〉의 영향을 두루 받은 것이
분명하고, 그것은 주로 본사에 집중되어 있음을 확인할 수 있다. 이러
한 사실을 볼 때 노계는 여헌의 〈입암기〉를 참고하면서 〈입암별곡〉을
지었던 것이 분명하다.

3) 여헌의 입암시문과 노계의 여타 작품

여헌의 입암시문은 노계의 〈사제곡〉, 〈누항사〉, 〈독락당〉, 〈영남가〉,
〈소유정가〉 등에도 일정한 영향을 끼쳤는데, 이를 정리하면 다음과 같다.

○ 莘野耕叟南陽或 樂堯舜之道 … 獨不可以志 伊尹之志·心臥龍之心乎(입암기)
○ 莘野耕叟와 壟上耕翁을 賤타 흐리 업것마는(누항사)

○ 獨遠懷乎唐虞之盛世(입암기)

○ 唐虞盛時를 오늘 다시 본 듯ᄒ다(영남가)

○ 唐虞盛時룰 일일가 바라더니(독락낭)

○ 雖妙手不能畵出 雖巧詞難以收得(입암기)

○ 이러흔 形勝을 范希文의 文筆인들 다 서녀기 쉬울넌가(독락당)

○ 龍眠妙手인들 이ᄀ치 그릴런가(소유정가)

○ 取夫朱晦菴 玉蘊山含輝之義(입암기)

○ 玉蘊含輝ᄂ 어제론 덧 ᄒ다마ᄂ(독락당)

○ 天地久慳秘 應畁碩人憩(避世臺, 오언장편)

○ 天慳地秘ᄒ야 我先生의 기치도다(독락당)

○ 天慳地秘ᄒ야 ᄂ를 주랴 남겨쩟다(사제곡, 소유정가)

○ 可容得霧雪上浴風冠童(입암정사기)

○ 春服을 뵈와 닙고 麗景이 더딘 적의 / 靑藜杖 빗기 쥐고 童子 六七 블러내야 / 솝닙 난 쟌쬐예 足容重케 훗거러 / 淸江의 발을 싯고 風乎江畔ᄒ야 興을 트고 도라오니 / 舞雩詠而歸룰 져그나 부를소냐(사제곡)

○ 風乎詠而歸인들 이 興에 더을손가(소유정가)

○ 風乎詠而歸를 오늘 다시 본 듯ᄒ다(독락당)

4. 여헌의 〈무하옹전구인산기발〉과 노계시가

〈무하옹전구인산기발〉은 여헌이 노계의 〈무하옹전〉을 보고 지은 것인데, 『여헌속집』에는 〈서박인로무하옹구인산기후(書朴仁老無何翁九仞山記後)〉란 제목으로 개략만 수록되어 있다.

〈무하옹전구인산기발〉 역시 노계시가에 적지 않은 영향을 끼쳤다. 먼저 〈입암이십구곡〉에 끼친 영향을 정리하면 다음과 같다.

○ 巍巍흔 九仞峯이 衆山中에 秀異코야(九仞峯)
○ 巍巍乎山也

○ 江頭에 屹立ᄒ니 仰之예 더욱 놉다(입암)
○ 仰之而彌堅

○ 下學工程이 이 山 하기 갓건마ᄂ(구인봉)
○ 下學而上達 準擬斯道之工程

○ 엇지타 이제 爲山은 功虧一簣 ᄒᄂ 게오(구인봉)
○ 爲山九仞 功虧一簣

○ 卓然中立ᄒ니 法바담 즉ᄒ다마ᄂ(입암)
○ 不偏不倚 卓然中立

○ 어리고 陋吝던 마암이 절로 새롭ᄒ니다(起子巖)
○ 潛消其陋吝之心 對之者振發其淸明之氣

○ 彼此 업시 흘러가고 左右에 逢源ᄒ니(합류대)
○ 左右逢其源

그리고 〈오륜가〉에도 다음과 같이 〈무하옹전구인산기발(無何翁傳九仞山記跋)〉의 영향이 보인다.

○ 幸兹秉彝心이 古今 업시 다 이실시(오륜가)

○ 秉彝好德之心

　다음으로 〈영남가(嶺南歌)〉, 〈독락당(獨樂堂)〉, 〈노계가(蘆溪歌)〉 등에도 〈무하옹전구인산기발〉의 영향을 찾을 수 있다.

〈영남가〉

○ 九經八目을 誠敬中에 부쳐두고
○ 大學之八目似也 中庸之九經似也

○ 涸轍枯魚ㅣ 깁흔 소해 잠겨난 닷
○ 覺爽處涸轍而猶歡也

〈독락당〉

○ 一千年 新羅와 五百載 高麗에 聖賢君子들이 만히도 지낸마는
○ 一千年新羅 五百年高麗 其間明道之士

○ 澄心臺 구어보니 陋吝텃 胸襟이 새로운 듯ᄒ다마는
○ 潛消其陋吝之心 對之者振發其淸明之氣

○ 繼往開來ᄒ야 吾道을 밝키시니
○ 繼往聖開來學之功

○ 千言萬語 다 聖賢의 말삼이라
○ 沈潛翫味聖賢千言萬語

○ 道脈工程이 日月갓치 발가시니
○ 下學而上達 準擬斯道之工程

○ 진실로 이 遺訓을 腔子裏에 가득 담아

  ○ 都是腔子裏物也

〈노계가〉

  ○ 光風霽月이 腔子裏예 품엇는 듯
  ○ 光風霽月 如在其中稟乎, 都是腔子裏物也

위에서 〈무하옹전구인산기발〉은 특히 〈독락당〉 창작에 많은 영향을 주었다는 사실을 확인할 수 있다. 〈독락당〉은 노계가 경주 옥산에 있는 회재 이언적(晦齋 李彥迪)이 거처하던 독락당을 찾아가 그곳 주위의 승경(勝景)과 회재를 추모하는 간절한 심회를 읊은 것으로, 전쟁이 끝난 뒤 노계가 도학에 정진하여 크게 진보하여 상당한 경지에 이르렀을 때 지은 작품이다. 〈독락당〉이 도학과 관련된 내용을 읊고 있기 때문에 비슷한 내용을 담고 있는 〈무하옹전구인산기발〉의 영향을 크게 받은 것은 매우 자연스러운 일이다.

5. 맺음말

노계 박인로는 성리학을 배우기 위해 입암에 머물고 있던 여헌 장현광을 찾아가 종유하였기 때문에 그의 영향을 크게 받았다. 본고에서는 노계 박인로의 시가문학에 끼친 여헌의 영향을 살펴보았는데, 그것을 간략하게 정리하면 다음과 같다.

첫째, 〈조홍시가〉 4수 중에서 제1수는 노계가 여헌으로부터 조홍감을 대접받고 여헌의 명으로 1601년 가을(또는 1600년 가을) 조홍감이 나올 무렵에 지은 것이다. 나머지 세 수는 1601年 구월 초 이덕형이 시조 "盤中 무紅감이 고와도 뵈이는다 …"를 보고 짓도록 한 것이다. 그리고

〈입암이십구곡〉은, 노계가 1629년 69세에 입암에 머물고 있던 여헌을 찾아가서 종유할 때 여헌의 명으로 지은 것이다.

둘째, 노계의 연시조 〈입암이십구곡〉은 여헌의 〈입암기〉, 〈입암정사기〉, 〈입암 오언장편〉 등의 입암시문의 영향을 두루 받았는데 특히 〈입암기〉의 영향이 두드러진다. 그리고 노계의 〈입암별곡〉은 여헌의 〈입암기〉의 영향을 크게 받았으며, 노계의 〈사제곡〉, 〈누항사〉, 〈독락당〉, 〈소유정가〉, 〈영남가〉 등도 여헌의 입암시문의 영향을 받았다.

셋째, 여헌의 〈무하옹전구인산기발〉도 노계시가 특히 〈입암이십구곡〉과 〈독락당〉에 큰 영향을 끼쳤다.

여헌의 시문이 노계의 한시에도 적지 않은 영향을 끼쳤는데, 노계의 문학세계를 제대로 이해하기 위해서는 이에 대한 깊이 있는 연구가 필요할 것이다.

간송 조임도의 현실인식과 시세계

오용원

1. 문제제기

개울가 소나무 홀로 좋아하는데,	獨愛澗邊松
찬 겨울에도 그 자태 고치지 않네.	天寒不改容
깊이 내린 뿌리 절벽에 박혀 있고,	深根盤絕壑
곧은 가지 우뚝한 봉우리에 솟았네.	直幹聳危峯
바람 세찰수록 소리 더욱 크고,	風烈聲逾壯
찬 서리 내릴 때면 푸르름 더하네.	霜嚴翠更濃
그대 보았는가! 봄날과 여름날에,	君看春夏節
모든 만물이 한없이 푸르디 푸른 것을.	百物共靑蔥

『澗松集』卷1, 「栽松澗邊」, 30면.

17세기 초반 처사적 삶을 살다간 한 선비의 의식적 지향을 예견해 볼 수 있는 작품으로서 조임도(趙任道, 1585~1664)가 19세(1603년)에 지은 것이다. 애송(愛松)의 각별한 취미(趣味), 천한(天寒)에도 변하지 않는 소나무의 자태(姿態), 절벽(絕壁)에 내린 소나무의 깊은 뿌리, 위봉

---

* 이 논문은 「간송 조임도의 현실인식과 그 시적 형상화」라는 제목으로 『선주논총』 10(금오공대 선주문화연구소, 2007)에 게재되었던 글을 수정한 것이다.

(危峰)에 솟은 소나무의 곧은 가지, 열풍(烈風)에 더욱 씩씩한 소나무의 외형(外形), 엄상(嚴霜)에 더욱 푸른 소나무의 절조(節操) 등은 어쩌면 미래에 자신의 삶에 대한 동경의 대상 내지는 의지의 표명이기도 하다. 이 논문에서는 몇 번에 걸쳐 관직이 제수되었지만, 환로에 나아가지 않았던 처사적 삶에 주목해보고자 한다.

조임도(趙任道)는 조선 중기의 학자이며 함안인(咸安人)으로 자는 덕용(德勇), 자호(自號)를 간송당(澗松堂)[1]이라 하였다. 그는 함안군(咸安郡) 검암리(劍巖里)에서 아버지 식(埴)과 어머니 문화(文化) 유씨(柳氏) 사이에서 태어났다. 8세(1592년) 때 임란으로 인해 왜적을 피하여 부(父) 입암공(立巖公)을 따라 합천(陜川)으로 이거(移居)했다. 14세(1598년)에 입암공과 함께 정유난을 피하여 청송(青松)에서 영천(榮川)으로 왔다가 다시 봉화(奉化)로 이거하게 되는데, 이 때 반천(槃泉)[2]의 문하에서 수학하게 된다. 다음해에 다시 반천을 따라 안동(安東)의 청량산(淸涼山)으로 가서 수학하며 그의 학문적 권면을 크게 입게 된다. 16세(1600년)에 두곡(杜谷)[3]의 문하에 나아갔고, 두곡은 조세(蚤歲)에 이미 탁월한

---

1) 19세(1603년)에 왜란이 평정되자 다시 立巖公과 함께 고향인 咸安郡 劍巖里로 돌아왔다. 이 해에 藏守의 목적으로 지은 困知齋가 낙성하게 된다. 그는 이 곳 개울가에 두 그루의 소나무를 손수 심게 되는데, 이로 인하여 자호를 '澗松'이라 하였다. 이에 대해 시에서 "개울가 소나무를 좋아하는 것은 추운 겨울에도 그 위용을 고치지 않기 때문이라"고 하였으니, 그의 歲寒之節을 엿볼 수 있다.「澗松先生年譜」"…時倭亂已平先生陪侍還鄉困知齋成 先生請立書室以爲藏修之所 立巖公爲構數椽於溪亭舊基名其堂曰日新 使趙洗馬平序之 而又命先生名其齋 先生始ам扁晩覺 更名困知 爲序敍其事 手種二松於澗邊 因自號澗松 有詩曰 爲愛澗邊松 天寒不改容…"

2) 金中清[1567(명종 22)~1629(인조 7)]: 조선 중기의 문신. 본관은 안동. 자는 而和, 호는 晩退軒·苟全·槃泉. 아버지는 折衝僉知中樞府事 夢虎이다. 趙穆의 문인이다. 봉화의 槃泉書院에 제향되었다.

3) 高應陟[1531(중종 26)~1605(선조 38)]:조선 중기의 학자·시인. 본관은 安東. 자는 叔明, 호는 杜谷·翠屛. 夢聃의 아들. 金範의 문인으로 1549년(명종 4)사마시에 합격하였으나 고향에서 학문연구에 전심하여 『大學』·『朱子或問』 등을 읽고 깨달은 바가 많았다. 1702년(숙종 28) 선산의 洛峯書院에 제향되었다. 저서로는 『두곡집』·『大學改正章』이 있

그의 학문적 입지에 감탄하며 『대학』 1책을 주기도 하였다.

16세(1600년)에 입암공과 함께 의성(義城) 하천리(下川里)에 있는 사촌 자형 오봉(梧峯) 신지제(申之悌)의 집에 갔다가 돌아오면서 여헌을 처음으로 접견(接見)하였다. 훗날 그는 「취정록(就正錄)」에서 당시의 소감을 다음과 같이 술회하였다. "얼굴은 물에 담근 듯 붉고, 눈 모양이 단정하여 시선을 함부로 돌림이 없었다. 말과 행동에 법칙이 있어 조용하고 온화하면서도 굳세며 깊고 담박하며 원대하였다. 내가 보건대 평이하면서 확고하여 함부로 뽑을 수 없는 지조가 있었고, 공손하고 겸허하면서 단정하여 함부로 범할 수 없는 기상이 있었다. 내가 비록 어린 나이이기에 아직 지식은 없지만 마음속으로 특이하게 여겼다.…"4)라고 하였다. 여헌을 처음 대한 간송은 당시의 소감을 특이함으로 기술하고 있다.

다음 해(1601년)에 그는 입암공과 함께 인동(仁同)의 가락동(嘉樂洞)으로 이우(移寓)하면서 여헌(旅軒)의 문하에 입문하여 수학하게 된다. 그가 여헌의 문하에 입문하여 훈자상장(熏炙相長)한 것이 약 40년쯤 된다. 출입한 시기를 볼 때, 여헌의 가르침이 얼마나 지대했는지 짐작할 수 있다.5) 여헌의 문하에 입문할 당시 간송은 초명(初名)이 '기도(幾道)'였으나, 도(道)에 나아가기에 미진함이 있다고 하여 초명을 '임도(任道)'로 개명하라는 여헌의 권고로 초명을 '임도'로 개명 하였다.6) 그리고

으며, 시조 작품에는 「道賦」·「嘆詩」·「差慕吟」·「杜谷偶吟」·「有感」·「壬寅除夜詩」 등이 있다.

4) 『澗松集』 卷1, 「就正錄」, 128면. "…顏如渥丹 容端正 瞻無回 動有則 容和毅 澹凝遠 觀其溫厚平易之中有確乎不可拔之操 遜謙虛之中有截然不可犯之象 任道雖在童稚之年 未有知識 而心實異之…"

5) 『澗松集』 卷1, 「拜旅軒先生于遠懷堂」 33면. "景仰張夫子 高名冠斗南 淵沖滄海闊 壁立泰山巖 蘭室春風滿 氷壺皓月涵 浮雲看富貴 甘老不知庵"

6) 『澗松集』 卷, 「澗松先生年譜」, 9면. "…先生嘗曰 某始名幾道 辛丑之拜旅軒 先生曰 幾者近辭 人能近於道 亦不偶然 但以學者立志言之 似未盡便 當求造其極 先君聞而是之 卽以任字易之 蓋以先生之訓爲重云…"

여헌 역시 간송에 대한 그의 애정은 남달랐다. 하루는 간송이 여헌과 함께 '둔(鈍)'자에 대래서 논하다가 안자(顏子)를 언급하는 자리에서,[7] 여헌이 술회하기를, "오늘 그대와 함께 공자와 안자의 일을 의논하니 어찌 우연이겠는가? 어떻게 하면 매일 이와 같이 내 마음을 기쁘게 하고 위로할 수 있겠는가?"[8]라고 하였다. 여헌 문하의 많은 제자들 중에서도 간송은 공자에게 있어서 안자와도 같은 존재였다. 훗날 여헌의 문집 간행에서 「부록(附錄)」편에 언행록(言行錄)을 수록하면서 간송이 지은 「취정록(就正錄)」을 모두(冒頭)에 편차(編次)한 것도 이러한 그와의 관계와 무관하지 않을 것이다.

결국 간송은 18세 이전에 이미 어려서부터 입암공의 정훈(庭訓)을 받았고, 입암공의 삼천지교(三遷之敎)에 힘입어 당대 거유의 문하를 출입하며 사교(師敎)를 받았다.[9] 이러한 그의 사승(師承)은 훗날 자신의 학문적 경향과 출처에 결정적인 역할을 하였다. 20세에 향시에 합격하였고, 21세에 천리(天理)・지락(至樂)・당비(黨比)・출처(出處) 등을 논한 『관규쇄록(管窺瑣錄)』을 지었다. 26세에는 향해(鄕解)에, 30세에는 동당시(東堂試)에 합격하였다. 그는 32세에 회시(會試)에 응시한 이후에 더 이상 거업(擧業)에 나아가지 않고 오로지 독서(讀書), 창작(創作), 상자연(賞自然)을 자신의 즐거움으로 삼았다. 이후 몇 차례 관직을 제수받았으나 나아가지 않고 은자적 삶으로 일관하며 80세를 일기로 생을 마쳤다. 그의 인생편력에서 학력, 가문, 학문적 역량 등에 비춰 볼 때

---

7) 『澗松集』 卷1, 「就正錄」, 128면. "…任道問于先生曰 曾子以魯見稱於聖門 魯字之義 朱子釋之曰鈍也 愚意孔子之喪 曾子年僅廿六 一貫之旨 已得聞焉 則安見其鈍也 質鈍之人 而能有是乎…"

8) 『澗松集』 卷1, 「就正錄」, 128면. "…今日與君論及孔顏事 豈偶然哉 安得每日如此慰悅我心哉…"

9) 『澗松集』 卷, 「澗松先生年譜」, 9면. "…先生內受庭訓, 外承師敎, 慥慥進修, 理趣益長, 年未弱冠, 而人多敬慕之…"

환로에 나아가 부 입암공의 여망에 부응할 수 있는 충분한 제조건을 갖추고 있었으나, 결국 처사적 삶으로 생을 마감하였다.

지금까지 간송의 한 인물에 대한 연구는 한 편[10]이 유일하고, 여헌 학맥 연구에서 간헐적으로 언급되었을 뿐이다. 이 글에서는 간송의 이런 처사적 삶에 주목하여, 기존의 논의에서 거론되지 않았던 간송의 현실인식, 사유세계, 그리고 실제 한시작품 속에 이러한 일면이 어떻게 녹아있는지 짚어보고자 한다.

2. 초속적 세계관과 현실인식

간송은 나이 80세에 하세할 때까지 세 차례에 걸쳐 관직에 제수되었으나 현실에 나아가지 않고 스스로 산림처사를 자임하면서 강호에 은거하며 학문과 저술로 생을 마쳤다. 그렇다면 과연 그가 현실에 관심이 없어서인지, 아니면 이러한 그의 삶이 의식 지향의 발로였는지는 그가 남긴 저술을 통하여 살펴볼 수 있다. 그는 20세 이후부터 하세할 때까지 다양한 양식의 저술을 남겼다. 특히 이 가운데 출처 문제, 은자적 삶, 처세의 방법 등에 많은 고민을 하였고, 실제 자신의 창작물에서도 이러한 사실을 피력하고 있다. 먼저 눌은(訥隱) 이광정(李光庭, 1674~1756)은 『간송집(澗松集)』 서문에서,

> …그의 입지는 확고했고 의리를 보는 것이 분명했다. 임금과 어버이에게 돈독했고 스승과 벗에게 극진했으며 몸가짐에 엄했고 출처에 자세했으며 부귀를 보잘 것 없게 여기고 빈천을 편안하게 여겼기에 즐겁게 강호에 뜻을

---

10) 허권수, 「南冥 退溪 兩學派의 融和를 위해 노력한 澗松 趙任道」, 『南冥學硏究』 제14집, 2001, 353~388면.

두어 평생 동안 고민이 없었다. 그렇다고 해서 선생이 세상을 염두에 두지 않는 데 그친 것은 아니다. …세 번 관직을 제수 받았지만 세 번 모두 이에 응하지 않았으니, 공문(孔門)으로 하여금 선생을 평가하게 한다면 어찌 백이(伯夷)와 소연(少連)의 반열에 들지 않겠는가? …11)

라고 하였다. 간송 사후(死後)에, 눌은 그의 위인(爲人)과 삶의 지향, 그리고 출처에 대한 인식 등을 간결하면서도 적확하게 묘사하고 있다. 그래서 눌은의 서문을 통하여 간송이 현실문제에 얼마나 신중했는지를 간접적으로 살펴볼 수 있다. 그는 입지가 확고하고 의리를 분별하는 식견이 밝았으며 자신의 몸가짐에 엄격했다. 갑술년(1634년)에 공릉참봉(恭陵參奉), 정해년(1647년)에 대군사부(大君師傅), 기해년(1659년)에는 공조좌랑(工曹佐郎)에 제수에 되었으나 모두 병을 핑계로 부임하지 않았다.12) 이는 출처를 섣불리 결정하기보다는 자세히 살펴 판단하였기에, 결국 강호에 은둔하며 탈세속한 은자적 삶으로 생을 마감하였던 것이다. 이렇듯 학문과 덕행을 갖추었으면서도 초야에 묻혀 벼슬하지 않았던 간송을 눌은은 '일민(逸民)'으로 규정하고, 백이(伯夷)·숙제(叔齊)·우중(虞仲)·이일(夷逸)·주장(朱張)·유하혜(柳下惠)·소련(少連) 등의 대열에 설 수 있음을 강조하고 있다. 눌은의 간송에 대한 이러한 평가가 과연 조선시대 여느 선비들의 문집 서문에서 으레 미화되는 그러한 은자적 표현일까? 그렇지는 않았을 것이다. 사실 『간송집』은 눌은의 교정(校正)과 편차(編次)를 거쳐 1744년에 원집(原集)과 별집(別集)이 간

---

11) 『澗松集』, 「澗松先生文集序」 3面. ".其立志確 其見義明 篤於君親 隆於師友 嚴於持己 審於出處 傲富貴安貧賤 樂志江湖 沒齒而無悶 然先生非果於忘世也 …三除官而三不應 使 孔門而評先生 豈不在夷連之倫哉"

12) 『澗松集』 卷2, 「墓碣銘并序」 155面. "…甲戌 除恭陵參奉不就 丁亥 除大君師傅 己亥 除工曹佐郎 俱以老病辭 公恥名 凡有徵召 未嘗起而應之…"

행되었다. 이런 정황과 눌은이 영남에서 왕성한 문필활동을 했던 점을
미뤄볼 때, 간송이 가진 의식적 기저와 현실 인식에 대한 눌은의 이해
는 충분했으리라 짐작할 수 있다.

　이러한 간송의 의식적 기저는 그의 스승과도 일정한 거리가 있어 보
인다. 여헌의 「연보(年譜)」에 보면, "…출사를 부끄러워하는 사람이나
처해야 몸을 깨끗이 할 수 있고 자기 몸을 높인다고 생각하는 그릇된
생각을 갖고 있는 사람은 군신의 대의를 알지 못하는 사람이다.…"[13]
라고 하였다. 이는 여헌의 출처관을 단적으로 볼 수 있는 자료이다.
그는 단순히 은거하는 것으로 고절(高節)의 선비로 자임했던 전대 및
당대 선비들의 출처관을 경계하고 있다. 그래서 여헌의 출처관은 세상
의 가부(可否)를 따지지 않는 단순한 피세적 은둔보다는 어느 정도 출
세지향적 출처관을 가지고 있었다. 그는 생전에 37회나 관직에 제수되
었으나 대부분 사직소(辭職疏)를 올려 관직에 나아가지 않았다. 하지만
비록 짧은 기간이지만 보은 현감, 의성 현감의 외직과 세 번의 내직
생활을 하였다. 여헌이 관직에 나아갈 때 간송이 스승에게 보낸 이색
적인 편지 한 편이 있다.

　　…산림에 처하거나 조정에 처하는 것은 그 사례가 같을 수 없습니다. 혹
　여 자유로울 수 없기 때문에 그 본심을 굽히는 경우가 많습니다. 옛부터
　곧음을 지키는 선비가 자신의 몸과 마음을 수렴하고 명절을 갈고 닦아 처음
　부터 끝까지 허물이 없는 군자가 되기를 기약하고자 하지 않았겠습니까?
　하지만 명장에 나아가서는 본래의 모습을 잃지 않는 자가 거의 없습니다.
　정말 두려울 따름입니다.…"[14]

---

13) 『旅軒全書』, 「年譜」 42歲條.
14) 『澗松集』 卷3, 「上旅軒先生」 59면. "…處山林處朝廷 其事不同例 或有不得自由 而枉屈
　其本心者比比 自古守正之士 孰不欲收斂其身心 砥礪其名節 期爲終始不愆之君子 而及到

1624년(인조 2년)에 여헌이 관직을 제수받자, 간송이 환로에 나아가는 여헌에게 보낸 편지이다. 일반적으로 산림에 은거하는 것과 환로에 나아가 조정에 있는 것은 일이 같지 않기 때문에 몸이 자유로울 수 없고 소신껏 처신할 수도 없다. 그래서 아무리 지조 있는 선비라 할지라도 명장(名場)에 나아가서는 자신의 의지와 무관하게 초심을 잃을 수밖에 없고, 그러한 경우가 허다함을 역설하고 있다. 관직을 제수 받고 출사(出仕)의 가부(可否)를 결정하는 문제에서 스승에게 조차도 감히 명절(名節)과 본보(本步)의 상실을 우려하고 있다.

그렇다면 그의 의식적 기저와 현실 인식의 실체를 실제 그의 창작물을 통하여 살펴보기로 하자. 간송의 창작물 가운데 그의 의식적 기저의 일면을 파악할 수 있는 자료로 「우언(寓言)」·「잡설(雜說)」·「자전(自傳)」·「저닉설(沮溺說)」·「기이(記異)」·「관규쇄설(管窺瑣說)」 등과 한시 작품이 있다. 본 장에서는 먼저 「잡저(雜著)」을 통하여 구체적으로 살펴보고자 한다. 간송은 「자전(自傳)」에서 자신의 인간적 풍모와 삶의 취향을 평한 바 있다.

　　…정밀하지 못하고 강건하여 서툴며 벗이 적고 세상과 잘 맞지 않았다. 일찍이 문에 뜻을 두었기에 이름을 이룬 적이 없었다. 어려서부터 남다른 취미가 있어 번다하게 시끄러운 것을 좋아하지 않았다. 매번 유천(幽泉), 기석(奇石), 무림(茂林), 비수(祕邃), 잠적(岑寂) 등을 만나면 문득 기뻐하며 돌아오는 것을 잊어버리곤 했으니, 띳집을 지어 여기서 평생을 보내려는 바램이 있었다. 성품이 술을 좋아하고 몇 잔의 술에도 크게 취해서 흥기하여 천진을 드러내고 스스로 노래를 지어 자신의 감회를 읊조렸다.…15)

　　名場 鮮不失本步 甚可懼也…"

15)『澗松集』卷3,「自傳」76면. "…疏迂伉拙 寡偶稀合 早業文 無所成名 自少有異趣 不喜煩囂 每遇幽泉奇石茂林脩竹祕邃岑寂之處 便欣然忘返 有結第茅終焉之願 性好酒 量至少

「자전」의 모두(冒頭)에서, "늙은이의 성명과 사는 향읍을 알지 못한 다.[翁不知何姓名]"라고는 했지만, 이 글은 간송이 자신의 타고난 성품 과 지금까지 살아온 삶을 되돌아보며 자평한 글이다. 세상에 영합하지 못하는 자신의 성격, 번다한 세속에 나아가 입신양명하기보다는 탈속 하여 강호에 은거하며 자연을 벗 삼아 산림처사로 평생을 살아가려 했 던 자신의 의식적 기저 등을 잘 드러내고 있다. 이러한 정서는 언필칭 '탈세속(脫世俗)'을 부르짖던 조선시대 여느 사대부들과는 다른 의식적 정서임을 알 수 있다. 사실 이러한 언급은 그의 부 입암공의 지적에서 도 잘 나타나 있다.

입암공은 간송의 이러한 의식적 기저를 내심 걱정하면서, "우리 아 이의 기질은 맑기가 마치 가을 물과 같다. 하지만 그가 세속에 화합하 지 못하고, 지금 세상에 벗어나기 어려우니 그것이 두려울 따름이다. 옹이 또한 백직(白直)을 자임하였으니, 이에 대해서 방호(防護)하지 않 고 말하기를 스스로 좋아할 따름이다. 다른 사람들이 좋아하고 좋아하 지 않는 것이 어찌 내가 관여할 바이겠는가? 스스로 알 따름이다. 세 상 사람들이 알아주고 알아주지 않는 것이 어찌 나에게 있겠는가? 완 전함을 구하다가 받는 비방과 생각지 못했던 칭찬이 가끔 한꺼번에 이 를 수 있다."[16]라고 한 바가 있다 이러한 사실로 볼 때, 그는 어려서부터 환로에 나아가 세상과 영합하려는 의지가 애초에 없었음을 알 수 있다.

결국 그는 중년(中年)에 내내(奈內)에 은거하며 '상봉정(翔鳳亭)'을, 만 년에 용화산(龍華山) 기슭에 연어대(鳶魚臺)를 짓고[17] 산수와 자연에 의

數杯輒大醉 熙然發其天眞 自作歌以詠懷…"

16) 『澗松集』 卷3, 「自傳」 76면. "…翁先君子愛而憂之曰 吾兒氣質 瑩若秋水 但恐其不能諧 俗 難乎免於今之世耳 翁亦任其白直 不爲防護曰 自好而已 人之好不好 何與於我 自知而已 世之知不知 何有於我 求全之毀 不虞之譽 往往一時并至 …"

17) 『澗松集』 卷,3「自傳」 76면. "…中年遯居奈內 號其亭曰翔鳳 晚又築室于龍華山麓 命其

지하여 흥기하며 문필로 자신의 즐거움을 삼았다. 「자전」의 말미에 있
는 찬(贊)에서 다음과 같이 토로하였다.

<table>
<tr><td>타고난 재주 거칠고 모자라며,</td><td>才疏而短</td></tr>
<tr><td>천성이 고집스럽고 어리석구나.</td><td>性執而癡</td></tr>
<tr><td>세상에 나아가면 고생스럽고,</td><td>出世則蹇</td></tr>
<tr><td>산에 있으면 수양할 수 있다네.</td><td>在山則頤</td></tr>
<tr><td>산중에는 금함이 없고,</td><td>林泉無禁</td></tr>
<tr><td>물고기와 새들과 함께 하리라.</td><td>魚鳥有契</td></tr>
<tr><td>내 좋아하는 것들 서로 어울려,</td><td>從吾所好</td></tr>
<tr><td>내 삶을 마칠까 한다네.</td><td>聊以卒世</td></tr>
</table>

『澗松集』 卷3, 「自傳」 76면.

찬의 문체적 특성에 맞게 절제된 언어를 통하여 자신의 타고난 재주
와 천성, 그리고 삶의 지향점을 단적으로 묘사하고 있다. 거칠고 모자
란 듯한 타고난 재주, 고집스럽고 어리석은 듯한 천성 등의 표현은 자
신을 낮추는 일반적 겸사(謙辭)라고 볼 수 있겠지만, 어쩌면 자신의 이
러한 재주와 천성을 만족하고 있었는지도 모른다. 「관규쇄설」에, "천
리는 재주가 뛰어난 것보다 서툰 것이 좋고, 영리하고 교활한 것보다
어리석은 것이 좋고, 말 잘하는 것보다 어눌한 것이 좋고, 예리한 것보
다 무딘 것이 좋다"18)라고 한 것에서 알 수 있듯이 재빠르고 영리하며
교묘한 것은 천도와 거리가 먼 것으로 여겼다.

결국 그는 세상에 나아가 고생하기[出世則蹇]보다는 산에 있으면서

臺曰鳶魚 閒居終日 泊然無營 只以文墨自娛 寄興山水 逍遙物表 不知老之將至云 贊曰 才
疏而短 性執而癡 出世則蹇 在山則頤 林泉無禁 魚鳥有契 從吾所好 聊以卒世…"
18) 『澗松集』 卷3, 「管窺瑣說」, 78면. "…天理爲物 厭巧而喜拙 厭黠而喜癡 厭辯而喜訥 厭
　　銳而喜鈍…"

수양할[在山則頤] 것을 다짐하였고, 금함이 없는 산중[林泉]과 어조(魚鳥)
와 함께 할 수 있는 자연을 자신의 귀의처로 삼았으며 출처에 대한 자신
의 심경을 '건이(蹇頤)'로 단정하였다. 다시 말해, 세상에 나아가 환로의
길을 걷는 것은 너무 어렵고 인위적인 힘이 들기 때문에, 현재 강호에
은거한 자신의 삶이야말로 자연스럽게 내면을 수양할 수 있음을 피력한
것이다. 이러한 그의 삶은 현실공간의 불가함으로 인한 피세적(避世的)
은둔이나 염세적(厭世的) 은둔이기보다는 주어진 현실의 가(可)와 불가
(不可)에 무관한 초속적(超俗的) 은둔의 세계관이라 할 수 있다.

> 어떤 사람이 나에게 묻기를, "장저와 걸익은 어떤 사람입니까?"라고 하
> 여 내가 대답하기를, "옛날의 은자입니다."라고 하였다. "'은(隱)'은 무엇을
> 뜻합니까?" "때가 적당하지 않아 하지 않을 줄 아는 사람입니다." "그렇다
> 면 이는 현명하고 지혜로운 선비입니까?" "그렇습니다.…"[19]

예문은 『논어』에 있는 장저(長沮)와 걸닉(桀溺)의 고사를 인용하여 은
자에 대한 자신의 입장을 피력한 「저익설(沮溺說)」의 앞 부분이다. 일
반적으로 거만하게 세인과 단절하고 세속을 떠나서 짐승과 함께 무리
짓는 것을 달갑게 여긴 장저와 걸익에 대해 방외(方外)의 한 절개 있는
선비로서 세상을 잊고자 결행한 사람에 불과하다고 여긴다.[20] 하지만
어떤 사람이 장저와 걸익의 위인(爲人)을 묻는 답에서, 간송은 은자라
고 평하였다. 그리고 은자란 어떤 사람인지에 대한 또다른 반문에서,
때가 아니면 세상에 나아가지 않는 것[時不可而不爲]으로 구체화하였

---

19) 『澗松集』 卷3, 「沮溺說」, 77면. "…或有問於余者 曰 長沮桀溺何如人 余應之 曰 古之隱
　　者也曰 隱之何意 曰 知時不可而不爲者也 曰 然則是賢智之士歟 曰 然…"
20) 『澗松集』 卷3, 「沮溺說」, 77면. "…亢然絶人離俗 甘與鳥獸同群 此不過爲方外一節之士
　　而果於忘世者耳…"

다. 여기서 간송이 말한 '時不可而不爲'는 바로 출처 문제에 있어서 시중(時中)이다. 그는 당시에 사람들이 장저와 걸익의 은자적 삶에 대해 곡해의 소지가 있음을 인식하고 이에 대해, "내가 세상의 이익을 다투어 나아가는 무리를 보면, 옛날에 성현들이 도를 행하고 세상을 구제한 일을 나열하면서 이를 빌미로 하여 구실로 삼고, 공적인 의논으로 빙자하여 사욕에 나아가 파리가 사소한 일에 분주히 다니고 개가 경솔하게 행동하는 것 같다. 어두움 속에서 구걸하는 자들 또한 장저와 걸익은 그르다고 논의할 것이니 스스로 헤아릴 수 없는 사람들을 많이 볼 것이다."[21]라고 하였다. 이러한 사실은 당시에 출사하는 사람들이 자신의 명리(名利)를 위해 세상에 나아가면서 공자의 출처관을 명분으로 내세웠다는 것이다.

3. 처사적 삶의 시적 형상화

현재 『간송집』에 전하는 한시 작품의 제재적 특징을 보면 자신의 인생편력에 걸맞게 자연에 은거하며 현실의 갖가지 처경과 정감, 산수를 기행하면서 자신의 심경을 표현한 작품이 다수를 이룬다. 그리고 실용성이 강한 만시(輓詩) 역시 다수를 이룬다. 하지만 사회의 갖가지 구조적 모순상이나 그로 인한 민생의 고난에 대한 심각한 인식을 토로한 작품은 결여되어 있다. 그리고 시적인 표현에 있어서 상자연(賞自然)하면서 정경(情景)의 조화를 묘사한 시적 운치는 잘 갖추어져 있으나 세련된 기교나 극적인 감동을 자아낼 수 있는 시묘(詩妙)는 찾아보기 힘들다.

---

21) 『澗松集』 卷3, 「沮溺說」, 77면. "…余觀世之徇利競進之徒 例以古聖賢行道濟世 藉爲口實 假公義以逞私欲 蠅營狗苟 昏夜乞哀者 亦論二子之非 多見其不自量也…"

간송의 한시 작품에서 특히 주목할 만한 것은 그의 인생편력의 면면들이 잘 표현되어 있고, 의식의 노정이라 할만큼 귀은적 정서가 제작품에 자세히 드러나 있다. 그래서 자연친화적인 작품, 즉 은자의 현실공간이라 할 수 있는 자연의 경물이나 그 속에 내재하는 자연미에 대한 감흥을 표현하였고, 아울러 자연의 이치에 순응하려는 자신의 내면세계를 잘 보여주고 있다.

귀은적 정서는 주어진 현실 세계에서 벗어나 자연으로 돌아가 은거하려는 의식적 정서이다. 여기서 자신에게 주어진 현실 세계는 시대적 상황이나 개인적 입장에 따라 다양할 것이며, 귀의처(歸依處) 역시 취향이나 처한 환경에 따라 갖가지 공간이 될 수 있었다. 정쟁(政爭)의 시대상황에서 보신(保身)이 은둔에서 매우 절실한 문제가 될 수 있고, 주어진 현실에 만족하지 못하여 현세를 도피하여 은둔하는 자도 있다. 더욱 중요한 것은 이러한 정서가 유자적 삶으로 일관한 조선조 사인(士人)들에게 보편적인 풍조라는 것이다. 앞에서 언급한 바와 같이, 간송은 환로에 나아갈 수 있는 수차례의 기회와 학문적 역량, 그리고 주위의 배경을 갖추고 있었다. 하지만 누가 봐도 그의 삶이 경직되었다고 할만큼 환로에 나아가지 않고 은자적 삶으로 일관해 왔고, 그의 이러한 의식적 기저가 작품에 잘 드러나 있다.

내 평생 원함과 바램은 유정에 있건만	平生志願在幽貞
즐겨 배운 여러 아이들 이명을 좇는구나.	肯學群兒逐利名
천고에 내가 사모할 이 누구이던가?	千載何人吾所慕
자연을 즐긴 이는 오직 도연명뿐이라네.	樂天唯有晉淵明

『澗松集』卷2,「用前韻又占二絶」, 44면.

자신의 평생 의지와 소원이 그대로 담겨져 있는 작품이다. 그는 학문에 전념한 보통 아이들이 결국 세상에 나아가 이익과 이름을 구한 것에 반해, 자신의 귀의처(歸依處)는 '유정(幽貞)'에 두었다. 『주역(周易)』「귀매(歸妹)」 구이(九二)의 효사(爻辭)에 "유인(幽人)의 곧은 덕이 있어야 이롭다.[九二 利幽人之貞]"에서 말한 것처럼 '유정(幽貞)'은 어지러운 세상을 피하여 그윽한 곳에 숨어 사는 은자의 덕이다. 그래서 '유정(幽貞)'과 '이명(利名)'을 대척에 두고 작금(昨今)의 범부(凡夫)들이 세상의 이익과 이름을 좇아 이에 급급하지만, 자신은 은자적 삶의 덕에 무게를 두고 있음을 피력하고 있다. 그래서 천년전 자연을 즐기며[樂天] 귀거래 했던 진나라 도연명의 풍모를 사모하고 있다. 예시를 통하여 추출할 수 있는 간송의 정서는 혼탁한 정쟁(政爭)의 현실을 탄식하며 자신의 귀거래를 부르짖으며 퇴은(退隱)하는 귀은적 정서와 일정한 거리가 있다. 그래서 귀은의 관념을 대변할 수 있는 문학적 매개, 즉 '유정(幽貞)', '낙천(樂天)', '진연명(晉淵明)' 등이 의식 세계에 깊숙하게 내재해 있고, 이것이 그의 심리적 정서와 사유의식을 심화하는 역할을 하고 있다. 또한 이러한 매개체를 통해 자신의 지원(志願)과 현실을 이어주는 상상의 장치로 삼았다.

말 잊고 물 잊고, 또 기미마저 잊어버리고,	忘言忘物又忘機
세상 잊고 몸도 잊고 시비마저 잊어버렸네.	忘世忘身忘是非
이 외에 한없이 천만가지도 더 생각나지만	此外悠悠千萬億
모든걸 잊고 돌아와 조어기에 누웠네.	都忘來臥釣魚磯

『澗松集』卷2, 「謾述」, 45면.

예시를 통하여 삶에 대한 작가의 결연한 의지를 엿볼 수 있다. 자신과 자신의 주위에 포진하고 있는 갖가지 환경적 요소들, 예컨대 언어·물·기미·세계·몸·시비 등과 더불어 세상의 모든 잡념마저 잊고자 한다. 이는 그가 단순히 '은(隱)'이라는 외연에 단순히 집착하기 보다는 '망(忘)'이라는 시어를 빈용(頻用)함으로써 자신의 내면 의식을 심화하고 있다. 그의 결연한 의지에는 초속적(超俗的)이며 달관적(達觀的)이라 할 만큼 탈세속적 정서를 내포하고 있다. 결국 그의 이러한 정서는 혼란한 현실을 떠나서 무릉도원과 같은 이상향을 찾아 단순히 강호나 전원으로 귀래하려는 의식과 일정한 거리가 있다.

세상 사람들 도원이 좋다 다투어 말하지만,　　世人爭說桃源好
시끄러운 세상 피해야만 반드시 도원은 아니지.　未必桃源避世喧
만약 산 술에 취하여 세상사 잊을 수 있다면,　　若醉山醪忘世事
인간이 어딜 간들 도원이 아니랴?　　　　　　　人間何地不桃源
『澗松集』卷2,「戱占二首」, 43면.

앞의 예시와 마찬가지로 '망(忘)'이라는 초속적 시어를 통하여 자신의 의지를 분명히 드러내고 있다. 세상의 사람들은 이상향의 무릉도원을 무조건적으로 동경하고 있다. 이러한 이상향은 시끄러운 세상을 피해야만 반드시 무릉도원이 되는 것이 아님을 보여주고 있다. 이들이 동경한 무릉도원은 단순한 공간 외연의 집착이지 본질이 아님을 역설하고 있다. 만약 산술에 취해서라도 세상잡사를 잊을 수 있다면 어디에 간다고 해도 도원이 아닌 곳이 없다. 그의 이러한 의식은 다른 작품에서도 엿볼 수 있는데, "옛부터 대은(大隱)은 성시(城市)에 은거하니"[22]라고 하면서 귀의처의 공간은 은자에서 그렇게 중요하지 않음을

---

22) 『澗松集』卷2,「戱李克欽行周恨居城底」, 44면. "大隱從來隱城市 新居莫歡在湫卑 但令

언급하고 있다. 이렇듯 탈속을 염두에 둔 그의 초속적 의지는 확고하다. 그렇다고 해서 그가 닿는 귀의처의 공간에서 포착된 경물은 고뇌나 근심의 대상이 아니다.

한번 강호에 누우니 온갖 잡념 사라지고,	一臥江湖萬念空
구름은 하늘 끝에 떠있고 물은 동으로 흘러가네.	雲浮天末水流東
말쑥한 지경에 있노라니 마음 참으로 편안하고,	淸涼境上心長逸
훤한 들판에 눈 앞 갑자기 확 트인 듯하네.	昭曠原頭眼忽通
달뜨고 바람부니 한가하게 속내를 읊조리고,	月到風來閒詠裏
꽃피고 잎지니 고요한 데서 마음 바라보네.	花開葉脫靜觀中
도원은 다만 어느 곳이든 있는 것이니,	桃源只在尋常處
문득 어부를 비웃다가 해 지는 줄 몰랐구나.	郤笑漁郎眩落紅

『澗松集』 卷2, 「江齋偶占」, 50면.

온갖 생각이 공허하고[萬念空], 물은 동으로 흐르고[水流東], 마음은 한참을 은거하고[心長逸], 눈이 갑자기 확 트인 듯하고[眼忽通], 한가하게 내 속내를 읊조리고[閒詠裏], 고요히 마음을 바라보는[靜觀中] 것 등은 간송에게 그 품이 편안하고 자연스러운 공간이다. 물론 여기서 그가 느끼는 경물은 자신의 주관적 감정일 수 있겠지만, 정조가 애틋하고 물아일체의 호흡이 있어 편안하기까지 하다. 그래서 시인의 편안한 정(情)이 경(景)에 그대로 녹아있다. 강호에 귀거래한 은자적 풍미를 그대로 느낄 수 있다. 이곳의 은자는 단순히 피세한 처사(處士)가 아니며 아울러 초속적 은자만이 향유할 수 있는 삶이다.

方寸能虛靜 霽月光風動自隨"

4. 귀은적 정서와 상자연

초속적 의지로 강호를 귀의치로 심었던 간송은 필국 현실에 석극석으로 대처하기보다 주어진 경지에서 유산수(遊山水)와 상자연(賞自然)을 본분으로 삼아 자족(自足)하였다. 이러한 산수애호(山水愛好)의 일면은 자연을 유람하며 창작한 많은 장편의 연작시(連作詩)에서 그 정도를 살펴볼 수 있다. 뿐만 아니라 산수를 유람하면서 여정(旅程)과 감회(感懷)를 기록한 산문 작품에서도 이를 확인할 수 있는데, 「경양대하선유기(景釀臺下船遊記)」·「용화산하동범록후서(龍華山下同泛錄後序)」·「심현록(尋賢錄)」·「과종록(過從錄)」·「원행록(遠行錄)」·「유관록(遊觀錄)」·「방어산동대등람서(防禦山東臺登覽序)」 등의 유기(遊記), 유록(遊錄)이 바로 그것이다. 주어진 환경이나 여로의 갖가지 사실과 자신의 감회를 글로 표현하여 남겼다는 것은 그만큼 산수에 대한 관심이 컸다는 반증이기도 하다.

어제는 장춘사 노닐다가   昨日長春寺
오늘밤 경양대에 노닌다.   今宵景釀臺
강산은 어딜 가나 좋으니   江山隨處好
풍월이 어찌 서로 시기하랴.   風月豈相猜
관곡히 정화를 논하다가,   款曲論情話
은근히 한배를 마친다네.   慇懃破恨杯
인간사 이런 진락 있기에,   人間此眞樂
나머진 참고 웃어야지.   餘外總堪咍

『澗松集』 卷1, 「上浦江墅伏呈季父」, 30면.

그의 나이 24살(1607년) 때의 일이다. 강을 거슬러 올라가다가 장춘사

에 들리고, 다음날 경양대에서 자신의 감회를 피력하여 계부(季父)에게
바친 오언율시이다. 정제된 시어와 절묘한 대구를 사용하여 자신의 감
회를 간곡하게 표현하고 있다. 작품에 그려진 공간적 처경(處景)은 어디
서나 쉽게 볼 수 있는 여느 자연이다. 하지만 그의 산수 애호는 남다르
다. 그래서 어느 산수에 가더라도 좋다. 정성을 다하여 탁 터놓고 이야
기 하다가 은근히 술에 취한다. 그는 이런 자연 속에서 진락(眞樂)을
느꼈다. 여기서 그가 말한 '락'(樂)은 경물을 통한 유락(遊樂)의 단순한
즐거움이 아닐 것이다. 현상적인 상태를 뛰어넘는 자연세계의 본질과
융합하거나 일체의 상태를 의미한다. 율곡(栗谷)은 「송애기(松崖記)」에
서 "외물에서 즐길 수 있는 것이 모두 진락(眞樂)이 되는 것은 아니다.
군자가 즐기는 것은 안에 있지 밖에 있는 것이 아니다. 곧 우뚝하게
솟은 산과 흐르는 물은 나에게 간여할 수 없지만, 옛날 성현이 오히려
즐기는 것은 무슨 까닭인가. 대개 내외를 나누어 둘로 하는 것은 진락을
아는 사람이 아니다. 반드시 내외를 한결같이 하고 피차를 없게 하는
것이니, 진락을 알겠는가"23)라고 하면서 '진락'의 형성 조건을 구체적
으로 정의한 적이 있다. '진락'의 형성 조건은 바로 '일내외무피차(一內
外無彼此)'를 이루어야 한다는 것이다. 결국 '진락'은 내재적인 것으로
자연 세계의 경물과 시인의 내면 세계 사이의 정경융합(情景融合), 물아
일체(物我一體) 등의 경지에서 이루어질 수 있다.

발 걷으니 산 경치 보이고	山色捲簾後
기침에 개울물 소리 듣는다.	溪聲攲枕時
그윽한 곳에 진취 충분하니	幽棲眞趣足

---

23) 『栗谷先生全書』 卷13, 「松崖記」, 281면. "…外物之可樂者 皆非眞樂也 君子之所樂 在內
而不在外 則彼之峙且流者 無與於我 而古之聖賢 尙有樂之者 其故何耶 盖分內外而二之者
非知眞樂者也 必也一內外無彼此者 其知眞樂乎…"

다만 세인들 알까 두렵구나.	還怕世人知
창 여니 여기저기 산이 있고	窓開山遠近
발 걷으니 동서로 물 흐르네	簾捲水西東
눈 닿는 데 하늘은 끝이 없고	極目天無際
구름 사라져 달만 허공에 가득.	雲消月滿空

『澗松集』卷1,「閒居雜詠二首」, 30면.

자신에게 주어진 시공간(時空間), 즉 유락(遊樂)의 공간인 자연을 사실적 정감으로 그려내고 있다. 전반부와 후반부로 나누어 보면 전반부는 근경(近景)을, 후반부는 원경(遠景)으로 배치되어 있다. 경물에서는 육체적인 이목(耳目)으로 감지하는 그 무엇 이상으로 시각과 청각이 창출해내는 이차원적으로 고양된 내적 작용이 있다. 전반부의 근경에서는 발을 걷어 올리니 산빛이 아름답다. 잠이 오지 않아 베개를 세워 기대고 앉아 있으니, 시내에 흐르는 물소리가 들린다. 깊은 곳에 있지만 세속에서 느낄 수 없는 진취가 너무나 풍족하다. 후반부의 원경에서는 좀 더 적극적으로 경물에 나아가 창문을 열어보니 여기저기에 산들이 보이고 발을 걷어 올리니 물이 동서로 흐르고 있다. 시간적 간극을 두고 저 멀리 하늘을 바라보는데 그의 눈에 포착된 것은 바로 구름 한 점 없이 허공에 밝게 떠있는 달이다. 여기서 그에게 제공된 공간은 유서(幽棲)이다. 그 곳은 속세와 일정한 거리가 있지만, 깊고 조용한 이곳에서 시인은 진취(眞趣), 즉 만족하리 만큼 진정한 타자가 느낄 수 없는 자신만의 의취(意趣)을 감지하고 있다.

한 밤에 강에 내린 눈이	一夜江天雪
온갖 생각 사라지게 하네.	能令萬念空
달 밝으니 세상은 온통 은색이고,	月明銀色界

사람들 수정궁에 누워 있구나.	人臥水晶宮
상기가 범골을 놀라게 하고,	爽氣驚凡骨
청광이 세속 마음 씻게 하네.	淸光盪俗胸
이 쯤 누가 자득하였는가?	此時誰自得
한가한 간송 늙은이라네.	蕭散澗松翁

『澗松集』卷1,「荼內雪夜」, 32면.

작품의 전반부는 자신의 시적 정감을 자연과 같은 객관적 상관물을 통해 표현하였고, 후반부에서는 객관적 상관물이자 자신의 탈속적 정서를 대변할 수 있는 눈, 그리고 눈 덮인 자연을 통하여 작품의 서정적 효과를 극대화하고 있다. 밤새 내린 눈이 하얀 일색으로 온 세상을 덮고 있어 자신에게 내재되어 있는 온갖 잡념을 텅 비우고 사라지게 한다. 거기에다 하얀 눈에 밝은 달이 비추니 온 세상이 다시 은색으로 바뀌고, 눈으로 덮인 인가는 마치 수정궁처럼 보인다. 후반부에서, 눈 덮인 세상의 상쾌한 기운[爽氣]과 눈 덮인 세상에 비친 달빛[淸光]은 세속의 마음[俗胸]을 씻기에 충분하다. 결국 그는 자신에게 주어진 시공간에서 자득하고 있다.

5. 결어

이 글은 간송(澗松)의 위인(爲人)과 현실인식, 그리고 그의 한시 작품에 녹아 있는 의식적 정서를 살피는 데서 출발했다. 조선조의 여느 사인(士人)들이 현실세계와 타자로 인해 귀거래(歸去來)한 피세적(避世的) 경향과는 일정한 거리가 있음을 확인하였다. 또한 그의 한시 작품에서도 초속적 의지를 그대로 표현하고 있으며 자신의 주어진 자연환경에서 행유(行遊)하면서 누구나 쉽게 구가할 수 없는 자신만의 진락(眞樂)을 느끼고 있음을 볼 수 있었다.

그러나 그의 방대한 분집에서 한시, 산문작품 등을 일일이 규명해내지는 못했다. 물론 『간송집』에는 자신의 문학적 입장을 기술한 전저(專著)가 없다. 하지만 그의 한시작품을 시기별로 분류하여 폭넓게 분석해보고, 산문작품 특히 유기(遊記), 유록(遊錄), 전(傳)에 녹아 있는 그의 자연관, 표현기법, 문학관 등을 면밀히 분석해 본다면 여헌의 문학적 경향이 그의 문인(門人)들에게 어떻게 계승되었는지 그 동이점(同異點)을 구체적으로 밝혀볼 수 있을 것이다.

학가재 이주의 시세계 일고

김영주

1. 머리말

학가재(學稼齋) 이주(李紬, 1599~1669)[1]는 임란의 종결과 함께 시작된 17세기를 살았던 인물이다. 생몰 연대가 시사하듯 이 시기의 조선은 다대한 변화를 경험한다. 광해군에서 인조로 이어지는 정치 상황은 신하에 의한 군주의 선택이라는 대변혁과 함께 대북(大北)에서 서인(西人)으로의 정권 이양을 초래하여 중앙 정계에서의 영남의 정치적 기반을 일시에 붕괴시켰다. 이후 영남의 사류는 향촌을 기반으로 하는 재지 세력으로 면모를 일신하여 유림을 중심으로 지방사회의 구심이 되었다.

이즈음 영남에서 유림의 구심점 역할을 한 인물이 여헌(旅軒) 장현광(張顯光)인데 그는 학가재에게 종숙(從叔)인 동시에 학문의 스승으로 큰

---

* 이 논문은 「학가재 이주의 시세계 일고」라는 제목으로 『선주논총』11(금오공대 선주문화연구소, 2008)에 게재되었던 글을 수정한 것이다.

1) 李紬(1599~1669)는 자가 彦愼, 호가 學稼齋·別墅이며, 본관은 京山이다. 경산 이씨의 비조는 신라 神德王의 외손이며, 14대 樂居副正 李德富가 경산으로 이주하면서 번성하여 秘書郎 李祚·少府尹 李珹·襄陽府使 李蕃·濟州按撫 李興門·建功將軍 李曄 등이 명성을 떨쳤다. 학가재의 고조부 李秀堰은 彰信校尉를 역임하였고 증조부 李彭錫은 齊陵參奉으로 아들 恂과 張烈(旅軒先生의 부친)에게 출가한 딸을 두었다. 부친 李天增이 경주 李曾達의 딸에게 장가들어 공을 낳았다.

영향을 끼쳤다. 학가재가 여헌의 문하에 수학하게 된 것은 그의 자질
에 기대가 컸던 부친 이천증(李天增)이 11세(1609)의 그를 여헌의 문하
에 보내면서이다. 여헌 문하에서 수학한 학가재는 15세 무렵에 이미
문장의 정밀하고 오묘한 의미를 깨달아 주위의 선배·장자들을 놀라
게 하였다. 스승의 가르침을 충실히 따라 항상 효제충신(孝悌忠信)과
격치성정(格致性正)을 마음을 다스리는 근본으로 삼았으며 성명(性命)·
이기(理氣)·인륜(人倫)·진퇴(進退)·행장(行藏)·화육(化育) 등을 질문
하며 진리 체득을 위한 쉼 없는 노력을 경주하여 대기(大器)의 인물로
촉망받았다.2)

이후 과거 공부 도중에 여러 차례 향해(鄕解)에 합격하여 '능문장(能
文章)'이라고 일컬어졌지만 중앙의 대과에서는 불리함을 당하여 마침
내 덕을 감추고 벼슬에 나가려는 뜻을 버리고 '학가재(學稼齋)'라고 자
호하여 농사에 칭탁하며 학문에 정진하였다.

이 시기의 대부분의 영남의 유생들이 수양(修養)이나 예설(禮說), 성
리학(性理學)의 이기(理氣) 논란에 골몰하여 내면적이고 교화적인 창작
경향을 추종했던 것과는 달리 학가재는 직접 목도하거나 체험한 생활
주변의 산수(山水)·화초(花草)·서화(書畵)·송죽(松竹) 등의 소재에 주
의를 기울이고 그것의 미적 형상화에 주력하였다.

문집 권1~2에 수록된 380여 수의 시 중에 주변의 풍광이나 산수를
읊은 시가 140 여수, 화초 및 송죽을 제재로 한 시가 60 여수, 즉흥적
인 흥취로 지어진 즉사(卽事) 시가 20여수, 새소리를 제재로 하거나 희
작적(戲作的) 성격의 시 등 총 230 여수에 달하는 개성 넘치는 그의 시
들은 만시(輓詩)나 화(和)·차운(次韻) 시 등이 주류를 이루거나 독서 경

---

2) 『學稼齋文集』 卷6, 「附錄, 家狀」; 이 때 학가재와 교유한 인물로 여헌의 아들인 張應一
　과 李道長, 趙任道, 蔡楙, 鄭弘錫 등이 있다.

험을 주로 서술하던 유생들의 시작 경향과 분명한 대조를 이루었다. 「분국설(盆菊說)」에서 스스로 평생을 고담(苦淡)하게 지내면서 화초에 대해 벽(癖) 아닌 벽이 있어서 특히 국화를 애호한다고 밝힌 것이나[3] 사벽당(四癖堂)을 제재로 한 시의 주석에서 산수(山水)·화초(花草)·서화(書畫)·송죽(松竹)에 대한 벽(癖)이 있음을 밝힌 것[4]은 그가 이 시기의 일반적인 유학자의 전형을 넘어서는 문학적 세계를 창출하고 있음을 암시한다. 이러한 이유로 본고는 『학가재문집(學稼齋文集)』을 중심으로 그의 시세계를 고찰하여 이 시기 영남 유림의 문학에 또 다른 창작 전형을 제시한 위치에 그를 자리매김해 보고자 한다.

2. 훈고를 통한 실증적인 학문 태도 지향

남다른 재능과 온후한 기량으로 기대를 받은 학가재는 여헌의 문하에서 수학하면서 성명(性命)·이기(理氣) 등에 가르침을 받았을 뿐만 아니라 시세(時勢)를 반영하는 무실(務實)의 학문 경향에도 영향을 받았다. 여헌이 제사 때 소의 내장을 쓴 일을 두고 고을 사람들이 한강(寒岡)의 주장을 근거로 잘못이라고 한 일[5]에 대해서 아래와 같이 논단하였다.

어느 날 내가 선사께 여쭙자 한참을 미소 지으시더니, "내가 내장을 쓴 것이 어찌 근거가 없겠는가? 한강(寒岡)이 제사에 쓰지 않는 것도 한 가지 도리라네. 무릇 짐승은 두 종류가 있네. 초식을 하는 것이 추(蒭)이니 소나

---

3) 『學稼齋文集』 卷3, 「盆菊說」. 老父平生全是苦淡貌樣, 素不喜花草, 亦不知評花品, 猶且有不癖之癖, 於花最愛菊.

4) 『學稼齋文集』 卷2, 「四癖堂用聽天韻」. 四癖謂於山水·花草·書畫·松竹也.

5) 『學稼齋文集』 卷3, 「雜著, 雜說」. 先師每於祭祀, 用牛內腸. 此邑之人, 譁然非之曰, 內腸不潔, 不可祭用, 寒岡先生之敎如此云云.

양의 부류가 이것이고, 곡식을 먹는 것이 환(豢)이니 개나 돼지의 부류가 이것이네. 곡식을 먹는 놈들은 사람과 비슷하기에 내장을 쓰지 않지만 초식을 하는 놈들은 그런 혐의가 없으니 내장을 먹도록 하였다네. 고인들의 음식에 대한 분류가 이와 같은 의리가 있으니 제사에 소의 내장을 쓴 들 무슨 불결함이 있겠는가?"라고 하셨다. ……한참 뒤에 주자의 창주정사(滄洲精舍)의 석전진설조(釋奠陳設條)를 보았더니 거기에 날 것과 익힌 폐장(肺腸)에 대한 말이 있음을 보았다. 그제야 비로소 선사께서 '어찌 근거가 없겠는가'라고 하신 가르침이 대개 근본 있는 것임을 알게 되었고 또 대현(大賢)이 예절에 대해 비록 아주 자잘한 것이라도 구차하지 않았음을 알게 되었다.[6]

이 글에서 학가재가 주장하고자 한 것은 제수 문제에 대해 한강의 이설을 수용하는 여헌의 포용적이고 개방적인 학문 자세 보다 일상의 작은 일조차 성현의 가르침을 따르는 여헌의 충실한 학문 자세이며 또 그것에 대한 경모라고 할 수 있다.

성현의 가르침에 충실하려는 여헌의 학문 자세를 문(文, 형식)과 질(質, 내용)로 분변해 본다면 후자에 가깝다. 즉 형식 보다는 내용과 본질에 더욱 충실하려는 태도라 할 수 있는데, 이에 대해서는 여헌 스스로도 분명히 주장한 바 있다. 한 예로 임진왜란을 겪으면서 온갖 물건들이 다 고갈되고 모든 일이 폐지된 상황에서 나무로 된 신주를 모실 수 없어 종이로 대신하며 문(文)과 질(質)의 우선적인 가치를 고민하던

---

6) 『學稼齋文集』 卷3, 「雜著, 雜說」. 余一日, 請於先師則微笑良久, 乃曰吾之用之, 豈無所據? 寒岡之不用, 亦一道也. 凡生有二, 草食爲芻, 牛羊之類, 是也. 穀食爲豢, 犬豕之類, 是也. 穀食者近人, 故不食其內腸, 草食者無所嫌, 故許食其內腸. 古人飮食之類, 自有義理如此則祭用牛腸, 有何不潔之疑乎? …… 最後, 適見朱子滄洲精舍釋奠儀陳設條有生肺腸‧熟肺腸之語. 於是, 始知先師豈無所據之敎, 盖有所本也. 又知大賢於禮節之際, 雖甚細碎, 亦未嘗或苟也.

여헌은 문질(文質)의 논란의 시원인 상고시대(上古時代)의 경우를 추론
하여 결국 문(文) 보다는 질(質)이 우선임을 천명하였다.7)

　문(文) 보다는 질(質)을 우선시하는 여헌의 학문 자세를 경모한 학가
재는 보다 충실하고 실증적인 차원에서 스승의 학설을 계승한다. 경전
의 해석에서 보편적인 견해를 무조건 수용하기보다 의문스러운 부분
에 대해 다양한 주석서를 검토하여 자신의 견해를 확립하는 실증적(實
證的)인 학문 태도를 제시하였다. 『서경(書經), 홍범(洪範)』의 '농용팔정
(農用八政)' 구절에서 '농(農)'의 의미를 '식생활을 위한 농사'의 의미로
이해하는 관행에 의문을 품고 채침(蔡沈)의 전문(傳文)과 『한서(漢書),
식화지(食貨志)』 등을 검토하여 농(農)이 '후(厚)'의 뜻임을 밝힌다. 이로
인해 그가 교우 이도장(李道長)으로부터 선현들이 발견하지 못한 것을
발견하였다는 말과 함께 퇴계(退溪) 선생의 경서석의(經書釋義)에서조
차 그것을 '농식(農食)' 즉 양식으로 해석하였다는 언급을 수록한 일
화8)는 학가재가 일상의 사소한 것조차 선현의 가르침에 바탕했던 여
헌의 상고적(尙古的) 학문 경향에서 벗어나 훈고적이고 실증적인 차원
의 학문 경향을 모색하는 시도를 하고 있었음을 예시한다.

　그렇다면 보편론의 추숭 보다 훈고를 통한 실증과 자기 이해를 우선
시한 학가재의 학문 태도가 문학 창작의 경우에서는 어떤 형태로 나타
나는가? 그의 학문 태도처럼 사실적인가 아니면 유학자 문인의 전형
을 답습하여 수양과 교화를 위주로 하는 내면주의로 경도되는가? 아

---

7) 여헌이 1594년 가을 聞韶의 집에서 전란 중에 조상의 신주를 보전하지 못한 사정을 서술
　한 「奔竄中事亡儀略」의 일부이다.;『旅軒集』 卷7, 「奔竄中事亡儀略」(叢刊 060_412d).
　文質彬彬誠是可貴, 然有質然後有文. 上古之時, 質而已矣, 三皇豈不知夫文亦不可無也?
　惟以在上古之時, 則質而足矣. 故不待文而道已盡耳. 中古風氣漸開, 人心稍薄, 必待文然
　後可明, 故五帝三王始爲之具其文也. 今者世經難離, 百物俱盡, 百爲皆廢. 當在此時, 必須
　尙質而殺文, 一遵上古之俗, 然後似乎得矣.
8)『學稼齋文集』 卷3, 「雜著, 雜說」.

래에서 살펴보기로 한다.

3. 유가의 내면지향적 창작 경향의 쇄신 추구

성리학자들의 산수와 자연에 대한 감상이 외물과 현상을 지적 관념의 세계로 치환하거나 산수의 정취를 독서의 이치 혹은 독서에서 터득한 이치로 재배치하는 관점에서 이루어지는 것은 이미 여러 연구에서 보고된 바 있다.9) 이들이 산수를 비롯한 자연물 감상의 경험을 예술적 창작의 경험으로 전환하는 과정을 방해한 것은 문학 창작을 일종의 잡기(雜技)나 말예(末藝)로 인식하고 외물을 즐기거나 집착하다 보면 본지(本志)를 상실하게 된다는 완물상지(玩物喪志)의 부정적인 문예 관념 때문이었다. 그렇기에 창작에 골몰하거나 외물에 대한 집착을 보이는 것은 유학자가 경계할 사항이었으며, 이기(理氣)와 성정(性情)이 주류를 점하는 것이 유학자의 일반적인 창작 경향이었다.

학가재가 전하는 바에 의하면, 여헌 역시 사물에 대한 기호(嗜好)가 없었고 화초 같이 어여쁜 것조차 완게(玩愒; 진기한 물건을 감상하며 탐내는 것.)로 경계하며 가까이 하지 않아서 집과 정원이 쓸쓸해 보일 정도였다고 한다.10) 여헌은 시란 성정(性情)이 드러나는 것이라는 전제하에서 음영(吟詠)하는 과정에서 필요한 것은 정신을 함양하며 뜻을 잘 나타내는 것이며 일시적인 흥(興)과 회포를 풀거나 음영 자체에 전력한다면 그것은 바로 '완물(玩物)'일 뿐이라는 결론에 도달한다.11)

---

9) 이지양, 「조선중기 성리학자의 山水鑑賞 특징과 그 의미」, 『고전문학연구』 29집, 한국고전문학회, 2006, 473면 참조.

10) 『學稼齋文集』 卷3, 「石假山記」. 始我先生於物無所好, 至如花草之雅, 猶以玩愒以爲戒, 未嘗或近之, 庭戶盖蕭然也.

그러나 학가재는 여헌의 견해와 궤적을 달리하였다.

　① 네 가지 벽(癖)이란 산수(山水)·화초(花草)·서화(書畵)·송죽(松竹)
에 대한 것이다.12)
　② 노부는 평생토록 고담(苦淡)한 모양으로 평소 화초를 좋아하지는 않
고 또 화품(花品)도 알지 못하는데도 오히려 또 화초에 대한 벽(癖)아닌 벽
(癖)이 있어서 국화를 가장 사랑하였다.13)

　예시문 ①은 가형인 월사공(月沙公)이 머물던 사벽당을 제재로 한 시
에서 '사벽(四癖)'의 의미를 밝힌 것이고 ②는 학가재가 애호하는 국화에
대한 소감을 밝힌 글의 일부이다. 이를 통해 보면 학가재가 산수 자연
에 대한 애호를 가졌음은 충분히 확인할 수 있다. 또한 이만운(李萬運)
은 묘갈명에서 학가재의 문학 태도를 간략히 언급하였는데 그가 문장
에 대해 깊고 해박한 견해를 지녔고 그가 창작한 시부(詩賦)를 비롯한
여러 가지 문체가 모두 화려하고 세련되었다고 서술하였다.14) 이것은
창작에서 문사(文辭)는 장중(莊重)하게 하고 의미는 환히 통창(通暢)하게
하며 기이하거나 별난 것을 숭상해서는 안 된다는 여헌의 문장관15)이
나 교화론적인 내면주의를 지향하며 기교적 창작태도에 반감을 가졌던
일반 유림의 창작 태도와 분명히 배치되는 점이 있다. 이러한 학가재의
창작에 나타는 특징을 구체적인 예시와 함께 아래에 제시한다.

---

11) 『旅軒先生續集』 卷10, 「趨庭錄【子應一】」(叢刊 060_463c). 詩者, 性情之發. 而吟詠之間,
　　又足以頤神暢志, 此堯夫之吟所以發於月梧風柳得意之時者也. 若專事吟詠者, 只是玩物.
12) 『學稼齋文集』 卷2, 「四癖堂用聽天韻」.
13) 『學稼齋文集』 卷3, 「盆菊說」.
14) 『學稼齋文集』 卷6, 「附錄, 墓碣銘 并序」. 先生爲文章, 多積博發, 詩賦各體. 亦皆贍麗精鍊.
15) 『旅軒先生續集』 卷10, 「趨庭錄【子應一】」(叢刊 060_463c). 文章, 亦一事也, 辭須莊
　　重, 意須通暢, 不可學奇尙險, 專精役志也.

1) 교화적이고 관념적인 창작 경향의 탈피

성리학자들은 인간 본연에 내재한다고 간주되는 꾸밈없고 외물의 자극에 요동하지 않는 순성(純性)한 본심(本心)의 상태인 리(理)를 탐구함으로써 자연의 이치인 천리(天理), 나아가 아득한 우주 본원의 상태인 무극(無極, 또는 太極)을 탐구하고자 하였다. 그러하였기에 그들은 자연에 존재하는 온갖 사물에서 천리(天理)의 구현을 체득하고자 하였다. 학가재와 학문의 근원에서 연계되는 퇴계는 성리학적 세계관에 입각한 사유 형태를 시를 통하여 형상화 하였다.

허다한 만물 어디에서 왔는가	芸芸庶物從何有
아득한 근원이 빈 것은 아니라네	漠漠源頭不是虛
선현이 느끼던 곳을 알려거든	欲識前賢興感處
정초와 분어를 잘 살펴 보게나	請看庭草與盆魚[16]

퇴계는 사물의 근원이 '허(虛)'가 아니라 '리(理)'이며 이 '리'는 모든 사물에 내재하므로 이를 지속적으로 살피면 사물의 근원을 알 수 있다고 하였다. 위의 시에서 '정초(庭草)'는 정호(程顥)가 뜰의 풀을 베지 않고 그 생의(生意)를 살폈다는 고사 중에서 나온 것이며 '분어(盆魚)' 역시 정호가 어항에 물고기를 키우면서 생의(生意)를 관찰하려고 했다는 일화에서 나온 것이다. 퇴계는 '정초'와 '분어'를 지속적으로 관찰하여 그 속에 내재하는 '리' 즉 만물의 근원에 대한 탐구의 단초를 얻고자 하였다. 사물을 관찰하여 본원의 '리'를 고찰하려는 태도는 한마디로 요약하면 '관물찰리(觀物察理)'의 태도라 할 수 있다.

그러나 앞에서 살펴본 바에 의하면 학가재의 문장관은 성리학자들

---

16) 『退溪集』卷3, 「林居十五詠【李玉山韻】觀物」(叢刊 029_101a).

의 내면주의적인 경향이라 철리적인 경향에서 벗어나고 있다. 그는 사물의 본래의 면모를 의미하는 '본색(本色)'이라는 시에서 다음과 같이 말하였다.

빼앗겨 어긋난 상도(常道) 오행마저 그르쳐	推奪乖常五勝差
섣달의 한기 물러감도 잊고 과시하듯 하네	臘寒忘退似矜誇
얼음 맺힌 묵은 풀에 새싹 돋기 어렵고	凍留宿卉難生擇
원한 서린 새 매화에 꽃이 피지 못하네	怨入新梅未吐花
사계절 맡은 목덕(木德)이 꺾이고 숨었으며	司辰木德摧仍伏
눈 덮인 산 모양새 괴상하고 또 휑하네	戴雪山顏㟒更谺
만물이 이런 때 모두 실의에 빠졌으니	萬類玆辰皆失意
일군(日君)이 어찌 금아(金雅)를 살릴런가	日君何況活金雅[17]

학가재는 오래도록 지속되는 추운 겨울 날씨를 상도(常道) 즉 자연의 질서가 어긋난 것, 오행(五行)의 질서에 차질이 빚어진 것이라고 전제하였다. 이어서 그는 구체적인 현상으로 오랫동안 얼음이 서려 새싹이 나기 어려운 상태의 묵은 풀과 원한이 맺혀 새로 꽃을 피우지 못하는 매화를 제시한다. 또 사계절의 운행을 맡은 봄[木德]이 운영되지 못하는 또 다른 증거로서 괴이하고 휑한 눈 덮인 산의 경관을 제시하며 만물이 모두 제 모습을 잃은 것 즉 '실의(失意)'한 것으로 상정한다. 그의 시에서, 중심에 놓이는 것은 사물의 존재 양태 그 자체이며 지각하거나 경험할 수 없는 사물의 유래처와 시원에 대한 탐색은 그 뒤로 밀려나 있다. 또한 본연의 이치가 담겨 있어야 할 사물은 '얼음' 혹은 '원한' 등의 외부 요인에 의하여 본연의 질서(秩序) 혹은 생의(生意)를 잃었다.

---

17) 『學稼齋文集』卷2, 「本色」.

그렇기에 '관물(觀物)'의 과정을 거쳐도 궁극적으로 체득되어야 할 '찰리(察理)'가 도출될 수 없다. 이러한 태도는 퇴계가 '정초'와 '분어'에서 보인 관점과는 상당한 차이를 나타낸다 할 수 있다. 정리한다면, 학가재의 관점은 지각이나 감각을 통하여 경험할 수 있는 현상계의 사물들을 통하여 지각이나 감각으로 경험할 수 없는 객체계(客體界)의 보편원리 즉 '천리(天理)', '태극(太極)'의 상태를 징험하고자 하는 성리학자들의 창작 태도와는 거의 상반된다.

학가재가 성리학자들의 보편적인 창작 경향에서 벗어나고 있음은 불가(佛家)와 도가(道家) 등에 대한 호의나 그에 대한 심정적인 친근함을 읊은 시에서 확인된다.

균사(均師)여, 내 삼삼(三三)을 묻고 싶었건만	師乎吾欲問三三
예전의 현성(玄聖)이 말해주지 않았다오	玄聖從前未肯談
번뇌를 없애고 그대 술법에 기대리니	除惱倘能憑爾術
편히 진계(眞界)에 동참함을 거절치 말게나	不辭眞界穩同參[18]

어느 땐가 학가재를 찾아와 위로하는 균사(均師)에게 감사하며 지은 시이다. 닥쳐 온 괴로움과 고난에 지친 학가재는 불가(佛家)에서 말하는 과거와 현재 그리고 미래의 모습을 궁금해 했지만 현성(玄聖) 즉 공자가 말하지 않아서 알 수 없다고 하였다. 그의 말대로, 일찍이 『논어(論語)·술이(述而)』에서 공자는 괴(怪)·력(力)·난(亂)·신(神)을 말하지 않았다. 드물게 있는 일을 의미하는 '괴(怪)'나 무형의 물체를 의미하는 '신(神)'에 대해 계속 말하고 그것에 골몰하면 그 폐단이 인간으로서 연마해야 할 심성의 수양을 등한시하고 허황한 것에 정력을 허비할까를 경

---

18) 『學稼齋文集』 卷2, 「謝均師來慰」.

계해서였다. 대신에 유가에서는 '천리(天理)'를 대변하는 상제(上帝)가 내려 준 순수한 성품을 보전하거나 전지한 상제가 옆에 있는 듯이 마음에 의심을 두지 말고[上帝臨汝, 無貳爾心], 계구(戒懼)·근독(謹獨)·주경(主敬) 등의 함양 공부에 열중하기를 강조하였다. 수양론적이고 현실주의적인 유가의 학문관은 현상계에서의 번뇌에 괴로워하는 학가재에게 설득력과 존엄성을 버리고 신선계를 의미하는 '진계(眞界)'에의 동참을 염원하게 만든다.[19]

정형화 된 유학자의 학문 방법, 심성 수양, 이기(理氣)의 논의 등에서 벗어나려던 학가재의 시도는 이상적인 유자(儒者) 이미지의 표상으로 간주되던 사군자(四君子)에 대해서 갖은 시련과 고난을 감내하며 고고한 지조와 절개를 간직한 것으로 인식하기보다는 눈에 와 닿는 자연물의 하나로서 개인의 창작 동기를 유발하는 매개체로 인식하였다.

꽃 언덕에 봄이 깊어 맑은 경치 선명터니	花塢春深霽景明
온갖 구슬 꿰어 차고 가냘프게 흔들리네	明璫瑤佩任輕盈
요염한 여인에 비유함도 잘못이 아니니	妖姬把比非爲錯
송광평의 철석심장을 어찌 방해하랴	鐵石何妨宋廣平[20]

깊어 가는 봄날 언덕에 어여쁘게 핀 매화를 옥을 꿴 귀걸이를 걸고 옥으로 장식된 패물을 걸친 요염한 여인에 비유하였다. 그에 의하면 매화를 아름답고 요염한 여인에 비유함은 잘못이 아니기에 송경(宋璟)

---

19) 학가재에게는 佛家에 대한 애호뿐만 아니라 道家, 墨家 등에 경도된 경향도 나타난다. 전국시대 때 墨家의 각 파들이 스스로를 묵가의 정맥이라 자부하며 기타의 각 파를 비교하여 '別墨'이라고 한 것을 본떠 자호를 삼은 것이나 斗回巖에 사는 成老仙에게 건네는 시에서, 수은을 가지고 연단하는 방법을 쫓은 것이 여러 해가 되었다고 말한 것 등에서 이를 확인할 수 있다.

20) 『學稼齋文集』卷1, 「庭梅」.

이 아름다운 「매화부(梅花賦)」를 짓는데 방해되지 않으리라 확신한다. 매화에 대한 성리학자들의 일반적인 이미지와 상당히 벗어나는 견해이다. 이러한 인식은 아래의 시에서도 확인된다.

한식날의 미친 바람 삭풍처럼 차가워	百五狂颷似朔吹,
온 가지의 꽃들 홀연히 흩어졌구나	滿枝花事忽參差,
모르겠거니 선녀가 희투(戲投)하는 저녁인가	未知天女戲投夕,
어이해 봉이(封姨)가 장난할 때와 비슷한가	何似封姨難作時,
칼끝에서 구슬 부서짐이 놀라워서	玉碎劍頭堪可愕,
하늘 끝에 날리는 눈발은 기이하지도 않네	雪飛天末未爲奇,
허다한 봉옹(捧擁)들 모두 맑은 선물인 듯	許多捧擁皆淸餉,
넘쳐나는 풍류를 주체할 수 없구나	剩使風流不自持.[21]

한식날에 불어 닥친 광풍으로 만개했던 매화가 흩날린 광경을 읊은 시이다. 동지 뒤의 일백 다섯 번째의 한식날에 거센 비바람이 겨우내 핀 매화를 흩날리는 광경에서 그가 그려낸 것은 고결한 매화의 기상이나 선비의 지조 보다는 찰나에 펼쳐지는 이른 봄의 흥취인 사실적 낭만이다. 꽃잎이 흩날리게 된 원인이 하늘나라 선녀가 장난삼아 구슬을 던져서인가 의심하고 거세게 부는 바람을 바람의 신 봉이(封姨)의 장난인가 상상한다. 또 매화 꽃잎이 지는 순간을 칼끝에 부서지는 구슬이라는 섬세한 시각으로 포착해낸다. 찰나에 펼쳐지는 광경들이 형상화된 그의 시에서는 지조나 절개, 고난의 감내라는 관념적인 반추 보다 아름다운 꽃의 이지러짐에 고취되어 시적인 흥취와 풍류를 고양하는 낭만적 정취가 지배적으로 나타난다.

---

21) 『學稼齋文集』 卷2, 「次鄭季膺詠梅韻」.

2) 피지배층 소재 시에 나타난 현실비판의 태도

유가 이외의 불가·도가 등의 이단에 대한 우호적이고 수용적인 학가재의 태도는 당대의 대부분의 유학자들이 유교제일주의에 집착하던 것과는 차별되는 사고방식이나 세계관을 가질 개연성을 예시한다. 앞에서 살펴본 바에 의하면, 여헌의 문하에서 수학하던 그가 15세의 어린 나이에 일찍이 문장의 묘리를 터득하여 칭찬을 받았다는 언급은 괜한 치사가 아니다. 그가 과거를 준비하는 동안 여러 차례나 향시에서 우수한 성적을 거두었다는 사실이 그의 문재를 증명하기 때문이다. 그렇지만 뛰어난 문재를 지녔다고 인정받은 그도 과거 시험에서는 번번이 낙방을 하고 만다. 이유는 여러 가지이겠지만 임란 이후 조선 조정의 정권 교체에 따른 정치적 역학 관계와도 연관이 있을 것이다. 고래로 과거 시험의 합격 여부가 집권 세력에 의해 영향 받음은 불문의 사실이기 때문이다.

또, 1592년에 시작된 임진왜란이 종결된 후의 조선에는 장기간의 전쟁으로 인한 국토의 황폐화, 인구의 감소 등 전란 이전부터 지적되던 국가 재정 파탄의 현상이 가속화 되어 나타났다. 이것의 문제는 그 폐해가 대부분의 피지배 계층의 부담으로 돌아가고 결국 국가 경제에도 영향을 미친다는 것이다.

율곡(栗谷)은 1583년에 선조(宣祖)에게 올린 시무육조(時務六條)에서 조선 초기와 달리 국가 재정이 고갈되고 저축미(貯蓄米)가 부족한 현상을 지적하며 그 원인으로 '세입이 적고 세출은 많으며, 오랑캐 지역보다 납세가 적은 것, 제사가 많아 번거롭고 실속이 없는 것[一曰入寡出多, 二曰貉道收稅, 三曰祭祀煩瀆]'을 지적하고 이에 대한 대비책으로 어질고 능력 있는 이를 임용할 것, 군민(軍民)을 양성할 것, 재정을 넉넉히

할 것, 국경 방비를 튼튼히 할 것, 전마(戰馬)를 비축할 것, 교화를 밝힐 것[一曰任賢能, 二曰養軍民, 三曰足財用, 四曰固藩屛, 五曰備戰馬, 六曰明教化]'등을 제시하였다.22) 그 외에도 그는 양입정출(量入定出)의 원칙 고수·불요불급한 국가 기구의 정비, 경비만 지출하는 국가 기구의 폐지, 재정담당 부서의 계획성 있는 예산 운영과 관리의 도둑질과 협잡 등을 방지할 것 등을 제시하였다. 율곡을 위시한 몇 몇 선각자들의 건의에도 불구하고 국가 재정이 안정되거나 확충되지 못하였고 장기간의 전란 동안에 그 상황은 더욱 심각해져서 파탄을 맞게 되었다. 그 결과, 임란 후부터 병자호란 시기까지 열악한 국가의 재정은 중간에 발생한 이괄(李适)의 난과 정묘호란과 병자호란 등의 거듭되는 내우외환 속에 더욱 고갈되었다.23)

학가재는 소식(蘇軾)의 「경산도중차운답주장관겸증소시승(徑山道中次韻答周長官兼贈蘇寺丞)」24)을 차용하여 태고부터 어둠과 밝음, 또 선인과 악인이 대립하여 다투었지만 양자의 시비를 제대로 판별한 경우가 없었다고 전제하였다. 이어서 시비를 판별하지 못하는 간악한 올빼미[鴞] 같은 인물들이 대권을 장악한 이후에는 봉황처럼 훌륭한 인물은 그저 잠만 자듯 아무 일도 하지 못하는 형편이라고 이야기 하였다.25) 고래로 이어진 선악에 대한 시비의 불분명함은 학가재의 시대에도 지

---

22) 『栗谷集』 卷8, 「六條啓」, 044_171c.

23) 황하현, 「임진왜란과 국가재정의 파탄」, 『경제연구』 1집, 한양대학교 경제연구소, 1979, 4~5면 참조.

24) 『東坡詩集註』 卷12, 「徑山道中次韻答周長官兼贈蘇寺丞」. 奈何效燕蝠, 屢欲爭晨暝[次公小說載蝙蝠與燕爭晝夜不決, 徃問鳳凰. 鳳凰方睡, 遂投訓狐, 其事詳見詩案. 且云, 某意以譏王庭老如訓狐不分別是非也已.]

25) 『學稼齋文集』 卷2, 「無題」. 어두움과 밝음이 다툰 지 얼마인가, 제비와 박쥐 판별한 자 천고에 없었다. 하물며 여우들이 대권을 잡은 뒤로, 봉황새는 대낮에 잠만을 탐하였다[暝晨爭競幾多年, 千古無人判燕蝠, 況自訓狐操大柄, 鳳凰平晝但耽眠].

속되었다. 흉년과 무거운 세금에 괴로워하는 늙은 농부 내외의 모습을
시로 형상한 「전가(田家)」와 중들의 원망을 형상한 「승원(僧怨)」에서 이
러한 학가새의 생각이 잘 나타난다.

밤사이에 가랑비 그치고	薄雨夜來收
들녘에는 가을빛이 깊다	原野已深秋
마른 벼에는 낟알 성글고	枯禾實未成
이삭은 모두 고개를 들었다	苗穎盡昂頭
잡초가 자라도록 버려두니	稂莠人許長
빽빽이 자라다 서리에 쓰러졌다	蒙密臥霜露
낫 들고 허리에는 새끼줄 매고	持鎌腰帶索
머뭇거리는 두 노옹과 할미	依依兩翁媼
오래도록 밭두둑에 서서	良久立田畔
마주보고 탄식하며 울었다	相對咿嚘泣
고생스런 일 년의 농사였건만	辛苦一年耕
이삭을 비벼도 온전한 낟알 없다	挼穗無完粒
어제 저녁밥을 잘못 먹어서인지	昨日誤夕炊
뱃속에서는 놀란 듯 난리친다	腹雷方驚蟄
가장 생각나는 것은	穉兒宬可念
성내며 급히 밥 달라 하는 아이라네	叫怒索飯急
묵은 빚이 산과 같은데	宿債況如山
밀린 세금은 또 용서 없네	逋租又不恕
도망을 가려해도	惟有徂厥亡
즐거울 곳 어디인가	樂土知何處
초가로 돌아가봐도	歸來茅屋裡
무너진 부엌엔 연기도 없다	破竈不生烟
햇빛 맞으며 울타리에 기대 앉아	迎暄坐籬根

배고픔 참자니 병든 신선 같구나   忍飢如瘤仙[26)]

가을 추수 무렵의 농가를 소재로 읊은 시이다. 지난밤의 가랑비에 무성한 잡초조차 쓰러졌으니 추수 무렵의 벼 포기야 말할 나위도 없다. 일손이 딸릴 추수기의 농가이건만 들녘에는 늙은 농부 내외만이 나와서 쓰러진 벼들을 바라보며 밭두둑에서 탄식하고 울고 있다. 쓸 만한 벼 포기를 찾아 손으로 이삭을 비벼 봐도 제대로 된 낟알이 영근 것을 찾아보기 어렵다. 일 년의 농사이건만 손에 든 것은 없고 끼니조차 잇기 어려운 형편에 지난밤에 또 무언가를 잘못 먹어서 속은 탈이 나서 요동친다. 집에서는 배고픔을 못 견딘 아이들이 밥 달라 조르며 떼쓰는 모습이 선명하건만 산 같이 밀린 빚과 무거운 세금을 갚을 길조차 없어 아득하기만 하다. 어디론가 도망쳐 달아나고 싶어도 조선 천지에는 숨어 편히 지낼 곳이 없다.

임진왜란과 정유재란을 겪은 조선은 이후에도 1624년 이괄의 난과 1627년의 정묘호란, 1636년의 병자호란 등 반세기의 짧은 기간 동안에 수차례의 내우외환을 겪으면서 국가의 생산력이 매우 저하되었다. 장기간에 걸쳐 많은 토지가 황폐화 되고, 전쟁으로 인한 인구의 감소, 농민의 유리 현상 거기에 국가재정을 도외시 한 효종(孝宗)의 북벌계획으로 인한 군비의 확충 등 조선의 재정 상황은 악화일로를 치달았다. 경제상황을 회복시키기 위해 조선의 조정에서는 호조로 통일된 수세 체계와는 독립적인 자체적 수세지(收稅地)와 점유지(占有地)를 마련하고 삼수미(三收米)·별수미(別收米) 등의 비상세(非常稅)를 과세하는 등의 고식적인 재정계획을 수립하는 한편 장기적이고 안정적인 세수의 확보를 위한 양전(量田) 사업을 벌였다.[27)] 이 과정에서 착취 대상의 대

---

26) 『學稼齋文集』 卷2, 「田家」.

부분은 농민들이었다. 젊은 농민들의 경우 가혹한 세금과 관리들의 수탈을 피해 도망할 수 있었지만 연로하거나 어린 아이인 경우는 고스란히 무거운 세금과 수탈에 내몰릴 수밖에 없어서 그 상황은 더욱 심각했다. 그러하기에 두 늙은 농부 내외가 밭두둑에 서서 흉년에 망연자실한 채 산더미 같은 빚을 걱정하고, 굶주림에 지친 아이는 성난 소리로 밥 달라고 조르며 울어대는 상황이 반복되는 것이다. 과세의 대상이 농민에게만 국한된 것은 아니었다. 학가재는 숭유억불(崇儒抑佛)을 내세운 조선 사회에서 소외된 계층의 하나인 중들의 삶에 주목하여 그들의 고충을 시로 형상하였다.

늙을수록 왕성한 기운만이 살아나	老宿盛氣來
말하기를, 이곳은 발붙이기 어렵습니다.	日此難寄足
중의 부역이 고통스러워	欲言僧役苦
온통 백발이 되게 한다고 말하려 해도	使人頭盡白
나라 법이 중을 천시하기에	國法賤緇髡
중의 생사 누가 불쌍히 여길까요	生死誰肯恤
관리들은 그런 것을 알면서도	官吏知其然
명을 만들어 그들을 장악 하였다네	制命在掌握
사역하고 징수함이 아득히 끝이 없고	徵斂浩無藝
공공연히 위력을 부리며 학대하였다	公然肆威虐
해산물을 산 속의 중에게 요구하니	海錯求山中
김과 미역이로다	海衣及苔藿
토호들 관의 명을 빌려서	紙地假官令
백일하의 저자에서 약탈을 일삼으니	白日市上奪
승롱(繩籠)과 수계마(樹鷄麻)의	繩籠樹鷄麻

---

27) 황하현, 전게서 참조.

종목들 몹시도 상세했네	色目甚詳悉
수응을 조금이라도 늦추면	輸八倘少緩
구타와 벽력같은 호통 이어졌네	毆打雷霆急
구름처럼 떠도는 몸 안착할 곳 없었고	雲蹤無土着
짚신장사를 업 삼아 생계를 영위하니	業屨以爲食
큰 골짝에서 죽어감을 어찌 생각했으랴	何計塡巨壑
바삐 바삐 다녀도 매일 부족한데	遑遑日不給
이런 때 나그네 와서 또 머무니	此時客又留
나그네 어찌 그리 눈치가 없는가	客何無耳目
기가 막혀 말소리조차 말랐구나.	氣索語聲乾
듣자하니 내 맘이 몹시도 슬퍼서	聞來余甚慽
즉시 어깨에 시표(詩瓢)를 메고서	詩瓢卽掛肩
산을 나서니 해는 아직 기울지 않았네	出山日未昃[28]

양란 이후 승려들이 거주하던 사원의 상당수가 소실되거나 폐허가 된 상황에서도 승려는 지배층에 의해 민(民)을 대신할 대체노동력으로 주목되면서 각종 역(役)의 부담에 시달리고 있었다. 이 무렵 승려는 산릉·축성·궁궐·공해·제언 등의 영건(營建)·수리(修理) 역사에 수시로 동원되었으며, 지역(紙役)을 비롯한 각종 잡역과 잡공으로 크게 고통 받고 있었다.[29]

위의 시는 부역에 시달리는 승려가 나라법이 중을 천시하기에 그 누구도 그들을 걱정하지 않는다고 호소하며 고통을 토로하는 내용을 담고 있다. 김과 미역 등의 해산물을 산 속의 중에게 요구하는 것을 비롯하여 토호들조차 관청의 명령을 빌어 백일하의 저자에서 약탈을 일삼

---

28) 『學稼齋文集』 卷1, 「僧怨」.

29) 장경준, 「조선후기 호적대장의 승려 등재 배경과 그 양상」, 『대동문화연구』 54, 성균관대 대동문화연구원, 2006, 295면 참조.

으며 수응을 조금이라도 늦추면 구타를 일삼고 벽력같이 호통친다. 떠
도는 몸이라서 안착할 곳도 제대로 없기에 짚신장사를 업 삼아 생계를
영위하고자 바삐 매일 다녀도 부족할 처지인데 눈치 없는 나그네는 찾
아와서 수작이나 걸고 있으니 기가 막히다고 하소연한다. 이 말을 들
은 학가재는 이념의 차이, 신분의 차이를 벗어던지고 그들의 고통스러
운 삶을 동정한다.

시의 내용대로 양란 이후의 승려들은 국가의 갖은 사역과 징수에도
불구하고 자신들의 거주처인 사원의 보수와 재정 마련 등을 위해 계를
조직하거나 짚신삼기, 제지업 등을 통하여 재원 마련에 힘썼다. 이들
의 유용한 가치를 인식한 윤휴는 1675년에 이들을 호적에 등재하여
양난 이후 부족한 국역의 한 부분을 보충하는 인력으로 인정받게 한
다. 숭유억불을 국시로 하는 조선 사회에서는 변혁이라 할 사건이었지
만, 승려에 대한 천시와 수탈이 계속되면서 1664년(현종 5) 충청도 서
천의 천방사사건, 1688년(숙종 14)의 미륵신앙사건, 1697년(숙종 23) 승
려의 거사모의사건 등 끊임없는 승려의 저항이 일어나자 지배층의 불
안감은 증폭되고 또 승려 계층의 고통스러운 삶과 불만도 지속될 수밖
에 없었다. 이러한 사회 현상에 대해 학가재는 사회의 약자인 그들을
이해하고 동정하며 부조리한 현실을 비판하였다.

3) 산수 자연물의 감각적 형상화 추구

고려 말에 송학 즉 성리학이 유입된 이래, 조선 유학자들은 점차 심
성론(心性論)에 대한 연구에 주력하였다. 몇 차례의 정변과 임진왜란을
통한 조정 권력 구도의 재편과 그에 따른 수신(修身)·제가(齊家)에 바
탕하는 치국(治國)·평천하(平天下)의 인과적 실현이 불가능한 상황에

서 산림에 은거하게 된 유학자들은 겸선(兼善)이 불가능한 현실 상황에
서 심성의 수양을 통한 독선(獨善)을 목표 삼았다. 그리하여 산수 자연
속에서 심성을 수양하며 틈틈이 수양의 태도와 의지를 은거지의 경물
과 함께 시에 담아 읊조리는 것을 전형이라 여겼다. 그들의 시에서는
심성론(心性論)의 흔적이 배어나올 수밖에 없었다. 산수자연을 읊은 성
리학자들의 시에서 학문의 과정이나 도(道)·리(理) 등을 찾게 되는 것
도 이러한 이유 때문이라 하겠다.

성리학적인 수양론에서 출발한 산수의 형상화 방식은 소옹(邵雍)에
게서 유래한다. 소옹은 "무릇 관물이라는 것은 눈으로 보는 것이 아니
다. 눈으로 보는 것이 아니라 마음으로 보는 것이며, 마음으로 보는
것이 아니라 리(理)로 보는 것이다."30)라고 하였다. '리(理)로 물(物)을
본다[以理觀物]'는 견해에 대해 소옹은 구체적인 '물(物)로써 물(物)을 본
다[以物觀物]'는 뜻이라고 부연한다. 즉 자신에게 갖추어져 있는 관념의
틀로 보는 것이 아니라, 사물에 갖추어져 있는 리(理)로서 물(物)을 보
아야 한다는 뜻이다. 그가 물(物)로써 물(物)을 보는 것은 성(性)이요,
나로써 물(物)을 보는 것은 정(情)이다. 성(性)은 밝고 공정하지만, 정
(情)은 편벽되고 어둡다31)고 한 것32)도 바로 이러한 견해를 가지고 있
기 때문이었다.

소옹에게서 유래한 성리학적 산수관과 달리 학가재는 창작의 과정
에서 화초 등을 비롯한 산수 자연물에서 지적인 관념의 형상화나 리
(理)의 재발견, 학문 방법의 과정 탐구 등 '이리관물(以理觀物)', '이물관물
(以物觀物)'의 방법 보다는 나의 관점에서 사물을 보는 '이아관물(以我觀

---

30) 『皇極經世書』卷11, 「觀世」. 夫所以謂之觀物者, 非以目觀之也. 非觀之以目, 而觀之以
　　心也. 非觀之以心, 而觀之以理也.
31) 『皇極經世書』卷11, 「觀物外篇」下. 以物觀物, 性也. 以我觀物, 情也. 性公而明, 情偏而暗.
32) 이종묵, 『한국 한시의 전통과 문예미』, 소명출판, 2001, 101~103면 참조.

物)'의 견해를 주로 나타냈다. 즉 그 자신이 산수를 유람하거나 화초 등을 대하는 과정에서 느낀 그만의 감회와 시각을 미적으로 형상한 것이다.

잠 깨니 서재 창가엔 날 아직 어두운데	睡罷書牕日未明
매미 우는 곳에서 가을소식 들려 오네	寒蟬叫處已秋聲
아침에 내린 비가 바람 따라 지나가고	朝來小雨和風過
새로운 서늘함이 살살 가벼이 불어오네	逘起新凉陣陣輕[33]

어느 가을 이른 새벽녘 잠이 깼을 때의 느낌을 읊은 시이다. 눈을 떠보아도 창가는 아직 어둑한데 여름 끝에 나타나는 한장(寒蟬)의 울음에서 가을 소식을 듣는다. 더욱이 이른 아침에 내린 비가 바람과 함께 지나가자 방에 누웠어도 어느덧 가을의 서늘함을 느낀다. 시에서 서늘한 이른 가을 새벽 기운과 촉촉함이 배어나올 듯하다.

자연물에 대해 자신이 보고 듣고 느낀 대로 묘사하듯 서술한 것은 이뿐만이 아니다. 넓은 바위벽의 폭포를 보며 읊은 시에서는 쏟아지는 폭포수의 소리를 듣고 성난 기운을 느끼기도 하고 차가운 겨울바람 소리가 들린다 하고 또 하늘에서 천 길 깊은 계곡에 다투어 투명한 구슬을 던지는 듯하다[34] 라고 하며 주관적인 심상을 여과 없이 그려냈다. 또한 사군자를 제외하고, 황장미(黃薔薇)·사계화(四季花)·석류(石榴)·소도(小桃)·목단(牧丹)·규화(葵花)·작약(芍藥)·해당(海棠)·백두화(白杜花)·단풍(丹楓) 등 일반 유자들의 시문집 보다 비교적 다양한 종류의 꽃들을 많이 읊었다. 그 가운데 산을 나서다 단풍을 보고 읊은 시에는 학가재의 감각적인 묘사가 더욱 잘 나타난다.

---

33) 『學稼齋文集』 卷1, 「步謝張經叔李泰始兩兄韻」.

34) 『學稼齋文集』 卷1, 「石湫飛瀑」. 石縫砑谺瀉全湖, 怒意寒聲劇虎鬚, 未說一条千丈直, 爭如深谷擲明珠.

처음에 봉화가 오군(吳軍)으로 내달리는가 했더니　　初疑燧象赴吳軍

다시 보고 제성(齊城)의 오색 무늬인가 생각했네　　更訝齊城五彩文

아니라면 시황이 여산(驪山)에 행차하던 날에　　不爾驪山行幸日

뽐내며 질투하던 팔이(八姨)의 화려한

붉은 치마런가　　　　　　　　　　　　　　　八姨誇妬爛紅裙[35]

　어느 가을날 산을 지나다가 붉게 물든 단풍을 보고 읊은 시이다. 시에서 단풍은 구체적인 모습으로 형상화되기 보다는 붉은 시각적 이미지로 표현된다. 첫 구절에서는 춘추시대 오(吳)나라가 초(楚)나라와 전쟁할 때 초나라의 소왕(昭王)이 침윤(鍼尹)인 고(固)에게 코끼리 꼬리에 불을 매달아 오군 진영으로 돌진하게 했던 고사[36]를 차용하여 고요히 단풍 든 산에 격한 생동감을 불어 넣는다. 이어지는 구절에서는 산 전체를 붉게 물들인 단풍을 높고 화려하게 치솟은 제나라 성곽에 비유하고 진시황을 따라 여산의 아방궁(阿房宮)에서 자태를 뽐내던 여덟 후궁의 붉은 치마폭인양 곱고 아름다운 것으로 묘사하고 있다. 시 어느 구절에서도 유학자의 이지적이고 수양론적인 측면에서의 산수관은 찾아볼 수 없다. 이러한 것은 성리학자들이 관물을 읊을 때 흔히 사용하는 「유산(遊山)」시의 경우에서도 마찬가지다. 그는 총 4수의 유산시에서 '이리관물(以理觀物)', '이물관물(以物觀物)'의 입장을 취하기보다 '이아관물(以我觀物)'의 입장을 유지하였다.

　(1)

원기가 어느 해에 열려서　　　　　　　　　　元氣何年裂

---

35) 『學稼齋文集』 卷1, 「出山回望丹楓」.

36) 蘇軾, 『東坡詩集註』 卷7, 「雲龍山觀燒得雲字」. 燧象奔吳軍【左氏, 吳伐楚, 楚昭王, 使鍼尹固, 執燧象以奔吳軍. 杜預云, 燒燧火, 係象尾者也.】

구 첩의 병풍을 펼쳤는가	屛風九疊開
달리는 여울은 구슬을 쏟고	奔湍仍注玉
씽씽 바뀌는 설로 대가 되었네	平石自成臺
처음 오르자 정신이 맑아졌고	始至魂初惺
사방을 살펴보자 흥이 더해졌다	流觀興轉催
세속 밖을 두루 노닐자하다가	逍遙遊物外
인간 세상이 티끌임을 깨달았다	人世覺浮埃[37]

(2)

문 여는 날 항상 적어 출입이 드물다가	開門常少出門稀
오늘에야 산문으로 마음먹고 돌아 가네	今日山扃作意歸
숲속 가득 묘한 피리 손의 귀에 들려오고	靈籟滿林生客耳
나무 떠난 놀란 새는 선비옷을 의심했네	驚禽穿樹恠儒衣
돌머리에 느린 걸음 고운 이끼 아꼈으며	行緩石角憐苔淨
냇가에 오래 앉아 붓는 물을 즐기도다	坐久溪頭喜水肥
여기에서 절간까지 멀지 않음 알았으니	此去僧廬知不遠
구름 밖의 오종 소리 희미하게 들려오네	午鍾雲外度依微[38]

산을 유람한 흥취를 기록한 네 수의 시 가운데 첫째와 네 번째의 시이다. (1)에서는 처음 산을 올랐을 때의 흥취와 느낌을 피력하고 있다. 첩첩이 둘러싸인 어느 산에 올라 그가 주목한 것은 고운 병풍처럼 아홉 겹이나 둘러쳐진 아득한 산들의 모습과 그곳을 흐르는 구슬 같은 여울물이다. 맑은 산천을 유람하여 정신은 맑아지고 사방을 둘러보는 동안 흥취는 더해진다. 그것을 통해 그가 말한 것은 심성이 맑아지거나 이치가 구현되었다는 내면의 발화가 아니라 그가 버리고 떠나온 세

---

37) 『學稼齋文集』 卷1, 「遊山」.
38) 『學稼齋文集』 卷1, 「遊山」.

속이 든 먼지나 티끌처럼 보잘 것 없다는 탈속적인 마음가짐이다. 이어서 제시한 (2)에서는 산을 올라 온 김에 그동안 출입이 드물어 가지 못했던 산사를 찾아가는 광경을 읊었다. 산문으로 가서 절을 찾아가는 길의 숲에서는 신비한 피리 소리가 들리고 나무를 떠나서 나는 새들은 절을 향해 가는 선비의 옷자락에 놀란다. 숲을 나는 새에게 자신의 감정을 주입하여 '놀라다'라고 표현하였으니 위에서 말한 나의 관점에서 사물을 바라보는 '정(情)'이 중심이 된 경우라 할 수 있다. 더욱이 숲길에 지천으로 깔린 이끼를 아끼며 가는 모습에서는 성리학적인 산수시의 흔적을 찾기 어렵다.

이처럼 학가재는 주변의 자연물에 대해 감각적인 이미지의 형상화를 추구하거나 자신의 감정을 주입하여 창작하였는데, 이러한 유희적인 일면이 잘 드러난 예가 다양한 잡체시의 실험이다. 이에 대해서는 아래에서 살펴보기로 한다.

4) 유희적인 잡체시의 창작

다양한 한시 형식 중에는 새이름을 표제로 하여 이름이나 울음소리를 드러나지 않게 시구 가운데 삽입하여 이를 음차 또는 훈차 함으로써 행간에 시인의 뜻을 담는 문자 유희의 일종인 금언체(禽言體)[39], 첫 구절과 끝 구절을 같은 글귀로 하는 수미음체(首尾吟體), 한자를 기교적으로 배열하여 내려읽으나 거꾸로 읽어도 뜻이 통하게 하는 회문체(回文體) 등의 형태가 있다. 이 양식들은 작시자의 탁월한 언어적 감각과 재치가 발현되는 것으로 작시자의 우수한 재능과 능란한 기교가 동시적으로 발휘되는 문예적 차원의 것이며 유학자 문학에서 나타나는

---

39) 정민, 「禽言體詩 연구」, 『한국한문학』 제27집, 한국한문학회, 2001, 67~68면 참조.

교화성이나 내면성은 좀처럼 찾아보기 어렵다.

명나라 서사증(徐師曾)은 『문체명변서설(文體明辨序說)』의 회해시(詼諧詩) 조항에서 『시경(詩經), 위풍(衛風), 기오편(淇奧篇)』에서 유래한 장난스런 어투의 시체를 거론하였는데, 그 중의 한 체가 바로 금언체(禽言體)이다. 그는 회해시 내용의 대부분이 풍자와 해학, 골계이기에 취할 것이 못 된다고 밝혔다.[40] 금언체의 연원에서 나타는 이러한 희작적인 경향에도 불구하고 학가재는 금언체 시를 활용하여 자신의 곤궁한 처지를 실감나게 그려내었다.

새야, 너의 뜻 어찌 그리 야박하여	鳥兮意可薄,
나에게 피죽을 권하느냐	勸我以稷粥,
죽이 좋은 음식이 아니거든	粥旣非盛饌,
하물며 이 백산죽(百散粥)이랴	況此百散粥,
……	
주림 채우고 원기를 돋우는 데는	補氣扶元氣
금즉죽(金鯽粥)이 또 있다지만	復有金鯽粥
선계의 경전과 의서(醫書)에서는	仙經及醫方
사람을 구제하는 신통한 죽을 만든다 하거늘	濟人製神粥
이제 네가 나를 구하려 한다면서	今爾欲餉我
어찌하여 이런 죽을 버렸느냐	胡爲捨此粥
밥을 권하는 것은 바랄 수도 없겠지만	勸飯不敢望
죽을 권함에 좋은 죽을 가려다오	勸粥須擇粥
내가 본래 가난하여	伊我素貧之
평생토록 죽에 익숙하단다	平生慣畵粥

---

40) 徐師曾, 『文體明辨序說』. 詼諧詩者, 按詩衛風淇奧篇云, 善戲謔兮, 不爲謔兮. 此謂言語之間耳. 后人因此演而爲詩, 故有俳諧體 · 風人體 · 諸言體 · 諸語體 · 諸意體 · 字謎體 · 禽言體. 雖含諷喻, 實則詼諧, 盖皆以文滑稽爾, 不足取也.

......

새야, 부디 입을 다물지 말아라	鳥兮且緘口,
우리들은 본래 보잘 것 없단다	吾人元粥粥. [41]

위는 직죽조(稷粥鳥), 속칭 피죽새를 소재로 한 금언체의 시이다. 주로 밤에 활동하는 밤꾀꼬리의 일종인 새이름과 죽죽하는 울음소리에 가탁하여 곤궁한 자신의 상황을 알려 구제해 주기를 바라는 내용이다. 이 시에서 학가재는 두 번째 구절에서 '직죽(稷粥)'이라는 새의 이름을 직접 사용하여 시구를 구성하는 한편 운자에 '죽(粥)'자를 활용함으로써 금언체의 특징인 새의 이름과 울음소리를 활용하여 곤궁한 자신의 처지를 교묘하게 나타내었다. 그가 마지막 구절에 사용한 '죽죽(粥粥)'이란 말은 본래 닭이 서로 부르는 소리를 형상한 것으로 소리가 잡되고 보잘 것 없는 것이다. [42] 이러한 새의 울음을 통한 훈차는 금언체 시가 가지는 효과적인 기교의 하나인데 학가재는 십분 그 기능을 활용하여 자신의 곤궁한 상황을 보다 효과적으로 그려 내고 있다.

금언체와 또다른 잡체시 형태 중에 수미음체(首尾吟體)가 있다. 서사증은 『문체명변서설』에서 수미음(首尾吟)의 형식이 송나라 소옹(邵雍, 1011~1077)이 만년에 안락와(安樂窩)에 머물며 지었던 136수의 수미음에서 시작되었으며 그 외의 다른 송나라 문인들도 이러한 시체를 사용했다고 하였다. [43] 시의 형태는 첫째구와 끝구가 반복되며 둘째구의 두 글자가 기본적으로 교체되며 간혹 네 글자, 여섯 글자가 교체되는 형태이다. 특히 둘째구의 매번 교체되는 부분이 바로 시의 주제를 나

---

41) 『學稼齋文集』 卷1, 「三禽言-稷粥鳥」.

42) 粥粥：雞相呼聲. 引申爲衆口藉藉, 聲音嘈雜. 唐韓愈琴操·雉朝飛, 隨飛隨啄, 群雌粥粥.

43) 徐師曾, 『文體明辨序說』. 首尾吟者, 一句而首尾, 皆用之, 此体他集不載, 唯宋邵雍有之. 邵雍作首尾吟, 共一百三十六首, 其實宋時其他人也有寫此体的.

타내는 것으로 이러한 형태가 수미음체의 정형이라 할 수 있다.

학가재의 수미음시는 13수에 달하는 연작형태로 시의 첫구와 마지막 구절에서 '한인비시해음시(閒人非是解吟詩)'가 반복되고 둘째구가 '시시한인○○시(詩是閒人○○時)'의 형태로 매번 두 글자씩 바뀐다. 13수의 교체 부분을 살펴보면 '학가(學稼)·낭적(浪迹)·포치(布置)·독견(獨見)·착악(錯愕)·독립(獨立)·혼적(渾迹)·결망(結網)·독역(讀易)·상우(尙友)·자대(自大)·도로(到老)·대소(大笑)' 등으로 독서하고 농사짓고 그물을 자으며 늙어가는 소박한 삶의 정취를 나타내고 있다.

한가한 사람이 읊을 수 있는 시가 아니라	閒人非是解吟詩,
시가 사람을 한가하게, 농사를 배우게 한다네	詩是閒人學稼時,
난세에 혹시라도 신명을 보전한다면	亂世倘能全性命,
노년에 오히려 쇠약함을 대응하리라	暮年猶可答衰遲,
가난을 근심하니 경영의 괴로움 쓸데없고	憂貧不用經營苦,
마음의 때를 없애면 되려 묘리가 따르겠지	除穢還應妙理隨,
농사를 일삼아 분수대로 편안히 지내노니	畎畝事之安處順,
한가한 사람이 읊을 수 있는 시는 아니라네	閒人非是解吟詩.44)

위는 수미음체로 지어진 13수의 연작시 중의 첫 번째 시이다. 형식을 보면 첫 구절의 '한인비시해음시(閒人非是解吟詩)'가 끝 구절에 반복되어 나타나는데 시종 동일한 형태가 반복되어 독자로 하여금 중간에 삽입 형식으로 서술된 내용에 보다 주의를 기울게 하여 결국 시인이 전달하고자 하는 취지를 각인시키는데 보다 효과적으로 작용한다.

---

44) 『學稼齋文集』 卷1, 「首尾吟體─首尾吟(1)」.

4. 맺음말

이상에서 학가재의 한시에 나타나는 몇 가지 특징을 간략히 정리하였다. 학가재는 17세기 중엽 영남의 유림들에게 나타나는 이념적이고 내면지향적인 창작 경향을 벗어나 일상에서 마주하는 자연물을 소재로 독특한 시세계를 구성하였다.

시의 표면에 노출된 감각적이고 낭만적이며 희작적이고 비판적인 창작 경향은 이 시기 영남 유림들의 창작 경향과 뚜렷이 대별되는 학가재만의 것으로 17세기 이후의 조선 한문학계에 대두되는 당풍(唐風)과 그 궤를 같이하는 것으로 이해될 수 있다. 이와 같은 학가재의 창작 경향이 산수 및 화초 등의 애호에서 비롯된 우발적이고 개성적인 것인지 아니면 단계적인 학습 경험과 경향의 선진적 문인들과의 교유에 의한 것인지에 대해서는 아직 구체적으로 파악하지 못하였다. 또한 그의 창작 경향을 17세기 이후의 영남 유림들에게 대두하기 시작하는 문학적 움직임의 하나로 평가해야 할지에 대한 판단도 아직 확언할 수 없다. 이 문제에 대해서는 보다 많은 작가와 작품을 대상으로 구체적인 검증이 필요할 것이므로 추후의 과제로 남겨둔다.

한사 강대수의 동도회첩과 교유

강정화

1. 서론

한사(寒沙) 강대수(姜大遂, 1591~1658)가 생존했던 16세기 말 17세기는 조선이 가장 혼란을 겪었던 시기라 해도 과언이 아니다. 국내적으로는 훈구와 사림의 대척관계가 지속되던 사화기 이후 사림의 시대가 열리는가 싶더니, 이내 사림이 자체적으로 분열하여 붕당정치가 시작되었고, 붕당간의 대립은 복상(服喪)이나 세자책봉 등 민생과는 관련 없는 문제들로 전개되어 국력을 약화시키는 결과를 가져왔다. 국외적으로는 7년간이나 끌었던 임진·정유년의 왜란과 정묘·병자년의 호란으로 온 나라가 극심한 고통을 감내해야 했다. 강대수는 전란으로 황폐해진 어려운 시기에 유년기를 보냈고, 장성하여 출사한 이후에는 이러한 역사의 흐름 한가운데에 있었던 인물이다.

그의 집안은 대대로 경상도 진주에 세거하였는데 5대조 강승전(姜承顯)이 합천 임북(林北)으로 이거하였고, 부친 당암(戇庵) 강익문(姜翼文, 1568~1648)이 합천이씨와 혼인하면서 심묘리(心妙里)로 옮겨 와 살았

---

* 이 논문은 「한사 강대수의 동도회첩과 교유」라는 제목으로 『선주논총』 12(금오공대 선주문화연구소, 2009)에 게재되었던 글을 수정한 것이다.

다. 강대수는 경상우도인 합천에 살았으면서도 경상좌도를 비롯하여 근기지역의 여러 인물과 폭넓게 교유하였다. 이러한 교유는 사승(師承)이나 환로에서의 회합 등 다양한 방법을 통해 이루어졌다. 예컨대 경상좌도 인물과의 교유는 17세 때 부지암정사(不知巖精舍)로 여헌(旅軒) 장현광(張顯光, 1554~1637)을 찾아가 집지하면서 사승을 통한 동문 간의 교유에서 비롯된 것이라 할 수 있다. 특히 시를 주고받음으로써 그 관계를 더욱 돈독히 유지하였는데, 이는 그의 문집을 통해서도 확인할 수 있다.

『한사집』은 별책으로 엮어진 『연보』 외에 모두 7권 4책으로 구성되어 있으며, 그 가운데에는 관인으로서의 면모가 부각되는 소차(疏箚)나 계(啓) · 전문(箋文) 등과 같은 실용문이 많다. 문학작품은 상대적으로 소략한 실정인데, 문학적 성향을 살필 수 있는 것으로는 부(賦) 1편과 180여수의 시가 전하는 정도이다. 이 가운데 송별시나 증여시 · 차운시가 다수를 차지한다. 이러한 시들의 공효는 작자의 교유관계를 알 수 있다는 점인데, 곧 강대수의 경우 교유가 문학작품의 형성에 하나의 중심축이었다고 할 수 있다.

교유시가 지닌 형식상의 특징은 주고받는 대상이 명확히 실존하며, 나아가 작자와의 직접적 관계 설정을 인정한다는 점에서 출발한다. 곧 송별시나 증여시는 작자나 화자 사이에 분명한 교유관계가 형성되며, 이는 두 유형의 시가 지니는 효용면에서 매우 중요하다. 차운시는 위의 두 부류와 그 성격상 상이한 점이 내재되어 있으나, 화자의 원시(原詩)와 둘 사이의 교유를 명증할 수 있는 작품은 교유를 살피는데 유효할 듯하다.

강대수와 관련한 기왕의 연구 성과는 미미하다. 석사학위논문이 1편[1] 나온 정도인데, 이는 그의 학맥이나 사상적 특색, 정치 · 사회적 역할을 밝히는 것에 주안하고 있다. 이를 좀 더 자세히 살펴보면, 사우

---

1) 강성두, 『寒沙 姜大遂 硏究』, 경상대학교 교육석사학위논문, 2002.

(師友) 관계나 가계적인 배경을 통해 그의 사상적 연원을 알아보고 그의 사상이 무엇인가를 밝히는 것으로, 강성두는 이를 경상우도의 대학자였던 남명(南冥) 조식(曺植, 1501~1572)과 그의 고제(高弟)인 내암(來庵) 정인홍(鄭仁弘, 1536~1623)에게서 찾았다. 특히 강대수의 사상적 특징을 조식의 '경·의(敬義)'를 확대 심화한 '수(修)'와 '수(守)'로 인식하였다. 또한 붕당정치 시대의 정치·사회적 역할을 살피고 강우지역에서의 위치와 역할도 자리매김하였다.

따라서 본고는 이러한 기왕의 연구 성과를 충분히 수용하여, 크게 두 단계를 통해 강대수의 교유를 살펴보고자 한다. 먼저 연보나 『한사집』에 전하는 작품을 중심으로 그의 삶의 궤적과 대조하여 살피되, 특히 『동도회첩』을 중심으로 경상좌도 인물과의 교유를 집중적으로 조명해보고자 한다. 이는 기왕의 연구가 경상우도에서의 사승과 교유에 집중한 성과였던 만큼, 경상좌도 인물과의 교유에 주안하여 살피려는 본고의 중요한 목적 중 하나이다. 다음으로 경상좌도 인물 외에 환로나 유배생활 등 그의 인생에서 나타난 폭넓은 교유에 대해서는 그의 시를 통해 살펴보고자 한다. 이를 통해 인조반정 이후 경상우도 지식인의 좌절과 고뇌, 나아가 이를 치유해 가는 과정을 살필 수 있을 것이다.

2. 동도회첩과 경상좌도 인물과의 교유

1) 동도회의 내력

강대수는 18세에 한양으로 이거한 후 줄곧 그곳에서 생활하였고, 이후 출사와 유배, 재환(再宦)과 퇴처(退處) 등을 반복하는 동안 수많은 사람들과 교유하였다. 본 장에서는 그의 경상좌도 인물과의 교유를 『동도회첩(同道會帖)』을 통해 살펴보고자 한다. 강대수와 경상좌도 인물과의 교유를 확인할 수 있는 기록은 많지 않다. 그런 점에서『동도회첩』은 강대수와 경상좌도 인물과의 교유를 알 수 있는 중요한 자료라 할 수 있다.

본 장에서 말하는 '동도'는 출신지인 도를 함께 한다는 의미로, 동도회는 영남 출신으로서 한양에서 관직에 종사하는 이들의 모임을 일컫는다. 곧 여기서의 도는 경상도를 말한다. 강대수가 참여한 동도회는 1634년 7월 상순에 있었는데, 그 시발점이 언제인지는 자세치 않으나 영남 출신 유생들의 친목모임인 동도회는 훨씬 이전부터 존재했던 것으로 보인다.

> 宗人 權贇爾가 선현들의 「七松亭同道會題名錄」을 나에게 보여주었는데, 그 연대를 헤아려보니 명나라 신종황제 만력 26년 10월 19일이었다. 지금보다 114년 전의 일이다. 고금의 일을 헤아려보아 감회가 일어난다. 모임에 함께 한 이는 모두 15인이며, 東岡 金先生이 그 首座에 있고, 그 외 나머지 분들도 모두 일세의 명현들이다. 그 중의 黃公은 바로 권뢰이의 외선조이다. 한 道의 제현들이 모여 술잔을 함께 하며 정감을 풀어내었다. 이 기록을 대하니 선배들의 풍류를 상상해 볼 수 있겠다. 竹巖 金公이 발문을 지어 그 뒤에 붙였다.[2]

만력 26년은 1598년이다. 이 글은 권벌(權橃)의 후손이자 갈암(葛庵) 이현일(李玄逸)의 문인 창설재(蒼雪齋) 권두경(權斗經 1654~1725)의 기록

---

2) 黃孝恭, 『龜巖集』「書題名錄後」. "宗人權贇爾甫以先輩七松亭同道會題名錄 見示 考其年代 乃大明神宗皇帝萬曆二十六年十月十九日也 計今已一百十有四年 俛仰今古 爲之興懷 同會者凡十五人 東岡金先生居其首 其外亦皆一時名儒 而其中黃公 乃贇爾外先祖也 會一道諸賢 同杯酒敍情素 對此想見前輩風流 竹巖金公爲跋語題其後."

으로, 그의 문집인『창설재집』에는 전하지 않고 황효공(黃孝恭 1496
~1553)의 문집인『구암집(龜巖集)』에 전한다.『구암집』에는「칠송정동
도회제명록(七松亭同道會題名錄)」과 함께 두 편의 후지(後識)가 선하는
데, 그 한 편이 바로 권두경의 것이며, 나머지는 팔오헌(八五軒) 김성구
(金聲久 1641~1707)의 글[3]이다. 김성구는 이 모임의 수좌인 동강(東岡)
김우옹(金宇顒 1540~1603)의 종현손(從玄孫)이라는 인연으로 이 글을 지
었다. 발문을 쓴 죽암은 유연당(悠然堂) 김대현(金大賢 1553~1602)으로,
그 역시 이 모임의 참여자이다. 김성구는 이 모임이 있은 지 109년 후
인 1706년 죽암의 후손에게서 이 기록을 받아 후지를 지었고, 권두경
은 1711년에 이 글을 지었으니 정확히 114년의 격차가 있다.[4]

　인용문의 뢰이는 권윤석(權胤錫 1648~1717)[5]을 가리키며, 권뢰이의
외선조라 한 이는 농고(農皐) 황언주(黃彦柱)를 가리킨다. 권윤석의 양
부(養父)가 동암(東巖) 권성오(權省吾 1587~1671)의 아들 권시형(權是衡)
인데, 황언주는 권성오의 장인이다.[6] 권윤석은 외선조와 관련한 아름
다운 기록이 없어질까 두려워 이를 기록으로 남겨두려 하였다. 또한
황언주는 황효공의 손자이다. 따라서 황언주의 문집이 전하지 않아 조
부인 황효공의『구암집』에 이 기록이 전하게 된 것으로 보인다.

　황효공의『구암집』「칠송정동도회제명록」에는 김우옹·황언주·김
대현를 비롯하여 이 모임에 참여한 15인의 명단이 기재되어 있다.[7]

---

3) 金聲久,『八五軒集』권4,「書七松亭同會錄後」.
4) 그런데 權斗寅(1643-1719)의『荷塘集』권5,「題先輩七松亭同會錄後」에도 이와 똑같은
　　글이 보인다. 몇몇 글자의 출입이 있기는 하나 동일한 글이다.
5) 그에 관한 기록은 權斗經(1654-1725)의『蒼雪齋集』에「通德郎權君賚爾墓誌銘」이 전한다.
6) 權省吾,『東巖集』附錄,「墓碣銘」참조.
7) 위 세 인물을 제외한 나머지 인물을 거론하면 竹湖 尹涉, 沙村 金行可, 錦軒 黃忱, 松溪
　　都應宗, 二松 金允啓, 龜巖 金滋, 濱潭 郭守仁, 南谷 權淳, 晩悟 鄭樟, 石潭 金錫光, 松軒
　　金瓛, 雙栢 權(㭎) 南이다.

모두 당대 뛰어난 인물로, 경상좌도의 인물들이 주축을 이루고 있다. 1598년 한양에서 벼슬하는 경상도의 인물들이 명례방(明禮坊, 현 명동)의 칠송정에서 도회(道會)를 가졌다. 당시는 임진왜란 직후인지라 전쟁의 참상을 이야기하며 논의하기도 하고 비통해하기도 하였는데, 동도회는 친목도모에 그치지 않고 현실의 문제까지도 함께 모의하는 단체였다고 할 수 있다.

동도회는 향리를 떠난 사람이 외지에서 느끼는 애향심과 동질감만으로 회합한 것이 아니라 친목 모임 그 이상의 성격을 지니고 있었다. 그들은 같은 영남인으로서 함께 대처해야 할 공적인 사유가 생기면 일체 단결하였다. 이는 1601년에 있었던 동도회 활동에서 확인할 수 있다.

우리 영남의 인물 중 한양에서 벼슬하는 자들이 새로 지은 장악원 관아에 모여 동도회를 결성하였다. 참여자는 모두 36인이고, 때는 만력 신축년 가을 7월이다. 西川 鄭相公이 병으로 참여하지 못하였다.……동도회는 각자 녹봉을 덜어내고 이름을 기록하여, 그 자취를 오래 보전할 바를 도모하였다. 그리고 서천공을 首簡으로 기록하고, 나에게 그 일을 기록할 것을 청하였다.8)

만력 신축년은 1601년이다. 인용문의 서천은 백곡(栢谷) 정곤수(鄭崑壽 1538~1602)를 가리키며, 이 회가 조직되던 그 이듬해 세상을 떠났다. 이 글은 오봉(五峰) 이호민(李好閔 1553~1634)이 동도회 결성을 기념하여 지은 시의 서문인데, 그와 교유했던 여러 사람들이 그 시에 차운하였다. 예컨대 백암(栢巖) 김륵(金玏 1540~1616)의 「동도회차이오봉운

---

8) 李好閔, 『五峰集』 권4, 「題嶺南同道會題名卷并序」. "我嶺南人宦遊于京者 作同道會于掌樂院新廨 至者三十六人 時萬曆辛丑秋七月也 西川鄭相公以病不克赴……會已各捐俸 謀所以題名壽跡者 并錄西川公于首簡 屬余志其事."

갑진(同道會次李五峯韻甲辰)」과 경정(敬亭) 이민성(李民宬 1570~1629)의 「동
도회초차대학사오봉운(同道會草次大學士五峯韻)」이 있다. 이민성은 동생
인 이민환(李民寏)과 함께『여헌집』「급문제현록」에도 올라있는 인물이
다.9) 김륵은 소고(嘯皐) 박승임(朴承任)과 금계(錦溪) 황준량(黃俊良)의 문
인으로, 경북 영천 사람이다. 위의 기록을 통해 동도회 모임은 칠송정
같은 사저(私邸) 외에 장악원(掌樂院) 등 궁궐의 관청에서 이루어지기도
했으며,10) 회를 움직이는 운영경비는 녹봉을 각출했음을 알 수 있다.

주목할 것은 바로 김륵의 시제(詩題)에 붙은 간지(干支)인데, 갑진년
은 바로 1604년이다.『백암집』의 연보에 의하면, 그는 나이 65세 되는
해인 1604년(甲辰) 5월 훈련원에서 열리는 동도회에 참여하였다고 한
다.11) 이렇게 본다면 1601년에 조직된 동도회가 1604년에도 지속되고
있었음을 알 수 있다.

그런데 중요한 것은 1604년 동도회 모임이 있었던 이유이다. 다음
기록을 살펴보자.

① 이때 이이첨 등이 회재선생을 비방하고 모함하여, 영남의 유생들이
상소하여 그 무고함을 변론하였다. 임금의 優渥한 비답이 있고, 이어 상소
한 유생들에게 廷試를 치를 것을 명하였다.12)

② 이때 영남의 유생인 金允安 등이 대궐로 달려가 상소에 절하고 회재
선생의 무고함을 변론하였는데, 임금의 비답이 매우 優渥하였다. 그리고
특별히 庭試를 치르라 명하였고, 시험을 치루기 위해 입조한 자들에게는
각자 은전을 내렸다.13)

---

9) 이민환의 문집에는 강대수에게 준 편지가 전한다.『紫巖集』권2,「與姜東萊大遂書」참조.

10) 강대수가 포함된 1634년의 모임도 掌樂院에서 이루어진다.

11)『栢巖集』「栢巖先生年譜」.“三十二年甲辰 先生六十五歲 五月 參同道會于訓鍊院.”

12)『栢巖集』「栢巖先生年譜」, 65세 5월조 가운데 ‘五月 參同道會于訓鍊院’ 조항의 細註임.
  “時李爾瞻輩詆毀晦齋先生 嶺儒上疏辨誣 聖批優答 仍命廷試疏儒.”

①은 김륵의 연보 중 '65세 5월 훈련원에서 있었던 동도회 참여'와 관련한 조항의 세주(細註) 기록이고, ②는 이민성의 위 시 뒤에 붙은 세주이다. 이 기록들에 의하면 1604년 동도회원은 중대한 사안에 직면해 있었다. 곧 회재(晦齋) 이언적(李彦迪)의 문묘종사를 추진하는 소를 올렸는데, 임금이 이에 대한 답변을 명확히 하지 않고 차일피일 미루다 결국 불가하다는 비답을 내리자, 당시 생원이었던 김윤안 등 영남의 유생들이 이언적을 포함한 오현(五賢)의 문묘종사를 청하였던 것이다. 당시는 북인정권이 정국을 주도하던 시절이므로 그 핵심세력인 이이첨 등이 이를 반대하였다. 『선조실록』 갑진년(1604)의 기록에 의하면 두세 차례에 걸쳐 상소하여 문묘종사를 청하였고,14) 이에 대해 그 정성이 가상하니 정시(庭試)를 실시하라는 교지를 내리기도 하였다.15) 곧 동도회는 단순한 친목모임이 아니라 영남인의 자존감과 관련된 사안은 공동으로 대처하여 힘을 결집하였고, 또 목적한 바를 성취하는 공동단체였던 것이다.

이후에도 동도회는 계속 결성되었다. 예컨대 동계(桐溪) 정온(鄭蘊)의 문인 송정렴(宋挺濂 1612~1684)의 연보에 의하면, 그는 두 차례의 동도회 모임에 참여하였다. 그 하나는 나이 45세인 1656년 종남산 아래에 있던 이진(李袗)의 집에서 11인과 회합하였는데, 이때 학사(鶴沙) 김응조(金應祖)가 동도회첩의 서문을 지었다.16) 이때의 회첩은 서변(徐忭)의 문집에 전한다.17) 두 번째는 65세 때인 1676년 감사(監司) 이명익(李

---

13) 李民宬, 『敬亭集』 권1, 「同道會 草次大學士五峯韻」. "時嶺南儒生金允安等 赴闕拜疏 辨誣晦齋先生 批答甚優 特命庭試 入招者 各賜恩畵."

14) 『선조실록』 갑진년(1604) 6월 1일과 3일, 그리고 5일조에 보임.

15) 『선조실록』 갑진년 6월 7일조에 보임.

16) 宋挺濂, 『存養齋集』 권1, 「年譜」. "丙申先生四十五歲 春除成均舘學諭 ●作同道會 與同道十一人 會于終南山下舍人李袗家 圖形于帖 題名其下 金鶴沙應祖序之."

17) 서변의 문집인 『龍溪集』 부록에는 2편의 동도회첩이 전하는데, 바로 1634년과 1656년의

溪翼)·승지(承旨) 이관치(李觀徽)·제학(提學) 이당규(李堂揆)·전적(典籍) 강복선(姜復先)·장령(掌令) 박정설(朴廷薛)·좌랑(佐郞) 김방걸(金邦杰)·헌납(獻納) 김해일(金海一) 등과 함께 이담명(李聃命)의 서울 집에서 농도회를 가졌던 것이다.[18]

요컨대 영남인으로서 한양에서 벼슬하는 이들의 모임인 동도회는 하나의 모임이 지속적으로 유지되기보다 때에 따라 상황에 맞게 결성되었으며, 그때마다 그 인원수나 인물이 달랐던 것임을 알 수 있다. 더욱이 동도회는 경상좌도 인물이 중심이 되었던 것으로 보인다. 확인된 기록만으로 살펴본다면 영남인이라 하나 경상우도 인물의 기록에서는 동도회와 관련한 기록이 나타나지 않았다. 영남인의 모임이었으니 경상우도 인물이 참여하지 않았을 리는 없고, 경상좌도에 비해 그 인원수나 동도회에 대한 인지도가 낮았던 것으로 보인다. 특히 인조반정 이후 북인 계열의 경상우도 인물의 출사가 제한적이었다는 점이 무엇보다 중요한 이유가 되기도 한다. 그렇다면 강대수가 참여한 1634년의 동도회는 어떠했는가.

2) 동도회첩을 통해 본 경상좌도 인물과의 교유

상기한 바와 같이 강대수와 경상좌도 인물과의 교유는 17세 때 장현광을 집지한 것에서 그 단초를 찾을 수 있다. 먼저 1899년 경상도 진주 두방재(斗芳齋)에서 발간한 그의 연보에 의거해 두 사람의 내왕 사실을 추적해 보면 다음과 같다.

것이다.

18) 上同. "丙辰先生六十五歲……◑修同道會 帖與監司李溪翼·承旨李觀徽·提學李堂揆· 典籍姜復先·掌令朴廷薛·佐郞金邦杰·獻納金海一 同會于李聃命京第."

① 17세(1607). 不知巖精舍로 장현광을 찾아가 집지하여 大道의 요체를 들은 후 더욱 학문에 정진했으나 그 이듬해 부친을 따라 한양으로 移居하였다.

② 24세(1614). 侍講院司書로 있을 때 영창대군 옥사가 일어나자 全恩說을 주장하다 죄를 입은 桐溪 鄭蘊을 구원하였는데, 이로 인해 臺諫의 탄핵을 받아 삭탈관직되었다. 이후 忠原 任所에 있는 부친을 만나고 오는 길에 장현광을 찾아가 배알하였다.

③ 33세(1623). 7년간의 귀양에서 解配된 후 곧이어 인조반정이 일어나고, 再宦하여 호조좌랑·예조정랑에 이어 공조정랑에 제수되었다. 이해 不知巖精舍로 찾아가 뵈었다.

④ 46세(1636). 병자호란이 발발하여 御駕가 남한산성으로 행차하자, 동생 姜大適과 함께 창의하였다. 이때 장현광이 글을 지어 여러 지역에 창의하도록 인도하였는데, 이 일로 달려가 찾아뵈었다.

⑤ 48세(1638). 장현광의 부고를 듣고 挽詞를 지었다.

위 글에서도 알 수 있듯 연보의 내용만으로는 강대수가 장현광의 문하에 들어 무엇을 배웠으며, 누구를 만났는가에 대해 자세치 않다. 그 외 『여헌집』 「급문제현록」에 장현광이 학문적으로 명성을 떨치고 있을 때 부친의 권유로 나아가 수학하였다[19]는 기록이 있으나, 이 또한 두 사람 관계를 살피기에는 역부족이다. 그런데 다음 글을 주목해 보자.

감히 학문의 깊이를 말할 수 있겠습니까만	敢容評造詣
일찍이 곁에서 배운 것 다행스럽습니다.	嘗幸近皐比
스스로 헤아려보건대 진실로 변변치 못한대도	自揣良菲薄
과분한 가르침에 비루하지 않게 되었습니다.	偏蒙不鄙夷
밤에는 침상을 나란히 하여 곁에서 모셨고	夜床連侍右

---

19) 『旅軒先生全書』, 「及門諸賢錄」, 姜大遂條, 仁同張氏宗親會, 1983.

멀리서의 그리움은 편지로 위로하였지요.	書尺慰遙思
……	
누구에게 학업을 물을 것이며	於何業可問
병이 나도 고치기 어렵습니다.	則亦病難醫
쓸쓸하고 무지한 이 사람은	落落無知者
갈팡질팡 갈 곳을 모르겠습니다.	倀倀昧所之
몸에 병이 난 지 한 달이 넘었는데	採薪曾有月
약을 맛본 지도 며칠이 지났습니다.	嘗藥又經時[20]

이 글은 장현광의 사후 강대수가 지은 만사(挽詞)로, 스승에 대한 그의 마음을 충분히 엿볼 수 있다. 강대수는 일찍부터 장현광 문하에 들어 가까이에서 모시며 가르침을 받았고, 멀리 떨어져 있을 때는 서신을 주고받으며 서로에 대한 그리움을 달랬다. 특히 믿고 의지하던 스승을 잃어 망연자실해 하는 그의 애절함이 잘 나타나 있다. 집지한 이후 스승이 세상을 떠날 때까지 돈독한 사승관계를 유지했으며, 사후에도 동문간의 친교는 지속적으로 유지되었던 것으로 보인다.[21]

강대수와 경상좌도 인물과의 교유를 확인할 수 있는 중요한 단서인 동도회첩에 대해 살펴보자. 이 회는 1634년 여름 주청부사(奏請副使)로 중국에 갔던 망와(忘窩) 김영조(金榮祖 1577~1648)가 업무를 마치고 무사히 귀국한 것을 축하하기 위한 자리였다.[22] 장소는 장원서(掌苑署)였다. 당시 강대수는 성균관사성 겸 경연시독관으로 재임하고 있었는데, 참여회원의 요청으로 회첩의 서문을 지었다. 먼저 동도회첩의 인

---

20) 姜大遂, 『寒沙集』 권2, 「旅軒張先生挽詞」.

21) 『한사집』에는 장현광을 비롯하여 모두 59인에 대한 挽詞가 실려 있는데, 그중에는 여헌 문하의 동문을 애도한 글도 여럿 보인다.

22) 『寒沙集』 권5, 「同道會帖序」. "今年夏 奏請副使金公孝仲榮祖 準事旋槎率士所同慶而 相愛之私相愛亦情也 同道如干人 相與約會于掌苑署 執爵而賀金公 時癸賓之十一日也."

물을 살펴보자.

성 명	생 몰	貫鄕	字	號	居住	師承	文集	비고
金孝先	1568- ?	淸道	善源	伴鶴軒	榮川			
鄭彦宏	1569-1640	東萊	汝廓	西溪	咸昌		西溪集	
黃尙謙	1573- ?	平海	子益	梅牎	豊基			
李義遵	1574- ?	眞寶	宜仲	寒厓	安東			
金榮祖	1577-1648	豊山	孝仲	忘窩	榮川	鶴峯 寒岡 西厓	忘窩集	
朴景范	1577- ?	高靈	子仰	東皐	榮川			
曺希仁	1578-1660	昌寧	汝善	黙溪	尙州	愚伏		
權濤	1578-1642	安東	道甫	霜嵒	丹城	寒岡		
閔希顔	1578- ?	驪興	景愚	砥川	榮川	悠然堂 (金大賢)		
金慶祖	1583-1645	豊山	孝吉	深谷	榮川			大賢子 榮祖弟
呂煒	1586-1652	星州	晦仲	虎溪	星州	寒岡 旅軒		丙子擧兵
洪翼漢	1586-1637	南陽	伯昇	花浦 雲翁	榮川	月沙	花浦集	
成汝檦	1583- ?	昌寧	馨叔		尙州			
崔東㠍	1586-1661	慶州	鎭仲	臺巖	大邱	寒岡	臺巖集	丙子倡義
李之華	1588-1666	全義	而實	茶圃	大邱	樂齋·旅軒	茶浦集	李宗文子
金念祖	1590- ?	豊山	孝修	鶴陰	安東	金壽賢		榮祖弟
金䴸	1590- ?	順天	用和	晩翠軒	醴泉			
姜大遂	1591-1658	晉州	學顔	寒沙 秋磵	陜川	來庵·旅軒	寒沙集	
金遼	1592- ?	永山	載仲					
河溍	1597-1658	晉州	晉伯	台溪	晉州	浮查	台溪集	
韓克述	1598- ?	淸州	光甫	蘇湖	尙州	愚伏		

都愼修	1598-1650	星州	永叔	止巖	大邱	樂齋·寒岡		
鄭思武	1599- ?	東萊	姫翼		豊川			彦宏子
李尙逸	1600-1674	碧珍	汝休	龍巖	靑山	沙溪		
朴安復	1601- ?	務安	而得	草堂	榮川			
朴廷蓍	1601- ?	咸陽	吉孚		醴泉			
金 頊	1602-1655	義城	愼伯	沙村	星州			孝可子
呂孝曾	1604-1679	星州	魯而	西巖	星州	旅軒	西巖集	呂燦子 동도회첩발문
李惟碩	1604-1657	星州	大而	梅軒	高靈	旅軒	梅軒集	
徐忭	1605-1656	義城	子慶	龍溪	大邱	慕堂 (孫處訥)	龍溪集	동도회첩관련 2편수록
都愼與	1605-1675	星州	明叔	撝軒	大邱	寒岡 樂齋	撝軒集	愼修弟
金 迠	1606-1681	義城	汝定	不求堂	醴泉	旅軒	不求堂集	
曹時逸	1607-1644	昌寧	日休		陜川			曹挺生子 여헌의 문인
趙 䋙	1610- ?	豊壤	成卿		尙州			
沈自光	1592-1636	靑松	仲玉	松湖	陜川		松湖公實紀	丙子殉節於南 漢山城

1634년 결성된 동도회의 인원은 모두 35인이다. 위 표에서도 알 수 있듯 강대수와 동향인 합천에 살았던 조시일과 심자광, 그리고 진주의 하진을 제외하면 모두 경상좌도 인물이다. 이처럼 경상우도 인물의 출사가 적었던 것은 광해군 때 핵심세력이던 대북(大北)이 인조반정 이후 몰락하면서 경상우도 인물의 출사도 어렵게 되었기 때문으로 보인다.

강대수는 대북이 중북(中北)으로 갈라지기 이전인 1612년에 출사하였는데, 이때까지만 해도 그는 대북에 속해 있었다. 그러나 24세인 1614년 영창대군 옥사에 정온이 갑인봉사(甲寅封事)를 올려 전은설을 주장한 이후 대북도 분열하였다. 곧 이이첨을 위주로 한 대북과 정온을 지지하는 중북으로 나뉘게 되었으며, 강대수는 중북의 손을 들어주었다. 이 일로 인하여 강원도 회양(淮陽)으로 7년간의 유배를 살았으나, 반정 이후 강대수의 정치활동이 남인과 같은 행보인 것을 보면 이 시기 경상좌도 인물과의 인연이 중요한 역할을 했다고 할 수 있다.[23]

조시일은 「급문제현록」에도 올라 있는 도계(陶溪) 조정생(曺挺生 1585~1645)의 아들이며, 심자광은 병자호란 때 남한산성에서 순절한 인물이다.[24] 하진은 반정이 일어난 이듬해인 1624년 생진과에 합격하고 1633년 문과에 급제하여 출사하였다. 따라서 광해군대에 서인과의 반목이 없었던 인물이므로 이 시기 출사가 가능했던 것으로 보인다.

그 외는 모두 경상좌도의 인물로 그 중에는 장현광의 문인이 다수 포함되어 있다. 그러나 그들과 강대수와의 교유를 확인할 만한 직접적 기록은 많지 않다. 『한사집』에 전하는 작품을 중심으로 그들과의 교유를 살펴본다.

가문의 벼슬아치로 어진 이 많으나	家世簪纓不乏賢
주인의 풍도가 제일로 훌륭하다네.	主人風儀最班班
문장은 楊王의 반열에 합치되고	文章合在楊王列
유아함은 屈宋의 사이서 구해야하리.	儒雅應求屈宋間
빈 객관에서 만나도 예의는 관대하고	虛館逢迎寬禮數
맑은 술 마셔도 아름다운 얼굴이로세.	淸樽斟酌美容顏
이제부터 망년우의 사귐을 맺었으니	從今便作忘年友
늙어서도 따르며 그 정은 끝없으리.	白首相隨意未闌[25]

---

23) 강대수가 반정 이후 어디에 속하였는가 하는 것은 그의 사후 묘갈명을 남인의 영수였던 眉叟 許穆이 지었고, 李聖求의 아들 李堂揆가 그의 사위라는 점에서도 확인할 수 있다.

24) 許愈, 『后山集』 권13, 「松湖沈公實記序」.

25) 徐忭, 『龍溪集』 권1, 「呈姜大雅-大遂」.

　이는 서변(徐忭)이 강대수에게 준 증여시로, 그는 강대수보다 14살 아래이다. 1633년 문과에 급제하여 경성통판(京城通判)·예조정랑을 거쳐 1656년 천안군수를 역임하였고, 동도회원인 홍익한(洪翼漢) 및 정온과 절친하였다. 강씨 가문에는 대대로 출사하여 현달한 인물이 많지만 강대수가 최고의 인물이며, 특히 문장이나 유아(儒雅)함에 있어 그의 탁월함을 칭송하고 있다. 양왕(楊王)은 초당(初唐) 때 뛰어난 문장가인 양형(楊炯)과 왕발(王勃)을 일컫는 말로, 이들은 노조린(盧照鄰)·낙빈왕(駱賓王)과 함께 '초당사걸(初唐四傑)'로 불리었다. 굴송(屈宋)은 전국시대(戰國時代) 초나라의 굴원(屈原)과 송옥(宋玉)을 일컫는데, 이들 역시 뛰어난 문장가일 뿐만 아니라 국가와 민족을 위한 애국시인으로도 잘 알려져 있다. 서변은 문장에 있어서는 양형과 왕발을, 유자(儒者)로서의 풍모에 있어서는 굴원과 송옥에 비유함으로써, 강대수의 문장과 사람됨을 극찬하였다. 따라서 10여 년의 나이차에도 망년우를 맺어 그와 평생의 교유를 다짐하고 있는 것이다.

강도에서 관복을 벗어던지고	江都投朱綬
상안산으로 현인을 방문했네.	商顔訪紫芝
작별함에 두 사람 말도 없이	分携兩無語
은후시를 세 번이나 암송하네.	三誦隱侯詩[26]

　이는 강대수가 동도회원인 조희인(曺希仁 1578~1660)에게 준 시로, 지어진 연대는 자세치 않다. 『한사집』에 전하는 시는 연보에 의거해 대략 그 작성 시기를 가늠할 수 있는데, 이 시는 확인할 수 없는 몇몇 자료 중 하나이다.

---

26) 『寒沙集』 권1, 「贈曺地主希仁」.

　조희인은 1627년 출사하여 성균관사예·예조정랑 등을 거쳐 군수를 역임한 인물로, 강대수에게는 외가의 인척이 된다. 곧 강대수의 부친 강익문(姜翼文)은 합천이씨인 이득남(李得南)의 딸과 혼인하고 이득남은 조몽길(曺夢吉)의 딸과 혼인하는데, 조희인은 바로 조몽길의 조카이다. 이처럼 인척간으로 맺어진 강대수와 창녕조씨와의 인연은 깊고 폭넓게 지속되었다. 예컨대『한사집』에는 평안도 강계(江界)로 귀양 가는 조시량(曺時亮)을 전송하며 안타까움을 표현한 시 1수[27]와 조정융(曺挺融)에게 주는 시 2수[28]가 전하는데, 조시량은 바로 조몽길의 증손이며, 동도회원의 한 사람인 조시일(曺時逸)과 같은 항렬의 인물이다. 그리고 조정융은 조희인의 형인 조우인(曺友仁 1578~1660)의 아들이다.

　상안산(商顔山)은 상산(商山)을 일컫는 말로, 상산사호(商山四皓)가 진(秦) 나라의 폭정을 피해 은거했던 곳이다. 상산사호는 동원공(東園公)·하황공(夏黃公)·녹리선생(甪里先生)·기리계(綺里季)를 말한다. 이들 네 사람은 상산에서 영지(靈芝, 곧 紫芝)를 캐 먹으며 살았다. 강대수는 조희인의 삶을 상산사호에 비유하여 그의 현자다움을 칭송하고 있다.

　은후(隱侯)는 남조 양나라의 대표적 문학가인 심약(沈約)의 시호이다. '은후시'란 심약이 벗인 범수(范岫)를 송별하면서 지은 오언율시인「별범안성(別范安成)」을 가리키는데,[29] 이는 조선조 사(士)에게 전별시의 모범이 되었던 작품이다. 그 가운데에서도 "지난날 젊었던 시절에는/ 헤어질 때 만날 기약 쉬웠었지/ 그대와 함께 늙어가는 지금은/ 다신 서로 이별할 때가 아니로세."라고 읊은 전반부의 시구가 특히 회자되었다. 강대수의 시에도 많이 인용되고 있다. 이별의 아쉬움을 안타까

---

27)『寒沙集』 권1,「送曺汝寅時亮謫江界」.
28)『寒沙集』 권1,「又次前韻送別曺蔚珍戚叔挺融」·「再呈曺蔚珍」.
29) "生平少年日 分手易前期 及爾同衰暮 非復別離時 勿言一尊酒 明日難重持 夢中不識路 何以慰相思"

워하면서도 그 슬픔을 절제하는 모습을 표현한 것이다.

<table>
<tr><td>삼천리나 떨어진 변방 요새</td><td>關塞三千里</td></tr>
<tr><td>구름 낀 산이 일만 겹이라.</td><td>雲山一萬重</td></tr>
<tr><td>살구꽃은 봄날에 흐드러지고</td><td>杏花春爛熳</td></tr>
<tr><td>꽃다운 풀 길가에 무성하네.</td><td>芳草路丰茸</td></tr>
<tr><td>나랏일에 험한 고비 없으랴만</td><td>王事無夷險</td></tr>
<tr><td>이별의 근심도 서로 의지하네.</td><td>離憂又駏蛩</td></tr>
<tr><td>은후시에 보이는 시어들을</td><td>隱侯詩上語</td></tr>
<tr><td>노인네 가슴속에 새겨보네.</td><td>模寫老夫胸[30]</td></tr>
</table>

이는 「북청통판으로 가는 김욱에게 주다」라는 시이다. 김욱(金頊 1602~1655)은 동강(東岡) 김우옹(金宇顒)의 손자이자, 「급문제현록」에 올라있는 졸정(拙亭) 김효가(金孝可)의 아들이다. 『한사집』에 김효가에게 주는 시가 전한다.[31] 김욱은 1638년 문과에 급제하여 이조좌랑·평안도사·서산군수(瑞山郡守) 등을 역임하였다. 평소 강직하여 시정(時政)의 폐단을 극간하였는데, 동료들이 꺼려할 정도였다고 한다. 이 시는 그의 만년인 1655년 북청도호부사(北靑都護府使)에 제수되어 떠날 때 지어준 송별시이다. 동도회원인 김왕(金迬)의 문집에도 김욱에게 준 송별시가 있는 것으로 보아,[32] 두 사람이 세상을 떠날 때까지 동도회의 친분이 지속되었음을 알 수 있다. 화창한 봄날 원지로 떠나는 노인네를 위로하고 있다.

---

30) 『寒沙集』 권2, 「贈金愼伯頊通判北淸之行 乙未」
31) 『寒沙集』 권1, 「題金孝可殿中稧軸」. "杏花飛雪散餘春 御史寮筵簇舊新 靜坐他年談往事 畵中人是眼中人."
32) 金迬, 『不求堂集』 권1, 「送金愼伯頊之任北靑」. "淸和佳雨濕行裝 芳草萋萋征路長 此別不須增歎惜 聖憂西北重關防"

지금까지 동도회원 중 『한사집』에 작품이 남아 전하는 인물에 한하여 강대수와의 교유를 살펴보았다. 『한사집』에는 이 외에도 동도회원이나 동문인 김욱·이유석(李惟碩)·권도(權濤)·김효가·배상룡(裵尙龍)·이성구(李聖求)·조정생(曺挺生)·하진(河溍) 등을 애도한 만사(輓詞)가 전한다. 동도회첩에 올라 있는 인물이라면 그 모임을 통해 교유는 지속되었을 가능성이 높다. 게다가 동문이라는 관계가 더해졌다면 그 깊이는 한층 더했을 것이나, 관련 자료의 부족으로 상세히 논의할 수 없음이 한계이다.

반정 이후 강대수의 출사가 가능했던 것은 정온의 전은설을 동조했기 때문이었다. 그러나 대북의 기반인 경상우도 출신으로써 그의 출사는 온전하지 못하였다. 그렇다면 강대수가 동도회 및 동문과의 관계를 통한 지속적 교유에 치중했을 것임은 분명하다. 그에게 있어 교유는 삶의 중요한 부분이었고, 그의 문학적 재능은 이러한 교유를 지속시키는 유익한 수단이었다고 해도 과언이 아니다. 『한사집』에는 강대수의 문학적 성향이나 기저 등을 확인할 만한 이론적 근거가 제시되어 있지 않으며, 180여 수의 시 중 차운 및 송별시가 다수를 차지하는 것에서도 이를 명증(明證)할 수 있다.

그렇다면 경상좌도 인물 외의 또 다른 교유에는 어떤 것들이 있는가? 그의 생애 및 시를 중심으로 이를 살펴보고자 한다.

3. 시에 나타난 한사의 교유

1) 참여와 퇴처 사이의 고뇌

아! 여러 군자들은 평소 성현의 글을 읽으며 배운 바가 무엇인가? 나라의 형세가 끝나는 날을 당하여 만약 慷慨하고 분발하여 내 몸을 잊고 나라를 보호하지 않고 草間으로 도망가 살기만을 바란다면 명분과 의리가 어디에 있겠는가? 鐵騎가 넘쳐나시 온 니리기 피페히게 된다면 어러 군자들이 몸과 집, 아내와 자식들이 과연 깨끗한 땅에서 혼자 보존할 수 있겠는가? 의리가 이와 같고 利害가 이와 같으니, 나라를 위해 죽는 것이 오히려 손을 묶고 죽음으로 나아가는 것보다 나은 것이다. 하물며 의리는 힘으로써만 하는 것이 아니고 끝내 반드시 죽는 것도 아님에랴![33]

37세 때인 1627년 정묘호란이 일어나자 임금은 강화도로 피난가고 세자는 분조(分朝)하여 남쪽으로 내려갔다. 이때 강대수는 영남호소사(嶺南號召使)로 있던 우복(愚伏) 정경세(鄭經世)의 천거로 그의 종사관이 되었는데, 문경에 이르러 창의를 촉구하는 통문을 지었다. 위 글은 바로 그때 지은 것이다. 선비가 평소 성현의 학문을 익히는 것은 출사하여 제세택민(濟世澤民)의 이상을 실현하고자 함인데, 하물며 나라가 흥망의 기로에 있다면 의리를 위해 목숨을 아끼지 말아야 한다고 말하고 있다. 나라와 백성을 위한 강대수의 사의식(士意識)을 엿볼 수 있는 대목이다. 그 역시 조선조 여느 사(士)와 마찬가지로 현실에 참여하여 광시제세(匡時濟世)하는 것이 정치이상이었던 것이다.

용추 속에 신물이 있다면	湫中有神物
이 사람 얼굴 응당 익숙하겠지.	此客面應熟
왕래가 빈번하다 괴이치 말라	莫怪往來頻
임금의 은혜 아직 보답치 못해서라네.	君恩猶未答[34]

---

33) 『寒沙集』 권5, 「通論列邑文」. "嗚呼 諸君子平日讀聖賢書 所學何事 當國勢綴旒之日 若不能慷慨奮發忘身衛國 但向草間求活 則其於名義何居 如使鐵騎充斥 八路糜爛 則諸君子之身之家 若妻若子 果能獨保於乾淨地乎 義理如此 利害如此 等死死國 猶愈於束手就屠 況義不以力 終未必死者乎."

강대수는 비교적 이른 나이인 22세 때 환로에 나선 것을 기점으로 '출사 → 유배 → 재환(再宦) → 퇴처(退處)'의 과정을 반복하였는데, 인조조에서의 그의 출사는 많은 제약이 따랐다. 재환 이후 남인으로 활동하였지만 온전한 남인도 아니었고, 그렇다고 서인과의 관계를 염두에 두지 않을 수도 없었다. 강대수는 현실참여에의 욕구가 강했지만, 현실이 여의치 않았던 것이다.

위의 시는 문경에 있는 용추(龍湫)를 두고 읊은 것[35]으로, 용추에 사는 신물(神物)이 있다면 자신의 얼굴을 익히 알 것이라 가정하고 있다. 반복되는 출사와 퇴처 속에서 자주 한양을 오르내렸는데, 그때마다 이곳 용추를 거쳐 갔기 때문이다. 지조 없다 나무랄 법도 하겠기에, 나라와 임금에 대한 충정과 보은의 마음뿐임을 언급하고 있다. 비난받을 줄 알면서도 출퇴(出退)를 번복할 수밖에 없는 우국충정과, 어디에도 온전히 끼이지 못하는 불완전한 자신의 처지를 대변하고 있다. 현실참여의 욕구와 여의치 않은 자신의 처지 사이에서 고뇌하는 강대수의 심정은 다음 시에서도 살펴볼 수 있다.

저 멀리 산과 바다 신선세계 비호하듯	迢迢山海護仙區
난리를 겪고서도 우뚝 솟은 백 척 누각	亂後崢嶸百尺樓
하늘의 별들이 가깝도록 솟아있을 뿐	徒覺半空星斗近
찌는 듯한 삼복더위 아랑 곳 않는다네.	不關三伏火雲流
포구에서 바람 이니 조수가 급해지고	風生極浦潮應急

---

34) 『寒沙集』 권1, 「龍湫」.

35) 우리나라에는 용추란 명칭이 많이 전하는데, 그중 하나가 문경에 있다. 조선시대 때 영남 사람들이 한양으로 가는 길은 주로 '의령→합천→성주→상주→문경→충주→여주→양평→한양'으로 이어지는 코스를 애용하였는데, 강대수 또한 이 코스를 이용했을 것으로 생각된다. 李惟說의 『悟齋遺稿』 「西行日記」에 의하면 위 코스의 중간지점인 문경에 용추가 있었다고 한다. 강대수, 『한사 강대수 연구』, 경상대 석사학위논문, 2002, 44-45쪽 참조.

빈숲에 비 그치니 나무는 허공에 뜬 듯. 雨罷空林樹欲浮

누대 올라 서글퍼짐을 괴이치 말라 莫怪登臨易怊悵

뜰 앞 오동나무 잎은 벌써 가을이로다. 庭梧一葉已迎秋[36]

강대수는 정묘호란이 있은 그 다음 해인 38세 때 외직인 순천부사에 제수되었는데, 위 시는 그때 지은 것이다. '선화(宣化)'는 '임금의 덕을 선양하고 백성을 교화한다[宣上德而化下民]'는 뜻으로, 조선시대 각 감영의 본관건물을 '선화'로 이름하였다. 이는 관찰사가 정무를 보던 정청(政廳)으로써 고을의 동헌(東軒)에 해당하며, 일반 행정이나 군사 및 송사(訟事) 등이 이곳에서 행해졌다. 임금의 덕을 선양하고 백성들을 교화하는 것은 조선조 사(士)들의 정치적 이상이었다. 국난을 당하여 목숨을 걸고서 위기를 극복하고 또 제세택민의 꿈을 꾸었지만, 현실은 자신의 의지와 상관없이 외직으로 몰아갔다. 이 또한 강대수가 처한 현실이며, 감내해야 할 몫이었다. 그런데 뜰 앞의 오동나무 잎이 떨어지는 것에서 이룬 것 없이 세월만 허송하고 있는 자신을 못내 아쉬워하고 있는 것이다.

강대수의 이러한 고뇌는 곳곳에서 나타난다. 예컨대 "여관에서 부모님과 이별한 나그네/ 등불 아래서 임금을 그리는 신하라네/ 쓸쓸히 한 해의 마지막 밤 보내노니/ 흰 머리를 더하기 위해서가 아니라네."[37]라고 읊은 시는, 그의 나이 54세인 1644년 섣달 그믐날 충주의 사창(社倉)에서 지은 것인데, 자신의 이상을 제대로 펼치지도 못한 채 늘그막에 또 한 해를 보내는 작자의 안타까운 마음을 절실히 드러내고 있다.

그러나 이러한 고뇌와 갈등 속에서 번민하던 강대수는 결국 퇴처로

---

36) 『寒沙集』 권1, 「次宣化樓韻」.

37) 『寒沙集』 권1, 「除夜留忠州社倉」. "旅館離親客 殘燈戀闕臣 悽然歲除夜 非爲鬢添銀."

발을 들여놓게 된다. 이는 그의 선택이라기보다 선택되어진 것이라 해도 과언이 아니다.

희생으로 길러짐을 달갑게 여겼지만	牲養甘爲累
임금의 은혜 실로 많이도 저버렸네.	鴻恩負實多
승진과 파면 때마다 寵辱에 놀라고	乘除驚寵辱
세상만사 옳고그름 신명께 물어보네.	神鬼質森羅
어찌 풍진에 쫓겨감이 합당하리요	豈合風塵走
오직 은자의 노래를 부를 뿐이라네.	惟堪草澤歌
멀리 은하수를 아득히 바라보건대	迢迢望星漢
신선이 타는 뗏목 어디에나 있을까?	何處有仙槎[38]

벼슬을 그만두고 돌아가는 용주(龍洲) 조경(趙絅 1586~1669)을 전송하며 그의 시에 차운한 것이다. 『한사집』에는 이 외에도 1643년 조경이 윤순지(尹順之 1591~1666)와 함께 통신사가 되어 일본으로 떠날 때 지은 전별시가 전한다.[39] 위 시는 조경에게 말하는 것이나, 실은 자신에 대한 반성과 회한을 읊은 것이라 할 수 있다. 자신의 한 몸을 바쳐 나라와 백성을 위하면 된다고 생각했는데, 현실은 여의치 않았다. 자신의 의지와는 다르게 출사와 퇴처를 번복하면서도 세상을 탓하지 않았으나, 세류(世流)에 휩쓸려 다닐 수 없어 결국 퇴처의 길을 선택하였다. 자신의 이상을 실현시킬 또 다른 세상을 꿈꾸며 현실에서 물러날 것을 결심한 것이다. 이는 자의적 선택이라기보다 자신의 이상을 펼치려던 강대수의 의지가 좌절되면서 선택할 수밖에 없는 결정이었다.

---

38) 『寒沙集』 권1, 「罷官臨行次趙龍洲絅壁上韻」.
39) 『寒沙集』 권1, 「送趙日章絅渡海之行」.

<table>
<tr><td>하루종일 떠나는 길손 붙잡고서</td><td>卯申縛遠客</td></tr>
<tr><td>부질없이 돌아가 쉬라고만 하네.</td><td>空只說歸休</td></tr>
<tr><td>작은 누각은 평야에 임해 있고</td><td>小閣臨平野</td></tr>
<tr><td>긴 대는 푸른 물결에 비치네.</td><td>脩篁映碧流</td></tr>
<tr><td>홰나무 그늘이 더위를 씻어주고</td><td>槐陰能滌暑</td></tr>
<tr><td>보리 물결은 거둘 때가 되었네.</td><td>麥浪已迎秋</td></tr>
<tr><td>이 곳에서 노년을 보낼 만하니</td><td>於此堪終老</td></tr>
<tr><td>한가함도 혹 구할 수 있으리라.</td><td>餘閒倘可求⁴⁰⁾</td></tr>
</table>

위 시는 죽소(竹所) 김광욱(金光煜 1580~1656)에게 준 것으로 창작 시기는 자세치 않다. 김광욱은 1606년 출사하여 1613년 계축옥사에 연루되어 국문을 받았고, 1617년 폐모논의(廢母論議)에 동조하지 않아 삭직되었으며, 반정 후 복관되어 여러 관직을 두루 역임한 인물이다. 젊은 시절의 강대수와 비슷한 역정을 겪었다. 『한사집』에 그에게 준 차운시가 2수 전하는데, 위 시는 그 중 하나이다. 김광욱이 '새로 지은 조그마한 거처가 남은 생을 보내기에 알맞고, 그곳에서 다리 펴고 편히 잘 수 있으니 더 바랄 것이 없다'⁴¹⁾는 내용의 시를 보내오자, 이에 차운하여 자신도 퇴처하여 살고자 하는 뜻을 펼친 시이다.

요컨대 강대수는 뛰어난 재주로 이른 나이에 촉망받는 인물로 부상하였으나, 현실은 자신의 이상을 펼치기에 역부족이었다. 현실과 이상 속에서 고뇌하던 강대수는 교유를 통해 자신과 동일한 처지의 벗들과 동질감을 공유하고자 하였고, 시는 이를 위한 좋은 수단이었던 것이다.

---

40) 『寒沙集』 권1, 「次金承旨小樹韻自敍歸思」.

41) 金光煜, 『竹所集』 권2, 「題新搆江榭」. "小築才新就 殘生也合休 靑鬢軒後篁 碧玉枕邊流 沙月明如晝 松風爽作秋 從今伸睡脚 此外更何求."

2) 무용지용의 처세

강대수의 인생에서 가장 힘든 시기는 회양(淮陽)에 부처(付處)되어 지냈던 7년간의 유배생활이라 할 수 있다. 재예가 뛰어나 남들보다 앞선 시기에 출사하여 앞날이 창성했던 그였기에, 그 좌절은 받아들이기 힘들었을 것이다. 더구나 부친이 충주부사로 좌천되고 조부가 옥사에서 세상을 떠나는 가족의 비운까지 겹쳤으니, 그 절망감이란 말로 표현할 수 없었을 것이다. 사(士)는 뜻을 얻어 세상에 나아가면 백성을 위해 일하고, 뜻을 얻지 못하면 물러나 독선기신(獨善其身)의 삶을 산다고 하였다.[42] 힘든 시기일수록 물러나 사(士)로서의 자의식을 견지해야 함을 강조한 말이다.

강대수는 회양에 도착한 이후 일체의 교유를 끊고 시사에 대해서는 언급하지 않으며, 성현의 책을 가까이 하였다. 그는 해배된 후 유배생활 7년 동안 지었던 시들을 수습하여 『청회록(淸淮錄)』을 엮었는데, 주로 유배지에서 만난 인물이나 그곳을 찾은 벗에게 준 차운시나 송별시가 대부분이다. 이를 중심으로 논의해 보고자 한다.

<blockquote>

......

上士는 다투지 않기에	上士無爭
모든 괴로움에서 멀어진다네.	齊苦逸兮
마음은 집중하고 몸은 풀어놓아	心凝形釋
谷神을 온전히 하라.	全谷神兮
사당의 상수리나무 소를 가릴 만해도	社櫟蔽牛
사람들은 베어가지 않는구나.	人不斤兮

</blockquote>

---

42) 『孟子』, 「盡心 上」. "古之人 得志 澤加於民 不得志 修身見於世 窮則獨善其身 達則兼善天下."

온갖 간신배들 시대를 농락하며	衆兆崬瑣
이 시대에 멋대로 하더라도	羶於時兮
현자는 멀리 바라보며	大方邈觀
五綦를 끊어버리지.	絶五綦兮
모든 시내는 바다를 사모하여	百川慕海
함께 돌아가기를 바라노니	庶同歸兮
담박한 것에 마음을 둘 뿐	留心淡泊
무얼 근심하고 무얼 영위하려는가?	何慮何營[43]
......	

이는 귀양 간 지 4년 되는 해인 1619년에 지은 것이다. 오랑캐가 상국(上國)인 명나라의 경계를 침범하자 명 황제가 조선에 징병을 요구하였는데, 광해군의 명으로 출병한 원수(元帥) 강홍립(姜弘立)과 김경서(金景瑞) 등이 결국 오랑캐에게 항복하였다. 강대수는 그것이 사세를 관망하다 진퇴를 결정하라는 임금의 밀지가 있었기 때문이라는 소문을 듣고 통곡하고는 이 부를 지었다고 한다.

『장자(莊子)』「인간세(人間世)」에는 다음과 같은 이야기가 전한다. 대목수인 장석(匠石)이 제자들과 함께 제나라로 가다가 곡원(曲轅)에 이르러 사당의 신목(神木)인 상수리나무를 보았다. 그 나무는 크기나 둘레·높이에 있어 엄청난 위용을 자랑하고 있었으나, 장석은 상수리나무를 거들떠보지도 않고 지나치며 '이 나무는 재목이 못되고 쓸모가 없었기에 저처럼 오래 살 수 있었다.'고 하였다.

장자가 살았던 전국시대 말기는 봉건적 윤리 질서가 붕괴되고 힘의 논리가 지배하던 시대였다. 이러한 정치·사회적 혼란기의 최고 피해

---

43) 『寒沙集』 권1, 「哀時命賦」.

자는 지식인이다. 혼란기의 지식인은 출처(出處) 문제에 민감하기 마련이고, 어떤 형태로든 출사와 처은(處隱)을 결정하도록 강요받는다. 그 결과 현실과 부딪혀 좌절하기보다 현실을 초탈한, 보신(保身)을 위한 퇴처를 택하는데, 이것이 바로 무용지용(無用之用)의 처세법이다. 사당의 신목인 상수리나무가 그 자체로서 자신에게는 충분히 쓸모가 있음에도 세상에는 소용이 닿지 않음으로써 장수할 수 있었던 바로 그 방법이 난세를 살아가는 최선의 방법이었던 것이다.

강대수는 간신배들이 시대를 농락하고 정권을 유린하여 나라를 혼란에 빠뜨린다 해도 무용지용의 처세로써 하늘로부터 품부 받은 본성, 곧 곡신(谷神)을 온전히 지키고자 하였던 것이다.[44] 때문에 자신이 당하고 있는 고통과 억울함에 대한 불만이 그다지 나타나지 않는다.

구름이 걷혀야 계곡 있음을 알 수 있고	雲開知峽在
물이 줄어야 모래의 깨끗함 드러나네.	水落見沙明
홀로 중얼거리며 근심하고 앉았는데	獨語人愁坐
새들은 짝을 이뤄 마주하고 지저귀네.	相關鳥對鳴
역마을 길은 어둠을 뚫고 나 있고	驛程穿夜色
뜰 나무에는 가을 소리 가깝네.	庭樹近秋聲
병중에 애써 아름다운 시구 찾으니	力疾尋佳句
앞산이 늦게야 맑게 개이네.	前山蛻晚晴[45]

그는 변방에 부처되는 시련을 당하고 있지만, 이러한 억울함에 연연해하지 않는 모습이다. 구름이 걷히면 계곡이 보이고 물이 줄어야 모

---

44) 谷神은 『道德經』 제6장의 "谷神不死 是謂玄牝 玄牝之門 是謂天地根"에서 나온 말로, "텅 빈 골짜기처럼 아무 형체도 그림자도 없는 玄妙한 도"를 일컫는다.
45) 『寒沙集』 권1, 「晚淸」.

래의 깨끗함이 드러나듯, 시시비비에 대해서는 시간이 흘러야 그 옳고
그름을 판단할 수 있다. 결국 자신이 옳았음을 세상에서 알아주리라는
믿음을 엿볼 수 있다. 그 때문인지 유배지에서의 그의 생활은 그다지
어둡지 않다.

가을 다한 관문엔 낙엽이 쌓여있고	秋盡關門落葉深
뜰 안 차가운 달빛에 돌아갈 맘 없네.	一庭霜月未歸心
새벽녘에 문득 고향 꿈을 꾸었더니	曉來忽作還家夢
사립문 옆 대숲은 여전히 그대로더군.	依舊柴荊傍竹林[46]
젊은 나이 높은 재주의 납언 강대수	年妙才高姜納言
장사에서 홀로 원통해 한 가생이라.	長沙獨抱賈生冤
부모 생각 나라 걱정에 병증이 많아져	戀親憂國堪多病
여태껏 삼년동안 문 밖 출입 않았다네.	三歲于今不出門[47]

　위 시는 유배지인 회양에서 만난 벽산거사(碧山居士)에게 차운한 것
이며, 아래 시는 벽산거사가 강대수에게 준 원운(原韻)이다. 『청회록』
에는 벽산거사에게 주는 시가 2수 전하는데, 서로 마음을 허여하고 깊
이 교유한 것으로 보이나 인물에 대해서는 자세치 않다. 보다 용이한
이해를 위해 아래의 원운을 먼저 살펴보자.
　벽산거사는 강대수를 가의(賈誼)에 비유하였다. 가의는 젊은 나이에
뛰어난 재주를 지녔고 우국충정으로 나라와 백성을 위해 헌신하였으
나, 그를 시기하는 무리에게 참소 당해 장사왕 태부(長沙王太傅)로 좌천
되어 3년을 보냈다. 강대수 역시 회양에 유배되어 나라와 부모 걱정으
로 고통스러웠지만 세상과 부화뇌동하지 않고 침잠하였다. 벽산거사

---

46) 『寒沙集』 권1, 「次碧山韻」.
47) 『寒沙集』 권1. 碧山居士가 강대수에게 준 原韻이다.

의 시는 강대수가 3년 동안 독선기신하는 삶을 살고 있음을 말하였으나, 그 이면에는 가의가 3년 후 해배되어 복직된 것을 염두에 두고 이 시를 지어 그를 위로한 것으로 보인다. 그런데 강대수는 시사에 얽매이지 않고 무심한 듯하다. 장남으로서 두고 온 부모와 고향을 그리는 개인적 심정만 술회하고 있다.

사부의 그 명성은 오래되었고	詞賦聲名久
풍진 속에선 막부의 관원이었네.	風塵幕府官
찾아와선 의기가 투합하여	朅來傾意氣
담소하며 마음을 터놓았네.	談笑出心肝
변방 나무엔 가을이 깊어가고	秋滿荒城樹
옛 골짝 여울은 서럽게 울리네.	寒鳴古峽湍
이별하자니 노쇠함에 깜짝 놀라	離情驚暮律
측은히 다시 서로를 바라보네.	惻惻更相看[48]
그대의 때 이른 명예 슬퍼하노니	歎君名譽早
젊어서 이미 현달직에 올랐었지.	靑歲已榮官
문득 부스럼과 멍이 생겨났으니	忽被生瘡痏
응당 마음을 보인 때문이겠지.	應緣見肺肝
우번은 남쪽 변방으로 유배되고	虞飜流越徼
굴원은 기 땅의 강여울에 있었네.	屈子沂江湍
올곧은 도란 모두 이와 같으니	直道皆如此
어찌 눈물을 가리고 바라보랴	何須掩涕看[49]

강대수가 동도회를 통해 경상좌도 인물과 교유했다면, 회양을 찾아

---

48) 『寒沙集』 권1, 「贈許水色橘」.
49) 허적이 강대수에게 준 원운이다.

준 이들을 통해 서인계 인물과의 교유를 확인할 수 있다. 예컨대 유배된 그 이듬해 택당(澤堂) 이식(李植 1584~1647)이 찾아와 시를 주고받았고,50) 1619년에는 구원(九畹) 이춘원(李春元 1571~1634)이,51) 그 이듬해에는 수색(水色) 허적(許)이 내방하였다. 위 시는 허적이 내방했을 때 주고받은 것이다. 이식은 강대수가 51세인 1641년 진주목사(晉州牧師)에 제수되어 떠날 적에도 송별시를 지어주었는데,52) "어려서 맺은 우정 늙어서도 진실한 분/ 중년엔 여러 차례 이별하며 괴로웠었지"[少時交態老知眞 常苦中年作別頻]라고 한 것으로 보아, 그와의 교유는 어려서부터 늘그막까지 지속되었던 것으로 보인다. 이춘원은 회양을 방문했다가 금강산으로 유람을 떠났는데, 금강산에서 지은 그의 시에 강대수가 차운한 시가 전하기도 한다. 이들은 모두 서인계 인물로, 경상우도의 북인 및 경상좌도의 남인과 함께 강대수의 폭넓은 교유를 확인시켜 준다. 정치사회적으로 보아 당시 집권 세력인 서인과의 교유를 마다할 수 없었던 강대수의 처지를 가늠케 한다.

 허적의 원운을 먼저 살펴보자. 강대수가 이른 나이에 출사한 기대주였는데, 이렇게 좌절하게 된 것은 나라와 임금에 대한 우직한 그의 마음 때문이라 하였다. 우번(虞翻)은 삼국시대 오나라 사람으로 손권을 섬겼는데, 잦은 직언으로 미움을 받다가 교주(交州)로 쫓겨나 그곳에서 늙어 죽었다.53) 때문에 후대에는 어진 선비가 억울하게 유배되어 지내는 전거로 쓰인다. 허적은 강대수를 우번과 굴원에 비유하여, 그의 유배가 정당하지 않았고 또 그의 충정을 알아주지 못하는 세상 탓이라 하였다. 20세 가까운 나이차에도 불구하고 강대수에 대한 허적의 신

---

50) 『寒沙集』 권1, 「次李評事汝固植韻」.
51) 이춘원에게 준 시는 「謝九畹見訪仍送之入山」(『寒沙集』 권1)가 전한다.
52) 李植, 『澤堂集』 권5, 「送姜學顔大遂出守晉州」.
53) 『三國志 吳書』 卷57, 「虞翻傳」.

의와 두 사람의 절친한 우의를 엿볼 수 있다.

이에 비해 강대수의 시는 벽산거사에게 준 것과 마찬가지로 세상에 대한 그 어떤 원망도 내포하지 않았다. 찾아준 벗에 대한 반가움과 고마움, 오랜 세월에 노쇠해버린 벗을 측은히 여기는 마음만이 절절히 묻어나 있다. 이 또한 조선조 사(士)가 난세에는 독실한 수신(修身)으로 독선기신의 삶을 살고자 했듯, 자신의 처지를 비관하거나 세상을 원망하지 않고 쓰임이 없음을 통해 세상의 쓰임이 되고자 하는, 강대수 나름의 난세를 살아가는 처세라 할 수 있다.

3) 동병상련의 교감

이심전심(以心傳心)이라 하였다. 어려운 시기에 자신의 처지를 이해하고 위로하는 벗이 있다면 이야말로 진정한 막역지교라 할 것이다. 강대수는 7년의 유배생활을 겪었기 때문에 이에서 오는 좌절과 절망감을 누구보다 잘 교감하는 인물이었다. 시대가 안팎으로 불안정한 시기였던 만큼 교유인 가운데 고난을 겪는 이들이 많았다.『한사집』에는 자신과 같이 유배되거나 좌천되는 벗들을 위로하며 준 증시가 다수 포함되어 있다.

멀리 떠나 유배되던 날은	去去投荒日
황급히 아쉬운 이별할 때라.	勿勿惜別時
한양에서의 오랜 객지 생활	洛中爲客久
관문 밖 홀로 더디게 돌아가네.	關外獨歸遲
봄이 다 지난 가야산 기슭	春盡倻山麓
구름이 날리는 패수 물가.	雲飛浿水湄
성 서쪽의 방초 난 길에서	城西芳草路

거듭 은후시를 읊어보네.　　　　　　　重詠隱侯詩[54]

조시량(1603~ ?)은 앞 장에서 언급한 바 있듯 강대수의 인척인 조봉길(曺夢吉)의 증손이며, 조정립(曺挺立)의 아들이다. 그가 평안도 강계(江界)로 유배되어 떠날 때 지어준 시이다. 강대수가 합천에 물러나 있을 때 지은 것으로 보이나, 시기는 자세치 않다. 전련(轉聯)에서 알 수 있듯 자신의 거처인 합천에서 유배지인 강계로 멀리 떠나보내는 안타까운 마음을 은후시를 읊는 것으로 승화시키고 있다.

진중한 동년급제자 벗이여	珍重同年友
특별한 은전을 만난 때로다.	遭逢異數時
어이할고 곧은 도 지니고도	如何懷直道
청규를 사양하게 되었으니.	忽漫謝靑規
옛 골짝의 雙鳧는 멀어지고	古峽雙鳧迥
도성의 五馬 더디기만 하네.	都門五馬遲
전별연에 가을바람 불어오니	秋風吹祖帳
나그네는 갈림길서 두렵다오.	爲客怕臨岐[55]

이는 강원도 이천현감(伊川縣監)으로 좌천되어 떠나는 취헌(翠軒) 유백증(兪伯曾 1587~1646)을 전송하며 준 시이다. 유백증은 1612년 문과에 급제하였으니 강대수와는 급제동기이다. 그 역시 광해군대에 폐모론 등을 반대하여 사직하고 낙향하였다가 반정 이후 복관된 인물이다. 그는 인조 3년인 1625년 홍문관 부응교로 있을 때 나만갑(羅萬甲) · 박

---

54) 『寒沙集』 권1, 「送曺汝寅時亮謫江界」.

55) 『寒沙集』 권1, 「送兪子先左知伊川」. 본문의 靑規는 諫官을, 雙鳧와 五馬 는 지방관을 일컫는다.

정(朴炡) 등과 함께 대사헌 남이공(南以恭)을 탄핵했다가 이천현감으로 좌천되었다.56) 강대수는 7년의 유배생활에서 해배된 직후인지라 누구보다 떠나는 이의 심정을 잘 이해했을 것으로 보인다. 곧은 도를 지녀서 생긴 이 불운을 도리어 임금의 특별한 은전으로 여기라 말한다. 그 세월의 고통과 좌절을 잘 알기에 전별에 앞서 벗을 위해 두려운 마음마저 든다고 하였다.

옥당의 삼학사였던 그대여	玉堂三學士
동인은 한 때의 은전이라오.	銅印一時恩
좌천도 되레 성장일 뿐이니	左宦猶專養
고매한 명성 감히 말하리오.	高名是敢言
순채와 농어로 좋은 얘기 나누는데	蓴鱸談勝事
궐문엔 말발굽 소리 가깝구려.	戎馬近關門
적막하니 가을 산 어두워지니	寥落秋山暝
술잔을 대하고서 이별한다네.	離懷對淥尊57)

평안남도 강동현감(江東縣監)으로 좌천되어 떠나는 구포(鷗浦) 나만갑(羅萬甲 1592~1642)에게 준 시이다. 나만갑 역시 인목대비의 유폐사건이 일어나자 벼슬을 버리고 귀향했다가 반정 후 출사하였다. 이들은 옥당에서 촉망받던 인물인데, 곧은 절의를 지키다 이런 불운을 당하게 되었다. 강대수는 유백증에게 했던 것처럼 이러한 좌천 또한 임금의 은전이요, 또한 자신을 성장시키는 기회라 말하고 있다. 좌절과 불우

---

56) 『인조실록』 3년 7월 3일조. "특명으로 朴炡을 咸平縣監으로, 俞伯曾을 伊川縣監으로, 羅萬甲을 江東縣監으로 삼았다. 이 3인은 모두 강경하고 정직하여 과감히 말하였다. 경연의 직에 있으면서 관원의 부정을 糾劾하였는데, 일시에 외직에 보임되니 식자들이 애석하게 여기지 않는 사람이 없었다."라고 하였다.

57) 『寒沙集』 권1, 「送羅夢賚萬甲左守江東」.

를 긍정적 사고로 전환시켜야 함을 강조하고 있다.

계곡(溪谷) 장유(張維)가 강동으로 떠나는 나만갑에게 준 전별시가 전하는데, 유백증과 박정을 포함한 세 사람을 모두 언급하고 있어 일별해 볼 만하다. 그 일부만 살펴보자.

반남은 곤륜산 옥과 같아	潘南崑玉姿
화염에도 순수함과 강함을 입증했고,	烈火驗純剛
기계는 거문고 줄과 같아	杞溪朱絲弦
팽팽하니 당긴 채 풀 줄을 몰랐네.	促柱無緩張
나생은 다소 융통성이 있었으나	羅生稍通偉
비분강개하니 강직한 기질 품었지.	慷慨懷剛腸
그대 세 사람 옥당에 있을 적엔	三子在玉署
곧은 기운 그 얼마나 당당했던가.	直氣何堂堂[58]

반남은 관향이 반남인 박정을 가리키며, 기계(杞溪)는 유백증을 일컫는다. 이 시로 본다면 유백증은 팽팽히 당긴 거문고 줄처럼 타협이 없는 꼿꼿한 성격의 소유자이며, 나만갑은 다소 융통성이 있으나 그 역시 불의와 타협하지 못하는 강직한 성품이었음을 유추해 볼 수 있다. 이 시기 강대수는 사예(司藝)·사성(司成)을 거쳐 그해 겨울에 충청도 암행어사로 나갔다. 따라서 그들과의 교유가 언제부터 시작되었는지 알 수 없으나, 불의에 맞서는 그들의 당당함과 곧음은 마치 강대수와 닮아 있는 듯하다. 이러한 동질감이 그들을 화합하게 만들었고, 따라서 벗의 불우가 더욱 안타깝게 여겨졌으리라 생각된다.

---

58) 張維, 『谿谷集』 권25, 「送羅夢賚宰江東」. 인용문은 그 상반부이다.

관하 너머의 머나 먼 길	長路關河外
남은 세월 가서 살아야지요.	殘年去住時
바라보니 흐르는 눈물 뿐	相看唯有淚
이별에 더할 말이 없다네.	欲別更無辭
재앙과 경사 따지지 마시게	殃慶休論理
이 궁함은 시 좋아하기 때문.	羈窮政坐詩
정을 잊음이 최상이라 하나	忘情稱最上
최고가 되려 더욱 힘쓰시게.	勉勵大方期59)

동주(東州) 이민구(李敏求 1589~1670)에게 주는 시로, 『한사집』에는 그와 주고받은 시가 여럿 전한다. 특히 이민구가 경상감사로 부임했을 때60) 합천 사람 김선술(金善述)과 함께 두류산을 유람하였는데, 강대수의 연보에 의하면, 이민구가 순행을 나왔다가 하동에 이르러 섬진강에서 배를 타고 용유담(龍游潭)을 거슬러 올라가 백모당(白茅堂)을 거쳐 천왕봉을 올랐다고 한다.61) 두 사람의 우의를 엿볼 수 있는 대목이라 하겠다.

이민구는 49세인 1637년 윤4월, 청나라 군사가 강화도를 공격할 때 방어하지 못했다는 이유로 영흥(永興) 철옹성(鐵甕城)에 유배되었다. 위 시는 그때 떠나는 이민구에게 준 전별시이다. 이민구의 유배는 7년 뒤인 1643년까지 지속되었다. 강대수는 자신에게 불어 닥친 재앙과 경사에 연연해하지 말라고 하였다. 위기는 기회가 될 수 있듯, 유배에서

---

59) 『寒沙集』 권1, 「送東州赴謫」 2수 중 첫째 수.

60) 강대수의 연보에는 39세인 1629년조에 이 내용이 보인다. 그러나 이민구는 36세 때인 1624년 2월에 경상도관찰사로 부임하였다. 기록의 착오가 있었던 듯하다.

61) 『寒沙集』에 이때 지은 시가 여럿 전하는데, 「送李子時觀察嶺南」·「與李子時金善述同遊頭流題義師詩軸」·「同子時令公泛舟蟾江」·「次觀海韻」·「龍游潭」·「白矛堂次韻」·「天王峰」 등의 시가 있으며, 그 외에 이민구에게 차운한 시가 7수 전한다.

오는 궁핍함을 되레 자신의 문재(文才)를 키우는 계기로 삼기를 충고하고 있다.

구양수(歐陽脩)는 자신의 벗인 매요신(梅堯臣)의 문집 서문에서 "시가 사람을 궁하게 만드는 것이 아니라, 사람이 궁해진 뒤에야 시가 공교로워진다."[62]고 하였다. 매요신이 평생 낮은 관직에서 고달프게 살았지만, 유자(儒者)의 입장을 고수하며 나라와 백성을 위해 헌신하면서도 좋은 시를 짓는 모습을 읊은 것이다. 이것이 바로 작자의 생활과 창작의 관계를 설명한, "시는 궁함이 많은 후에야 공교로워진다"[詩多窮而後工]고 한 그 유명한 명제이다. 이민구는 문장에도 뛰어나고 사부(詞賦)에 능했던 인물이다. 강대수는 이러한 불운이 그의 문재를 더욱 발전시키기 위함이니, 유배 동안 자신의 재주를 양성하여 최고가 되라 격려하고 있는 것이다.

4. 결론

이상으로 『동도회첩』과 문집에 전하는 시를 중심으로 강대수의 교유를 살펴보았다. 본고는 강대수의 생애에서 경상좌도 인물과의 교유에 주안하여 살피고, 나아가 그의 삶의 궤적을 따라 그와 교유했던 다양한 인물과의 송별시나 증여시를 중심으로 살펴 본 것이다.

그의 시대는 당파정치가 수립되는 혼란한 시기였다. 강대수는 정치적 여파로 인해 여러 당파의 인물과 교유하였다. 사승을 통해 경상좌도의 인물인 남인과 교유하였고, 사환(仕宦)을 통해서는 서인계 인물과 교유하였다. 그 외에도 환로에서 혹은 유배지에서 여러 부류의 인물과

---

62) 歐陽脩, 「梅聖俞詩序」. "非詩能窮人 殆窮者而後工也"

교유하였다. 그의 삶에서 교유는 중요한 부분을 차지하는데, 이렇듯 강대수가 교유에 치중했던 것은 그가 지닌 처지와 상황 때문이었다. 유배 이전까지는 북인으로서, 재환(再宦)해서는 남인으로 활동했으나 그것마저도 온전하지 못하였고, 그렇다고 당시의 핵심세력인 서인과의 관계를 무시할 수도 없는, 그야말로 처세에 있어 힘든 줄타기를 할 수밖에 없었던 것이다. 요컨대 강대수의 다양한 교유를 통해 인조반정 이후 당파로 분열되어 출사가 좌절되었던 경상우도 지식인의 고뇌를 살필 수 있고, 또한 이는 그러한 지식인의 좌절과 고뇌를 치유해 가는 하나의 방식을 보여준 것이라 하겠다.

동계 권도의 수기와 교인

전병철

1. 서론

한 사람의 인생은 그 자신이 이룩한 하나의 역사이며 결과이다. 그러나 다른 한 편으로 생각해보면, 어느 누구도 그가 살았던 사회와 시대 상황에 상관없이 저 혼자만의 독립된 세계를 구축할 수 없다. 그렇기에 한 사람이 이루어낸 삶의 양상은 개인적 성취이기도 하지만 동시에 시대적 산물이라고 이해된다.

동계(東溪) 권도(權濤, 1575~1644)는 경상우도 단성현(丹城縣) 단계리(丹溪里)에서 출생한 인물로, 일생을 사는 동안 두 번의 큰 전쟁과 한 번의 반정(反正)을 경험하였다. 첫 번째 전쟁은 1592년 18세의 젊은 나이에 겪은 임진왜란이었으며, 두 번째는 1636년 62세의 만년에 당한 병자호란이었다. 그리고 경상우도의 남명학파가 몰락하는 계기가 된 인조반정이 그의 나이 49세인 1623년에 일어나 동계의 삶이 새로운 전환을 맞는 계기가 되었다.

이와 같은 전쟁의 고통과 수치감 속에서, 자신의 학문 연원과 깊이

---

* 이 논문은 「동계 권도의 수기와 교인」이라는 제목으로 『선주논총』 12(금오공대 선주문화연구소, 2009)에 게재되었던 글을 수정한 것이다.

연관된 남명학파의 몰락과 인조조(仁祖朝)의 수립이라는 정치 상황의 격변 가운데, 동계는 지식인으로서 어떻게 바라보고 이해하였을까? 자신이 걸어가야 할 길이 무엇이라고 생각하였을까? 그가 실천을 통해 성취한 결과는 무엇이며, 그것에 대해 후대 사람들은 어떤 평가를 내릴 수 있을까?

본고는 이러한 문제 의식을 전제한 가운데, 그의 생애와 사우연원 및 수기(修己)와 교인(敎人)의 양상에 대해 살펴보고자 한다. 문집을 비롯한 동계에 관한 자료가 매우 소략한 편이므로, 다양한 측면에서 상세하게 고찰하기 어려운 점이 있다. 그리하여 본문 내용이 다소 단순하고 평면적인 형태로 서술될 가능성이 크겠지만, 전제한 문제 의식이 그 저변에서 끊임없이 물음으로 작용하는 것임을 서두에 밝혀둔다.

2. 생애와 사우연원

1) 생애

권도의 자는 정보(靜甫), 호는 동계(東溪), 시호는 충강(忠康), 본관은 안동(安東)이다. 부친은 사포서 별좌(司圃署別坐)를 지낸 권세춘(權世春)이며, 모친은 상산김씨(商山金氏)로 김담(金湛)의 딸이다. 그는 1575년(선조 8) 6월 12일 단성현(丹城縣) 단계리(丹溪里)에서 태어났다. 동계의 5대조인 사용(司勇)을 지낸 권계우(權繼祐)가 단성에 사는 윤변(尹汴)의 딸 무송윤씨(茂松尹氏)에게 장가들어 안동권씨가 비로소 이 곳에서 살게 된 것이다.

1584년(선조 17, 10세) 단성현 동쪽 송암리(松巖里)에 거주하던 송암(松巖) 이로(李魯)에게 나아가 배웠다. 어려서부터 총명하여 10세의 나이에 이미 『한서(漢書)』를 깊이 깨우친 것으로 소문이 났는데, 관찰사가 순시하던 길에 단성현에 들러 동계에게 『한서』의 내용에 관해 시험해 보고는 "네가 나의 스승이구나!"라고 칭찬한 일이 있었다.

1590년(선조 23, 16세) 류옥(柳沃)의 딸 진주류씨(晉州柳氏)와 혼인하였다. 1592년(선조 25, 18세) 봄에 왜란이 일어날 것을 예측하고 부친에게 말씀드려 황매산(黃梅山)으로 이사하였다. 당시 사람들이 비웃으며 방비하지 않았다가 얼마 지나지 않아 실제로 난이 발생하자 그의 선견지명에 탄복하였다. 여름에 왜적이 북상하고 있다는 소식을 듣고 본가로 돌아왔다. 연변(沿邊)으로부터 피난을 온 사람들이 많이 모여들자 곡식을 내어 어려운 이들을 구제하였다.

1593년(선조 26, 19세) 4월에 부친상을 당하였다. 부친 권세춘은 임진왜란이 발발하자 의병을 일으켜 망우당(忘憂堂) 곽재우(郭再祐)의 진영에서 활동하다가, 이 해 4월 학질에 걸려 본가로 돌아왔지만 끝내 별세하였다. 빈례(殯禮)를 마친 후 사람들이 피난할 것을 권하였지만 듣지 않고 상례에 따라 행하였다. 5월에 장례를 마친 뒤 모친을 모시고 호서(湖西)의 회덕(懷德)으로 피난하였다. 피난하는 중에도 상례를 극진하게 행하고 모친을 정성껏 모셔 호서 지역 사람들이 그의 성효(誠孝)에 감복하였다.

1594년(선조 27, 20세) 4월 회덕에서 소상(小祥)을 지냈다. 이 해 5월 수옹(睡翁) 송갑조(宋甲祚)가 와서 위문하였다. 이듬해 4월 회덕에서 대상(大祥)을 지냈고 6월 삼년상을 마쳤다. 7월에 수옹 송갑조의 집을 방문하였다.

1597년(선조 30, 23세) 모친을 모시고 회덕에서 성주(星州) 석전촌(石田村)으로 옮겨와 우거하였는데, 이곳에 작은 전장(田庄)이 있었기 때문이다. 완정(浣亭) 이언영(李彦英)·석담(石潭) 이윤우(李潤雨) 등과 교유하며 함께 도의(道義)를 강론하였다. 이 해에 「안위탁부인부(安危托婦人賦)」를 지었다. 이 작품은 한(漢) 원제(元帝) 때 흉노와 화친을 위해 결혼 정책을 써서 한실(漢室)의 황녀 대신 궁녀인 왕소군(王昭君)을 흉노의 선우(單于)에게 시집을 보냈던 일에 관해 논한 내용이다. 일개 아녀자에게 한나라의 안위를 의탁하고자 했던 것은 한나라를 지키려 한 것이지만, 도리어 한나라를 위태롭게 한 것으로 천고에 부끄러운 일이라고 하였다.[1]

1600년(선조 33, 26세) 모친을 모시고 다시 단성으로 돌아왔다. 피난을 하는 동안 학문에 힘쓸 겨를이 없었으므로, 이 때로부터 강학에 전념하였다. 이듬해 진사 초시에 합격하였다.

1602년(선조 35, 28세) 합천(陜川) 삼가(三嘉)로 가서 입재(立齋) 노흠(盧欽)을 예방(禮訪)하였고, 이듬해 겨울 성주(星州)의 숙야재(夙夜齋)를 찾아가 한강(寒岡) 정구(鄭逑)를 뵈었다. 여러 날 머물며 곁에서 모셨는데, 한강이 동계에게 실천의 독실함과 경학의 박식함을 칭찬하였다. 이 해에 「민충부(憫忠賦)」를 지었다. 이 작품은 당나라 태종이 고구려를 정벌하려고 병사를 이끌고 왔다가 그 곳에서 죽은 군사를 위하여 요동에 민충각(憫忠閣)을 세웠던 일에 대해 논한 내용이다. 제왕이 쓸데없이 전쟁을 일으켜 백성을 사지로 몰아넣어 원혼을 객지에서 떠돌게 해서는 안 된다고 하였다.

1606년(선조 39, 32세) 덕천(德川)에 가서 남명(南冥) 조식(曺植)의 사당을 배알하고, 이 곳에 행차한 한강 정구를 맞이하여 뵈었다. 이듬해 사호(思湖) 오장(吳長)과 함께 주자(朱子)의 「경연강의(經筵講義)」·「조묘의장(祧廟議狀)」 등을 강론하였으며, 1609년(광해군 1, 35세) 7월 『덕천

---

1) 윤호진, 「東溪集」, 『南冥學關聯文集解題(III)』, 남명학연구소, 2008, 333쪽. 이하 작품 해설은 이 해제를 바탕으로 서술한 것임을 밝혀둔다.

원록(德川院錄)』을 편수하였다.

1612년(광해군 4, 38세) 인동(仁同)의 부지암정사(不知巖精舍)를 찾아가 여헌(旅軒) 장현광(張顯光)을 뵙고『주역(周易)』을 배웠다. 이듬해 겨울 분과에 급제하였다. 사호 오장과 함께 출처대의(出處大義)에 관해 논하였다.

1614년(광해군 6, 40세) 1월 모친상을 당하였다. 「선비숙부인상산김씨묘지(先妣淑夫人商山金氏墓誌)」를 지었다.[2]

1616년(광해군 8, 42세) 여름 성균관 학유(成均館學諭)에 임명되었으나 나아가지 않았다. 단성에 동계정사(東溪精舍)를 짓고 '동계병은(東溪病隱)'이라 자호하며 독서와 수양에 전념하였다.

1618년(광해군 10, 44세) 가을 학호(鶴湖) 김봉조(金奉祖)와 현재(縣齋)에서 만났다. 이듬해 10월 죽각(竹閣) 이광우(李光友)의 장례에 참석하였다. 산음(山陰)으로 가서 사호 오장의 묘소에 제를 지냈다.

1620년(광해군 12, 46세) 1월 한강 정구의 부고를 듣고 곡하였다.

1623년(인조 1, 49세) 1월 한강 정구의 기제사(忌祭祀)에 참석하였으며, 동락(東洛)에서 여헌 장현광을 뵈었다. 2월 노파(蘆坡) 이흘(李屹)과 함께 능허(凌虛) 박민(朴敏)의 정자인 침류정(枕流亭)에서 노닐었다. 3월 인조반정(仁祖反正)이 일어났으며, 6월 승정원 주서(承政院注書)에 제수되었다. 7월 소명(召命)에 응하여 서울로 가다가 고령(高靈)에 이르러 병으로 인해 정사(呈辭)하고 돌아왔다. 9월 다시 승정원 주서에 제수되어 소명에 나아갔으며, 12월 예문관 검열(藝文館檢閱) 겸 춘추관 기사관(春秋館記事官)이 되었다.

1624년(인조 2, 50세) 2월 이괄(李适)의 변란이 일어나 인조(仁祖)를 호종(扈從)하여 공주(公州)로 피난을 다녀왔다. 3월 원종훈(原從勳)에 녹훈(錄勳)되고, 성균관 전적(成均館典籍)에 올랐다. 서울 저택에서 여헌 장

---

2) 문집에는 '甲寅'이라 주석되어 있고, 연보에는 그 다음 해인 '乙卯'條에 기록되어 있다.

현광을 뵈었다. 오리(梧里) 이원익(李元翼)을 찾아뵈었다. 6월 사헌부 감찰(司憲府監察)에 제수되었으나 나아가지 않았으며, 다시 병조 좌랑(兵曹佐郎)으로 바뀌어 제수되자 나아갔다. 8월 병조 정랑(兵曹正郎), 10월 사간원 정언(司諫院正言)에 제수되었다. 정언의 직책을 맡아 조정(趙挺)의 직첩(職牒)을 환수할 것, 인조가 사묘(私廟)에서 친히 제사지내는 일, 김공량(金公諒)의 자품(資品)을 더해준 것을 환수할 것 등에 관해 서슴없이 직언하였다. 12월 성균관 전적(成均館典籍) 겸 지제교(知製敎)에 제수되었다가 병조 정랑(兵曹正郎)으로 바뀌었다.

1625년(인조 3, 51세) 1월 홍문관 부수찬 지제교(弘文館副修撰知製敎) 겸 경연시강관(經筵侍講官)에 제수되었다가 사헌부 지평(司憲府持平)으로 바뀌었다. 2월 사헌부 감찰(司憲府監察)로 체직(遞職)되었으며, 홍문관 부교리 지제교 (弘文館副校理知製敎) 겸 경연시독관 춘추관기주관(經筵侍讀官春秋館記注官)에 올랐다. 3월 사간원 헌납(司諫院獻納)에 제수되었다. 4월 별시(別試)에 고관(考官)으로 참여하였다. 5월 성균관 전적(成均館典籍)에 제수되었으나 정사하고 고향으로 돌아왔다.

7월 「입덕문부(入德門賦)」를 지었다. 이 작품은 마음을 닦기 위해 넘어야 할 단계를 입덕문(入德門)이라 하고, 그것을 넘어서기 위해서는 어떻게 해야 하는가를 밝힌 내용이다. 하늘이 사람의 마음 속에 허령불매(虛靈不昧)한 덕을 내려주었는데, 이 덕을 밝힐 줄을 몰라서 양자(楊子)·묵자(墨子) 등이 생겨났다고 하였다. 그리고 덕으로 들어가는 문을 넘어 방으로 들어가기 위해서는 지행(知行)이 함께 나아가야 한다고 하였다.

8월 호패도감낭청(號牌都監郎廳)이 되었으며, 9월 회맹에 참여하여 정사원종공신삼등(靖社原從功臣三等)에 녹훈되었다. 10월 사직하고 돌아왔다. 11월 산음으로 가서 용호(龍湖) 박문영(朴文楧)을 곡하였으며,

서계(西溪)로 가서 덕계(德溪) 오건(吳健)의 사당을 배알하였다.

1626년(인조 4, 52세) 1월 충무위 사과(忠武衛司果)에 임명되었다. 4월 서울 저택에서 여헌 장현광을 뵈었다. 7월 장자의 병으로 인해 정사하고 고향으로 돌아왔다. 8월 두류산(頭流山)을 유람하였다. 12월 경상좌도 호패어사(慶尙左道號牌御史)로 파견되었으며, 다시 홍문관 수찬(弘文館修撰)에 제수되었다.

1627년(인조 5, 53세) 2월 후금이 침입하자 인조를 호종하여 강화(江華)에 피난을 갔다. 경상우도 독운어사(慶尙右道督運御史)로 파견되어 성주에서 이경여(李敬輿)와 만났다. 6월 일을 마치고 조정으로 돌아오자 사헌부 장령(司憲府 掌令)에 제수되었는데 체직되어 고향으로 돌아왔다. 8월 홍문관 부수찬(弘文館副修撰)에 제수되었고, 9월 사헌부 집의(司憲府執義)로 바뀌었다.

1628년(인조 6, 54세) 1월 류효립(柳孝立) 역옥(逆獄)에 대한 추국(推鞫)에 참여한 공으로 영사원종공신일등(寧社原從功臣一等)에 녹훈되고 말을 하사받았다. 2월 사간원 사간(司諫院司諫)이 되었다. 낙안군수(樂安郡守) 임경업(林慶業)이 김류(金瑬)에게 뇌물을 바친 것을 논한 일로 인해 5월에 흥양현감(興陽縣監)으로 좌천되었다. 부임한 후 노인들에게 잔치를 베풀고 80세 이상된 자에게는 의복과 솜을 나누어주었다. 그리고 흥양현이 바닷가에 위치하여 선비들이 학문을 알지 못하는 것을 안타깝게 여겨 널리 학생들을 모아 친히 교육하였다. 9월 다시 사간원 사간으로 소환되었으며, 10월 사복시정(司僕寺正)에 제수되었다.

1629년(인조 7, 55세) 1월 평안도(平安道) 추고경차관(推考敬差官)이 되었으며, 4월 사헌부 집의(司憲府執義)에 제수되었다. 7월 장악원정(掌樂院正)에 제수되었는데, 사직하고 고향으로 돌아왔다. 「신질유조정부(身疾喻朝政賦)」를 지었다. 이 작품은 사람의 질병을 가지고 조정의 정치를 비유적으로 논한 글이다. 질병을 낫게 하려면 훌륭한 의원이 증세에 맞는 양약을 처방해야 하듯이 조정의 여러 가지 어려운 정치적 문제를 해결하려면 훌륭한 인재를 등용해야 한다고 역설하였다.

1630년(인조 8, 56세) 1월 세자시강원 보덕(世子侍講院輔德)에 제수되어 조정으로 돌아왔다. 2월 우복(愚伏) 정경세(鄭經世)와 함께 시고관(試考官)으로 참여하였다. 3월 체부종사(體府從事) 겸 천목릉도감(遷穆陵都監)이 되었다. 이듬해 7월 종부시정(宗簿寺正)으로 부름을 받았으며, 8월 홍문관 교리(弘文館校理), 9월 세자시강원 보덕에 제수되었다. 10월 사헌부 집의가 되었는데, 지사(知事) 이귀(李貴)가 주강(晝講)에서 실대(失對)한 것에 대해 논핵하였다. 다시 홍문관 교리(弘文館 校理)에 제수되었으며, 12월 사간원 사간이 되었다.

1632년(인조 10, 58세) 3월 원종(元宗)에게 올릴 시호의 자수(字數)를 8자에서 4자로 줄이는 것이 합당하다고 계청한 일로 인해 나국(拿鞠)의 명이 내려졌고, 4월 삭직되어 해남(海南)으로 유배되었다. 인조는 자신의 부친인 원종을 추존하면서 시호를 '경덕인헌정목장효(敬德仁憲靖穆章孝)' 8자로 하였는데, 동계는 태조가 4조(四祖)를 추존하면서 시호를 4자로 한 것에 의거하여 8자에서 4자로 줄일 것을 주장한 것이다. 그러나 인조는 성종 때 8자의 시호로 추존한 전례에 따라 줄이지 말고 그대로 둘 것을 명하였으며, 이미 시호가 결정되었는데 다시 이것을 논하는 것은 참람한 일이라고 노하였다.

7월 고산(孤山) 윤선도(尹善道)가 내방하였으며, 그의 아들 윤인미(尹仁美)를 보내 배우게 하였다. 8월 석천(石川) 임억령(林億齡)의 사당을 중건하였다. 이듬해 8월 해배되어 고향으로 돌아왔다. 「천심무개이부(天心無改移賦)」를 지었다. 이 작품은 건곤이 상하로 자리를 정하고 그 사이에 기운이 가득차서 겨울이 지나면 봄이 오듯 닫힘이 있으면 열림이 있게 되는데, 『주역』에서 볼 수 있듯이 이처럼 천심(天心)은 변함이 없다는 것에 대해 말한 것이다. 그러므로 하늘과 같은 덕을 가진 군자는 자강불식(自强不息)해야 한다고 하였다. 12월 질손(姪孫) 권두경(權斗慶)을 보내어 여헌 장현광에게 조묘(祧廟)에 관해 질의하였다.

1634년(인조 12, 60세) 가숙(家塾)을 일으켜 제생들과 함께 월삭강회규(月朔講會規)를 정하였다. 고산정(孤山亭)으로 가서 무민당(无憫堂) 박인(朴絪)을 만났다.

1636년(인조 14, 62세) 8월 장자 권극중(權克重)을 곡하였다. 12월 병자호란이 일어나자 남한산성으로 달려갔으나 길이 막혀 관찰사 심연(沈演)의 진영에 머물면서 군무(軍務)를 도왔다. 이듬해 2월 홍문관 응교 지제교(弘文館應敎知製敎) 겸 경연시강관 춘추관편수관(經筵侍講官春秋館編修官)에 제수되었다. 서울과 경기의 유민(流民)을 진휼할 곡식을 모으기 위해 어사로 파견되어 영남으로 내려갔다. 6월 일을 마치고 돌아와 복명하자 세자시강원 보덕에 제수되었다. 8월 사헌부 집의에 제수되었다가 다시 의정부 사인(議政府舍人)으로 바뀌었다. 9월 사복시정(司僕寺正)에 제수되었다가 사헌부 집의로 이배(移拜)되었다. 10월 의정부 사인으로 바뀌었다. 9일에 여헌 장현광의 부고를 듣고 곡하였다. 겨울에 장자 권극중의 장례를 위해 정사를 올리고 고향으로 왔다.

1638년(인조 16, 64세) 7월 사간원 사간에 제수되어 조정으로 돌아왔다. 12월 통정대부(通政大夫)에 올랐는데, 얼마 후 정사를 올리고 고향으로 돌아왔다. 주자(朱子)의 시에 느낀 바가 있어 「요견복중원부(要見復中原賦)」를 지었다. 이 작품은 송나라가 금나라에 의해 쫓겨 남경으로 천도한 것을 가슴 아파하고 빼앗긴 중원을 회복하기를 바라던 주자의 마음을 자세히 살펴본 것으로, 당시에 주자의 충의대절(忠義大節)이 받아들여지지 않은 것을 애석해 하였다.

1639년(인조 17, 65세) 1월 승정원 동부승지(承政院同副承旨)에 제수되었으나 소를 올려 사양하였다. 우부승지(右副承旨)에 제수되었다가 좌부승지(左副承旨)로 바뀌었고 다시 우승지(右承旨)에 올랐다. 3월 좌승지(左承旨)로 바뀌었으나, 병으로 인해 정사를 올리고 고향으로 돌아왔다. 「양심과욕잠(養心寡欲箴)」을 지었다. 11월 호조 참의(戶曹參議)에 제수되어 환조(還朝)하였다.

1640년(인조 18, 66세) 1월 관찰사 이명웅(李命雄)에게 편지를 보내 악견산성(岳堅山城)을 수축할 것을 논하였다. 3월 세자가 청나라로부터 돌아온 소식을 듣고서 아픈 몸을 이끌고 힘써 조정에 나아갔다. 4월 병조 참지(兵曹參知)에 제수되었다가 얼마 후 승정원 좌승지로 바뀌었는데, 정사를 올리고 돌아왔다. 10월 사간원 대사간에 제수되어 나아갔다가, 장령 이시만(李時萬)이 상소를 올려 부정혐의로 탄핵하자 사직하고 향리로 돌아왔다.

1641년(인조 19, 67세) 1월 소사(蕭寺)에서 병을 조리하였다. 봄에 후학들과 함께 용암정사(龍巖精舍)에서 「태극도설(太極圖說)」·「서명(西銘)」·『근사록(近思錄)』 등을 강론하였다. 이듬해 봄 서계(西溪)로 가서 덕계(德溪) 오건(吳健)의 문집을 교정하였다.

1643년(인조 21, 69세) 「가훈」을 지었다. 무릉동(武陵洞)에서 한사(寒沙) 강대수(姜大遂)를 만났다.

1644년(인조 22, 70세) 8월 27일 동계정사에서 별세하였다.

1645년 이조 판서(吏曹判書)에 추증되었다. 1672년 도천서원(道川書院)에 향사되었다. 1788년 동계정사의 옛터에 완계서원(浣溪書院)이 건립되어 이 곳으로 위판을 옮겨 향사하였다.

2) 사우연원

「동계선생여보(東溪先生年譜)」(이하 「여보」로 약칭함)에 의하면, 동계는 10세 때 단성현 동쪽 송암리에 거주하던 송암 이로(松巖 李魯, 1544~1598)3)에게 나아가 배웠다. 이 기록 외에 그에게 무엇을 배웠으며 수학 기간이 어느 정도였는지 등에 관한 자세한 사실을 찾을 수 없는데, 당시 동계의 나이가 매우 어렸음을 생각할 때 성인이 되어 집지한 경우처럼 분명하게 사승 관계로 규정할 수 없는 점이 있다고 판단된다. 그럼에도 불구하고 어린 시절에 동향의 원로 학자에게 나아가 곁에서 보고 듣고 느낀 것들이 동계의 학문과 삶에 적지 않은 영향을 끼쳤으리라 추측해 보아도 무리는 아닐 것이다.

그러나 동계의 사승 관계를 분명하게 논한다면, 한강 정구(寒岡 鄭逑, 1543~1620)와 여헌 장현광(旅軒 張顯光, 1554~1637)이라고 말할 수 있다.4) 아래에서 「여보」와 만시(輓詩)·축문(祝文) 등의 자료를 통해 구체적으로 확인해 보기로 하겠다.

「여보」의 기록을 간추려 보자면, 28세 때 성주의 숙야재를 찾아가 한강 정구를 뵈었다. 이 때 한강은 동계에게 실천의 독실함과 경학의 박식함을 칭찬하였다고 한다. 이 후 1606년 덕천서원에 행차한 한강을 맞이하여 뵈었다. 그리고 1620년 1월 한강의 부고를 듣고 곡하였으며, 1623년 1월 한강의 기제사에 참석하였다. 이러한 일련의 기록들을

---

3) 松巖 李魯 : 자는 汝唯, 시호는 貞義, 본관은 固城이며, 南冥 曺植의 문하에서 수학하였다. 1590년 문과에 급제하여 刑曹 佐郎·司諫院 正言 등을 역임하였다. 임진왜란이 발발하자 大笑軒 趙宗道(1537-1597)와 함께 倡義할 것을 약속하고 귀향하여 삼가·단성으로 나가 의병을 일으켰으며, 慶尙右道招諭使 金誠一의 從事官·召募官 등으로도 활약하였다. 저술로 『龍蛇日記』·『文殊志』·『松巖集』 등이 있다.

4) 『東溪集』 卷8, 「行狀」(李象靖 撰). "旣長 慨然有志於問學 出入於寒岡旅軒二先生之門 二先生亟稱之" 『東溪集』 卷8, 「神道碑銘」(蔡濟恭 撰). "公有師友 寒旅二賢"

통해 볼 때, 동계는 한강을 제자의 예로써 섬긴 것을 확인할 수 있다. 동계는 한강의 죽음을 애도하는 만시에서 다음과 같이 스승이 살아간 학자로서의 삶과 자신이 나아가야 할 방향에 대해 서술하였다.

先儒의 학문 程朱學을 계승하여,　　先儒是學繼朱程
性理가 동쪽에 일월처럼 밝았네.　　性理東懸日月明
젊은날 스승께 친히 전수받아,　　少日摳衣親授受
만년에 제자들 널리 가르쳤네.　　晚來提耳並生成
나아가 천지 보존한 은혜 바다 같고,　　保全天地恩如海
물러나자 도가 더욱 형통하였네.　　歸去衡茅道益亨
듣건대 禮書는 絕筆 없다 하니,　　聞說禮書無絕筆
斯文의 遺恨 제자에게 맡겨졌네.　　斯文遺恨在諸生[5]

동계는 한강의 학문 연원에 대해, 정주학을 계승하여 우리나라에 성리의 이치를 환히 밝힌 것이라고 이해하였다. 그러한 학문 연원은 한강이 젊은 시절에 남명 조식(南冥 曺植, 1501~1572)과 퇴계 이황(退溪 李滉, 1501~1570)에게 나아가 배운 것이며, 제자들에게 교육하며 가르친 내용인 것이다. 그리고 한강이 벼슬길에 나아가 백성들에게 은혜를 베푼 것은 바다처럼 큰 것이었으며, 물러나 학문과 강학에 몰두하였을 때에는 도가 더욱 형통하게 되었다고 공로를 칭송하였다. 한강은 『가례집람보주(家禮輯覽補註)』·『오선생예설분류(五先生禮說分類)』·『심의제조법(深衣製造法)』·『예기상례분류(禮記喪禮分類)』·『오복연혁도(五服沿革圖)』 등의 예학서를 편찬하여 우리나라의 예학사에 있어 중요한 위치를 차지하는 학자이다. 동계는 만시의 마지막 부분에서 한강의 예학

---

5) 權濤, 『東溪集』 卷3, 「挽寒岡先生」(庚申 四月).

을 거론하여 제자들이 스승의 학문적 업적을 계승 발전시켜야 하는 책
임감을 밝혔다.

한강의 제자들 중에는 여헌 장현광의 문하에 함께 출입한 자들이 많
았다.6) 동계 역시 두 문하에서 수학하였는데, 1620년 한강이 별세한
이후로는 오로지 여헌에게 의지하여 학문을 강론하며 스승으로 섬겼
다. 「연보」에 의하면, 동계는 처음으로 1612년 인동의 부지암정사를
찾아가 여헌을 뵙고 『주역』을 배웠다. 이후로 1623년 동락에서, 1624
년과 1626년에 서울 저택에서 찾아 뵈었고, 1632년 조묘(祧廟)에 관해
질의하였다. 그리고 1637년 10월 9일에 여헌의 부고를 듣고 곡하였다.

『동계집』에는 여헌과 관련한 자료로 편지 1통, 축문 2편, 제문 1편
등이 있다. 한강과 관련된 자료가 편지 1통, 만시 1편인 것에 비해 보
다 많은 양이라고 할 수 있다. 편지는 1633년에 올린 것으로, 백부가
돌아가고 조카마저 죽은 상황에서 증조의 조묘를 어떻게 해야 하는가
에 관해 질의한 내용이다. 축문 2편은 1639년 오산서원에서 여헌을 향
사할 때 올린 「여헌선생향사축문(旅軒先生享祀祝文)」과 묘소에서 제사
를 지내면서 올린 「여헌선생묘사축문(旅軒先生墓祀祝文)」이다.

그리고 「사의정부참찬장현광제문(賜議政府參贊張顯光祭文)」은 인조를
대신해 지은 제문이다. 여헌이 별세할 당시 동계는 의정부 사인으로
조정에 있었으므로, 여헌의 제자인 그에게 명을 내려 제술한 것으로
이해된다. 이 제문은 여헌의 인품·학문·생애 등에 관한 특징적인 면
모를 요약하여 서술하고 있기에, 동계가 스승을 어떻게 이해하고 있는
가를 집약적으로 살펴볼 수 있다. 출생 및 학문과 관련된 부분을 살펴
보자면 다음과 같다.

---

6) 우인수, 「여헌의 강학 활동과 문인들」, 『여헌 장현광의 학문 세계 – 우주와 인간』, 예문
　서원, 2004, 407쪽.

<table>
<tr><td>신령한 기운 모여 수려함 낳으니,</td><td>惟靈鍾靈孕秀</td></tr>
<tr><td>금오산 낙동강이라.</td><td>烏山洛水</td></tr>
<tr><td>오백년 만에 時運이 돌아오니,</td><td>五百應期</td></tr>
<tr><td>우리나라의 위대한 그릇이라.</td><td>大東偉器</td></tr>
</table>

제문의 첫 부분에서 위대한 인물의 출생 배경을 서술하였다. 걸출한 학자인 여헌이 태어난 배경에는 금오산과 낙동강의 자연적 환경과 오랜 세월이 지나 다시 돌아온 시운(時運)이라는 두 요소가 함께 맞아떨어져 이루어진 것임을 설명하였다.

<table>
<tr><td>어릴 적부터</td><td>自在童丱</td></tr>
<tr><td>求道에 뜻을 두었네.</td><td>已志求道</td></tr>
<tr><td>널리 전적을 살피며,</td><td>博考典墳</td></tr>
<tr><td>마음껏 탐구하였네.</td><td>恣意探討</td></tr>
<tr><td>귀결되어 요약하니,</td><td>歸而約之</td></tr>
<tr><td>묵묵히 깨닫고 정밀히 알았네.</td><td>默契精到</td></tr>
<tr><td>거대한 천지,</td><td>天地之大</td></tr>
<tr><td>심오한 性命.</td><td>性命之奧</td></tr>
<tr><td>궁구하고 체득하여,</td><td>窮體認</td></tr>
<tr><td>환하게 통달했네.</td><td>豁然通曉</td></tr>
<tr><td>참으로 알고 진실로 터득하여</td><td>眞知實得</td></tr>
<tr><td>조금도 어긋남 없었네.</td><td>不差跬步</td></tr>
<tr><td>겨우 약관의 나이에,</td><td>年甫弱冠</td></tr>
<tr><td>체제가 구비되었네.</td><td>體段已具</td></tr>
</table>

여헌은 18세 때 이미 선현의 학문을 연구하고 배우는 경지를 넘어서서 스스로의 견해를 종합한 『우주요괄첩(宇宙要括帖)』을 저술하였다.

그 내용은 우주 속에 있는 삼라만상의 변화의 원리를 밝히고 인간사회의 도덕법칙과 역대의 인물론 그리고 학술 및 학습지침 등을 담고 있다.[7] 이러한 예에서 알 수 있듯이, 여헌은 이른 나이로부터 도에 뜻을 두어 독실하게 공부하였다. 그리하여 약관의 나이에 이미 학문적 체계가 갖추어졌다. 23세 때인 1576년(선조 9) 재능이 있고 행실이 뛰어난 인물로 조정에 천거된 일은 그의 학문과 행실이 일찍부터 빛을 발하였음을 말해주는 하나의 사건이라 할 수 있다.

선배에게 질정하자,	質諸先輩
손을 모으고 자리를 양보했네.	斂手避席
부족한 듯 겸양하여	慊然撝謙
스스로 만족하지 않았네.	不自滿足
『주역』을 깊이 연구하여,	積功三絕
伏羲의 뜻을 정밀하게 깨우쳤네.	精通義旨
혼란스러운 象數,	象數紛然
指南처럼 명료해졌네.	如南斯指

「여헌선생연보(旅軒先生年譜)」 27세조 세주(細註)에는 성주 목사(星州牧使)로 있던 허잠(許潛)이 한강 정구를 만나 남중(南中)에 호학지사(好學之士)가 있느냐고 묻자, 한강이 "공자(孔子)의 문하에서 배우기를 좋아한 자는 안자(顏子) 한 명이었을 뿐이니, 이것을 어찌 쉽게 말할 수 있겠습니까? 장현광이 학문을 구하고 도에 뜻을 두며 덕성이 순수하고 완숙하니, 훗날 나의 스승이 될 자는 반드시 이 사람일 것입니다."라고 대답한 사실이 기록되어 있다.[8] 그리고 1607년 봄에 뱃놀이를 하는

---

7) 조장연, 「여헌 역학의 연원과 성격」, 『여헌 장현광의 학문세계 2 – 자연과 인간』, 예문서원, 2006, 19-20쪽.

자리에서 망우당(忘憂堂) 곽재우(郭再祐)가 웃으면서 한강에게 "나의 소견에는 여헌이 한강보다 낫습니다."라고 하자, 이에 대해 한강이 "영공의 소견이 옳습니다."라고 하였다는 일화가 있다.9) 이러한 기록들에 근거해 본다면, 한강을 비롯한 주변의 선배들이 여헌에게 걸었던 기대가 매우 큰 것이었음을 짐작할 수 있다.

주지하는 바와 같이 여헌의 철학은 역학에 바탕을 두고 있다. 그는 젊은 시절부터 역학 연구에 정진하였고 전란의 와중에서도 『주역』 읽기를 그치지 않음으로써 50세에 이르러 『역학도설(易學圖說)』을 저술할 수 있었다.10) 이 책은 역학과 상수학에 대한 9권 9책에 달하는 방대한 분량의 논술로, 한대부터 송대까지의 역학적 상수학을 종합적으로 정리하면서 그 자신의 견해를 부분적으로 첨가하는 방식으로 구성되어 있다.11) 이상의 사실과 제문의 내용을 연결시켜 본다면, 동계가 제문을 지으면서 여헌의 학문 과정과 특징적 면모를 분명하게 파악하여 핵심된 내용을 잘 부각시키고 있음을 알 수 있다.

이들 외에 동계가 선배로 존중하여 교유한 인물로는 입재 노흠(立齋 盧欽, 1527~1602) · 죽각 이광우(竹閣 李光友, 1529~1619) · 노파 이흘(蘆坡 李屹, 1557~1627) 등이 있다.

지금까지 동계의 사승 관계를 살펴보았는데, 이제는 교유한 인물들

---

8) 張顯光, 『旅軒全書』, 「年譜」 27歲條. "許公潛牧星州 見寒岡鄭先生 問南中好學之士 鄭先生曰 孔子之門好學者 顔子一人 此豈易言哉 有張某 求學志道 德性純熟 他日爲我師者 必此人也"

9) 張顯光, 『旅軒續集』 卷9, 「就正錄」(趙任道 撰). "龍華同泛之日 忘憂郭右尹 笑語寒岡鄭先生曰 以吾所見 旅軒賢於寒岡 寒岡先生答曰 슈公之見也是也"

10) 조장연, 「여헌 역학의 연원과 성격」, 『여헌 장현광의 학문세계 2 – 자연과 인간』, 예문서원, 2006, 34쪽.

11) 문중양, 「화담·여헌의 상수학적 우주론」, 『여헌 장현광의 학문세계 – 우주와 인간』, 예문서원, 2004, 329쪽.

에 대해 살펴보기로 하겠다. 동계는 1594년 호서의 회덕으로 피난하여 몇 해 동안 머문 적이 있었는데, 수옹 송갑조(睡翁 宋甲祚, 1574~1628)와 왕래하며 교유하였다. 송갑조의 자는 원유(元裕), 시호는 경헌(景獻)이며, 본관은 은진(恩津)이다. 간이 최립(簡易 崔岦, 1539~1612)의 문인으로, 1617년(광해군 9) 생원시와 진사시에 모두 합격하였으나 서궁(西宮)에 유폐되어 있는 인목대비(仁穆大妃)를 혼자 배알하였다가 유적(儒籍)에서 삭제되었다. 1623년 인조반정 이후 강릉 참봉(康陵參奉)·경기전 참봉(慶基殿 參奉) 등에 제수되었다. 그의 아들이 우암 송시열(尤庵 宋時烈, 1607~1689)이다.

23세 때인 1597년에는 다시 성주 석전촌(石田村)으로 피난하여 우거하였는데, 이것을 계기로 완정 이언영(浣亭 李彦英, 1568~1639)·석담 이윤우(石潭 李潤雨, 1569~1634) 등과 도의지교(道義之交)를 맺게 되었다. 이언영의 자는 군현(君顯)이며, 본관은 벽진(碧珍)이다. 한강 정구와 여헌 장현광의 문하에서 수학하였다. 1603년 문과에 장원급제하여 성균관 전적에 제수되었으며, 호조 정랑·사간원 정원 등을 지냈다. 1614년 강화부사(江華府使) 정항(鄭沆)이 위리안치(圍籬安置)된 영창대군(永昌大君)을 살해한 일이 발생하였는데, 이에 대해 동계 정온(桐溪 鄭蘊, 1569~1641)은 정항의 목을 베고 영창대군의 위호(位號)를 추복(追復)하기를 요청하였다가 호역(護逆)으로 논죄되었다.[12] 이언영도 정온의 주장을 변호하였다가 탄핵을 받고 사직하였다. 인조반정 후 소명되어 사헌부 장령(司憲府掌令)·밀양 부사(密陽牧使)·선산 부사(善山府使) 등을 역임하였다.

이윤우의 자는 무백(茂伯)이며, 본관은 광주(廣州)이다. 한강 정구에게 수학하였으며, 1606년 문과에 급제하여 성균관 학유(成均館學諭)에

---

12) 이상필, 『남명학파의 형성과 전개』, 와우출판사, 2005, 201쪽.

제수되었다. 1610년(광해군 2) 사관으로 있으면서 내암(來庵) 정인홍(鄭仁弘) 등의 잘못을 기록하였다가 탄핵을 받고 사퇴하였다. 이후 수성 찰방(輸城察訪)·경성 판관(鏡城判官) 등의 외직을 지냈는데, 대북파(大北派)의 전횡이 심해지자 낙향하여 한강의 예서(禮書) 편찬을 도왔다. 인조반정 뒤 사간원 사간·공조 참의(工曹參議) 등의 관직을 역임하였다. 그는 여헌 장현광·우복 정경세(愚伏 鄭經世, 1563~1633) 등과 함께 학문을 논하였다.

사호 오장(思湖 吳長, 1565~1617)은 동계보다 10년 연장이었는데, 두 사람은 함께 주자(朱子)의 「경연강의(經筵講義)」·「조묘의장(祧廟議狀)」 등을 강론하였다. 그리고 1613년 동계가 문과에 급제한 후 그와 함께 출처대의에 관해 논하였으며, 1642년 봄에 오장의 부친인 덕계 오건(德溪 吳健, 1521~1574)의 문집을 교정하기도 하였다.

오장의 자는 익승(翼承)이며, 본관은 함양(咸陽)이다. 종숙부인 수오당 오한(守吾堂 吳僩, 1546~1589)과 한강 정구에게 수학하였다. 1592년 임진왜란이 일어나자 종숙부 오현(吳俔)과 함께 산음(山陰)에서 창의하였다. 같은 해 7월 동강 김우옹(東岡 金宇顒, 1540~1603)의 천거로 여헌 장현광과 함께 사포서 별제(司圃署別提)에 제수되었으나, 길이 막혀 행재소에는 이르지 못하고 의병 활동에 힘썼다. 1595년 진안 현감(鎭安縣監)에 제수되었다. 1610년 문과에 급제하여 형조 좌랑(刑曹佐郎)·사간원 정언(司諫院正言) 등을 역임하였다. 제주(濟州) 대정(大靜)에 유배된 동계 정온을 신구하다가 황해도 토산(兎山)으로 유배를 갔는데, 그 곳에서 죽음을 맞이하였다.

이들 외에도 용호 박문영(龍湖 朴文楧, 1570~1623)·학호 김봉조(鶴湖 金奉祖, 1572~1630) 등과 교유하였다. 그리고 1632년 원종의 시호를 8자에서 4자로 줄일 것을 주장하다가 해남으로 귀양 갔을 때, 고산 윤

선도(孤山 尹善道, 1587~1671)가 내방하였고 그의 아들 윤인미(尹仁美)를
보내 동계에게 배우게 하였다.

3. 존심의 추구와 지경의 수양법

동계의 유문은 3차례의 화재를 겪는 동안 산일되어 얼마 남지 않았
는데, 후손 권대호(權大扈) 등이 타고 남은 잔편을 수습하고 지구(知舊)
의 후손가에서 일부를 찾아내어 5권 2책의 문집을 편찬하였으며, 그
후 얼마 지나지 않아 오류를 바로잡고 새로운 자료를 추가하여 원집
8권 연보 3권 합 4책의 중간본을 간행하였다[13]고 한다. 이런 까닭으로
현존하고 있는 『동계집』 초간본과 중간본 모두 내용이 매우 소략한 상
태라고 말할 수 있다. 따라서 현재 남아 있는 자료에 근거해 동계가
이룩한 학문적 성과의 전모를 분명하게 파악하기란 어려운 일임을 절
감한다. 하지만 현재로서는 이러한 난국을 타개할 수 있는 방법이 없
으므로, 『동계집』에 수록된 자료를 최대한 활용하여 동계의 '수기(修
己)'와 '교인(敎人)'에 대해 구명해 보고자 한다.

『동계집』에는 수기와 관련된 자료로 「양심과욕잠(養心寡欲箴)」·「심
자형지군잠(心者形之君箴)」·「자양잠(自養箴)」 등의 잠(箴) 3편과 「심관
(心官)」이라는 제목의 부(賦) 1편이 실려 있다. 먼저 「양심과욕잠(養心寡
欲箴)」을 살펴보자면 다음과 같다.

묘를 어떻게 키우랴?　　　　　　　　　　長苗伊何

가라지를 제거해야 하네.　　　　　　　　必除稂莠

---

13) 윤호진, 「東溪集」, 『南冥學關聯文集解題(Ⅲ)』, 남명학연구소, 2008, 330쪽

어떻게 길러야 하나?	養之伊何
잡초를 뽑아야 하네.	必去莠蕪
만물이 모두 그러하니,	物皆然兮
마음은 더욱 심하도다.	心爲甚兮
마음을 기르고자 한다면,	欲心之養
욕심을 막아야 하네.	心欲之禁
욕심을 줄이지 않는다면,	欲苟不寡
천성의 작용이 민멸되리라.	天機必泯
吾黨의 젊은이들아!	吾黨小子
어찌 삼가지 않겠는가?	盍愼旃兮[14]

동계는 마음을 기르는 것은 곧 욕심을 막고 줄이는 것이라고 생각하였다. 그리고 만약 욕심을 줄이지 않는다면, 하늘이 부여한 천성의 작용[天機]이 민멸될 것이라고 경계하였다. 그는 양심(養心)을 하기 위해 과욕(寡欲)을 해야 한다고 했는데, 이 말을 거꾸로 뒤집어 본다면 과욕(寡欲)을 하게 되면 양심(養心)을 할 수 있다는 말이 된다. 어린 묘가 잘 자라기 위해서는 그것의 성장을 방해하는 잡초를 먼저 제거해야 하듯이, 마음에 부여된 인(仁)·의(義)·예(禮)·지(智)·신(信)의 천성(天性)이 제대로 발현되기 위해서는 사악한 것이 방해하지 않도록 해야 한다는 뜻이다.

동계는 천성의 발현을 방해하는 것으로, 무엇보다 욕심을 지적하였다. 천성과 욕심 가운데 무엇이 가득 차느냐에 따라 마음은 생장할 수도 있고 시들어버릴 수도 있는 것이다. 이것을 다른 말로 표현하자면, '알인욕(遏人欲)'이 곧 '존천리(存天理)'라는 의미로 해석될 수 있다. 악한 것을 '비움'으로써 선한 것이 '충만'하게 되는 것이다.

---

14) 權濤, 『東溪集』 卷6, 「養心寡欲箴」.

　다음으로 동계는 마음의 중요성과 경(敬)의 수양법을 「심자형지군잠
(心者形之君箴)」을 통해 다음과 같이 밝혔다.

<table>
<tr><td>아득한 하늘과 땅,</td><td>茫茫堪輿</td></tr>
<tr><td>아무리 둘러봐도 끝이 없네.</td><td>俯仰無形</td></tr>
<tr><td>사람은 그 사이에서,</td><td>人於其間</td></tr>
<tr><td>좁쌀만한 형체라네.</td><td>渺然有形</td></tr>
<tr><td>홀로 형체를 이루지 못하니,</td><td>形不自形</td></tr>
<tr><td>군주가 있어야 하네.</td><td>以其有君</td></tr>
<tr><td>스스로 군주가 되지 못하니,</td><td>君不自君</td></tr>
<tr><td>붙잡아 보존해야 하네.</td><td>以其操存</td></tr>
<tr><td>어떻게 해야 보존될까?</td><td>存之如何</td></tr>
<tr><td>敬이 근간을 이루네.</td><td>敬爲之根[15]</td></tr>
</table>

　거대한 하늘과 땅 사이에서, 사람은 좁쌀처럼 미미한 존재라고 할 수
있다. 그럼에도 불구하고 만물 가운데 사람이 가장 신령스러우며 천지
와 더불어 삼재(三才)에 참여할 수 있는 것은 마음이 있기 때문이다.[16]
　마음은 몸을 다스리는 군주이므로, 마음 없는 몸은 군주 없는 나라
와 같아 존속될 수 없는 것이다. 하지만 마음이 군주로서의 다스림을
수행하기 위해서는 경의 도움을 받아야 한다. 경은 마음의 근간이 되
는 것으로, 마음이 올바르게 유지되도록 붙잡아 보존하는 역할을 한
다. 남명 조식은 마음을 수양하는 방법에 관해 도(圖)를 그리고 명(銘)
으로 설명하여 「신명사도명(神明舍圖銘)」을 저술하였는데, 마음을 '태

---

15) 權濤, 『東溪集』 卷6, 「心者形之君箴」.
16) 權濤, 『東溪集』 卷3, 「心官」. "大哉心之爲官 俶降衷之初載靈有最於萬彙 最靈者伊何
　日惟心爾"

일진군(太一眞君)’이라 하여 주재자(主宰者)로 이해하고 경을 ‘총재(冢
宰)’라고 하여 주재자를 돕는 재상으로 인식하였다.

　위의 인용문에서 볼 수 있듯이, 동계는 사람에게 있어 마음이 중요
한 까닭과 그 마음이 온전하게 보존되기 위해 경의 도움이 필요하다고
생각하였다. 사람이 자신의 몸을 수양하기 위해서는 먼저 마음이 온전
하게 보존되어 제 역할을 수행할 수 있어야 한다. 그리고 마음을 보존
하는 방법은 경에 의지해야 가능할 수 있다. 수기에 대한 동계의 이와
같은 견해는 「심관(心官)」에 보다 구체적이며 명료하게 설명되어 있다.

사람이 천지 사이에 서 있으니,	惟吾人中立乎兩間
아, 모든 형체 갖추어져 있네.	奢百體之咸具
귀로는 듣고 눈으로는 보니,	耳司聽兮目司視
저마다 주관하는 것이 있네.	紛各有此所主
생각할 수 없어 사물에 가려지니,	然不思於物蔽
외물의 유혹이 침입하네.	致外欲之投間
몸을 주재하고 만사를 통섭하는 것,	主一身兮統萬事
위대하도다! 마음의 관직이여.	大哉心之爲官
본성을 내려주신 처음부터,	俶降衷之初載
만물 가운데 가장 신령하였네.	靈有最於萬彙
무엇 때문에 가장 신령한가?	最靈者伊何
오직 마음이라네.	曰惟心爾

　공도자(公都子)가 맹자(孟子)에게 동일한 사람인데 왜 대인(大人)이 되
기도 하고 소인(小人)이 되기도 하느냐고 질문하자, 맹자는 대체(大體)
를 따르면 대인이 되고 소체(小體)를 따르면 소인이 된다고 답하였다.
소체는 귀·눈·입·코 등의 신체 기관이며 대체는 내면의 마음인데,

신체 기관은 감각할 수는 있으나 스스로 생각하는 기능이 없으므로 사물에 의해 쉽게 유혹되며, 마음은 생각할 수 있는 능력이 있기에 그 속에 담겨 있는 선성(善性)을 깨달을 수 있다. 그러므로 맹자는 먼저 대체를 세운다면 소체가 외물에게 빼앗기지 않을 것이며, 이런 까닭으로 대인이 될 수 있다고 설명하였다.[17]

「심관」은 이와 같은 『맹자』의 내용을 바탕으로 재해석하고 부연한 작품이다. 동계가 「양심과욕잠」에서 '욕심을 줄이는 것이 곧 마음을 기르는 것'이라고 말한 까닭을 이 작품에 근거해 해석해 본다면 더욱 구체적으로 이해할 수 있다. 귀·눈·입·코 등의 욕심을 절제하여 줄인다면 저절로 마음의 생각할 수 있는 기능이 확충되어 그 속에 내재되어 있는 선한 본성을 깨우치고 발휘할 수 있기 때문이다. 소체를 통제하여 대체에 복종시킬 때, 육체의 욕망이 절제되고 마음의 본성이 발휘되어 올바른 판단과 행동을 할 수 있는 것이다.

그러나 동계가 「심자형지군잠」에서 밝혔듯이 마음이 주재자로서의 역할을 수행하기 위해서는 경의 도움을 반드시 필요로 하는데, 다음의 내용에서 그 방법을 설명하였다.

출입이 정해진 때가 없으니,	然出入之無時
어찌 맡은 바를 삼가지 않으랴.	盍愼爾之所司
혹시라도 관직이 비워지면,	倘厥官之或曠
반드시 외부의 적이 공격하리라.	必外寇之攻之
생각하여 직분을 다해야 하리니,	宜克念而盡職

---

17) 『孟子』, 「告子(上)」. "公都子問曰 鈞是人也 或爲大人 或爲小人 何也 孟子曰 從其大體爲大人 從其小體爲小人 曰 鈞是人也 或從其大體 或從其小體 何也 曰 耳目之官不思 而蔽於物 物交物 則引之而已矣 心之官則思 思則得之 不思則不得也 此天之所與我者 先立乎其大者 則其小者不能奪也 此爲大人而已矣"

<table>
<tr><td>외물에 가려져선 안 되네.</td><td>要不蔽於外物</td></tr>
<tr><td>관직을 다스리는 방법 있으니,</td><td>然治官之有道</td></tr>
<tr><td>主一無適을 귀하게 여기네.</td><td>貴主一而無適</td></tr>
<tr><td>사람은 마음이 있어 사람이며,</td><td>人以心而爲人</td></tr>
<tr><td>마음은 敬 때문에 마음이네.</td><td>心以敬而爲心</td></tr>
<tr><td>敬以直內 할 수 없다면,</td><td>苟不能敬以直之</td></tr>
<tr><td>짐승이 됨을 면하지 못하리.</td><td>未免乎爲獸爲禽</td></tr>
</table>

『맹자』에 "공자께서 말씀하시길 '붙잡으면 보존되고 놓아버리면 잃게 되어 출입이 정한 때가 없어 그 방향을 알 수 없는 것은 오직 마음을 말한 것이다.'라 하셨다."[18]라고 하였다. 마음은 한 몸을 다스리는 주재자인데, 그가 자리를 비우고 떠나게 되면 외부의 적이 침탈하게 되는 것은 자명한 사실이다. 따라서 마음이 '생각'하는 역할을 제대로 수행할 수 있느냐 없느냐에 따라 외물의 공격에 대한 승패 여부가 판가름 된다. 『서경』의 "성인(聖人)이라도 생각하지 않으면 광인(狂人)이 되고, 광인이라도 생각할 수 있다면 성인이 된다."[19]라고 한 말은 이것을 극명하게 표현하였다.

그렇다면 마음이 제 기능을 다 할 수 있게 하려면 어떻게 해야 하는가? 경에 의해 마음을 보존해야 한다. 그럼 경이란 무엇인가? 경에 대한 해석은 크게 네 가지가 있다.

■ 이천 정이(伊川 程頤) :

① 하나에 집중하여 다른 곳으로 흐트러지지 않음 [主一無適]

---

18) "孔子曰 操則存 舍則亡 出入無時 莫知其鄕 惟心之謂與"(『孟子』, 「告子」上, 學民文化社, 281쪽)

19) 『書經』, 「多方」. "惟聖罔念作狂 惟狂克念作聖"

② 행동을 반듯하게 하고 몸가짐을 엄숙하게 함 [整齊嚴肅]
  ■ 상채 사량좌(上蔡 謝良佐) :
  ③ 항상 마음이 깨어 있음 [常惺惺]
  ■ 화정 윤돈(和靖 尹焞) :
  ④ 마음을 수렴하여 어떠한 사물도 용납하지 않음 [其心收斂 不容一物]

동계는 경에 대한 네 가지 해석 가운데 '주일무적(主一無適)'을 보다 중요하게 인식하여 제시했다. 마음이 제 기능을 다 하기 위해서는 '주일무적'의 경에 의지해야 한다고 인식한 것이다. 마음의 기능은 '생각[思]'하는 것이므로, 하나에 집중하여 다른 곳으로 흐트러지지 않는 경의 상태를 유지할 때 생각의 전일함이 이루어질 수 있다. 그리하여 밖으로부터 공격하는 외물의 유혹에 빠지지 않으며 내면의 선한 본성을 온전히 발휘할 수 있는 것이다.

그러므로 동계는 사람이 사람인 까닭은 마음이 있기 때문이며, 마음이 마음의 역할을 수행할 수 있는 것은 경에 의한 것이라고 인식하였다. 그리고 경으로써 내면을 곧게 할 수 없다면 짐승과 다름없다고 극언하였다.

지금까지 살펴본 수기에 관한 동계의 견해를 요약해 본다면, 사람이 자신의 몸을 올바르게 수양하기 위해서는 마음을 보존해야 하며[存心], 마음을 온전하게 보존하기 위해서는 주일무적의 경 상태를 유지해야 한다[持敬]는 말로 규정할 수 있을 것이다.

「자양잠(自養箴)」은 겸손의 중요성을 역설한 것으로, 동계가 수양을 통해 궁극적으로 얻고자 한 덕성이 무엇인가를 보여주고 있다. 논리 전개상 자세한 분석은 생략하고 주석에 원문을 소개하는 것으로 대신한다.[20]

---

20) 權濤, 『東溪集』卷6, 「自養箴」. "귀신은 어떠한가? 교만하면 해치고 겸손하면 복주네. 人道는 어떠한가? 교만하면 미워하고 겸손하면 좋아하네. 땅 가운데 산이 있으니, 象을

4. 흥학의 노력과 강규 제정

동계의 생애는 인조반정을 시점으로 '수학기(受學期)'와 '출사기(出仕期)'로 구분해 볼 수 있다. 인조반정 이전에는 스승에게 배우고 벗들과 강론하면서 자신의 학문을 온축하였으며, 이후로는 조정에 나아가서는 간관(諫官)으로서 올바른 도리를 임금에게 직언하였고 외직에 나갔을 때에는 목민(牧民)으로서 향촌을 교화하여 자신의 경륜을 펼쳤다.

그는 1632년 원종의 시호를 8자에서 4자로 줄이는 것이 합당하다고 계청하였다가 인조의 노여움을 사서 해남으로 유배되었으며, 이듬해 8월 해배되어 단성으로 돌아왔다. 다음해 고향에서 가숙(家塾)을 열어 제생들과 함께 월삭강회규(月朔講會規)를 정하고 향촌에 학문을 부흥시키기 위해 노력하였는데, 이 때 동계의 나이는 60세였다. 아마도 만년의 여생은 후학들을 교육하고 향촌을 교화하는 데 힘쓰려고 계획한 것으로 보인다. 그러나 1636년 12월에 병자호란이 일어나자, 어려운 시국을 위해 다시 벼슬길에 나아갈 수밖에 없는 상황이 되었다. 따라서 시대적 상황이 그의 만년을 후학들과 강학에만 전념할 수 있는 기회를 허락하지 않은 것으로 이해된다.

그럼에도 불구하고 동계의 생애에서 볼 수 있듯이, 그는 외직으로 보임되거나 사직하여 고향으로 돌아왔을 때 사민(士民)을 교육하는 일에 힘썼다. 1628년 낙안 군수(樂安郡守) 임경업(林慶業)이 김류(金瑬)에게 뇌물을 바친 것을 논한 일로 인해 5월에 흥양 현감(興陽縣監)으로 좌천되었는데, 부임한 후 흥양현이 바닷가에 위치하여 선비들이 학문을 알지 못하는 것을 안타깝게 여겨 널리 학생들을 모아 친히 교육하

통해 볼 수 있네. 군자는 이것을 경계삼아, 자신의 수양을 살펴보네.[鬼神伊何 害盈福謙 人道伊何 惡盈好謙 地中有山 可以觀象 君子以之 觀其所養]"

였다. 그리하여 읍규(邑規)를 제정하여 향촌을 교화하기 위한 구체적인 방안을 모색하였다. 그 내용은 네 가지 조목으로 구성되어 있으며, 가장 우선으로 삼은 것이 학교를 부흥시키는 것이다. 두 번째는 부모에게 효도하고 형제와 우애하며 어른을 공경하는 것이다. 셋 번째는 이웃끼리 서로 도우며 함께 어려움을 구제하는 것이다. 네 번째는 농사에 힘쓰고 무예를 익히는 것이다.21) 이 중에서 학교를 부흥시키는 일에 관한 규정은 매우 구체적으로 제시하고 있는데, 인용하자면 다음과 같다.

1. 학교를 부흥시킬 것.

명망과 학식이 있는 자들을 택하여 강장(講長) 1명, 거주(擧主) 2명을 정한다. 거주는 유생 가운데 입학할 만한 자를 선발하여 문서에 써서 강장에게 올리며, 강장은 학교에 보관해둔다. 초하룻날과 보름에 제생들은 학교에 모여 성현을 배알하고 향을 올린 후, 재임(齋任)이 제생을 이끌고 명륜당(明倫堂)에 올라 동쪽과 서쪽에 나뉘어 서서 강장에게 두 번 절을 올리고 강장이 답배한다. 차례대로 나아가 강학한 뒤, '택선(擇善)'·'수신(修身)' 등에 관한 말로써 간곡히 가르친다.

앞에서 언급했듯이, 동계는 만년에 가숙을 열고 강규를 제정하여 강

---

21) 權濤, 『東溪集』 卷6, 「邑規」. (興陽補外時)
一. 興學校 : 擇有地望學識者 定爲講長一員 擧主二員 擧主擇儒生之可入者 書于籍 納之講長 講長藏于校 朔望則諸生會于校 謁聖焚香後 齋任率諸生升明倫堂 東西向立 再拜講長 講長 答拜 次第進講 講後 以擇善修身等語 申申曉喩
一. 孝親友兄弟敬長老 : 別定色掌 以吾人日用不出於孝友敬長之義曉諭 而若有悖理之人 則 色掌治之 重則報官治之
一. 隣里任恤相救 : 各里別定里長 以呂氏鄕約一篇書之 布告鄕井 一依是約 而若違法 則里長 治之 重則報官治之
一. 勸農講武 : 各里別定勸農色長 考其勤慢 勤則賞之 慢則罰之 又定課武軍官二名 每月朔試 射 以行賞罰 而其規畫略倣鄕射禮儀

학의 풍토를 쇄신하기 위해 힘썼다. 그가 제정한 강규 중에서 「월과회의(月課會儀)」를 소개하자면 다음과 같다.

> 매월 초하룻날 아침 일찍 모인다. (강장과 유사는 먼저 도착한다) 모이면 유사가 제생을 이끌고 강당에 올라 동쪽과 서쪽으로 나뉘어 선다.
> ○ 제생은 모두 재배한다.
> ○ 답배한다. (부복을 기다렸다가 답한다) 강장 이하는 모두 나간다.
> ○ 유사가 강장을 인도하여 나아가 동쪽에 순서대로 서향하여 앉는다.
> ○ 유사가 제생을 이끌고 나아가 순서대로 마당에 앉는다. (가숙이 작아 모두 수용할 수 없었으므로, 마당에 열을 지어 앉은 것이다)
> ○ 다시 제생 가운데 한 명씩 이끌고 나아가 동면하여 북쪽을 향해 강장에게 절을 올린다.
> ○ 강장이 답배한다.
> ○ 제생들은 자신이 읽은 책을 배송(背誦)한다. (오경·사서 및 성리제서) 상(上)은 매월 2권, 중(中)은 1권, 하(下)는 반권이다.
> ○ 강을 마치면 의문스러운 뜻에 대해 강론한다.
> ○ 다시 어린 자들을 이끌고 나아가 이전의 의식대로 행한다.
> ○ 통(通)·략(略)·조(粗)·불(不) 등을 모두 책에 기록한다.
> ○ 불통(不通)을 받은 자는 별도로 유사가 회초리를 치도록 정한다.
> ○ 회초리를 치고 나면 유사가 들어가 고한다.
> ○ 이에 음식을 먹고 마신다. (술을 올리고 따라주는 의식은 향음주례와 대략 같은 방식으로 행한다)
> ○ 식사를 마친 후 잠시 휴식한다. 강장과 유사는 제생이 행한 행지언동(行止言動)의 절도와 처심행기(處心行己)의 방정에 대해 묻는다. 만약 잘못한 것이 있으면 경중에 따라 처벌한다. 다음 달에 개최되는 강회 때까지 다시 잘못한 것이 있어 이와 같이 것이 3차에 이른 자는 유적(儒籍)에서 삭제한다.

ㅇ 강장과 유사가 제생이 다음 달에 읽을 책을 정해준다. (만약 잡된 책이
  아니라면 제생이 읽기 원하는 것을 따른다)
ㅇ 오후에 제생이 강장에게 절을 올려 인사를 드린 후 물러나온다.[22]

  동계는 이와 같이 강회의 방식과 절차에 대한 자세한 규정을 제정하
였는데, 대체적으로 정이(程頤)가 제시한 월과(月課)의 규정에 근거하
여 만든 것이다.[23] 정이는 삼학(三學)의 제도를 자세히 살펴본 후, 학
생들이 시험을 통해 보임되는 것은 서로 간에 경쟁을 유발하는 것이므
로 예의를 중시하는 학교에서 교육하는 방도가 아니라고 생각하였다.
그리하여 시험을 치지 않는 대신에 과제를 제출하는 과(課)로 대체하
며, 일정한 수준에 이르지 못하면 학관이 불러 가르치고 다시는 높고
낮음을 상고하여 정하지 않도록 해야 한다고 주장하였다. 그리고 강회

---

22) 權濤, 『東溪集』卷6, 「月課會儀」.
　　每月朔日早朝而會 (講長與有司先至) 旣會 有司引諸生升堂 東西向立
　　○ 諸生皆再拜
　　○ 答拜 (竣其俯伏而答之) 講長以下出
　　○ 有司引講長 東序西向坐
　　○ 有司引諸生序坐於場 (家塾小不能盡容 故列坐於場)
　　○ 又引諸生各一人 東面北上拜講長
　　○ 講長答拜
　　○ 諸生背誦其所讀書 (五經四書與諸性理之書) 上 月二卷 中 一卷 下 半卷
　　○ 講畢 論難疑義
　　○ 又引幼者亦如之
　　○ 通略粗不 皆書之册
　　○ 不通者 別定有司行楚
　　○ 行楚訖 有司入告
　　○ 於是乃食飮 (其獻酬之儀 略倣鄕飮禮)
　　○ 食畢少休 講長與有司詢問諸生行止言動之節處心行己之方 若有所失 則隨其輕重而
　　　 規之 而開月會 又有所失 如是者至三次 則削去儒籍
　　○ 講長與有司 定諸生開月所讀之書 (苟非雜書 則隨諸生所願讀者)
　　○ 至晡 諸生拜講長辭退
23) 權濤, 『東溪集』, 「年譜」, 60歲條. “大抵倣伊川月課之法”

의 방식을 새로 마련하였다.[24)]

동계는 이외에도 강법을 제정하여 강학하는 법도를 마련하였다.[25)] 그가 이처럼 월과를 실시하고 강회의 규정을 제정한 것은 향촌의 사민들이 학문에 매진할 수 있는 여건을 조성한 것이며, 더 나아가 당시의 학문 풍토를 쇄신하기 위한 노력의 일환이라고 이해할 수 있다.

그는 조정에 나아가서는 임금이 올바른 정치를 행하도록 자신의 목숨을 걸고 충간하였으며, 외직에 나가거나 사직하여 고향으로 돌아왔을 때에는 사민을 교육하고 교화하는 데 힘을 쏟았다. 이것이 바로 동계가 지식인으로서 국가적 위기와 정치적 격변 속에서 자신이 해야 할 일이 무엇인가를 인식하고 성실하게 그 길을 걸어간 삶의 모습이라고 말할 수 있다.

---

24) 『近思錄』卷9, 「治法」. "伊川先生看詳三學條制云 舊制公私試補 蓋無虛月 學校禮義相先之地 而月使之爭 殊非教養之道 請改試爲課 有所未至 則學官召而教之 更不考定高下 制尊賢堂 以延天下道德之士 及置待賓吏師齋 立檢察士人行檢等法 又云 自元豐後 設利誘之法 增國學解額 至五百人 來者奔湊 捨父母之養 忘骨肉之愛 往來道路 旅寓他土 人心日偷 士風日薄 今欲量留一百人 餘四百人 分在州郡解額窄處 自然士人各安鄉土 養其孝愛之心 息其奔趨流浪之志 風俗亦當稍厚 又云 三舍升補之法 皆案文責跡 有司之事 非庠序育材論秀之道 蓋朝廷授法 必達乎下 長官守法 而不得有爲 是以成事於下 而下得以制其上 此後世所以不治也 或曰 長貳得人 則善矣 或非其人 不若防閑詳密 可循守也 殊不知先王制法 待人而行 未聞立不得人之法也 苟長貳非人 不知教育之道 徒守虛文密法 果足以成人材乎"

25) 權濤, 『東溪集』卷6, 「講法」.

　一. 願入者 具單刺 以待僉議許入 (有擧主)
　一. 諸生年齒 以四十五歲爲限
　一. 會之日若雨 則以翌日行之
　一. 會日當於早朝食時
　一. 分左右 序齒正坐後 有司規檢
　一. 一讀之事 講長主之 當與有司議處
　一. 無故不參者 論罰
　一. 三講不通者 行楚
　一. 有病故緊故 出外未還 未及於講者 具單刺 以告於有司 則有司告于講長
　一. 會席 如有談諧箕坐不謹者 擧罰

5. 결론

한 사람에 대한 평가는 어떤 관점에서 바라보느냐에 따라 상이한 해석을 할 수 있다. 객관적 입장에서 바라보는 각도의 차이에 의한 다양한 해석이라고 한다면, 그 견해는 나름대로 일리(一理)를 가지는 것이라고 말할 수 있다. 그런데 관점의 차이가 아니라 당파적 편견에 의한 것이라면, 무엇이 옳고 그른지를 분별해야 할 것이다.

동계는 지역적으로는 남명학파와 밀접한 관련을 갖는 경상우도 단성 출신이며, 정치 성향은 남인에 가까운 인물[26]이라고 말할 수 있다. 따라서 북인을 몰아내고 서인이 집권한 인조조(仁祖朝)에서 동계가 간관의 임무를 수행한다는 것은 박빙(薄氷)이나 심연(深淵)보다 더 위태롭고 조심스러운 상황이라고 말할 수 있다. 『인조실록(仁祖實錄)』에 수록된 동계에 대한 악평[27]은 그 말이 사실로 받아들여지기 보다는 위태롭고 불안정한 정국에서 당당하게 임금에게 충간하고 반정 공신을 탄핵한 동계의 강직함을 반증해주는 것이라고 이해된다.

갈암 이현일(葛庵 李玄逸, 1627~1704)은 신도비명(神道碑銘)에서 "저 우

---

26) 동계의 출신 지역·사승 관계·교유 인물 등을 고려할 때, 그는 남명학파와 밀접한 관련을 가진 인물이며, 특히 남명학파의 中北 계열과 정치 성향에 있어 일치하는 부분이 많다고 생각된다. 하지만 현재로서는 분명하게 단정할 수 없는 점이 있다. 첫째, 문집을 비롯한 관련 자료의 소략함이다. 둘째, 인조반정 이후 남명학파는 외형적으로 남인이나 노론으로 흡수되는 경향을 보이기 때문이다. 따라서 인조반정 이후에 출사한 동계의 정치적 성향을 남인에 가까운 것이라고 표현한 것이다.

여기에 덧붙여 한 가지 더 언급한다면, 인조반정 이후 남명학파 학자들의 문집이 의도적으로 왜곡된 경우가 빈번하였는데, 『동계집』도 이러한 경우에 속하지 않을까 의심이 될 정도로 문집의 분량이 소략하다. 『동계집』에서 來庵 鄭仁弘을 비롯한 남명학파 핵심 인물과의 관련성을 확인할 수 있는 자료가 없는 까닭이 혹시 후손들의 고의적 배제에 의한 것이 아닌지 의문스럽다. 이 두 가지 문제를 차후의 과제로 남겨둔다.

27) 『仁祖實錄』 16年 5月 6日 戊辰條. "濤爲人邪佞 曾附李貴 共主追崇之議 當時名流之在三司者 多以非禮爭之 濤遂變前見 人皆譏其反覆 其後又忌金尙憲鄭蘊 指謂忘君負國之人 與其黨 陰懷構捏之計 仍欲攻斥一邊士類 人目濤爲狐樣鼠粧"

뚝한 권공은 옛 사람의 강직한 풍도를 이은 분이다. 가정에서는 효순(孝順)하고 조정에서는 강직하였다. …… 음으로 양으로 소인들이 저지하여 두드리고 흔들어 좌절시키려 하였다. 용납되지 않은들 무엇을 걱정하리? 스스로 깨끗하여 부끄러움이 없었다. 처음부터 끝까지 그 마음 변치 않고 삼가 조심하여 지조를 지켰다."[28]라고 하였는데, 동계가 걸어간 삶의 자취와 이룩한 성취를 함축적으로 잘 표현한 것이라고 생각된다.

동계는 조선시대 역사상 국내외적으로 가장 큰 위기를 맞은 시기에 태어나 시대와 역사를 비켜가지 않고 당당하게 맞부딪히며 살았던 인물이라고 평가할 수 있다. 그리고 그가 견지한 정치적 경륜의 이면에는 마음에 대한 철저한 이해를 바탕으로 심성 수양이 온축되어 있었기 때문에 가능한 것이며, 기회를 얻을 때마다 사민을 교육하고 교화하는데 힘쓴 것도 내면에 함축되어 있던 학문적 역량이 밖으로 구현된 것이라고 말할 수 있다. 그러므로 동계의 삶에서 학문·교육·정치는 별개의 독립된 것이 아니라, 순환적 연속성 속에서 함께 상승 작용을 하고 있는 것이라 이해된다.

---

28) 權濤, 『東溪集』 부록, 「通政大夫承政院左承旨 知製敎 兼經筵參贊官 春秋館修撰官 贈資憲大夫吏曹判書兼知經筵義禁府春秋館成均館事 弘文館大提學 藝文館大提學 世子左賓客權公神道碑銘 并序」 "有偉權公 古之遺直 家庭孝順 立朝謇諤 …… 陰伺顯擠 敲撼挫遏 不容何病 自靖無愧 循厥始終 克愼以守"

찾아보기

집필진 소개(가나다순)

간정화(姜貞和) 경상대학교 한문학과를 졸업하였고 동대학 대학원에서 문학박사학 위를 취득하였다. 조선시대 유일문학(遺逸文學)을 전공하였다. 현재 경상대학교 경남문화연구원 HK연구교수로 재직하고 있다. 저서로는 『지리산, 인문학으로 유람하다』, 『선인들의 지리산 유람록 1-4』(공역), 『남명과 그의 벗들』, 『송원시대 학맥과 학자들』(공저) 등이 있으며, 논문으로는 「19-20세기 강우학자의 지리산 인식과 천왕봉」, 「지리산 유산시에 나타난 명승의 문학적 형상화」, 「16세기 유일 (遺逸)의 방외인적 성향에 대한 고찰」, 「노백헌 정재규의 삶과 학문」 등이 있다.

김석배(金奭培) 경북대학교 사범대학 국어교육과를 졸업하고 대학원에서 석사와 박사학위를 받았다. 한국문학과 판소리를 전공하였다. 현재 금오공과대학교 교수 로 재직하고 있다. 저서로는 『경오본 노계가집』, 『춘향전의 지평과 미학』 등이 있으 며, 논문으로는 「승평계연구」, 「박록주 흥보가의 정립과 사설의 특징」 등이 있다.

김영주(金英珠) 경북대학교 한문학과를 졸업하고 동대학원에서 석사와 박사학위 를 받았다. 조선후기 한문비평을 전공하였다. 한국고전번역원 연구원을 역임하였 으며 현재 성균관대학교 한문교육학과 교수로 재직 하고 있다. 저서로 『조선후기 한문 비평 연구』, 『조선후기 문학론 연구』 등이 있다.

김종석(金鍾錫) 경북대 윤리교육과를 졸업하고 영남대학교 대학원에서 철학박사 학위를 받았다. 한국 유가철학을 전공하였다. 현재 한국국학진흥원 수석연구위원 으로 재직하고 있다. 저서로는 『퇴계학의 이해』, 『퇴계문하의 인물과 사상』, 『심 경강해』, 『한말 영남 유학계의 동향』 등이 있고, 논문으로는 「개화기 영남사림의 신사조 수용과 그 특징」, 「한말 영남 유학계의 동향과 지역별 특징」, 「성호 이익의 성리설에 있어서 '공'개념의 의미와 기능」 등이 있다.

김학수(金鶴洙) 한국학중앙연구원 한국학대학원에서 석사 및 박사학위를 받았다. 조선시대사를 공부하고 있으며, 특히 조선후기 정치·사회사에 관심이 많다. 현재 한국학중앙연구원 책임연구원으로 재직하고 있다. 저서로는 『조선시대의 정치와 제도』(공저), 『여헌 장현광의 학문세계 2-자연과 인간』(공저), 『여헌 장현광 연구』 (공저) 등이 있고, 논문으로는 「갈암 이현일 연구」, 「여강서원과 영남학통」, 「17세기 영남학파의 정치적 분화」, 「한강(정구)신도비명 개정논의와 그 의미」, 「17세기 영남학파 연구」 등이 있다.

박인호(朴仁鎬)　경북대학교 사학과를 졸업하고 한국학중앙연구원 한국학대학원에서 박사학위를 받았다. 조선시대사와 사학사를 전공하였다. 현재 금오공과대학교 교수로 재직하고 있다. 저서로는『한국사학사대요』, 『조선후기 역사지리학 연구』, 『조선시기 역사가와 역사지리인식』, 『제천관련 고문헌 해제집』, 『제천지역사연구』 등이 있으며, 논문으로는 「중국고금역대연혁지도에 나타난 권구의 역사인식」, 「동감강목전편의 편찬과 편사정신」, 「동사찬요에 나타난 오운의 역사지리인식」 등이 있다.

고 설석규(薛錫圭)　경북대학교 사학과를 졸업하고 동대학원에서 석사와 박사학위를 받았다. 조선시기 정치사와 사상사를 전공하였다. 한국국학진흥원 연구부장을 거쳐 경북대학교 사학과 교수를 역임하였다. 저서로『조선시대 유생상소와 공론정치』, 『남명학파 정치철학 연구』, 『조선중기 사림의 도학과 정치철학』 등이 있다.

오용원(吳龍源)　동국대학교 한문학과를 졸업하고 국어국문학과에서 문학박사학위를 받았다. 한문학비평을 전공하였다. 현재 경북대학교 영남문화연구원 HK교수로 재직하고 있다. 저서로는『김창협의 사상과 문학 연구』, 『농암잡지』, 『문학지리』, 『영천 누정록』(공저) 등이 있으며, 논문으로는 「농암집 소재 〈잡지〉의 구성과 비평양상」, 「박세당의 논어사변록 연구」, 「영남지방 누정문학 연구(1)」, 「농암의 경학관과 논어에 대한 해석학적 태도」 등이 있다.

이영호(李昤昊)　성균관대학교 한문교육과를 졸업하고 동대학원에서 조선시대 대학 주석서에 관한 연구로 문학박사학위를 받았다. 조선시대 경학과 동아시아 경학을 전공하였다. 현재 성균관대학교 동아시아학술원 HK교수로 재직하고 있다. 저서로『조선중기 경학사상 연구』가 있고, 역서로『이탁오의 논어평』 등이 있으며, 논문으로 「조선논어학의 형성과 전개양상」, 「이탁오의 논어학과 명말 새로운 경학의 등장」 등이 있다.

이희평(李熙平)　경남 밀양에서 출생하였다. 성균관대학교 한국철학과를 졸업하고 같은 대학원에서 석사와 박사 학위를 받았다. 성균관대학교 강사, 겸임교수를 역임하였으며 현재 홍익대학교사범대학부속중학교 교사로 재직 중이며 사단법인 유도회 부설 한문연수원 교수를 겸하고 있다. 저서로『여헌 장현광의 철학사상』, 『한국철학사상사』(공저) 논문으로「여헌 장현광의 심과 도덕·성겨수양론」 등이 있다.

장승구(張勝求) 서울대학교 윤리교육과를 졸업하고 한국학중앙연구원 부설 한국학대학원에서 철학박사 학위를 받았다. 한국철학을 전공하였다. 현재 세명대학교 교수로 재직하고 있다. 저서로는『삶과 철학』,『정약용과 실천의 철학』이 있고, 공저로는『동양사상의 이해』,『인격』,『민본주의를 넘어서』,『중용과 합리성』 등이 있으며, 함께 번역한 책으로『관자』가 있다.

전병철(全丙哲) 계명대학교 국어국문학과를 졸업하고 경상대학교 한문학과에서 문학박사학위를 받았다. 한국 경학 및 유학사상을 전공하였다. 현재 경상대학교 경남문화연구원 HK연구교수로 재직하고 있다. 저서로는『송정 하수일』,『중국 경학가 사전』,『송원시대 학맥과 학자들』,『주자』,『선인들의 지리산 유람록』 등이 있으며, 논문으로는「남당 한원진 대학 해석 연구」,「대산 이상정 성리설의 회통적 성격」,「지리산 지식인의 마음 공부」 등이 있다.

전재동(全在東) 경북대학교 한문학과를 졸업하고 동 대학원에서 석사·박사학위를 받았다. 한문학과 한국경학을 전공하였다. 현재 경북대학교 영남문화연구원 선임 연구원(한국고전번역사업)으로 재직하고 있다. 저서로는『대학생을 위한 실용한자』,『소수박물관의 목판과 현판』이 있으며, 논문으로는「송시열과 박세채의 퇴계설 비판-퇴계사서질의의 〈논어〉 분석을 중심으로-」,「17세기 율곡학파의 『대학』 해석 연구-대전본 소주 분석을 중심으로-」 등이 있다.

최병덕(崔炳德) 경북대학교 정치외교학과를 졸업하고 동대학원에서 석사와 박사 학위를 받았다. 한국정치사상을 전공하였다. 현재 금오공과대학교 학술연구교수로 재직하고 있다. 저서로는『근현대 대구경북지역 사회변동과 사회운동』(공저), 『지배의 정치, 저항의 정치』(공저) 등이 있고, 논문으로는「퇴계의 정치인식과 정치론」,「정암 조광조의 정치인식과 도학적 정치구상」,「조선조의 유교정치문화와 ‘기강’담론의 존재양상」 등이 있다.

선주문화연구총서 Ⅶ

여헌학의 전개와 수용

2010년 11월 30일 초판 1쇄 펴냄

저　자 금오공과대학교 선주문화연구소
발행인 김흥국
발행처 도서출판 보고사

책임편집 이경민
표지디자인 윤인희

등록 1990년 12월 13일 제6-0429호
주소 서울특별시 성북구 보문동7가 11번지 2층
전화 922-5120~1(편집), 922-2246(영업)
팩스 922-6990
메일 kanapub3@chol.com
http://www.bogosabooks.co.kr

ISBN 978-89-8433-856-2 93810
ⓒ 금오공과대학교 선주문화연구소, 2010